Iny Lorentz

Die Feuer-
braut

Roman

◆

Knaur Taschenbuch Verlag

Besuchen Sie uns im Internet:
www.knaur.de
www.iny-lorentz.de

Vollständige Taschenbuchausgabe Dezember 2008
Copyright © 2008 by Knaur Verlag.
Ein Unternehmen der Droemerschen Verlagsanstalt
Th. Knaur Nachf. GmbH & Co. KG, München
Alle Rechte vorbehalten. Das Werk darf – auch teilweise –
nur mit Genehmigung des Verlages wiedergegeben werden.
Redaktion: Regine Weisbrod
Umschlaggestaltung: ZERO Werbeagentur, München
Umschlagabbildung: Bridgeman Art Library
Satz: Adobe InDesign im Verlag
Druck und Bindung: CPI – Clausen & Bosse, Leck
Printed in Germany
ISBN 978-3-426-63520-9

2 4 5 3 1

Erster Teil

◆

Kriegsgreuel

I.

Sie waren auf der Flucht.
Irmela hätte froh sein müssen, dass sie den anrückenden Feind hinter sich gelassen hatten, aber sie zitterte immer noch vor Angst. Obwohl sie das Ziel des Flüchtlingszuges kannte, war es ihr, als führen sie auf einen schwarzen Rachen zu, der sie alle verschlingen würde. Ihre böse Vorahnung mochte eine Folge des Streits sein, der den Aufbruch begleitet hatte, oder auch nur ein Ausdruck von Trauer und Verzweiflung. Nie hätte sie sich vorstellen können, ihre Heimat auf diese Weise verlassen zu müssen. Nach den langen Diskussionen, die ihr Vater mit den Nachbarn geführt hatte und denen eine heftige Auseinandersetzung gefolgt war, hatte sie zuletzt nicht einmal Abschied von den Menschen nehmen können, die nicht mitgenommen worden waren. Sie selbst hatte kaum Gepäck und würde, wenn die Schweden tatsächlich ihr Elternhaus besetzten, nicht mehr besitzen als das, was sie auf dem Leib trug und was in die kleine Reisekiste hineingepasst hatte, die auf dem Dach der Kutsche befestigt war. Aber das wenige würde sie auch noch verlieren, wenn die Mutter Gottes nicht ihren schützenden Mantel über sie und die anderen Flüchtlinge ausbreitete, damit die feindlichen Soldaten die Wagen nicht entdeckten.
Ziel der sieben Familien war, die Donaubrücke bei Neuburg zu erreichen, hinter der sie Sicherheit zu finden hofften. Doch nach allem, was Irmela über die Ungeheuer aus dem Norden gehört hatte, bezweifelte sie, dass das andere Ufer des Stromes ihnen tatsächlich Rettung bringen würde. Sie hatte ihren Vater sagen hören, es gäbe nur einen Weg, den ketzerischen Mordbrennern zu entrinnen, nämlich auf eines der Schiffe zu steigen, die die Donau abwärts ins Bayerische und bis nach Österreich fuhren.
Während Irmela sich an all das Schreckliche erinnerte, das über

die Schweden und ihre protestantischen Verbündeten erzählt wurde, klammerte sie sich an das Lederband an der Kutschenwand, damit sie nicht wieder den Halt verlor und gegen eine ihrer Mitreisenden prallte. Da die Fahrspuren nur aus Löchern zu bestehen schienen, schaukelte der Wagen stark. Offensichtlich wurde der Weg schlechter instand gehalten als die große Handelsstraße, die von Nürnberg über Roth und Hilpoltstein nach Ingolstadt führte und sich dabei ein ganzes Stück die Schwarzach entlangschlängelte. Diese hatte der Anführer des Zuges, auf den ihr Vater und dessen Nachbarn sich nach einem scharfen Wortwechsel geeinigt hatten, jedoch nicht einschlagen wollen. Anton von Birkenfels war ein erfahrener Veteran, der in mehr als einem Dutzend Schlachten unter dem großen Tilly gefochten hatte, und er war der Ansicht gewesen, die Schweden würden auf den großen Straßen vorrücken und ihre Zeit nicht mit den Karrenwegen verschwenden, die sich wie ein Netz zwischen Dörfern und kleinen Marktorten erstreckten. Aus diesem Grund hatte er bestimmt, der letzte Teil ihrer Flucht nach Neuburg solle über Konstein, Wellheim und Bergen gehen. Aber so kurz nach der Schneeschmelze bestanden die Wege aus mit Schlamm gefüllten Löchern, in denen die hoch beladenen Wagen immer wieder festsaßen.
Gerade war der Zug wieder ins Stocken geraten. Reichsfreiin Meinarda von Teglenburg, die mit dem im Range niedrigeren, aber einflussreichen Neuburger Hofrat Siegbert von Czontass verheiratet war, streckte den Kopf zum Fenster hinaus und zog ihn seufzend wieder zurück. »Steglingers großer Ochsenwagen ist schon wieder stecken geblieben. Wieso hat man ausgerechnet dieses Gefährt an die Spitze des Zuges gesetzt? Das Ding hätte ganz hinten fahren müssen.«
Walburga Steglinger, eine korpulente Frau knapp unter vierzig, schien die Worte der Freiin auf sich zu beziehen, denn sie stieß

einen Laut aus, der Irmela an das Knurren eines gereizten Hundes erinnerte. »Wenn es nach mir gegangen wäre, wäre der Karren überhaupt nicht mitgenommen worden. Doch wie ich meinen Mann kenne, hat er auf niemand gehört und ist einfach losgefahren.«

Ehrentraud von Lexenthal, die ebenfalls wie ein Gepäckstück in die Kutsche gestopft worden war, schrie so laut auf, dass man es wohl bis zu dem Frachtwagen hören konnte. »Wenn wir nicht schneller werden, holen uns die elenden Ketzer ein! Sagt doch den Knechten, sie sollen den Karren von der Straße schieben!«

Irmela wies auf den Wald, der den Pfad zu beiden Seiten flankierte. »Die Bäume stehen zu dicht. Hier kann man den Ochsenkarren nicht beiseite schaffen.«

Damit hatte sie recht. Der Weg war schmal, und die Äste ragten oft so weit hinein, dass die Kutscher ihre Gespanne ganz vorsichtig unter ihnen hindurchlenken mussten. Zusammen mit Steglingers überladenem Frachtwagen ließ auch das den Flüchtlingszug kaum schneller vorankommen als eine Schnecke auf einem Salatblatt.

Ehrentrauds hysterischer Ausruf steckte die anderen Frauen in der überfüllten Kutsche an. Zu viel hatten sie in letzter Zeit von den Ungeheuern aus Mitternacht gehört, wie man die Schweden zumeist nannte. Während einige inbrünstig zu beten begannen und ihre Kinder anhielten, es ihnen gleichzutun, begann Irmelas Tante Johanna, mit unanständigen Worten über Walburgas Ehemann Rudolf Steglinger herzuziehen. Weiter hieß sie Anton von Birkenfels einen unfähigen Narren, der den Frachtwagen längst hätte wegschaffen müssen, und schmähte zuletzt sogar den lieben Gott. Ihrer Meinung nach hätte der Herr im Himmel es nicht zulassen dürfen, dass die schwedischen Ketzer und ihre protestantischen Verbündeten das kaiserliche Heer bei Breiten-

feld geschlagen und die Städte Mainz und Würzburg samt ihren Festungen eingenommen hatten.
Meinarda von Teglenburg wies sie scharf zurecht, denn es gehörte sich für eine Achtzehnjährige nicht, solche Reden zu führen, und den Willen des Schöpfers durfte erst recht niemand anzweifeln. Zwar stimmten die anderen Frauen ihr zu, brachen dann aber in verzweifeltes Wehklagen aus oder flehten ihre bevorzugten Heiligen an, sie vor den protestantischen Teufeln zu schützen.
Ihre schrillen Stimmen peinigten Irmelas Nerven, und sie hätte sich am liebsten die Ohren zugehalten, um nichts mehr hören zu müssen. Da man ihr diese Geste jedoch übel genommen hätte, krallte sie beide Hände in das Lederband, um nicht vom Sitz geschleudert zu werden, wenn die Kutsche sich wieder in Bewegung setzte. Hart fallen würde sie zwar nicht, denn der Wagenkasten, in dem vier Leute bequem und sechs noch halbwegs angenehm reisen konnten, war mit zwölf Frauen und Kindern überfüllt. Aber wenn sie gegen jemand stieß, würde sie gescholten werden, und Johanna und Ehrentraud, die ihr im Alter am nächsten standen, würden sie so gemein zwicken, wie sie es schon mehrfach getan hatten.
Während Irmela versuchte, sich von der Angst nicht überwältigen zu lassen, beneidete sie Freiin Meinarda und Walburga Steglinger und die beiden anderen Nachbarinnen, die in Fahrtrichtung sitzen durften und daher den Bewegungen der Kutsche nicht so stark ausgeliefert waren. Immerhin gehörte der Reisewagen ihrem Vater, doch der hatte ihr beim Aufbruch erklärt, es sei unhöflich, einer erwachsenen Frau den besseren Platz wegzunehmen.
Irmela blickte nach draußen, um zu sehen, ob es nicht endlich weiterging. Dort sammelten Birkenfels und ihr Vater mit ernsten Mienen gerade die anderen Herren um sich. Die Zuversicht, die die Männer noch beim Aufbruch gezeigt hatten, war einer tiefen

Niedergeschlagenheit gewichen, das spürte sie, noch ehe die ersten harschen Worte fielen.

»Verdammt noch mal, Steglinger, Euch sollte man den Schweden zum Fraß vorwerfen! Meine Anordnung war eindeutig. Zuerst kommen die Kutschen mit den Frauen und Kindern und dann erst die Bagagewagen!« Der Sprecher war Anton von Birkenfels, ein mittelgroßer, gedrungener Offizier in einem dunklen Lederrock, weiten Hosen und Stulpenstiefeln, wie er sie wohl auch während der Feldzüge unter Tilly getragen hatte. Nun glühte er vor Zorn und sah so aus, als wolle er den plumpen, aufgeblasen wirkenden Gutsherrn niederschlagen.

Irmelas Vater Ottheinrich von Hochberg, der neben Birkenfels stand, nickte. »Euer Wagen hindert uns weiterzukommen. Bei der nächsten Gelegenheit muss er zur Seite geschafft werden, damit die Kutschen an ihm vorbeikönnen. Sollte es hart auf hart kommen, lassen wir das Gepäck zurück und versuchen, wenigstens das Leben unserer Lieben und das unsere zu retten.«

»Der Meinung bin ich auch!«, stimmte ihm Siegbert von Czontass zu. »Wenn wir den Feind hinter uns hören, müssen die Pferde vor den Kutschen zu schnellster Gangart gepeitscht werden. Solange sie zwischen den schweren Lastkarren eingezwängt sind, ist ein Entkommen unmöglich.«

Steglingers Gesicht färbte sich tiefrot. »Mir hat hier keiner etwas zu befehlen, Birkenfels! Und Ihr am allerwenigsten. Ich war mit meinem Wagen eher unterwegs als Ihr, und jetzt bleibt er an der Spitze.«

»Aber nur so lange, bis sich die Gelegenheit ergibt, die Kutschen überholen zu lassen. Ich fühle mich erst besser, wenn wir unsere Frauen und Kinder hinter den Mauern von Neuburg in Sicherheit gebracht haben.«

»Die Schweden haben Würzburg und Mainz eingenommen. Da werden die Neuburger Mauern wohl kaum ein Hindernis für sie darstellen!« Steglinger dachte über diesen Teil der Flucht hinaus und hatte sich bereits auf ein langes Exil in der Fremde eingerichtet, das er sich mit seinen Möbeln und Kunstwerken verschönern wollte.

Auch die anderen Flüchtlinge hatten ihre Schätze und ein wenig Hausrat mitgenommen, waren aber vernünftig genug gewesen, ihre Wagen nicht zu überladen. Bei Steglingers großem Gefährt knirschten jedoch die Achsen unter dem Gewicht, und Irmela hielt es für ein Wunder, dass die Zugtiere den Wagen überhaupt noch vorwärts brachten.

Steglinger drehte den anderen Edelleuten brüsk den Rücken zu, rannte nach vorne und brüllte den Knecht auf dem Bock an. »Peitsch die Ochsen, damit sie den Wagen endlich aus diesem Loch herausziehen!«

Der Fuhrmann schüttelte verzweifelt den Kopf. »Das habe ich doch schon getan, Herr! Die Tiere sind völlig erschöpft.«

Wüst fluchend riss Steglinger dem Knecht die Peitsche aus der Hand und schlug wie von Sinnen auf die Zugochsen ein. Birkenfels nahm dem zornigen Mann die Peitsche ab und warf sie zu Boden. »Damit bewirkt Ihr gar nichts! Die Viecher können nicht mehr. Wir werden einen Teil Eurer Sachen abladen müssen, sonst sitzen wir noch heute Abend hier fest.«

»Niemand legt Hand an meinen Besitz!« Steglinger wollte Birkenfels packen, doch der schüttelte ihn ab wie ein lästiges Insekt und winkte seinen Sohn Fabian heran, einen lang aufgeschossenen Jüngling von achtzehn Jahren, der während der kriegsbedingten Abwesenheit des Vaters zusammen mit seiner Mutter das Gut der Familie bewirtschaftet hatte.

»Lade den Wagen ab, bis die Ochsen ihn wieder ziehen können. Notfalls musst du bei einem anderen Karren hinten die Ochsen ausspannen lassen, damit sie mithelfen können, diesen hier aus dem Loch zu holen.«

»Das können wir doch gleich machen! Dann brauchen wir nichts wegzuwerfen«, wandte Steglinger ein. Er schien vor Wut fast zu platzen, wusste aber, dass er sich gegen die Phalanx der anderen Edelleute nicht durchsetzen konnte.
»Dann hängt der verdammte Karren gleich wieder im nächsten Loch fest! Nein, Steglinger, jetzt werden Nägel mit Köpfen gemacht. Euretwegen haben wir schon viel zu viel Zeit verloren.«
Birkenfels kehrte dem Mann den Rücken zu und holte einige Knechte herbei.
Für einige Augenblicke herrschte Stille, die nur durch das erschöpfte Stöhnen der Zugtiere unterbrochen wurde. Irmela versuchte, ihre zitternden Nerven zu beruhigen, und ärgerte sich über sich selbst, dass sie sich von der Angst innerlich auffressen ließ. Sie beneidete die Frauen um sich herum, die beteten und darauf vertrauten, dass ihre Männer alles richtig machen würden. Ihr aber tat der Magen weh, als hätte sie glühende Kohlen verschluckt.
Mit einem Mal versetzte Johanna ihr einen Stoß mit dem Ellbogen. »Bleib endlich ruhig sitzen! Wir anderen brauchen auch noch Platz.«
Zwei Frauen, die sich ebenso wie Johanna durch Irmelas Zappeln gestört fühlten, nickten zustimmend, und Meinarda von Teglenburg setzte dem Mädchen kurzerhand ihren zweijährigen Sohn Siegmar auf den Schoß. »Nimm ihn eine Weile. Mir wird der Junge langsam zu schwer.«
Eng aneinandergepresst in der Kutsche sitzen und dabei auch noch ein Kind festhalten zu müssen war höchst unbequem, doch Frau von Teglenburg wollte Irmela etwas zu tun geben, damit sie ihre Angst ein wenig vergaß.
Eine Weile beschäftigte Irmela sich mit dem kleinen Jungen, der in seiner blauen Kleidung, dem weißen Spitzenkragen und seinen bis auf die Schultern fallenden blonden Haaren wie ein Engel aus-

sah, obwohl er nach Meinung seiner Kindsmagd eher ein kleiner Teufel war. Die Frau hatte ebenso zurückbleiben müssen wie Frau von Teglenburgs Zofe, denn es hatte wie allerorten zu wenig Zugtiere für die Kutschen und Karren gegeben. Zwar saßen einige Mägde auf den Frachtwagen, doch die gehörten meist zu Steglingers Haushalt und waren nur mitgenommen worden, damit ihr Herr sich unterwegs keine neue Dienerschaft suchen musste.
Ottheinrich von Hochberg hatte den Zurückgebliebenen etwas Geld in die Hände gedrückt und ihnen den Rat gegeben, sich beim Herannahen der Schweden in den Wäldern zu verstecken. Just in jenem Augenblick war Irmela von der Erkenntnis überfallen worden, sie würde von den Leuten, die zum größten Teil schon vor ihrer Geburt in den Diensten ihrer Familie gestanden hatten, niemand mehr wiedersehen. Bei der Erinnerung daran begann sie lautlos für diese Menschen zu beten. Mit einem Mal stellten sich ihr die Haare auf den Armen auf, und sie krümmte sich unter dem Eindruck nahenden Unheils. Trotz des Lärms, den die Menschen und Tiere des Flüchtlingszuges verursachten, nahm sie Geräusche wahr, die nichts Gutes verhießen. Schnell steckte sie den Kopf zum Schlag hinaus, um zu lauschen.
Tatsächlich drangen Rufe und der Hufschlag schneller Pferde an ihr Ohr, und ihr schoss das Blut aus dem Kopf. »Da sind Reiter vor uns! Sie werden uns bald erreichen«, rief sie erschrocken aus.
»Verraten dir das die Hexenkräfte, die du von deiner Mutter geerbt hast? Ich höre gar nichts!« Johanna maß ihre ein Jahr jüngere Nichte mit einem verächtlichen Blick.
Obwohl die beiden Mädchen zusammen aufgewachsen waren, hatte sich keine Freundschaft zwischen ihnen entwickelt. Irmela war nach dem frühen Tod ihrer Mutter ein in sich zurückgezogenes Kind gewesen, das nur wenige Menschen an sich heranließ; Johanna aber galt als arme Verwandte, die aus Gnade und Barmherzigkeit aufgenommen worden war. Da Johanna Irmelas Vater

die Verachtung nicht heimzahlen konnte, mit der Ottheinrich seine um viele Jahre jüngere Halbschwester behandelte, quälte sie Irmela, wo sie nur konnte. Dabei nutzte sie deren Liebe zu ihrer verstorbenen Mutter aus und hielt ihr bei jeder Gelegenheit vor, dass Irmhilde von Hochberg als Hexe angezeigt worden war und nur durch ihren frühen Tod einem Prozess und dem Scheiterhaufen entronnen sei.

Zu Hause war Irmela weinend davongelaufen, wenn Johanna sie mit Bosheiten überhäuft hatte, nun aber herrschte sie sie an, still zu sein. Ihre Ohren waren besser als die jedes anderen Menschen, den sie kannte, und sie hörte nun deutlich rauhe Stimmen, die sich einer fremden Sprache bedienten.

»Es können nur die Schweden sein! Kommt raus aus dem Wagen! Wir verstecken uns im Wald.« Noch während sie es sagte, riss Irmela den Kutschenschlag auf und sprang mit Siegmar auf dem Arm zu Boden. Meinarda von Teglenburg streckte noch die Hand aus, um sie aufzuhalten, war aber nicht schnell genug.

Den Jungen an sich gepresst, rannte Irmela zu ihrem Vater und zupfte ihn am Ärmel. »Ich höre schwedische Reiter! Sie kommen von vorne!«

Ihr Vater blickte kopfschüttelnd in die angegebene Richtung, und Anton von Birkenfels machte eine abfällige Handbewegung. »Aus der Richtung, in die wir fliehen? Das ist doch lächerlich!« Dann wandte er sich an seinen Sohn. »Fabian, hilf Fräulein Irmela wieder in die Kutsche und sorge dafür, dass sie auch drinnen bleibt!«

Der Jüngling hatte gerade ein paar weitere Knechte auf Steglingers Wagen gescheucht, damit diese noch einige Stühle, Tische und Kästen in den Wald schaffen sollten. Nun schwang er sich aus dem Sattel und trat nicht weniger verärgert als sein Vater auf Irmela zu.

Das Mädchen sah ihren Vater flehend an. »Papa, ich höre sie

wirklich! Wir müssen in die Wälder fliehen. Möge die Himmeljungfrau uns beistehen!«

Ottheinrich von Hochberg starrte Irmela verunsichert an. Seine Tochter verfügte über ähnlich feine Sinne wie seine verstorbene Frau, dabei hätte er ihr ein etwas weniger sensibles Gemüt gewünscht. So erinnerte sie ihn täglich mehr an ihre Mutter, die nur durch ihre hohe Abkunft und das Dazwischentreten des Pfalzgrafen und Neuburger Herzogs Wolfgang Wilhelm dem Zugriff jenes fanatischen Dominikanerpaters entkommen war, der sie als Hexe angeklagt hatte. Dabei hatte seine Gemahlin die Gunst des Fürsten und der Fürstin nicht zuletzt ihrer scharfen Sinne wegen erworben. Nun schwankte Hochberg, ob er Irmela Glauben schenken oder ihre Worte als Gerede eines verängstigten Kindes abtun sollte.

Fabian von Birkenfels griff nach Irmela, um den Befehl seines Vaters auszuführen, doch diese stieß ihn unerwartet heftig zurück.

»Rennt um euer Leben!«, schrie sie und tauchte mit dem kleinen Siegmar auf dem Arm so schnell im Zwielicht des Waldes unter, dass Fabian ins Leere griff.

Frau Meinarda sah das Mädchen mit ihrem Sohn in den Wald rennen und stieß einen schrillen Ruf aus. »Irmela! Nein! Was machst du denn da?«

Bevor jemand sie hindern konnte, verließ sie die Kutsche und folgte dem Mädchen. Drei andere Frauen verloren die Nerven, zwängten sich kreischend ins Freie und rannten ebenfalls in den Wald. Ihr Beispiel wirkte ansteckend. Mütter schleppten ihre Kinder mit, ältere Geschwister die jüngeren, und ganz zuletzt schloss sich auch Johanna den Fliehenden an. Obwohl sie ständig über Irmelas Empfindlichkeit gespottet hatte, wusste sie, wie gut diese hören konnte, und war daher bereit, ihr zu glauben.

Die Männer wurden von der Flucht der Frauen und Kinder völlig überrascht. Birkenfels versuchte, sie mit Gebrüll zurückzuhal-

ten, doch es war vergebens. Die Einzigen, die blieben, waren ein paar verschüchterte Mägde, die dicke Walburga Steglinger, die ohne Hilfe nicht aus dem Wagenkasten kam, und Ehrentraud von Lexenthal, die für Irmela nur Verachtung übrig hatte und dem nicht gerade einladend wirkenden Wald nun misstrauische Blicke zuwarf.
Auf halbem Weg in dichteres Gebüsch packte Walter von Haßloch seine vor Angst um sich schlagende Ehefrau und versetzte ihr ein paar schallende Ohrfeigen. »Du bleibst hier, verdammt noch mal!«, herrschte er sie an.
Fabians Mutter Carola blieb unter den ersten Bäumen stehen, drehte sich nun mit einem verkrampften Lächeln zu ihrem Ehemann um und kehrte ebenfalls zu ihrer Kutsche zurück. Birkenfels beachtete sie jedoch nicht, sondern fluchte zum Gotterbarmen. »Verdammt, Hochberg! Dafür bringe ich Eure Tochter um. Wir sind ohnehin schon viel zu langsam, und da rennt dieses kleine Miststück auch noch davon und lockt die anderen Weiber hinter sich her. Fabian, du folgst diesen gackernden Hühnern und scheuchst sie zurück auf die Straße. Wir brechen auf, sobald Steglingers Karren wieder fahrbereit ist. Wer dann noch nicht da ist, kann meinetwegen im Wald vermodern!«
Nach diesen heftigen Worten brüllte Birkenfels die Knechte an, sich mit dem Entladen zu beeilen. Da es sich zumeist um Steglingers Leute handelte, gingen diese jedoch so zögernd zu Werk, als fürchteten sie, für jedes fehlende Teil Hiebe zu erhalten.
Irmelas Vater trat neben Siegbert von Czontass und legte ihm die Hand auf die Schulter. »Wir hätten meinem ersten Vorschlag folgen, etwas Gold mitnehmen und samt unseren Frauen und Kindern zu Pferd fliehen sollen. Nun werden wir es nicht mehr bis zur Donau schaffen.«
»Nicht, nachdem Eure Tochter uns völlig überflüssige Probleme bescheren musste!«, antwortete Czontass mit eisiger Miene.

»Ob Irmelas Handlung wirklich überflüssig war, werden wir gleich sehen!« Ottheinrich von Hochberg glaubte nun auch, Hufgetrappel und Schreie zu vernehmen, und griff nach seinem Rapier.
»Betet, dass es die Unseren sind! Wenn es sich um die Schweden handelt, empfehlt eure Seelen allen Mächten des Himmels!«
Froh darüber, nicht mehr im Zentrum des allgemeinen Unmuts zu stehen, tippte Steglinger sich an die Stirn. »Eure Tochter ist nicht richtig im Kopf und Ihr seid es anscheinend auch nicht!«
Birkenfels hielt ihm den Mund zu. »Seid still! Jetzt höre ich es auch. Bei der Heiligen Jungfrau und Sankt Kilian! Es sind die Schweden. Irmela muss gespürt haben, dass sie uns überholt haben. O Gott im Himmel, wir sind verloren!«
Mit diesen Worten riss er seinen Pallasch aus der Scheide. In dem Augenblick preschten keine hundert Schritt weiter vorne die ersten schwedischen Reiter in ihren gelben Kollern und hellen Hüten um eine Wegbiegung. Beim Anblick des Wagenzugs schwangen sie jubelnd ihre Waffen.
Birkenfels versetzte seiner Frau einen Stoß. »Rasch, lauf zu den anderen in den Wald!«
Sie warf einen Blick auf die Angreifer, die bereits den ersten Wagen erreicht hatten und die Knechte dort niedermachten, und hob abwehrend die Hände. »Ich hätte vorhin nicht umkehren sollen. Jetzt ist es zu spät, mein Lieber. Die Schweden würden mir folgen. Aber ich will nicht so enden wie jene Frauen, die diesen Ungeheuern in die Hände gefallen sind.« Sie fuhr sich mit dem Ärmel über das Gesicht, um die Tränen wegzuwischen, griff in den Wagen und zog den rechteckigen Kasten zu sich her, der ihr unterwegs als Fußstütze gedient hatte. Als sie ihn öffnete, kamen zwei Pistolen samt Pulverhorn und Kugelbehälter zum Vorschein.
»Wenn es dir nichts ausmacht, mein Lieber, werde ich die Pistolen an mich nehmen. Wenn die Schweden sie haben wollen, sollen sie

sich überzeugen können, dass sie gut schießen.« Carola stieß ein Lachen aus, das ihrem Mann durch Mark und Bein ging.
Birkenfels wurde in diesem Moment bewusst, dass er sieben Familien aus pfälzisch-neuburgischem Adel ins Verderben geführt hatte, und trat den anstürmenden Schweden so schwerfällig entgegen wie ein alter Mann. Hochberg, Czontass und einige andere scharten sich um ihn, während Steglinger und weitere Feiglinge sich auf ihre Pferde schwangen und diesen die Sporen gaben. Ein paar Schweden verfolgten sie ein Stück, töteten einige und drehten dann aber um, weil sie die Beute und die Frauen nicht ihren Kameraden überlassen wollten.
Beim Auftauchen der feindlichen Reiter hatten Ehrentraud von Lexenthal und die Mägde, die den Wagenzug begleiteten, ebenfalls in den Wald zu flüchten versucht, doch die feindlichen Krieger holten sie nach wenigen Schritten ein. Carola von Birkenfels, die sich gegen die Wand ihrer Kutsche presste, musste zusehen, wie die Schweden die Frauen zu Boden warfen und ihnen die Kleider vom Leib rissen. Als der erste Soldat Ehrentraud von Lexenthal zur Erde drückte und mit einem heftigen Ruck in sie eindrang, kreischte das Mädchen schrill auf.
Von Angst und Abscheu geschüttelt erneuerte Carola ihren Schwur, dieses Schicksal nicht zu teilen. Ihr war bewusst, dass sie keine Hilfe zu erwarten hatte. Ihr Gatte wehrte sich noch mit dem Mut der Verzweiflung gegen ein halbes Dutzend der Angreifer, und nicht weit von ihm sank Ottheinrich von Hochberg aus vielen Wunden blutend nieder. Ein feindlicher Offizier trat dem Liegenden mit dem Stiefel ins Gesicht, dann holte er aus und stieß Anton von Birkenfels die Klinge in den Rücken.
Carolas Gatte drehte sich noch mit zum Schlag erhobener Waffe um, brach aber mitten in der Bewegung in die Knie und stürzte zu Boden. Der Schwede, der ihn getötet hatte, spuckte verächtlich aus, hob den Kopf und deutete grinsend auf Carola.

»So eine Beute macht man nicht alle Tage!«, rief er seinen Kameraden zu. »Das Weib wird mir schmecken und euch hinterher auch.«
Er sprach einen sächsischen Dialekt, den Carola mühelos verstand. Wie viele im Heer des Schwedenkönigs stammte er nicht aus dem Land der Mitternachtssonne, sondern war ein Söldner aus dem Reich in schwedischen Diensten. Diese Kerle hausten meist schlimmer als die Nordleute, und als Frau von Stand hatte Carola ein qualvolles Ende zu erwarten. Sie richtete ein Stoßgebet an die Heilige Jungfrau, ihren Sohn vor den Augen der Marodeure zu verbergen und ihn zu beschützen.
»Heilige Maria, Mutter Gottes, lass nicht zu, dass auch er den Ketzern zum Opfer fällt!«, wiederholte sie, als sich die Hände des Söldneroffiziers in ihren Busen gruben und den Seidenstoff zerrissen, der ihr Dekolleté verzierte.
Im selben Augenblick richtete Carola eine der beiden Pistolen, die sie hinter ihrem Rücken verborgen hatte, auf den Söldner, und für die Dauer einiger Herzschläge genoss sie den erschrockenen Blick des Mannes. Dann krachte der Schuss und der Offizier fiel rücklings zu Boden. Bevor seine Kameraden sie erreichten, hatte Carola von Birkenfels sich die Mündung der zweiten Pistole an die Schläfe gesetzt und drückte ab.

II.

Zunächst war Irmela mit dem kleinen Siegmar auf dem Arm einfach nur so weit wie möglich in den Wald gelaufen, um von der Straße wegzukommen. Dann machte dichtes Unterholz es ihr schwer voranzukommen. Es verbarg sie jedoch schon nach wenigen Schritten vor den Augen derer, die ihr folgten.
Erst als sie den Wagenzug gut hundert Schritte hinter sich wuss-

te, blieb sie keuchend stehen und drehte sich um. Die Stimmen, die sie so erschreckt hatten, waren nun deutlich zu vernehmen, ebenso das Getrappel vieler Pferde. Sie verstand nichts vom Krieg, aber sie konnte sich denken, dass die frischen Spuren der schwer beladenen Karren und die Abdrücke der Zugtiere den Schweden aufgefallen waren. Wahrscheinlich hatten die feindlichen Soldaten den Flüchtlingszug auf einem anderen Weg überholt und sich die günstigste Stelle ausgesucht, um ihn abzufangen.

Als hinter ihr Schritte aufklangen, schnellte sie angsterfüllt herum, erkannte dann aber Fabian und atmete auf. Ihre Erleichterung schwand jedoch, als der junge Mann vor ihr stehen blieb und ihr eine Ohrfeige gab, die sie beinahe von den Beinen riss.

»Bist du wahnsinnig geworden, du dummes Stück? Du warst ja schon immer eine Nervensäge, aber jetzt hast du dich selbst übertroffen! Wir haben sowieso schon so viel Zeit verloren, und du rennst einfach in den Wald und machst die anderen Weiber mit deinem Geplärre verrückt.«

Irmela hielt sich die schmerzende Wange und lächelte unter Tränen. »Also sind mir alle gefolgt!«

»Zum Glück nur die, die ebenso närrisch sind wie du. Jetzt mach, dass du zurückkehrst! Für deine Gespensterseherei wird dein Vater dir die Leviten lesen! Ich suche inzwischen die anderen Frauen.« Fabian versetzte Irmela einen heftigen Stoß, der sie in Richtung des Wagenzugs treiben sollte.

Sie blieb jedoch stehen, als wären ihre Füße mit dem Waldboden verwachsen. »Hörst du es denn nicht? Die Schweden haben den Wagenzug erreicht!«

»Unsinn!« Fabian holte aus, um sie erneut zu ohrfeigen, hielt aber mitten in der Bewegung inne. Nun vernahm auch er das Klirren von Waffen und Schreie, die ihm schier das Blut in den Adern stocken ließen.

»Das ist wirklich der Feind! Ich muss zurück und Vater helfen!«, schrie er auf und rannte los.

Irmela setzte den kleinen Siegmar ab, sprang Fabian nach und verkrallte sich mit aller Kraft im Stoff seines Rockes. »Da darfst du nicht hin. Sie würden dich umbringen!«

Fabian dachte an seine Eltern, die in Gefahr waren, und wollte sich losreißen, doch Irmela hing wie eine Klette an ihm. Nun schlug er zum zweiten Mal zu, diesmal so heftig, dass die Lippen des Mädchens aufplatzten und Blut über ihr Kinn tropfte.

In dem Augenblick tauchte Meinarda von Teglenburg neben ihnen auf. Die Freiin riss ihren Sohn an sich, der sich mit tapsigen Schritten entfernt hatte, und trat am ganzen Körper zitternd auf Fabian und Irmela zu.

»Bei der Heiligen Mutter im Himmel, es sind wirklich die Schweden! Kind, wie hast du das wissen können?«

»Das haben ihr ihre Hexenkräfte gesagt«, erwiderte Johanna, die hinter Meinarda auftauchte. Ihr folgten einige der anderen Frauen, die weinende Kinder mit sich zerrten.

Irmela achtete nicht auf die boshaften Worte ihrer Verwandten, sondern wandte sich an die Freiin. »Helft mir bitte! Fabian will unbedingt zurück zu den Wagen, aber dort werden die Ungeheuer ihn erschlagen.«

Im gleichen Augenblick erscholl der Todesschrei eines Mannes. Die Frauen zuckten zusammen und starrten mit auf die Lippen gepressten Handrücken in jene Richtung, aus der die Geräusche des Überfalls nun alles andere übertönten. Meinarda schüttelte ihre Erstarrung schnell wieder ab und sah Fabian vorwurfsvoll an. »Bleib hier! Wenn du wegläufst, haben wir niemand mehr, der uns beschützt. Gebe Gott, dass auch noch andere fliehen konnten! Die Männer haben doch ihre Pferde.«

»Vater und die anderen werden wohl kaum fliehen, solange noch Frauen und Kinder bei den Wagen sind.« Fabians Stimme klang wie zerbrechendes Glas. Er riss sich los und lief ein paar Schritte in die Richtung, aus der nun schier unmenschliche Laute zu hören waren. »Ich muss nach meinen Eltern sehen und ihnen beistehen!«

»Wenn du das tust, bringst du die Schweden auf unsere Spur! Sollen deinetwegen alle sterben?«, schrie Meinarda ihn an. Dabei krümmte sie sich wie unter starken Schmerzen und schlug die Hände vors Gesicht. Es war die Angst um ihren Gemahl, die sie so leiden ließ. Czontass war kein Soldat, und nur eine rasche Flucht hätte ihn retten können. Zwar wünschte sie sich, er wäre davongeritten, aber sie wusste, dass sein Stolz es ihm verbot, seine Freunde im Stich zu lassen. Auch sie wäre am liebsten zum Wagenzug zurückgelaufen, doch die Verantwortung für ihren Sohn hielt sie zurück.

Das Kreischen und Flehen der beim Wagenzug zurückgebliebenen Frauen verriet, was ihnen allen bevorstand, wenn die Schweden sie entdeckten, und die Geflohenen sammelten sich um Fabian, als suchten sie seinen Schutz. Dem jungen Mann wurde klar, dass das Schicksal ihm die Verantwortung für eine Gruppe völlig verängstigter Frauen aufgezwungen hatte und er nicht kopflos handeln durfte. Gerade erschienen weitere Frauen, die Kinder auf den Armen trugen und den Stimmen auf der Lichtung gefolgt waren. Von jenen aber, die Irmelas Warnung nicht sofort ernst genommen hatten, tauchte niemand auf.

Irmela stand regungslos horchend da und schien gar nicht zu bemerken, dass ihr das Blut von der aufgeplatzten Lippe über Kinn und Hals lief und den weißen Kragen ihres Kleides rot färbte. Wie in einem Alptraum wandelnd wies sie auf ein dichtes Unterholz, das noch weiter von der Straße entfernt war.

»Wir sollen uns dort drüben verbergen. Wenn wir hier stehen bleiben, könnten schwedische Späher uns doch noch finden. Und seid still! Ich höre Holz knacken.«

Meinarda nickte heftig und forderte die anderen mit energischen Gesten auf, sich zu verstecken. Die Frauen rafften ihre Kinder an sich und verschwanden so rasch in dem Gebüsch, als wären die Schweden bereits hinter ihnen her. Fabian jedoch blieb regungslos stehen und lauschte weiterhin den Kampfgeräuschen. Kurz entschlossen kehrte Irmela noch einmal um und packte ihn am Ärmel. Er blickte sie an, als sähe er sie zum ersten Mal, und kam widerstandslos mit ihr. Seine Miene verriet, dass er mit seinem Stolz kämpfte, der ihn der Feigheit zieh, weil er davonschlich, statt den Schweden mit blanker Klinge zu begegnen.
Mit einem missglückten Lächeln sah er auf Irmela hinab. »Es tut mir leid, dass ich dich geschlagen habe!«
Sie zuckte mit den Achseln. »Du hast mir früher noch schlimmere Stöße versetzt.«
Er wollte protestieren, denn er hatte ihr nie ein blaues Auge oder eine blutende Lippe beigebracht. Zwar hatte er sie oft als lästiges Anhängsel empfunden, wenn sie ihm wie ein stummer Schatten durch Feld und Wald gefolgt war, aber sie hatte sich stets als geduldige Zuhörerin erwiesen, und er war nur handgreiflich geworden, wenn sie beim Angeln mit den Füßen im Wasser geplanscht und die Fische vertrieben hatte.
Nun wand er sich innerlich vor Scham. Während sein Vater und die anderen Männer einen verzweifelten Kampf gegen die Schweden ausfochten, hatte er seinen Heldenmut dadurch bewiesen, indem er ein Mädchen schlug, das mehr als ein Kopf kleiner war und trotz seiner siebzehn Jahre noch wie eine Zwölfjährige aussah.
Er folgte Irmela zwischen Büsche, die so dicht wuchsen, dass er neben Johanna stehen blieb, ohne diese zu bemerken. Erst als Irmelas Tante einen leisen Ruf ausstieß, entdeckte er sie.
»Was mag mit unseren Freunden geschehen sein?«, fragte sie, da die Geräusche allmählich verebbten.

Fabian breitete hilflos die Hände aus. »Wir dürfen erst zurückkehren, wenn wir sicher sein können, dass die Schweden abgerückt sind. Dann werden wir feststellen, wer von unseren Verwandten und Freunden hat fliehen können.«
»Was ist mit meinem Mann und meinem Jungen?« Anna Reitmayr, die gleich zwei Kinder auf den Armen trug, sah Fabian verzweifelt an.
In dem Moment wünschte der junge Mann sich an jeden anderen Ort der Welt, selbst in die wüsteste Schlacht, denn die verstörten Blicke der Frau und ihrer beiden Töchter taten ihm körperlich weh. Um sich von seinem eigenen Elend abzulenken, überlegte er, wen er auf der Lichtung gesehen hatte und um sich sammeln musste. Von den Damen von Stand fehlten Walburga Steglinger, Ehrentraud von Lexenthal, Frau von Haßloch und seine Mutter, und von den Mägden waren nur zwei von denen geflohen, die nicht zu Steglinger gehört und daher keine Bestrafung für ihr Weglaufen gefürchtet hatten. Kein einziger Mann war ihnen gefolgt, und der älteste Bub mochte vielleicht zehn Jahre zählen. Insgesamt waren es achtzehn Personen, jede so wehrlos wie ein neugeborenes Kitz und voller Panik.
Irmela, die direkt zu seinen Füßen kauerte, hatte den Kopf zur Seite gedreht, als lausche sie. Ihr spitzes, von dunklen Locken umrahmtes Gesicht mit den haselnussbraunen Augen erinnerte ihn an eine Maus, und selbst die Polster in ihrem hellblauen Kleid konnten nicht verbergen, dass sie für ihr Alter viel zu dünn war. Im Vergleich zu ihrer Tante Johanna und der wunderschönen Ehrentraud von Lexenthal wirkte sie völlig unscheinbar, aber dennoch würde es ihr nicht an Freiern mangeln. Sein eigener Vater hatte bereits Andeutungen gemacht, er würde Irmela von Hochberg als Schwiegertochter begrüßen. Im Gegensatz zu Fabians Familie, die nur dieses eine Gut besaß, verfügten die Hochbergs über mehrere Landsitze und große Liegenschaften. Dazu

hatte Irmela von ihrer Mutter auch noch die Burg und die Herrschaft Karlstein geerbt und durfte sich mit Fug und Recht Komtesse Hochberg und Herrin zu Karlstein nennen.
»Es ist so still geworden!« Freiin Meinardas Ausspruch holte Fabian in die Wirklichkeit zurück, und er machte sich Vorwürfe, weil er sich mit solchem Unsinn beschäftigt hatte, während wenige hundert Schritt entfernt der Tod seine schwarze Sense geschwungen hatte.
Johanna schob sich näher an ihn heran. »Meinst du, die Schweden wären fort?«
Irmela schüttelte den Kopf. »Die Kerle suchen immer noch den Waldrand ab! Hoffentlich dringen sie nicht bis zu uns vor.«
»Das möge die Heilige Jungfrau verhüten!« Meinarda von Teglenburg kniete trotz des beengten Raumes zwischen den Büschen nieder und stimmte ein Gebet an. Sie dämpfte ihre Stimme, doch einige andere Frauen fielen weitaus lauter in ihre Worte ein.
Fabian flehte sie leise, aber eindringlich an, ihre Stimmen zu senken. »Ihr ruft sonst die Feinde zu uns!«
Sofort verstummten alle, und er konnte nur noch an den Bewegungen ihrer Lippen erkennen, dass sie weiterbeteten. Er hätte selbst gerne die Mächte des Himmels angefleht, sich seines Vaters und seiner Mutter gnädig zu erweisen und natürlich auch allen, die beim Wagenzug geblieben waren. Doch das, was er über die Schweden gehört hatte, ließ ihn an der himmlischen Gerechtigkeit zweifeln. Männer, die nicht im Kampf fielen, wurden auf entsetzliche Weise zu Tode gemartert, und was die Frauen erwartete, hatten ihm die Schreie der Zurückgebliebenen verraten. Fabian sah seine Mutter als hilfloses Opfer dieser von Gott verfluchten Ketzer und knirschte mit den Zähnen.
Nach einer Weile blickte er fragend auf Irmela hinab. »Hörst du noch etwas?«
Das Mädchen schloss die Augen und lauschte mit angespannten

Sinnen. »Nein! Ich höre nichts mehr, weder ihre Stimmen noch ihre Pferde.«

»Glaubst du, die Schweden sind fort?« Fabian drängte es, nachzusehen, was mit seiner Familie geschehen war.

»Dort vorne ist niemand mehr. Es ist so still geworden wie in einem Grab!« Irmelas letzte Worte erschreckten die Frauen, und einige schluchzten bei dem Gedanken an ihre Lieben auf, die beim Wagenzug zurückgeblieben waren.

Fabian atmete tief durch und befahl den Frauen mit einem Handzeichen, in Deckung zu bleiben. Er wollte nachschauen gehen, ganz gleich, was ihn da vorne erwartete. Als Irmela aufsprang, um sich ihm anzuschließen, winkte er heftig ab. »Du bleibst hier und hältst deine Ohren offen! Ich werde einen Bogen schlagen und mich von der anderen Seite nähern, um den Feind, falls er sich hier noch herumtreiben sollte, nicht auf eure Spur zu locken.«

»O Fabian, du bist ja so tapfer!« Johanna schenkte ihm ein schmelzendes Lächeln. Sie war ein hübsches Mädchen, groß, blond, mit herrlichen blauen Augen und einem Charme, dem der junge Mann sich selbst in dieser Situation nicht verschließen konnte.

Während er sie noch anstarrte, trat Meinarda zu ihm. »Ich werde dich begleiten! Johanna kann Siegmar so lange halten.«

Sie wollte ihren Sohn dem Mädchen in die Arme drücken, doch Fabian schüttelte energisch den Kopf. »Ich sagte, ich gehe allein! Mir können die Schweden nicht das antun, was sie mit Euch machen würden.«

»Sie könnten dich foltern und so erfahren, wo wir uns befinden!«, rief eine der anderen Frauen, die mehr Angst um sich selbst und ihre Ehre hatte als um ihren Ehemann.

»Ich werde mich gewiss nicht kampflos ergeben.« Fabian klopfte mit der Linken gegen den Griff des Rapiers, mit dem ihn sein

Vater vor dem Aufbruch ausgestattet hatte, und setzte eine grimmige Miene auf.

Mit Meinardas Segen und dem der übrigen Frauen versehen, zwängte er sich so lautlos wie möglich durch die Büsche, und als er sich nach ein paar Schritten umwandte, war nichts mehr von der Gruppe zu sehen. Plötzlich vernahm er dicht neben sich ein Geräusch, schnellte herum und zog noch in der Bewegung sein Rapier. Doch statt eines schwedischen Soldaten, der sich auf ihn stürzen wollte, sah er nur einen Hasen, der von seinem Auftauchen erschreckt davonhoppelte.

III.

Wie er es versprochen hatte, schlug Fabian einen Bogen, um nicht von einem zurückgebliebenen Feind bemerkt zu werden, und erreichte den Karrenweg ein Stück hinter der Stelle, an der sich der Überfall ereignet hatte. Da der Wind in seine Richtung blies, quoll ihm beißender Rauch entgegen.

Die Fuhrwerke und die meisten Kutschen brannten, und von den Zugtieren war nichts mehr zu sehen. Wahrscheinlich hatten die Schweden sie ausgespannt und mitgenommen. Fabian entdeckte schließlich noch einen toten Ochsen, aus dem man die besten Fleischstücke herausgeschnitten hatte, und wünschte den Plünderern, an dem Braten zu ersticken.

Dann stieß er auf die Kutsche der Haßlochs, die sich noch ganz zuletzt den Flüchtlingen angeschlossen hatten. Die Schweden hatten das Gefährt geplündert, auf die Seite gekippt und ebenfalls angezündet, doch das Feuer war nach kurzer Zeit von selbst erloschen.

Um den Wagen herum lagen einige Gegenstände, die die Schweden wohl als unbrauchbar weggeworfen hatten. Unter ihnen entdeckte Fabian ein Bild der heiligen Maria, das mit einem derben Fußtritt in den Boden gestampft worden war. Nicht weit davon entfernt stak ein zerbrochenes Reliquiar im Dreck, von dem die Plünderer die Edelsteine entfernt hatten.

Im nächsten Augenblick vergaß Fabian die Reliquienschändung und starrte entsetzt auf die beiden Toten, die am Waldrand lagen. Es handelte sich um Herrn von Haßloch und dessen Frau, die von ihrem Mann mit Gewalt daran gehindert worden war, Irmela und den anderen in den Wald zu folgen. Offensichtlich hatte er sein Weib mit dem Degen niedergestochen, um ihr das Schrecklichste zu ersparen. Es war jedoch umsonst gewesen, denn die Schweden und ihre deutschen Söldner hatten sich an der Sterbenden vergangen und ihn selbst bei lebendigem Leib aufgeschlitzt.

Fabian spürte, wie sein Mageninhalt hochkam, und drehte der schrecklichen Szene den Rücken zu. Ohne nach rechts und links zu sehen, schritt er weiter. Das nächste Fuhrwerk brannte immer noch lichterloh. Es war der Karren, auf den Meinarda von Teglenburg die wertvollsten Möbel hatte laden lassen. Auch Steglingers Karren standen in Flammen, und Fabian wünschte, der Mann würde samt seinem Besitz verbrennen. Hätte der Gutsherr mit seiner Gier und seiner Unvernunft die Flucht nicht verzögert, wären sie nun schon in Neuburg und damit zumindest fürs Erste in Sicherheit.

Aus Angst vor dem, was ihn dort erwarten mochte, umging er das Fahrzeug seiner eigenen Familie und näherte sich der geräumigen Kutsche der Hochbergs, die mit Frauen und Kindern vollgestopft gewesen war. Die meisten von ihnen waren entkommen, doch Walburga Steglinger, die von ihrem Mann in diesen Wagen gesetzt worden war, weil seine eigenen Fuhrwerke keinen Platz für sie geboten hatten, war zurückgeblieben. Fabian fand die schwergewichtige Frau nackt und mit blutverschmierten Schenkeln am Waldrand liegend. Obwohl sie schon älter und nicht besonders ansehnlich war, hatten die feindlichen Soldaten sie wohl etliche Male vergewaltigt.

Zuerst nahm Fabian an, Waltraud Steglinger sei tot, und wandte den Kopf zur Seite, um sie nicht weiter anzustarren. In dem Augenblick hörte er sie stöhnen. Sofort kniete er neben ihr nieder und hob ihren Kopf.

»Ihr lebt noch!« Diese drei Worte drückten seine ganze Hoffnung aus, dass auch seine Mutter die Grausamkeiten der Schweden überstanden haben könnte.

»Fabian, bist du es? Komm, hilf mir auf die Beine. Hier können wir nicht bleiben.« Walburga Steglingers sonst so kräftige Stimme war kaum zu verstehen, und sie wimmerte, als Fabian sie hochzerrte. Es bedurfte einiger Anstrengung, die Frau auf die Beine zu stellen, doch als es geschafft war, hielt sie sich besser, als er erwartet hatte.

»Sieh bitte nach, ob du irgendwo ein Kleid oder sonst etwas findest, in das ich mich einhüllen kann!«, bat Walburga.

Sie nahm ein Stück Stoff herunter, das an einem Ast hängen geblieben war, und rieb damit so heftig über ihren Unterleib, als wolle sie damit das Geschehene tilgen. Doch sie erreichte nur, dass sie noch stärker blutete. Mit einer angewiderten Bewegung warf sie den Lappen weg und ballte die Fäuste. »Der Teufel soll die Schweden holen und meinen Mann gleich mit dazu!«

Fabian ahnte, dass Steglinger die Flucht ergriffen hatte, ohne sich um seine Frau zu kümmern. Als er den im Schlamm verstreuten Inhalt einiger aufgebrochener Truhen durchsuchte, die Kleidung für einen nicht gerade schlanken Mann enthalten hatten, begriff er, dass er auf Steglingers reichhaltige, wenn auch nicht gerade modische Garderobe gestoßen war. Unter den Sachen fand er einen halbwegs sauberen Morgenmantel, der die Körperfülle seiner Frau bedecken konnte.

»Etwas Besseres gab es leider nicht«, sagte er bedauernd, als er Walburga das braune Kleidungsstück reichte und sich dabei bemühte, in eine andere Richtung zu schauen.
»Du bist ein guter Junge!« Walburga fühlte sich innerlich wie erstarrt, doch sie wusste auch, dass ihr Klagen und Jammern nicht helfen würden. Seufzend schlüpfte sie in das Gewand. »Ich werde es raffen müssen, damit ich nicht darauf trete. Reichst du mir den Strick dort drüben? Etwas anderes wird wohl nicht um mich herum reichen. Jetzt sollten wir schauen, ob wir noch weitere Überlebende finden!«
Danach sah es zunächst nicht aus. Als Erstes entdeckten sie die Leichen von Graf Hochberg und einigen anderen Edelleuten, die von den Schweden bis auf die Haut ausgezogen worden waren, und auch die der Knechte, die auf der Flucht erschlagen worden waren. Bei der nächsten Kutsche stöhnte Walburga entsetzt auf. »Das ist Reitmayrs Ältester! Mein Gott, der Junge war noch keine vierzehn Jahre alt.«
»Wenigstens haben Anna Reitmayr und ihre beiden Töchter überlebt«, antwortete Fabian schaudernd.
»Aber sie hat ihren Sohn und ihren Gatten verloren!« Walburga Steglinger wies auf den toten Nachbarn, der im Gegensatz zu ihrem Mann nicht feige davongeritten war, schlug das Kreuz und sprach ein kurzes Gebet für die beiden Toten.
Unterdessen hatte Fabian seinen Vater gefunden. Anton von Birkenfels lag so am Boden, dass man die todbringende Wunde in seinem Rücken erkennen konnte. Jemand hatte ihm die rechte Hand abgeschlagen, wohl um den Griff seiner Waffe aus den erstarrten Fingern winden zu können. Nur wenige Schritte entfernt entdeckte er seine Mutter. Das schwarz umrandete Loch in ihrer Schläfe und Schmauchspuren auf Haut und Haaren verrieten, dass eine Waffe aus allernächster Nähe auf sie abgefeuert worden war.

Während Fabian weinend in die Knie brach, legte Walburga ihm die rechte Hand auf die Schulter. »Sie hat zuerst den Schweden erschossen, der deinen Vater umgebracht hat, und dann sich selbst. Zum Glück haben die ketzerischen Hunde sich nicht an ihrer Leiche vergangen.«

Das war ein geringer Trost für einen jungen Mann, der seine Mutter verehrt und umsorgt hatte, während der Vater mit Tilly von Schlacht zu Schlacht geritten war. Um zu verhindern, dass Fabian sich in seiner Trauer vergrub und nichts mehr um sich herum wahrnahm, deutete sie auf die Leichen einiger Männer, die etwas weiter hinten auf einem Haufen lagen. Dem Anschein nach waren auch sie aus nächster Nähe erschossen oder erstochen worden.

»Die armen Kerle haben ihre Waffen weggeworfen und wollten sich ergeben. Doch die Schweden haben sie angebrüllt, sie würden ebenso viel Pardon erhalten, wie unser Tilly den Bürgern Magdeburgs habe zukommen lassen, und dann haben sie sie alle umgebracht.«

Fabian löste mühsam seinen Blick von dem Leichnam seiner Mutter, kämpfte sich wieder auf die Beine und hob die Fäuste anklagend zum Himmel.

IV.

*A*ls Walburga Steglinger und Fabian die Spitze des so furchtbar gescheiterten Flüchtlingszugs erreichten, glaubten sie, das Schrecklichste bereits gesehen zu haben. Da vernahmen sie ein Geräusch. Fabian zog sein Rapier, stieß es aber rasch wieder in die Scheide, als er im dämmrigen Licht des Waldsaums zwei Frauen entdeckte, die sich eng aneinander kauerten. Die eine war die Magd, die Frau von Haßloch mitgenommen hatte, und in der

anderen erkannte er erst auf den zweiten Blick Ehrentraud von Lexenthal, die zu Recht als die schönste Jungfrau im weiten Umkreis gegolten hatte. In seiner Phantasie hatte Fabian sich öfter vorgestellt, mit ihr mehr zu tun als nur ein belangloses Gespräch zu führen, und er hätte sie gerne als Gattin heimgeführt, obwohl sie Waise und die fast mittellose Nichte eines Priors war.
Jetzt sah er sie zum ersten Mal nackt vor sich. Aber was ihn sonst in einen Schauer des Entzückens versetzt hätte, löste nun schieres Grauen in ihm aus. Die Mordbrenner hatten Kreuze in Ehrentrauds Wangen geschnitten und ihre Brüste verstümmelt. Zudem glänzten ihre Oberschenkel vor Blut.
Auch die Magd war von den Schweden geschändet und gequält worden, aber man hatte sie wenigstens nicht so zugerichtet wie Ehrentraud. Sie hatte sogar noch die Kraft, beruhigend auf das entstellte Mädchen einzureden und es zu stützen.
Mit einem schrillen Aufschrei watschelte Walburga auf die beiden zu und fasste nach Ehrentrauds Händen. »Ich bin so froh, dass Ihr noch lebt!«
Ehrentraud von Lexenthal hob mit einer müden Bewegung den Kopf. »Froh? Seht doch, wie mich diese Knechte des Satans zugerichtet haben. So wie ich aussehe, wird kein Mann der Welt mir einen zweiten Blick schenken!«
Walburga versuchte, ihr Schaudern zu verbergen. Vor dem Überfall hätte Ehrentraud unter einer Handvoll durchaus begüterter Bewerber wählen können, doch ohne die Anziehungskraft des Goldes, das die Herren über körperliche Schwächen ihrer Auserwählten und oft sogar über die verlorene Jungfräulichkeit hinwegsehen ließ, würde wohl niemand mehr ihren Onkel, den Prior, um ihre Hand bitten.
»Es tut mir so leid!«, flüsterte Walburga.
»Leid!« Ehrentraud von Lexenthal lachte hysterisch auf. »Hätten diese Hunde mich nur geschändet, wäre es schlimm genug

gewesen, doch jetzt kann ich nur noch in ein Kloster gehen – falls mein Oheim eines findet, welches mich trotz meiner geringen Mitgift aufnimmt.«

Der Verlust ihrer Schönheit schien die junge Frau mehr zu belasten als das, was die Schweden sonst noch mit ihr getrieben hatten, oder die Schmerzen, die sie quälen mussten. Sie spie aus und schlug nach der Magd, als diese sie bat, sich nicht zu sehr zu erregen.

Walburga Steglinger wusste nicht, was sie antworten sollte. Es fiel ihr schwer, sich die früher so lebenslustige Ehrentraud in der strengen Tracht einer Nonne vorzustellen, zumal sie mit dieser Entstellung auch bei ihren Mitschwestern Abscheu hervorrufen würde. Wahrscheinlich wäre es besser für das Mädchen, wenn es am Wundfieber starb. Sofort schämte sie sich für diesen Gedanken und bat die Heilige Jungfrau im Stillen um Verzeihung. Jetzt galt es erst einmal, die Verletzte zu versorgen und zu hoffen, dass sie am Leben blieb. Seufzend wandte sie sich zu Fabian um, der Ehrentraud und die Magd hilflos anstarrte.

»Bitte schau, ob du Kleider für diese beiden armen Wesen findest. Wir benötigen auch sauberes Leinen, mit dem wir Fräulein Ehrentraud verbinden können. Sie verblutet uns sonst noch.«

»Täte ich es doch nur! Mein Leben ist auch so zu Ende!« Ehrentraud, die ihr wildes Aufbegehren erschöpft hatte, sank wieder zu Boden. Die Dienstmagd, die von Walburga Moni genannt wurde, half ihr, sich an einen Baumstamm zu lehnen, und ging dann selbst auf die Suche nach einem Kleidungsstück, mit dem sie ihre Blöße bedecken konnte. Schließlich fand sie den Unterrock einer Dame und schlüpfte hinein.

Fabian brachte mehrere Stoffstreifen herbei, mit denen Walburga Ehrentrauds Wunden verband, und schließlich ein Kleid, das wohl einmal Anna Reitmayr gehört hatte. Das Mädchen stieß einen verächtlichen Laut aus, als es die unmodische Farbe sah, ließ sich das Gewand jedoch von Walburga und Moni überstreifen.

Während die Frauen sich mit Ehrentraud beschäftigten, stand Fabian regungslos daneben und fragte sich, wie es weitergehen sollte. Mit drei verletzten Frauen und den Kindern würden sie nicht weit kommen. Da raschelte es im Unterholz. Irmela tauchte auf, sah sich um und winkte nach hinten. Kurz darauf traten alle Geretteten zwischen den Bäumen hervor und versammelten sich um Ehrentraud und Walburga.

»Kann ich helfen?« Meinarda von Teglenburg blieb neben den geschändeten Frauen stehen und blickte sie mitleidig an.

Walburga Steglinger nickte. »Ich könnte etwas Wasser brauchen – zum Trinken und um mich zu waschen.«

In dem Augenblick stieß Ehrentraud einen wütenden Laut aus. »Seid ihr etwa den Schweden entkommen?«

»Ja, Gott sei Lob und Dank! Irmela hat uns gerade noch rechtzeitig gewarnt!«, erklärte Meinarda mit einem anerkennenden Blick auf die kleine Komtesse Hochberg.

»Ich habe die Schweden kommen hören!« Irmela, die bis zu diesem Augenblick nach außen hin tapfer und unerschrocken gewirkt hatte, begann so zu zittern, dass ihre Zähne klapperten. Zwar hatte sie die Toten noch nicht gesehen, aber da ihr Vater sich nicht bei der Gruppe befand, begriff sie, dass er nicht mehr lebte. Aber sie wusste auch, dass sie ihren Gefühlen nicht nachgeben durfte. Es konnten sich immer noch Schweden in der Nähe aufhalten, und jedes laute Wort würde die feindlichen Soldaten auf die Überlebenden aufmerksam machen.

»Bitte redet ganz leise! Oder wollt ihr, dass die Mordbrenner zurückkehren?«, bat sie daher die anderen.

Ehrentraud von Lexenthal betrachtete sie mit unverhohlenem Hass. »Du willst die Schweden gehört haben? Das konnte niemand, nicht bei dem Lärm, den unser eigener Zug gemacht hat.

Gewiss hast du deine Hexenkünste benutzt. Deiner Mutter hat man ja auch nachgesagt, dass sie besser über solch Teufelswerk Bescheid wisse, als es die heilige Kirche gutheißen könne.«

Diese Beschuldigung trieb Irmela die Zornesröte ins Gesicht. »Ich habe die Feinde kommen hören!«, sagte sie, drehte sich um und rannte davon, damit niemand ihre Tränen rinnen sah.

»Was steht ihr hier herum und glotzt mich an? Tut etwas!«, fuhr Ehrentraud nun die anderen an.

»Was sollen sie denn tun?« Walburga Steglinger verlor langsam die Geduld mit der Verletzten. Auch wenn diese von den Schweden geschändet und entstellt worden war, durfte sie ihren Neid auf jene, die Irmelas Warnung gefolgt waren, nicht so ungeniert zeigen. Sie selbst und Moni hatten es nur einem glücklichen Umstand zu verdanken, dass sie nicht gefoltert, getötet oder für neue Quälereien mitgeschleppt worden waren wie die meisten Mägde. Trotz ihres eigenen Leids freute sie sich für die, die hatten entkommen können. Ehrentraud hatte ihre Chance zur Flucht gehabt und sie nicht genutzt. Nun durfte sie die anderen deswegen nicht schmähen.

Meinarda warf Ehrentraud ebenfalls einen verächtlichen Blick zu. Auf welche Weise Irmela die Schweden bemerkt hatte, interessierte sie nicht. Sie war einfach nur froh, dass sie und ihr Sohn noch lebten. In dieses Gefühl mischte sich die niederschmetternde Gewissheit, als Fabian ihr mit knappen Worten erklärte, dass ihr Ehemann ebenso wie die meisten anderen Edelleute von den Schweden umgebracht worden war. Der Schmerz über den Verlust des geliebten Mannes zerriss ihr schier das Herz, aber dennoch folgte sie ihrer Retterin und zog sie an sich, um sie zu trösten.

»Es tut mir so leid um deinen Vater. Nach deiner Mutter auch noch ihn zu verlieren, muss schrecklich für dich sein.«

Irmela sah mit tränenfeuchten Augen zu ihr auf. »Warum ist

Papa nicht auch in den Wald gelaufen? Ich habe ihn doch gewarnt.«
»Dann wären die Schweden ihm gefolgt und hätten uns alle gefunden. Er starb, um dich zu retten, meine Kleine. Vergiss das nie!« Von ihren Gefühlen überwältigt sank Meinarda schluchzend nieder und presste den kleinen Siegmar so fest an sich, dass auch er zu weinen begann.

V.

Walburga Steglinger hatte zunächst Ehrentrauds und Monis Verletzungen verbunden, bevor sie sich selbst von der Magd helfen ließ. Die anderen Frauen stolperten derweil zwischen den brennenden Wagen umher, hoben den einen oder anderen Gegenstand auf, um ihn wieder fallen zu lassen, und starrten mit von Grauen gezeichneten Gesichtern auf die Toten. Immer wieder schrie eine von ihnen gellend auf, wenn sie jemand fand, der ihr nahegestanden hatte. Andere hofften bis zuletzt, ihre Männer und Söhne könnten den Schweden entkommen sein.
Während Johanna bei Ehrentraud von Lexenthal blieb und die Verletzte mit einer Mischung aus Grauen und Neugier betrachtete, sonderte Irmela sich weiter von den anderen ab. Ihr kleines Gesicht wirkte noch spitzer, und die Tränen rannen ihr über die Wangen, ohne dass sie einen Laut von sich gab.
Schließlich ging sie mit staksigen Schritten auf die Stelle zu, an der die meisten der Toten lagen, um den Leichnam ihres Vaters zu suchen.
Fabian sah es und lief ihr nach. »Bleib da weg! Du solltest sie alle so im Gedächtnis behalten, wie du sie im Leben gekannt hast. Das hier ist kein Anblick für ein kleines Mädchen.«
Die Bezeichnung »kleines Mädchen« drang durch den Schleier

von Trauer und Entsetzen. Sie fuhr empört auf und wollte ihm sagen, dass sie bereits siebzehn sei. Da las sie auf seinem Gesicht die gleichen Gefühle, die auch sie niederdrückten. »Verzeih mir!«, sagte sie beschämt.
»Ich habe dir nichts zu verzeihen. Es ist an mir, dich um Vergebung zu bitten.« Er berührte vorsichtig Irmelas geschwollene, von Blutschorf bedeckte Lippen und zog das Mädchen tröstend an sich. »Warum ist meine Mutter dir nicht auch gefolgt? Jetzt bin ich ganz allein!«
»Genau wie ich«, antwortete Irmela und verdrängte dabei die Tatsache, dass sie mit Johanna noch eine nahe Verwandte besaß. Die Erinnerung an den Tod ihrer Mutter vor gut zehn Jahren stieg so schmerzhaft in ihr auf, als sei es eben erst geschehen. Sie hatte sich trotz des Verbots ihrer Kinderfrau in das Sterbezimmer geschlichen und all das Blut gesehen, das aus ihrer Mutter herausgeflossen war. Auch das Neugeborene war ihren Augen nicht entgangen, der Bruder, der seine Geburt nur eine Stunde überlebt hatte. Beim Anblick des Kleinen hatte sie einen Wutanfall bekommen und den lieben Gott wegen seiner Ungerechtigkeit gescholten. Ausgerechnet da war ihr Vater ins Zimmer getreten. Ottheinrich von Hochberg hatte sie zuerst geohrfeigt, sie aber dann in die Arme genommen und mit ihr geweint.
Ein Geräusch, das nicht in die Umgebung passte, ließ Irmela aufblicken, und sie entdeckte eine Gruppe von zerlumpten Männern, die mit eiligen Schritten näher kamen. Es konnte sich um verarmte Bauern aus der Umgebung handeln, aber auch um Gesindel, wie es im Gefolge der Heere die Lande durchstreifte. Die Kerle hatten wohl den Rauch der brennenden Karossen über dem Wald aufsteigen sehen und hofften, hier noch Beute machen zu können. Die Gesten und die wenigen Worte, die Irmela aufschnappen konnte, verhießen nichts Gutes. So schnell, wie ihre

erschöpften Beine sie trugen, lief sie zu der Gruppe der Überlebenden zurück, die sich um Walburga versammelt hatten.
Anna Reitmayr wandte sich gerade mit einer verzweifelten Geste an Fabian, der ebenfalls hinzugetreten war. »Du musst einen Priester holen und Helfer, damit wir unsere lieben Toten begraben können.«
»Dafür bleibt keine Zeit«, rief Irmela erregt. »Seht! Dort hinten kommen Männer, und wie sie aussehen, wollen sie sich das holen, was die Schweden übrig gelassen haben.«
»Wer sagt dir das? Deine Hexenkräfte?«, keifte Johanna, und auch Ehrentraud machte eine Bemerkung über Irmela, die ebenso verletzend wie ungehörig war.
Die andern achteten nicht auf das Gift, das die beiden Mädchen verspritzten, sondern starrten zu den zerlumpten Kerlen hinüber. »Wegen mir können sie sich nehmen, was sie wollen! Hauptsache, sie helfen uns, unsere Toten unter die Erde zu bringen«, rief Anna Reitmayr hoffnungsvoll aus.
Irmela vernahm jedoch das Wort »Weiber!« und die Gier, die darin schwang.
»Sie werden uns nicht helfen, sondern dort weitermachen, wo die Schweden aufgehört haben. Schnell, wir müssen in den Wald zurück!«
Fabian schüttelte verzweifelt den Kopf. »Wie stellst du dir das vor? Fräulein Ehrentraud kann kaum laufen, und der Rest ist zu erschöpft, um sich noch zwischen den Büschen verstecken zu können. Die Kerle hätten uns schneller eingeholt, als uns lieb sein kann.«
»Wir können nicht einfach hierbleiben!«, rief Irmela und blickte die Frauen und älteren Mädchen an. »Wollt ihr, dass euch das Gleiche geschieht wie Fräulein Ehrentraud und Frau Steglinger?«
»Und mir«, setzte Moni hinzu. Als Magd war sie es zwar ge-

wöhnt, nicht beachtet zu werden, doch sie wollte die Tatsache ihrer Schändung nicht unter den Tisch gekehrt wissen. Es gab immer fromme Frauen und Priester, die Mitleid mit einem Opfer dieser protestantischen Ungeheuer zeigten und ihm die eine oder andere Münze zusteckten. Außerdem quälten sie starke Schmerzen, denn die Soldaten waren wie Tiere über sie hergefallen.

Fabian focht einen harten Kampf mit sich aus. Es widerstrebte ihm, die Toten, unter denen sich auch seine Eltern befanden, als Opfer von Leichenfledderern zurückzulassen. Andererseits zählte er sechs Männer, hinter denen nun etliche Weiber auftauchten, die nicht weniger zerlumpt aussahen. Diese Leute würden sich gewiss nicht mit dem begnügen, was sich beim Wagenzug befand.

»Kommt mit! Wir gehen weiter Richtung Donau.«

Meinarda rang die Hände. »Von dort sind die Schweden gekommen. Was ist, wenn wir denen in die Arme laufen?«

»Dann passiert uns auch nicht mehr als das, was die Kerle da hinten mit uns vorhaben.« Walburga Steglinger stand mühsam auf und folgte Irmela, die zwei kleine Mädchen an die Hand genommen hatte und ein Stück vorausgeeilt war.

»Frau von Teglenburg, übergebt Euren Sohn einem der Mädchen und helft Fräulein Ehrentraud, und du, Moni, stützt sie ebenfalls.« Fabian gab diesen Befehl nicht gern, denn die Magd sah zum Erbarmen schlecht aus. Aber die übrigen Frauen hatten mit sich selbst und ihren Kindern genug zu tun und konnten sich nicht auch noch um die Verletzte kümmern. Er selbst wagte es nicht, sich mit Ehrentraud zu belasten, denn wenn man sie verfolgte, würde er die kleine Gruppe verteidigen müssen.

Sie hatten noch keine hundert Schritte zurückgelegt, als die Plünderer sich johlend auf die herumliegenden Reste stürzten, die den Schweden nicht gut genug gewesen waren. Die meisten überließen das Aufsammeln jedoch den zu ihnen aufschließenden Weibern und folgten den Flüchtlingen.

»Geht schneller!«, rief Fabian, der begriff, dass eine Auseinandersetzung unausweichlich sein würde.

Seine Schützlinge vermochten jedoch nicht vor einem halben Dutzend zu allem entschlossenen Kerlen davonzulaufen. Die Plünderer holten rasch auf, und ihre Stimmen verrieten den Fliehenden, dass sie sich nicht mit dem wenigen an Gold und Schmuck zufriedengeben würden, das die Frauen noch bei sich trugen, sondern diese und die älteren Mädchen als Beute ansahen.

Walburga Steglinger blieb mit vor Anstrengung hochrotem Gesicht stehen und schüttelte den Kopf. »Ich kann nicht mehr. Rettet ihr euch!«

Johanna und einige andere sahen aus, als würden sie dieses Angebot liebend gerne annehmen, doch Fabian hob sein Rapier. »Ich lasse keine von euch im Stich.«

»Narr! Wenn sie dich umbringen, habe ich auch nichts davon.« Walburga Steglinger versetzte ihm einen Stoß, doch er wich nicht, sondern stellte sich mit zusammengebissenen Zähnen den Plünderern in den Weg.

Irmela begriff, dass Fabian es auf einem Kampf ankommen lassen wollte, um wenigstens einem Teil der Gruppe die Möglichkeit zu geben, den Schurken zu entkommen. Obwohl sie vor Angst fast verging, war ihr klar, dass die Kerle die meisten von ihnen einholen würden. Wer dennoch entkam, würde eine leichte Beute der Wölfe werden, deren Rufe sie unterwegs immer wieder gehört hatte. Ohne Fabian waren sie verloren, also musste sie ihm helfen. Sie kehrte um und blieb ein Stück hinter ihrem Jugendfreund stehen.

Fabian sah sie aus den Augenwinkeln und bleckte die Zähne. »Verschwinde, du Närrin!«

Statt einer Antwort bückte Irmela sich, hob mehrere Steine auf und schleuderte sie auf die Männer, die grinsend auf Fabian zustapften und ihn in die Zange nehmen wollten.

Bereits der erste Stein traf einen der Kerle im Gesicht. Der Mann heulte auf und griff mit der Hand an sein rechtes Auge, aus dem Blut und Wasser schossen. Seine Kumpane fluchten und drohten der Werferin die schlimmsten Foltern an.

Inzwischen waren auch die anderen Frauen schwer atmend stehen geblieben und sahen sich unsicher an. Zwei Knaben kehrten zu Irmela zurück und begannen ebenfalls mit allem zu werfen, das ihnen in die Hände kam. Schließlich bückte sich auch Meinarda, packte einen Stein und schleuderte ihn mit einem wütenden Schrei auf die Verfolger. Ihr Beispiel spornte die anderen an, und noch bevor die fünf unverletzten Plünderer Fabian erreichen konnten, prasselte ein Hagel aus Steinen, Erdklumpen und Tannenzapfen auf sie herab.

Selbst Fabian blieb von den Wurfgeschossen nicht verschont und fuhr wütend auf. »Verdammt noch mal, seid ihr denn verrückt geworden?«

Zu mehr kam er jedoch nicht, denn im nächsten Augenblick hatte der erste Angreifer ihn erreicht und schwang sein Beil. Fabian tauchte unter dem Schlag hindurch und stieß seinerseits zu. Die Spitze des Rapiers drang in den Leib seines Gegners, und als er sie wieder herausriss, schoss das Blut in einer hellroten Fontäne aus der Wunde.

Der Mann ließ sein Beil fallen, schrie gellend auf und verstummte, ehe sein Leib den Boden berührte.

Es war der erste Mensch, den Fabian getötet hatte, doch um die Frauen und Kinder zu schützen, die sich ihm anvertraut hatten, war er bereit, die halbe Welt umzubringen. Sein Gesichtsausdruck und seine Waffenfertigkeit flößten den übrigen Plünderern Respekt ein. Es war eine Sache, hilflose Frauen und Kinder zu überfallen, aber eine ganz andere, einem zu allem entschlos-

senen Kämpfer gegenüberzustehen. Obwohl der Mann mit der blutenden Augenhöhle zu seinen Kumpanen aufschloss, wagten diese es trotz fünffacher Übermacht nicht, frontal anzugreifen, sondern suchten ihren Blicken zufolge eine Möglichkeit, den einzelnen Gegner mit einem Überraschungscoup auszuschalten.
Fabian trat ein wenig beiseite, damit Irmela und die anderen freie Schussbahn hatten, und suchte sich den Mann aus, dessen Tod den Plünderern wohl endgültig den Mut nehmen und sie zum Rückzug veranlassen würde. Zwar war Fabian kein Soldat, doch in den Zeiten, in denen sein Vater zu Hause geweilt hatte, war er von diesem in die Kunst des Fechtens eingewiesen worden. Jetzt erinnerte er sich an dessen Lehre, stets kühles Blut zu bewahren, und zwang sich zur Ruhe.
Die Verfolger wechselten kurze Blicke miteinander und sprachen sich mit Zeichen ab. Einer von ihnen sprang Fabian ohne Vorwarnung an und versuchte, ihm den Dolch in den Körper zu rammen. Dieser wich dem Angreifer aus und war mit wenigen Schritten bei dem Kerl, den er für den Anführer hielt. Bevor der Mann begriff, was geschah, fuhr Fabians Klinge ihm von unten ins Herz, und er brach mit einem gurgelnden Laut zusammen.
Unterdessen schleuderten die Frauen auf Irmelas Zeichen hin ihre Geschosse auf den Mann, den Fabian umgangen hatte und der nun in dessen Rücken stand. Der Anblick der wütenden Frauen, die so aussahen, als würden sie sich noch mit Zähnen und Fingernägeln verteidigen, verfehlte seine Wirkung ebenso wenig wie Fabians blutige Klinge.
Fluchend wandte sich der erste Plünderer von den Verfolgten ab. »Bei den Wagen liegt genug Beute für uns alle«, rief er seinen Spießgesellen zu. Diese zögerten, denn die wertvolle Kette um Meinardas Hals lockte sie, doch als der Sprecher loslief, rannten sie hinter ihm her.
Fabian atmete erleichtert auf und säuberte sein Rapier an den

Lumpen, die der vor ihm liegende Tote trug. Ganz glaubte er noch nicht, die Plünderer endgültig in die Flucht getrieben zu haben, deswegen schnauzte er die Frauen an: »Los, geht weiter! Sonst kommen die Schufte zurück, um uns doch noch die Hälse durchzuschneiden!«
Ehrentraud spuckte auf einen der Toten. »Mein Gott, was war das für ein erbärmliches Gesindel! Jeder Mann von Ehre hätte alles getan, um seine Kameraden zu rächen.«
Die anderen Frauen sahen sich kopfschüttelnd an, denn die Stimme des Edelfräuleins hatte geklungen, als würde sie bedauern, dass ihre Begleiterinnen schon wieder einer Vergewaltigung entkommen waren.

VI.

Es war ein trauriger Zug, der spät in der Nacht die Donau erreichte. Aus Angst, doch noch ausgeplündert und erschlagen zu werden, hatten Fabian und seine Schutzbefohlenen es nicht gewagt, in einem der Dörfer um Hilfe zu bitten, sondern alle Orte umgangen. In ihren Augen versprach allein die Stadt Neuburg Rettung aus ihrer Not. Die Frauen und Kinder waren mit ihren Kräften am Ende. Ehrentraud fieberte und musste von Fabian und Johanna getragen werden, während Meinarda und Moni Walburga Steglinger stützten, die sich trotz ihrer voluminösen Gestalt erstaunlich gut gehalten hatte. Den kleinen Siegmar hatte Meinarda Irmela anvertraut, obwohl einige andere Mädchen sich dafür angeboten hatten. Doch die nun zur Witwe Gewordene traute es nur Irmela zu, ihren Sohn zu beschützen.
Das letzte Stück Weges legten die Flüchtlinge im Licht der Sterne zurück und stolperten dabei immer wieder über Steine und Wurzeln. Plötzlich blieb Fabian stehen und zeigte nach vorne.

»Ich sehe Fackeln und Wachfeuer. Gebe Gott, dass es die Unsrigen sind!«
Irmela nahm Siegmar auf den anderen Arm und ging ein paar Schritte auf die Lichter zu, die sich im Wasser des Stromes widerspiegelten. »Es sind die Unsrigen! Sie sprechen wie wir und haben Angst vor den Schweden.«
Die Laute, die die anderen Frauen ausstießen, verrieten Erleichterung, aber auch Erstaunen über Irmelas scharfes Gehör.
Meinarda strich der keuchenden Waltraut Steglinger tröstend über das Gesicht. »Gleich sind wir in Sicherheit. Dann wird sich ein Arzt um dich und die anderen Verletzten kümmern.«
»Ein Arzt?« Ehrentraud lachte schrill auf. »Auch ein Arzt kann mir mein Gesicht nicht mehr zurückgeben und ebenso wenig meine Brüste!«
Die Männer, die bei den Feuern wachten, waren inzwischen auf die Gruppe aufmerksam geworden. Befehle klangen auf und Waffen klirrten. Dann kamen ein Dutzend Soldaten mit Fackeln auf sie zu. Deren Schein spiegelte sich in Helmen und blanken Klingen, und Fabian konnte sehen, wie die Lunten mehrerer Musketen angeblasen wurden. Für einen Augenblick dachte er an die Pistolen seines Vaters, gute Nürnberger Handwerksarbeit mit einem modernen Schnapphahnschloss. Mit denen würde nun irgendein schwedischer Offizier auf kaiserliche Soldaten schießen.
Um zu verhindern, dass ein übereifriger Soldat seine Waffe abfeuerte, stieß Fabian einen lauten Ruf aus. »Bei Christi Blut, wir sind Freunde! Das heißt, wenn ihr keine Schweden seid!«
»Das sind wir gewiss nicht«, antwortete ihm jemand mit grimmiger Stimme. »Doch sag erst einmal, wer ihr seid und weshalb ihr wie Spione des Nachts ohne Licht auf unsere Brücke zuschleicht?«
»Wir sind keine Spione, sondern Flüchtlinge, die den Schweden

um Haaresbreite entkommen konnten. Viele der Unseren sind dahingeschlachtet worden und liegen noch im Staub der Straße.« Für einen Augenblick kämpfte Fabian gegen die Tränen an, fasste sich jedoch schnell wieder.

»Mein Name ist Fabian von Birkenfels, Sohn des Anton von Birkenfels, der unter dem wackeren Tilly als Hauptmann und später als Major gedient hat.«

Der Mann, der die Gruppe angerufen hatte, stieß einen Laut aus, der ebenso Erstaunen wie Unglauben ausdrücken konnte. »Ich habe Seite an Seite mit Anton von Birkenfels bei Breitenfeld gegen Gustav Adolfs Scharen gekämpft und kenne ihn als wackeren Mann. Du willst sein Sohn sein?«

»Ja, das bin ich!«, rief Fabian empört, weil der Soldat seine Worte anzuzweifeln schien. »Mein Vater ist von den schwedischen Ungeheuern ermordet worden, genau wie meine Mutter und viele andere gute Katholiken. Nur wenigen von uns ist die Flucht gelungen.«

Walburga Steglinger dauerte das Gespräch zu lange. Sie trat neben Fabian und legte ihm die Hand auf die Schulter. »Was seid ihr nur für Leute? Lasst uns arme, schutzlose Weiber weiter leiden, anstatt uns zu helfen!«

Der Hauptmann der Brückenwache befahl einem seiner Männer, sich die Gruppe genau anzusehen. Während der Soldat etwas zögernd eine Fackel in die Linke nahm und mit seiner Rechten die Pike packte, begann einer seiner Kameraden zu lachen. »Nur Mut, Hans, wenn es die Schweden sind, hauen wir dich schon heraus.«

Der Angesprochene blies ärgerlich die Luft durch die Nase. »Bis ihr kommt, haben die mich längst einen Kopf kürzer gemacht.«

Er näherte sich Fabian und den Frauen so vorsichtig wie einem Rudel tollwütiger Hunde. Als der Schein seiner Fackel auf die völlig erschöpften, verdreckten Frauen und Kinder fiel, blieb er

wie angewurzelt stehen und winkte heftig nach hinten. »Es sind wirklich nur arme Flüchtlinge. Kommt, Kameraden, wir müssen ihnen helfen!«
Der Offizier nahm einem der Soldaten die Fackel ab und eilte herbei. Trotz des Schmutzes, der auf den Kleidern und den Gesichtern der Frauen klebte, erkannte er einige von ihnen und verbeugte sich etwas unbeholfen vor Meinarda.
»Anselm Kiermeier zu Euren Diensten, Euer Erlaucht. Verzeiht bitte mein Misstrauen, doch wir müssen uns vor der List der Schweden hüten. Schließlich ist dies hier auf viele Meilen die einzige Brücke, die über die Donau führt, und sie darf dem Feind nicht unversehrt in die Hände fallen.«
»Natürlich nicht, Hauptmann Kiermeier! Bitte, lasst uns hinüber und helft uns, nach Neuburg zu kommen.« Bei diesen Worten verließen Meinarda die Kräfte. Sie sank in die Knie, umklammerte ihren Sohn, den sie nun in Sicherheit wusste, und ließ ihrem Schmerz freien Lauf. Die meisten Frauen gaben ebenso ihrer Schwäche nach, setzten sich auf den Boden oder ließen sich einfach fallen.
Kiermeier, ein mittelgroßer, breitschultriger Offizier mit kantigem Gesicht und dunklen, krausen Haaren, hatte von dem kaiserlichen Generalissimus Tilly den strikten Befehl erhalten, die Neuburger Brücke zu sichern und notfalls zu zerstören, bevor sie den Schweden in die Hände fallen konnte. Diese Aufgabe hätte er mit Freuden erfüllt, doch angesichts dieser elenden Schar fühlte er sich hilflos. Den Frauen stand das Grauen ins Gesicht geschrieben, sie und die Kinder weinten vor Erschöpfung. Alle hatten Durst und Hunger, doch Kiermeier und seine Leute hatten weder Brot noch Fleisch, ja nicht einmal einen Schluck jenes sauren Gesöffs, das von den Trauben am Nordufer der Donau gekeltert wurde.
Einige Augenblicke stand er da und kratzte sich mit der Rechten

an seinem schlecht rasierten Kinn. Dann wandte er sich mit einer heftigen Bewegung an seinen Feldweibel. »Lass ein paar behelfsmäßige Tragen anfertigen und bring die Damen und die Kinder in die Stadt. Dort wird man ihnen die Hilfe gewähren, die sie benötigen.«

»In Neuburg wird man kaum noch eine Unterkunft für sie finden. Die Stadt ist gestopft voll mit Flüchtlingen«, antwortete der Unteroffizier mit zweifelnder Stimme. Er machte kaum einen Hehl daraus, dass er die Frauen als Störenfriede ansah, die ihren eigentlichen Auftrag behinderten. Angesichts der tadelnden Miene seines Hauptmanns wagte er jedoch keinen weiteren Einwand. Dieser bestimmte mehrere Soldaten, die zusammen mit dem Feldweibel die Frauen in die Stadt schaffen sollten.

»Kommt sofort wieder zurück, wenn ihr die Damen abgeliefert habt, und wagt es bloß nicht, Fersengeld zu geben. Deserteure werden gehängt!«, setzte er knurrig hinzu. Dabei wusste der Hauptmann allzu gut, dass er die Männer nicht mehr wiederfinden würde, wenn sie ihren Dienst im kaiserlichen Heer abschütteln wollten. Die schiere Masse der Flüchtlinge würde sie verbergen, zudem stand ihnen der Weg zur Gegenseite offen. Gustav Adolf fragte bei den Söldnern, die in seine Regimenter eintraten, nicht danach, ob sie das Vaterunser auf katholische oder protestantische Weise zu beten pflegten; Hauptsache, sie fochten für ihn. So mancher Soldat, der die kaiserliche Seite verloren gab, ließ sich von den Versprechungen der gegnerischen Werberoffiziere anlocken. Dem Hauptmann blieb nur zu hoffen, dass der Anblick der Flüchtlinge genug Zorn und Hass in den Männern wecken würde, um sie bei der Fahne zu halten.

Während die Soldaten alles zusammensuchten, was sich für den Bau der Tragen brauchen ließ, musterte Kiermeier die Frauen genauer und stieß erschrocken die Luft aus, als er Ehrentrauds verbundenes Gesicht sah. Das Blut war durch die Leinenstreifen

gedrungen und hatte die Wunden darauf abgezeichnet, und auch auf ihren Brüsten breiteten sich rötlichbraune Flecken aus.
»Gott im Himmel! Diese Hunde schrecken wirklich vor keiner Untat zurück!«
»Wollt Ihr sehen, wie der Rest meines Leibes aussieht?« Ehrentraud begann in ihrer Erregung am Ausschnitt des Kleides zu zerren, als wolle sie sich den Stoff vom Leib reißen. Irmela und Meinarda hielten ihre Hände fest und befestigten die zerrissene Spitze mit den Bändern des Unterkleids. Auch Johanna sprach ihr begütigend zu, und im Gegensatz zu den beiden anderen gelang es ihr, Ehrentraud zu beruhigen.
»Seid ihr bald fertig?« Kiermeier blaffte die Soldaten an, die inzwischen ihre Uniformröcke ausgezogen hatten, um aus ihnen und einigen Piken Tragen zu bauen. Die Männer grinsten nur unsicher, hoben die am Boden hockenden Frauen und Kinder kurzerhand auf und legten sie auf die nicht sehr vertrauenerweckenden Konstruktionen. Die meisten ließen es mit sich geschehen, Ehrentraud aber wehrte die Leute ab, und es war nur Johannas Überzeugungskraft zu verdanken, dass sie sich schließlich doch der Obhut der Männer überließ. Da Frau Meinarda sich nicht von den Männern anfassen lassen wollte, übergab sie Irmela ihren Sohn und legte sich selbst auf eine Trage.
Irmela drückte den kleinen Siegmar einem der Soldaten in die Arme, denn ihre Schultern schmerzten schon vom Tragen des Kindes, und ging auf eigenen Beinen über die Brücke.

VII.

*I*n Neuburg hatten Hunderte, wahrscheinlich sogar Tausende Menschen aus dem Umland Zuflucht gesucht. Da nicht alle in den Gebäuden der Vorstädte oder gar in der Oberstadt untergebracht werden konnten, hatte man in den Straßen und auf den Plätzen primitive Dächer aus Stangenholz errichtet und mit Stroh oder Leinwand gedeckt, damit die sich zusammendrängenden Flüchtlinge wenigstens vor Regen geschützt waren. Kiermeiers Soldaten bahnten sich nun mühsam ihren Weg durch die Unterstände und das Vieh, das dazwischen angebunden war, und gingen dabei nicht gerade zimperlich vor. Obwohl die Leute erkennen konnten, wie schlimm es die Neuankömmlinge getroffen hatte, hielt sich das Mitleid mit ihnen in Grenzen, und als die Soldaten den Weg zur Residenz einschlugen, wurde die Gruppe wüst beschimpft.

»Für die ist oben noch Platz. Wir aber können unter freiem Himmel verrecken!«, rief eine junge Frau empört.

»Das sind halt Damen von Stand und kein Bauerngesindel wie ihr«, gab der Unteroffizier grob zurück und klopfte gegen den Knauf seines Breitschwerts. »Wollt ihr jetzt Platz machen, oder soll ich euch Beine machen?«

Die Flüchtlinge sahen nicht so aus, als würden sie sich von den Uniformen einschüchtern lassen. Da erklangen von oben Schritte. Ein Höfling, begleitet von einem Diener mit Laterne und mehreren Leibwächtern, trat aus dem Tor der Residenz und fragte scharf, was hier los sei.

Kiermeiers Feldweibel nahm Haltung an. »Wir geleiten Flüchtlinge in die Stadt, Herr Hofrat. Es handelt sich um Frau von Teglenburg und ihre Nachbarinnen.«

Der Edelmann atmete wie befreit auf. »Es ist Euer Erlaucht also gelungen, diesen elenden Ketzern zu entkommen.«

Meinarda richtete sich auf. »Mir schon, doch mein Gemahl liegt tot neben der Straße und mit ihm etliche unserer Freunde.«

Mit schriller, sich überschlagender Stimme zählte die Freiin die Namen der Dahingeschlachteten auf und klagte den Himmel an, weil er sie nicht beschützt habe. Irmela wollte Meinarda beruhigen, doch sie hätte ebenso gut versuchen können, ein brennendes Haus mit einem Schöpflöffel zu löschen. Nun brachen auch die anderen Frauen in Klagen aus und bejammerten ihr Schicksal. Ihre Gefühlsausbrüche waren so ansteckend, dass Irmela sich am liebsten auf der Stelle verkrochen hätte, um sich ihrem Elend hinzugeben. Mühsam beherrschte sie sich, um den Gaffern nicht ebenfalls ein Schauspiel zu liefern.

Sie trat auf den Höfling zu und sank in einen Knicks. »Verzeiht, wenn ich Euch anspreche, ohne Euch vorgestellt worden zu sein. Mein Name lautet Irmela von Hochberg, ich bin die Tochter des Grafen Ottheinrich von Hochberg. Meine Gefährtinnen und ich wären Euch dankbar, wenn Ihr uns einen Ort zuweisen könntet, an dem wir uns hinsetzen und erholen können.«

Der Edelmann nickte eifrig und deutete eine Verbeugung an. »Ich habe die Ehre, mich einen Freund Eures Vaters nennen zu dürfen, und ich bedaure, dass er von uns gehen musste.«

Fabian, der sich ein wenig übergangen fühlte, trat jetzt vor den Höfling. »Ich bin Fabian von Birkenfels, Herr von Stainach. Ihr dürftet mich kennen, denn mein Vater hat mich Euch bei unserem letzten Besuch in Neuburg vorgestellt. Ich wäre Euch ebenfalls dankbar, wenn Ihr für die Damen sorgen könntet. Zudem benötigen Fräulein von Lexenthal und Frau Steglinger dringend einen Wundarzt.«

Walburga Steglinger machte eine wegwerfende Handbewegung. »Mir geht es schon wieder besser, aber Fräulein Ehrentraud gehört in die Hände eines kundigen Arztes.«

Der Edelmann blickte nun in Ehrentrauds aufgeschwollenes Gesicht, das mit den blutigen Verbänden im Schein der Fackeln noch grotesker wirkte als im Hellen, und schüttelte sich. »Bei Gott, welche Bestien! Sie werden die ganze Welt zugrunde richten.« Mit einem Stoßseufzer forderte er seine Begleiter auf, den Weg in die Residenz freizumachen. Jene Flüchtlinge, denen nicht das Privileg gewährt worden war, unter einem festen Dach nächtigen zu dürfen, und die der Kälte der Nacht schutzlos ausgeliefert waren, schimpften zwar heftig über die Bevorzugung, wichen aber zur Seite. Als Ehrentraud an ihnen vorbeigetragen wurde, dankten etliche Frauen und Mädchen Gott für seine Güte, ihnen in allem Elend wenigstens dieses Schicksal erspart zu haben.

Der Weg führte den Hang hoch und bog dann zum unteren, von zierlichen Arkaden überdachten Eingang der Residenz ab. Auch hier wimmelte es von Menschen. Die meisten schleppten Möbel, Bilder und Wandteppiche aus dem Gebäude, und im hinteren Teil des Innenhofs winselten mehrere Jagdhunde.

Irmela kam es so vor, als solle die Einrichtung der Residenz fortgeschafft werden. Höflinge und Beamte beaufsichtigen die Knechte und Mägde, die große Truhen mit allem Möglichen füllten, sie teilweise umpackten und sogar den einen oder anderen Gegenstand wieder in das Gebäude zurücktrugen.

Als hätte ihr Begleiter Irmelas unausgesprochene Frage vernommen, drehte er sich mit einem bitteren Lächeln zu ihr um. »Seine Gnaden, Herzog Wolfgang Wilhelm, befindet sich in der Stadt. Er hatte nicht erwartet, dass die Schweden so rasch vorrücken. Aus diesem Grund wird er Neuburg so bald wie möglich wieder verlassen und die Donau abwärts nach Wien fahren, um sich mit Seiner Majestät, dem Kaiser zu beratschlagen.«

Irmela empfand seine Worte als elegante Umschreibung der Tatsache, dass der hohe Herr vor dem Feind floh und dabei so viele Meilen wie möglich zwischen sich und den Gegner legen wollte. Das nächtliche Treiben in der Residenz erinnerte sie an die Fluchtvorbereitungen in Steglingers Gutshof. Walburgas Ehemann hatte auch alles mitnehmen wollen, was ihm wertvoll erschienen war. Damit hatte er zahlreiche Flüchtlinge einem grausamen Tod ausgeliefert und dennoch alles verloren. Sie konnte nur hoffen, dass es dem Pfalzgrafen und Herzog von Pfalz-Neuburg nicht ebenso erging, nachdem er bereits seine Herzogtümer Jülich und Berg hatte räumen müssen, um nicht von den vordringenden Schweden überrannt zu werden.

Mit vor Müdigkeit zufallenden Augen und wunden Füßen folgte sie ihrem Führer in den Bau der Residenz, in dem sich der Speisesaal des Gesindes befand. Hier war ein Teil der Betten für das umfangreiche Gefolge aufgestellt worden, das den Herzog begleitete, und diese wurden nun noch enger zusammengeschoben, um Platz für die adeligen Flüchtlinge zu schaffen.

Der Höfling verabschiedete sich mit dem Versprechen, Waschwasser und einen Imbiss bringen zu lassen, und erinnerte sich selbst mit einem entschuldigenden Lächeln daran, dass ein Arzt benötigt wurde.

Die Damen, die den Saal auf eigenen Füßen hatten betreten müssen, ließen sich dort nieder, wo sie gerade standen. Im Augenblick waren sie zu erschöpft, um Trauer zu empfinden, und ihr Gejammer galt mehr ihren schmerzenden Gliedern und ihren wunden Füßen. Noch nie hatten sie einen so weiten Weg zu Fuß zurückgelegt, und sie waren auch niemals in ihrem Leben so schmutzig gewesen.

Als Irmela sich die Tränen aus den Augen wischte, roch sie Schlamm an ihren Händen und sah die nasse Spur auf der Dreckkruste, die ihren Handrücken und die Finger bedeckte. Sie war so müde, dass sie am liebsten auf der Stelle eingeschlafen wäre, gleichzeitig aber war sie so angespannt wie die Feder einer frisch aufgezogenen Uhr. Während sie sich mit dem Rücken gegen die Wand lehnte, wanderte ihr Blick über ihre verbliebenen Reisegefährten. Die meisten starrten vor sich hin, froh, ein Dach über dem Kopf zu haben, andere waren ebenso wie die meisten Kinder trotz Durst und Hunger vom Schlaf übermannt worden. Meinarda von Teglenburg hatte den kleinen Siegmar fest an sich gedrückt und schien das Schreckliche im Traum noch einmal zu durchleben, denn ihr Mund zuckte schmerzhaft, und sie wimmerte leise.

Walburga Steglinger war noch wach, ebenso wie Ehrentraud, die die Leute, welche durch die Ankunft der Flüchtlinge geweckt worden waren und sich leise unterhielten, mit finsteren Blicken bedachte.

»Was starrt ihr mich so an?«, schrie die Verletzte jetzt auf und störte damit noch weitere Schläfer auf. Walburga versuchte, die Schimpfkanonade zu dämpfen, die Ehrentraud nun ausstieß, doch diese verstummte erst, als mehrere Diener mit einem Schaff Wasser erschienen.

Ihnen folgte ein hageres Männlein im dunklen Rock mit einer ledernen Tasche in der Hand. »Michael Forstenheuser, Chirurg und Doktor der Medizin, zu Euren Diensten.« Er verbeugte sich schwungvoll vor Irmela, die als Einzige noch aufrecht saß.

Da niemand sonst antwortete, wies Irmela auf Ehrentraud. »Ich wäre Euch sehr verbunden, wenn Ihr Euch um Fräulein von Lexenthal kümmern könntet. Die schwedischen Ketzer haben ihr übel mitgespielt.«

Der Chirurg wandte sich Ehrentraud zu und zuckte zusammen, denn ihr Gesicht wurde von den Kerzen, die in einem Halter an der Wand steckten, so hell beleuchtet, dass jede Einzelheit zu erkennen war. Zögernd schob er sich zwischen den anderen Frauen hindurch, kniete neben der Verletzten nieder und streckte seine Hand nach den Verbänden aus.

Ehrentraud wich vor ihm zurück und hob die Hände vors Gesicht. »Bringt mich gefälligst in eine Kammer, in der ich allein sein kann. Ich will nicht, dass mich alle anstarren!«

Forstenheuser zuckte bedauernd mit den Achseln. »Es steht nicht in meiner Macht, Euch dies zu ermöglichen. Die Residenz ist überfüllt, ebenso die Stadt. Ihr werdet in ganz Neuburg nicht genug freien Platz finden, dass sich ein Kätzchen dort ausstrecken könnte.«

»Sie sollen wegsehen!« Ehrentrauds Stimme steigerte sich zu einem nervenzerfetzenden Kreischen. Die mit ihr Geflohenen wachten auf, blickten verständnislos auf die weißen Mauern und die Gewölbedecke des Raumes und erinnerten sich dann erst wieder an die alptraumhaften Geschehnisse. Nun begannen einige Frauen nach den Toten zu rufen, so als hielten sie das Erlebte für einen Alptraum.

»Nimm doch Vernunft an!«, flehte Irmela, trat an den Bottich und tauchte eines der bereitgelegten Tücher ins warme Wasser. Ehrentraud riss ihr den Lappen aus der Hand und versuchte, sich ihre mit Schlamm und Blut bedeckten Hände zu reinigen.

Da der Arzt der Situation nicht gewachsen schien, stemmte Walburga Steglinger sich hoch und winkte einen Bediensteten zu sich, der stehen geblieben war, um zu sehen, ob die Neuankömmlinge weitere Hilfe brauchten. »Sieh zu, ob du nicht ein Tuch findest, mit dem wir diese Ecke vom Rest des Raumes abtrennen können. Fräulein Ehrentraud wird nicht eher Ruhe geben, bis wir unter uns sind.«

Der Mann entfernte sich wortlos und brachte nach kurzer Zeit mehrere Vorhänge, die von den Beauftragten des Herzogs als zu schlecht eingestuft worden waren, um mitgenommen zu werden. Zusammen mit einem anderen Bediensteten spannte er die Stoffbahnen zwischen den Wänden und einer der wuchtigen Säulen auf, die die Decke trugen. Ein paar Betten mussten noch verschoben werden, und dann war wenigstens die Illusion eines eigenen Raumes geschaffen.

Ehrentraud war jedoch immer noch nicht zufrieden und bestand darauf, dass ihr auch die anderen Frauen den Rücken zukehrten. Erst dann ließ sie es zu, dass Johanna, die ebenfalls wieder aufgewacht war, das Tuch in die Hand nahm und sie wie ein kleines Kind säuberte.

Während Irmelas Tante auf Geheiß des Arztes vorsichtig die Verbände löste, kramte Forstenheuser nervös in seiner Tasche herum und holte Skalpell, Nadel und Faden hervor. Als er dann aber Ehrentrauds Wunden untersuchte, schüttelte er sich.

»Die Wundränder sind so geschwollen, dass ich sie nicht mehr nähen kann. Ihr werdet auf Gott und die Heilige Jungfrau vertrauen müssen, die Euch angesichts Eures Leids gewiss nicht im Stich lassen werden.«

Ehrentraud erstickte beinahe an ihrem Hass. »Und wo war die Mutter Gottes heute? Hier, seht, was diese schwedischen Schweine mir noch angetan haben!« Ehe sie jemand hindern konnte, riss sie sich das Kleid und die Verbände über ihren Brüsten herunter. Da auch hier der Stoff auf den Wunden klebte, begannen diese sofort wieder zu bluten.

Der Arzt schlug das Kreuz und wich erschrocken zurück. »Bei Gott und allen Heiligen! Wie konnte man Euch dies antun?«

»Ich galt als die schönste Jungfer im weiten Rund, doch jetzt bin ich für den Rest meines Lebens entstellt!« Wieder begann Ehrentraud zu schreien und presste die Hände auf die Brüste, die ebenso wie ihr Gesicht mit einem Mal schmerzten, als würden sie mit glühendem Eisen versengt.

»Tut doch etwas«, flehte Irmela den Arzt an. Die Stimme der Geschändeten bereitete ihr Übelkeit. Am liebsten wäre sie fortgerannt und hätte sich an einem stillen Ort verkrochen. Doch den Reden um sie herum hatte sie entnommen, dass selbst die Kirchen mit obdachlosen Menschen überfüllt waren.

Forstenheuser tastete nun vorsichtig Ehrentrauds Gesicht ab und forderte Johanna auf, die Brüste der Verletzten zu waschen. Als Ehrentraud vor Schmerzen wimmerte, holte er ein Fläschchen hervor und reichte es ihr. »Nehmt einen kräftigen

Schluck hiervon! Der Saft wird Euch die Schmerzen ertragen helfen.«

Ehrentraud riss dem Arzt das Gefäß aus der Hand und trank, verschluckte sich aber und hustete zum Gotterbarmen.

»Was ist das für Teufelszeug?«, röchelte sie, als sie wieder ein wenig zu Atem gekommen war.

»Das ist der letzte Rest Aqua Vitae, der mir geblieben ist. Entweder schluckt Ihr ihn richtig herunter oder gebt mir die Flasche zurück!«, antwortete der Arzt schroff.

Aus Angst vor den Schmerzen leerte Ehrentraud das Gefäß bis zur Neige, und die Medizin schien auch bald zu helfen. Sie wimmerte nicht einmal, als Forstenheuser ihre zerschnittenen Wangen hin und her schob und sie zuletzt doch mit ein paar vorsichtigen Stichen zusammenheftete. Ihren Busen behandelte er nur mit einem Puder, der, wie er sagte, weiteres Bluten und Entzündungen verhindern sollte. Dann verabschiedete er sich mit dem Hinweis, weitere Verletzte aufsuchen zu müssen, und als er Ehrentraud den Rücken zuwandte, wirkte er fast erleichtert.

VIII.

*E*in Teil der Geretteten hatte Verwandte in Neuburg, die sich ihrer annahmen. Irmela und Johanna aber mussten bleiben, denn das Stadthaus der Hochbergs wurde gerade umgebaut und war ohne Dach und Fenster. Meinarda von Teglenburg, Walburga Steglinger und Ehrentraud mussten zunächst ebenfalls mit der Ecke im Gesindespeisesaal vorliebnehmen.

Am Vormittag des nächsten Tages erschienen ein halbes Dutzend Nonnen und nahmen sich der Frauen an. Die Hofdamen der Herzogin Magdalena hatten ihnen Gewänder aus ihren eigenen Truhen mitgegeben, so dass die Flüchtlinge sich wieder ih-

rem Rang gemäß kleiden konnten. Ehrentraud von Lexenthal vergaß für ein paar Augenblicke ihr zerschnittenes Gesicht und die verstümmelten Brüste und bewunderte den tiefroten Samt des Kleides, das für sie bestimmt war. Der Unterrock bestand aus hellgrünem Stoff und der Stehkragen aus echten Brüsseler Spitzen. Da Ehrentraud nicht zum Hauptzweig der Lexenthals zählte und auf die Gunst ihres Oheims Xaver von Lexenthal angewiesen war, der als Prior in einem nahe gelegenen Kloster amtierte, hatte sie bisher noch kein so prächtiges Gewand besessen. Gebieterisch verlangte sie einen Spiegel. Meinarda von Teglenburg verweigerte ihn ihr zunächst, da sie einen weiteren Ausbruch befürchtete. Doch als das Quengeln der Verletzten unerträglich wurde, erfüllte sie ihr schweren Herzens diesen Wunsch. Eine Weile starrte Ehrentraud mit weit aufgerissenen Augen ihr Abbild an, ohne einen Laut von sich zu geben, und blieb auch stumm, als Meinarda ihr den Handspiegel aus den verkrampften Fingern wand und ihn der Nonne zurückgab.
Gegen Mittag erschien Forstenheuser mit vor Müdigkeit grauem Gesicht und blutunterlaufenen Augen. Zunächst begutachtete der Wundarzt die Verletzung in Ehrentrauds Gesicht und bat sie dann, ihren Busen zu entblößen. Dazu benötigte sie Johannas Hilfe, denn ihr neues Kleid wurde auf dem Rücken geschlossen. Irmelas Tante nahm auch den Verband ab, den die Nonnen ihrer Freundin angelegt hatten, denn die Verletzte scheute sich, die Leinenstreifen mit den Fingern zu berühren.
Forstenheusers Miene drückte Mitleid und Hoffnungslosigkeit aus, doch während er noch um Worte rang, fasste Ehrentraud seine Hände. »Ihr müsst mir helfen, Herr Doktor! So kann ich nicht weiterleben.« Sie gab ein unartikuliertes Gestammel von sich und begann sich mit den Händen gegen die Brust schlagen. Zwei Nonnen griffen schnell zu, ehe sie sich selbst schaden konnte.

Die ranghöhere Schwester sah den Arzt so leiderfüllt an, als sei sie selbst so übel zugerichtet worden. »Wie können Menschen nur so grausam sein, ein unschuldiges Mädchen derart zu verstümmeln?«

»Das sind keine Menschen, sondern Schweden«, antwortete der Arzt in einem Ton, als bestünde das Heer Gustav Adolfs aus lauter menschenfressenden Bestien. »Hier ist meine Kunst am Ende. Ich werde das Edelfräulein mit Gottes Hilfe am Leben erhalten können, doch die Folgen der Verletzungen werden sichtbar bleiben.«

Die Verstümmelte bäumte sich stöhnend auf. »Es muss doch einen Weg geben, mir mein früheres Aussehen zurückzugeben!«

Die Nonne strich Ehrentraud tröstend über die Stirn. »Bete zur Jungfrau Maria und der heiligen Katharina von Alexandria, die selbst so schlimm geschunden worden ist, damit sie dir beistehen und dir den Trost senden, den du so dringend brauchst!«

»Was nützt mir der Trost der Heiligen, wenn ich ein Scheusal bleibe?« Ehrentraud begann wieder zu kreischen und um sich zu schlagen. Die Oberin befahl ihren Nonnen, einen Beruhigungstrank zu holen und der Verletzten einzuflößen, und winkte dann den Arzt beiseite. »Ihr seht also keine Möglichkeit mehr, diesem armen Kind wenigstens einen Teil ihres früheren Aussehens wiederzugeben, Doktor?«

Forstenheuser schüttelte den Kopf. »Dazu wäre ein Wunder nötig, und die tut Gott in dieser schrecklichen Zeit nicht mehr.« Ungerührt von dem empörten Schnauben der Nonne wies er auf Ehrentrauds Gesicht. »Das Kreuz, das diese verfluchten Ketzer ihr ins Gesicht geschnitten haben, reicht auf der rechten Seite von der Schläfe bis zum Kinn und hätte sie beinahe das rechte Auge gekostet. Von den Verstümmelungen ihrer Brüste will ich gar nicht erst reden. Das Fräulein kann froh sein, dass es noch lebt. Nicht viele Frauen hätten diese Wunden überstanden.«

»Aber wir müssen ihr helfen! Ehrentraud ist immerhin die Nichte des hochehrwürdigen Priors des Klosters von Sankt Michael.«
Die Nonne wischte erneut Tränen aus ihren Augen, während der Arzt überrascht aufsah.
»Nun, das ist Glück im Unglück, denn da hat sie jemand, der ihr beisteht. Meines Wissens befindet sich Xaver von Lexenthal in der Stadt. Er hat den Klosterschatz hierher gebracht, damit er den schwedischen Ketzern nicht in die Hände fallen kann.«
Die Oberin wirkte erleichtert, denn nun würde das vor Schmerz und Kummer halbverrückte Mädchen nicht ihr zur Last fallen. »Ich werde ihm Nachricht senden. Wenn Ihr nichts mehr für das Fräulein tun könnt, so seht Euch bitte die übrigen Flüchtlinge an. Walburga Steglinger und eine Magd sind ebenfalls diesen Höllenknechten aus den Nordlanden zum Opfer gefallen, während die anderen Damen durch Gottes Hand gerettet wurden.«
»Walburga Steglinger ist hier? Deren Mann habe ich vorhin in der Stadt gesehen.«
Die Oberin schlug das Kreuz. »Gott im Himmel sei gedankt! Er muss sofort erfahren, dass seine Frau den schwedischen Ketzern lebend entkommen ist.«
»Das übernehme ich.« Forstenheuser schien froh zu sein, wenigstens eine gute Nachricht überbringen zu können, und verabschiedete sich von der Nonne mit dem Versprechen, Rudolf Steglinger suchen zu lassen.

IX.

Irmela hatte sich so in ihre Erschöpfung und ihre Trauer eingesponnen, dass ihr Fabians Abwesenheit erst später am Tag auffiel. Zunächst nahm sie an, er wäre die Enge leid geworden und hätte die Einsamkeit gesucht. Meinarda erklärte ihr jedoch, dass Fabian ein anderes Quartier zugewiesen bekommen hatte.

»Das war auch richtig so! Schließlich gehört es sich nicht, wenn ein Mann allein unter uns Damen nächtigt«, setzte sie mit Nachdruck hinzu.

Irmela wunderte sich ein wenig, weil die Freiin trotz ihrer Trauer und der Situation in dieser Stadt so viel Wert auf Konventionen legte. Es erschien ihr lächerlich, Fabian zu verbieten, bei ihnen zu bleiben, denn im Rest des Raumes schliefen mehr Männer als Frauen. Sie fühlte sich jedoch zu erschöpft, um mit Meinarda zu diskutieren, und es interessierte sie mehr, wie es nun weitergehen sollte. Auf dem Herrensitz ihrer Familie saß nun wohl bereits eine Kreatur der Schweden. Es hieß, König Gustav Adolf pflegte seine Anhänger mit den Gütern der vertriebenen Katholiken zu belohnen. Fabian würde der Verlust seines Elternhauses noch stärker treffen, denn Gut Birkenfels, das seiner Familie den Namen gegeben hatte, war der einzige Besitz seines Vaters gewesen. Nun gehörte ihm nicht mehr als die Kleidung, die er auf dem Leib trug, und die Waffe, mit der er sie und die anderen Frauen verteidigt hatte.

Der Spielgefährte ihrer Kindertage tat ihr leid, doch sie sah keine Möglichkeit, ihm zu helfen. Zwar nannte ihre Familie noch weitere Besitzungen ihr Eigen, aber sie hatte sich nie dafür interessiert, wo diese liegen mochten. Wahrscheinlich waren auch diese Ländereien den Ketzern in die Hände gefallen. In dem Fall war sie trotz ihres hohen Ranges so arm wie eine Bettlerin auf den Treppenstufen der Kirche.

Sie sah zu Johanna hinüber und überlegte, ob sie ihre Tante nach den Besitztümern ihres Vaters fragen sollte, ließ sich dann jedoch mit einem Aufseufzen wieder zurücksinken. So, wie ihr Vater zu seiner Halbschwester gestanden hatte, hatte er ihr gewiss keinen Einblick in die familiären Verhältnisse gewährt. Graf Ottheinrich

hatte seine Halbschwester Johanna nur geduldet, weil es die Pflicht so gebot, und seiner Tochter von Anfang an Abneigung gegen das nur wenig ältere Mädchen eingeflößt. Dennoch war Irmela ihrer Tante freundlich gegenübergetreten und hatte ihre Freundschaft gesucht. Johanna aber hatte sie mit Spott und Häme überschüttet, so dass Irmela sich bald von ihr zurückgezogen hatte. Nun bedauerte sie das schlechte Verhältnis zu Johanna, denn in dieser Situation hätten sie einander Halt geben können. Ihre Tante beachtete sie jedoch ebenso wenig wie zu Hause, sondern hielt sich in Ehrentrauds Nähe auf, obwohl sie diese früher heftig beneidet hatte. Immer wieder streichelte sie die Verletzte, die zumeist mit dem Gesicht zur Wand lag, und flüsterte ihr Trost zu.
Eine zärtliche Hand hätte Irmela sich ebenfalls gewünscht, und sie hoffte, dass der durchlebte Schrecken und die gemeinsame Not die Schranken zwischen ihr und Johanna niederreißen würden. Sie stand auf und ging zu den beiden hinüber, doch bevor sie etwas sagen konnte, drehte Ehrentraud ihr das Gesicht zu und starrte sie hasserfüllt an.
»Das habe ich alles dir zu verdanken! Dich selbst und ein paar andere hast du mit deinen Hexenkräften vor den Augen der Schweden verborgen! Aber dein Neid auf meine Schönheit hat dich dazu gebracht, mich diesen ketzerischen Hunden auszuliefern.«
Irmela verschlug es die Sprache. Dafür zeigte Walburga Steglinger sich umso beredter. »Deine Entstellung hast du ganz allein dir selbst zu verdanken! Du hättest Irmela folgen und dich im Wald verstecken können. Stattdessen hast du sie eine übergeschnappte Kuh genannt.«
Ehrentraud ballte die Fäuste. »Sie ist eine Hexe! Das sagt Johanna auch, und sie muss es wissen.«
Der Blick, den sie mit Irmelas Tante wechselte, ließ erahnen, dass die beiden schon mehrfach über das Mädchen und die Vorgänge auf der Flucht gesprochen hatten und einer Meinung waren.

Irmela fragte sich, warum Ehrentraud ihr solch tiefe Abneigung entgegenbrachte. Dahinter konnten nur Johannas Hetzereien stecken. Ihr wurde klar, dass sie und ihre Tante wohl niemals Freundinnen werden würden, und da Johanna den Zorn ihres Halbbruders nicht mehr fürchten musste, benahm sie sich nun noch gehässiger als zu Hause.

Enttäuscht wandte Irmela sich ab und setzte sich zu Frau Meinarda, die ihr den kleinen Siegmar übergab. Das Kind quengelte, denn es langweilte sich in der düsteren Ecke, in die kaum Tageslicht fiel, doch weder seine Mutter noch Irmela fühlten sich kräftig genug, mit ihm in dem Gewühle spazieren zu gehen, das in der Residenz herrschte.

Die Stunden tropften zäh dahin. Den Frauen war nicht zum Reden zumute, denn keine von ihnen war in der Lage, über das Erlebte oder ihren Verlust zu sprechen. Walburga Steglinger, die inzwischen wusste, dass ihr Mann dem Unglück entronnen war, hob bei jedem Öffnen der Tür den Kopf, doch dieser ließ sich Zeit.

Wieder betrat jemand den Saal, und das sofort einsetzende Schweigen im anderen Teil verriet, dass es sich um eine hochgestellte Persönlichkeit handeln musste. Gleich darauf wurde ein Teil des Vorhangs, der ihr kleines Refugium abtrennte, beiseite gezogen, und zwei Lakaien hielten Laternen hinein. Zwischen ihnen tauchte der Höfling auf, der sie hier einquartiert hatte, und machte Platz für einen Mann, der einen Rock aus blau und weiß gemustertem Brokat trug. Eine schwere Goldkette zierte die Brust des Herrn, und ein hoher, weißer Kragen engte seinen Hals so ein, dass er kaum den Kopf bewegen konnte. Aus einem schmalen, von Sorgenfalten durchzogenen Gesicht blickten zwei tief in den Höhlen liegende Augen auf die Damen herab.

Meinarda von Teglenburg erkannte Pfalzgraf Wolfgang Wilhelm und schnellte hoch, um sofort in einem tiefen Knicks zu versinken. Nun begriff auch Irmela, dass der Herzog von Pfalz-Neuburg vor ihnen stand, und folgte ihrem Beispiel, während Walburga Steglinger sichtlich Mühe hatte, auf die Beine zu kommen. Johanna starrte den Besucher zunächst fragend an, bevor sie sich entschloss, ebenfalls einen Knicks zu machen. Als Ehrentraud aufstehen wollte, hob der Herzog beschwichtigend die Hand.

»Bleibt ruhig liegen, meine Liebe. In Zeiten der Not wie dieser sollen Ehrenbezeugungen denen überlassen bleiben, die noch dazu in der Lage sind.« Mit einer Miene, der anzusehen war, wie sehr ihn das Aussehen des Edelfräuleins erschreckte, wandte er sich an Meinarda und neigte ein wenig den Kopf.

»Ich habe von der furchtbaren Tragödie vernommen, die Euch widerfahren ist, meine Liebe. Der Tod Eures Gemahls stellt auch für Uns einen herben Verlust dar, zählte Herr von Czontass doch zu Unseren bewährtesten Vertrauten.«

»Ich bitte Euer Gnaden, Euch meines vaterlosen Sohnes anzunehmen!« Meinarda beugte erneut ihr Knie vor dem Herzog der Jungen Pfalz von Neuburg und vermochte ihre Tränen nicht mehr zurückzuhalten.

»Wir werden ihn im Auge behalten!« Im Augenblick war es nur ein Versprechen, das Wolfgang Wilhelm von Wittelsbach aus Mitleid von sich gab, doch Meinarda kannte ihren Landesherrn und wusste, dass sie ihn daran erinnern durfte. Für Siegmar bedeuteten die Worte die Aussicht auf eine Karriere, die ihn in den inneren Kreis um den Herrscher führen konnte.

Der Pfalzgraf nickte Meinarda noch einmal zu und sah dann auf Irmela hinab, die ihn scheu anlächelte. »Du bist also die Tochter von Irmhilde und Ottheinrich von Hochberg.« Es klang etwas überrascht. Er hatte Irmelas Mutter als zierliche, aber sehr schöne Frau in Erinnerung, während die Tochter einer grauen Maus glich. Dann erinnerte er sich daran, wie jung Irmela noch war, und nahm an, dass zwar keine bemerkenswerte Schönheit, aber eine aparte junge Dame aus ihr werden konnte.

Mit einem gezwungenen Lächeln strich er ihr über das Haar. »Wie Wir hörten, wären all die Frauen und Kinder, die gerettet werden konnten, ohne dich ein Opfer der Schweden geworden. Wir danken Gott dem Herrn, dass er es nicht dazu kommen hat lassen. In dieser Hinsicht ähnelst du deiner Mutter. Auch sie hat Uns vor einer großen Tragödie bewahrt.«
Er ging jedoch nicht näher darauf ein, sondern seufzte tief und wandte sich dann an den Höfling. »Mein lieber Stainach, sorgt bitte dafür, dass die Damen ihrem Rang gemäß untergebracht werden, und lasst ihnen die Mahlzeiten von Unserem eigenen Tisch bringen.«
Der Höfling wand sich sichtlich. »Verzeiht, Euer Gnaden. Die Residenz und die Stadt sind hoffnungslos überfüllt. Es dürfte so gut wie unmöglich sein, ein achtbares Obdach für die Damen zu finden.«
»Dann lasst Platz für sie schaffen!« Der Pfalzgraf ließ keinen Zweifel daran, dass er seinen Befehl befolgt sehen wollte. Stainach, der froh gewesen war, den Frauen wenigstens dieses Plätzchen zuweisen zu können, zog ein langes Gesicht, wagte aber keinen weiteren Einwand.
Wolfgang Wilhelm winkte den Damen noch einmal huldvoll zu und wandte sich zum Gehen. Kurz vor dem Vorhang blieb er noch einmal stehen. »Stainach, wenn die Schweden wirklich auf Neuburg zurücken, sollten die Damen nicht mehr hier sein. Wir wollen nicht, dass sie diesen Ungeheuern ein zweites Mal begegnen müssen. Sorgt dafür, dass sie in eine sichere Gegend reisen können.«
Stainach rang die Hände und sah aus, als würde er jeden Augenblick in Tränen ausbrechen. »Jede Zille, Euer Gnaden, die es im weiten Umkreis gibt, ist hierher geschafft worden, um für Eure Weiterreise zu Verfügung zu stehen. Alle anderen Schiffe wurden bereits von Standesherren und Bürgern dieser Stadt zur

Flucht benutzt. Wir werden kaum den elendsten Kahn für die Damen auftreiben können.«

»Es wird wohl die Möglichkeit geben, sie auf einer Unserer Zillen mitzunehmen!« Ohne einen Gedanken daran zu verschwenden, dass er Stainach damit eine Aufgabe aufhalste, die eines Herkules würdig gewesen wäre, ging Wolfgang Wilhelm mit raschen Schritten davon.

Stainach sah ihm mit verkniffener Miene nach und rief, als sein Herr den Saal verlassen hatte, einen Untergebenen zu sich.

»Weiß Er, wo wir eine passable Unterkunft für Frau von Teglenburg und Fräulein von Hochberg finden können?«

»Die Fräuleins von Hochberg«, fiel ihm Johanna ins Wort, die nicht hinter Irmela zurückstehen wollte. Der Höfling beachtete sie jedoch nicht, sondern sah den Bediensteten so scharf an, als wolle er diesen für allen Ärger verantwortlich machen.

Der Mann rieb sich die Nase. »Da es sich um die Komtesse Hochberg und deren Bekannte handelt, wäre es wohl am besten, ihr den eigenen Besitz, der ein Stück unterhalb des Jagdschlosses Grünau an der Donau liegt, als vorläufige Wohnstatt zu empfehlen.«

»Ein Gebäude außerhalb der Stadt, wo doch die Schweden schwärmen! Ist Er närrisch geworden?« Es fehlte nicht viel, und Stainach hätte den Mann geschlagen.

Der Lakai wich ein wenig zurück, grinste aber. »Das Gebäude wurde vor etlichen Jahren auf einer Donauinsel errichtet. Nun ist der Flussarm südlich davon verlandet und das Anwesen von einem sumpfigen Auwald umgeben, durch den es kaum ein Durchkommen gibt. Dort wird so bald kein Schwede hinkommen, zumal das Haus auf unserer Seite der Donau liegt. Von dort könnten die Damen viel leichter evakuiert werden als hier in der Stadt, aus der im Augenblick der Not alle Leute zu den rettenden Zillen laufen werden. Um die Damen vor Marodeuren und Plünderern zu schützen, könntet Ihr einen Offizier und ein paar Soldaten abstellen.«

»Und wer sagt, dass unsere eigenen Leute sie nicht ausplündern werden?«, wandte Stainach bissig ein.

Sein Untergebener verbeugte sich lächelnd. »Die Wahl darf natürlich nur auf einen vertrauenswürdigen Offizier und ebensolche Soldaten fallen.«

Irmela räusperte sich, um die Aufmerksamkeit des Höflings auf sich zu lenken. »Ich schlage Hauptmann Kiermeier vor. Er hat an der Brücke sehr umsichtig gehandelt und macht einen verlässlichen Eindruck.«

Stainach warf ihr einen abweisenden Blick zu, und Irmela zog sich sofort wieder in ihr Schneckenhaus zurück.

Sein Gehilfe gab sich jedoch entzückt. »Ein ausgezeichneter Gedanke! Mit ihm zusammen können wir auch den jungen Birkenfels mit dem Schutz der Damen beauftragen.«

»Dann leite Er alles in die Wege! Meine Damen werden mir verzeihen, wenn ich sie nun verlassen muss, doch rufen mich vielfältige Pflichten.« Stainach verbeugte sich vor Meinarda und etwas weniger tief vor Irmela, obwohl diese im Rang über der Freiin stand, und bemühte sich, an Ehrentraud vorbeizusehen.

X.

Während Irmela noch über das Erscheinen des Pfalzgrafen nachsann, der sich trotz seiner bedrängten Lage Zeit für diesen Besuch genommen hatte, erschien Fabian mit einem schäumenden Krug Bier in der Hand.

»Wie geht es euch?«, fragte er mit einer Miene, als wäre mit der geglückten Flucht die Welt wieder in Ordnung.

Irmela jedoch konnte er nicht täuschen. Zwar schien er das, was geschehen war, vergessen zu wollen, um nicht ständig die toten Leiber seiner Eltern vor sich zu sehen, doch es reichte nur zu einer gespielten Munterkeit.

»Uns geht es den Umständen entsprechend gut«, antwortete sie mit möglichst gleichmütiger Stimme.

Frau Meinarda stimmte ihr mit einem traurigen Lächeln zu. »Wir befinden uns besser, als wir gestern noch zu hoffen gewagt hätten, und das haben wir deinem Mut und Irmelas ausgezeichnetem Gehör zu verdanken.«

»Gehör? Unsinn, das war Hexerei!«, giftete Ehrentraud sofort. »Ihre Mutter war eine Hexe, und Irmela ist auch eine.«

»Sei still!«, herrschte Walburga Steglinger sie an. »Mit einer Beschuldigung wie dieser geht man nicht leichtfertig um!«

»Du solltest wirklich deine Zunge hüten«, tadelte auch Freiin Meinarda die Verletzte. »Irmela hat meinem Sohn und mir das Leben gerettet, und das werde ich ihr bis an mein Lebensende danken.«

Von zwei Seiten gerügt, hüllte Ehrentraud sich in Schweigen und kehrte den anderen wieder den Rücken zu.

»Ohne Irmelas scharfe Ohren lägen wir alle kalt und steif im Staub der Straße«, stimmte Fabian den beiden Damen zu und schenkte dem Mädchen, dessen Gesicht immer noch die Spuren seiner Schläge trug, ein entschuldigendes Lächeln.

Walburga Steglinger musterte ihn, als könne sie nicht glauben, dass dieser unfertig wirkende, lang aufgeschossene Bursche am Tag zuvor wie ein kriegserfahrener Mann gehandelt hatte. »Ich konnte zwar nicht vor den Schweden davonlaufen, aber dank deiner und Irmelas Entschlossenheit bin ich wenigstens den Plünderern entkommen. Ein zweites Mal hintereinander wäre ich ungern die Beute geiler Kerle geworden.«

Sie schluckte und sah Meinarda ein wenig kleinlaut an. »Entschuldigt, aber es ist mir so herausgerutscht.«

Meinarda legte ihr in einer beruhigenden Geste die Hand auf den Unterarm. »Es gibt nichts zu entschuldigen, meine Liebe. Ihr habt mein vollstes Mitgefühl für das, was Euch geschehen ist, und mein Verständnis für Eure Bitterkeit.«
Walburga Steglinger interessierte sich jedoch mehr für die Gefahr, die sich für alle am Horizont aufbaute. »Weiß man schon, wo die Schweden jetzt stehen?«
Fabian strich über den Griff seines Rapiers. »Wie es heißt, soll Gustav Adolf sein gesamtes Heer an die Donau geführt haben und bereitet sich darauf vor überzusetzen. Herr von Tilly sammelt gleichzeitig die Unsrigen, um ihn daran zu hindern.«
»Was muss ich hören? Du plauderst militärische Geheimnisse vor Zivilpersonen aus? Wärst du Soldat, kämst du dafür in den Kerker oder würdest gar gehängt.« Unbemerkt war Hauptmann Kiermeier eingetreten und zerzauste nun Fabians dunkelblonden Schopf. Dabei vergaß er nicht, sich tief vor Meinarda zu verbeugen. Auch wenn ihre Güter von den Schweden besetzt worden waren, so besaß sie Einfluss bei Hofe und vermochte einem vermögenslosen Offizier wie ihm durchaus zu helfen, die Karriereleiter höher zu steigen. Für einen Augenblick dachte Kiermeier daran, dass die Dame Witwe geworden war und in einem Jahr wieder einen Ehemann benötigte, schob diesen Gedanken jedoch sofort beiseite. Der Standesunterschied zwischen der Tochter eines Reichsfreiherrn und einem einfachen Edelmann wie ihm war leider zu groß.
Meinardas Blick ruhte durchaus wohlgefällig auf dem stattlichen Offizier, der etwa in ihrem Alter sein musste. »Ihr dürft dem guten Fabian nicht böse sein. Wir fragten nur aus Angst vor diesen ketzerischen Ungeheuern. Ein zweites Mal wollen wir ihnen nicht mehr begegnen.«
»Das wird auch nicht geschehen. Herr von Stainach hat mir den Befehl erteilt, Euer Erlaucht sowie Eure Begleiterinnen noch

heute zu dem Haus über dem Strom zu eskortieren. Der Aufenthalt dort wird aber nur von kurzer Dauer sein, denn Ihr werdet zusammen mit dem Reisezug des Herzogs aufbrechen und diesen bis Passau begleiten. Ein Stück nördlich der Stadt befindet sich, wie Herr von Stainach in Erfahrung bringen konnte, ein weiterer, recht abgelegener Besitz der Familie Hochberg, und der dürfte der geeignete Wohnort für Euch und Komtesse Irmela sein, bis die Ketzertruppen wieder aus dem Land gefegt worden sind. Eine Weiterfahrt nach Wien wäre möglich, aber sicher nicht in Eurem Interesse. Wenn die Schweden weiterhin mit dieser Geschwindigkeit vorrücken, wird die Kaiserstadt von Flüchtlingen ebenso überfüllt sein wie Neuburg in diesen Tagen und die Preise für Lebensmittel und Unterkunft kaum noch erschwinglich.«

Meinarda kniff enttäuscht die Lippen zusammen, sagte aber nichts, das Kiermeier verletzen könnte. Seine Worte hatten ihr verraten, dass Herr von Stainach sie und ihre Schicksalsgefährtinnen letztlich als Ballast ansah, dessen er sich so bald wie möglich entledigen wollte. Auch schien Herzog Wolfgang Wilhelms Kasse nicht gut genug gefüllt zu sein, um neben dem engeren Hofstaat und der Dienerschaft weitere Leute unterbringen und verköstigen zu können.

Während die Freiin versuchte, mit dem Gefühl fertig zu werden, nur noch eine schutzlose Witwe zu sein, mit der man bei Hofe nach Belieben umspringen konnte, blickte Irmela den Hauptmann erstaunt an. »Ich wusste gar nicht, dass unsere Familie über einen Besitz direkt an der Donau verfügt.«

»Nach dem Tod Eures Vaters seid Ihr seine einzige Erbin. Herr von Stainach hat Treuhänder bestellt, die Eure Liegenschaften verwalten werden, und sich dabei kundig gemacht, was Euch gehört, Komtesse.« Obwohl Irmela von höherem Adel war als die Freiin, fühlte Kiermeier nicht die geringste

Neigung, seine Bekanntschaft mit ihr zu vertiefen, denn er hielt sie wegen ihrer Größe und ihrer eckigen Gestalt noch für ein Kind.

»Fabian von Birkenfels wird uns begleiten. Wegen seiner Tapferkeit und der Tatsache, dass der Herzog auf keinen jungen Mann aus gutem Hause in seinem Heer verzichten kann, hat Herr von Stainach ihm den Rang eines Kornetts bei meiner Kompanie verschafft. Sobald wir Euch glücklich in Passau abgeliefert haben, werden wir zu unseren Truppen stoßen.« Kiermeier zwinkerte Fabian dabei anerkennend zu.

Dieser erwiderte das Lächeln etwas verlegen und blickte Meinarda an. »Herr von Kiermeier hat mich in seinem Quartier untergebracht. Es liegt auf der Donauinsel, so dass er die Brücke sperren kann, sobald die Schweden sich ihr nähern.«

»Diese Aufgabe übernimmt jetzt ein anderer Offizier, da ich den Damen zugeteilt worden bin. Fabian, wenn du mich meinst, so lass das ›von‹ weg. Ich bin nur ein einfacher Adeliger, der sich diese Standeserhöhung noch verdienen muss.«

Kiermeier wirkte peinlich berührt, da er befürchtete, Meinarda von Teglenburg könnte ihn für einen Aufschneider halten, der vor dem jungen Mann mit einem höheren Rang angegeben hatte.

Frau Meinarda gefiel die Bescheidenheit des Hauptmanns, und sie musterte ihn so freundlich, dass es Kiermeier unter der Uniformjacke warm wurde.

Irmela hatte keinen Sinn für den Austausch von Artigkeiten. »Hauptmann Kiermeier, Ihr sagtet eben, Seine Gnaden würde Neuburg bald verlassen, und wir könnten mit ihm reisen. Dann ist die Stadt wohl kein sicherer Ort.«

»Da habt Ihr leider recht, Komtesse. Die Befestigungsanlagen, die unter dem Pfalzgrafen Philipp Ludwig, dem Vater unseres jetzigen Souveräns, geplant und begonnen wurden, sind noch unfertig und lückenhaft. Wenn die Schweden vor der Stadt erscheinen, werden sie sie auch einnehmen, ob nun die Brücke in Flammen aufgeht oder nicht.«

»Jetzt verratet Ihr militärische Geheimnisse«, zog Meinarda den Hauptmann auf.

Kiermeier straffte die Schultern und legte die linke Hand auf den Knauf seines Pallaschs. »Ich sage nur die Wahrheit, um den Damen die Notwendigkeit der Evakuierung vor Augen zu führen.«

»Ich danke Euch für Eure Aufrichtigkeit und hoffe, Ihr könnt uns heute noch fortbringen. Eine weitere Nacht möchte ich ungern hier verbringen.« Meinarda schüttelte es, denn der Geruch der vielen Menschen, die in dem Saal nächtigten, nahm ihr selbst dann noch den Atem, wenn Fenster und Türen weit offenstanden.

Über Kiermeiers Gesicht zog eine leichte Röte. »Vorher habe ich noch eine Aufgabe zu erfüllen, und aus diesem Grund bitte ich um die Erlaubnis, mich verabschieden zu dürfen.« Kiermeier verbeugte sich, ohne deutlicher zu werden, und griff nach dem Vorhang, um die Damen zu verlassen.

Fabian blieb jedoch stehen und blickte Irmela und Meinarda entschuldigend an. »Wir wollen zu unserem Wagenzug zurückkehren und nachsehen, ob wir die Leiber unserer Toten bergen können. Die Schweden, die ihn überfallen haben, dürften zu einem Erkundungstrupp gehören, der höchstwahrscheinlich zum Hauptheer zurückgekehrt ist.«

»O ja! Bitte tut das, und bringt den Leichnam meines Gemahls hierher, damit er in geweihter Erde begraben werden kann.« Meinardas Ausruf brachte Kiermeier dazu, sich noch einmal zu ihr umzudrehen.

»Wenn es in meiner Macht steht, werde ich es tun, meine Dame!«

XI.

Kaum war der Hauptmann gegangen, begann Johanna zu hetzen und kritisierte mit gedämpfter Stimme den Pfalzgrafen und Neuburger Herzog, der ihnen Schutz versprochen hätte und sie nun unterwegs abladen wolle wie überflüssige Gepäckstücke. In einem einsamen Gutshof, so behauptete sie, würden sie ganz gewiss den Schweden zum Opfer fallen.
Meinarda versuchte eine Weile, ihr boshaftes Gerede zu ignorieren, aber dann ging es ihr zu weit. »Ich halte es für eine gute Entscheidung, nach Passau zu ziehen. Von da aus ist es nicht weit nach Böhmen, über das Herr von Wallenstein als Vertreter des Kaisers herrscht. Er wird uns gewiss den Schutz angedeihen lassen, den wir benötigen.«
Sie wollte noch mehr sagen, doch im Eingangsbereich klangen wieder Stimmen auf; und kurz darauf hob ein Mann in der aufwendig gestalteten Tracht eines Dominikanerpriors den Vorhang. Ihm folgte Rudolf Steglinger mit einer Miene, die zwischen Trotz und grimmiger Zufriedenheit schwankte. Er sah seine Frau nicht einmal an, sondern hielt sich hinter dem Prior, als benötige er ihn als Schutzschild.
»Jetzt sagt schon Euer Sprüchlein auf!«, forderte er den Dominikaner auf.
Sein Drängen schien den Prior zu verärgern, denn er warf Steglinger einen tadelnden Blick zu, setzte dann aber eine hochmütige Miene auf und musterte Walburga wie eine Raupe, die es gewagt hatte, sich auf seine Kutte zu setzen.
»Euer Ehemann ist nach der Morgenmesse zu mir und den Oberhäuptern der heiligen Kirche in dieser Stadt gekommen, um sein Gewissen zu erleichtern. Es ist ihm nach dem, was gestern mit Euch geschehen ist, nicht mehr möglich, in ehelicher Gemeinschaft mit Euch zu leben. Daher hat er die heilige Kirche

gebeten, Eure Ehe aufzulösen, damit er in Zukunft mit einer anderen Frau als Mann und Weib zusammenleben kann. Es ist sein Wunsch, dass Ihr Euch in ein Kloster begebt und dort für Euer Seelenheil betet.«

Er trug die für sich schon harten Worte so schonungslos vor, als sei Walburga eine Sünderin, die sich vorsätzlich gegen ihren Mann und die heilige Kirche vergangen habe, und keine Frau, die einer entfesselten Soldateska zum Opfer gefallen war. Während Meinarda von Teglenburg entsetzt die Hände rang, stieß Walburga Steglinger hörbar die Luft aus.

»Rudolf, ich habe dich schon damals, als unsere Väter mich zur Heirat mit dir zwangen, für eine Ratte gehalten. Nun aber übertriffst du dich selbst. Glaube jedoch nicht, dass dein Tun dir etwas einbringt. Wenn du auf einer Trennung bestehst, fallen meine Mitgift und mein Erbteil an mich zurück.«

Rudolf Steglinger wurde blass. »Alles, was du mitgebracht hast, ist mein! Das wird auch das Gericht so sehen. Du besitzt nicht mehr als das, was du am Leibe trägst. Gehst du freiwillig in ein Kloster, werde ich dich mit der entsprechenden Mitgift ausstatten. Sonst kannst du wegen mir in der Gosse zugrunde gehen.«

Mit diesen Worten drehte er sich um und stiefelte so hastig davon, als hätte er Angst vor der Antwort seiner Frau.

Dem Prior war es offensichtlich unangenehm, Walburga Steglinger allein gegenüberstehen zu müssen. Er brummelte etwas, drehte ihr den Rücken zu und blickte Meinarda von Teglenburg an. »Ich habe gehört, meine Nichte sei ebenfalls mit Euch gekommen. Ich würde sie gerne sehen.«

Ehrentraud hatte dem Dominikaner bislang den Rücken zugekehrt. Jetzt setzte sie sich auf und verdeckte dabei ihr Gesicht mit dem Schultertuch, mit dem sie sich gegen den Durchzug gewappnet hatte. »Hier bin ich, Oheim!«

»Ich freue mich, dich lebend anzutreffen, meine Liebe, und hoffe, du befindest dich wohl!« Aus Xaver von Lexenthal sprach eine gewisse Erleichterung, die Tochter seines verstorbenen Bruders vor sich zu sehen. Zwar hatte dieser ihm neben seinen Schulden die Verantwortung für das unmündige Kind hinterlassen, doch zu seiner Freude war aus seiner Nichte eine anerkannte Schönheit geworden, die so manchen Mann von Stand über die fehlende Mitgift hinwegsehen lassen würde. Lexenthal hatte bereits die Kontakte für eine entsprechende Heirat geknüpft und wartete nur noch auf die letzte Zusage des auserkorenen Bräutigams und auch auf die des natürlichen Vaters jenes jungen Herrn, eines angesehenen Kardinals der Kurie in Rom.
Auf den Anblick, den Ehrentraud nun bot, war er jedoch nicht vorbereitet. Er hatte nur gehört, einer kleinen Gruppe von Flüchtlingen sei es gelungen, den Schweden ungeschoren zu entkommen, und dies auch auf seine Nichte bezogen. Nun verschlug es ihm für einige Augenblicke die Sprache.
»Mein Gott, wie konnte das geschehen?«, brachte er dann mühsam hervor.
»Es waren die Schweden, diese üblen Hunde«, erklärte Johanna, die sich diesmal nicht aus dem Gespräch ausschließen lassen wollte.
Lexenthal schlug das Kreuz und wandte sich an Meinarda. »Ich wünsche mit meiner Nichte allein zu sein!«
Obwohl seine Höflichkeit zu wünschen übrig ließ, erhoben sich die Damen und verließen zusammen mit Moni den abgetrennten Bereich. Nur Johanna blieb und hielt Ehrentrauds Hand fest, als wolle sie die Verstümmelte vor dem gestrengen Herrn schützen. Als Lexenthal jedoch eine Bewegung machte, wie um ein lästiges Insekt zu verscheuchen, stand auch sie auf und ging hinaus.
Lexenthal ließ sich von einem Bediensteten eine Laterne reichen,

um seine Nichte bei hellerem Licht betrachten zu können, und schüttelte sich. »Das ist ja entsetzlich! Wie konnte Gott nur so grausam sein? Dabei war ich gerade dabei, eine vorteilhafte Ehe mit einem jungen und sehr reichen römischen Adeligen für dich zu arrangieren. So aber wird er dich nicht nehmen – und auch sonst niemand.«

In seinen Worten schwang neben dem Mitleid mit seiner Verwandten auch die Enttäuschung mit, dass die für ihn und für sie so vorteilhaften Heiratspläne nun gescheitert waren.

Ehrentraud riss das Oberteil ihres Kleides auf und entfernte das Leinentuch, mit dem die Nonnen ihren Busen bedeckt hatten. »Mein Gesicht ist noch nicht alles! Seht, was diese Hunde mir noch angetan haben!«

Beim Anblick der aufgeschlitzten Brüste färbte Lexenthals Gesicht sich grünlich. »Bedecke das wieder!«, schrie er auf. Es klang wie ein Hilferuf.

Während Ehrentraud mit müden Bewegungen gehorchte, griff er sich an den Kopf, als ginge das, was er gesehen hatte, über seinen Verstand. »Wie konnte das geschehen? Es hieß doch, Ihr wärt durch die Gnade des Herrn gerettet worden.«

Noch während er es sagte, erinnerte er sich an das, was Steglingers Frau zugestoßen war, und begriff, dass er seine Hoffnungen für Wirklichkeit gehalten hatte.

Ehrentraud lachte bitter. »Einige von uns konnten den Mördern entkommen! Mich aber hat die kleine Hexe aus lauter Bosheit dem Feind zum Fraß vorgeworfen!«

Der Prior richtete sich steif auf. »Welche Hexe?«

»Irmela von Hochberg! Dieses kleine Miststück hat alle anderen Frauen mit ihren Hexenkräften dazu gebracht, ihr zu folgen, während ihr Blick mich auf die Stelle gebannt hat, an der ich stand. Ich habe mich nicht rühren können, bis die Schweden über mir waren.« Ehrentraud verbannte die Tatsache aus dem

Gedächtnis, dass andere Frauen gleich ihr vergewaltigt und einige gar umgebracht oder mitgeschleppt worden waren.
Unter Tränen fasste sie die Hände ihres Onkels. »Ihr müsst mir helfen, Oheim! So kann ich nicht weiterleben. Ich galt als die schönste Jungfrau im Land! Nun werden sich alle Kavaliere von mir abwenden und mir sogar diese Spitzmaus von einer Hochberg vorziehen.«
Lexenthal fasste seine Nichte mit hartem Griff bei der Schulter. »Was hattest du mit einem Mitglied dieser verfluchten Sippe zu schaffen?«
»Sie war bei dem Flüchtlingszug und hat die Gelegenheit ausgenutzt, mich den Schweden auszuliefern, weil sie mich wegen meiner Schönheit beneidet hat!«
Wohl jeder andere hätte Ehrentrauds Worte als Ausdruck eines kleinlichen, fiebernden Gemüts angesehen. Der Prior erinnerte sich jedoch nur allzu gut an seinen persönlichen Konflikt mit dieser Familie, der ihn für Jahre am Aufstieg in der Hierarchie des Ordens behindert hatte und sich immer noch nachteilig für ihn auswirkte. Daher nahm er die Beschuldigung für bare Münze.
»Schon wieder gereicht die Tat einer Hochberg unserer Familie zum Schaden! Verflucht soll sie sein, und die andere mit ihr.«
In seinen Gedanken stieg die Erinnerung an jene Zeit wieder auf, in der er das Gewand eines einfachen Mönchs getragen hatte. Damals war er Gerüchten nachgegangen, die sich um Irmhilde von Hochberg rankten, und hatte Beweise in die Hand bekommen, mit denen er sie als Hexe anklagen konnte. Doch als er die Frau verhaften lassen wollte, griff der Pfalzgraf persönlich ein, und sein eigener Abt verbot ihm, die Sache weiter zu verfolgen. Natürlich hatte er sich dagegen gewehrt und die Anklage mit weiteren Beweisen unterfüttert, daraufhin aber wurde er für mehr als ein halbes Jahrzehnt in ein

fernes Kloster seines Ordens verbannt. Die Angelegenheit hätte ihn die Karriere gekostet, wenn er nicht Freunde außerhalb der Jungen Pfalz gehabt hätte. Mit deren Hilfe war er es ihm schließlich gelungen, zum Prior eines nachrangigen Klosters aufzusteigen. Manchmal stellte er sich vor, was er hätte erreichen können, wenn es ihm damals gelungen wäre, die Hochberg-Hexe der kirchlichen und irdischen Gerechtigkeit zu übereignen, und diese Überlegungen fachten seine Wut über die damalige Niederlage stets aufs Neue an.

Als er nun von Ehrentraud erfuhr, dass die Tochter jener Frau sie verhext habe, war ihm sofort klar, dass Irmhilde von Hochberg ihre Kräfte auf Irmela übertragen hatte, um noch aus dem Grab heraus Leid verbreiten zu können. Voller Zorn stampfte er mit dem Fuß auf. »Nun weiß ich, warum dieses Schandweib dich verdorben hat. Es geschah aus finsterster Rachsucht! Damals wäre es mir beinahe gelungen, die alte Hexe zu Fall zu bringen, und wenn es einen Gott im Himmel gibt, wird er mir beistehen, ihre Tochter zu überführen.«

Sein Gesicht verzerrte sich zu einer hasserfüllten Grimasse. Zuerst schrak Ehrentraud vor ihm zurück, denn sie hatte ihn noch nie so außer sich gesehen. Dann begriff sie, dass er für sie an Irmela Rache üben konnte, die ihre Ehre als Jungfrau und ihre glatte Haut hatte retten können, und stellte sich vor, wie dieses widerwärtige kleine Biest nach den Verhören durch den Hexenrichter aussehen würde.

Währenddessen waren Meinarda, Walburga und Irmela auf den Innenhof der Residenz hinausgetreten, in dem die Knechte und Mägde immer noch fleißig Möbel und Kisten aus den Gebäuden schleppten. Irmela, die bei ihrem letzten Besuch in der Residenz noch kein Interesse für die Pracht der Gebäude und ihres Mobiliars gehabt hatte, ließ ihren Blick nun über die Köpfe der umhereilenden Menschen schweifen und betrachtete die lebendig wir-

kenden Malereien, die die Wände des Hauptflügels schmückten und Szenen aus der Bibel darstellten.
Meinarda interessierte sich an diesem Tag nicht für Kunstwerke, sondern hielt Walburgas Rechte fest und tätschelte deren Unterarm. »Bei allen Heiligen! Heute zweifle ich beinahe noch mehr als gestern an Gottes Gerechtigkeit. Wie kann ein Mann nur so schlecht sein wie der Eure, meine Liebe? Und noch weniger verstehe ich, dass dieser Mönch ihn dabei unterstützt.«
»Mein Mann nutzt nur die ihm günstig erscheinende Gelegenheit, mich loszuwerden, damit er eine neue, für ihn vorteilhafte Ehe eingehen kann. Unsere ist kinderlos geblieben, und er will ein anderes Weib heiraten, das ihm den erhofften Erben gebären kann und überdies wieder eine gute Mitgift in die Ehe bringt.«
Walburga klang so mutlos, dass Meinarda sie erschrocken ansah. »Ihr werdet doch deswegen nicht in ein Kloster eintreten?«
»Es wird mir wohl nichts anderes übrigbleiben. Wie mein Mann treffend sagte, habe ich kein Geld. Selbst wenn ich mich gegen die Auflösung der Ehe sträube oder wenigstens meinen Anteil an den Besitztümern fordere, würde es lange dauern, bis ein Urteil gefällt wird. Wovon soll ich in dieser Zeit leben?«
»Von dem, was an meinem Tisch gegessen wird! Bei Gott, auch wenn ich meine Güter an die Schweden verloren habe, so nage ich doch nicht am Hungertuch und kann es mir leisten, Euch beizustehen. Nein, meine Liebe, Ihr werdet die Zeit und die Möglichkeit von mir erhalten, die Fehde mit Eurem treulosen Gatten durchzufechten.« Meinardas Gesicht hatte einen kämpferischen Ausdruck angenommen, der so gar nicht zu ihr zu passen schien.
Ihre Begleiterin atmete wie erlöst auf, widerstrebte es ihr doch von ganzem Herzen, sich dem Willen ihres Ehemanns zu beugen und auf den Besitz zu verzichten, den sie selbst in diese Ehe eingebracht hatte.

XII.

Als Kiermeier und Fabian zurückkehrten und sich den Damen melden ließen, war es bereits später Abend. Ihre Gewänder rochen nach Rauch, und in ihren Augen lag ein harter Glanz.

»Es ist uns gelungen, bis zum Ort des Überfalls vorzudringen und die Leichen der armen Menschen zu bergen, die dort umgebracht worden sind«, erklärte Kiermeier gleich nach der Begrüßung.

Meinarda zeigte keine Enttäuschung, weil sie eine weitere Nacht in beengten Verhältnissen schlafen musste, sondern war sichtlich froh über diese Nachricht. Auch Irmela war erleichtert. Der Gedanke, dass die Leiber ihres Vaters und der Nachbarn Raben und Wölfen als Fraß dienten, hatte auch ihr Gemüt belastet.

Kiermeier verschwieg, dass die Toten bereits von Raubtieren angefressen worden waren, und er hatte auch Fabian verboten, dies preiszugeben. Die Damen sollten ihre Verwandten so in Erinnerung behalten, wie sie im Leben gewesen waren, und ihre Herzen nicht mit weiterem Kummer beladen.

Fabian, der innerlich noch von dem Erlebten glühte, sah Irmela und die anderen triumphierend an. »Wir haben die Spuren der Plünderer mit Hunden verfolgt und sie in ihrem Waldversteck aufgestöbert. Nur wenige sind unseren Klingen entkommen, und ihre Hütten wurden ein Raub der Flammen.«

»Musste man wirklich so streng vorgehen?«, wandte Meinarda ein. »Wohl haben die Leute uns erschreckt, aber es ist uns doch nichts geschehen.«

Ihr Mitleid kam bei Kiermeier schlecht an. »Ihr seid ihnen nur dank der Tapferkeit des jungen Birkenfels entkommen. Hätte er nicht einige dieses Gesindels seine Klinge spüren lassen, wäre es Euch schlimm ergangen.«

Zwar konnte Meinarda seine Worte nicht von der Hand weisen,

doch sie wollte etwas richtigstellen. »Das war nicht allein Fabians Verdienst. Irmela hat uns vor ihnen gewarnt, und so konnten sie uns nicht überraschen. Gegen die gesamte Schar wäre auch Fabians Mut vergebens gewesen.«

Ihre Worte kränkten den jungen Mann, der von den Soldaten, die ihn und Kiermeier zu dem Ort des Überfalls begleitet hatten, als großer Held gefeiert worden war. Der Hauptmann sah, wie es in ihm wühlte, und legte ihm die Hand auf die Schulter, um ihn vor unbedachten Aussprüchen zu warnen. Gleichzeitig beäugte er den Kuchen und den Krug Wein, den die Nonnen als Abendmahlzeit gebracht hatten, und ihm lief das Wasser im Mund zusammen.

Meinarda bemerkte seinen Blick und wies Moni lächelnd an, ihm ein Stück des Kuchens abzuschneiden und zusammen mit einem Becher Wein zu reichen. »Es ist zwar ein arg saures Getränk, doch solange die Schweden im Land sind, wird keine Zille mehr mit gutem Wein die Donau hochkommen. Lasst Euch vorher unseren Dank für all das aussprechen, was Ihr für unsere lieben Toten gewagt habt!«

Gegen seinen Willen errötete Kiermeier. »Das war doch eine Selbstverständlichkeit! Ich muss mich im Gegenteil entschuldigen, weil Ihr diese Nacht noch hier an diesem Ort verbringen müsst. Morgen früh werde ich Euch, Frau Steglinger und Hochbergs Töchter zu dem Haus über dem Strom bringen und dort auch gleich alles für die Weiterreise vorbereiten lassen. Gustav Adolf hat bereits Donauwörth erreicht, und es wird nicht mehr lange dauern, bis seine Truppen vor Neuburg stehen werden.«

»Euer Schutz lässt mich ruhiger in die Zukunft sehen«, beteuerte Meinarda und wies auf Irmela und Johanna. »Ihr müsst jedoch wissen, dass die beiden jungen Damen zwar den Namen Hochberg tragen, aber keine Schwestern sind. Komtesse Irmela ist die

Tochter des Grafen Ottheinrich, während Johanna nur seine Halbschwester ist.«
Die Freiin lächelte, als sie Kiermeiers Verwunderung wahrnahm. Leuten, die mit den Gegebenheiten der Familie Hochberg weniger vertraut waren als sie, mussten die beiden Mädchen für Geschwister halten. Und doch lagen Welten zwischen den beiden. Als Ottheinrichs Tochter würde Irmela über große Güter verfügen können, falls die Schweden und deren Verbündete ihr nicht alles nahmen. Johanna hingegen galt als das schwarze Schaf der Familie und hatte nicht mehr zu erwarten als das, was ihre Nichte ihr aus Gnade und Barmherzigkeit überließ.
Meinarda hielt dies nur für allzu gerecht, denn sie kannte die Vorgeschichte. Während Irmela ihr ans Herz gewachsen war, mochte sie die vorlaute und wenig taktvolle Johanna nicht. Da es dem Himmel jedoch gefallen hatte, die beiden fürs Erste ihr anzuvertrauen, wollte sie sie nicht ungerecht behandeln.
Die Freiin versank in ihren Erinnerungen, und da Kiermeier und Fabian sich das unverhoffte Abendessen einverleibten, verflachte das Gespräch. Kaum war das letzte Krümelchen Kuchen vertilgt und der Becher leer, stand der Hauptmann auf und bat, sich zusammen mit Fabian verabschieden zu dürfen.

XIII.

Am nächsten Morgen lag ein Kahn für Irmela und die übrigen Damen an der Anlagestelle beim Unteren Tor bereit. Kiermeier, der sie in der Residenz abgeholt hatte, hob beim Anblick des Schiffchens bedauernd die Arme.
»Etwas Größeres haben wir leider nicht auftreiben können. Die Zillen sind entweder unterwegs oder bleiben bis zur Abreise des Herzogs hier.«

Walburga bedachte das morsch wirkende Gefährt mit einem misstrauischen Blick. »Hoffentlich hält das Ding uns aus!«
»Zur Not springen wir Männer ins Wasser und schwimmen.« Kiermeier sah so aus, als hätte er dies bereits in Erwägung gezogen.
Außer Irmela, Meinarda, Walburga und Johanna kamen auch die Magd Moni, die sich trotz ihrer Verletzungen als Zofe und Kindermädchen nützlich gemacht hatte, und Ehrentraud mit. Deren Onkel war es nicht gelungen, ihr einen Platz in einem der Klöster der Stadt zu sichern. Außer Johanna hätten alle auf die Begleitung der jungen Frau verzichten können. Entweder jammerte Ehrentraud zum Steinerweichen, oder sie warf mit spitzen Bemerkungen um sich, mit denen sie Meinarda und Irmela fühlen ließ, dass sie ihnen das gleiche schreckliche Schicksal gewünscht hätte. Nur Johanna blieb von ihrer scharfen Zunge verschont, so als sähe die Verstümmelte sie als ihre Vertraute an.
Kiermeier, Fabian und drei Soldaten sollten die Damen zu dem Haus am Strom geleiten und sie auch dort beschützen, es mussten also insgesamt elf Personen auf dem Kahn untergebracht werden. Der Hauptmann betrat das wackelige Gefährt als Erster und half Meinarda an Bord. Danach fasste er Irmela unter den Armen und hob sie ins Boot, als besäße sie nicht mehr Gewicht als eine Feder.
»Bei mir tut Ihr Euch nicht so leicht«, spottete Walburga, als der Hauptmann die Arme nach ihr ausstreckte.
»Das wollen wir doch sehen!« Kiermeier wollte sie ebenfalls an Bord heben, doch der Kahn legte sich unter dem doppelten Gewicht zur Seite und drohte zu kentern. Geistesgegenwärtig drehte sich der Hauptmann samt seiner Last um die Achse und stellte Walburga schnell in der Mitte des Bootes ab.
»Nun, was habe ich gesagt?«, fragte diese lachend.
»Immerhin befindet Ihr Euch auf unserem Schiffchen«, antwor-

tete Kiermeier gelassen und half dann Johanna und Ehrentraud ins Boot. Moni musste selbst hineinklettern und setzte sich sofort auf den Boden, da ihr das Gefährt zu sehr schwankte.
Nachdem Fabian und die Soldaten an Bord gestiegen waren, lag das Boot so tief im Wasser, dass bei jeder höheren Welle Wasser hineinlief. Irmela wagte sich kaum zu rühren, und auch die anderen Frauen drängten sich aneinander wie Schafe, die den Wolf wittern. Nur Fabian schien das Ganze als einen tollen Spaß anzusehen. Er übernahm das Steuer, während zwei der Soldaten die Riemen ergriffen und das Boot mit kräftigen Ruderzügen in den Strom hineinlenkten. Der Dritte schöpfte das eindringende Wasser mit einem Ledereimer und leerte diesen ohne Schwung über die Bordwand aus, als habe auch er Angst, eine hastige Bewegung zu machen.
Kiermeier trat in den Bug, um nach Hindernissen im Wasser Ausschau zu halten, wandte sich aber nach einer Weile zu seinen Passagieren um. »Ich bin froh, dass wir die Stadt verlassen konnten. Es wurden bereits Anzeichen einer Seuche gemeldet, und da sich hinter ihren Mauern so viele Menschen zusammendrängen, kann dort in kurzer Zeit die Hölle los sein. Ich habe im Krieg mehr Männer an Krankheiten sterben sehen als im Feld.«
Irmela zog die Schultern hoch, als friere sie. Noch nie war sie ernsthaft krank gewesen, und der Gedanke, hilflos in einem Spital zwischen anderen Kranken und Sterbenden liegen zu müssen und nur noch auf Gottes Gnade und Barmherzigkeit bauen zu können, ließ sie schaudern.
Während der Fahrt verstummten die Gespräche. Die Frauen starrten auf die mit Buschwerk und Ried bewachsenen Ufer der Donau, die sich immer wieder verzweigte, größere und kleinere Inseln umfloss und sich an anderer Stelle wieder zu einem breiten Strom vereinte. Als sie eine weitere Flussbiegung erreichten, in der die Donau sich gabelte, und Fabian auf Kiermeiers Anwei-

sung in den wegen seiner Untiefen und unberechenbaren Strömungen als unpassierbar geltenden Arm steuerte, sahen sie nach kurzer Zeit ein klobiges Gebäude vor sich auftauchen, das direkt dem Wasser zu entspringen schien.
Meinarda deutete auf den Auwald dahinter. »Sind wir dort wirklich vor den Schweden sicher, Herr Hauptmann?«
»Gewiss nicht weniger sicher als in der Stadt, Erlaucht. Das Haus ist wie eine Festung gebaut und von Land aus nur über einen Knüppeldamm zu erreichen. Der ist aber bereits halb im Moor versunken, und nur Eingeweihte vermögen ihm zu folgen. Solange die Unseren Neuburg halten, werden die Schweden wohl kaum hier auftauchen.«
Die anderen Frauen nickten erleichtert, doch Irmela starrte auf das näher kommende Gebäude und spürte Widerwillen in sich aufsteigen. Am liebsten hatte sie Kiermeier gebeten, weiterzufahren, denn alles in ihr weigerte sich, das Haus zu betreten. Sie vermochte sich dieses Gefühl selbst nicht zu erklären, doch das alte Gemäuer, dessen Grundmauern früher einmal eine kleine Burg getragen haben mochten, flößte ihr Abscheu ein.
Die Fenster wirkten kleiner als Schießscharten, und die Front war vom Alter und vielen Hochwassern verfärbt. Zwar konnte man das Eingangstor vom Fluss aus nicht einsehen, doch Irmela stellte sich nach den Beschreibungen vor, dass es einer alten Burganlage glich und leicht zu verteidigen war. Sie fühlte sich nicht durch die einsame Lage und die Gefahr von außen abgeschreckt, sondern von dem in den Fluss ragenden Bauwerk selbst.
»Wir werden schon erwartet!« Kiermeiers Stimme lenkte Irmelas Blick auf die Anlegestelle am Ufer, zu der mehrere Leute hinunterhasteten. An ihrer Spitze ging ein älterer Mann im braunen Rock, der gerade seinen Filzhut abnahm, um die hochgestellten Gäste zu begrüßen. Dünnes, graues Haar umrahmte ein schmales, scharf gezeichnetes Gesicht. Der Mann schien wenig erfreut,

Irmela und ihre Begleiterinnen aufnehmen zu müssen, obwohl er in den Diensten ihres Vaters und damit jetzt in den ihren stand. Dem Kastellan folgten mehrere Frauen, deren graue und braune Kleider sie als Mägde auswiesen und die ebenfalls missmutig wirkten.

Kiermeier schien die abweisenden Mienen nicht wahrzunehmen, denn seine Stimme klang munter, ja geradezu erleichtert, als er Fabian befahl, auf den Anlegesteg zuzuhalten. Kaum hatte das Boot das Holz berührt, stieg er mit einer Leine in der Hand hinaus und schlang sie, da keiner der Bediensteten Anstalten machte, ihm zu helfen, selbst um einen alten, halbverfaulten Pfosten. Dann ließ er den Kahn so herumschwingen, dass die Passagiere aussteigen konnten.

»Willkommen auf Eurem eigenen Grund und Boden, Komtesse Hochberg«, sagte er lachend, während er Irmela an Land hob.

Als alle wieder auf festem Boden standen, zupfte sie ihn am Ärmel. »Wisst Ihr, wie meine Familie zu diesem Gebäude gekommen ist?«

Kiermeier nahm Irmelas zweifelnde Miene wahr und lächelte. »Früher war hier eine Zollburg der bayerischen Herzöge, die in den Besitz des Hauses Pfalz-Neuburg übergegangen ist. Einer der Herzöge hat die Wehranlage schleifen lassen und auf ihren Grundmauern das Haus errichtet, und dieses geriet als Pfand in die Hand Eures Großvaters, des Grafen Johann Antonius Hochberg.«

Johanna schürzte bei Kiermeiers kurzem Vortrag die Lippen, ließ der Hauptmann sie doch ebenfalls spüren, wie unwichtig sie war. Alle starrten auf Irmela, dabei war das spirrelige Ding nur wegen ein paar dummer, alter Familiengesetze die Erbin von Hochberg. Sie, Johanna, hatte ein ebenso großes Anrecht auf den Besitz wie ihre Nichte, vielleicht sogar ein größeres, denn immerhin war sie fast ein Jahr älter als Irmela und die legitime Tochter

des Vaters von Ottheinrich. Auch sie hätte von Rechts wegen den Titel einer Komtesse Hochberg tragen müssen, doch den hatte der Herzog ihr nach den Einflüsterungen missgünstiger Verwandter verweigert.
Irmela sah nicht, mit welch finsteren Blicken Johanna sie musterte, denn ihre Aufmerksamkeit wurde von dem Gebäude gefangen genommen. Als sie darauf zuging, glaubte sie ein Raunen und Seufzen zu hören, das an ihren Nerven rieb, und nur wie in einem Traum hörte sie, wie Kiermeier sich an den Kastellan wandte. »Ist alles für den Aufenthalt der Damen vorbereitet?«
Der Mann brummte unwillig. »Wie sollte es? Wir haben erst gestern durch einen Fischer Botschaft bekommen. In so kurzer Zeit konnten wir die Gemächer nicht herrichten. Außerdem haben wir Leuten Obdach geboten, die vor den Schweden geflohen sind, und die können wir ja nicht in die Donau jagen.«
So hatte Kiermeier sich Irmelas Einzug in ihr eigenes Haus nicht vorgestellt, und daher blaffte er den Kastellan an: »Ist für die Damen Platz geschaffen worden oder nicht?«
Ihm war klar geworden, dass der Mann die Räume der vor einem Menschenalter umgebauten Zollburg an Flüchtlinge vermietet hatte und das Geld in seine eigenen Taschen wandern ließ. Männer wie ihn, die am Elend der Unglücklichen verdienten, gab es in diesen Zeiten zuhauf. Der Hauptmann war jedoch nicht gewillt, auch nur einen Fingerbreit nachzugeben. Eher würde er den Kastellan aus seiner Kammer werfen, als den Damen eine schlechte Unterkunft zuzumuten.
»Führe Er uns ins Haus!«, forderte er den Mann auf und legte die Hand demonstrativ auf den Knauf seines Rapiers.
Der Kastellan wollte aufbegehren, bequemte sich nach einem schiefen Blick auf die fünf Bewaffneten aber dann, seine Gäste willkommen zu heißen. Sein Gesicht verriet jedoch, dass er die Neuankömmlinge dorthin wünschte, wo der Pfeffer wächst.

Was Irmela betraf, hätte er sich keine Sorgen über seinen Nebenverdienst machen müssen. Sie verabscheute das Gebäude, noch ehe sie es betreten hatte, und suchte verzweifelt nach einem Grund, der ein Weiterfahren nach Passau notwendig machte. Innen wirkte das Haus wohnlicher als von außen, und es schien keinen Grund für ihre Abneigung zu geben. Doch sie hatte ebenso wie ihre Mutter gelernt, auf ihre Eingebung zu hören, und war selten getäuscht worden.

XIV.

Die neuen und alten Bewohner des Hauses über dem Strom verbrachten die nächsten Tage in einem Wechselbad der Gefühle. Während Sturm, Gewitter und heftiger Hagel immer wieder herrlichstem Sonnenschein wichen, um bald darauf zurückzukehren, wurden sie von den Fischern nicht nur mit Lebensmitteln, sondern auch mit Gerüchten versorgt, die zwischen Siegesmeldungen und drohendem Weltuntergang schwankten. Schließlich berichteten die Männer von einer großen Schlacht am Lech. Obwohl ein Reiter die Strecke dorthin an einem Tag hätte zurücklegen können, dauerte es über eine Woche, bis das wahre Ausmaß der Katastrophe bekannt wurde. Gustav Adolf war es erneut gelungen, Tillys Heer zu schlagen, und damit stand den Schweden der Süden Deutschlands offen. Nun fragten sich alle verängstigt, in welche Richtung der Schwedenkönig ziehen würde. Galt sein Marsch München, der Residenzstadt des Herzogs Maximilian von Bayern? Oder würde er gleich bis nach Wien ziehen, um Kaiser Ferdinand zu stürzen und sich selbst die Krone des Heiligen Römischen Reiches aufs Haupt zu setzen?
Prior Lexenthal, der sich an diesem Tag von einem der Neuburger Fischer in einem winzigen und nicht sehr sauberen Boot zu

Irmelas Haus hatte fahren lassen, forderte die Gäste und das Gesinde auf, mit ihm zu beten, auf dass Gott der Herr dieses Unheil nicht zulasse.
»Es wäre das Ende der zivilisierten Welt«, erklärte er mit zitternder Stimme. »Eher sähe ich Wien in der Hand der Osmanen, als den schwedischen Ketzer in der Hofburg zu wissen.«
»Gott wird den Kaiser schützen!«, rief Margarete von Sinzendorf voller Inbrunst aus. Die Äbtissin eines Klosters nördlich der Donau hatte mit einigen ihrer Mitschwestern in dem Hochberg-Anwesen Zuflucht gesucht.
Lexenthal schien seinem höchsten Herrn nicht mehr viel zuzutrauen, denn er malte die auf die Gläubigen zurollende Katastrophe in so glühenden Farben aus, dass Johanna sich erschreckt hinter Walburga Steglingers breiter Gestalt verbarg. Nach Ansicht des Priors machte der Schwede mit den Osmanen gemeinsame Sache, und er behauptete, es sei beider Ziel, den katholischen Glauben zu vernichten und seine Anhänger zu foltern und zu versklaven. Während seiner Predigt sah er immer wieder auf seine Nichte hinab, die vor ihm auf einem Stuhl saß und ihre Verletzungen so verhüllt hatte, dass man nur noch ihre Augen sehen konnte.
Ehrentraud lauschte geradezu begierig und nickte immer wieder, als müsse sie die Ansicht ihres Onkels bestätigen. Anders als die übrigen Zuhörer fürchtete sie weder die Schweden noch die Türken, denn mehr als das, was ihr bereits widerfahren war, konnte man ihr für ihr Gefühl nicht mehr antun, und sie gönnte es anderen, dieselben Qualen erleiden zu müssen wie sie. Dabei blickte sie von Zeit zu Zeit zu Irmela hinüber, die wie ein grauer Schatten neben einem Pfeiler stand, und bog die Finger zu Klauen.
Diese Geste und der Ausdruck in ihren Augen verrieten dem Prior den Hass, der in seiner Nichte brodelte. Das war ein Pfund, mit dem er noch zu wuchern gedachte. Zu der Scham über sein

Versagen, die Mutter der kleinen Hexe ihrer gerechten Strafe zugeführt zu haben, mischte sich nun die Wut über die Schändung und die Entstellung seiner Nichte, die es ihm unmöglich machten, sie angemessen unter die Haube zu bringen.

Dem Bräutigam in Rom hatte er bereits absagen müssen, und er fühlte immer noch die Bitterkeit, die ihn beim Schreiben des Briefes erfasst hatte. Auch wenn Ehrentraud ein Opfer der schwedischen Marodeure geworden war, so lag die Schuld doch einzig und allein bei dem heimtückischen Geschöpf, das seine Nichte einem gnadenlosen Feind überlassen hatte. Während er bereits Pläne spann, die ihm endlich Genugtuung verschaffen sollten, prophezeite er seinen Zuhörern ein baldiges Ende der Welt.

Schließlich wurde es der Äbtissin zu viel. »Verzeiht, ehrwürdiger Prior, doch Ihr solltet uns armen Seelen besser Mut zusprechen und uns mit der Hoffnung auf Gottes Gnade trösten, als uns mit solchen Geschichten zu erschrecken.«

Lexenthal sah sie verwundert an, verlor den Faden und rang sichtlich um seine Fassung. »Ich tat es nur, damit ihr alle aus ganzem Herzen betet und die Heilige Jungfrau anfleht, das Schreckliche zu verhindern. Nur die Macht der Himmlischen vermag uns noch zu retten und den Soldaten der einzig wahren Religion Kraft und Mut für die nächsten Schlachten zu verleihen.«

»Wenn das Euer Ziel ist, versucht Ihr, es auf eine etwas seltsame Weise zu erreichen. Ihr habt sogar mich erschreckt, und ich bete gewiss genug.« Margarete von Sinzendorfs Stimme wurde schneidend. Sie nahm von Geburt an einen Rang ein, der weit über einem Lexenthal lag, und war zudem mit Meinardas Familie verwandt.

Der Prior trat auf sie zu, beugte sich über sie und senkte seine Stimme. »Mich bewegt weniger der Vormarsch der Schweden als vielmehr etwas anderes. Es ist mir ein Rätsel, wie es einem Mädchen wie Irmela von Hochberg gelingen konnte, das Heran-

nahen der Schweden zu vernehmen. Ich habe mich gründlich erkundigt und festgestellt, dass das unmöglich mit rechten Dingen zugegangen sein kann. Da waren Hexenkünste im Spiel!«
Die Äbtissin sah verärgert zu ihm auf. »Ihr vergesst, in wessen Haus Ihr Euch befindet!«
Nun erst nahm der Prior wahr, dass Irmela sich im Zimmer befand und ihm zuhören konnte. Dabei durfte gerade sie nichts von seinem Verdacht erfahren, da sie sonst in der Lage wäre, ihre höllischen Helfer zu rufen und sich ihm mit deren Hilfe zu entziehen. In der Absicht, sich kein falsches Wort mehr entschlüpfen zu lassen, verabschiedete er sich überstürzt und bat nur noch die Äbtissin, ihn bis zur Anlegestelle zu begleiten.
Margarete von Sinzendorf konnte seine höfliche Aufforderung schlecht ablehnen, und als sie ins Freie traten, legte Lexenthal alle Rücksichten ab. »Irmela von Hochberg ist eine Hexe und muss als solche bestraft werden!«
Die Äbtissin glaubte, nicht recht gehört zu haben. »Nur weil sie die Schweden rechtzeitig bemerkt hat? Die Komtesse hat in der Tat ein scharfes Gehör. Ich habe es selbst beobachtet.«
Lexenthal winkte verärgert ab. »Es gibt weitaus mehr, das mich misstrauisch werden lässt. Die Hexenfähigkeiten hat sie auf jeden Fall von ihrer Mutter geerbt.«
Das Gesicht der Nonne wurde für einen Augenblick weiß, dann runzelte sie ärgerlich die Stirn. »An Eurer Stelle würde ich mir gut überlegen, was Ihr sagt, hochwürdiger Herr. Ihr wandelt auf einem gefährlichen Pfad. Irmhilde von Hochberg war bei Hofe und auch bei den Landadeligen sehr beliebt, und ihr Andenken zu schmälern hieße manchen hohen Herrn und manche Dame hier in Neuburg zu verärgern. Vielleicht wisst Ihr es nicht, aber die Gräfin Hochberg hat dem Erbprinzen Philipp Wilhelm auf Schloss Agenberg das Leben gerettet. Sie hat in der Nacht den Brand in seinem Zimmer bemerkt und ist durch Feuer und

Rauch gegangen, um den Jungen herauszuholen. Nicht zuletzt wegen dieser mutigen Tat ist Pfalzgraf Wolfgang Wilhelm der Familie Hochberg sehr gewogen!«

Der Prior begriff die Warnung, die in den Worten der Äbtissin schwang, doch er hatte sich zu sehr in die Abneigung gegen Mutter und Tochter verrannt, um andere Meinungen gelten zu lassen. Für ihn hatte die ältere Hochberg-Hexe ihre vom Teufel verliehene Macht ausgenutzt, um sich bei dem Herzog der Jungen Pfalz von Neuburg einzuschmeicheln und Satan ungehindert Opfer zuführen zu können. Er vermutete sogar, dass Irmhilde von Hochberg das Unglück selbst verursacht hatte, um in der Gunst ihres Landesherrn aufzusteigen. Damals war er machtlos gegen ihr Wirken gewesen, aber nun war Pfalzgraf Wolfgang Wilhelm ein Flüchtling, der von dem schwedischen Sturm wie ein Blatt vor sich hergetrieben wurde und der der irdischen Gerechtigkeit nicht mehr in den Arm fallen konnte. Zu seinem Leidwesen musste er sich jedoch eingestehen, dass er von der Äbtissin, deren Kloster mit dem Hause Wittelsbach und vor allem dem Herzogtum Pfalz-Neuburg eng verbunden war, nicht die geringste Unterstützung zu erwarten hatte.

XV.

Für Irmela wurde der Aufenthalt in dem Haus über dem Strom zu einer nicht enden wollenden Qual. Kiermeiers Auftreten hatte ihnen gerade mal zwei Kammern verschafft. Eine war Meinarda und Walburga zugeteilt worden, und in der anderen musste sie mit Johanna und der noch immer fiebernden Ehrentraud zusammen hausen. Nicht lange, da beneidete sie Moni, die bei den Mägden in der Küche schlief. Von den Flüchtlingen, welche der Kastellan aufgenommen hatte, waren die Äbtissin und die sie be-

gleitenden Nonnen angenehme Gäste, andere aber benahmen sich, als seien sie die Hausherren, und nahmen es den neuen Gästen übel, daß sie noch enger zusammenrücken mussten.
Irmela hätte ihnen gerne wieder Platz gemacht, denn ihre Abneigung gegen das Gemäuer wuchs von Stunde zu Stunde. Wenn sie des Nachts in ihrem Bett lag, hörte sie ein Gurgeln und Schmatzen, als läge ein Ungeheuer tief unter den Grundmauern der alten Burg und wartete nur darauf, heraufzukommen und die Bewohner zu verschlingen. Auch am Tag nahm sie Geräusche wahr, die ihr in keinem anderen Gebäude aufgefallen waren, und hie und da, wenn höhere Wellen gegen die Mauern klatschten oder der Sturm an der Fassade rüttelte, lief ein Beben und Knirschen durch das Haus, als schwankten seine Fundamente.
Sie schien jedoch die Einzige zu sein, die all das bemerkte, denn als sie Meinarda und Walburga darauf ansprach, erntete sie nur verständnislose Blicke und die Versicherung, sie hätten nichts Außergewöhnliches festgestellt. Die beiden schienen anzunehmen, dass Irmelas Nerven allzu stark unter dem Geschehen gelitten hätten, und trösteten sie wortreich. Johanna und Ehrentraud, die sie nach einer schlaflosen Nacht zu fragen wagte, verspotteten sie und verstiegen sich zu der Behauptung, Irmela plane wohl, das Haus mit ihren Hexenkräften einstürzen zu lassen, um die, die sie nicht mochte, darunter zu begraben.
In den Tagen, die auf dieses Gespräch folgten, sah Irmela ihre Zimmergenossinnen jedes Mal auffahren, wenn sie die Kammer betrat, und das Zeichen gegen den bösen Blick machen. Nachts lag sie wach und grübelte, denn aus ihrer Müdigkeit und Niedergeschlagenheit erwuchs in ihr der Gedanke, sie könne tatsächlich eine Hexe sein. Natürlich hatte sie sich nicht dem Teufel verschrieben – sie hatte ihn ja nicht einmal zu Gesicht bekommen. Aber nun schienen ihr ihre Fähigkeiten selbst unnatürlich, und sie fragte sich, ob Lexenthal, dessen Bemerkung sie durchaus ver-

nommen hatte, sie nicht zu Recht beschuldigte. Die quälenden Selbstzweifel hatten nur ein Gutes – sie verhinderten, dass Irmela das Haus, welches ihr möglicherweise als einzige standesgemäße Wohnstatt geblieben war, schreiend vor Angst verließ. Wenn sie selbst die Ursache für die Gefahr war, die von dem Gebäude ausging, dann sollte es sie mit sich in die Tiefe nehmen.

Obwohl die Schweden bereits auf Neuburg vorrückten und der herzogliche Reisezug mit einer schier endlosen Reihe von Zillen vor zwei Tagen donauabwärts gefahren war, änderte sich nichts an der Lage der Flüchtlinge in dem alten Haus. Irmelas Gruppe besaß nicht einmal mehr den alten Kahn, mit dem Kiermeier sie zu diesem Ort gebracht hatte. Also würden sie, wenn die Schweden kamen, nicht vor ihnen fliehen können.

Als auch die Fischer ausblieben, machte sich bei allen Bewohnern des Hauses das Gefühl breit, von Gott und der Welt vergessen worden zu sein. Meinarda von Teglenburg verbrachte den halben Tag im Gebet und flehte die Mutter Gottes und alle Heiligen der katholischen Kirche an, ihren Sohn vor dem grausamen Feind zu erretten, während Kiermeier, der weniger an Gebete als an Taten glaubte, einen seiner Soldaten losschickte. Der Mann bekam den Befehl, über den Knüppeldamm zur Straße zu gehen, die zum Jagdschloss Grünau führte, um dort oder in Neuburg einen Kahn aufzutreiben, mit dem die Damen nach Passau fahren konnten. Aber der Soldat kehrte nicht zurück. Es mochte sein, dass er im Moor einen Fehltritt getan hatte und in die Tiefe gezogen worden war, aber Kiermeier vermutete, der Kerl sei so weit geflohen, wie ihn seine Füße tragen konnten. Daher wagte der Hauptmann nicht, einen weiteren Soldaten zu senden. Fabian konnte er nicht schicken, denn der junge Mann kannte sich in dieser Gegend nicht aus. Er selbst aber wollte die Damen nicht seines Schutzes berauben, so gering dieser im Augenblick der Gefahr auch sein mochte.

Aus diesem Grund war Kiermeier wohl derjenige, dem der größte Stein vom Herzen fiel, als Margarete von Sinzendorf melden ließ, eine Zille steuere auf das Haus zu.
Die Nachricht verbreitete sich so rasch, dass sich die meisten Bewohner des Hauses an der Anlegestelle einfanden, als das große, mit etlichen Kisten und Truhen beladene Boot anlandete.
Neben dem Schiffer und seinen beiden Knechten befanden sich ein Lakai mit einem Neuburger Wappen und eine Frau in einem hellblauen Kleid an Bord. Sie war beinahe so groß wie Fabian, neigte zur Üppigkeit und wirkte mit ihrem glatten Gesicht und dem vollen Blondhaar selbst auf jüngere Männer sehr anziehend. Kiermeier schätzte sie zunächst auf knapp über dreißig, berichtigte sich aber, als sie direkt vor ihm stand. Obwohl sich noch kein einziges graues Haar zeigte und ihre hellblauen Augen sich einen jugendlichen Glanz bewahrt hatten, musste sie bereits auf die vierzig zugehen. Der Hauptmann war sich nicht sicher, wie er sie einordnen sollte. Ihre Kleidung wies auf eine Dame von höherem Stand, doch ihre Bewegungen erinnerten ihn an jene forschen Frauen, welche die Heere begleiteten und denen es immer wieder gelang, sich unter den Schutz höherer Offiziere zu stellen. Auch war die Sprache dieser Person nicht durchweg so vornehm, wie sie vorzugeben versuchte, denn einige Ausdrücke sollte eine Dame von hoher Geburt nicht einmal denken, geschweige denn im Munde führen.
Keiner achtete auf Johanna, die die Fremde mit offenem Mund anstarrte und den Kopf schüttelte. Die Frau bemerkte es und trat auf sie zu. »Ich bin überglücklich, dich wieder in meine Arme schließen zu können, mein Schatz.«
Mit einem Lächeln, das eher abschätzig wirkte, drückte sie Johanna an sich und wandte sich Irmela zu. »Und du bist wohl die kleine Irmela.«
Ehe Irmela sich versah, wurde sie ebenfalls umarmt und überdies noch auf beide Wangen geküsst. Sie musste an sich halten, um

keine falsche Regung zu zeigen. Am liebsten hätte sie die Frau von sich weggestoßen, denn ihre überschwängliche Freundlichkeit schien nicht echt, und ihre Haltung drückte Herrschsucht und Gier aus.

Walburga passte die Art, in der sich die Fremde eingeführt hatte, ebenfalls wenig, doch sie bemühte sich, höflich zu bleiben. »Dürften wir erfahren, wer Ihr seid?«

Als die Fremde sich zu ihr umdrehte, schien sie einige Fingerbreit zu wachsen. »Ich, meine Liebe, bin Johannas Mama und Irmelas Großmutter.«

»Stiefgroßmutter!«, berichtige Walburga sie und trat unwillkürlich einen Schritt zurück. Was sie über die Witwe des alten Johann Antonius von Hochberg gehört hatte, war nicht dazu angetan, ihr die Frau sympathischer zu machen.

Diese wandte sich mit einer hoheitsvollen Geste Kiermeier zu und begrüßte ihn mit zuckersüßer Miene.

Schnell zupfte Meinarda Frau Steglinger am Ärmel. »Ist das wirklich Johannas Mutter? Ich dachte, die Frau wäre tot!«

»Das hat Ottheinrich von Hochberg verbreiten lassen, um den Skandal einzudämmen«, antwortete Walburga leise und bequemte sich dann, ihrer ebenso entsetzten wie faszinierten Zuhörerin einen Einblick in die Familienverhältnisse der Hochbergs zu verschaffen. »Ich weiß nicht, wo das Weib damals hergekommen ist. Von Stand war die Person auf alle Fälle nicht, aber sie bezirzte Ottheinrichs Vater, der damals bereits die sechzig weit überschritten hatte und ihr völlig verfiel. Schließlich zerstritt er sich sogar mit seinem Sohn und heiratete die Frau. Helene soll ihren Mann bereits während der Ehe betrogen haben. Zumindest hat sie es nicht lange an der Seite des greisen Hochberg ausgehalten, denn als er siebzig wurde, so zwei oder drei Jahre nach Johannas Geburt, ist sie mit einem schmucken Offizier durchgebrannt. Seitdem behaupten einige, Johanna sei keine echte Hochberg, sondern ein Kuckucksei, das Helene dem Stammbaum der Familie hinzugefügt hat. Ich für meinen Teil halte dies durchaus für wahrscheinlich. Schließlich wollte Graf Johann Antonius seine Tochter nach dem Verschwinden ihrer Mutter bis zu seinem Tod nicht mehr sehen, und Ottheinrich hat sie nie als Schwester anerkannt.«

Nun musterte auch Meinarda Johannas Mutter scharf und fand Walburgas Aussage bestätigt. Nachdem Helene sich zuerst hoheitsvoll gegeben hatte, gurrte sie nun und versuchte, mit Kiermeier zu flirten. Dabei legte die Frau ein Selbstbewusstsein an den Tag, das Walburga und ihr abging. Diese Person hatte ganz offensichtlich die Fähigkeit, jede Situation zu ihren Gunsten auszunutzen.

Obwohl Meinarda Helene von Hochberg richtig einzuschätzen wusste, war sie nach wenigen Augenblicken als Anführerin der kleinen Gruppe entthront und musste mit ansehen, wie Johannas Mutter die Befehle gab.

»Wir müssen heute noch aufbrechen, Hauptmann Kiermeier. Die Schweden stehen bereits in Neuburg. Zum Glück ist es mir noch rechtzeitig gelungen, ihnen zu entkommen. Bitte veranlasst alles Notwendige, damit wir noch ein ordentliches Stück Weg zwischen uns und die feindliche Armee legen können.«

Kiermeier blickte so erschrocken auf den Strom, als sähe er bereits die mit dichten Trauben schwedischer Soldaten beladenen Boote kommen. »Neuburg ist gefallen?«

Helene von Hochberg nickte. »So ist es. Zum Glück befand ich mich nicht in der Stadt, sondern ein Stück weiter stromauf. Wir mussten durch das Feuer der schwedischen Musketiere und unter der brennenden Brücke hindurchfahren.«

»Da seid Ihr aber sehr mutig gewesen!« Fasziniert betrachtete Fabian die ältere Frau, die ganz anders wirkte als die Damen, die er bislang kennengelernt hatte.

Irmela sah, wie er sich unwillkürlich in Positur warf, um Helenes Aufmerksamkeit auf sich zu lenken, und biss die Zähne zusammen. Auch Kiermeier schien auf das Getue dieser Person hereinzufallen, denn er nickte eifrig zu ihren Worten, erwiderte ihr falsches Lächeln mit einem bereitwilligen Grinsen und wies die Soldaten an, den Damen beim Gepäck behilflich zu sein. Natürlich konnte er nicht viel anders handeln. Wenn Neuburg von den Schweden überrannt worden war, würde es nicht mehr lange dauern, bis die Feinde das Haus über dem Strom erreichten. Daher mussten sie Johannas Mutter für die Warnung und die Fluchtmöglichkeit dankbar sein.
»Möge Gott uns beistehen!«, sagte Irmela, drehte sich um und sah das Gebäude an, das sie nun verlassen durfte. Sie empfand es immer noch so bedrohlich wie am ersten Tag, und so erschien ihr das Auftauchen ihrer Stiefgroßmutter nun wie eine Erlösung.
Keiner fragte, wie Helene von Hochberg in dieser Zeit an ein Boot gekommen war, und es interessierte sich auch niemand für ihr Gepäck. Die Frau hätte allerdings auch schlecht sagen können, dass sie den Schiffer, der in den Diensten eines anderen gestanden war, donauaufwärts mit einigen Münzen geködert hatte und die wertvolleren Teile ihres Gepäcks aus einer verlassenen Kirche in der Nähe der Front stammten. Helene hatte die Sachen noch an sich nehmen und fliehen können, bevor die Schweden das Gebäude erreicht und niedergebrannt hatten.

XVI.

Die Damen und die Nonnen, die sie begleiten durften, hatten nicht viel Gepäck, und so konnte die Gruppe um Irmela, zu der nun Helene gestoßen war, binnen einer halben Stunde aufbrechen. Erst unterwegs stellten sie fest, dass sie nur für wenige

Mahlzeiten Lebensmittel an Bord hatten. Da die Soldaten die bereits hoch beladene Zille gegen die anderen Flüchtlinge im Haus hatten verteidigen müssen, war es nicht möglich gewesen, Vorräte aus der Speisekammer zu holen.
Als Irmela sich unauffällig umsah, stellte sie fest, dass Helene von Hochberg in ihr Boot neben Möbeln und Kisten auch Stoffballen geladen hatte, die noch wie beim Händler verpackt waren. Auch befanden sich Sachen darunter, die sich im Besitz einer Dame von Stand seltsam ausmachten. Da sich eine Plane gelockert hatte und im Wind flatterte, entdeckte Irmela eine silberne Monstranz und einen Kelch, wie er für das heilige Abendmahl verwendet wurde. Der Besitz dieser Dinge, die achtlos wie Beutegut verstaut waren, machte ihr Helene suspekt.
Dabei tat Johannas Mutter alles, um sich bei ihr einzuschmeicheln. So erhielt sie die wärmste Decke und zusätzlich ein Stück Segeltuch, mit dem sie sich gegen Spritzwasser schützen konnte, und ihr wurde auch das Essen reichlicher zugeteilt als Johanna oder Ehrentraud. Doch all das wirkte so aufdringlich, als wolle Helene sich ihr in kürzester Zeit als Mutterersatz schmackhaft machen, und dagegen sträubte Irmela sich innerlich.
Johanna beobachtete fassungslos, wie sich ihre Mutter um die verhasste Nichte kümmerte, und beklagte sich bitter. Daraufhin versetzte Helene ihr einen scheinbar scherzhaft gemeinten Nasenstüber. »Im Gegensatz zu dir muss Irmela noch wachsen!«
Dabei schenkte sie Johanna einen Blick, der eine besitzergreifende Zufriedenheit ausdrückte. Das Mädchen war so schön, wie sie es erhofft hatte. Mit den blauen Augen, den hellblonden Haaren und der an den richtigen Stellen gerundeten Figur sah Johanna genauso aus wie sie selbst in diesem Alter.
Irmela, die ihre Stiefgroßmutter beobachtete, kam es so vor, als taxiere Helene ihre Tochter, so als wolle sie deren Wert in Gulden messen. So ähnlich hatte ihr Vater junge Pferde betrachtet,

die er kaufen wollte. Offensichtlich schätzte die Frau Johannas Heiratsaussichten ab. Da Helene jedoch nicht so wirkte, als sei sie vermögend, auch wenn sich einige wertvolle Gegenstände in ihrem Besitz befanden, war das in der jetzigen Situation eine müßige Frage. Sie alle würden froh sein müssen, wenn sie ein Dach über dem Kopf fanden.
Irmela wurde bei diesen Überlegungen wieder schmerzhaft bewusst, dass sie im Augenblick bettelarm war. Nur Herr von Stainach, jener Gefolgsmann des Pfalzgrafen Wolfgang Wilhelm, der ihre Besitztümer verwaltete, konnte wissen, ob sie noch ein nennenswertes Vermögen besaß oder ob der Krieg ihr alles genommen hatte, doch dieser fuhr mit Pfalzgraf Wolfgang Wilhelm von Wittelsbach, Herzog von Pfalz-Neuburg, die Donau abwärts. Mit viel Glück würde sie den Höfling in Passau antreffen, falls er nicht schon mit seinem Herrn nach Wien weitergereist war.
Während die Zille auf Ingolstadt zuhielt, schüttelte Irmela alle Gedanken an ihre düster aussehende Zukunft ab und richtete ihr Augenmerk auf das, was um sie herum geschah. Die ganze Welt schien auf der Flucht zu sein. Unzählige Wasserfahrzeuge aller Art waren unterwegs, und so hatten sie einen Zusammenstoß mit einem anderen Boot mehr zu fürchten als Untiefen, Felsen und treibende Baumstämme, welche die Fahrt auf dem Strom zu einer gefährlichen Angelegenheit machten.
In Ingolstadt brachte Helene es fertig, Margarete von Sinzendorf und deren Begleiterinnen loszuwerden. Die beiden Frauen waren sich während der kurzen Zeit mehrfach in die Haare geraten, und die scharfen Zwiegespräche hatten an Irmelas Nerven gekratzt. Daher war das Mädchen froh, die Äbtissin scheiden zu sehen, obwohl diese eine angenehme Reisegefährtin gewesen war.
Helene von Hochberg erwies sich als äußerst geschickt, neue Be-

kanntschaften anzuknüpfen, so gelang es ihr noch in der Stadt, sich einer aus mehreren Zillen bestehenden Reisegruppe anzuschließen. Obwohl ihre Sicherheit dadurch erhöht und ihnen auch mit Lebensmitteln ausgeholfen wurde, blieb ein unangenehmer Nachgeschmack, denn der Wortführer der Leute war Walburgas Ehemann Rudolf Steglinger.
Zwar bemühte er sich, seine Frau nach Kräften zu ignorieren, warf ihr aber, wenn sie es nicht sehen konnte, Blicke zu, die seine Wut über ihre Zähigkeit verrieten. Irmela las ihm den Wunsch von der Stirn ab, Walburga möge ein ebenso schnelles wie tiefes Grab in den Fluten der Donau finden.
Auch Meinarda von Teglenburg schien anzunehmen, der Mann würde die erste Gelegenheit nutzen, das Ende seiner Frau zu beschleunigen, denn sie ließ ihn, wenn er in Walburgas Nähe kam, nicht aus den Augen und sorgte dafür, dass ihre Freundin dicht bei ihr blieb. Wenn die Boote kurz nach Sonnenuntergang auf einer Sandbank oder einem abgelegenen Uferstreifen angelandet waren und sie ihren körperlichen Bedürfnissen nachgehen konnten, entfernten die beiden sich nie weit von der Gruppe.
Irmela suchte auch an Land Meinardas und Walburgas Gesellschaft, während Johanna und Ehrentraud sich immer stärker Helene anschlossen. Auch Fabian hatte wohl einen Narren an der schier aus dem Nichts aufgetauchten Frau gefressen, denn er spielte für sie, ihre Tochter und auch für Ehrentraud den Kavalier. Kiermeier schien zwischen der Verlockung zu schwanken, die von Helene von Hochberg ausging, und seinem Beschützerinstinkt, der ihn drängte, sich um Meinarda und deren Sohn zu kümmern. Da er ein Dutzend Jahre älter war als Fabian und weitaus erfahrener, hielt er geschickt die Balance zwischen den beiden Gruppen, in die die Passagiere der Zille zerfielen, und sorgte dafür, dass sie niemals direkt neben Steglingers Boot anlegten. Auch bestand er als ranghoher Offizier darauf, den Befehl

zu führen, und legte sich mit dem ehemaligen Gutsbesitzer an, der alle Schiffer unter seinem Kommando sehen wollte.

Ein paarmal konnte Kiermeier sich nur durchsetzen, indem er die Hand auf den Griff seines Pallaschs legte, und als es wieder einmal zu einem Wortgefecht kam, bei dem Rudolf Steglinger unterlag, freute Irmela sich so über das säuerliche Gesicht des Heereslieferanten, dass sie dem Hauptmann ihren Becher Wein reichte, den sie zum Abendessen erhalten hatte.

»Den habt Ihr wahrlich verdient, Hauptmann Kiermeier.«

Kiermeier beäugte das Gefäß und leckte sich die Lippen. Ihre Vorräte waren so knapp geworden, dass es für jeden nur einen Becher zum Frühstück und einen zum Nachtmahl gab, und seine Soldatenkehle war wie ausgedörrt. Trotzdem rang er sich ein Lächeln ab und schob Irmelas Hand sanft von sich weg.

»Das ist gut gemeint, aber Ihr müsst selbst trinken, Fräulein. Nicht dass Ihr Euren Durst mit Wasser aus der Donau stillt. Der ganze Schmutz der Städte fließt in den Fluss, und Ihr könnt zudem sicher sein, dass diejenigen, die in den Städten den Seuchen zum Opfer fallen, und viele in den Kämpfen Gefallene ihr Grab in der Donau und ihren Nebenflüssen finden. Dieses Wasser führt den Tod mit sich.«

Frau Meinarda, die ihren Becher eben mit Donauwasser hatte füllen wollen, weil Siegmar trotz seines Bechers Wein noch über Durst klagte, ließ das Gefäß erschrocken los und musste schnell danach greifen, weil es davonzuschwimmen drohte.

»Ihr hättet uns schon früher warnen sollen«, tadelte sie Kiermeier.

Dieser senkte schuldbewusst den Kopf. »Ich war überzeugt, ich hätte es bereits getan.«

»Das habt Ihr auch. Frau von Teglenburg hat es wohl nur vergessen.« Helene schenkte dem Offizier dabei ein Lächeln, welches in Meinarda ein nie gekanntes Gefühl weckte. Am liebsten hätte

sie der aufdringlichen Person das Gesicht zerkratzt. Doch der Gedanke, gegen die weitaus kräftigere Helene den Kürzeren zu ziehen, hielt sie ebenso davon ab, handgreiflich zu werden, wie die Tatsache, dass sich ein solches Tun schlecht mit dem Ruf einer Reichsfreiin von Teglenburg vereinbaren ließ.
»Ich kann mich nicht erinnern«, erklärte sie patzig und rieb den Becher mit dem Saum ihres Ärmels trocken.
»Mama, ich habe Durst!«, greinte der Kleine.
»Ich werde zusehen, ob ich noch etwas Wein auftreiben kann«, sagte Kiermeier und verließ die Gruppe. Kurz darauf kehrte er mit einer Tonflasche zurück.
»Da drin ist leider nichts für Euren Sohn. Doch den Damen wird es vielleicht gegen die Kälte helfen, die vom Wasser aufsteigt.« Er wollte die Flasche Meinarda reichen, doch Helene war schneller. Mit einem geschickten Griff entfernte sie den Stöpsel und setzte die Flasche an. Sie trank lange, und als sie fertig war, stieß sie geräuschvoll auf. Das verwunderte Irmela, denn bisher hatte Helene sich meist sehr betont als Dame von Stand gegeben.
Johanna nahm ihr die Flasche ab und hob sie an den Mund, um es ihrer Mutter gleichzutun. Beim ersten Schluck keuchte sie jedoch auf und rang nach Luft.
»Wer Branntwein trinken will, muss es können«, spottete Helene und reichte die Flasche an Ehrentraud weiter. Diese hatte Johannas Beispiel vor Augen und ließ sich nur ein paar Tropfen über die Zunge rinnen.
»Das verbrennt einem ja die Kehle!« Ihren eigenen Worten zum Trotz setzte sie die Flasche noch einmal an und trank durstig.
»Bei allen Heiligen, das kribbelt in meinen Wunden!«, rief sie, während sie die Flasche Helene zurückgab, und strich sich verblüfft über das Gesicht. Dann berührte sie vorsichtig ihren Busen. »Es tut auch nicht mehr so weh!«
»Dann sollte man dir ein wenig mehr von dieser Medizin besor-

gen.« Helene klang fürsorglich, aber ihr Blick zeigte deutlich, dass sie dabei nicht zu kurz zu kommen gedachte. Sogleich genehmigte sie sich noch einen kräftigen Schluck und reichte Meinarda die Flasche mit einem erwartungsvollen Lächeln.
Diese roch nur daran und wies das Gefäß mit einer Geste des Abscheus von sich. »Das Zeug kommt mir nicht über die Lippen!«
Während Helene ihr einen verächtlichen Blick schenkte, griff Walburga nach dem Tongefäß, musterte es kurz und setzte es beinahe so gierig an wie Helene.
Nach ein paar Schlucken hielt sie die Flasche von sich. »Manchmal denke ich, dieses elende Leben kann man nur im Rausch ertragen. Wie glücklich sind die Männer, die sich dem Wein und dem Branntwein hingeben können, ohne dass man sie dafür tadelt.«
Irmela wunderte sich über die sonst recht gleichmütige Frau und fragte sich, welcher Zauber in diesem Getränk liegen mochte. Als ihr die Flasche in die Hand gedrückt wurde, biss der scharfe Geruch so in ihre Nase, dass sie das Gefäß sogleich an Moni weitergab, die sich sichtlich freute.
Nun erhielt Kiermeier die bereits um einiges leichtere Flasche zurück. Er setzte sie nur kurz an und reichte sie an Fabian weiter, der es Helene gleichtun wollte, obwohl ihm die scharfe Flüssigkeit schier die Kehle verbrannte.
»Lass noch etwas für unsere Soldaten übrig!« Kiermeier entriss Fabian das Gefäß und warf es den beiden Männern zu, die etwas abseits saßen.
Fabian stöhnte enttäuscht auf und erhielt dafür einen Knuff des Hauptmanns. »Wer trinken will, muss ein ganzer Mann sein, kein halber Hänfling wie du.«
Fabian gefiel es nicht, vor Helene als Hänfling dargestellt zu werden, und begann zu schmollen wie ein kleiner Junge.

Irmela wollte zu ihm hinübergehen und ihn trösten. Obwohl er sie am Tag des Überfalls im Wald geschlagen hatte, mochte sie ihn noch immer, und es gefiel ihr gar nicht, dass er sich vor Helene, die gut doppelt so alt war wie er, zum Narren machte. Doch als sie sich zu ihm setzen wollte, trat Johanna an seine Seite. Der höhnische Blick ihrer Tante verriet Irmela, dass diese ihr nur zuvorgekommen war, um sie zu ärgern. Fabian war der einzige passable junge Mann unter den Reisenden, und Johanna liebte es, bewundert zu werden. Jetzt, da Ehrentraud sie nicht mehr zu überstrahlen vermochte, folgten ihr die Blicke der Männer, und das führte sie ihrer Nichte gern vor Augen.

XVII.

*T*rotz gelegentlicher Zwistigkeiten kam der Reisezug rasch voran. Es war, als verleihe die Angst vor den Schweden den Booten Flügel. Städte wie Kehlheim, Regensburg und Straubing blieben hinter ihnen zurück, und schließlich näherten sie sich Passau.
Irmela war froh, als sie die Stadt erreichten, die auf einer leicht hügeligen Landzunge lag, welche durch den Zusammenfluss von Donau und Inn gebildet wurde. Auf der anderen Seite des Stroms ragten steile Felswände auf, die von der Veste Oberhaus gekrönt wurden. Deren Kanonen konnten den Schiffsverkehr auf den beiden großen Flüssen und auch auf der kleinen Ilz, die von Norden kam, wirkungsvoll sperren. Angesichts der wehrhaften Festung schöpfte die Gruppe wieder Mut, zumal Passau nicht so stark von Flüchtlingen überlaufen war wie Neuburg oder gar Ingolstadt. Die meisten, die hierher kamen, fuhren weiter die Donau hinab nach Österreich, andere zogen den Weg nach Böhmen vor, wo Albrecht von Wallenstein als kaiserlicher Statthalter dafür sorgte, dass dieses Land nicht in die Hände der protestan-

tischen Sachsen unter dem Oberkommando des schrecklichen Generals Armin oder gar an die Schweden fiel. Allerdings hieß es, der einstige Generalissimus, den Kaiser Ferdinand auf Drängen des bayerischen Herzogs Maximilian seines Postens als Heerführer enthoben hatte, plane einen Sonderfrieden mit dem Feind, um sich auf diese Weise für die ihm angetane Schmach zu rächen, und das verunsicherte manch braven Katholiken.

Irmela hatte inzwischen beschlossen, den vielen Erzählungen und einander widersprechenden Gerüchten keinen Glauben zu schenken, und war einfach froh, als ihre Zille in Höhe des Domes anlegte und freundliche Menschen ihr halfen, mit dem kleinen Siegmar auf dem Arm an Land zu steigen. Sogleich begann der Boden unter ihren Füßen zu schwanken, und sie fühlte sich zu müde und zu steif, um noch einen Schritt gehen zu können.

Meinarda, die Irmela ihren Sohn während des größten Teils der Fahrt überlassen hatte, da sie selbst nicht mehr in der Lage gewesen war, auf ihn aufzupassen, musste vom Boot gehoben werden. Noch stärker hatte die Reise Ehrentraud zugesetzt. Die Enge auf der Zille, der Mangel an sauberem Wasser und die unzureichende Versorgung ihrer Wunden hatten einen der Schnitte in ihrem Gesicht anschwellen und eitern lassen, und ihre rechte Brust nässte ebenfalls. Da die Verletzte trotz ihrer Schwäche mindestens einmal am Tag in einen Wutausbruch verfallen war und dabei alle anderen bis auf Johanna beschimpft hatte, hoffte nicht nur Irmela, dass sich ihre Wege bald trennen würden. Zunächst aber erhielten alle weiblichen Personen ihrer Gruppe Obdach in einem der Bürgerhäuser, in dem sich mitleidige Ordensfrauen ihrer annahmen.

Irmela trank genussvoll die warme, mit Honig gesüßte Milch, die man ihr reichte, und fütterte Siegmar, der so schwach war, dass er nicht einmal mehr weinte. »Schon um Eures Sohnes willen hoffe ich, dass wir nicht mehr weit reisen müssen«, sagte sie zu Meinarda, die neben ihr auf einem Stuhl saß und verloren vor sich hin starrte.

»Für den Buben wäre es wirklich besser, wenn wir uns irgendwo häuslich niederlassen könnten.« Walburga Steglinger versuchte zu lächeln, doch es entgleiste zu einer Grimasse. Ihr Mann hatte sich nämlich entschieden, vorerst in Passau zu bleiben, um die Unterstützung des Fürstbischofs Leopold von Habsburg für seine Scheidung zu erlangen.

»Der Teufel soll ihn holen!«, setzte Walburga leise hinzu. Da Meinarda erschrocken auffuhr, beeilte sie sich zu versichern, dass sie nicht Siegmar, sondern ihren Ehemann gemeint hatte.

»Ich habe gehört, dass Herr Steglinger die Lage Passaus, das so günstig zwischen Bayern, Österreich und Böhmen liegt, ausnützen will, um Geschäfte zu tätigen«, berichtete Moni, die sich trotz der anstrengenden Fahrt von ihren Verletzungen erholt hatte und kräftiger wirkte als im Haus über dem Strom.

Walburga bleckte die Zähne, als wolle sie ihrem Ehemann an die Kehle fahren. »Er hat zwar unsere Möbel und andere Güter auf der Flucht verloren, aber die Goldmünzen retten können. Nun will er sein Kapital so schnell wie möglich vermehren. Wahrscheinlich kauft er billiges Zeug ein und verschachert es zu horrenden Preisen an die Heerführer. Ein ehrenhafter Mann war er nie.«

Es war das schlimmste Urteil, welches eine Ehefrau über ihren Mann fällen konnte. Walburga starrte auf das Bildnis der Heiligen Jungfrau, das an der Wand hing, und hob ratlos die Hände. »Bei der Himmelsmutter! Ich hätte rein gar nichts dagegen, wenn meine Ehe aufgelöst würde, denn mit diesem Mann will ich nicht mehr zusammenleben. Aber ich überlasse ihm nicht mein Erbe. Es ist nicht viel wert, würde mir aber ermöglichen, in Ruhe zu leben, soweit dies in unseren jetzigen Zeiten möglich ist.«

Weder Irmela noch die beiden Frauen hatten während ihres Gesprächs auf Helene von Hochberg geachtet, die aufmerksam zugehört hatte, und sie sahen auch nicht das ebenso zufriedene wie spöttische Lächeln, das ihre Lippen umspielte. Letztlich hatte Steglinger sich auf ihren Rat hin entschlossen, in Passau zu bleiben. Sie hatte ihm einige Namen nennen können, die für ihn interessant waren, und ihn dazu gebracht, sie an seinen Geschäften zu beteiligen. Auch hatte Steglinger es übernommen, einige Gegenstände zu Geld zu machen, die nicht bei ihr gefunden werden durften.

Nun musterte Helene die Gruppe und sagte sich, dass ihr weder Meinarda noch Walburga gewachsen waren, von Irmela ganz zu schweigen. Immerhin galt sie in dieser Stadt, in der niemand die wahren Verhältnisse der Hochbergs kannte, als Großmutter der Erbin und damit als deren Vormund. Das würde sie ebenfalls zu ihrem Vorteil nutzen und zu dem ihrer Tochter. Bei dem Gedanken an Johanna wurde ihr warm ums Herz. Das Mädchen war gut geraten, nur fehlte ihr das ausgeprägte Selbstbewusstsein, welches sie selbst im gleichen Alter ausgezeichnet hatte, und auch das Geschick, den günstigsten Augenblick zu erkennen. Das störte sie jedoch wenig. Für sie war Johanna eine Ware auf dem Heiratsmarkt, mit der sie zu wuchern gedachte. Der Krieg würde ihr dabei helfen, denn er wirbelte die Welt durcheinander und gab entschlossenen Menschen wie ihr die Gelegenheit, sich in die höchsten Kreise aufzuschwingen.

Nur allzu gut erinnerte Helene sich an Wallenstein, der in ihrer Jugend ein einfacher Adeliger mit dem Namen Waldstein gewesen war. Der Mann hatte sein Glück am Schopf gefasst und war als Herzog von Friedland und derzeitiger Gubernator von Böhmen mächtiger als Kaiser Ferdinand selbst. Als Frau hatte sie zwar nicht die Möglichkeiten, die einem Kavalier wie ihm offenstanden, doch Helene war fest entschlossen, an ihrem gesell-

schaftlichen Aufstieg zu arbeiten und es besser zu machen als nach ihrer Heirat mit dem alten Grafen Hochberg.
Ein Klopfen an der Tür beendete Helenes Gedankengänge, und sie eilte hin, um zu öffnen. Eigentlich wäre das Monis Aufgabe oder die einer der Hausmägde gewesen, doch sie wollte als Erste wissen, wer da kam, um gleich neue Fäden ziehen zu können.
Der Eintretende trug eine Kutte und brachte Helene damit aus der Fassung. Bisher hatten Geistliche und Ordensmänner nicht zu jenen Kreisen gezählt, in denen sie während der letzten Jahre verkehrt hatte. Sie lächelte jedoch freundlich und hieß den Mann willkommen.
»Mein Name ist Xaver von Lexenthal. Ich habe gehört, dass meine Nichte hier sein soll!« Der Prior versuchte, seiner Stimme einen festen Klang zu verleihen, obwohl ihn das Gewissen drückte. Bei seiner Flucht aus Neuburg hatte er zwar den ihm anvertrauten Klosterschatz retten können, seine Nichte in der Eile des Aufbruchs jedoch völlig vergessen. Unterwegs hatte er sich an die Hoffnung geklammert, Pfalzgraf Wolfgang Wilhelm würde ihr wie versprochen eine Reisemöglichkeit bieten. Als er dann vernommen hatte, dass sie ebenfalls in Passau weilte, sah er seine Gebete erhört. Trotzdem glomm der Gedanke in ihm auf, für seine Nichte wäre es vielleicht besser gewesen, wenn sie die Flucht nicht überlebt hätte. In diesem Fall hätte er Messen für ihre Seele lesen lassen und sich damit trösten können, dass die Jungfrau Maria das Mädchen, das so viel von den Ketzern hatte erleiden müssen, gewiss sofort ins Paradies aufgenommen hätte. Nun aber musste er seiner Verantwortung für sie gerecht werden und dafür sorgen, dass sie gut untergebracht und medizinisch versorgt wurde. In seine Gedanken verstrickt, sah er Helene nicht genauer an, sondern ging an ihr vorbei, ohne ihr mehr als einen abweisenden Blick zu schenken.
Im Gegensatz zu ihm hatte Helene ihn erkannt und kniff ver-

ärgert den Mund zusammen. Es hatte eine Zeit gegeben, da war der Mann froh gewesen, ihre Hilfe annehmen zu können. Aber offensichtlich hatte er die Erinnerung an sie nach seiner Niederlage verdrängt, oder er nahm es ihr übel, weil es ihm trotz ihrer Hinweise nicht gelungen war, Irmhilde von Hochberg auf den Scheiterhaufen zu bringen. Sie vergaß jedoch seinen hohen kirchlichen Rang nicht, der es ihm ermöglichte, ihr zu schaden. Daher neigte sie mit gut gespielter Freundlichkeit das Haupt.
»Ihr seid Ehrentrauds Oheim? Gott im Himmel sei gedankt, dass Ihr diesen furchtbaren Schlächtern entkommen konntet. Eure Nichte hat sich Euretwegen bereits große Sorgen gemacht. Tretet doch näher. Moni, ein Glas Wein für den hochwürdigen Herrn Prior.« Während die Magd davoneilte, um das Verlangte zu besorgen, knickste Helene vor Lexenthal und führte ihn zu Ehrentraud.
Der Prior musterte seine Nichte entmutigt und ein wenig mitleidig. Nach der langen Fahrt auf der Donau wirkte das Mädchen stark ausgemergelt, und die Verletzung in ihrem Gesicht entstellte sie weit stärker als in Neuburg.
Ehrentraud hatte nicht erwartet, ihren Onkel so schnell wiederzusehen. »Oheim, Ihr? Ich danke Euch, dass Ihr mich nicht vergessen habt.«
Sie knickste und keuchte vor Schmerz auf, weil der Stoff ihres Kleides die entzündete Brust einzwängte. In ihrer Schwäche wäre sie beinahe zu Boden gestürzt, doch ihr Onkel fasste gerade noch rechtzeitig zu und hielt sie fest.
»Ich hatte gehofft, dich wohler zu finden!« Es klang enttäuscht, hatte Lexenthal doch bereits Pläne geschmiedet, mit denen er die Zukunft seiner Nichte sichern wollte. Doch solange ihre Wunden nicht verheilt waren, würde es ihm nicht einmal möglich sein, sie mit einem Edelmann niedrigeren Ranges zu verheiraten,

den die Ehre, mit der reich verzweigten Sippe der Lexenthals verschwägert zu sein, über die Narben in ihrem Gesicht hinwegschauen ließ.

»Die Flucht war hart, und die Ungewissheit, was aus mir armer Waise werden würde, hat mich Tag und Nacht gequält«, antwortete Ehrentraud in der Hoffnung, ihr Onkel würde Mitleid haben und sie gut versorgen.

Lexenthal starrte auf seine Hände, weil er den Anblick ihres entstellten Gesichtes nicht ertragen konnte. »Ich möchte allein mit dir sprechen!«

Helene von Hochberg, die nach Wegen suchte, sich in Erinnerung zu bringen und dabei beliebt zu machen, griff sein Wort auf. »Bitte, meine Damen, gönnen wir uns ein wenig Sonnenschein«, forderte sie Meinarda und Walburga auf und schob sie zur Tür hinaus. Irmela und Moni folgten, während Johanna sich nur zögernd entfernte. Daher war sie die Einzige, die sah, wie ihre Mutter in dem neben ihrem Zimmer liegenden Raum verschwand, in den auch eine Zwischentür führte. Wenn man das Ohr auf das Türblatt legte, vermochte man den Gesprächen drüben zu folgen, sofern die Beteiligten nicht flüsterten.

Lexenthal wartete, bis die Tür geschlossen war, und wies Ehrentraud an, sich wieder zu setzen. »Ich werde in wenigen Tagen nach Wien weiterreisen«, begann er.

Trotz ihrer Schwäche leuchteten Ehrentrauds Augen auf. »Ihr nehmt mich gewiss in die Kaiserstadt mit, Oheim.«

»Nein, du wirst hierbleiben!« Der Prior ignorierte ihre Enttäuschung. Natürlich bedeutete Wien ausgezeichnete Ärzte, die sie vielleicht sogar heilen konnten, und Bekanntschaften mit Damen und Herren, die bei Hofe verkehrten. Als armes, unschuldiges Opfer der schwedischen Barbaren wäre sie wohl auch am kaiserlichen Hof empfangen worden.

»Vielleicht werde ich dich später nachkommen lassen«, antwortete er, als er ihren enttäuschten Seufzer vernahm. »Vorerst brauche ich dich hier.«

»In Passau?«, fragte Ehrentraud verwundert.

Der Prior schüttelte den Kopf. »Nicht in der Stadt, sondern ein Stück weit in den Bergen im Norden, genauer gesagt auf dem Besitz der Hochbergs. Du wirst Frau Helene und die anderen dorthin begleiten.«

»Aber warum denn?« Das Mädchen weinte vor Enttäuschung. Auch wenn Ehrentraud Johanna Freundin nannte und nur ungern von ihr geschieden wäre, so wollte sie doch höchst ungern in der trostlosen Einsamkeit der Waldberge leben.

»Du wirst Irmela von Hochberg im Auge behalten und mir von Zeit zu Zeit berichten, was sie tut und wie sie sich verhält. Ich werde dafür Sorge tragen, dass deine Briefe mich erreichen. Eigentlich ist alles, was dort geschieht, für mich von Interesse, denn ich weiß nicht, ob ich den anderen Hochberg-Frauen trauen kann. In erster Linie geht es mir um die kleine Hexe. Sie scheint dir noch immer zu schaden, denn deine Wunde sieht schlimmer aus als zuvor.«

»Und trotzdem wollt Ihr mich zwingen, mit Irmela unter einem Dach zu leben?« Ehrentraud wehrte entsetzt ab. Zwar hasste sie Irmela nicht so fanatisch, wie Johanna es tat, aber nach allem, was ihre Freundin ihr berichtet hatte, musste die kleine Hochberg ein Ungeheuer sein, das die Schweden zu dem Flüchtlingszug gelockt hatte, um sich an etlichen Leuten zu rächen und deren Seelen ihrem teuflischen Herrn zuzuführen.

Der Prior ließ sie jedoch nicht zu Wort kommen. »Die Hexe will dich verderben, doch ich werde dir eine Reliquie aus dem Klosterschatz mitgeben, die dich beschützt. Wenn ich das Weib, das dir deine Ehre und deine Schönheit genommen hat, der gerechten Strafe zuführen soll, muss ich unzweifelhafte Beweise vorlegen können, und die wirst du mir beschaffen. Es wird dein

Schaden nicht sein. Auch wenn die Hochbergs einige Güter verloren haben, sind sie immer noch reich, und wer eine Hexe oder einen Hexer bei der hohen Obrigkeit anzeigt, erhält einen Anteil an dem Vermögen derer, die für schuldig befunden wurden. Mit deiner Belohnung könntest du dir entweder einen halbwegs passablen Ehemann verschaffen oder als hochrangige Nonne in ein bedeutendes Frauenkloster eintreten.«
Der Prior glaubte, seine Nichte würde nach ihren schrecklichen Erfahrungen mit den Schweden die Ruhe und die Sicherheit eines Klosters vorziehen, doch Ehrentraud schüttelte es bei dem Gedanken. Von den Nonnen eines Klosters wurde Disziplin gefordert, und das war ebenso wenig nach ihrem Geschmack wie das stundenlange Knien und Beten. Vor der Flucht waren alle ihre Gedanken auf eine möglichst glanzvolle Heirat gerichtet gewesen, und nun musste sie einen Weg finden, wenigstens einen annehmbaren Ehemann zu bekommen. Sie dachte an den jungen, hübschen Lakaien zu Hause, dessen Anblick in ihr wohlige Gefühle ausgelöst hatte. Beinahe hätte sie seinem charmanten Werben nachgegeben, doch dann hatte sie ihn mit ihrer Mutter in deren Schlafzimmer überrascht. Sie erinnerte sich noch gut an ihre Enttäuschung und ihre verzweifelte Wut, aber auch an das Gefühl ihrer Erleichterung, ihre Jungfernschaft nicht einem unbesonnenen Augenblick geopfert zu haben.
Zwei Monate später hatte eine Seuche ihre Mutter und auch den galanten Diener dahingerafft, und das war wohl die Strafe des Himmels für ihr sündiges Tun gewesen. Aus diesem Grund hatte Ehrentraud weniger Trauer um ihre Mutter empfunden, als sie selbst erwartet hätte.
Lexenthal sah, wie es in Ehrentraud arbeitete, und er ließ ihr Zeit, sich zu fassen. Eine solch gefährliche und gleichzeitig heikle Aufgabe musste ein leichtfertiges Geschöpf wie sie erregen. Aber sie war seine schärfste und wohl auch einzige Waffe, mit

der er Irmela von Hochberg als Hexe entlarven konnte, und er würde sie so pfleglich behandeln müssen wie eine feingeschliffene Klinge.

Als ihr Blick sich wieder auf ihn richtete, tätschelte er ihre Hand. »Bedenke es wohl! Es gilt, ebenso deine Zukunft zu sichern wie dein Seelenheil. Die Hexe will dich quälen und dem Satan ausliefern, auf dass du am Jüngsten Tag nicht der Wiederauferstehung teilhaftig wirst.«

»Ich werde alles tun, um Euch nicht zu enttäuschen, Oheim!« Bei dem Gedanken, dass Irmela einmal Qualen würde erleiden müssen, die die ihren weit in den Schatten stellten, fühlte Ehrentraud eine ungewohnte Befriedigung, und als ihr Onkel sich erhob, knickste sie beinahe übermütig.

»Ich werde gute Ärzte und Chirurgen ausfindig machen und zu dir schicken, damit sie sich um deine Verletzungen kümmern. Damit Gott befohlen, mein Kind!«

Während Lexenthal sich von seiner Nichte verabschiedete, knirschte Helene von Hochberg mit den Zähnen und sagte sich, dass die Pläne des Priors ihren eigenen Zielen höchst gefährlich werden konnten. Gegen Ehrentraud selbst durfte sie um Himmels willen nichts unternehmen, denn das würde Lexenthal sofort Irmela anlasten, um die Hände nach deren Vermögen auszustrecken. Sie würde die enge Freundschaft, die Ehrentraud mit Johanna verband, für ihre Zwecke ausnützen müssen und nahm sich vor, diese auf eine Art und Weise zu fördern, welche der fromme Herr Prior sich wohl nicht würde vorstellen können. Zunächst galt es jedoch, die Weiterreise zu jener abseits aller Straßen gelegenen Hochberg-Besitzung vorzubereiten, die ihnen in den nächsten Monaten als Heimstatt dienen sollte, und niemand war geeigneter, ihr zu helfen, als Rudolf Steglinger.

Zweiter Teil

Lützen

I.

*I*rmela blickte empört auf den Rücken der Magd, die sich mit schnellen Schritten entfernte. Hatte das Weib sich doch in schnippischem Tonfall geweigert, ihr das Waschwasser zu holen, und war unter dem Vorwand, einen Auftrag von Ehrentraud von Lexenthal erfüllen zu müssen, einfach weitergegangen. Das war ihr in den zwei Monaten, die sie nun mit Meinarda, Helene und den anderen in diesem Haus weilte, noch nicht passiert. Zwar hatte es immer wieder Ärgernisse gegeben, aber so offen hatte man ihr bisher nicht den Gehorsam verweigert. Das Gesinde sah Helene von Hochberg als Besitzerin des Gutshofs an und behandelte sie, als sei sie die Herrin. Irmela hingegen wurde mehr und mehr missachtet. Dabei gehörte das Anwesen ihr, Komtesse Irmela von Hochberg und Herrin zu Karlstein.

Von einem älteren Knecht hatte sie erfahren, dass der Gutshof, der in einem Seitental der Waldberge lag, in friedlicheren Zeiten eine der ertragreichsten Liegenschaften ihrer Familie gewesen war. Die Verwalter hatten gutes Bauholz schlagen und über die nahe Ilz bis Passau bringen lassen, um es gleich dort zu verkaufen oder ins Österreichische bis nach Linz oder Wien schaffen zu lassen. In diesen Zeiten fuhren jedoch keine Flöße mit mächtigen Baumstämmen gen Osten, denn der Krieg fraß alle Mittel auf, und für die Errichtung von Kirchen und Palästen fehlte allenthalben das Geld. Nun wurde Holz für Gussöfen und Schmieden gebraucht, doch dafür waren die mächtigen Stämme der Waldberge zu schade. Daher verkaufte der jetzige Verwalter geringere Bäume als Brennholz, um sich und seine Untergebenen, vor allem aber Helene, die er hofierte, und ihre Gäste nicht darben zu lassen.

Irmelas Stiefgroßmutter war es gelungen, von den Behörden in Passau und dem Rentamt, zu dem die Liegenschaft gehörte, als

Vormund der Komtesse akzeptiert zu werden, und so hatte man ihr die Verfügungsgewalt über den Besitz zugesprochen. Nun hielt sie das Heft in der Hand, und das störte Irmela mehr als die Herrschaft ihrer Stiefgroßmutter über ihre Kasse. Der Vorfall mit der Magd war nur der letzte von all jenen, die ihr das Schwinden ihres Ansehens vor Augen geführt hatten. Im selben Maße, wie ihr Einfluss zurückging, baute Johanna den ihren aus, indem sie auf ihre Stellung als Tochter der Herrin pochte. Sie und Helene umsorgten Ehrentraud wie Glucken und vermittelten dem Gesinde, dass die Verletzte ein hochgeschätzter Gast sei, dem man nicht widersprach, während sie Meinarda von Teglenburg gerade noch die nötige Höflichkeit zuteil werden ließen und Walburga Steglinger beinahe wie eine Magd behandelten.

Ärger und düstere Betrachtungen, stellte Irmela ironisch fest, verhalfen ihr auch nicht zu dem gewünschten Waschwasser, und sie fragte sich, ob sie eine andere Magd rufen oder das Wasser lieber selbst holen sollte. Da hörte sie Johannas Gelächter durch die Gänge hallen. Ihre Tante schien über irgendetwas zu spotten, und Irmela hätte wetten mögen, dass entweder sie, Meinarda oder Walburga der Grund für das höhnische Lachen gewesen waren.

Lauschen gehörte sich für eine sittsame Jungfer eigentlich nicht. Dennoch schlich Irmela zur Tür, hinter der nun Helenes Stimme aufklang. »Sie muss ein Wechselbalg sein! Alle Hochbergs waren stattliche Gestalten, sogar mein Mann, obwohl er bei unserer Hochzeit schon ein Greis mit krummem Rücken gewesen ist. Irmhilde von Hochberg galt als eine der schönsten Frauen der Region, und es ist kaum zu glauben, dass ein so hässliches Ding wie Irmela die Tochter meines Stiefsohns und seiner Gattin sein soll.«

Also bin ich mal wieder das Opfer, dachte Irmela erbittert. Ein Teil von ihr drängte sie, die Tür aufzureißen und der gehässigen

Frau zu sagen, was sie von ihr hielt. Helene würde sie dafür jedoch von den Mägden in ihre Kammer zurückbringen lassen und wieder zu Zimmerarrest verurteilen. Das letzte Mal hatte man ihr in dieser Zeit nur jene Gerichte vorgesetzt, die sie verabscheute. Mit dem Wissen, dieser impertinenten Person hilflos ausgeliefert zu sein, setzte sie sich auf ihr Bett und kämpfte mit den Tränen. Kurz darauf gingen Helene und Johanna draußen vorbei in Richtung ihrer Zimmer. Irmela hatte man direkt über dem Eingang in einem Zimmer neben der Treppe untergebracht, in dem sie jedes Geräusch aus den Fluren, dem Dienstbotentrakt und der Küche hörte. Selbst einen Menschen mit weniger empfindlichen Sinnen mussten das ständige Türenschlagen, die schrillen Stimmen der Mägde und das Getrampel im Treppenhaus stören. Dazu klapperte der Fensterladen, wenn der Wind daran vorbeistrich.
Zunächst hatte Irmela geglaubt, man habe ihr zufällig diese Kammer zugeteilt. Inzwischen aber hatte sie herausgefunden, dass Johanna das ausgeheckt hatte. Ihre Tante nutzte den Schutz und die Macht ihrer Mutter, um sich für die jahrelange Missachtung an ihr zu rächen, die ihr von seiten Ottheinrichs von Hochberg zuteil geworden war. Offensichtlich war es ihr auch gelungen, ihre Mutter gegen sie zu beeinflussen, denn deren Haltung hatte sich seit den Tagen auf der Donau stark verändert. Damals hatte Helene sie umschmeichelt und alles getan, damit sie die Anstrengungen der Reise unbeschadet überstand, doch nun hielt sie es nicht mehr für nötig, auch nur die geringste Höflichkeit aufzubringen. Sie behandelte sie wie eine arme Verwandte, die man aus Gnade und Barmherzigkeit aufnimmt und als höheren Dienstboten benutzt.
Irmela fragte sich, ob es wohl anders gekommen wäre, wenn Hauptmann Kiermeier und Fabian länger hätten bleiben können. In diesem Krieg wurden jedoch alle Offiziere benötigt, und

deswegen war Anselm Kiermeier zwei Tage nachdem er die Reisegruppe hierhergebracht hatte wieder aufgebrochen und hatte Fabian mitgenommen. Ihr einstiger Spielkamerad musste froh sein, in ihm einen Förderer gefunden zu haben, denn als Edelmann ohne Besitz und einflussreiche Gönner bei Hofe war er darauf angewiesen, beim Heer Karriere zu machen. Obwohl er sich während ihrer Reise mehr um Johanna und Ehrentraud gekümmert hatte, verspürte Irmela noch immer den Schmerz des Abschieds. Außer ihrem Vater hatte es keinen Menschen gegeben, dem sie ähnlich zugetan war wie ihm. Vielleicht, dachte sie, war er für sie der Bruder gewesen, den sie sich immer gewünscht hatte.

Das Anschlagen des Türklopfers riss Irmela aus ihrem Sinnieren. Erwartungsvoll schaute sie auf, obwohl ihre Ohren von dem durchdringenden Lärm halb taub waren. Es kamen nur selten Gäste hierher, daher sehnte sie sich nach einer Abwechslung in dem düsteren Alltagseinerlei. Nun erwartete sie, die Schritte einer Magd zu vernehmen, die zur Tür ging und nachsah, wer da Einlass begehrte. Aber unter ihr blieb es still, und kurz darauf wurde der Türklopfer mit noch größerer Wucht auf die Platte gestoßen.

Da auch jetzt niemand erschien, verließ Irmela seufzend ihre Kammer und eilte die Treppe hinab. Sie wollte schon den Riegel zurückschieben, hielt jedoch in der Bewegung inne. In diesen unsicheren Zeiten wusste man besser vorher, wer Einlass begehrte. Daher öffnete Irmela die handgroße Klappe, die in Augenhöhe eines Mannes in die Tür eingelassen war, und stellte sich auf die Zehenspitzen, um hinausschauen zu können.

Als sie keine beutegierigen Schweden oder rebellischen Bauern erblickte, sondern zwei Männer, deren Tracht sie als gelehrte Herren auswies, atmete sie auf. Das mussten die Ärzte sein, die der Prior Xaver von Lexenthal seiner Nichte versprochen hatte. Sie schickte ein Stoßgebet zur Himmelsjungfrau, den Männern zu helfen, der Verunstalteten wenigstens einen Teil ihrer einstigen Schönheit wiederzugeben. Sie war der Klagen und des ständigen Jammerns der jungen Frau überdrüssig und wusste, dass es allen anderen mit Ausnahme von Johanna und Helene ebenso erging. Für ihre feinen Sinne wurde jeder von Ehrentrauds Verzweiflungsausbrüchen und Tobsuchtsanfällen zur Qual, denn das Geschrei hallte aus jedem Winkel des Hauses zurück und war sogar noch in den Ställen zu vernehmen, in die sie sich in ihrer Not ein paarmal verkrochen hatte. Manchmal bedauerte sie sogar, nicht über das robuste Gemüt und die abgehärteten Sinne zu verfügen, die Helene ihrer Tochter vererbt hatte.

Wieder in ihre Gedanken verstrickt, vergaß Irmela zu öffnen und wurde durch ein ärgerlich klingendes Anschlagen des Türklopfers aufgeschreckt. »Ich bin ja schon da!«, rief sie und schob den Riegel zurück.

Die Tür schwang unter dem eigenen Gewicht auf, und sie sah die beiden Männer sich bei ihrem Anblick aufplustern. Hatte sie zuerst angenommen, die Gelehrten gehörten zusammen, bemerkte sie nun die hasserfüllten Blicke, mit denen sie einander maßen. Jeder versuchte, den anderen beiseite zu schieben, um als Erster eintreten zu können. Dabei bedachten sie einander mit Verwünschungen, die so gar nicht in den Mund gelehrter Herren passten. Anscheinend hatten die Besucher einige Jahre an Kriegszügen teilgenommen und sich neben anderen Unarten auch die gotteslästerlichen Flüche der Söldner angewöhnt.

Irmela hielt die Tür offen und fragte sich, wann die beiden endlich entscheiden würden, wer den Vortritt haben sollte. Dabei fand sie genug Zeit, die Herren zu mustern. Der eine Gelehrte war mittelgroß, untersetzt und hatte ein rundliches, gutmütig wirkendes Gesicht, das aber nun vor Zorn gerötet war. Der an-

dere war ein baumlanger, hagerer Mensch mit scharf geschnittenen Zügen, der seinen Kollegen von oben herab musterte, als habe er es mit einem schleimigen Wurm zu tun.
»Gib endlich den Weg frei, du Kurpfuscher!«, schrie der Lange.
»Niemals!« Der Untersetzte stemmte sich mit seinem ganzen Gewicht gegen seinen Kollegen und bog ihn schließlich wie eine dünne Rute zur Seite, so dass er an ihm vorbei durch die Tür schlüpfen konnte. Mit triumphierender Miene wandte er sich an Irmela. Da er im Halbdunkel des Flures ihre Kleidung nicht erkennen konnte, hielt er sie für eine Magd.
»Melde mich deiner Herrin! Ich bin Wendelin Portius von Hohenkammer, Doktor der Medizin, Astronom und Alchemist. Der preiswürdige Prior Xaver von Lexenthal schickt mich, seiner Nichte beizustehen.«
Der Hagere unterbrach ihn mit einem zornigen Schnauben. »Pah! Du hast dich mit Lügen über dein angebliches Können in das Vertrauen des Priors eingeschlichen! Mit deiner Kunst kannst du niemand helfen, am allerwenigsten einem jungen Weib, das ein so schweres Schicksal erlitten hat wie die Nichte meines Auftraggebers.« Erst nach diesem Ausfall gegen seinen Konkurrenten schien er sich daran zu erinnern, dass er seinen Namen noch nicht genannt hatte, und blickte Irmela hochmütig an.
»Vor dir siehst du Bertram Lohner, Arzt, Chirurg und erfahren darin, Narben und andere störende Male zu beseitigen.«
Irmela fand keinen der beiden Männer sympathisch und hoffte, dass deren Vertrauen in die eigene Kunst gerechtfertigt war. Wenn sie Ehrentraud enttäuschten, würden alle Bewohner des Gutshofs bis hinab zum Schweinejungen diese Niederlage ausbaden müssen. Deswegen bemühte sie sich um einen freundlichen Ton und bat die beiden, einen Augenblick zu warten. »Gleich wird eine Magd kommen und sich Eurer annehmen.«

»Ich verlange, von der Herrin empfangen zu werden!« Wendelin Portius zog einen Schmollmund.
Irmela verkniff sich jede Bemerkung und lief los, um eine Magd zu suchen, die die beiden einander erneut beschimpfenden Herren zu Helene geleiten sollte.

II.

Da sich kein Dienstbote sehen ließ, lief Irmela in die Küche, die einen Halbstock tiefer lag als die Repräsentationsräume und der Trakt mit den Gemächern für den Hausherrn und hochgestellte Gäste, die nun von Helene, Johanna und Ehrentraud bewohnt wurden. Zwar fand sie auch dort keine der Hausmägde vor, dafür aber Moni, die gerade den Brei für den kleinen Siegmar zubereitete, und Walburga Steglinger. Irmela mochte die ältere, etwas unförmige Frau trotz ihres derben Wesens, während die drei Megären, die den Gutshof nun beherrschten, ständig gegen Walburga gifteten und sie schon hinausgeekelt hätten, würde die Freiin nicht ihre schützende Hand über sie halten.
Helene schien es sich nicht ganz mit Meinarda verderben zu wollen, weil diese bei Herzog Wolfgang Wilhelm gut angesehen war. Im Gegensatz zu der Freiin, die sich in sich selbst zurückgezogen hatte und sich nur um ihren Sohn kümmerte, ließ Walburga sich nichts von Helene gefallen. Da sie selbst aus ritterlichem Geschlecht stammte, nahm sie Irmelas Stiefgroßmutter ebenso wenig ernst wie deren Tochter. Sie kümmerte sich auch nicht um Ehrentraud, die sie immer wieder beschimpfte, weil sie es nicht verwinden konnte, dass die ältere Frau zwar von den Schweden vergewaltigt, aber nicht so schrecklich zugerichtet worden war wie sie.
»Du solltest deine Gedanken einsperren, mein Kind! Sie fliegen arg wild durch die Gegend.« Walburga sah ihrer kleinen Freun-

din an, dass diese etwas auf dem Herzen hatte, sich aber noch stärker als früher in Tagträumen verlor.

Über Irmelas Gesicht huschte ein scheues Lächeln. »Es ist schlimm mit mir, nicht wahr?«

»Mit anderen ist es weitaus schlimmer.« Walburga zog die Lippen verächtlich hoch und wirkte nun selbst für einige Augenblicke geistesabwesend. Aber sie rief sich wieder zur Ordnung und blickte Irmela fragend an. »Also, was ist geschehen?«

»Da sind zwei Männer gekommen. Sie sagen, sie seien Ärzte, die sich um Ehrentraud kümmern sollen. Der Prior hat sie geschickt.«

»Das wurde aber auch Zeit! Nun wird dieses egoistische Frauenzimmer wohl an etwas anderes denken müssen als an das, was ihr zugestoßen ist.« Walburga Steglinger seufzte und blickte Irmela forschend an. »Also bist du auf der Suche nach jemand, der den Herren ihre Kammern anweist, und nach einem Knecht, der ihre Sachen dorthin bringt.«

Irmela nickte. »Da niemand ihnen geöffnet hat, bin ich selbst an die Tür gegangen. Aber ich weiß nicht, wo die Männer untergebracht werden sollen.«

»Ich werde mich darum kümmern.« Walburga strich Irmela über das Haar und fragte sich, wie es kam, dass eine Komtesse Hochberg mit siebzehn Jahren noch so schüchtern und unselbständig wirkte. Als sie im gleichen Alter gewesen war, hatte sie weitaus schwierigere Situationen meistern müssen. Wahrscheinlich war die so plötzlich aufgetauchte Stiefgroßmutter daran schuld, denn sie behandelte Irmela wie ein Kleinkind und machte sich ständig über sie lustig. Wenn das Mädchen nicht anfing, sich zu wehren, würde Helene ihre Tochter Johanna an ihre Stelle setzen. Sie schüttelte sich, um den bösen Verdacht, der schon lange in ihr aufgekeimt war, aus ihrem Kopf zu vertreiben, und verließ die Küche. Moni, die Siegmars Kinderfrau geworden war, folgte ihr mit dem Brei für ihren Schützling, Irmela blieb allein zurück.

Sie trat an den Herd und streckte ihre Hände über das Feuer, um sie zu wärmen. Das Geräusch der sich öffnenden und wieder schließenden Tür schreckte sie aus ihrem Sinnieren auf, und sie drehte sich erschrocken um. Aber es war weder ihre Stiefgroßmutter noch Johanna, die hinter ihr auftauchte, sondern eine der einheimischen Mägde, ein mittelgroßes, dralles Ding in einem grauen Kleid, einem Kopftuch an der Stelle eines Häubchens und einem Spankorb voller Holz unter dem Arm.
Schnell trat Irmela beiseite, damit die Magd ihre Last abstellen und die Scheite unter dem Ofen verstauen konnte. Die junge Frau konnte kaum mehr als zwanzig Jahre zählen und wirkte auf den ersten Blick recht hübsch. Als sie jedoch ihren Kopf drehte, sah Irmela eine daumenlange, wulstige Narbe, die über die rechte Wange der Magd lief und sie entstellte. Bis jetzt hatte Irmela sich wenig um die Bediensteten in diesem Haus gekümmert, doch jetzt erwachte ein gewisses Interesse in ihr.
»Du hast wohl viel zu tun?«, fragte sie, um ins Gespräch zu kommen.
»Gar so schlimm ist es nicht«, versicherte die Magd mit einem listigen Zwinkern. »Weißt du – verzeiht! Wisst Ihr, ich bin ganz froh, dass es viel Arbeit gibt. Sonst hätte ich die Stellung hier nicht bekommen. Früher musste ich auf Tagelohn gehen, und das ist viel härter, sage ich dir … Verzeihung, ich meine Euch.«
So ganz schien die Magd nicht zu wissen, wie man ein junges Mädchen von Irmelas Stand ansprechen sollte, und lachte über sich selbst.
Ihre fröhliche Art sprang auf Irmela über. »Wie heißt du?«
»Also, ich bin die Fanny, ehrlicher Leute Kind, was man heutzutage nicht mehr von jedem sagen kann.«
Ganz so ernst, wie es sich anhörte, schien Fanny ihre Worte nicht zu meinen, denn sie lächelte schelmisch und musterte Irmela

neugierig. Als rangniedrigste Magd hatte sie das Mädchen immer nur von weitem gesehen und stumm zugehört, wenn die anderen sich über das schmale, weit hinter ihrem Alter zurückgebliebene Ding mit dem kleinen, spitzen Gesicht ausließen. Nun aber zweifelte sie an den hässlichen Gerüchten, die unter der Dienerschaft die Runde machten. Es hieß, Irmela sei nicht nur körperlich, sondern auch geistig nicht normal, und es könne nicht mehr lange dauern, bis sie reif sei für den Narrenturm. Die haselnussbraunen Augen, mit denen das Fräulein sie musterte, zeugten zwar von Trauer und erlittenem Leid, doch ihr Blick war klar und scharf. Gleichzeitig verriet der Ausdruck im Gesicht des Fräuleins, dass es unter der Einsamkeit litt, zu der es hier verurteilt war.

Als Tochter einfacher Bauern hatte Fanny bisher kaum etwas über die Welt des Adels erfahren, aus der Irmela stammte, doch sie verfügte über einen gesunden Menschenverstand und wusste, dass sie als Erste auf die Straße gesetzt werden würde, wenn im Haus weniger Arbeit anfiel, und das konnte schon bald der Fall sein. Meinarda von Teglenburg hatte, wie man sich in der Gesindeküche erzählte, Nachricht von Verwandten aus Österreich erhalten, die sie und ihren Sohn bei sich aufnehmen wollten, und wenn die Freiin und Frau Walburga fort waren, würde sie wohl nicht mehr gebraucht werden. Daher musste sie sich eine Fürsprecherin verschaffen. Zwar galt Irmelas Wort so gut wie nichts in diesem Haus, doch da die anderen Damen ihre Existenz nicht einmal zur Kenntnis nahmen, war es einen Versuch wert, die Gunst des Edelfräuleins zu erlangen.

»Hat man Euch schon das Waschwasser gebracht?«, fragte Fanny, obwohl ihr die Wirtschafterin eigentlich eine andere Arbeit aufgetragen hatte.

Irmela schüttelte den Kopf. »Nein, ich wollte es mir eben selbst holen, aber dann sind die beiden Ärzte erschienen. Sie müssen vor Tag aufgebrochen und rasch ausgeschritten sein, sonst wären sie nicht so früh hier gewesen.«

»Wahrscheinlich hat die Belohnung sie angetrieben, die sie für Fräulein Ehrentrauds Heilung erhalten sollen. Doch da wird ihnen der Schnabel sauber bleiben. Narben lassen sich nicht wegwischen wie Schmutz.« Fanny zeigte dabei auf ihre Wange, und für einen Augenblick huschte ein bitterer Zug über ihr Gesicht. Da sie vor dieser Verletzung ein hübsches Mädchen gewesen war, hatte ein Bauer mit einem ansehnlichen Hof die Absicht geäußert, sie zur Frau zu nehmen. Doch aufspritzendes, kochend heißes Schweinefett hatte diese Aussichten mit einem Schlag vernichtet, und Fanny konnte nicht einmal einem anderen die Schuld daran geben. In ihren Träumen von einer schönen Zukunft verfangen, hatte sie selbst den verhängnisvollen Fehlgriff getan. Angesichts der entstellenden Verletzung hatte der Bauer nichts mehr von einer Heirat wissen wollen. Aber wenn sie es recht betrachtete, bedauerte sie seine Entscheidung nicht. Der Mann war ein unangenehmer Mensch gewesen, doppelt so alt wie sie und Witwer mit einem halben Dutzend Kindern, für die sie hätte sorgen müssen.

Fanny merkte plötzlich, dass nun sie ihren Gedanken nachhing, und zuckte zusammen. »Verzeiht, ich werde gleich das Wasser in Eure Kammer bringen.«

»Danke! Das ist lieb von dir.« Irmela schenkte der Magd ein Lächeln, das bei der jungen Frau den Eindruck verstärkte, auf dem richtigen Weg zu sein, und verließ mit einem freundlichen Gruß die Küche.

Unterwegs traf sie auf Helene, die sie mit einem spöttischen Blick streifte. Zu Irmelas Erleichterung sagte sie aber nichts, sondern schwebte eilig an ihr vorbei, um die beiden Ärzte willkommen zu heißen.

Als Irmela ihr Zimmer erreichte, zog sie die Tür so rasch hinter sich zu, als wolle sie die Welt ausschließen, öffnete dann aber den Fensterladen und blickte auf die Waldberge hinaus, die das Haus bis zum Horizont umgaben.

Nach einer Weile erschien Fanny mit einem hölzernen Schaff, über dem sich Dampf kräuselte. Mit einem Augenzwinkern füllte sie das warme Wasser in die Waschschüssel, holte ein Fläschchen mit Parfüm aus ihrer Schürze und stellte es daneben. Eine entfernte Verwandte hatte Ehrentraud die Essenz geschickt, doch diese mochte den Duft nicht, und da Johanna den Duft wegen des Abscheus ihrer Freundin ebenfalls nicht benutzen wollte, war das Fläschchen in eine Abstellkammer geraten. Dort hatte Fanny es entdeckt und beschlossen, sich mit seiner Hilfe bei dem Fräulein einzuschmeicheln.

Irmela schätzte jedoch ganz andere Qualitäten. Ihr fiel auf, wie flink und geschickt die junge Magd sie umsorgte, und sie wunderte sich ein wenig über das Können des Landmädchens. Sie konnte nicht wissen, dass die anderen Bediensteten Ehrentrauds Wutausbrüche gefürchtet und die Grobmagd zu der Kranken geschickt hatten. Trotz der Beschimpfungen hatte Fanny in wenigen Tagen gelernt, was sie tun musste, um eine junge Dame von Stand zufriedenzustellen. Doch Ehrentraud hatte sich an ihrer tiefblauen, mehr als fingerdicken Narbe gestört und sie in die Küche zurückgeschickt.

Als Fanny mit den Vorbereitungen fertig war, begann Irmela die Haken ihres Morgenkleids zu öffnen. Sofort eilte die Magd ihr zu Hilfe, und als sie das Gewand sorgfältig weggehängt hatte, reichte sie Irmela den in warmes Wasser getauchten Lappen und machte sie gleichzeitig auf das Parfüm aufmerksam.

»Ich dachte, eine junge Dame wie Ihr müsst gut riechen.« Im selben Augenblick hätte sie ihre Zunge verschlucken können, denn sie fürchtete, das Fräulein könne diese Bemerkung falsch auffassen und beleidigt sein.

Irmela achtete jedoch nicht auf ihre Worte, sondern nahm das Fläschchen zur Hand. Als zarter Rosenduft in ihre Nase stieg, musste sie gegen Tränen kämpfen, denn er erinnerte sie an das Lieblingsparfüm ihrer Mutter, die sie viel zu früh verloren hatte. Fanny missverstand die Tränen und duckte sich in Erwartung einer Strafe. »Ist es Euch nicht recht?«
»Doch, natürlich! Es war sehr lieb von dir.« Irmela strich der Magd über die Wange und traf dabei auf die Narbe. Fanny zuckte ein wenig zusammen, sah sie dann aber mit leuchtenden Augen an.
»Eure Hand ist so sanft! Es ist fast so, als würde ein Engel mich liebkosen.«
»Ein Engel bin ich gewiss nicht«, wehrte Irmela lächelnd ab. Fanny ist so ganz anders als die übrigen Mägde, dachte sie. Diese hatten ihr das Wasser gebracht, ohne darauf zu achten, ob es zu heiß oder zu kalt war, und dabei oft genug den Waschlappen und das Laken zum Abtrocknen vergessen.
»Gegen die anderen Damen seid Ihr ein Engel!«, erklärte Fanny mit Nachdruck und bemerkte verblüfft, dass sie diese Worte nicht nur gesagt hatte, um sich bei Irmela einzuschmeicheln.
»Bei dem Drachen, wegen dem die Ärzte gekommen sind, fliegt einem eher ein Becher oder ein Kamm an den Kopf, als dass man ein gutes Wort hört. Frau Helene ist sehr von sich eingenommen und vergisst ganz, dass auch unsereins ein Mensch ist. Frau Walburga will ich ausnehmen, denn die ist gerecht, auch wenn sie ein wenig poltert, und was Frau von Teglenburg betrifft, so geht die Freiin in ihrer Sorge um ihr Kind auf und vergisst darüber den Rest der Welt.«
Fanny hatte sich ein wenig in Hitze geredet, doch so falsch fand Irmela ihre Ausführungen nicht. Sie kicherte leicht und bat die Magd, ihr das Unterkleid über den Kopf zu ziehen.
Fanny tat es und konnte Irmela nun fast unbekleidet sehen. Im ersten Augenblick tat das Fräulein ihr leid. Dort, wo Jungfern im

gleichen Alter bereits üppige Brüste aufwiesen, saßen die dunklen Brustwarzen fast noch auf den Rippen, und Irmelas Hintern war schmal wie der eines Knaben. Doch wenn die junge Dame sich bewegte, tat sie es mit einer Grazie, die sie noch bei keinem Menschen gesehen hatte. Irmela von Hochberg war für eine Angehörige des Adels geradezu winzig und würde wohl auch nie die üppigen Formen annehmen, für die die meisten Männer schwärmten. Dennoch konnte aus ihr eine durchaus hübsche Frau werden. Da sie erst siebzehn Jahre zählte, würde sie wohl noch etwas wachsen und an den richtigen Stellen zunehmen. Zufrieden mit ihrer Entscheidung, sich dem Fräulein anzudienen, wollte Fanny Irmela, die sich inzwischen Gesicht und Hände gewaschen hatte, das Laken reichen. Zu ihrer Verwunderung aber setzte diese ihre Säuberung fort und machte auch vor Stellen nicht halt, die Fanny wegen der flammenden Predigten des Pfarrers von Büchlberg gegen die Unmoral der heutigen Zeit nicht einmal bei sich selbst anzufassen wagte.
Irmela bemerkte das Erstaunen der Magd und lächelte entschuldigend. »Ich mag es nicht, wenn ich an dieser Stelle rieche. Das verträgt meine Nase nicht.«
Fanny nickte verstehend mit dem Kopf und beschloss, es in Zukunft Irmela gleichzutun. Wenn sie in deren persönliche Dienste treten wollte, durfte sie nicht riskieren, die junge Herrin mit ihrer Ausdünstung abzustoßen.

III.

Die Ankunft der Ärzte brachte Abwechslung in das eintönige Leben auf dem abgelegenen Gut. Helene von Hochberg hatte den beiden Männern die besten Kammern zuweisen lassen und empfing sie im ansehnlichsten Raum des Hauses. Portius und sein Rivale Lohner verneigten sich vor ihr und ihrer Tochter, als ständen sie der Herzogin von Pfalz-Neuburg gegenüber, während sie Meinarda von Teglenburg, die auf einem Stuhl neben dem Fenster saß und stickte, nur mit einer knappen Verbeugung bedachten. Die Herren hatten bereits erfahren, dass es sich bei ihr um einen Gast handelte, und hielten Helene für die Hausherrin. Diese hatte sich in ein fließendes Gewand mit Puffärmeln und einem spitzenverzierten Stehkragen gehüllt und thronte auf einem mit dicken Polstern belegten Lehnstuhl. Von dort hieß sie die Herren mit Nonchalance willkommen.

Während Portius einen längeren Vortrag über die Erfolge anstimmte, die er mit seiner Heilkunst erreicht haben wollte, rieb sein Konkurrent sich nachdenklich über die Nase und starrte Helene durchdringend an. Plötzlich hob er die Hand und unterbrach Portius' Suada.

»Bei Gott, Helene! Bist du es wirklich? Ich habe dich zuletzt im Heer des Prinzen von Homburg gesehen. Was hat dich in diese Gegend verschlagen, und wie bist du in den Besitz dieses Hauses gelangt? Da muss einer deiner letzten Gönner großzügiger gewesen sein als die vor ihm.«

Helene maß ihn mit einem Basiliskenblick. »Ihr müsst Euch täuschen. Ich bin Frau von Hochberg, und dieses Gut ist nur ein unbedeutendes Besitztum meiner Familie.« Ohne Lohner eines weiteren Blickes zu würdigen, forderte sie Portius auf, mehr über seine Heilerfolge zu berichten. »Unsere liebe Ehrentraud wird gewiss sehr froh sein, wenn sie sich in Eure fürsorgliche Hand begeben kann.«

»Pah! Was der Kerl macht, ist doch nur Scharlatanerie«, bellte Lohner dazwischen.

»Lasst Euren hochverehrten Kollegen ausreden. Ihr erhaltet später die Gelegenheit, Euch Eurer Kunst zu rühmen.« Helenes Stimme klang scharf, doch Irmela, die leise eingetreten war und neben Meinarda Platz genommen hatte, glaubte eine Angst darin schwingen zu hören, die für diese in sich selbst verliebte Frau ganz ungewöhnlich war. Anscheinend kannte Lohner sie aus Zeiten, an die sie nicht erinnert werden wollte. Irmela durchforstete ihr Gedächtnis nach allem, was sie über die zweite Frau ihres Großvaters erfahren hatte, doch sie fand nicht viel. Im Haus ihrer Eltern war Helenes Name niemals gefallen, und hätte sie nicht den Klatsch der Mägde vernommen, wäre ihr die Existenz dieser Person verborgen geblieben. Ihr Vater hatte immer so getan, als wäre Johannas Mutter kurz nach deren Geburt gestorben, und als sie ihn einmal auf Helene angesprochen hatte, war er zornig geworden. Nun bedauerte Irmela, nicht mehr über ihre Stiefgroßmutter zu wissen. Lohners Bemerkung und Helenes Antwort wiesen darauf hin, dass diese Frau eine sehr unstandesgemäße Vergangenheit hatte.

Unterdessen hatte Portius den Vorteil genützt, den ihm Helenes Ärger über seinen Rivalen verschafft hatte, und sich und seine Heilkunst in das hellste Licht gesetzt. Er kannte die weibliche Psyche gut genug, um an seinen Erfolg zu glauben. Lohner war trotz seines Doktortitels ein Feldchirurg geblieben und würde der Verletzten vorschlagen, die schlimmsten Narben operativ entfernen zu lassen. Da dies mit Schmerzen verbunden war, würde die junge Dame wohl kaum mehr als einen Versuch wagen und sich dann vertrauensvoll in seine Hände geben. Mit zufriedener Stimme zählte Portius die Zaubermittel auf, die seinen Ausführungen zufolge jede Narbe spurlos verschwinden lassen würden. Und er wusste sich Helenes Wohlwollen auch noch auf andere Weise zu sichern.

»Meine Mittel wirken nicht nur gegen Wundnarben, sondern verhindern auch Falten und die Anzeichen des Alters, die das Antlitz einer schönen Frau bedrohen könnten.«

Wie er es erwartet hatte, biss Helene sofort an. Nach außen gab

sie sich jünger, als sie war, und wenn man von ihren Behauptungen ausging, hätte sie Johanna im zarten Alter von zehn Jahren gebären müssen. Irmela kicherte, als ihr dies auffiel, und zog sich damit einen strafenden Blick von Doktor Portius zu, der sich in seinen Ausführungen gestört fühlte.
Lohner langweilte das Geschwätz seines Kollegen, und er klopfte schließlich mit der Spitze seines Schuhs auf den Boden. »Ich würde gern die Patientin sehen, zu der mich der ehrwürdige Herr Prior geschickt hat.«
Helene nickte. »Da die Herren unserer lieben Ehrentraud zuliebe gekommen sind, sollten sie sich so bald wie möglich um sie kümmern. Johanna, melde uns bei ihr an!«
Ihre Tochter erhob sich, knickste geziert vor den Ärzten und verließ das Zimmer. Kurz darauf kehrte sie zurück und meldete, dass Ehrentraud bereit sei, die beiden Herren zu empfangen.
Während Frau von Teglenburg sitzen blieb und weiter an den Hemdchen für ihren Sohn stickte, folgte Irmela der Gruppe und betrat hinter Helene das Zimmer. Es interessierte sie zu erfahren, wie die Ärzte Ehrentrauds Narben beseitigen wollten. Vielleicht konnten sie auch der armen Fanny helfen. Die Magd würde sich gewiss freuen, wenn einer der Ärzte sie von dem hässlichen Wulst auf ihrer Wange erlöste.

IV.

Ehrentraud empfing ihre Besucher in der Kammer, die Helene ihr als Wohnraum überlassen hatte. Da dunkle Vorhänge vor den Fenstern hingen und keine Lampe brannte, herrschte mattes Dämmerlicht, in dem die Bewohnerin nur als schattenhafter Umriss zu erkennen war. Während Portius an der Tür stehen blieb und sich beinahe bis zum Boden verbeugte, durchquerte Lohner die Kammer und schob die Vorhänge beiseite.

»Ich muss etwas sehen können!«, erklärte er, als er sich der Patientin zuwandte. Die junge Dame aber hatte ihr Gesicht rasch mit einem Schleier bedeckt. »Was fällt dir ein, Kerl?«

»Ohne Licht kann ich nicht beurteilen, wie schlimm die Narben sind und was ich dagegen unternehmen kann«, antwortete Lohner ungerührt.

»Lohner ist ein unmöglicher Mensch«, flüsterte sein Rivale Helene zu.

Diese antwortete mit einem verärgerten Auflachen, wagte aber nichts zu sagen, weil sie den Chirurgen nicht reizen wollte. Besorgt fragte sie sich, was Lohner tatsächlich über sie wusste. An die Mär von der Verwechslung glaubte der Mann nicht, dessen war sie sich sicher. Sie war nun einmal eine schöne Frau und bisher stolz darauf gewesen, bei den Männern einen bleibenden Eindruck zu hinterlassen. Doch zu einer Zeit, in der sich ihr endlich die Gelegenheit bot, in jene Kreise zurückzukehren, nach denen sie sich sehnte, war ein Mann, der sie als Liebchen eines Offiziers kennengelernt hatte und wusste, dass dieser sie freigebig mit seinen Freunden geteilt hatte, ihr so willkommen wie die Seuche oder ein schwedisches Heer.

Während Helene sich den Kopf zerbrach, wie sie dieser Gefahr begegnen konnte, musterte sie den ehemaligen Feldscher durchdringend. Seiner abgetragenen Kleidung nach zu urteilen, hatte er bereits bessere Tage gesehen, und sie vermutete, dass sie sich sein Schweigen mit Gold erkaufen musste. Wenn es hart auf hart kam, würde sie sich an Rudolf Steglinger wenden oder Lohner notfalls auch mit einem schnell wirkenden Gift unter die Erde bringen. Zwar war sie selbst eine passable Giftmischerin, aber sie würde sich ein Mittel, das auch ein Arzt nicht in seinem Wein erkennen konnte, erst bei jener

Person verschaffen müssen, die ihr schon mehrfach nützliche Tränke gebraut hatte.

Unterdessen war der Arzt auf Ehrentraud zugetreten und reichte ihr ein gesiegeltes Schreiben. Kaum hielt sie es in der Hand, steckte auch Portius ihr ein zusammengefaltetes Blatt Papier zu. »Mit den besten Empfehlungen das hochwürdigsten Herrn Priors. Er hat mich und leider auch diesen Metzger da in seine Dienste genommen, damit wir Euch beistehen können. Ich kann es gewiss, denn ...«

»Papperlapapp«, unterbrach ihn sein Kollege. »Auf dich hätte der Prior wirklich verzichten können, denn mit deinen Pulvern und Säften wirst du hier nichts ausrichten können.« Er wandte dem kleineren Mann den Rücken zu und fasste nach Ehrentrauds Gesicht. »Lohner ist mein Name. Ich genieße den Ruf, Kriegswunden behandeln zu können, und habe schon so manchem Soldaten ein halbwegs passables Aussehen zurückgegeben. Auch habe ich einer Marketenderin, die bei einem Überfall auf unser Heerlager eine Kugel abbekam, die Narbe so beseitigt, dass man danach zweimal hinsehen musste, um sie zu erkennen.«

Der Blick, mit dem er Helene bei seinen Worten streifte, ließ Irmela vermuten, dass ihre Stiefgroßmutter bei jener Gelegenheit Zeugin seiner Heilkunst geworden war und er Zustimmung von ihr erwartete. Daher nahm sie sich vor, ihn auszufragen, um mehr über Helene zu erfahren. Vielleicht fand sie mit seiner Hilfe einen Weg, deren Herrschaft über sich in einem günstigen Augenblick abzuschütteln.

Ehrentraud blickte von einem der Ärzte zum anderen und schien nicht so recht zu wissen, was sie von beiden halten sollte. »Weshalb hat mein Oheim euch beide geschickt und nicht seinen eigenen Leibarzt, der gewiss ein großer Heiler ist?«

»Soviel ich weiß, ist dieser Herr beim Angriff der Schweden abhanden gekommen. Mir vertraut Seine Hochwürdigkeit, da er bereits von meiner Geschicklichkeit mit dem Skalpell gehört hat. Aber warum er Portius geschickt hat, müsst Ihr diesen schon selbst fragen.« Lohner klang gereizt, als wünschte er seinen Kollegen auf den Mond.

Da Portius ihm nicht das Feld überlassen wollte, trat er mit gezierten Schritten auf Ehrentraud zu und verbeugte sich. »Ist erlaubt, Euch meine Aufwartung zu machen? Ich bin Wendelin Portius von Hohenkammer, Arzt und Gelehrter, und von Eurem höchstehrwürdigen Oheim Xaver von Lexenthal ausersehen worden, Euch Eure Schönheit wiederzugeben. Der da ist nur als Notnagel mitgeschickt worden für den unwahrscheinlichen Fall, dass meine Kunst versagen könnte.«

»Glaubt Ihr, ich könnte wirklich wieder so aussehen wir früher?« Ehrentraud, die auf einem bequemen Lehnstuhl Platz genommen hatte, blickte hoffnungsvoll zu Portius auf.

Lohner flößte ihr mit seiner direkten Art Unbehagen ein und hatte zudem nur von einem halbwegs passablen Aussehen gesprochen, nicht von ihrer früheren Schönheit, die sie weitaus stärker herbeisehnte als die ewige Seligkeit.

Portius spürte, dass er seinen Konkurrenten auch bei dieser Frau würde ausstechen können, und breitete sein Können und seine Erfolge mit großer Eloquenz vor Ehrentraud aus.

Lohner, der aufmerksam zuhörte, schnaubte ein paarmal und brummte: »Unsinn!«

Aber er war seinem redegewandten Rivalen nicht gewachsen, und anders als ihm gelang es Portius, Ehrentraud dazu zu bringen, ihren Schleier abzunehmen.

Beide Ärzte sogen erschrocken die Luft ein, als sie das entstellte Gesicht der jungen Frau sahen. Portius fasste sich als Erster. »Diese Narben benötigen eine lange und sehr intensive Behandlung!«

Schnell rechnete er sich aus, wie gut er bei einem gewissen Erfolg

verdienen konnte. Xaver von Lexenthal war ein Kirchenmann und eigentlich seinem Kloster verpflichtet. Doch er hatte anklingen lassen, er sei bereit, eine bedeutende Summe zu opfern, wenn sie das Aussehen seiner Nichte so weit wiederherstellten, dass das Mädchen eine halbwegs passende Ehe eingehen konnte.
Lohner strich mit den Fingerspitzen über die Knoten und Wülste, die hochrote Narben bildeten, und wiegte zweifelnd den Kopf. »Dem Chirurgen, der diese Verletzungen behandelt hat, gehört heute noch in den Arsch getreten«, erklärte er derb. »Ich hätte schon damals einiges tun können, um das Schlimmste zu verhindern.«
»Also reicht deine Kunst nicht aus, die Narben zu beseitigen«, trumpfte Portius auf.
Lohner drehte sich in einer verächtlichen Geste zu ihm um. »Kannst du die zerbrochene Schale eines Eis wieder ganzmachen? Diese Narben vermag keine Macht der Welt je wieder vollständig zu entfernen.« Anders als sein Kollege wollte der hoch aufgeschossene Arzt keine übertriebenen Erwartungen wecken. Ein passables Aussehen glaubte er der jungen Frau verschaffen zu können, doch die frühere Schönheit würde ihr niemand zurückbringen.
Ehrentraud drehte ihr Gesicht zur Seite, da Lohners tastende Finger ihr zuwider waren, und wischte sich die Tränen aus den Augen. Wie kam ihr Onkel dazu, ihr einen solch groben Patron zu schicken? Da gefiel ihr der andere Arzt weitaus besser. Sie lächelte Portius freundlich zu und sah ihn bittend an.
»Ihr glaubt wirklich, es gibt eine Möglichkeit für mich, wieder so zu werden, wie ich vor dem Unglück war?«
Portius nickte so überzeugend, dass sie seine Hände ergriff und sie festhielt. »Tut es rasch! Ich will so bald wie möglich wieder in den Spiegel sehen können, ohne mich vor mir selbst zu grausen.«

Ihr schier übermächtiger Wunsch, ihre einstige Schönheit wiederzuerlangen, spielte Portius in die Hände. Doch ihre Ungeduld verriet ihm, dass sie ihm Schwierigkeiten machen würde, wenn es ihm nicht gelänge, Zeit zu gewinnen. Daher löste er seine Hände aus den ihren und hob sie zu einer abwehrenden Geste.

»So rasch, wie Ihr es Euch wünscht, wird es leider nicht gehen. Um Narben von solchem Ausmaß zu beseitigen, sind etliche Stufen der Behandlung vonnöten. Dazu muss ich mir einiges an Heilmitteln schicken lassen, und das kostet Zeit und vor allem viel Geld.«

»Mein Onkel wollte doch alles bezahlen!« Ehrentrauds Stimme klang schrill, und sie sah aus, als wollte sie im nächsten Augenblick um sich schlagen. Helene erkannte die Anzeichen eines Wutausbruchs und winkte Johanna nach vorne. Diese nahm Ehrentrauds Rechte und streichelte sie sanft. »Gewiss wird alles in Ordnung kommen, meine Liebe. Du musst nur Geduld haben und den Herren Doctores vertrauen.«

Lohner lag es nicht, mit Versprechungen zu arbeiten, und so wies er zum Fenster. »Wenn Ihr Euch andauernd in dieser düsteren Stube verkriecht, Fräulein Ehrentraud, ist es kein Wunder, dass Ihr Euch schlecht fühlt. Ihr müsst hinaus ins Freie, frische Luft atmen und die Sonne auf Eurem Gesicht spüren.«

»Die junge Dame ist doch keine Bauernmagd«, fuhr Portius ihm in die Parade.

Lohner winkte verächtlich ab. »Frische Luft hat noch niemand geschadet. Außerdem muss das Fräulein einmal etwas anderes sehen als nur ihre eigenen vier Wände. Hier wird sie gemütskrank!«

Irmela stimmte dem Arzt aus vollem Herzen zu und spürte gleichzeitig, dass sie sich diesen Ratschlag ebenfalls zu Herzen nehmen sollte. Sie hatte keine Aufgaben in diesem Haus zu erfüllen, und daher konnte sie sich Zeit für einen Spaziergang nehmen, wenn das Wetter es zuließ. Zwar durfte sie nicht allein herumstreifen, sondern benötigte eine Begleiterin, doch dafür reichte jede beliebige Magd. Sie dachte an Fanny. Dabei fiel ihr ein, dass sie mit den beiden Ärzten über die junge Frau sprechen wollte. Vielleicht waren sie bereit, der Magd zu helfen, um Ehrentraud zu beweisen, dass auch sie auf Heilung hoffen konnte.

Während Irmela ihren Gedanken nachhing, war es Helene gelungen, die beiden Ärzte aus dem Zimmer zu lotsen, damit Ehrentraud sich wieder beruhigen konnte. Die Verunstaltete blickte eine Weile mit starrem Gesicht ins Nichts, zeigte dann aber gebieterisch auf das Fenster. »Zieht den Vorhang zu! Das Licht blendet mich.«

Johanna sprang sofort auf und zerrte an den schweren, von der Decke bis zum Boden reichenden Vorhängen, die die kleinen Fenster verbargen. Irmela aber wiegte den Kopf. »Ich halte Doktor Lohners Rat für sehr klug. Du solltest wirklich das Haus verlassen und spazieren gehen.«

»Damit das dumpfe Landvolk mich anstarrt oder gar die Gaffer aus Passau hierherkommen, um mich wie eine Jahrmarktskreatur zu betrachten?« Ehrentrauds Stimme überschlug sich, und sie brach erneut in Tränen aus.

Johanna strich ihr tröstend über das Haar und schenkte Irmela einen verächtlichen Blick. »Du bist ein Trampel, wie er im Buche steht. Mach, dass du verschwindest!«

Irmela zuckte unter dem harschen Ton zusammen, drehte sich um und verließ das Zimmer. Ihrer Meinung nach wäre es für Ehrentraud besser gewesen, wenn man weniger Aufhebens um sie gemacht hätte. Aber wenn sie diesen Gedanken laut aussprach, würde sie wieder tagelang zu Zimmerarrest und schlechtem Essen verurteilt werden. Daher behielt sie ihre Überlegung für sich und kehrte in ihre Kammer zurück. Als sie ihr Fenster öffnete und in den sonnigen Tag hinausblickte, stand ihr Entschluss fest. Mit einem Griff raffte sie ihr Schultertuch und eine Haube an sich und eilte hinaus.

Auf dem Weg nach unten traf sie auf Fanny, die gerade die Asche aus der Küche schaffen sollte, und winkte sie zu sich. »Ich möchte ein wenig spazieren gehen, und du wirst mich begleiten.«

Fanny blickte auf ihre von Asche beschmutzten Hände und das mehrfach geflickte Kleid und wollte sagen, dass sie wohl kaum die passende Gesellschaft für eine junge Dame abgab. Doch falsche Scham brachte sie ihrem Ziel nicht näher. Daher ließ sie den Aschekübel stehen und öffnete Irmela die Haustür.

V.

Während Irmela erwartungsvoll das Haus verließ und mit Fanny plaudernd den Weg entlangschlenderte, der zu einem winzigen Weiler führte, saßen Johanna und Ehrentraud allein in dem kleinen Wohnzimmer. Die Nichte des Priors hatte sich wieder beruhigt und sprach von ihrer Hoffnung, bald wieder die große Schönheit zu sein, die sie einmal gewesen war. Johanna stimmte ihr zu, obwohl sie eine solch vollständige Heilung ganz und gar nicht begrüßen würde. Einst hatte sie in Ehrentrauds Schatten gestanden, nun aber galt sie, wie sogar ihre Mutter ihr versichert hatte, als die schönste Jungfer im weiten Umkreis, und das sollte auch so bleiben. Im Augenblick konnte es kaum einen krasseren Gegensatz geben als zwischen ihr und Ehrentraud, und das erfüllte sie mit widersprüchlichen Gefühlen. Jetzt, da die Wunden nicht mehr ekelhaft nässten, übte das entstellte Gesicht ihres Gegenübers einen seltsamen Reiz auf sie aus. Sie streckte die Hand aus und fuhr mit den Fingerkuppen über die Narben.

Ehrentraud atmete schneller, wehrte aber ihre Freundin nicht ab. War diese doch der einzige Mensch, der sie trotz ihrer Verunstaltung liebte. Ihre Nachgiebigkeit ließ Johanna mutiger werden. Schon lange hatte sie sich gewünscht, Ehrentrauds verstümmelte Brüste genauer betrachten zu können, und so begann sie, deren Kleid aufzuschnüren.
»Was machst du da?«, rief Ehrentraud erschrocken.
Johanna antwortete ihr nicht, sondern küsste sie auf den Mund und schob dabei die Hand unter das halbgeöffnete Mieder. Ihre Finger ertasteten eine volle Brust, deren Ebenmaß von zwei rauhen Furchen durchbrochen wurde, und fanden die Stelle, an der die Brustwarze gesessen hatte. Die Narbe schien immer noch zu reagieren, denn die aufgeworfene Haut verhärtete sich unter der Berührung.
Von ihrer Mutter hatte Johanna erfahren, dass es Dinge gab, die Frauen miteinander tun konnten, ohne Männer dafür zu benötigen, und ihre Neugier trieb sie dazu, es an der jetzt entspannten und offensichtlich willigen Ehrentraud auszuprobieren. Daher führte sie sie kurzerhand durch die Zwischentür ins Schlafgemach und deutete ihr stumm an, sich aufs Bett zu legen. Um nicht von Dienstboten überrascht zu werden, schob sie bei beiden Türen den Riegel vor. Danach putzte sie den Docht der Öllampe, damit deren Licht heller schien, und begann sich auszuziehen.
Ehrentraud sah ihr erstaunt, aber stumm zu und verschlang die makellosen Formen ihrer Freundin mit den Augen. Während sie mit aufsteigendem Neid kämpfte, fragte sie sich, was Johanna vorhatte, und als diese wie eine Schlange auf sie zuglitt und sie küsste, war sie so in ihre widerstreitenden Gefühle verstrickt, dass sie sich willenlos der Führung ihrer Freundin hingab. Ehe sie sich versah, war sie ebenfalls nackt und spürte Johannas Gewicht auf sich. Das erinnerte sie an die schwedischen Soldaten,

die sich auf sie geworfen hatten, und sie öffnete den Mund zum Schrei.
Johanna bemerkte gerade noch rechtzeitig die Panik, die ihre Freundin erfasst hatte, wich ein Stück zurück und wartete, bis Ehrentraud sich beruhigt hatte. Dann legte sie sich neben sie und küsste deren Brüste, wobei sie mit heimlicher Bosheit darauf achtete, dass ihre Lippen nur die Narben berührten. Ihre eigene Erregung wuchs ebenso wie Ehrentrauds, und sie begannen beide, den Leib der anderen zu erkunden.
Als sie einige Zeit später von einem feinen Schweißfilm bedeckt nebeneinander lagen, fasste Ehrentraud Johannas Hände. »Bei Gott, du bist mir von allen die Liebste. Bitte tu es wieder, aber besser des Nachts, wenn die anderen bereits schlafen.«
Johanna lächelte zufrieden, denn auf das, was sie eben erlebt hatte, wollte auch sie nicht mehr verzichten. Daher beugte sie sich lächelnd über ihre Freundin und küsste sie fordernd auf den Mund.
»Ich werde zu dir kommen, meine Liebste, und dich ebenso glücklich machen wie du mich. Es fällt Jungfern wie uns ja nicht immer leicht, sich von schmucken Dienern oder gar stattlichen Kavalieren fernzuhalten, doch da uns nur die unversehrte Jungfernschaft eine standesgemäße Heirat ermöglicht, müssen wir festbleiben.«
Ehrentraud nickte in der Erinnerung an den jungen Lakaien, bei dem sie zu Torheiten bereit gewesen wäre, und dachte daran, dass die schlimmen Geschehnisse während der Flucht nach Neuburg ihre Aussicht auf eine gute Partie stärker zerstört hatten, als dies ein Fehltritt mit einem Diener vermocht hätte.
Johanna ließ sie nicht ins Grübeln geraten, sondern bat sie, ihr beim Ankleiden zu helfen, und leistete ihr denselben Dienst. Danach verabschiedete sie sich zärtlich und verließ beschwingt die Kammer. Kurz darauf erreichte sie die Gemächer ihrer

Mutter und trat ein. Helene hatte ihre eigenen Möbel und die besten, die es in dem Anwesen gegeben hatte, in ihren Wohnraum stellen lassen und es dabei ein wenig übertrieben. Bevor Johanna den thronähnlichen Lehnstuhl erreichte, auf dem ihre Mutter in hoheitsvoller Pose saß, musste sie sich zwischen etlichen Stühlen, Tischen und reich verzierten Truhen hindurchschlängeln.
»Wie nimmt Ehrentraud die Ankunft der Ärzte auf?«, fragte Helene quer durch den Raum.
In Johanna schwang noch der Widerhall des eben Erlebten, und sie lächelte versonnen. »Gut! Sie setzt große Hoffnungen in Doktor Portius' Kunst. Dem anderen Arzt gebühren jedoch Schläge für die Art, wie er sie behandelt hat.«
Als ihre Tochter Lohner erwähnte, biss Helene sich unwillkürlich auf die Lippen. Das entging Johanna nicht, und ihre Stimme nahm einen lauernden Unterton an. »Der Mann scheint dich zu kennen?«
»Nein! Woher denn auch? Er hat mich verwechselt und dumm dahergeredet!« Helenes Antwort kam zu hastig, um glaubhaft zu sein.
Johanna zwang sich zu einer gleichmütigen Miene. »Er klang aber sehr überzeugt.«
Helene konnte sich des Schweigens des Arztes nicht sicher sein und sah ein weiteres Problem auf sich zukommen. Ihre Tochter war so neugierig, dass sie schon zur Plage wurde. Gleichzeitig war sie stolz auf das Mädchen, welches alles von ihr und nichts von ihrem hochmütigen, starrsinnigen Vater geerbt zu haben schien. Daher sagte sie sich, es sei besser, Johanna das eine oder andere aus ihrem Leben mitzuteilen, ehe diese es aus fremdem Mund erfuhr und sich ein falsches Bild von ihr machte.
Daher tippte sie ihrer Tochter mit dem Zeigefinger auf die Nase und sah sie mahnend an. »Also gut, ich werde es dir erzählen.

Aber was ich dir nun berichte, bleibt unter uns beiden, verstanden? Auch Ehrentraud darf nichts davon erfahren.«
Johanna kniete neben der Armlehne des Sitzes nieder und fasste die Hände ihrer Mutter. »Von mir erfährt niemand ein Wort.«
»Schuld an der ganzen Sache war Irmelas Vater. Er hat mir nach dem Tod meines Mannes das Leben so zur Hölle gemacht, dass mir nichts anderes übriggeblieben ist, als zu fliehen. Zum Glück gab es da einen attraktiven jungen Offizier, der mir in meiner Not beistand, und dessen Regiment hat Lohner als Feldscher und Chirurg begleitet.«
Helene gab eine kurze und sehr geschönte Version der tatsächlichen Ereignisse von sich, doch anders als Irmela war es Johanna gelungen, durch geschicktes Befragen von Bediensteten mehr über ihre Mutter zu erfahren, und so konnte sie zumindest deren erste Aussage in den Bereich der Fabel verweisen. »Soviel ich gehört habe, lebte mein Vater noch, als du sein Haus verlassen hast.«
Helene fuhr verärgert auf und wollte ihre Tochter tadeln, weil diese zu glauben schien, sie sei ihr Rede und Antwort schuldig. Doch als sie in Johannas Augen blickte, schluckte sie die geharnischten Worte wieder hinunter. Das Mädchen hatte seinen Lebensweg nicht als einfache Magd begonnen, sondern als Tochter eines geachteten Edelmanns, und war sich ihrer hohen Abkunft bewusst.
»Gab es da nicht auch den Sohn eines Nachbarn, der zu später Stunde bei dir angetroffen wurde?«, bohrte Johanna weiter. Trotz ihrer leidenschaftlichen Art wusste sie im Gegensatz zu ihrer Mutter, wo ihre Grenzen lagen, und Helene begriff, dass doch ein starker Schuss Hochberg-Erbe in ihrer Tochter steckte.
»Er soll nicht der einzige Mann gewesen sein, mit dem du den

alten Grafen betrogen hast. War Johann Antonius von Hochberg überhaupt mein Vater?«
»Er war es!« Helene hatte in jener Zeit nicht gerade wie eine Nonne gelebt, wollte jedoch keine Zweifel in Johanna säen. Daher legte sie ihrer Tochter den Arm um die Schultern und beugte sich zu ihr.
»Gib nichts auf das, was Lohner herumschwätzt! Er war schon damals ein Lügner und ein Aufschneider, wie er im Buche steht.«
Noch während sie es sagte, bereute Helene ihre Worte, denn Johanna sah so aus, als würde sie nicht eher aufgeben, bis der Arzt ihr auch noch die letzte für sie unangenehme Begebenheit aus dieser Episode ihres Lebens berichtet hatte. Zum ersten Mal, seit sie sich zu Irmelas Vormund und Betreuerin aufgeschwungen hatte, fühlte Helene sich verunsichert und fürchtete, die Zügel nicht so fest in der Hand halten zu können, wie es für ihre Pläne notwendig war.

VI.

Der Spaziergang war wunderschön gewesen, und Irmela fragte sich, weshalb sie nicht schon vorher daran gedacht hatte, bei gutem Wetter das Haus zu verlassen, um den ewigen Sticheleien und Beleidigungen wenigstens für ein paar Stunden zu entgehen. Auch Fanny hatte den Spaziergang als angenehm empfunden. Als Landkind war sie gewohnt, weit zu laufen, und es gefiel ihr, Irmela zu begleiten und diese mit lustigem Geplapper unterhalten zu dürfen. Das war besser, als Asche zu kehren und Holz in die Küche zu tragen.
Bei ihrer Rückkehr verließ die Köchin ihr Reich und stürzte sich wie ein Raubvogel auf Fanny, ohne Irmela mehr als einen flüch-

tigen Blick zu schenken. »Wo hast du pflichtvergessenes Ding dich herumgetrieben? Du hättest längst neues Holz für den Ofen holen müssen.«
»Die Asche hat sie auch nicht hinausgebracht. Das musste ich tun!«, schimpfte eine andere Magd.
Während Fanny sich erschrocken duckte, um einer Ohrfeige zu entgehen, klopfte Irmela verärgert mit dem Fuß auf den Boden. »Was soll dieser Aufruhr? Ich habe Fanny befohlen, mich auf meinem Spaziergang zu begleiten, und jetzt muss sie mir beim Umkleiden helfen!«
Die Köchin und ihre Helferin glotzten Irmela an, als fragten sie sich, mit welchem Recht das Mädchen sich einmischte. Aber langjährige Gewohnheit oder die Furcht vor Strafe ließ die beiden unbeholfen knicksen, und die Köchin fuhr Fanny an: »Du hast gehört, was die Dame gesagt hat. Also wasch dir die Hände und lass mir ja keine Beschwerden zu Ohren kommen!«
Mit diesen Worten schob sie die andere Magd in die Küche, blieb selbst aber unter dem Türstock stehen. Als sie und die Magd sahen, dass Irmela tatsächlich mit Fanny die Treppe hinaufging, blickten sie sich kopfschüttelnd an.
»Frau Helenes Enkelin hätte sich auch eine bessere Leibmagd aussuchen können als diesen hässlichen Bauerntrampel.« Aus der Stimme der Magd sprach Neid, denn sie hielt sich für weitaus geeigneter, eine junge Dame zu bedienen.
Die Köchin nickte widerwillig, dabei bedauerte sie, eine so fleißige Untergebene verloren zu haben. Ihre jetzige Helferin war bei weitem nicht so dienstbeflissen wie Fanny, auch wenn sie mit ihr besser plaudern konnte. Letzteres tröstete nicht über die Tatsache hinweg, dass das Essen an diesem Tag mindestens eine Stunde später fertig werden und Frau Helene deswegen zornig sein würde.
Unterdessen hatte Irmela mit Fanny ihr Zimmer erreicht und

wartete, bis diese sich die Hände und das Gesicht im kalt gewordenen Waschwasser gesäubert hatte. Dann ließ sie sich von ihr beim Umziehen helfen und überlegte, mit welcher Aufgabe sie die Magd noch betrauen konnte, denn sie wollte das Mädchen nicht sofort wieder dem Geschrei der Köchin ausliefern. Ihr Blick fiel auf die Truhe, in der ihre Kleidung verstaut war. Nichts von dem, was sich darin befand, stammte noch aus ihrem Schrank auf Hochberg, doch außer den beiden Kleidern, die sie von den Nonnen in Neuburg erhalten und im Haus über dem Strom geändert hatte, besaß sie noch einige Gewänder, welche ihre Stiefgroßmutter in Passau erworben hatte. Da Irmela Helenes gönnerische Art zuwider war, hatte sie die Sachen nur flüchtig angesehen und sich bisher mit den beiden alten Kleidern begnügt. Nun deutete sie auf die Truhe.

»Du kannst meine Kleidung und die anderen Sachen auspacken und sortieren. Wenn du sie wieder einräumst, legst du Kräuterkissen dazwischen, damit sich kein Ungeziefer einnistet. Das hätte schon längst gemacht werden müssen.«

Fanny begann sofort, Kleider, Umhänge, Schultertücher und Unterwäsche auf Irmelas Bett, dem Stuhl und dem kleinen Tisch auszubreiten. Beim Anblick einiger Sachen, die ihr etwas eigenartig erschienen, kicherte sie, strich aber beinahe ehrfürchtig über die feinen Spitzen, mit denen die Kleider am Kragen gesäumt waren. Sie machte ihre Sache so gut, dass Irmela sich überflüssig vorkam. Von einem Tatendrang beseelt, den sie seit ihrer Flucht nicht mehr verspürt hatte, verließ sie ihre Kammer, um Meinarda aufzusuchen.

Zu Beginn ihres Aufenthalts auf dem Gutshof hatte sie gehofft, die Freundschaft der Freiin erwerben und sich mit ihr unterhalten zu können, doch Meinarda war durch das Unglück wortkarg geworden und interessierte sich nur für ihren Sohn. Auch jetzt saß sie neben dem Fenster und bestickte ein Hemd für den Klei-

nen. Sie blickte nicht einmal auf, als Irmela eintrat, sondern lauschte den Geräuschen, die aus dem Nebenzimmer drangen. Offensichtlich wurde Siegmar dort von Moni gefüttert.
Hatte es zu Beginn noch so ausgesehen, als würde das gemeinsam durchlebte Schicksal Moni mit Walburga Steglinger verbinden und die Magd bei ihr bleiben, war sie nun in Meinardas Diensten getreten. Irmela tat dies leid, denn nachdem Walburgas Mann sie verstoßen hatte, hätte eine verständnisvolle Leibdienerin ihr das Leben gewiss leichter gemacht. So aber hauste Walburga in einem ähnlich kleinen Zimmer wie sie und musste sich von Helene immer wieder anhören, dass man sie nur aus Gnade und Barmherzigkeit in das Haus aufgenommen habe.
»Kannst du mir das rote Garn reichen, Kleines?« Meinardas Stimme unterbrach Irmelas Gedankengang.
Sie hielt der Freiin das Garnknäuel hin. »Hier ist es! Das wird aber ein schönes Hemd. Da wird Siegmar sich freuen.«
Der Versuch, ein Gespräch in Gang zu bringen, verlief im Sand. Frau Meinarda nickte nur und stickte schweigend weiter.
Irmela setzte sich auf einen Stuhl und betrachtete die Dame. Meinarda von Teglenburg war nie eine Schönheit gewesen, aber mit ihrem Charme hatte sie einst Männer wie Frauen verzaubert. Seit dem Tod ihres Mannes war sie jedoch ständig müde und zog sich immer weiter von der Welt zurück. Es war, als verdorre sie innerlich. Sie saß mit hängenden Schultern in ihrem Sessel, und ihre Lippen zuckten, als ließe die Last der Erinnerung sie jeden Augenblick in Tränen ausbrechen. Bisher hatte Irmela angenommen, die Freiin hätte sich völlig der Sorge um ihren Sohn verschrieben, doch nun erinnerte sie sich daran, dass Meinarda weitaus lebendiger gewirkt hatte, als Kiermeier und Fabian bei ihnen gewesen waren. Sie hatte den jungen Mann ihren Retter und den ihres Sohnes genannt und geradezu angebetet. Nun fragte Irmela sich, ob die Freiin sich in Fabian verliebt hatte und

traurig war, weil dieser nun als Kornett in einem bayerischen Reiterregiment diente. Für einen Augenblick fühlte sie eine heftige Abneigung gegen Meinarda, doch dann lächelte sie über sich selbst. Die Dame bedauerte wahrscheinlich weniger Fabians Abwesenheit als vielmehr die des Hauptmanns Kiermeier, der im Dienste des Kaisers gegen die Schweden stritt.
Irmelas Gedanken kehrten sofort wieder zu Fabian zurück. Wie mochte es ihm ergehen? Sie hoffte, dass er gesund war und diesen Krieg heil überstand. Obwohl er sie bis zu seinem Abschied weniger beachtet hatte als die Mägde, die das Essen servierten, war er ihr Held. Ohne ihn wäre es ihr und den anderen Flüchtlingen nicht gelungen, den Schweden und den Plünderern zu entkommen, und allein deswegen wünschte sie ihm alles Glück der Welt.

VII.

Viele Meilen von Irmela entfernt saß Fabian in einem von Wind und Wetter graufleckig gewordenen Zelt und starrte mit verbissenem Gesichtsausdruck über den Rand seines Weinbechers hinweg auf seinen Spielgegner, der ihn seinerseits mit spöttischen Blicken musterte.
»Nun, Birkenfels? Ich sagte, ich setze fünfzig Gulden. Haltet Ihr dagegen?«
Heimsburg hörte sich so überheblich an, dass Fabian ihm ins Gesicht hätte schlagen können. Der Kerl tat direkt so, als hätte er einen unverständigen Knaben vor sich. Fabian richtete sich auf, musste sich aber an der Tischkante festhalten, um nicht allzu sehr zu schwanken.
»Natürlich halte ich mit. Euer Glück kann ja nicht von Dauer sein.« Er verdrängte dabei, dass er keine fünfzig Gulden besaß, ebenso wenig wie die hundert, die er bereits an Heimsburg

verloren hatte. Dieser nahm den Würfelbecher, schüttelte ihn geschickt mit einer Hand und ließ die Würfel auf den Tisch rollen.

»Zwei Fünfen und eine Vier. Das werdet Ihr wohl schaffen, Birkenfels«, stachelte Heimsburg seinen Gegner an.

Fabian tastete nach dem Becher und griff zuerst daneben. Einige der Zuschauer, die alle zu dem Regiment gehörten, in dem er als Kornett diente, lachten verhalten, und jene, die Heimsburg kannten, stießen einander an.

Ludwig von Gibichen, der nur ein Jahr älter war als Fabian, aber bereits den Rang eines Leutnants innehatte, brachte es auf den Punkt. »Er ist nur einer der Gimpel, denen Heimsburg das Fell über die Ohren zieht. Man hätte ihn warnen sollen.«

Gibichen klang auch nicht mehr ganz nüchtern, doch er kannte seine Grenzen und beendete jedes Spiel, bevor es für ihn brenzlig wurde. Das war nicht ganz einfach, denn die Langeweile, die sich wie Mehltau über das kaiserliche Heer gelegt hatte, ließ sich nur mit Wein und Würfeln vertreiben. Die Herren Gallas und Pappenheim, die nach Tillys Tod die Truppen führten, bis ein anderer Generalfeldmarschall ernannt wurde, wagten es nicht, den Löwen aus Mitternacht herauszufordern. Stattdessen überließen sie Gustav Adolf und seinen Schweden die Initiative und warteten schier erstarrt vor Angst ab, ob es Kaiser Ferdinand gelingen würde, Albrecht von Wallensteins Unmut zu besänftigen. Dieser war, wie es hieß, über seine Absetzung vor zwei Jahren immer noch erzürnt und weigerte sich, erneut das Kommando über die kaiserliche Streitmacht zu übernehmen.

Für die Offiziere, die nach Ruhm und Beute gierten, waren harte Tage angebrochen, und Gibichen fand es bedauerlich, dass der junge Birkenfels ausgerechnet in dieser Zeit zu ihnen gestoßen war. So hatte er zwangsläufig das Opfer eines Mannes wie Heimsburg werden müssen, der im Ruf stand, alle jungen Laffen im Spiel um ihr Geld zu bringen. Gibichen hatte schon etliche Münzen dem Spielteufel geopfert, doch war es dabei um weitaus geringere Summen gegangen. Der Leutnant richtete seine Gedanken wieder auf die beiden Kontrahenten und auf die Würfel, die nun rollen mussten.

Fabian brauchte eine Weile, bis er die drei Würfel eingesammelt hatte, und als er sie in den Becher werfen wollte, hielt Gibichen lachend seine Hand fest. »Du brauchst die Würfel nicht vorher zu taufen!«

Jetzt erst bemerkte Fabian, dass er die Würfel in seinen Weinbecher hatte werfen wollen. Er kicherte nervös, langte mit der Linken nach dem richtigen Gefäß und ließ die Würfel einen nach dem anderen hineinfallen.

»Jetzt gilt es!« Er schüttelte den Becher und knallte ihn auf den Tisch. Als er ihn wieder hob, beugten sich die Zuschauer neugierig vor.

»Eine Zwei, eine Vier und eine Fünf! Das reicht nun einmal nicht, mein Guter.« Heimsburg schnurrte wie ein zufriedener Kater, denn er sah sich durch den erhofften Gewinn auf längere Zeit aller finanziellen Sorgen ledig. Den Gerüchten nach sollte Fabian von Birkenfels ein Protegé des Herzogs Wolfgang Wilhelm von Pfalz-Neuburg sein. Zwar kannte niemand seine genauen Verhältnisse, doch da er um verhältnismäßig hohe Summen würfelte, nahmen Heimsburg und die anderen an, er könne es sich leisten, so hoch zu verlieren.

Fabian stierte auf die Würfel, als wolle er ihre Augenzahl kraft seines Blicks in ein ihm genehmes Ergebnis verwandeln.

»Ihr schuldet mir einhundertundfünfzig Gulden, Birkenfels. Wollt Ihr sie mir gleich geben oder kann ich mich auf Euer Ehrenwort verlassen?« Heimsburg gab sich keine Mühe, seinen Triumph zu verbergen.

Fabians Börse war bis auf ein paar kleinere Silberstücke so leer wie eine Kirche um Mitternacht und sein Ehrenwort noch weniger wert, denn er würde weder an diesem Tag noch in absehbarer Zeit über einhundertfünfzig Gulden verfügen. Die Welt um ihn herum schwankte, und mit einem Mal begriff er, dass er kurz davor stand, sein Ansehen und seine Glaubwürdigkeit bei den Offizieren und Reitern des Regiments zu verlieren. Er hätte sich nicht auf das Würfelspiel mit Heimsburg einlassen dürfen. Doch ein paar Becher Wein zu viel hatten ihn ebenso unvorsichtig werden lassen wie die kleinen Summen, die er zu Beginn gewonnen hatte. Statt jedoch auf eine Glückssträhne gestoßen zu sein, stand er nun vor dem Nichts.

Heimsburg sah, wie es in Fabians Gesicht arbeitete, und dachte sich seinen Teil. Ihm ging es nicht nur um den Gewinn, auch wenn hundertfünfzig Gulden eine hübsche Summe darstellten, sondern auch um das Gefühl, diesen kleinen Gockel bloßgestellt zu haben. Aber wenn er Birkenfels' Ehrenwort entgegennahm, wollte er auch die Gewissheit, das Geld zu erhalten. Als er das verzweifelt umherschauende Bürschchen genauer musterte, wurde ihm klar, dass dieser halbe Knabe höchstwahrscheinlich nicht in der Lage war, die Summe von seinem Gönner einzufordern. Heimsburg war jedoch nicht bereit, zurückzustecken und auf das Geld zu verzichten, zumal Fabians Beispiel andere dazu verführen würde, ihre Spielschulden ebenfalls nicht zu zahlen.

»Das Spiel ist eine ernste Sache, bei dem man zu seinem Wort stehen muss. Also her mit den Gulden, oder …« Heimsburg legte eine kleine Pause ein. »Oder hat Er gar keine hundertfünfzig Gulden und weiß nicht zu zahlen?«

»Ihr werdet das Geld bekommen!« Und wenn ich es stehlen muss, setzte Fabian in Gedanken hinzu.

»Ich bin nicht gewillt zu warten. Entweder legt Er mir das Geld sofort auf den Tisch, oder ich muss Ihn einen Hundsfott nen-

nen.« Heimsburg machte es Spaß, Fabian wie eine Ratte in die Ecke zu treiben.
Der Ärger über seinen Spielgegner überwog Fabians Entsetzen über den Spielverlust. »Wenn Euch mein Ehrenwort nicht genügt, vermag ich Euch nicht zu helfen!«
An dieser patzigen Antwort hatte Heimsburg zu schlucken. »Der Hänfling will wohl aufmucken!«
Gibichen und ein paar andere traten näher, denn die beiden Spieler sahen so aus, als wollten sie einander an die Kehle gehen.
Heimsburg stieß ein paar Flüche aus und starrte Fabian zornig an. »Es wird wohl nötig sein, das Bürschchen auf die passende Größe zurechtzustutzen, damit es weiß, wie es sich im Kreise erwachsener Männer zu benehmen hat.«
Fabian begriff ebenso deutlich wie alle anderen, worauf der andere aus war. Entweder er legte ihm das Geld auf den Tisch, oder es würde zum Zweikampf kommen. Der Zorn, von einem Mann, den er als Kameraden angesehen hatte, auf eine so gemeine Weise aufs Eis geführt worden zu sein, ließ ihn rotsehen, und ehe Heimsburg sich versah, hatte Fabian ihn mit der Rechten ins Gesicht geschlagen. »Ihm gehören eher Prügel wie einem Bauern!«
Bevor Heimsburg seine Verblüffung über den Schlag überwunden und sich wieder gefasst hatte, zog Gibichen Fabian aus dessen Reichweite.
Heimsburg rieb sich unbewusst über die schmerzende Wange und langte mit der anderen Hand zum Knauf seines Pallaschs. »Es gilt! Wir werden uns morgen früh um sechs bei der Trauerweide am kleinen Teich treffen. Beichte vorher noch, damit du nicht als armseliger Sünder vor deinen Herrgott treten musst.«
Sowohl Heimsburg wie auch Fabian hatten den Anlass zu ihrem Streit beinahe schon vergessen und drängten danach, ihre Klingen zu kreuzen. Heimsburg wusste, dass er sich in der besseren Position befand, denn sein Gegner würde die Folgen

seines Rausches bis zum Morgen noch nicht überwunden haben. Fabian aber war nur von dem Gedanken erfüllt, unter allen Umständen seine Ehre verteidigen zu müssen. Mit viel Mühe gelang es ihm, gerade zu stehen und sich vor Heimsburg zu verbeugen. Dann drehte er sich um und verließ mit staksigen Schritten das Zelt.
Gibichen folgte ihm, weil er sich schämte, den Grünschnabel nicht vor Heimsburgs Schlichen gewarnt zu haben. Er kannte den Hauptmann gut genug, um sicher zu sein, dass dieser sich mit nichts anderem als dem Tod seines Gegners zufriedengeben würde. Da die Würfel nun einmal rollten, würde Fabian dieses Spiel zu Ende bringen müssen, ganz gleich, wie es ausging. Zu Gibichens Verwunderung war der Junge sogar noch fähig, sein Zelt ohne Hilfe zu finden. Daher blieb er stehen und kratzte sich am Kopf. Nach kurzem Überlegen entschloss er sich, Hauptmann Kiermeier aufzusuchen. Vielleicht hatte dieser eine Idee, wie man die verfahrene Situation in den Griff bekommen konnte.

VIII.

Fabian hatte es gerade noch bis auf sein Feldbett geschafft und war eingeschlafen, ohne sich auch nur den Gürtel öffnen zu können. Wenig später rüttelte ihn jemand wach. »Was ist, greifen die Schweden an?«, murmelte er noch halb in einem Alptraum gefangen.
»Ich wollte, es wäre so. Das würde dich nämlich vor einer riesengroßen Dummheit bewahren.« Es dauerte einen Augenblick, bis Fabian die Stimme seines Freundes und Vorgesetzten Anselm Kiermeier erkannte. Die Augen des untersetzten Offiziers sprühten schier Funken, und er sah aus, als würde er ihn am liebsten ohrfeigen.

»Ich hatte dir gesagt, du sollst die Finger von den Würfeln lassen! Doch du wolltest mir nicht glauben. Soldaten sind ein rauhes Volk, ein Leben gilt ihnen wenig. Du wirst von Glück sagen können, wenn du morgen nicht am Wegesrand verscharrt und von allen Menschen vergessen wirst. Du bist ein Narr, um Geld zu spielen, das du nicht besitzt, und dich dann auch noch zu einem Zweikampf herausfordern zu lassen.«

»Ich konnte nicht anders. Heimsburg wollte mein Ehrenwort nicht annehmen.« Fabian schämte sich bei dem Gedanken, dass er anstelle seines Gegners wohl kaum anders gehandelt hätte. Sein Ehrenwort war im Augenblick keine fünf Gulden wert, geschweige denn einhundertundfünfzig.

»Und was hättest du gemacht, wenn er es angenommen hätte? Das Geld etwa gestohlen?« Kiermeier benötigte keine Antwort, denn er sah Fabian an, dass der junge Mann dazu bereit gewesen wäre. Fast bedauerte er, dem Jungen die Offizierslaufbahn schmackhaft gemacht zu haben. Der Krieg, der sich nun schon vierzehn Jahre hinzog, ließ die Gemüter verrohen, und viele vergaßen in ihrer Gier nach Beute und Ruhm alle Ehre. Da kamen Männer wie Heimsburg hoch, die nicht davor zurückschreckten, Kameraden zu ruinieren und zu ihrem Vergnügen zu töten. Nun machte er sich Vorwürfe, nicht besser auf Fabian achtgegeben zu haben. Da der Junge während der Flucht aus Neuburg und der Tage, die sie in Passau und auf dem Hochbergschen Besitz in den Waldbergen verbracht hatten, sehr vernünftig gewesen war, hatte er es bei ein paar allgemeinen Warnungen belassen.

»Daran ist diese verdammte Untätigkeit schuld! Unsere hohen Herren hätten längst ihre Truppen sammeln und gegen diese vermaledeiten Schweden vorgehen müssen. München ist bereits gefallen, und wenn es so weitergeht, werden diese Ketzerbanden noch bis Wien marschieren.« Kiermeier war zum selben Schluss

gekommen wie Gibichen, doch weder er noch der Leutnant, der mit finsterer Miene neben dem Eingang stehen geblieben war, sahen eine Möglichkeit, etwas an der Situation zu ändern.
Seine Hand fiel schwer auf Fabians Schulter. »Steh auf! Wir wollen schauen, ob wir dich zu einem ernstzunehmenden Gegner für Heimsburg machen können. So wie du jetzt aussiehst, wird er dich in Streifen schneiden, ohne dass du auch nur seine Haut ritzen kannst.«
Ohne sich um Fabians Protest zu kümmern, stieß Kiermeier ihn zum Zelt hinaus. Draußen rief er ein paar Soldaten zu sich und befahl ihnen, den Kornett im nächsten Weiher zu baden, damit er wach würde. Vorher zwang er Fabian, sich den Zeigefinger tief in den Mund zu stecken, und sah ungerührt zu, wie dieser einen Teil des Weins von sich gab.
Bei dem Anblick würgte es Gibichen, der ebenfalls nicht nüchtern war, und er wollte sich zurückziehen. Doch Kiermeier winkte ihn zu sich.
»Du wirst mir helfen müssen, den jungen Narren auf Trab zu bringen. Immerhin kennst du Heimsburgs Kampfweise und vermagst Fabian zu raten, auf was er achten muss.«
Ludwig von Gibichen nickte, denn wenn er diesem jungen Narren half, Heimsburg wenigstens für kurze Zeit standzuhalten, beglich er damit einen Teil der Schuld, die er sich selbst an dessen Schlamassel zumaß.
Kurze Zeit später brachten die feixenden Soldaten Fabian nass, nackt und frierend zurück. Kiermeiers Bursche Paul hatte unterdessen einen Kräutersud gebraut, der hauptsächlich Kamille und Minze enthielt. Das Getränk sollte den Magen des jungen Mannes beruhigen, aber der Geruch der Brühe war so durchdringend, dass Fabian sich wieder übergeben musste.
»Du sollst es trinken, nicht ausspucken«, spottete Kiermeier und füllte ihm den Becher erneut.

Fabian stöhnte und wandte den Kopf ab. »Was ist das für ein Gesöff?«
»Das einzige Mittel, das möglicherweise verhindern kann, dass Heimsburg morgen deine Gedärme in der Sonne trocknen lässt. Trink, und wenn der Inhalt dieses Bechers dir ebenfalls hochkommen sollte, mach dir keine Sorge. Wir haben genug von dem Zeug.«
Kiermeier packte Fabian und schüttelte ihn wie ein nasses Tuch. »Sei verdammt! Ich bin ein Freund deines Vaters gewesen und will nicht, dass Birkenfels' Sohn auf eine so erbärmliche Art ums Leben kommt.«
»Was ist schon verloren, wenn ich draufgehe?« Für einige Augenblicke gab Fabian sich ganz seinem Elend hin und sagte sich, dass er unter der Erde wenigstens Ruhe finden würde. Sein Vater und seine Mutter waren tot, und anderen Menschen lag nichts an ihm. Da schob sich Irmelas spitzes Gesicht in seine Gedanken. Zwar hatte er das Mädchen zuletzt kaum mehr beachtet, doch er war sich sicher, dass sie traurig sein würde, wenn sie von einem solch unrühmlichen Ende erfuhr. Außerdem würde der Tod durch Heimsburgs Hand verhindern, dass er seinen Vater und seine Mutter an den Schweden rächen konnte.
Mit einem erstaunlich energischen Griff packte er den dampfenden Becher und schüttete die warme Flüssigkeit mit wenigen Zügen hinunter. Sein Magen schien zunächst zu explodieren, beruhigte sich aber rasch, und Fabian spürte, dass es ihm besser ging.
»Danke, Herr Hauptmann!«, sagte er erleichtert, und ein anerkennender Blick galt dessen Burschen, der vor seinen Augen zu wachsen schien.
»Das Gebräu ist ein Rezept meiner Großmutter. Die kannte sich mit Kräutern aus, Herr von Birkenfels. Deswegen hat man sie als Hexe verbrannt.« Paul lachte, als hätte er einen Witz erzählt.

Fabian schüttelte sich, trank aber einen weiteren Becher leer. Das Gebräu schien auch seinen Kopf zu klären, und die Übelkeit schwand. Zwar fühlte er sich noch lange nicht frisch genug für einen Zweikampf, aber es lagen noch einige Stunden vor ihm, in denen er sich erholen konnte.

In diese tröstliche Überlegung hinein fragte Kiermeier: »Wie steht es mit deinen Fechtkünsten? Reichen sie für Heimsburg aus, oder solltest du besser vorher noch ein wenig üben?«

Fabian hob unschlüssig die Hand. »Da ich Heimsburg noch nicht fechten gesehen habe, weiß ich nicht, wie gut er ist.«

»Gibichen kennt ihn, und er wird dir eine Lektion erteilen, die du nicht vergessen solltest.« Kiermeier nickte dem Leutnant zu und befahl seinem Burschen, zwei weitere Fackeln zu holen. Dann stellte Fabian sich etwas widerwillig zum Übungskampf auf.

Gibichen tänzelte geschmeidig auf ihn zu. Im letzten Augenblick vermochte Fabian, die auf ihn zuzuckende Klinge abzuwehren, und ging selbst zum Angriff über. Er bekam kaum mit, wie sein Hieb pariert wurde, sondern spürte, wie die Spitze von Gibichens Pallasch auf seine Magengegend zielte.

»Du sollst fechten, Fabian, und nicht wie ein Bulle anrennen«, spottete Kiermeier, der den beiden jungen Männern an einen Pfahl gelehnt zusah und hie und da zustimmend nickte. Sein Lob galt jedoch nur Gibichen, der entschlossen war, Fabian beizubringen, was ihn am Morgen erwarten würde. Zwar war er nicht unzufrieden mit dem Jungen, doch nach dem, was er über Heimsburg gehört hatte, waren Fabians Chancen trotz eines gewissen Geschicks mit der Waffe unmessbar klein. Nur ein Wunder konnte ihm helfen, den Kampf zu überleben.

Als er annahm, dass Fabian den letzten Alkohol aus sich herausgeschwitzt hatte, gab Kiermeier das Zeichen zum Aufhören und schickte den jungen Mann zurück ins Bett.

»Versuch, nicht allzu schlimm zu träumen«, rief er ihm nach und

sah seinen Burschen kopfschüttelnd an. »Man sollte meinen, die Menschheit müsse von Generation zu Generation klüger werden, und doch fallen solch grüne Burschen immer wieder auf Kerle wie Heimsburg herein.«
Paul steckte die Hände in die Hosentaschen und blickte seinen Herrn treuherzig an. »Ich kenne da einen jungen Kornett, der vor gut zehn Jahren auch von einem Fettnapf in den nächsten getappt ist, obwohl er es besser hätte wissen müssen.«
Kiermeier hob die Hand, um seinem Burschen eine kräftige Maulschelle zu verpassen, beliess es dann aber bei einem etwas gequälten Lachen. »Ganz so närrisch wie der junge Birkenfels habe ich mich aber dann doch nicht angestellt.«
Paul gab keine Antwort, sondern verdrehte die Augen, als wolle er sagen, dass er sich da nicht sicher sei. Gibichen, der dem kurzen Gespräch interessiert zugehört hatte, fand, dass sich die Ausgabe für ein paar Becher Wein lohnen würde, um von Paul mehr über seinen Hauptmann zu erfahren.

IX.

Am Morgen spürte Fabian nur noch Kopfschmerzen, aber die waren nicht stark genug, seine Gedanken zu lähmen. Da es in seinen Gedärmen rumorte, eilte er zu der Grube, die als Latrine ausgehoben worden war, damit die Soldaten nicht die ganze Umgebung beschmutzen, und erleichterte sich.
Als er zu seinem Zelt zurückkehrte, warteten dort Kiermeiers Bursche Paul und Ludwig von Gibichen auf ihn. Während Paul ihm ein kräftiges Frühstück servierte, dem er hungrig zusprach, stieg Gibichen von einem Bein aufs andere.
»Ich hoffe, du fichtst heute besser als in der Nacht, sonst spielt Heimsburg mit dir und schneidet dich dabei in Streifen!«

Fabian steckte ein Stück Speck in den Mund, kaute darauf herum und spülte es dann mit einem Schluck des kalt gewordenen Kräuteraufgusses hinab. Bier hatte Paul ihm keines gebracht, um den Rausch nicht neu anzufachen. Dann rülpste er geräuschvoll und blickte zu Gibichen auf. »Wir werden sehen, ob meine Fechtkunst für Heimsburg ausreicht oder nicht.«
»Dein Gemüt möchte ich haben! Da stehst du vor einem Kampf, der dich wahrscheinlich das Leben kosten wird, und lässt dir Speck und Eier schmecken.«
Fabian kaute schon auf dem nächsten Stück Speck herum und zuckte als Antwort mit den Schultern. Nach einem weiteren Schluck des bitteren Gebräus grinste er verzerrt. »Warum soll ich mir von Heimsburg das Frühstück vermiesen lassen? Sollte es mein letztes sein, will ich es wenigstens genießen.«
»Das ist sehr klug von Euch!«, sagte Paul zufrieden. »Man soll mit Genuss essen, wenn man genug auf dem Teller hat, wie es derzeit glücklicherweise der Fall ist.«
Dem Offiziersburschen gefiel die ruhige Art, mit der der Schützling seines Hauptmanns diesen Tag begann. Er legte Fabian noch eine Scheibe Schinken vor und schenkte ihm einen anderen Kräutersud ein, dessen Rezept ebenfalls noch von seiner Großmutter stammte. »Wohl bekomm's!«
Während Fabian heißhungrig den Schinken verputzte, stöhnte Gibichen auf, denn er hatte in seiner Aufregung vergessen, etwas zu sich zu nehmen, und nun knurrte sein Magen vernehmlich.
Fabian drehte sich zu Paul um. »Hast du noch eine Kleinigkeit für meinen Kameraden? Ich will nicht, dass er mich für ungastlich hält.«
»Aber ja!« Paul eilte hinaus und kehrte kurz darauf mit einem halben Laib Brot und einer geräucherten Wurst zurück.
»Mehr habe ich auf die Schnelle nicht auftreiben können«, entschuldigte er sich.

»Unser guter Gibichen wird es dir gewiss nachsehen. Komm, Ludwig, greif zu.« Fabian stand auf, damit sein Kamerad sich setzen konnte, brach sich jedoch das erste Stück von der Wurst ab und steckte es in den Mund.
»Schmeckt gut!«, sagte er während des Kauens.
Gibichen musterte ihn mit widerwilliger Bewunderung, setzte sich dann und begann ebenfalls zu essen. Als er die Hand nach Fabians Becher ausstrecken wollte, stellte Paul ihm einen anderen hin. »Das ist gutes Bier! Der Kräutertrank ist für unseren Heißsporn bestimmt.«
Gibichen lachte auf und sah Fabian an. »Der hilft dir wenigstens, Heimsburg mit klarem Kopf gegenüberzutreten. Der Kerl schreit überall herum, dass er dich deine Eingeweide sehen lassen will. Wahrscheinlich würde er die Sache weniger ernst nehmen, wenn du ihn gestern nicht ins Gesicht geschlagen hättest. So aber hast du höchstens die Chance auf ein nicht allzu klägliches Ende.«
»Der Schlag war die einzig richtige Antwort, da er mein Ehrenwort nicht akzeptieren wollte.« Fabian sagte es in einem Ton, als hätte es für ihn nie einen Zweifel gegeben, seinem Gegner hundertfünfzig Gulden auf den Tisch zu zählen.
Das verwunderte Gibichen, der bisher nur wusste, dass Fabian auf Empfehlung des Herzogs von Pfalz-Neuburg in das Regiment aufgenommen worden war. Er hatte den Kornett für einen armen Narren gehalten, den Heimsburg in eine Falle gelockt und dazu gebracht hatte, um mehr Geld zu spielen, als er sich leisten konnte. Doch der junge Mann trat auf, als wäre sein Vater kein einfacher Gutsbesitzer gewesen, sondern ein hoher Herr mit einem stolzen Stammschloss und einem Dutzend Nebengütern.
»Es ist an der Zeit, zum Treffpunkt zu gehen«, sagte Gibichen mit einem Blick auf den östlichen Himmel, an dem der Rand der Sonnenscheibe sichtbar wurde.

Fabian winkte ab. »Zeit, dein Frühstück zu beenden, muss uns bleiben. Wer weiß, wann du wieder etwas bekommst.«

Dieser Logik konnte Gibichen sich nicht verschließen. Er blieb daher sitzen und verputzte Brot und Wurst bis auf den letzten Krümel. Allerdings beeilte er sich und schluckte die letzten Tropfen Bier bereits im Gehen.

Auf dem Weg musterte Fabian verstohlen den Leutnant, der ihm vom ersten Tag im Regiment an freundschaftlich begegnet war und sich nun Sorgen um ihn machte, als seien sie schon von Kindheit an Kameraden. Gibichen trug bauschige Hosen über hohen Stulpenstiefeln, eine hüftlange Jacke und einen breitkrempigen, federgeschmückten Hut, der so gefertigt war, dass man während des Kampfes eine eiserne Haube einlegen konnte. Auf diesen Schutz hatte er an diesem Tag ebenso verzichtet wie auf den schweren Brustpanzer, der zur Feldausrüstung gehörte. An seiner Seite aber hing ein langer Pallasch mit kunstvoll gebogenem Handschutz in einer ledernen Scheide.

Auch Fabian trug nun anstelle seines mit Einlegearbeiten verzierten Rapiers, mit dem er Irmela und die anderen Flüchtlinge gegen die Plünderer verteidigt hatte, eine für den Krieg geeignetere Waffe. Es handelte sich um ein schmuckloses, aber solides Stück Handwerksarbeit aus dem Passauer Zeughaus. Seine Beine steckten ebenfalls in Stulpenstiefeln; dazu trug er weite, dunkle Hosen und ein noch halbwegs weiß zu nennendes Hemd. Auf eine Weste oder gar eine Jacke hatte er trotz der Morgenkühle verzichtet.

Gibichens Unkenrufen zum Trotz trafen sie als Erste bei der Trauerweide am Teich ein. Hinter ihnen tauchten die jungen Offiziere auf, die dem gestrigen Spiel beigewohnt hatten, sowie eine stattliche Anzahl von Soldaten, die sich das Schauspiel nicht entgehen lassen wollten.

Heimsburg, der bewusst ein paar Minuten zu spät erschien, um

die Spannung der Zuschauer zu erhöhen, musste sich durch den dichten Kordon drängen. Statt als Favorit begrüßt zu werden, bekam er etliche spöttische Zurufe zu hören, denn es hatte sich herumgesprochen, dass es sich bei seinem Gegner um einen Frischling von gerade einmal achtzehn Jahren handelte. Dennoch schritt niemand ein, um den ungleich erscheinenden Kampf zu verhindern. Der Kornett, so war die allgemeine Meinung, hatte sich diese Suppe eingebrockt und sollte sie gefälligst auslöffeln.
Einigen Trossweibern und Offiziershuren war es gelungen, einen guten Platz zu ergattern, von dem aus sie den Zweikampf verfolgen konnten. Auch sie wetzten ihre Zungen und verspotteten sowohl Heimsburg als auch Fabian, der in ihren Augen noch nicht ganz trocken hinter den Ohren war.
»He, Junge, hast du dich überhaupt schon einmal als Mann erwiesen?«, fragte eine recht hübsche Blondine mit auffallend schweren Brüsten und beugte sich vor, damit Fabian in ihr Dekolleté schauen konnte.
Einer ihrer Gönner hatte sich an ihre Seite gestellt, griff ihr in den Ausschnitt und legte eine Brust frei. »So an dem Hänfling interessiert, Gerda? Sollte das Bürschchen überleben, kannst du ihm ja zeigen, wie es geht.«
Gerda zog ihr Kleid wieder zurecht und wölbte die Lippen zu einem Schmollmund. »Von dem wird nicht viel übrig bleiben, wenn Heimsburg Ernst macht. Der wäre ein großer Held, hätte er so viele Schweden erschlagen wie eigene Kameraden.«
Einige Männer lachten, Heimsburg aber bleckte die Zähne. »Sind wir zum Schwatzen hergekommen, oder wollen wir für unsere Ehre einstehen?«, blaffte er Fabian an.
»Ich warte schon seit geraumer Zeit, um festzustellen, ob Ihr mit der Klinge tatsächlich besser seid als mit dem Mund!«
Fabians Gelassenheit verwunderte Heimsburg. Er erinnerte sich nun daran, dass der Kornett ein Sohn jenes Anton von Birken-

fels sein sollte, der bis zu seiner Verletzung in der Schlacht von Breitenfels einer der fähigsten Reiteroffiziere unter dem Kommando des Gottfried Heinrich zu Pappenheim gewesen war. Daher mochte das Jüngelchen gefährlicher sein, als sein Alter es vermuten ließ.

Heimsburg, der im Gegensatz zu Fabian eine Weste trug, löste den Gurt seines Pallaschs, zog die Waffe und schleuderte die Scheide fort, um während des Zweikampfs nicht von ihr behindert zu werden. Auch Fabian zog nun blank, und in die Stille hinein erklang die Stimme eines Mannes, der neben dem Offizier und seiner blonden Hure stand und beide neidvoll betrachtete.

»Also, Mädchen, wenn der Kleine diesen Strauß überlebt, solltest du ihn an deine Brust legen.«

Gerda lachte schallend auf, während eine ihrer Freundinnen dem Sprecher zuzwinkerte. »Gib doch zu, dass du am liebsten selbst an diese Stelle gebettet würdest!«

Gerda hob die Nase fast bis zum Himmel. »Das würde dem Herrn so passen! Erst soll er mir das Schmuckstück kaufen, das er mir versprochen hat. Eher kommt er mir nicht an die Pelle.«

»Darunter meinst du wohl«, wandte ein Feldweibel mit einer schlüpfrigen Geste ein.

Der angesprochene Leutnant rollte in schierer Verzweiflung mit den Augen. »Wie soll ich an ein Schmuckstück kommen? In den letzten Wochen gab es doch nichts zu plündern!«

»Ich würde es zur Abwechslung mal mit Kaufen probieren«, gab Gerda zurück.

»Gerne, wenn du mir das Geld dafür leihst!« Der junge Offizier tatschte der Blonden lachend auf den Hintern und wandte sich Fabian und Heimsburg zu, die dem Wortwechsel in unterschiedlicher Haltung gefolgt waren. Der Ältere glühte vor Wut, weil er sich missachtet fühlte, während Fabian der schmucken Hure ei-

nen neugierigen Blick zuwarf. Mit ihrem blauen Kleid, dem rosa Unterrock und dem kostbaren Schultertuch, das ihre Brüste allerdings kaum verdeckte, stellte sie auch für ihn eine Verlockung dar. Doch er wusste, dass sie als eine der besseren Huren über eine Gruppe persönlicher Beschützer verfügte, die sich ihrer abwechselnd bedienten und sie dafür aushielten. Es hätte schon eines Beutels voller Golddukaten bedurft, um sie für sich zu gewinnen, doch so schlaff, wie seine Börse war, lohnte es sich nicht, einen Gedanken an eine Hure zu verschwenden.
Er löste seinen Blick von der Frau und sah Heimsburg auffordernd an. »Wir sollten unsere Freunde nicht länger warten lassen. Einige von ihnen haben gewiss noch nicht gefrühstückt.«
»Gimpel!«, zischte Heimsburg, hob den Pallasch und griff an. Sein Hieb hätte einem Auerochsen den Schädel spalten können, doch Fabian gelang es, dem Angriff die Kraft zu nehmen und die Klinge des Gegners an seiner Waffe abgleiten zu lassen. Obwohl er das Klopfen seines Herzens beinahe lauter wahrnahm als das Kreischen des Metalls, hielt er sich zurück und überließ Heimsburg die Initiative. In seinem Gehirn hallten die Ratschläge nach, die Gibichen und Kiermeier ihm gegeben hatten, und er begriff, dass er in dem Augenblick verloren war, in dem Angst oder Wut ihn übermannten.
Heimsburg trug seine Attacken immer schneller und härter vor. Die Zähne fest aufeinandergepresst, tat er alles, um Fabians Deckung zu durchbrechen. Dieser war jedoch von seinem Vater ausgebildet worden, und er hatte auch die Lektion gelernt, die Gibichen ihm in der Nacht erteilt hatte. Daher beschränkte er sich zunächst darauf, die Hiebe des anderen abzuwehren, sich im Kreis herumtreiben zu lassen und auf eine Gelegenheit zum Gegenangriff zu warten.
Seine scheinbar passive Haltung ließ Heimsburg annehmen, seinem Gegner fehle jeglicher Mut, und er vernachlässigte mehr-

mals seine Deckung. Fabian ließ zwei, drei scheinbar günstige Gelegenheiten aus, da er sie als Fallen erkannte. In dem Augenblick aber, in dem Heimsburg leichtsinnig wurde, zuckte seine Klinge nach vorne. Doch wie es schien, traf er nur den linken Ärmel seines Gegners und schlitzte ihn auf. Heimsburg zog eine spöttische Miene, so als habe Fabian ihn verfehlt, doch der Stoff unter seiner Achsel färbte sich nach kurzer Zeit rot.
Paul grinste seinen Hauptmann an. »Der Junge hält sich prächtig, nicht wahr?«
Kiermeier nickte, drehte sich aber unwillkürlich um, weil er das Rollen von Rädern vernommen hatte, und starrte auf die Kutsche, die sich in langsamem Tempo näherte. Außer ihm nahmen nur wenige Zuschauer wahr, dass sich etwas Ungewöhnliches tat, denn die beiden Kontrahenten drangen gerade mit verbissener Wut aufeinander ein. Die Kutsche hielt nur einige Schritte entfernt an, gleichzeitig sprang ein Diener vom Bock und öffnete den Schlag. Ein Mann in einem dunklen Rock stieg heraus und drehte sein schmales, kränklich wirkendes Gesicht einen Augenblick lang in die Sonnenstrahlen. Dann trat er auf einen Stock gestützt näher. Die Zuschauer, die seine Ankunft bemerkt hatten, wichen unwillkürlich zurück und starrten den Neuankömmling je nach Temperament fassungslos oder erwartungsvoll an. Nun drehten sich auch andere nach ihm um und öffneten ihm eine Gasse, durch die der Mann auf die Fechter zuschritt.
Heimsburgs Kopf glühte vor Wut und Anstrengung, und langsam schlich Angst in sein Herz, weil es Fabian fast spielerisch gelungen war, ihn mit der ersten ernsthaften Attacke zu verwunden. Sein Schwung verlor sich, und er geriet mehr und mehr in die Defensive. Fabian beging jedoch nicht den Fehler, wild auf ihn einzudringen, sondern blieb auf Distanz und griff nur an, wenn er sich seiner Sache sicher fühlte. Einmal verschätzte er

sich, und Heimsburgs Klinge fuhr unter seiner Achsel hindurch, traf aber nur das weit geschnittene Hemd. Heimsburg glaubte, ihn endlich verwundet zu haben, und jubelte auf, doch da schoss Fabians Pallasch auf ihn zu und traf ihn erneut.
Aufstöhnend wich Heimsburg zurück und presste den zweimal verletzten Arm gegen den Körper. Gleichzeitig schäumte in ihm die Wut über das Bürschchen hoch, das es gewagt hatte, ihm Paroli zu bieten, und er holte aus, um dem Kerl den Schädel zu spalten.
Bevor er jedoch den Angriff vortragen konnte, erscholl eine befehlsgewohnte Stimme. »Meine Herren, es reicht!«
Heimsburg fuhr herum wie ein gereizter Stier. »Halte du dich da heraus!« Dann erkannte er den Sprecher und ließ vor Schreck die Waffe fallen. »Euer Gnaden? Verzeiht ... Ich ahnte nicht ...«
Albrecht von Wallenstein, Herzog von Mecklenburg und Friedland, Fürst von Sagan, General des Ozeanischen und Baltischen Meeres und zum zweiten Mal Generalissimus der kaiserlichen Truppen, bog seine Lippen zu einem dünnen Lächeln. »Ich verzeihe Euch. Im Kampf und in der Liebe wünscht ein Mann nun einmal nicht gestört zu werden. Trotzdem ist es genug! Der Kaiser braucht jeden tapferen Krieger, um den Schweden aus dem Reich hinauszukehren. Also haltet ein. Tot oder verwundert nützt ihr beide mir nichts.«
Wallensteins Ton ließ keine Widerrede zu. Obwohl Fabian sich bis jetzt erfolgreich zur Wehr gesetzt hatte, war er so erleichtert, dass er sich beinahe vor Erschöpfung auf den Boden gesetzt hätte. Wäre der Oberkommandierende nicht dazwischengetreten, hätte es böse für ihn geendet, dessen war er sich bewusst. Bisher hatte er es nur Heimsburgs Verachtung für ihn zu verdanken, dass er noch lebte. Nun war sein Gegner verwundet und doppelt so gefährlich.
Ein Wink Wallensteins hieß die beiden Kampfhähne, vor ihn zu

treten. Das Gesicht des Feldherrn zeigte keine Regung, als er sie betrachtete und dann nach dem Grund des Streites fragte.
»Es geht um eine Spielschuld, die Birkenfels nicht bezahlen kann.« Heimsburg bedachte Fabian mit einem giftigen Blick. Dieser biss die Zähne zusammen und sah Wallenstein ins Gesicht. »Herr von Heimsburg wollte mein Ehrenwort nicht annehmen, dass er sein Geld erhalten würde.«
»So? Hattet Ihr denn die Aussicht auf eine größere Summe?« In Wallensteins Stimme schwang eine gewisse Warnung mit. Er liebte keine undisziplinierten Männer und war Aufschneidern stets mit eisiger Kälte begegnet.
Fabian schien kein Ohr für Nuancen zu haben, denn auf seinem Gesicht zeichnete sich ein breites Grinsen ab. »Natürlich hätte ich bald genügend Gold in den Händen gehalten, General. Da Ihr wieder unser oberster Feldherr seid, wird es in Kürze reiche Beute geben.«
Es war kühn, so mit Wallenstein zu reden. Doch bevor der General etwas erwidern konnte, erschien im Schlag der Kutsche ein geradezu zauberhaftes Wesen. Es hatte einen blonden Lockenkopf, dessen Anblick einige Männer aufseufzen ließ, und zwei kornblumenblaue Augen, die Fabian mit einem nachsichtigen Interesse musterten. »Der junge Mann ist ungewöhnlich beherzt, findet Ihr nicht, Euer Gnaden? Wenn Ihr ihn gewähren lasst, wird er den Schweden gehörig heimleuchten!«
»Und ob ich ihn lasse!« Wallenstein lachte amüsiert auf, trat an die Kutsche und griff an der Dame vorbei ins Innere. Als er sich wieder umdrehte, hielt er einen Beutel aus dunkelblauem Samt in der Hand und warf ihn Fabian zu. »Hier, Bursche, zahle damit deine Spielschulden und gib das nächste Mal besser acht!«
Fabian fing den Beutel auf und wollte sich bedanken. Doch Wallenstein war schon eingestiegen und gab seinem Kutscher den Befehl weiterzufahren. Das Letzte, was Fabian erblickte, war das

Gesicht der jungen Dame, das ihm lieblicher erschien als Ehrentraud von Lexenthals Antlitz vor dem Überfall der Schweden.
Während er Wallensteins Kutsche nachstarrte, kam Gibichen auf ihn zu und packte ihn bei den Schultern. »Bei Gott, du musst unter einem wahren Glücksstern geboren sein! Ich sah dich schon am Galgen baumeln. Unser Feldherr kennt nämlich kein Erbarmen, wenn es um die Disziplin geht, und deine Antwort war schon sehr frech.«
»Aber sie hat ihm gefallen! Glückwunsch, Fabian, du verstehst, schnell zu reagieren, sowohl mit dem Mundwerk wie auch mit der Waffe.« Kiermeier drängte sich durch die Zuschauer und blieb vor Fabian stehen. Dieser beachtete seine Freunde jedoch nicht, sondern blickte immer noch der Kutsche nach. »Wer mag sie gewesen sein?«
Gibichen sah Kiermeier an und verdrehte die Augen. »Er meint die junge Dame in Wallensteins Gesellschaft. Wahrscheinlich ist sie dessen Geliebte oder die eines seiner Kommandeure.«
»Eher die Ehefrau eines seiner Offiziere. Wallensteins Abneigung gegen Disziplinlosigkeit macht auch vor ihm selbst nicht Halt, und er würde niemals ein loses Frauenzimmer ins Feldlager mitnehmen.« Kiermeier hoffte, Fabian würde die blonde Schöne schnell vergessen, denn seiner Ansicht nach war es verderblich, nach unerreichbaren Sternen zu streben. Bei dem Gedanken tauchte das Gesicht Meinarda von Teglenburgs vor seinem inneren Auge auf. Die junge Witwe hatte einen tieferen Eindruck bei ihm hinterlassen, als er sich zunächst hatte vorstellen können, und er schalt sich einen Narren, seine Wünsche auf eine so hochgeborene Dame zu richten. Dennoch beschloss er, ihr und ihrem Sohn von der ersten Beute, die er auf dem kommenden Feldzug erringen würde, ein Geschenk zu kaufen und ihnen zu schicken.
Mühsam schüttelte er seine Gedanken ab und musste grinsen,

als er sah, wie einige seiner Kameraden die hübsche Gerda nach vorne schoben und Fabian aufmunternd zuzwinkerten. Der Offizier, der mit zwei anderen Kameraden die Hure aushielt, klopfte Fabian lachend auf die Schulter. »Ich glaube, nach diesem Kampf hast du dir eine Belohung verdient.«
Gerda schürzte die Lippen, entdeckte dann aber Wallensteins Börse in seiner Hand. »Lass sehen, wie großzügig der Feldherr gewesen ist.«
Mit diesen Worten wollte sie nach dem Geld greifen, doch Fabian wehrte sie ab und warf Heimsburg den Beutel zu. »Hier! Das wird wohl für die Spielschuld reichen.«
Sein Gegner biss sich auf die Lippen, öffnete die Börse und zählte die Summe von einhundertundfünfzig Gulden ab. Dann ließ er den immer noch gut gefüllten Beutel Gibichen vor die Füße fallen, drehte sich schroff um und ging auf das Lager zu.
»Wie es aussieht, werde ich das nächste Mal zu dir kommen, wenn ich mir Geld borgen muss.« Gibichen reichte Fabian die Börse und grinste dabei bis über beide Ohren, denn im Gegensatz zu den meisten niederrangigen Offizieren im Heer hatte er begüterte und großzügige Verwandte. Ein Onkel, als dessen Erbe er galt, gehörte zum Hofstaat des Herzogs Maximilian von Bayern und vermochte ihm mit größeren Summen auszuhelfen.
Fabian steckte die Börse in den Gürtel, starrte Heimsburg nach, von dessen linker Hand Blut tropfte, und fragte sich, ob sein Gegner sich zufriedengeben oder Rachepläne schmieden würde. Der Mann hatte Freunde im Lager, die sich nun um ihn kümmerten und dem Feldscher Bescheid gaben. Heimsburg musste bis zur nächsten Schlacht wieder einsatzbereit sein, und die würde nun wohl nicht mehr lange auf sich warten lassen.
Unterdessen hatte sich die junge Hure bei Fabian untergehakt und beugte sich so vor, dass sein Blick auf die beiden samtweich

wirkenden Brüste fallen musste, die von dem Spitzensaum ihres Schultertuchs eingerahmt wurden.

»Nun, junger Herr, meine Freunde glauben, Ihr hättet eine kleine Belohnung verdient. Wie steht Ihr dazu?« Ihr Blick streifte die Börse und verriet, dass sie sich einen Teil des Goldes aneignen wollte, das hier so großzügig geflossen war.

In Fabians Kopf kreiste noch immer das Bild von Wallensteins schöner Begleiterin, doch ihm wurde schmerzlich klar, dass er sich genauso gut den Mond herbeiwünschen konnte wie diese Frau. Mit einem entsagungsvollen Seufzer sah er auf Gerda hinab. Diese war ebenfalls blond und hübsch genug, sein Verlangen anzuheizen. Da er die fremde Schöne nicht haben konnte, musste er sich eben mit einer Hure zufriedengeben. Er nickte zustimmend und ließ es zu, dass die Frau sich girrend an ihn drängte.

»Reitet mir Gerda aber nicht zuschanden, Birkenfels, denn spätestens am Abend will ich sie zurückhaben«, rief ihr Gönner ihm nach. Die Hure lachte auf, denn sie hatte genug Erfahrung, um einen jungen Burschen wie diesen nicht zu übermütig werden zu lassen.

X.

Die Ärzte befanden sich nun schon etliche Tage im Haus, ohne mehr getan zu haben, als sich zu streiten, wie Ehrentraud von Lexenthal behandelt werden musste. Während Wendelin Portius auf Salben und Tränke schwor, über deren Herstellung er Stillschweigen wahrte, erklärte Bertram Lohner, die einzige Methode, die hässlichen Narben zum Verschwinden zu bringen, stelle eine chirurgische Operation dar. Ehrentraud hörte sich die Argumente der beiden Herren an und tendierte bald zu Portius' Vorschlägen, da Lohners Methode mit Schmerzen und größeren Risiken verbunden zu sein schien. Helene riet ihr ebenfalls zu

Portius, denn sie hätte den langen Chirurgen lieber heute als morgen scheiden gesehen.

Während Ehrentraud wieder einmal von den Ärzten untersucht wurde, blieb Helene unter dem Vorwand der Schicklichkeit im Zimmer und ließ sich keine Einzelheit entgehen. An diesem Tag starrte sie fasziniert auf den entstellten Busen, den das Mädchen zum ersten Mal in ihrer Gegenwart enthüllte.

Portius keuchte entsetzt auf, als er die tiefen Einschnitte sah, und Lohner schüttelte den Kopf. »An dieser Stelle ist nichts mehr zu retten, aber das ist nicht so tragisch wie die Entstellung Eures Gesichts. Am Tag verhüllt ein Kleid Eure Brüste und des Nachts ein Hemd.«

»Aber was ist, wenn Fräulein Ehrentraud heiratet?«, wandte Helene ein, um das Mädchen gegen den Arzt aufzubringen.

Lohner antwortete mit einem kurzen Auflachen. »In einer normalen Ehe hebt ein Weib sein Nachthemd selten höher als bis zum Bauch. Das Fräulein sollte es dabei belassen, denn nur Huren zeigen sich nackt!«

Das war ein Hieb gegen Helene. Johannas Mutter starrte den Chirurg wütend an, kniff aber die Lippen zusammen, um sich kein böses Wort entweichen zu lassen. Wenn sie den Arzt verjagte und dieser sich bei Ehrentrauds Onkel beschwerte, würde sie sich den Zorn des Priors zuziehen, und das konnte sie sich nicht leisten. Xaver von Lexenthal wollte Irmela als Hexe auf den Scheiterhaufen bringen, hatte es dabei aber auch auf deren Vermögen abgesehen. Wenn sie etwas dagegen unternehmen wollte, würde sie sich dem Prior als scheinbar willige Helferin antragen müssen – genau wie vor zwanzig Jahren.

Helene kannte den Umfang der Hochbergschen Besitzungen zu Lebzeiten ihres Mannes und nahm an, dass gut die Hälfte davon noch nicht zerstört oder vom Feind beschlagnahmt worden war. Daher konnte sie sich ausrechnen, wie stark die Einnahmen noch

sprudelten. Irmelas Verwalter hatte ihr eine stattliche Summe zur Verfügung gestellt, mit der sie für die junge Erbin sorgen sollte. Da niemand kontrollierte, was sie mit dem Geld machte, hatte sie den größten Teil davon für sich abgezweigt. Wenn es ihr gelang, die Aufsicht über das Mädchen ein paar Jahre lang zu behalten, würde sie ein kleines Vermögen zusammenraffen und ihre Tochter mit einer Mitgift ausstatten können.
Aber ihre Überlegungen gingen noch weiter, und da kamen ihr Lexenthals Pläne alles andere als gelegen. Noch wusste sie nicht, wie sie ihn daran würde hindern können, seine gierigen Krallen nach Irmelas Besitz auszustrecken, aber eines war ihr klar: Reizen durfte sie ihn nicht, daher musste sie Lohners Anwesenheit so lange ertragen, bis Ehrentraud sich bei ihrem Onkel über den Kerl beschwerte und der Chirurg abberufen wurde.
Der Streit der Ärzte war unterdessen eskaliert. Portius schrie seinen Konkurrenten an, er wäre nur ein lumpiger Bader und Steinschneider, und rannte mit hochrotem Kopf hinaus.
Irmela war von den lauten Stimmen der beiden Männer angelockt worden und wartete im Korridor, um den Arzt abzufangen, der als Erster den Raum verließ, weil sie denjenigen auf Fanny ansprechen wollte. Die Magd diente ihr inzwischen als Zofe und tat dies mit mehr Geschick als die Mädchen, die Johanna und Ehrentraud umsorgten. Selbst Helenes Leibmagd vermochte sich nicht mit Fanny zu messen, gerade weil diese fehlendes Wissen durch Eifer ersetzen musste. Irmela mochte das stets gelaunte Bauernmädchen und hoffte, es könne ihr im Lauf der Zeit sogar die Freundin ersetzen, die sie sich wünschte.
Als Portius ihr entgegenkam, hielt sie ihn mit einer bittenden Handbewegung auf. »Ich habe eine Frage an Euch.«
Sie sprach ihn an wie einen hohen Herrn und nicht wie einen Mann, dessen Stand weit unter dem ihren lag. Portius, der noch immer nicht wusste, dass er eine Komtesse und die eigentliche

Besitzerin des Gutshofs vor sich sah, maß sie mit einem unwilligen Blick. »Dann äußere Sie sich rasch. Fräulein Ehrentraud kann jederzeit wieder nach mir rufen, und ich will sie nicht warten lassen.«
Da Irmela deren Wutausbrüche kannte, nickte sie verständnisvoll. »Es geht um die Magd Fanny. Ihr habt doch gesehen, dass sie eine schlimme Narbe im Gesicht trägt. Vielleicht könntet Ihr auch ihr helfen.«
Portius begann zu lachen, verstummte dann aber und sah hochmütig auf Irmela herab. »Kind, die Zutaten zu den Mitteln, mit denen ich Fräulein Ehrentraud behandle, werden mit Gold aufgewogen. Die werde ich nicht an eine simple Küchenmagd verschwenden.« Mit einem Gesichtsausdruck, als hätte man von ihm verlangt, die Böden zu fegen, stelzte er davon.
Irmela spürte, wie die Tränen in ihr aufstiegen. Zum einen hasste sie es, so verächtlich behandelt zu werden, doch noch mehr traf sie, wie hartherzig er ihr Ansinnen abgeschlagen hatte. Zwar blieb ihr noch Lohner, aber davor schreckte sie zurück. Der Chirurg würde Fanny starke Schmerzen zufügen und vielleicht so viel wegschneiden, dass ein hässliches Loch bleiben würde. Halb blind vor Tränen ging sie den Flur hinab, um sich in ihrem Zimmer zu verkriechen. Doch schon nach ein paar Schritten hörte sie jemand neben sich auftauchen und wischte sich die Augen trocken.
Es war Fanny, die sie mit einem gequälten Lächeln ansah. »Ich habe gehört, was dieser Quacksalber gesagt hat. Lasst Euch von dem nicht verdrießen, Fräulein Irmela. So gut, wie er immer behauptet, können seine Mittel nicht sein, sonst hätte er sie längst bei der Lexenthal eingesetzt.«
»Mich ärgert es trotzdem! Wenn er deine Narbe fortgemacht hätte, wäre doch bewiesen, wie groß seine Kunst ist, und Ehrentraud könnte sich beruhigt in seine Hände geben.« Irmela berührte Fannys Wange mit den Fingerspitzen und strich über

die sich seltsam dünn anfühlende Haut über dem knotigen Brandmal.
In dem Augenblick erklang ein höhnisches Lachen, und Johanna trat aus einem dunklen Gang. »Du hast Fanny wohl deswegen als Zofe ausgewählt, um andere Dinge mit ihr treiben zu können, als dir von ihr die Haare flechten zu lassen!«
Irmela fuhr herum und starrte ihre Tante empört an. Bevor sie aber etwas sagen konnte, war Johanna bereits wieder verschwunden. »So ein gemeines Biest!«
Fanny winkte verächtlich ab. »Die schließt nur von sich auf andere!«
»Was willst du damit sagen?«
Die Magd wusste nicht so recht, ob sie mit der Sprache herausrücken sollte, entschied dann aber, dass sie vor ihrer Herrin keine Geheimnisse haben durfte.
»Nun, es war so ...«, begann sie stockend und sehr leise. »Vor ein paar Tagen hat Ehrentrauds Zofe vergessen, ihr am Abend den Schlummertrunk in ihr Zimmer zu bringen. Da ich zufällig in der Küche war, bat die Köchin mich, den Becher hinzubringen. Als ich auf die Tür der Schlafstube zutrat, war diese verschlossen, und ich habe seltsame Geräusche dahinter vernommen. Neugierig geworden, habe ich durch das Schlüsselloch geblickt und sie gesehen.«
»Wen meinst du mit ›sie‹?«, fragte Irmela verwundert.
»Johanna und Ehrentraud. Sie waren beide nackt und haben sich gegenseitig abgeleckt wie Katzen, die ihr Fell reinigen.«
Nun war es ausgesprochen. Fanny blickte Irmela ängstlich an, denn sie fürchtete, diese würde ihr keinen Glauben schenken und annehmen, sie wolle die beiden jungen Frauen verleumden.
Irmela schüttelte fassungslos den Kopf. Es ging über ihr Verständnis, was die beiden mit ihrem Tun bezweckten, doch sie glaubte Fanny. Ihre Auskunft konnte die Erklärung dafür sein,

dass Ehrentraud und Johanna seit ein paar Wochen denselben, leicht stechenden Geruch verströmten.

Sie schob den Gedanken beiseite und blickte in die Richtung, in die Portius verschwunden war. »Es tut mir leid, Fanny. Ich hätte dir gerne geholfen. Jetzt werde ich wohl doch mit Lohner sprechen müssen. Aber ich fürchte, er wird dir arge Schmerzen zufügen.«

»Die Angst verspürt die Lexenthal auch, sonst hätte sie Lohner längst an ihre Narben gelassen. Dabei sollen sie zwar länger, aber nicht so dick sein wie die meine.« Fanny stieß verächtlich die Luft aus und griff sich unbewusst an die Wange. Dabei wurde ihr klar, dass sie Irmela nicht auch noch diese Last aufbürden durfte. Ihre Herrin hatte mit Portius geredet, um ihr zu helfen. Lohner würde sie jedoch selbst ansprechen, schon um von ihm zu erfahren, was er mit ihr anstellen würde, wenn er sich auf die Behandlung einließ. Dabei erinnerte sie sich an die Qualen, die ihr die frische Brandwunde zugefügt hatte, und zog die Schultern hoch. So schlimm wie damals würde es hoffentlich nicht werden. Um Irmela zu beruhigen, lächelte sie und deutete in die Richtung, in der deren Kammer lag.

»Ihr solltet Euch ein wenig hinlegen und ausruhen. Wenn Ihr wieder wach seid, bringe ich Euch frisches Wasser und einen kleinen Imbiss, denn Ihr werdet gewiss nicht mit Helene und Fräulein Johanna speisen wollen.«

»Leider muss ich zu den gemeinsamen Mahlzeiten erscheinen, sonst nennen sie mich ein ungefälliges Ding, und ausgerechnet Helene hält mir Vorträge über gutes Benehmen.« Irmela stöhnte, denn auf diese Zeremonie hätte sie gerne verzichtet. Dann erinnerte sie sich daran, dass Fanny ihre Stiefgroßmutter nur beim Vornamen genannt hatte. »Du solltest nicht so respektlos von Johannas Mutter reden. Wenn dich eine der anderen Mägde hört und es weiterträgt, kann ich nicht verhindern, dass du Schläge erhältst.«

Das war Fanny klar, und sie nahm sich vor, ihre Zunge in Zukunft besser zu hüten. Jetzt aber scheuchte sie Irmela wie ein ausgerissenes Hühnchen in ihre Kammer und schloss die Tür hinter ihr. Dann drehte sie sich um und lief durch den Flur zurück in den Trakt, in dem die beiden Ärzte untergebracht waren. Portius hatte sich unterdessen beruhigt und einige seiner Salben und Essenzen geholt, um sie Ehrentraud vorzuführen. Lohner hatte daraufhin seinerseits die junge Dame verlassen und stapfte missmutig auf sein Zimmer zu. Beim Anblick der jungen Magd, die vor seiner Tür wartete, hob er den Kopf. »Was suchst du denn hier?«
»Ich möchte mit Euch reden, Herr!« Fanny klopfte das Herz bis zum Hals, und sie wäre am liebsten davongelaufen. Aber sie wusste, dass sie kein zweites Mal mehr den Mut aufbringen würde, den Arzt anzusprechen.
Da Lohner nicht sofort antwortete, öffnete sie ihm die Tür. »Darf ich hereinkommen?«
»Von mir aus!«
Das klang nicht gerade freundlich, doch wenigstens war die erste Hürde genommen. Fanny trat aufatmend in den Raum, wartete, bis der Arzt ihr gefolgt war, und deutete dann auf ihre Narbe. »Verzeiht, Herr, aber ich habe mir gedacht, Fräulein Ehrentraud würde sich vielleicht bereitwilliger in Eure Obhut begeben, wenn sie sieht, welchen Erfolg Eure Heilkunst zeigt.«
Lohner starrte sie verdattert an, kicherte dann aber bösartig. »Du berechnendes, kleines Biest glaubst wohl, auf diese Weise billig deine Narbe loszuwerden.«
Er machte Anstalten, sie aus der Kammer zu werfen, ließ aber dann die Hände sinken, denn bei dem Licht, das nun auf Fannys Gesicht fiel, konnte er das Narbengewebe deutlich erkennen, und sein berufliches Interesse erwachte. Er packte sie bei den Schultern, drehte ihr Gesicht weiter ins Helle und zerrte an der Narbe herum, so dass Fanny vor Schmerzen aufstöhnte.

»Ganz so glatt wie früher würde es nicht mehr werden. Es bliebe ein Mal oder eine Verfärbung zurück.«

»Eine Art Muttermal wäre bei weitem nicht so schlimm wie dieser rotblaue Wulst.« Fannys Lippen zitterten vor Aufregung, denn sie hoffte, dass der Arzt sich mit dem Gedanken anfreundete, sie zu operieren.

Lohner betrachtete das an und für sich hübsche Gesicht der Magd und empfand auf einmal Mitleid. Es würde viel Geduld und Fingerspitzengefühl erfordern, diese entstellende Wucherung zu entfernen. Obwohl es ihn in den Fingern juckte, es zu tun, schüttelte er den Kopf.

»In der heutigen Zeit macht niemand etwas ohne einen Gegenwert. Was bringt es mir, dir zu helfen, wenn Fräulein Ehrentraud sich dann doch für diesen elenden Salbenschmierer entscheidet? Du siehst mir nicht so aus, als könntest du mich für meine Mühe entlohnen.«

Fanny traten die Tränen in die Augen, und ein, zwei Herzschläge lang bedauerte sie, dass sie selbst zu Lohner gegangen war, anstatt zu warten, bis Irmela mit ihm gesprochen hatte. Dann dachte sie daran, dass alles Geld im Haus in Helenes Beutel steckte und ihre Herrin dem Arzt keinen Pfennig geben konnte. Also musste sie die Sache selbst durchstehen.

»Ich habe nichts, um Euch bezahlen zu können, außer mich selbst.« Sie schämte sich allein schon für diese Worte, doch sie war zu vielem bereit, wenn sie dafür die entstellende Geschwulst loswurde, die sie stets an den einen Augenblick erinnerte, an dem ihr Schicksal eine schlimme Wendung genommen hatte.

Der Arzt lachte spöttisch auf und wollte etwas sagen, das wohl nicht sehr freundlich ausfallen sollte. Dabei glitten seine Blicke über die Figur der Magd, die seinem Geschmack entsprach, und er stellte fest, dass ihr Angebot durchaus seine angenehmen Seiten hatte. In seiner Zeit als Regimentschirurg hatte er die eine

oder andere Hure aufgesucht und sich auch später nicht vom weiblichen Geschlecht ferngehalten. Aber seit er in diesem Haus weilte, hatte er wie ein Mönch leben müssen und war nicht abgeneigt, dies zu ändern. Seine dünnen Lippen verzogen sich zu etwas, das einem erwartungsfrohen Grinsen nahekam, und seine Hand wanderte in den Ausschnitt von Fannys Kleid.
Die Magd erstarrte, als seine knochigen Finger ihre Brüste berührten und an den Warzen zupften. Am liebsten wäre sie davongelaufen, doch der Gedanke, dass sie sich ihm freiwillig als Lohn versprochen hatte, hielt sie zurück. Da sie keine Jungfrau mehr war, hatte sie nichts zu verlieren. Kurz dachte sie an ihre Eltern, die sie gedrängt hatten, ihrem früheren Bräutigam zu Willen zu sein. Aber dieses Opfer hatte den Mann nicht daran gehindert, sie nach dem Unglück mit bösen Worten zurückzustoßen. Sie konnte nur hoffen, dass sie diesmal einen Gegenwert für ihre Willfährigkeit erhielt.
»Soll ich mich ausziehen, Herr?«, fragte sie in das entstandene Schweigen hinein.
Lohner hätte nichts dagegen gehabt, sagte sich aber, dass die junge Frau wenigstens wissen sollte, auf was sie sich einließ. »Jetzt noch nicht. Zuerst werde ich mit meiner Arbeit beginnen. Wenn du Zeit hast, dann setz dich auf den Stuhl dort. Besorg mir vorher eine heller brennende Lampe. Durch das Fenster fällt zu wenig Licht, und die Funzel hier reicht gerade dazu aus, sich nicht auf der Treppe die Beine zu brechen.«
Fanny knickste vor dem Arzt wie vor einem hohen Herrn und blickte ihn mit leuchtenden Augen an. Mit der Tatsache, dass er in Vorleistung gehen wollte, hatte er sich ihre Achtung erworben.
Als sie verschwand, um die gewünschte Lampe zu holen, sah Lohner ihr zufrieden lächelnd nach. So übel fand er diese Wendung nicht. Die Narbe der Magd zu beseitigen war eine durchaus schwierige Aufgabe, doch seine Finger sehnten sich danach,

ihre Kunstfertigkeit zu beweisen. Wenn Ehrentraud von Lexenthal das Ergebnis sah, würde sie diesen Narren Portius fortjagen und sich in seine Hände begeben.

XI.

Während Fanny sich erwartungsvoll nach einer besseren Lampe umsah, hockte Helene von Hochberg missmutig in ihrem Lieblingssessel. Sie hatte in dieser Nacht schlecht geschlafen und schob dies auf die Sorgen, die sie bedrückten. Noch war ihr keine Idee gekommen, wie sie Xaver von Lexenthal in den Arm fallen konnte. Sie hatte bereits überlegt, ob sie selbst das Mädchen als Hexe anzeigen sollte, um wenigstens einen Teil des Besitzes als Erbe zu erhalten. Damit aber würde sie sich die Feindschaft aller Freunde und Verwandten der Hochbergs zuziehen und aus jenen Kreisen ausgeschlossen werden, in die sie wieder aufzusteigen hoffte. Auch dürfte sie sich mit einer solchen Handlung jede Möglichkeit verscherzen, Johanna zu einer glanzvollen Ehe zu verhelfen. Der Ruf, die Verwandte einer Hexe zu sein, würde auf immer an ihrer Tochter haften bleiben, und man würde sie beide verdächtigen, sich Irmelas entledigt zu haben, um an deren Vermögen zu kommen.

Nicht zum ersten Mal kam Helene zu dem Schluss, dass sie Irmela vor Lexenthals Zugriff schützen musste. Beinahe wünschte sie sich, Gustav Adolf würde mit seinen Schweden bis Wien marschieren, den Kaiser absetzen und alle Priester und Klosterbrüder aus dem Reich kehren. Da es jedoch nicht in ihrer Macht lag, dies herbeizuführen, konnte sie sich nur auf ihren Verstand verlassen und auf ein gütiges Schicksal hoffen, das die Karten neu mischen würde.

Da sie zu unruhig war, um still zu sitzen, stand sie auf und schritt durch die Korridore des großen, fast gänzlich aus Holz gebauten Hauses, das von ihrer Tochter verächtlich als Bauernkate bezeichnet wurde. Johanna langweilte sich hier, denn es gab keine Familien von Stand in der näheren Umgebung, die man besuchen oder selbst empfangen konnte. Zudem lähmte die Nähe der Schweden die gesellschaftlichen Aktivitäten, und bis nach Passau war es eine knappe Tagesetappe über ungepflegte Wege, auf denen sich der Wagen die Achsen brechen konnte.

Als sie an Ehrentrauds Schlafraum vorbeikam, vernahm sie ein schreckliches Stöhnen und Ächzen. Rasch öffnete sie die Tür und sah die junge Frau am Boden vor ihrem Bett knien, den Kopf über den Nachttopf halten und krampfhaft würgen.

»Was hast du denn?«, fragte Helene besorgt.

Ehrentraud wollte etwas sagen, doch da rebellierte ihr Magen erneut. Sie spie gelben Schleim aus und sah dann mit matten Augen zu Helene auf. »Mir ist seit einiger Zeit am Morgen so übel!«

Helenes Gedanken rasten. Sie rechnete die Zeit aus, die seit Ehrentrauds Vergewaltigung durch die Schweden vergangen war, und stieß ein Schimpfwort aus. Wenn ihr Verdacht stimmte, sah sie sich einer weiteren unangenehmen Verwicklung gegenüber.

»Geht es wieder?«, fragte sie, während sie Ehrentraud ein Tuch reichte, damit diese sich den Mund abwischen konnte. Als diese nickte, wies Helene auf das Bett.

»Zieh dich aus und leg dich hin! Ich muss etwas nachsehen.«

Ehrentraud sah sie verwundert an. »Ich soll mich ausziehen, ganz nackt?«

»Mach schon!« Helene gab ihr einen Stoß und zog ihr das Nachthemd über den Kopf. Sie musste nur einmal hinsehen, um zu wissen, wie es stand.

»Verflucht noch einmal, du bist schwanger!«

Da Ehrentraud nicht recht zu begreifen schien, wurde sie deutlicher. »Einer der Schweden, der seinen Schwanz in dich gesteckt

hat, hat dir ein Kind gemacht. Bei Gott, warum muss mir das auch noch passieren?«
Ehrentraud kreischte entsetzt auf und schlug sich mit den Fäusten gegen die Brust. »Ein Kind von einem dieser Ketzer? Das will ich nicht!«
Helene musste ihre ganze Kraft aufwenden, um die Tobende zu bändigen, lächelte aber, denn plötzlich sah sie einen Weg, sich Ehrentraud so zu verpflichten, dass diese nicht mehr ihrem Onkel, sondern ihr als williges Werkzeug dienen musste.
»Ich wüsste ein Mittel, das dir helfen könnte. Aber davon darf der Prior, dein Oheim, niemals erfahren. Er würde sehr zornig werden und dich und natürlich auch mich schwer bestrafen lassen.«
Ehrentraud sah wie befreit auf und fasste nach Helenes Händen wie nach einem rettenden Strohhalm. »Ein Kind wäre mein Ende! Kein Mann würde mich dann noch zum Weib nehmen wollen. Es wird schon schwer genug werden, den Mantel des Schweigens über das bisher Geschehene zu breiten.«
»Dann werden wir das Kind wegmachen!« Helene lächelte scheinbar mitleidsvoll, doch innerlich triumphierte sie. Wiederum hatte ihr das Schicksal eine unerwartete Wendung zum Guten beschert. Mit der Abtreibung bekam sie eine Waffe in die Hand, mit der sie den Prior notfalls erpressen konnte. Wenn ihm etwas am Ruf seiner Nichte lag, würde ihm nichts anderes übrig bleiben, als ihr zu willfahren.

XII.

*W*allensteins Rückkehr als Oberbefehlshaber wurde von den Soldaten begeistert gefeiert, versprach sie ihnen doch die Aussicht auf einen vollen Magen und festes Schuhwerk. Auch die Offiziere waren zufrieden, denn sie hofften auf Siege und loh-

nende Beute. Einige höhere Herrschaften, die den Posten eines Generalissimus für sich selbst oder für Freunde angestrebt hatten, zogen zwar saure Gesichter, doch da die Gefahr bestand, dass Gustav Adolf mit seinen Schweden bis nach Wien marschieren und sich selbst die Krone des Heiligen Römischen Reiches aufsetzen würde, zählte für Kaiser Ferdinand nur das Schlachtenglück, das dem böhmischen Feldherrn bisher in reichem Maße zuteil geworden war, und weniger der Vorwurf übermäßigen Stolzes, den die Herren von hohem Geblüt dem aus niederem Adel emporgestiegenen Mann nachsagten, den sie verächtlich Valdštýn nannten.
Ein neuer Geist erfasste die Truppe, die nach Tillys Tod meist vor den Schweden davongelaufen war, anstatt diese daran zu hindern, das Land im weiten Umkreis auszuplündern und zu verwüsten. Während die Soldaten bis hoch zu den Hauptleuten glaubten, Wallenstein würde sich mit dem Heer von den Schweden absetzen und nach Osten ziehen, um Österreich zu schützen, umging dieser den Feind mit harten Märschen und tauchte in dessen Rücken auf.
Als die Nachricht kam, die Schweden würden ihnen folgen, erwarteten Fabian, Gibichen und Kiermeier wie die meisten anderen eine baldige Schlacht, doch der Befehl, den Wallenstein ausgeben ließ, lautete Rückzug nach Norden. Um rascher voranzukommen und das Heer gleichzeitig besser versorgen zu können, teilte Wallenstein es auf und ließ die einzelnen Abteilungen auf verschiedenen Wegen abrücken. Dabei wurde das Regiment, in dem Fabian diente, Gottfried Heinrich von Pappenheim unterstellt.
Fabian wusste von ihrem neuen Kommandanten nicht mehr, als dass dessen Familie seit vielen Generationen Heerführer für das kaiserliche Heer stellte und Anton von Birkenfels unter ihm gefochten hatte. Zu seinem Leidwesen war ihm nicht die Zeit geblieben, mit seinem Vater über dessen Erfahrungen zu reden.

Würde er noch leben, hätte er mit seiner Hilfe rasch Karriere gemacht. Nun musste er sich in einer Schlacht auszeichnen, um zu einem Offizier befördert werden zu können.

Aus dem Grund gefiel es Fabian überhaupt nicht, dass Wallenstein, wie er es in einem bitteren Moment Kiermeier gegenüber ausdrückte, sich in die Hosen machte.

Der Hauptmann sah ihn mit hochgezogenen Augenbrauen an. »Was würdest du anstelle des Oberkommandierenden tun?«

Die beiden ritten nebeneinander auf einer schmalen Straße, die nach Nürnberg führte, dem nächsten Ziel ihres Befehlshabers, und ihre Pferde waren bestenfalls von mittlerer Qualität. Diesen Umstand nutzte Fabian nun, um sich aus der Affäre zu ziehen.

»Wenn ich mir unsere Zossen so ansehe, muss ich sagen, dass wir dringend Ersatz brauchen. Dafür aber müssen wir mit den Schweden kämpfen und Beute machen.«

»Wenn ich dich recht verstehe, soll Wallenstein die Schlacht suchen, damit du Gold und Pferde erbeuten kannst? Ich glaube, der Grund wird ihm nicht stichhaltig genug sein«, erwiderte Kiermeier mit einem spöttischen Grinsen.

Fabian lachte amüsiert auf. »Nein, natürlich nicht deswegen! Aber was bringt es uns, wenn wir den Schweden hinter uns freie Hand lassen? Was ist, wenn sie bis nach Wien marschieren und den Kaiser gefangen nehmen?«

»Herr Ferdinand wird wohl klug genug sein, sich rechtzeitig aus dem Staub zu machen. Außerdem glaube ich nicht, dass der Schwede drauflosmarschiert, ohne sich um uns zu scheren. Gewiss hat er schon erfahren, dass der Herzog von Friedland uns anführt. Wallenstein weiß zu kämpfen, aber auch seine Armeen zu manövrieren. Solange Gustav Adolf ihn im Rücken weiß, wird es ihm zwischen den Schulterblättern jucken. Wir sind nun in der besseren Position! Will der Schwede die Donau entlangmarschieren, um in Österreich einzufallen, können wir ihm jederzeit

folgen und ihn an jedem Ort angreifen, den Wallenstein für geeignet hält. Wir selbst aber vermögen uns den Schweden vom Leib zu halten, bis es unserem Oberbefehlshaber gefällt, gegen Gustav Adolf vorzurücken.
Außerdem sind wir so, wie wir jetzt stehen, jederzeit in der Lage, die Nachschublinien des Feindes zu unterbinden. Auch könnten wir nach Norden ziehen und gegen die schwedischen Verbündeten vorgehen. Genau das aber darf Gustav Adolf nicht zulassen. Verstehst du nun, warum Wien und Österreich auf diese Weise besser geschützt sind, als wenn wir fieberhaft versuchen würden, sie zu verteidigen?«
Fabian wurde ernst. »So weit habe ich nicht gedacht.«
»So ein junger Kampfhahn wie du will seine Klinge natürlich möglichst rasch mit den Schweden kreuzen. Zum Kriegführen gehört jedoch mehr, als sich blindwütig auf den Feind zu stürzen.« Kiermeier beugte sich zu seinem jungen Freund hinüber und klopfte ihm auf die Schulter. »Sei unbesorgt! Die Stunde, in der wir die Waffen ziehen, kommt gewiss schon bald. Ich hoffe nur, du wirst dann genauso mutig sein wie jetzt. Denk aber daran: Eine Prise Angst hat noch keinem Soldaten geschadet, denn sie macht vorsichtig. Tote Helden mögen zwar besungen werden, aber lebendig hat man mehr von einem Sieg!«
Der Hauptmann fand, dass seine letzten Worte feige geklungen hatten, und versuchte, diesen Eindruck wieder wettzumachen. »Dem Gegner bis zum Ende der Schlacht die Stirn zu bieten ist wichtiger, als einmal wild zu attackieren und zu fliehen, wenn man zurückgeworfen wird!«
Fabian nickte nachdenklich. »Da habt Ihr gewiss recht. Entscheidend ist, wer das Schlachtfeld behauptet, nicht wer als Erster angreift.«
»Wenn du dir das merkst, kann noch ein umsichtiger Kommandeur aus dir werden, mein Junge.« Kiermeier horchte in sich hinein und

fand seine Bereitschaft, für Kaiser und Reich zu sterben, geringer ausgeprägt, als er selbst erwartet hatte. Unwillkürlich schweiften seine Gedanken zu Meinarda von Teglenburg, an die er sein Herz verloren hatte, und er fragte sich, was er tun konnte, um diese schöne, stolze Frau zu erringen. Bei dem Gedanken packte auch ihn der Wunsch, sich in der nächsten Schlacht auszuzeichnen. Wenn es einem einfachen böhmischen Landedelmann gelungen war, der mächtigste Mann im Reich zu werden und die einzige Stütze, die Kaiser Ferdinands wackeligen Thron noch hielt, müsste es auch ihm gelingen können, eine Standeserhöhung zu erlangen, so dass er der Freiin von gleich zu gleich in die Augen schauen konnte.

XIII.

Die Möglichkeit, in der Schlacht Mut und Umsicht zu beweisen, ließ auf sich warten. Fabian und Kiermeier erfuhren während des Marsches, dass die Schweden Wallensteins Hauptarmee in ihren Verschanzungen bei Nürnberg angegriffen hatten und nach einem harten Abwehrkampf zurückgewiesen worden waren. Auf die entscheidende Schlacht hatte sich der Herzog von Friedland jedoch nicht eingelassen. Stattdessen hatte er sein Lager aufgehoben und sich noch weiter nach Norden zurückgezogen. Da Gustav Adolf nicht zulassen durfte, dass sein wankelmütiger Verbündeter Johann Georg von Sachsen mit Wallenstein einen Separatfrieden schloss und sich Ferdinand II. unterwarf, damit sein Land nicht von kaiserlichen Truppen verheert wurde, blieb ihm nichts anderes übrig, als seine Pläne im Süden des Reiches vorerst aufzugeben. Er folgte Wallensteins Truppen und ließ in den eroberten Städten wie Regensburg und Neuburg Garnisonen zurück.

So geschickt Wallenstein auch manövrierte, der stete Rückzug blieb nicht ohne Auswirkungen auf die Moral der Soldaten. Mittlerweile war es November geworden, und nicht wenige glaubten, das Jahr würde ohne eine weitere Schlacht enden, so dass sie in einem lausigen Quartier überwintern mussten, in dem es ihnen an allem mangelte.

Als Fabian an diesem Morgen sein Zelt verließ, sah er nicht weit entfernt Heimsburg stehen und eifrig auf Gibichen und andere Kameraden einreden. Neugierig trat er näher, um zu hören, was der von ihm verabscheute Hauptmann von sich gab.

»Ich sage euch, Wallenstein ist ein Feigling geworden! Er hat sich in Naumburg verschanzt und wird dort wohl den Winter verbringen. Uns hat er nach Halle geschickt, damit wir uns dort versorgen. Doch ob der Schwede auch brav die Winterruhe einhält, wage ich zu bezweifeln. Die Kerle kommen aus einem kälteren Land als dem unseren und kämpfen auch noch, wenn die Schneeflocken so dicht um sie herumtanzen, dass sie gerade noch die Spitze ihrer Waffe erkennen können. Ich sage euch, Gustav Adolf wird seine Armee zusammenhalten und uns in unseren Winterlagern knacken wie Läuse.« Heimsburg sah sich Zustimmung heischend um, doch seine Worte überzeugten die Zuhörer nicht.

Gibichen winkte ab, und Fabian stemmte die Arme in die Seiten und schüttelte wild den Kopf. »Führt Euch nicht auf, als wärt Ihr klüger als Wallenstein. Der Feldherr wird schon wissen, was er tut. Bislang hat er den Schweden brav hinter sich hergehetzt und damit den Süden des Reiches von diesem Gesindel befreit.«

Heimsburg fuhr auf. »Dafür sitzen wir in diesem verfluchten Sachsen fest und wissen nicht, was uns der morgige Tag bringt.«

»Doch, das wissen wir!« Unbemerkt war Kiermeier hinzugetreten. Seine Miene wirkte ernst und entschlossen. Er hob die Hand, um noch mehr Männer heranzuwinken, und gab, als diese sich nur zögerlich näherten, seinem Hornisten den Befehl, zum Sammeln zu blasen.

Beim Erklingen des Signals sprangen die Soldaten auf und rannten herbei. Kiermeier verschränkte die Arme vor der Brust und sah die Männer mit einem nicht gerade freudvollen Grinsen an. »Wir haben Befehl erhalten, das Lager abzuschlagen und in aller Eile nach Süden zu reiten. Dort unten braut sich etwas zusammen. Wallenstein wollte sich von den Schweden absetzen, doch die erweisen sich als allzu anhänglich. Wie es aussieht, werden wir dem Generalissimus ein wenig beistehen müssen.«
Im ersten Augenblick herrschte Stille. Dann aber rissen die Männer ihre Hüte von den Köpfen und brachen in Jubel aus. »Es geht los!«, rief einer. »Endlich!«, ein anderer.
Kiermeier sah ihnen grimmig lächelnd zu und sagte sich, dass er sich auf seine Kompanie verlassen konnte. Nach dem langen Marsch brannten die Männer auf den Kampf. Sie wollten den Schweden zeigen, dass sie nicht die Feiglinge waren, für die jene sie halten mussten.
»Macht euch an die Arbeit, Leute. Wir wollen Wallensteins Truppe erreichen, bevor sie in der Bratpfanne der Schweden gesotten wird!« Die Worte des Hauptmanns machten den Männern klar, dass es auf jede Stunde ankam.
Nur Heimsburg schien nichts zu begreifen, denn er stand wie angewurzelt da. Schließlich blaffte Kiermeier ihn an, sich endlich zu seiner eigenen Kompanie zu begeben und diese marschbereit zu machen.

XIV.

Der Tag begann mit Nebel und Frost. Fabian rieb sich die Arme, um sich ein wenig aufzuwärmen, doch das nützte nicht viel. Es war nicht das unfreundliche Wetter an diesem Novembermorgen, welches ihn frieren ließ, sondern eine Kälte, die aus seinem Inneren kam. Monatelang hatte er sich danach gesehnt,

den Schweden gegenüberzutreten und sie für den Tod seiner Eltern bezahlen zu lassen. Doch nun, da es jeden Augenblick losgehen konnte, zitterten seine Finger so stark, dass er eine Hand um den Knauf seines Pallaschs gepresst hielt und die andere unter den Gürtel steckte, damit seine Kameraden nicht bemerkten, wie es um ihn stand. Er fragte sich, ob es Angst, Aufregung oder gar Kampfesgier war, die ihn schüttelte, doch ihm blieb keine Zeit, darüber nachzudenken. Die Unteroffiziere trieben ihre Männer auf die Pferde, und ein Knecht brachte seinen Braunen. Fabian ließ den Knauf der Waffe los, fasste den vorderen Sattelbogen und schwang sich auf den Rücken des Tieres. Als er auf dem Pferd saß, nahm er die Zügel entgegen und wartete, bis der Knecht ihm in die Steigbügel geholfen hatte. Im gleichen Augenblick trat Paul auf ihn zu und reichte ihm eine Pistole. »Für Euch, mit den besten Grüßen von meinem Hauptmann.«
»Danke.« Bei Fabians Ausrüstung hatten die zuständigen Herren in Passau auf Schusswaffen verzichtet. Andere Offiziere und auch einfache Soldaten, die es sich leisten konnten, führten bis zu sechs Radschlosspistolen mit sich. Für die Reiter waren sie praktischer als Musketen, deren Lunten sie zu Pferd nicht entzünden konnten. Fabian hatte einige Male mit Kiermeiers oder Gibichens Pistole geschossen, aber das Ziel meist verfehlt. Trotzdem schwor er sich, als er den Kolben der Waffe ergriff und sie in seinen Gürtel steckte, wenigstens einen Schweden damit zu töten.
»Auf geht's!« Kiermeier ritt an ihm vorbei und winkte seiner Kompanie, ihm zu folgen. Fabian nahm den Platz hinter Gibichen ein und strich dabei mit der rechten Hand über den Pistolenkolben. Die Waffe gab ihm das Gefühl, nicht völlig wehrlos zu sein, bevor er auf Nahkampfweite an den Feind herankam.
Der Nebel war so dicht geworden, dass er die vor ihm reitenden Männer nur schemenhaft erkennen konnte, und hinter ihm verlor sich die lange Reihe der Reiter im grauen Dunst. Fabian fragte

sich besorgt, wie die Anführer der Regimenter und Kompanien, vor allem aber ihr Befehlshaber Pappenheim in dieser Suppe den Feind finden wollten. In seinen Gedanken sah er die Truppe bereits durch halb Sachsen irren, während Gustav Adolfs Armee Wallensteins Heer zu Paaren trieb.

»Schneller!« Der Befehl kam von vorne. Kiermeier gab ihn an Gibichen und Gibichen an Fabian weiter. Der drehte sich im Sattel um, formte die Hände zu einem Trichter und schrie den Männern zu, aufzuschließen.

In der Ferne klangen Schüsse auf, zuerst vereinzelt, dann in ratternden Salven, doch Fabian vermochte nicht sagen, ob vor ihnen gekämpft wurde oder eher seitlich. Er hoffte nur, dass Pappenheim und seine führenden Offiziere, Bönninghausen, Hofkirch und wie sie alle hießen, wussten, wohin sie ihre Regimenter führen mussten.

In die Schüsse mischten sich Schreie und das schrille Wiehern getroffener Pferde. Doch die schemenhaften Gestalten, in denen Fabian die vordersten Linien der eigenen Truppe oder gar die des Feindes zu erkennen glaubte, entpuppten sich beim Näherkommen als vom Herbstwind entblätterte Bäume und Sträucher. Mit einem Mal mischte sich in die Geräusche des Kampfes ein tiefer Ton, der den Leib seines Pferdes und seine eigenen Knochen erbeben ließ.

»Das ist die Artillerie! Gebe Gott, dass uns keine schwedischen Kanonen entgegenstehen. Die machen aus uns und unseren Pferden Hackfleisch, bevor wir sie erkennen können«, rief einer der Unteroffiziere erschrocken aus. Dabei trieb er sein Pferd an, als wolle er das Unvermeidliche nicht länger hinauszögern.

»Feind in Sicht!«, meldete die Spitze der Kolonne. Auf die Signale der Hornisten hin begannen die Reiter auszuschwärmen und eine lange Reihe zu bilden. Mit einem Schlag blieb der Nebel hinter ihnen zurück, und sie sahen die Fahnen der eigenen

Truppen vor sich. Es waren Verbände, die sich unter den harten Schlägen der Schweden langsam zurückzogen. Schon klafften Lücken zwischen den einzelnen Regimentern, in die die Schweden jederzeit stoßen und den kaiserlichen Truppen in den Rücken fallen konnten.
Pappenheims Trompeter bliesen zur Attacke. Zeit, sich umzusehen oder zu überlegen, blieb keinem mehr. Kiermeier ritt der Kompanie in einem so forschen Tempo voraus, dass Fabian und die anderen Mühe hatten, ihm zu folgen. Fabian sah zurückweichende Kaiserliche um sich herum und vernahm Rufe der Erleichterung, dann galt seine ganze Aufmerksamkeit dem Feind. Sie hatten zwei schwedische Regimenter direkt vor sich, die schweren Reiter in gelben Lederkollern und die Dragoner im blauen Rock, dazwischen Musketiere und Pikenträger des gelben Regiments in fest geschlossenen Karrees.
Die Schweden wirkten wie ein undurchdringlicher Wall aus Metall, Leder und Fleisch, und ihre Kampfrufe klangen höhnisch. Fabian hörte ihr wildes »Arrarr« und gab seinem Braunen die Sporen. Obwohl das Tier wie die meisten des Pappenheimschen Heeres so geschwind lief wie selten zuvor, waren sie zu langsam. Die schwedischen Musketiere setzten ihre Feuerwaffen auf die Gabeln, bliesen die Lunten noch einmal an und zielten. Die Salve mähte die vorderste Linie von Pappenheims Reitern nieder wie der Schlag einer riesigen Sense. Doch es gab kein Halten und kein Zurück. Der eigene Schwung trieb die kaiserliche Kavallerie weiter, und sie raste wie eine Flutwelle gegen die Schweden. Fabian sah sich mit einem Mal von allen Seiten eingekeilt und schlug wild um sich. Zwei-, dreimal spürte er, wie seine Beine getroffen wurden, doch er merkte kaum, dass er verletzt war.
»Wir werfen sie!«, hörte er Gibichen jubeln. Dann sah er es selbst. Die Schweden wichen zurück. Pappenheim und seine

Kommandeure warfen nun alle Kräfte nach vorne, um das Heer des Feindes zu spalten. Doch wie von Geisterhand tauchten frische schwedische Regimenter vor ihnen auf und legten ihre Musketen an. Fabian vernahm den tausendfachen Knall ihrer Schüsse, das Schreien der Männer um ihn herum und die entsetzlichen Laute, die die stürzenden und sich überschlagenden Pferde ausstießen. Wie in einem Alptraum gefangen nahm er wahr, dass Pappenheim selbst von einer Salve getroffen wurde und zu Boden stürzte.

Auch Kiermeier wurde aus dem Sattel geworfen, während sein Pferd schrill wiehernd auskeilte und kopflos dahinstürmte. Fabian selbst spürte nur ein Zupfen an seinem linken Ärmel und an seinem Rock.

Pappenheim wäre es vielleicht noch gelungen, die zusammengeschossenen Reste seiner Regimenter neu zu formieren und noch einmal gegen den Feind zu führen, doch als er fiel, verloren seine Stellvertreter Bönninghausen und Hofkirch die Nerven und ließen zum Rückzug blasen. Noch während die Reiter ihre Pferde wendeten, feuerten die Schweden die nächste Salve in sie hinein und steigerten das Chaos in den Reihen der Kaiserlichen. Die Kommandeure verloren die Übersicht, und wer von Pappenheims Reitern noch im Sattel saß, suchte sein Heil in der Flucht.

Fabian wollte nicht glauben, dass die eigenen Leute vor den Schweden davonrannten wie Hasen, und stemmte sich mit seinem Braunen gegen die anbrandende Flut. Außer ihm hielten aber nur noch wenige stand. Zu ihnen gehörte Gibichen, der fassungslos auf die Männer starrte, die mit Heimsburg an der Spitze in die falsche Richtung galoppierten. Fabians einstiger Duellgegner hatte seinen Hut mit der eisernen Schutzkappe verloren und sah so aus, als wolle er am liebsten auch noch seinen Pallasch wegwerfen.

Kaum waren die in Panik Fliehenden an ihnen vorbei, sahen die beiden jungen Männer sich dem Feind gegenüber, der im Geschwindschritt auf sie zukam. In dem Augenblick erinnerte Fabian sich an die Pistole, die Paul ihm zugesteckt hatte. Er klemmte seinen Pallasch unter den linken Arm, riss die Waffe heraus und schlug sie an. Ziele gab es genug. Flüchtig sah er über Kimme und Korn und drückte ab. Der Schuss krachte, und ein schwedischer Musketier sank in sich zusammen.
»Das war für meine Mutter!«, schrie er und trieb seinen Braunen vorwärts. Zu seiner Empörung beachteten ihn die Schweden gar nicht. Als er nach hinten blickte, stellte er fest, dass das Blatt sich wendete. Offensichtlich hatte Wallenstein Piccolominis Regimenter an die bedrohte Front geworfen.
Die Kaiserlichen fluteten nun um Fabian und Gibichen herum, verhielten dann und schossen ihre Musketen ab. Ihr Feuer klang jedoch dünner und zögerlicher als das der Schweden, und sie brauchten weitaus länger zum Nachladen.
»Was die Kugel nicht schafft, muss dem Schwert gelingen«, schrie Fabian und reihte sich an der Spitze der Kaiserlichen ein. Ein Offizier im gelben Rock stand plötzlich vor ihm. Fabian riss den Pallasch hoch, um zuzuschlagen, doch da rammte ein baumlanger Soldat seinem Braunen die Pike in den Leib. Das Tier stürzte, wälzte sich vor Schmerzen schreiend am Boden und begrub Fabian unter sich.
Kurz darauf wichen die Schweden wieder zurück, und er fand sich von Kaiserlichen umgeben.
»Hilf mir«, schrie er einen Musketier an.
Der riss im Kampfeifer den Kolben hoch, um Fabian den Schädel zu zerschmettern. Zum Glück sah ein Offizier es rechtzeitig und hielt den Mann auf. »Das ist einer der Unsrigen, du Narr! Gebt dem Gaul eine Kugel und holt dann den Reiter unter ihm heraus.«

Noch während der Musketier seine Waffe lud, sprach der Offizier Fabian an. »Bist du schwer verletzt, Kamerad?«
»Bisher nicht! Aber der Gaul schlägt mir gleich den Schädel ein!« Fabian versuchte zu grinsen, doch es wurde nur eine Grimasse komischer Verzweiflung. Es schien eine Ewigkeit zu dauern, bis der Musketier die Waffe anlegte und dem schwer verletzten Pferd den Gnadenschuss gab.
Während der Kopf des Tieres mit einem letzten Stöhnen niedersank, zerrten zwei Soldaten Fabian unter dem Kadaver hervor. Den Pallasch hatte er beim Sturz festgehalten, doch die Pistole war verschwunden. Als er sich umblickte, sah er auch Gibichen nicht mehr, dafür aber die Schweden, die neue Regimenter gegen Piccolominis Truppen warfen.
Fabian achtete zunächst nicht darauf, dass die Schweden, auf die sie nun trafen, nicht mehr gelbe oder blaue Monturen trugen, sondern Röcke aus dickem, grauem Stoff, Hosen in derselben Farbe und mit Spitzen verzierte Krägen. Er sah den ersten Soldaten vor sich, wich dessen Klinge aus und schlug selbst zu. Dem ersten Schweden folgte ein zweiter, und diesmal hatte Fabian weniger Glück. Die Klinge des Feindes traf ihn an der Schulter, und noch während er zusammenzuckte, schlug ihm ein Musketier mit dem Kolben auf den Kopf. Die Eisenkappe unter seinem Hut rettete ihm das Leben, dennoch sank er halb betäubt zu Boden und kam erst wieder zu sich, als der Ruf »Der König!« erscholl.
Er rappelte sich hoch und entdeckte einen Reiter auf einem braunen Ross, der einen gelben Rock aus Elchleder trug. Es hätte des kostbaren Zaumzeugs nicht bedurft, um Fabian klarzumachen, wen er da vor sich sah. Er packte seinen Pallasch, begriff aber sofort, dass er nicht nahe genug an Gustav Adolf herankommen würde. Während er sich vorsichtig herumwälzte, um den Schwedenkönig besser im Auge zu behalten, entdeckte

er die Muskete eines gefallen Soldaten, deren Lunte noch glimmte. Fabian rutschte hin, erhob sich auf die Knie und stieß den Pallasch mit der Spitze in den Boden, um sofort danach greifen zu können. Dann hob er das Gewehr auf, stützte es auf ein totes Pferd und legte auf den König an. Als er den Abzug durchzog, fiel ihm ein, dass er nicht geschaut hatte, ob eine Kugel im Lauf steckte. Im selben Augenblick schnellte die Lunte auf die Pfanne und der Knall des Schusses ließ schier sein Ohr platzen. Während Pulverdampf um ihn aufstieg, konnte er erkennen, dass der Arm, mit dem Gustav Adolf den Zügel hielt, wie von einem harten Schlag getroffen hochgeschleudert wurde. Gleichzeitig traf eine andere Kugel das Pferd des Königs. Das Tier brach aus und galoppierte vor Schmerzen wiehernd auf die Kaiserlichen zu.

Im letzten Augenblick gelang es einem schwedischen Reiter, zu seinem König aufzuschließen und den herunterhängenden Zügel zu packen. Weitere Schweden stürzten sich auf die Kaiserlichen, die Gustav Adolf folgen wollten, und trieben sie ein Stück zurück. Fabian sah noch, wie der Schwedenkönig von einem kleinen Trupp seiner Leute aus der Schlacht geführt wurde, dann musste auch er zurückweichen.

Plötzlich kam der Nebel wieder, feucht und unangenehm und so dicht, dass Fabian nicht mehr zu sagen wusste, wo die eigenen Leute waren und wo der Feind. Er schloss sich mehreren Dragonern aus Piccolominis Heer an und sah schließlich den General selbst. Dieser schien nicht weniger ratlos zu sein, denn einmal trieb er seine Leute in die eine Richtung, und wenn der Schlachtenlärm von der Seite kam, in die andere.

Für einen Augenblick riss der Nebel auf und zeigte Fabian, dass es Piccolomini gelungen war, wenigstens einen Teil seiner Dragoner bei sich zu behalten. Noch während der Feldherr sich suchend umsah, stieß einer der Reiter einen lauten Ruf aus.

»Schweden! Es ist gar ihr König!«
Jetzt sah Fabian es auch. Es war die Gruppe, die Gustav Adolf vom Schlachtfeld hatte bringen wollen und ihn stattdessen im Nebel direkt vor den Feind geführt hatte.
Piccolomini stieß einen jubelnden Ruf aus und gab seinem Pferd die Sporen. Die Schweden, die in der Unterzahl waren, versuchten noch ihre Pferde zu wenden, doch die Kaiserlichen schwappten wie eine Woge über sie und fegten die Reiter aus dem Sattel. Einer der Männer schoss mit einer noch geladenen Pistole Gustav Adolf in den Rücken und hieb ihm dann den Kolben über den Kopf.
Auch Fabian drängte es, den Schwedenkönig zu töten, und er drängte sich rüde durch die eigenen Reihen. Mit einer Hand fing er Gustav Adolfs Pferd ein und riss diesen mit einem Griff aus dem Sattel. Sein Pallasch blitzte auf, und als er zurücktrat, wusste er, dass dieser König in keine Schlacht mehr reiten würde.
Piccolomini verhielt sein Pferd neben ihm und starrte auf den Toten, als könne er es nicht glauben, dass der Löwe aus Mitternacht wie ein normaler Mann gefallen war.
»Hebt ihn auf ein Pferd!«, befahl er, doch seine Leute stürzten sich wie rasend auf den König und rissen ihm die Kleider vom Leib. Jeder von ihnen hoffte, als Erster Gustav Adolfs Börse zu finden. Auch Fabian versuchte es, wurde aber von anderen beiseite gestoßen und fand sich auf einmal am Rand der Gruppe wieder. Sein Blick flog nach vorne, und er erstarrte.
Die Schweden hatten ihren König vermisst und sich auf die Suche nach ihm gemacht. Jetzt sahen sie sein reiterloses Pferd vor sich und die jubelnden Kaiserlichen und begriffen, was geschehen war. Mit einem schier unmenschlichen Geschrei stürmten sie gegen die Kaiserlichen an, um ihren Herrn zu rächen. Piccolominis Soldaten hielten nur wenige Augenblicke lang stand,

dann flohen sie wie die Hasen. Fabian wurde von ihnen mitgerissen, und als er sich umblickte, sah er, dass die Schweden jeden niedermachten, den sie fassen konnten.

Nun begann auch er um sein Leben zu laufen. Die schweren Reiterstiefel behinderten ihn jedoch, ihm wurde bewusst, dass er dem Feind zu Fuß nicht entkommen konnte. Noch während er sich umdrehte, um kämpfend zu sterben, tauchte ein Reiter neben ihm auf und streckte ihm die Hand entgegen.

»Sitz auf, Birkenfels! Oder willst du dich von den Schweden abschlachten lassen?« Es war Gibichen. Über sein Gesicht rann Blut, und sein Rock bestand ebenso wie die Hose nur noch aus Fetzen. Doch er schien nicht schwer verletzt zu sein. Fabian packte seine Hand und schwang sich hinter ihm aufs Pferd. Er konnte sich gerade noch festhalten, denn Gibichen trat dem Gaul im gleichen Moment in die Weichen und gab ihm die Zügel frei.

»Wie steht die Schlacht?«, rief Fabian dem Freund ins Ohr.

»Wenn die Unsrigen schneller laufen können als die Schweden, vermag Wallenstein einen Teil seines Heeres zu retten. Wenn nicht, können die Schweden ungehindert nach Rom marschieren und dem Papst eine Narrenkappe anstelle der Tiara aufsetzen. Bei Gott, Pappenheim hätte nicht fallen dürfen! Mit ihm hätten wir die Schweden bis an ihr kaltes Meer gejagt. Diese Erzschwachköpfe Bönninghausen und Hofkirch haben den Kopf verloren und Wallenstein des Sieges beraubt!« In Gibichens Stimme schwangen Scham und Wut, weil das undisziplinierte Verhalten der eigenen Regimenter das kaiserliche Heer in eine Katastrophe hatte schlittern lassen. Der Tod des Schwedenkönigs, so willkommen er auch sein mochte, war für ihn offensichtlich nur ein schwacher Trost, wohl weil er wusste, dass Gustav Adolfs Ende den Kriegszug der Schweden eher noch anstacheln würde.

XV.

Ludwig von Gibichen und Fabian wussten zuletzt nicht mehr, wie sie der Schlacht entronnen waren, denn es schien überall von Schweden zu wimmeln. Als sie schon nicht mehr an eine Rettung glaubten, trafen sie auf eigene Leute, die den Rückzug nach Leipzig angetreten hatten. Unter ihnen befand sich auch Wallenstein, der ebenfalls verwundet war. Trotz der wütenden Attacken der Schweden hatte er es fertiggebracht, sich mit seinen persönlichen Truppen halbwegs geordnet abzusetzen. Dabei hatte er dem Feind jedoch den größten Teil seiner Artillerie überlassen müssen, und er wusste auch nicht, wie es um die Truppen seiner Verbündeten stand. Als er die beiden jungen Männer auf einem Pferd heranreiten sah, öffnete er den Wagenschlag und winkte sie zu sich.

»Was wisst ihr von den Euren? Wo ist der Rest von Pappenheims Reitern?«

Gibichen hob mit einer hilflosen Geste die Arme. »Nichts, Euer Gnaden. Man kann sagen, wir haben sie verloren. Während der Schlacht sind wir unter Piccolominis Truppen geraten und haben mit ihnen gefochten, bis die ebenfalls die Beine in die Hand genommen haben.«

Wallensteins Blick blieb mit einem seltsamen Ausdruck auf Fabian hängen. »Ich habe gesehen, wie der Schwedenkönig gefallen ist. Ein Reiter hat mit einer Muskete auf ihn geschossen, und der warst du!«

Fabian nickte mit einem Gefühl in der Brust, das zwischen Triumph und Erschöpfung schwankte.

»Eine tapfere Tat«, fuhr der Feldherr fort, zog dabei jedoch ein Gesicht, als vergehe er vor Trauer um Gustav Adolf. »Sein Genie wird den Schweden in den nächsten Schlachten fehlen. Aber es wird sich noch zeigen, ob du mir mit dieser Tat einen Gefallen erwiesen hast. Mein Astronom hat in den Sternen meine Zukunft herausgelesen und entdeckt, dass mein Leben unmittelbar mit dem Schicksal des Schwedenkönigs verknüpft ist. Nun ist Gustav Adolf tot, und es wird sich erweisen, ob der dunkle Schatten auch über mich fallen wird.«

Wallenstein sank erschöpft in den Sitz zurück und strich sich über die Stirn, auf der trotz der Kälte feine Schweißperlen standen. Tausend Gedanken schienen gleichzeitig durch seinen Kopf zu schießen, und die meisten davon waren wenig erfreulich. Dennoch rang er sich ein Lächeln ab und winkte Fabian und Gibichen zum Abschied zu.

»Euer Mut wird belohnt werden. Sobald wir wissen, dass die Schweden uns nicht folgen, könnt ihr nach Hause zurückkehren und eure Wunden ausheilen lassen. Wenn es im Frühjahr zu neuen Schlachten kommt, werdet ihr als Leutnant und Hauptmann ins Feld reiten.«

»Euer Gnaden sind sehr großzügig!« Gibichen vermochte trotz des tragischen Ausgangs der Schlacht seine Freude über die Beförderung nicht zurückzuhalten. Im Gegensatz zu ihm konnte Fabian nur an Kiermeier denken, der bis zu seinem Sturz wacker gefochten hatte und nicht wie die anderen Pappenheimschen Reiter geflohen war.

»Erlauben Euer Gnaden mir ein Wort?«

»Gerne«, antwortete Wallenstein in einem Ton, der zeigte, dass er lieber in Ruhe gelassen worden wäre.

»Ich möchte den Blick Euer Gnaden auf unseren Hauptmann Kiermeier lenken, der uns tapfer in die Schlacht geführt hat und keinen Zoll zurückgewichen ist. Ich weiß nicht, ob er noch lebt. Aber wenn es der Fall ist, hat er eine Belohnung eher verdient als ich.«

»Das ehrt ihn. Sollte Kiermeier die Schlacht überstanden haben, werden Wir ihn in der nächsten als Major wiedersehen!«

»Herzlichen Dank, Euer Gnaden!« Noch während Fabian es sagte, zog Wallenstein den Wagenschlag zu und gab seinem Kutscher das Zeichen, schneller zu fahren.

Fabian und Gibichen reihten sich in den schier endlosen Zug graugesichtiger Männer ein, der nach Leipzig zurückflutete. Von einem Offizier, der zu ihnen aufschloss, erfuhren sie, dass die Schlacht bei einem Ort namens Lützen stattgefunden hatte. Das interessierte sie jedoch nur am Rande, denn Ruhm hatten die Kaiserlichen dort nicht an ihre Fahnen geheftet. Zu dieser Stunde stand den beiden der Sinn nur nach einem Platz, wo sie sich gegenseitig verbinden konnten. Obwohl sie keine schweren Verletzungen davongetragen hatten, bluteten sie noch immer, und es fühlte sich so an, als tropfe das Leben langsam aus ihnen heraus.

»Weißt du, worüber ich froh bin?«, fragte Gibichen nach einer Weile.

»Über was denn?«

»Über den Urlaub, den Wallenstein uns erteilt hat. Ich würde mich ungern in die Hände der Feldscher begeben und in einem ihrer Lazarette liegen. Dort krepieren die Verwundeten wie Fliegen, und selbst wenn man am Leben bleibt, ist dort flugs ein Arm oder ein Bein abgesägt. Sobald ich reiten kann, breche ich nach Hause auf.«

»Ich habe kein Zuhause mehr«, antwortete Fabian traurig.

»Weißt du was? Komm mit mir!« Gibichen drehte sich auffordernd zu Fabian um, doch der schüttelte den Kopf.

»Vielleicht später einmal. Ich kenne nämlich ein paar Leute, die sicher gerne vom Tod des Schwedenkönigs hören wollen und mir dafür Unterkunft und Essen geben werden.« Fabian dachte dabei vor allem an Ehrentraud, die so entsetzlich unter den Schweden hatte leiden müssen, aber auch an Frau Meinarda und Irmela, die ihre engsten Verwandten beweinen mussten.

»Vorher will ich sehen, ob ich Kiermeier finde. Wenn die Wundversorgung im Heer so schlecht ist, wie du sagst, will ich ihn nicht in den Händen der Feldscher lassen.«

»Wir sollten schneller reiten. Vielleicht gelingt es uns, einen Wundarzt zu finden, der sein Handwerk versteht.« Gibichen setzte seinen Vorschlag gleich in die Tat um und gab dem Pferd die Sporen. Kurz darauf überholten sie Wallensteins Kutsche. Der Feldherr hatte sich inzwischen ein wenig erholt und hielt sie an.

»Bleibt bei meinem Wagen, wenn eure Wunden es zulassen. In einer Stunde wie dieser braucht ein Mann wie ich treue Gefolgsleute um sich. Mein Leibarzt wird sich später um eure Verletzungen kümmern.«

»Es ist uns ein Vergnügen, Euch zu dienen, Euer Gnaden!« Gibichen deutete eine Verbeugung an und drehte sich grinsend zu Fabian um. »So sieht die Sache schon ganz anders aus!«

Fabian war zu müde für eine Antwort. Seine Verletzungen waren nicht ganz so leicht, wie er Wallenstein gegenüber vorgegeben hatte, und er brauchte all seine Kraft, um sich hinter Gibichen auf dem Pferd zu halten.

Wie in Trance klammerte er sich an seinen Freund und kämpfte gegen das Wegdämmern. Seine Umgebung nahm er erst wieder wahr, als sie Wallensteins Quartier in Leipzig erreichten. Von zwei Männern gestützt wankte der Feldherr ins Haus. Gibichen stieg ab, warf einem herbeieilenden Knecht die Zügel zu und half Fabian vom Pferd herunter. »Beeil dich, sonst vergisst Wallenstein sein Versprechen, und wir müssen doch mit dem Feldscher vorliebnehmen.«

Als die beiden das Hauptquartier betraten, saßen und standen schon mehr als ein Dutzend kaiserlicher Offiziere im Vorzimmer, von denen die meisten ihrer Kleidung und den Verbänden nach zu urteilen dem dichtesten Schlachtgetümmel entronnen waren. Gibichen schritt frech an ihnen vorbei in den Raum,

durch dessen offene Tür er den Feldherrn entdeckt hatte. Wallenstein wurde gerade von seinem Leibarzt verbunden, nickte den beiden jedoch mit kalkweißer Miene zu und wies den Mediziner an, sich um die beiden Herren zu kümmern, wenn er versorgt wäre.
»Behandele Er persönlich alle Offiziere, die man Ihm bringt. Ich brauche jeden von ihnen, wenn ich den Schweden weiterhin Paroli bieten will«, setzte er herrisch hinzu und rief die ersten Kuriere zu sich, die ihm ein Bild über den Zustand der einzelnen Regimenter verschaffen sollten.
Da der Arzt fertig war, verneigte er sich vor dem Feldherrn und winkte Fabian und Gibichen, ihm zu folgen. Er führte die beiden in ein Zimmer, in dem ein mannslanger Tisch stand. Aus den blutbeschmierten Leinenbinden, die darauf und darunter lagen, schlossen die beiden, dass der Chirurg, der ihnen gerade befahl, sich bis auf die Unterhosen auszuziehen, nicht tatenlos auf die Rückkehr des Feldherrn gewartet hatte.
Das viele Blut, das auf ihrer Haut klebte, machte es dem Arzt schier unmöglich, ihre Verletzungen zu beurteilen. Daher rief er nach einem Knecht, der warmes Wasser bringen sollte. Als der Bursche erschien, folgte ihm die blonde Frau, die Fabian während seines Zweikampfs mit Heimsburg in Wallensteins Begleitung gesehen hatte. Der junge Mann bekam hochrote Ohren und versuchte, sich hinter Gibichen zu verstecken, denn er schämte sich fürchterlich, sich ausgerechnet jener Schönen, deren Anblick ihn bis in seine Träume verfolgte, halbnackt präsentieren zu müssen.
Die Dame schien sein Aufzug jedoch nicht zu stören, denn sie nahm ein Stück rauhes Tuch und tauchte es ins Wasser. Während der Knecht begann, Gibichen zu säubern, als habe er es mit einem Gaul zu tun, trat sie lächelnd auf Fabian zu.
Beim Anblick des lieblichen Gesichts und der großen, blauen

Augen vergaß Fabian jeglichen Schmerz. Die Frau musste etwa in seinem Alter sein, also jünger, als er geschätzt hatte. Wie in einem Traum gefangen ließ er es zu, dass sie ihn wie ein kleines Kind wusch, und als sie ihn in einem weichen, wienerisch gefärbten Dialekt bat, sich umzudrehen, damit sie seinen Rücken reinigen konnte, war es um ihn geschehen. Während er die Berührung ihrer sanften Hände genoss, verstiegen seine Gedanken sich zu jenen Dingen, die er in der Phantasie bereits mit ihr getan hatte. Dabei schoss ihm das Blut in die Lenden, und seine Unterhose beulte sich aus. Verzweifelt fragte er sich, was sie von ihm halten mochte, wenn sie es sah, und atmete auf, als der Arzt der Dame erklärte, er würde sich nun dieses Patienten annehmen. Gleichzeitig bedauerte er, dass sie zurücktrat, denn von ihr berührt zu werden war wie ein Schweben auf Wolken aus Rosenblättern.
»Der junge Herr ist ja noch einmal gut davongekommen. Keine der Wunden ist so schlimm, dass tiefere Narben zurückbleiben werden.« Der Arzt nickte dazu, als würde er dieses sich selbst als Verdienst zuschreiben, und behandelte die Verletzungen mit einer beißenden Flüssigkeit, die Fabian aufstöhnen ließ. Da er vor der jungen Dame nicht als Memme dastehen wollte, biss er die Zähne zusammen.
Das Lächeln um ihre Lippen wurde noch lieblicher, und sie wies auf die Spuren vorhergehender Samariterdienste. »Die anderen Herren waren während der Behandlung nicht in der Lage, ihre Gefühle so gut zu beherrschen wie Ihr.«
Fabian schwoll vor Stolz, und dennoch ließ ihr Lob ihn rot werden. Gleichzeitig wunderte er sich, dass sie dem Arzt auch bei anderen Verletzten assistiert hatte, und überlegte, wer sie sein mochte. Kühn geworden deutete er eine Verbeugung an. »Fabian von Birkenfels, Leutnant der schweren Reiter, zu Euren Diensten!«
Gibichen rollte die Augen, als Fabian sich mit dem bisher nur

versprochenen Rang vorstellte, und nannte ebenfalls Rang und Namen. Die Dame schenkte ihm ihr bezauberndes Lächeln und entfachte in Fabian eine Eifersucht, die seine Freundschaft mit Gibichen in Gefahr brachte.

Das schien auch die blonde Schöne zu bemerken, denn sie knickste vor ihm. »Stephanie von Harlau, habe die Ehre, Herr von Birkenfels.« Dann wandte sie sich Gibichen mit einer Miene zu, als müsse sie sich erinnern, dass es ihn auch noch gab, und grüßte ihn etwas formeller.

Fabian hätte alle Zeit der Welt in Stephanies Gegenwart verbringen mögen, doch da trugen die Knechte den nächsten Verwundeten herein, und der Arzt forderte Gibichen und ihn auf, dem neuen Patienten Platz zu machen.

»Auf Wiedersehen, Fräulein von Harlau!« Da es Fabian schwerfiel, sich von Stephanies lieblichem Anblick loszureißen, packte Gibichen ihn am Arm und zog ihn mit sich.

Draußen vor der Haustür stupste er Fabian an. »Ich hoffe, du setzt dir keine Flausen in den Kopf. Die junge Dame ist nämlich kein Fräulein, sondern die Ehefrau des kaiserlichen Höflings und Mitglieds des Reichskriegsrats Karl Joseph von Harlau, also keine leichte Beute für einen Kornett, der es nicht erwarten kann, Leutnant genannt zu werden.«

»Sie ist verheiratet? O nein!« Fabian starrte seinen Freund verdattert an.

Gibichen nickte spöttisch. »Zudem heißt es, sie soll Wallensteins Geliebte sein. Also halte dich von ihr fern, wenn du dir die Gunst des Generalissimus nicht sofort wieder verscherzen willst! Komm, suchen wir uns erst einen Platz zum Schlafen. Du siehst aus, als würdest du jeden Augenblick umkippen. Ich höre mich inzwischen um, ob jemand Kiermeier gesehen hat!«

»So schlecht geht es mir auch nicht, dass ich dich allein suchen lasse! Kiermeier ist nicht nur mein Vorgesetzter, sondern auch mein Freund, und ich hoffe, er ist noch am Leben.« In Wahrheit zitterten Fabians Beine vor Schwäche, aber er wollte sich nicht hinlegen, sonst hätte er sich vor Kummer zerfressen, weil das Schicksal die schöne Stephanie von Harlau an irgendeinen Wiener Höfling gefesselt hatte.

XVI.

Irmela fand es faszinierend, wie ein Mensch sich innerhalb kürzester Zeit verändern konnte. Am Vortag war Meinarda von Teglenburg noch ein schattenhaftes Wesen mit blasser, durchscheinender Haut und müdem Blick gewesen. Nun aber leuchteten ihre braunen Augen wie geschliffene Opale, und eine leichte Röte färbte ihre Wangen. Auch trug sie nicht mehr jene grauschwarze Trauergewandung, sondern ein mit feinen Spitzen besetztes Kleid aus rosenholzfarbenem Samt über einem etwas helleren, seidenen Unterkleid. Ihr Dekolleté war so weit ausgeschnitten, dass es Fabians wie auch Anselm Kiermeiers Blicke immer wieder anlockte.
Die beiden waren überraschend am Vorabend aufgetaucht und hatten gebeten, den Winter auf dem Gutshof verbringen zu dürfen. Das Ganze entbehrte nicht einer gewissen Delikatesse, denn die Aufnahme von unverheirateten Männern – auch wenn Fabian in Irmelas Augen noch ein grüner Junge war – in einem nur von Frauen bewohnten Haushalt konnte leicht üble Nachrede erzeugen. Frau Meinarda hatte es jedoch nicht übers Herz gebracht, ihren Lebensretter von der Schwelle zu weisen, und daher auch Kiermeier das Gastrecht gewährt. Damit hatte sie sich zur Überraschung aller übrigen Bewohnerinnen des Gutshofs gegen Helene durchgesetzt, die die ungebetenen Gäste wieder vor die Tür hatte setzen wollen.

Irmela freute sich, Fabian wiederzusehen, obwohl ihr Freund aus Kindertagen ihr bei seiner Ankunft nicht mehr als einen belanglosen Gruß gegönnt hatte. Doch seine Gegenwart versprach etliche kurzweilige Stunden, die die hier herrschende Langeweile wenigstens für eine Weile vertreiben konnten. Schon am ersten Abend hatten Fabian und Kiermeier viel zu erzählen gewusst. Beide waren in der Schlacht bei Lützen verwundet und von Generalissimus Wallenstein ihres Mutes wegen befördert worden. So, wie Kiermeier von seinen Erlebnissen redete, hörte es sich an, als sei seine Flucht vor den siegreichen Schweden nur ein großer Spaß gewesen.

Dabei hatte er, obwohl er von mehreren Kugeln getroffen worden war, ein herrenloses, verwundetes Pferd eingefangen, war in den Sattel geklettert und gerade noch rechtzeitig vor den feindlichen Soldaten davongeritten. Als er sich nicht mehr im Sattel hatte halten können, war er von Kameraden zu anderen Verwundeten auf einen Ochsenkarren gelegt und nach Leipzig gebracht worden. Fabian und Ludwig von Gibichen hatten ihn dort in einem Feldlazarett aufgestöbert und auf einer Trage zu Wallensteins Leibarzt geschleppt.

»Ansonsten wäre ich wohl nicht mehr am Leben, denn die kaiserlichen Feldscher verstehen es, einen Mann rascher in die Grube zu bringen als der Feind«, hatte er hinzugesetzt und Fabian dankbar auf die Schulter geklopft. Die tatkräftige Hilfe für einen Kameraden hatte Frau Meinarda noch stärker für den jungen Mann eingenommen, und sie umsorgte ihn wie eine Glucke. Irmela hätte Ludwig von Gibichen gern kennengelernt, da er in den Erzählungen der beiden Männer immer wieder auftauchte und Fabian ihm seinen Worten zufolge das Leben verdankte. Doch der Leutnant hatte sich von seinen Begleitern getrennt, um in seine Heimat zurückzukehren, die irgendwo im Südosten Bayerns liegen musste.

Irmela, die bemerkte, dass ihre Gedanken abgeschweift waren, widmete sich wieder dem Geschehen im Salon, den diesmal nicht Helene, sondern Meinarda beherrschte. So wie die Freiin auf ihrem Ruhebett saß und sich mit dem linken Arm auf der Lehne abstützte, bot sie ein Bild zarter Schönheit. Kiermeier hatte es sich mit einem fast vollen Glas Wein in der Hand auf einem Stuhl bequem gemacht und starrte Meinarda stumm und arg verlegen wirkend an. Er trug einen sauberen, grauen Rock und bauschige Kniehosen, so dass er mehr wie ein Gutsherr als wie ein Soldat wirkte. Sein Blick glich dem eines bettelnden Hundes, der nicht weiß, ob er jetzt einen Leckerbissen oder einen Fußtritt zu erwarten hat.

Fabian aber gab gestenreich seine jüngsten Erlebnisse zum Besten. Nach Irmelas Ansicht schnitt er gewaltig auf, denn er tat beinahe so, als habe er die Schweden mit eigener Hand zur Räson gebracht. Dabei hatte der Pfarrer von Büchlberg erst vor wenigen Tagen berichtet, der Generalissimus Wallenstein hätte eine schwere Schlappe erlitten. Wohl sollte der schwedische König Gustav Adolf in jener Schlacht gefallen sein, doch der ketzerischen Protestantenbrut wuchsen bereits neue Köpfe, die im nächsten Jahr gegen die Kräfte des wahren Glaubens zu Felde ziehen würden.

»Man erzählt sich aber, ihr hättet bei Lützen verloren!«, wandte Irmela ein, als Fabian von davonlaufenden Schweden berichtete. Der junge Mann machte eine hilflose Bewegung und bedachte das Mädchen mit einem höchst verärgerten Blick. Dieses spitzmausähnliche Geschöpf konnte einem jeden Spaß verderben. Dabei hatte er nicht angeben wollen, sondern nur Rücksicht auf die anwesenden Damen genommen, damit diese nicht aus Angst vor den schwedischen Ungeheuern vergingen. Er musterte Irmela wie ein Füllen, das nicht so geraten ist, wie man es erwartet hat, und verzog spöttisch die Lippen. In dem guten halben Jahr, seit

er sie das letzte Mal gesehen hatte, war die Kleine zwar ein wenig gewachsen, aber sie wirkte immer noch kindlich und reizlos. Dabei musste sie inzwischen schon achtzehn sein und galt längst als heiratsfähig. Im Vergleich mit Johanna, die ihm ebenso gespannt zuhörte wie Ehrentraud, oder gar mit Stephanie von Harlau erschien sie ihm völlig unansehnlich. Der Mann, der dieses Geschöpf einmal zur Frau bekam, war zu bedauern, vor allem, wenn sie ihr Mundwerk an diesem genauso wetzte wie jetzt an ihm.
»Hast du mit den Schweden gekämpft oder ich?« Fabians Ton hätte seinem Gefühl nach genügen müssen, das Mädchen auf seinen Platz zu verweisen.
Irmela hob ihr Kinn und hielt seinem strafenden Blick stand. »Unser Hochwürden hat berichtet, Pappenheims Reiterei habe das Schlachtfeld in heilloser Flucht verlassen. Gehörtest du nicht auch dazu?«
Fabian zischte einen unverständlichen Fluch. Dieses kleine Biest war ja noch schlimmer als die Krätze. Dagegen war ihre Tante ein Bild von einem wohlerzogenen Fräulein. Zwar war Johanna nur ein Jahr älter als Irmela, doch die beiden Mädchen wirkten so, als läge fast ein Jahrzehnt zwischen ihnen. Die unerfüllbare Liebe zu Stephanie von Harlau, die er in seinem Herzen trug, machte ihn nicht blind für die Vorzüge anderer Frauen, und seine Erfahrung mit der Hure Gerda reichte aus, um sich vorstellen zu können, wie Johanna unter ihrem dunkelroten, sittsam am Kragen zugeschnürten Kleid aussehen möchte. Bei dem Gedanken wurde es ihm in der Hose warm, und er wandte rasch den Blick von ihr ab, hatte aber sofort das wie Elfenbein schimmernde Dekolleté der Freiin Meinarda vor Augen.
Da Irmela noch immer auf eine Antwort wartete, drehte Fabian sich zu ihr um und warnte sie stumm, ihm nicht erneut in die Parade zu fahren. »Nach Pappenheims Tod mögen einige seiner Reiter die Flucht ergriffen haben, doch Hauptmann Kiermeier,

Leutnant Gibichen und ich gehörten gewiss nicht dazu. Andernfalls hätte Herr von Wallenstein uns nicht wegen unseres Mutes ausgezeichnet!«

Diesem Argument musste Irmela sich beugen, doch sie fand, dass Fabian sich bei den Soldaten zum Schlechten verändert hatte. Er war überheblich geworden und stierte Johanna und Frau Meinarda in einer Art und Weise an, die sie abstieß. Vor dem Überfall der Schweden auf den Flüchtlingszug war er ganz anders gewesen, hilfsbereit, höflich und dazu ein Freund, mit dem man Pferde hätte stehlen können.

Da es sich für eine junge Dame nicht geziemte, mit einem Herrn zu streiten, presste sie die Lippen aufeinander, damit ihr kein Wort mehr entschlüpfte, und zog ihren Schemel in eine Ecke, von der aus sie die Anwesenden gut beobachten konnte. Ausnahmsweise hatte sich auch Ehrentraud zu den Besuchern gesellt, aber sie trug einen dunklen Schleier, der ihre Narben verbarg.

Hinter dem Sessel der Entstellten standen Portius und Lohner. Obwohl die beiden Ärzte sich schon mehrere Monate im Haus aufhielten, war es bisher keinem von ihnen gelungen, ihrer Patientin zu helfen. Portius betonte, dass seine Methode Zeit bräuchte, und Lohner musste seine Hände notgedrungen in den Schoß legen. Ehrentraud zeigte sich nicht gewillt, das wuchernde Narbengewebe operativ entfernen zu lassen, sondern vertraute den Pulvern und Salben, die Portius ihr anmischte. Dennoch wagte sie es nicht, den anderen Arzt fortzuschicken, da sie sich seine Kunstfertigkeit mit dem Skalpell als letzte Möglichkeit offenhalten wollte. Immerhin war es Lohner gelungen, die Brandnarbe der Magd Fanny so weit zu entfernen, dass man die junge Frau wieder ansehen konnte, ohne vor ihr zurückzuscheuen.

Irmelas Blick wanderte zu Fabian zurück, der sich in ausgewalzten Beschreibungen der Schlacht bei Lützen erging. Da

Kiermeier seine Aussagen unterstützte und ihn einen außergewöhnlich mutigen Offizier nannte, stieg sein Ansehen bei den Damen, und selbst Meinarda hätte in diesem Augenblick nicht gewusst, ob sie einen Antrag des um etliche Jahre jüngeren Mannes ablehnen würde.

Die Blicke, mit denen die Freiin Fabian maß, entfachten Eifersucht in Kiermeiers Brust. Nie war ihm Meinarda schöner erschienen als an diesem Abend, und da er durch die Gunst Wallensteins zum Major aufgestiegen war, begann er sich Hoffnungen zu machen, die Witwe erringen zu können.

Auch Johanna betrachtete Fabian mit leuchtenden Augen. Vor seiner Abreise war er ihr wie ein unbedarfter Knabe erschienen, doch nun umgab ihn der Nimbus eines Helden, und wenn sein Blick sie streifte, lag eine stumme Aufforderung darin. Sie hatte ihre heimlichen Besuche bei Ehrentraud fortgesetzt und dabei Gefühle entdeckt, die sie allein bei der Erinnerung angenehm erschauern ließen. Nun war sie neugierig geworden auf das, was ein Mann mit seiner Frau trieb und was noch viel schöner sein musste als ihre Spiele mit Ehrentraud.

Helene nahm durchaus wahr, wie Johanna Fabian anhimmelte, und las in deren Blicken erwachende Leidenschaft. Im Stillen verfluchte sie Meinarda, weil diese darauf gedrungen hatte, den jungen Mann aufzunehmen. Sie würde scharf auf ihre Tochter achtgeben müssen, damit diese sich nicht an einen mittellosen Offizier wegwarf. Daher nahm sie sich vor, die Gedanken des jungen Mannes auf ein anderes Ziel zu lenken. Meinarda war in ihren Augen zu ehrpusselig, um Fabian in ihr Schlafgemach zu lassen, und so erkor sie sich ein willigeres Opfer.

Sie stand auf und trat neben Ehrentraud. »Wie stolz musst du auf unseren jungen Helden sein, der dich an den Schweden gerächt hat.«

Ehrentraud blickte verwirrt zu ihr auf, nickte dann aber heftig.

»Ich wollte, ich wäre dabei gewesen, als Fabians Kugel diesen Satan in Menschengestalt traf!«
»Du solltest ihm deine Dankbarkeit zeigen und ihm den Mund zum Kuss reichen«, forderte Helene sie auf.
»Ihm mein Gesicht zeigen?« Ehrentraud machte eine Bewegung, als wolle sie aufspringen und davonlaufen.
Helene hielt sie fest und lächelte. »Natürlich nicht hier vor allen Leuten, sondern im Schatten deiner Kammer, wenn die Vorhänge zugezogen sind.« Johannas Mutter wusste genau, was ihre Tochter und Ehrentraud taten, wenn sie sich allein glaubten, und hieß es gut, solange es im Verborgenen geschah. Nun sollte Ehrentraud diesem Tölpel Fabian die Schenkel öffnen, denn schließlich hatte sie ihre Jungfernschaft bereits verloren. Johanna aber musste ihr Kränzlein bewahren, wollte sie nicht mit Schimpf und Schande aus dem Haus eines wünschenswerten Bräutigams gejagt oder gar schon vorher von der untersuchenden Hebamme für unwert befunden werden.
Wie die meisten im Raum war Ehrentraud der Meinung, Fabian habe sich in dem halben Jahr gut herausgemacht. Dazu hatte er in der Ferne sichtlich an Selbstvertrauen gewonnen. Sein Blick wirkte hungrig und fordernd, wenn er über Meinardas Reize wanderte, und er bedachte auch Johanna mit seiner Aufmerksamkeit. Ehrentraud ahnte, dass er eine Einladung in das Schlafgemach ihrer Freundin nicht ausschlagen würde, und schüttelte sich bei der Vorstellung. Ihre Erfahrungen mit der körperlichen Liebe bestanden aus der brutalen Vergewaltigung durch eine Rotte Schweden, und sie hatte sich eigentlich nicht mehr vorstellen können, jemals Sehnsucht nach der Nähe eines Mannes zu spüren. Natürlich würde sie sich einem Gatten auf jene Weise opfern, die einer guten Ehefrau zukam. Nun aber empfand sie neben einer eigenartigen Anspannung, die von ihrem Unterleib auszugehen schien, vor allem eine brennende Eifersucht auf die

beiden weiblichen Wesen, die mit glatter Haut und unversehrter Figur vor Fabian glänzen konnten. Helenes Worte hatten ein Feuer in ihr entfacht, das Johannas Umarmungen wohl nicht mehr löschen würden, und sich Fabian hinzugeben erschien ihr als einzige Möglichkeit, ihn für seine beherzte Tat zu belohnen. Dazu aber musste sie ihre Narben verbergen, sonst würde er sich angeekelt von ihr abwenden. Der Einzige, der ihr helfen konnte, schien Portius zu sein.

»Ist es nicht Zeit für die nächste Behandlung?«, fragte sie den Arzt.

Der Bericht über die Schlacht, den Fabian von sich gab, hätte Portius interessiert, doch er war gewohnt, dass seine Patientin stets ihren Launen folgte. Daher nickte er und erklärte, er müsse seine Medikamente holen.

»Tue Er das!« Ehrentraud erhob sich und trat einen Schritt auf Fabian zu.

»Verzeih mir, dass ich diesen Kreis jetzt verlassen muss. Ich hoffe jedoch, du findest in den nächsten Tagen einmal Zeit, mich zu besuchen und mir von deinen Erlebnissen zu berichten.« Im Grunde durfte ein tugendhaftes Frauenzimmer keinen solchen Vorschlag machen, doch sie glaubte sich gegen Verdächtigungen gefeit. Niemand würde annehmen, dass ein Mann sie trotz ihres abstoßenden Anblicks begehrte.

XVII.

Trotz Ehrentrauds vielversprechender Reaktion wünschte Helene von Hochberg Fabian und Kiermeier zum Mond. Doch genauso, wie sie es nicht wagen durfte, den Prior Lexenthal zu verärgern, wollte sie nicht riskieren, als ungastlich zu gelten. Daher konnte sie den beiden Helden, die im Kampf gegen die ketzerischen Schweden verwundet worden waren, nicht das Obdach verweigern.

Nachdem Meinarda von Teglenburg den Anwesenden mitgeteilt hatte, dass sie sich müde fühle und gerne ein wenig ruhen wolle, löste sich die Gesellschaft auf. Helene winkte ihrer Tochter, ihr zu folgen, und führte sie in ihre eigene Schlafkammer. Dort wies sie mit dem Kinn auf ihr Bett. »Leg dich hin, zieh den Rock hoch und spreize die Beine, damit ich nachsehen kann, ob du deine Tugend bewahrt hast oder bereits zu einem faulen Apfel geworden bist.«

»Was soll das?« Johanna dachte nicht daran zu gehorchen, sondern verschränkte trotzig die Arme vor der Brust. Im selben Augenblick saß ihr die Hand ihrer Mutter im Gesicht. »Tu, was ich dir sage, sonst bekommt diese Maulschelle Geschwister.«

So zornig hatte Johanna ihre Mutter noch nie erlebt, und sie fühlte, wie ihr die Knie weich wurden. Unter dem verärgerten Blick ihrer Mutter legte sie sich hin und schürzte den Rock. Helene griff ihr zwischen die Beine und zupfte dort herum wie an Salatblättern. Das tat weh, und Johanna schrie protestierend auf.

Da trat ihre Mutter aufatmend zurück. »Ich sehe, du hast meinen Verstand geerbt und dir bewahrt, was für ein Mädchen wie dich am wertvollsten ist. Das solltest du auch weiterhin tun.«

Helene sah das protestierende Aufblitzen in den Augen ihrer Tochter und kniff sie schmerzhaft in den Oberschenkel.

»Aua! Bist du verrückt geworden?«, fuhr Johanna auf. »Das gibt bestimmt einen blauen Fleck.«

Helene winkte spöttisch ab. »Der vergeht wieder. Doch wenn dein Häutchen gesprengt wird, macht es keiner mehr heil. Glaube nicht, ich hätte die Blicke übersehen, die du mit Fabian von Birkenfels gewechselt hast. Doch ich habe dich nicht geboren, damit du dich an so einen wie ihn verschleuderst. Der Mann, den du einmal heiraten wirst, wird sowohl über einen hohen Rang wie auch über Reichtümer verfügen.«

»So einen Mann wird höchstens diese Äffin Irmela bekommen, weil sie die Erbin ihres Vaters ist. Ich hingegen ...« Johanna brach mitten im Satz ab, doch ihr Gesichtsausdruck zeigte, dass sie ihre Mutter verantwortlich machte, weil sie nur als Irmelas arme Tante galt, der ihr Vater nicht einmal lumpige tausend Gulden als Mitgift vermacht hatte.

Helene maß ihre Tochter mit einem drohenden Blick. »Auch wenn es dich noch so sehr zwischen den Beinen jucken sollte, wirst du deine Jungfernschaft brav hüten! Meinetwegen kannst du es weiterhin mit Ehrentraud treiben, doch wage es nicht, dich dabei an der Stelle zu verletzen, an der ich dich untersucht habe.«

Johanna erschrak, als Helene ihre Spiele mit Ehrentraud erwähnte. Ihre Mutter schien selbst durch geschlossene Mauern und Türen sehen können, hatte sie doch alles getan, um die Zusammenkünfte zu verbergen. Nachdem sie einmal den Eindruck gewonnen hatten, es belausche sie jemand, hängten sie jedes Mal eine Decke von innen über die Tür, um Geräusche zu dämpfen und zu verhindern, dass jemand durch das Schlüsselloch spähte. Helene weidete sich an dem fassungslosen Gesicht ihrer Tochter, vergaß aber nicht, sie noch einmal zu warnen. »Ich will nicht erleben, dass der von mir ausgewählte Bräutigam dich zu mir zurückschickt, weil sein Stolz es nicht zulässt, den Spuren eines anderen zu folgen. Du bringst keine Reichtümer mit, die jemand über einen gewissen Makel hinwegsehen lassen. Ich werde dich zwar mit einer gewissen Mitgift versehen können ...«

»Du bist doch selber so arm wie eine Kirchenmaus«, platzte Johanna heraus.

»Ich verwalte das Geld, das mir Irmelas Vermögensverwalter jeden Monat zukommen lässt, und vermag einiges für dich beiseitezuschaffen«, gab ihre Mutter überlegen lächelnd zurück, und vergesse auch mich selbst nicht, setzte sie in Gedanken hinzu. Um ihrer Tochter klarzumachen, wie diese ihre Zukunft gestalten sollte, setzte sie sich neben sie, zog sie an sich und gab ihr einige der Lehren weiter, die sie sich in ihrem Leben angeeignet hatte.

XVIII.

Meinarda von Teglenburg war Frau genug, um sich von Fabians Interesse geschmeichelt zu fühlen, doch ihr war klar, dass er nur tändeln wollte, und so entzog sie sich mit leichter Hand seinen unbeholfenen Verführungsversuchen. Sie unterhielt sich mit ihm, spielte mit ihm Karten oder Schach und lauschte den plastisch ausgeschmückten Berichten über seine Erlebnisse in Wallensteins Heer.
Da die Freiin sich als zu tugendhaft erwies, wandte Fabian sein Interesse Johanna zu. Diese zeigte sich einem Flirt nicht ganz abgeneigt, doch wenn er kühner werden wollte, tauchte meist ihre Mutter auf, und ihr mahnendes Hüsteln brachte das Mädchen dazu, scheinbar erschrocken zu entfliehen.
Johanna wusste, dass ihre Mutter recht hatte. Um ihren künftigen Ehemann und seine Familie zufriedenstellen zu können, benötigte sie bei ihrer Hochzeit das deutlich sichtbare Zeichen ihrer körperlichen Unversehrtheit auf dem Bettlaken. Es gab zwar Möglichkeiten, dies vorzuspiegeln, doch wenn sie dabei ertappt wurde, würde sie mit Schimpf und Schande davongejagt werden. Aus diesem Grund ging sie auf das Spiel ein, das ihre Mutter eingefädelt hatte, und sprach bei ihren heimlichen Treffen mit Ehrentraud immer über Fabian und dessen Heldentaten. Meist war es das Vorspiel zu vergnüglichen Dingen, die mit heißen Küssen begannen und etliche Zeit später mit einer hochwill-

kommenen Entspannung für beide endete. Wenn Johanna dann eng an Ehrentraud gekuschelt auf dem Bett lag, setzte sie ihren Angriff fort.
»Ich würde Fabian gerne so danken, wie er es verdient, doch da ich durch eine Laune des Schicksals noch Jungfrau bin, wage ich es nicht. Dabei wäre es in meinen Augen ein geringer Lohn, ihm für jeden Schweden, den er mit eigener Hand erschlagen hat, eine Liebesnacht zu schenken.«
Ehrentraud wagte es nur selten, in den Spiegel zu schauen, doch sie wusste, dass die Narben in ihrem Gesicht allmählich verblassten, und schrieb dies den Salben zu, zu denen Portius ihr geraten hatte. Bei gedämpftem Licht waren die Verletzungen kaum noch zu sehen, und was ihre Brüste anging, so erinnerte sie sich an Lohners Worte, dass eine tugendhafte Frau ihr Nachthemd nur bis zum Bauch hochzog. Verheiratet waren sie und Fabian zwar nicht, doch in ihrem Zustand erschien ihr selbst ein mittelloser Offizier von Stand eine bessere Lösung, als von ihrem Onkel in ein Nonnenkloster gegeben zu werden. Im Stillen stimmte sie Johanna zu. Fabian besaß ein Anrecht darauf, für jeden Schuss und jeden Hieb gegen die Feinde belohnt zu werden. Vielleicht, so hoffte sie, würde er sogar Gefallen an ihr finden und bei ihrem Onkel um ihre Hand anhalten. Zwar konnte der Prior ihr keine große Mitgift mitgeben, doch mochte sein Einfluss einem Schwiegerneffen den Weg zu einer erfolgreichen Karriere im Heer oder am Hofe Herzog Maximilians bahnen.
»Glaubst du, Fabian erwartet, auf diese Art belohnt zu werden?«, fragte sie Johanna mit zitternder Stimme.
Diese nickte eifrig. »Freilich! Siehst du denn nicht die Blicke, die er diesem kaltherzigen Biest Meinarda oder mir zuwirft? Dich aber verschlingt er geradezu mit den Augen, wenn du es nicht bemerkst. Er würde gern mit dir tändeln, hat aber Angst, dich zu kränken oder kopfscheu zu machen. Hätte ich nicht so viel Angst

vor meiner Mutter, würde ich ihm die Tür zu meiner Kammer öffnen, aber du weißt ja, wie sie ist.«

»Das ist mir klar.« Ehrentraud rauschte der Kopf. Ihr Pflichtgefühl drängte sie, Fabian zu erhören, obwohl er nur die Tugend einiger anderer und nicht ihre hatte retten können. Für einen Augenblick fuhr es ihr durch den Sinn, dass nicht er, sondern Irmela die Frauen gewarnt hatte, doch sie schob diesen Gedanken sofort von sich weg. Hätte Irmela Fabian durch ihre unbedachte Tat nicht gezwungen, ihr zu folgen, wäre es ihm gewiss möglich gewesen, auch sie zu retten. Mehr als das aber wogen seine tapferen Taten im Krieg. Immerhin hatte er Gustav Adolf mit eigener Hand getötet oder wenigstens so schwer verwundet, dass der Ketzerkönig ein Opfer der Streitscharen des wahren Glaubens geworden war.

Schon halb überzeugt, das Richtige zu tun, sah sie Johanna an. »Ich hatte Fabian gebeten, mich zu besuchen und mir von seinem Kriegszug zu berichten, doch bis jetzt ist er nicht gekommen.«

Johanna stand kichernd auf und begann sich anzuziehen. »Soll ich ihn daran erinnern?«

Als Ehrentraud stumm nickte, wandte Johanna ihr Gesicht ab, damit diese nicht das spöttische Lächeln auf ihren Lippen sehen konnte. Sie hatte sehr wohl begriffen, mit welchen Wünschen und Hoffnungen Ehrentraud Fabians Erscheinen herbeisehnte. Doch der junge Mann würde in ihr nicht mehr sehen als eine wohlfeile Leibesöffnung, mit deren Hilfe er seinem Geschlechtstrieb freien Lauf lassen konnte. Vielleicht würde er es nicht einmal über sich bringen, Ehrentraud zu besteigen, weil er sich vor deren verstümmelten Brüsten und dem narbigen Gesicht grauste.

Dennoch nickte sie ihrer Freundin verschwörerisch zu und huschte zur Tür. »Also gut! Ich hole ihn.«

Das Ganze würde ein Mordsspaß werden, sagte sie sich, und bedauerte es nur, dass sie nicht beobachten konnte, was zwischen den beiden vorging.

Johannas Mutter wartete gespannt auf den Bericht ihrer Tochter. »Und? Wie ist es gelaufen?«

»Das Fräulein glaubt, Fabian so bezirzen zu können, dass er auf der Stelle sein Herz an sie verliert und sie als die Seine heimführt – auch wenn er kein Heim besitzt.« Johanna zwitscherte fröhlich wie ein Vogel, und über das Gesicht ihrer Mutter huschte ein boshaftes Lächeln.

Anders als ihre Tochter kannte sie die Macht, die ein warmer Frauenspalt auf Männer ausübte, und war sich sicher, dass Fabian Ehrentrauds Angebot ausgiebig nutzen würde. Vielleicht schwängerte er sie, und diesmal würde sie ihr die Leibesfrucht nicht wegmachen. Lexenthal hatte die Macht, den jungen Mann zur Heirat mit seiner Nichte zu zwingen, auch wenn Fabian gewiss nicht der Mann war, den er sich für sie wünschen mochte. Doch so, wie Ehrentraud aussah, würde er begierig nach der Möglichkeit greifen, aus dem Mädchen eine ehrbare Frau von Birkenfels zu machen, und sie, Helene von Hochberg, würde den Prior zu gegebener Zeit daran erinnern, was sie für seine Nichte getan hatte.

Mit einem höhnischen Auflachen befahl Helene ihrer Tochter, sich in ihre Kammer zurückzuziehen. Sie selbst ging zu der Tür, hinter der Birkenfels' Quartier lag, und klopfte leise.

Fabian hatte sich noch nicht zum Schlafen ausgezogen und öffnete. »Was gibt es?«, fragte er in der Hoffnung, es könnten Meinarda oder Johanna sein. Dann erkannte er Helene. Für einen Augenblick glaubte er, sie hätte sich entschlossen, ihm ihre Gunst zu gewähren, und er fühlte sich Manns genug, auch diese erfahrene Frau zufriedenzustellen. Doch bei ihren Worten zerstob diese Hoffnung.

»Fräulein Ehrentraud wünscht Euren Besuch. Sie ist zu aufge-

wühlt, um schlafen zu können, und würde daher gerne mehr über Eure Heldentaten bei Lützen erfahren.«
Fabian sagte im Stillen seinen männlichen Wünschen ade und zwang sich ein verbindliches Lächeln auf. »Das trifft sich gut, denn auch mir bleibt der Schlaf heute fern.«
Er verneigte sich, wie es die Höflichkeit erforderte, und folgte ihr. Zu seiner Überraschung öffnete sie ihm die Tür zu Ehrentrauds Wohngemach, trat aber selbst nicht ein.
»Im Gegensatz zu euch jungen Leuten fühle ich mich rechtschaffen müde. Ihr werdet ja gewiss nichts Unbesonnenes tun!«
»Nein, gewiss nicht!«, versicherte Fabian, denn er fand allein den Gedanken zum Lachen, sich der Verunstalteten nähern zu wollen. Nach ihren Erfahrungen mit den Schweden würde dem Mädchen gewiss nicht der Sinn nach weiteren Erfahrungen mit dem männlichen Geschlecht stehen. Sollte er sich in ihr jedoch täuschen, würde er sie nicht enttäuschen.

XIX.

Fabian traf Ehrentraud nicht in dem Raum an und blieb verwirrt stehen. Noch während er überlegte, ob er nicht besser wieder gehen sollte, vernahm er einen leisen Ruf.
»Fabian, bist du es?«
Die Stimme kam unzweifelhaft aus der Schlafkammer. Fabian trat auf die Tür zu, öffnete sie vorsichtig und steckte den Kopf ins Zimmer. Es war so dunkel, dass er die junge Frau nur als Schattenriss erkennen konnte.
»Verzeih, aber das Licht macht mir Kopfschmerzen«, erklärte Ehrentraud, deren Herz zu rasen begann. Sie fühlte sich hilflos und kämpfte mit der Angst, Fabian würde ebenso brutal über sie herfallen wie die Schweden.

»Komm doch herein!« Es kostete sie Überwindung, diese drei Worte auszusprechen.

Fabian wusste nicht, wie er zu dieser Situation stehen sollte. Zögernd trat er ein und schloss die Tür hinter sich.

Seine Zurückhaltung verlieh Ehrentraud den Mut, auf ihrem Weg weiterzugehen. »Ich danke dir, dass du gekommen bist, Fabian. Sonst bin ich immer so allein und habe keinen Menschen, dem etwas an mir liegt.«

»So dürft Ihr nicht sprechen. Fräulein Johanna ist sehr um Euch besorgt, ebenso Frau Helene.« Fabian kam näher auf sie zu und sah ihr blasses Gesicht wie einen verschwommenen Fleck vor sich. Er verbeugte sich, stolperte dabei über ein Fußbänkchen, das er im Dunkeln nicht bemerkt hatte, und fing sich erst, als er halb auf Ehrentraud lag.

»Verzeiht, das wollte ich nicht!«, entfuhr es ihm, noch bevor er merkte, dass diese auf dem Rand ihres Bettes Platz genommen hatte und nicht mehr trug als ein dünnes Hemd. Er roch den Duft ihres Körpers, der ihn an die Hure Gerda erinnerte, und bei diesem Gedanken schoss ihm das Blut in die Lenden.

Wie von selbst glitt seine Hand über ihren Körper. Ehrentraud sagte nichts und machte auch keine Bewegung, ihn abzuwehren, sondern lenkte den Griff an ihren Busen geschickt ab, so dass seine Finger weiter nach unten wanderten. Als seine Hand über eine mit feinem Flaum bedeckte Stelle glitt, begriff er, dass sie ihr Hemd hochgezogen hatte, so als wollte sie sich für ihn bereitlegen.

Nun tastete er weiter und stellte fest, dass Ehrentraud an der bewussten Stelle nicht anders beschaffen war als Gerda. Dann richtete er sich auf, um sich die Kleidung vom Leib zu streifen.

Ehrentraud, die bislang stumm geblieben war, stieß einen enttäuschten Laut aus, weil sie fürchtete, er würde sie verschmähen. Doch im nächsten Moment spürte sie, wie er ihr über die Oberschenkel strich und sie ein wenig anhob.

Fabian wurde von seiner Leidenschaft übermannt und biss die Zähne zusammen. Da die junge Frau das Opfer schlimmer Schurken geworden war, durfte er sie nicht auf eine ähnlich wilde Weise nehmen. Vorsichtig legte er sie zurecht und drang sachte in sie ein.

Als Ehrentraud spürte, wie ihre empfindlichste Stelle geöffnet wurde, erfasste sie noch einmal der Alptraum, den sie während ihrer Flucht erlebt hatte, und sie musste an sich halten, um nicht gellend zu schreien. Doch es war ganz anders als damals. Sie empfand keinen Schmerz, sondern beginnende Lust.

Fabian bemerkte, dass sie sich ihm leicht entgegenwölbte, und machte sich ans Werk. Unter ihm stieß Ehrentraud einen Ruf aus, der ein gewisses Erschrecken über sich selbst, aber auch Anfeuerung für den jungen Mann ausdrückte. Sie umklammerte ihn mit beiden Armen und gab sich ganz den Gefühlen hin, die sie wie eine Woge mit sich nahmen.

Weder Ehrentraud noch Fabian hatten die Riegel vorgelegt, und in ihrer Ekstase bemerkten sie nicht, dass die Schlafzimmertür geöffnet wurde und Irmela eintrat. Diese hatte ebenfalls wach gelegen und Ehrentraud fragen wollen, ob sie ihr nicht ein wenig von der Medizin gegen die Schlaflosigkeit abgeben könne. Als sie Ehrentrauds Ausruf und ihr Stöhnen gehört hatte, war sie erschrocken ins Zimmer getreten, weil sie annahm, dem Mädchen wäre etwas zugestoßen, und prallte nun zurück. Ihre Augen waren besser als die der meisten Menschen, daher erkannte sie, was sich hier abspielte. Da Ehrentraud aus ihrem Hass gegen Männer keinen Hehl gemacht hatte, glaubte Irmela zunächst, sie würde vergewaltigt. Doch während sie den düsteren Raum nach einer Waffe absuchte, mit der sie Ehrentraud beistehen konnte, vernahm sie deren Gestammel.

»O Fabian! Bei Gott, du bist wundervoll! Ich schmelze dahin ...«

Diese Worte schmerzten Irmela stärker als eine heftige Ohrfeige, und sie krümmte sich vor Ekel und Enttäuschung. Lautlos, wie sie gekommen war, schlüpfte sie aus dem Zimmer und rannte in ihre Kammer. Noch während sie sich auf ihr Bett warf, brach sie in Tränen aus. Nie hätte sie gedacht, dass ein weibliches Wesen so schamlos sein könnte wie Ehrentraud, und noch mehr erbitterte sie die Tatsache, dass Fabian sich dazu herabgelassen hatte, das Narbengesicht zu besteigen wie ein Hengst die rossige Stute. Bis zu diesem Tag war er ihr Held gewesen, und nun festzustellen, dass er nicht anders war als andere Männer auch, tat ihr weh.

Dritter Teil

Das Komplott
unter dem Apfelbaum

I.

Es war unerträglich heiß im Wagen. Die Luft stand, und selbst das Öffnen des Wagenschlags brachte keine Erleichterung. Irmela drückte sich tief in ihre Ecke, während Helene und Johanna um die Wette redeten und sichtlich dem Ereignis entgegenfieberten, für das sie die lange Fahrt auf sich genommen hatten. Auch Ehrentraud schien das schwüle Wetter ausnahmsweise nicht zu stören. Sie hatte zwei Lagen dunklen Schleiertuchs über ihr Gesicht gelegt und sah damit aus wie die Frau auf dem Bild, das Fabian Irmela wie zum Trost für die wochenlange Missachtung kurz vor seiner Abreise geschenkt hatte. Es sollte von einem Franzosen gemalt worden sein, der den Botschafter seines Herrn, König Ludwig XIII., ins ferne Konstantinopel hatte begleiten dürfen, und zeigte eine Haremsdame.

Das war ein Begriff, mit dem Irmela nicht viel anzufangen wusste. Es erschien ihr unvorstellbar, dass ein Mann Gottes Gebot trotzte und mehr als eine Frau heiratete. Doch Fabian hatte ihr erklärt, dies sei in den Ländern der Osmanen so Sitte. Der Sultan, wie sich der König dieser Leute nannte, sollte über dreihundert Frauen besitzen, und seine Paschas – die Fürsten und Herzöge dieses Landes – nicht viel weniger. In Irmelas Augen war dies ein verstörender Gedanke. Wenn jeder Mann im Reich dieses seltsamen Sultans mehr als ein Weib hatte, mussten dort anders als hierzulande viel mehr Mädchen als Knaben geboren werden.

»Wir sind gleich da!«

Helenes Stimme riss Irmela aus ihren Betrachtungen. Ihre Stiefgroßmutter erhob sich und steckte den Kopf zum Schlag hinaus. Für die anderen blieben nur noch die beiden kleinen Fenster auf der anderen Seite, und die hatten Johanna und Ehrentraud in Beschlag genommen. Daher musste Irmela sich gedulden, bis

eine der beiden ihr Platz machte oder Helene sich wieder setzte. Danach sah es im Augenblick jedoch nicht aus, denn ihre Stiefgroßmutter begrüßte die Insassen einer anderen Kutsche, die mit ihnen zusammen auf den Platz zurollte, mit übertriebener Freundlichkeit.
»Grüß Euch Gott, Herr Steglinger! Ihr seid wohl auch gekommen, um die Hexe brennen zu sehen. So ein Anblick wird einem nicht jeden Tag geboten. Deshalb habe ich mir gedacht, ich setze die Mädchen in den Wagen und lasse uns hierher kutschieren. Euer wertes Befinden ist doch gut, hoffe ich? Euer Rock kleidet Euch übrigens ausgezeichnet. Auch Eure Pferde sind wunderbar, und das ist ein Wunder in diesen schlimmen Zeiten, in denen jedes brauchbare Pferd den Aufkäufern des Herrn Wallenstein in die Augen sticht.«
Die Frau spricht ohne Punkt und Komma, dachte Irmela, die sich von Helenes schmeichlerischem Tonfall abgestoßen fühlte. Immerhin handelte es sich bei dem so enthusiastisch Begrüßten um Rudolf Steglinger, und der war laut Gesetz noch immer Walburgas Ehemann, auch wenn er auf dem besten Wege zu sein schien, dies zu ändern. Irmela begriff jedoch, weshalb Helene Steglinger so um den Bart ging. In einer Zeit, in der jeder Gutshof und jede Burg von einem der durch die Lande streifenden Heere niedergebrannt und die Ernte vernichtet werden konnte, waren Männer wie er, die ihren Reichtum nicht nur zu wahren, sondern auch zu mehren wussten, selten zu finden. Nach seiner Flucht vor den Schweden, die nun etwas über ein Jahr zurücklag, hatte Steglinger sein gerettetes Geld eingesetzt, um in das Geschäft eines Heereslieferanten einzusteigen, und nicht lange, da füllten sich seine Truhen mit gemünztem Gold und den Schuldverschreibungen beinahe aller Feldherren des Kaisers. Wallenstein würde Kaiser Ferdinand bald auffordern müssen, Steglinger einen höheren Rang zu verleihen, damit dieser auf die fälligen

Zinsen verzichtete. Für eine Frau wie Helene war eine Ehe mit solch einem Mann ein erstrebenswertes Ziel.
Steglinger schien durchaus an ihr interessiert zu sein, denn er befahl dem jungen Mohren, den ein Regimentskommandeur ihm mangels anderer Sicherheiten überlassen hatte, den Damen bei einem der Stände auf dem Vorplatz kühlen Wein zu besorgen.
Da Helene sich wieder in die Polster zurücklehnte, tauchte der Mohr in Irmelas Blickfeld auf. Er trug weite, rote Hosen, eine eng anliegende Weste und ein mehrfach um den Kopf geschlungenes Tuch. Die auffällige Kleidung unterstrich die Farbe seiner Haut, die man am ehesten mit einem dunkelbraunen Pferd vergleichen konnte, und auch das Rot seiner großen Lippen, um das ihn so manche Frau beneiden dürfte. Als sein Blick Irmela für die Dauer eines Herzschlags traf, rührten sie seine dunklen, traurig wirkenden Augen. Wie es schien, war er ein Gefangener seines Herrn, der über ihn verfügen konnte wie Helene über sie. Der Bursche tat ihr leid, doch sie konnte ebenso wenig für ihn tun wie für sich selbst.
Helene ließ sich von Steglingers Freundlichkeit täuschen und sah sich bereits als dessen neue Ehefrau in schillernder Robe am Ehrenplatz seiner Tafel sitzen. Der dickliche Mann, der die vierzig bereits vor einigen Jahren hinter sich gelassen hatte, verfolgte jedoch andere Pläne. Für ihn kam eine Frau wie Helene nicht als Gattin in Frage. Sein Trachten richtete sich auf Johanna, die nicht nur schön war, sondern väterlicherseits der feudalen Sippe der Grafen Hochberg entstammte. Die Mitglieder dieser Familie besaßen das Privileg, jederzeit vor den Kaiser treten zu können, und das würde bei einer Heirat mit Helenes Tochter auf ihn übergehen.
Helene mochte Steglingers Beweggründe missverstehen, Irmela aber blickte tiefer und erahnte die Absichten des Heereslieferanten. Mit einem leisen, boshaften Kichern stellte sie sich das

Paar vor: ein feister, alter Mann mit Kugelbauch und schütteren Haaren und die auffallend schöne Johanna an seiner Seite. Ihre Tante, dachte sie, würde sich bedanken, die Frau eines Menschen zu werden, der nur noch schwarze Zahnstummel im Mund hatte.
Irmelas Gedanken schweiften zu Walburga, die sich noch immer gegen die von ihrem Mann angestrebte Auflösung der Ehe sträubte. Lange würde ihr der Widerstand jedoch nichts mehr nützen. Wie Helene schon spöttisch verkündet hatte, wollte der Passauer Fürstbischof Leopold von Habsburg als Vertreter der heiligen Kirche nach dem Erhalt einer Summe, über deren Höhe noch verhandelt wurde, in Steglingers Sinn entscheiden.
Mit Walburga fühlte Irmela mindestens ebenso viel Mitleid wie mit dem Mohren, doch in ihrem Fall hätte wohl nicht einmal ihr Vater intervenieren können, und sie war froh, dass Meinarda von Teglenburg die arme Frau mitgenommen hatte, als sie in die Nähe Wiens umgesiedelt war. Bei ihr nahm Walburga nun offiziell die Stellung einer Gesellschafterin ein, und damit konnte sie sich der Forderung ihres Mannes entziehen, in ein Kloster einzutreten. Irmela bedauerte ein wenig, dass die beiden Frauen fortgezogen waren und Moni mitgenommen hatten, auch wenn sie unter dem Streit zwischen ihnen und ihrer Stiefgroßmutter gelitten hatte. Meinarda war zuletzt immer öfter mit Helene aneinandergeraten. Eine Reichsfreiin von Teglenburg habe es nicht nötig, sich von einem Weib mit zweifelhafter Herkunft und fragwürdigem Lebenswandel beleidigen zu lassen, hatte Meinarda ihr ins Gesicht gesagt.
Da Fabian und Kiermeier das Haus in den Waldbergen noch vor den beiden Damen verlassen hatten, war es dort von Ehrentrauds gelegentlichen Wutausbrüchen abgesehen sehr still geworden. Irmela vermisste sogar den kleinen Siegmar, dessen Geschrei sie oft gestört hatte. Doch selbst die lähmende Langeweile, die sich nach Meinardas Abreise im Haus ausgebreitet hatte, hätte sie

nicht dazu gebracht, die Fahrt hierher freiwillig anzutreten. Aber sie war nicht einmal gefragt worden, ob sie zu Hause bleiben wolle oder nicht. Helene hatte ihr befohlen mitzukommen und ihr erst unterwegs erklärt, was sie am Ziel erwartete.

Irmela fand es grausam, einen Menschen zum Tode zu verurteilen und ihn auf dem Scheiterhaufen zu verbrennen. Noch mehr aber empörte sie die gierige Schaulust, die Helene, Johanna und Ehrentraud an den Tag legten. Auf die Gegenwart der Entstellten hätte sie besonders gerne verzichtet. Aber Ehrentraud schien ohne Johanna und Helene nicht mehr leben zu können, denn sie suchte ständig deren Gesellschaft oder verlangte von Johanna, in ihre Gemächer zu kommen.

Zu Irmelas Verwunderung hatte Ehrentraud darauf bestanden, mitgenommen zu werden, obwohl sie ihr Gesicht nun auch vor den Augen des Gesindes verbarg, um nicht ständig entsetzt angestarrt zu werden. Also musste der Reiz, eine Hexe auf dem Scheiterhaufen sterben zu sehen, stärker sein als ihre panische Scheu vor fremden Menschen. Sie hatte sich jedoch so sorgfältig verschleiert, dass niemand sehen konnte, wie sie nun aussah.

Irmelas Ansicht nach hatte Ehrentraud es sich selbst zuzuschreiben, dass eine ihrer Narben, die bereits verblasst gewesen war, sich nun wie eine fette Raupe über eine Gesichtshälfte zog. Von Portius' Elixieren und Salben enttäuscht, hatte sie sich schließlich doch in Doktor Lohners Hände begeben, der ja Fanny erfolgreich operiert hatte. Die Magd hatte nur noch einen weißen, ein wenig rauhen Fleck an der Stelle, an der eine dunkle, knotige Narbe gesessen hatte, und gewiss wäre es Lohner ebenfalls gelungen, Ehrentrauds Gesicht ein angenehmes Äußeres zu geben. Doch Portius hatte sie verleitet, eine seiner Salben auf die frisch operierte Stelle zu schmieren. Das Ergebnis war eine heftige Entzündung gewesen und ein teilweise violett schimmernder, daumendicker Wulst von der Schläfe bis fast zum Kinn.

Irmela erinnerte sich nur mit Schaudern an jene Tage, in denen das Unglück sich abzuzeichnen begann. Sie alle hatten um Ehrentrauds Verstand gebangt, denn die junge Frau war rasend vor Wut auf die beiden Ärzte losgegangen und hatte versucht, sie mit einer Schere zu erstechen. Auch zwischen den beiden Herren hatten sich üble Szenen abgespielt, denn Lohner war nicht weniger wütend gewesen und hatte seinen Konkurrenten beschuldigt, die Entzündung mit Bedacht herbeigeführt zu haben. Statt den hinterhältigen Portius fortzujagen und sich erneut in Lohners Hände zu begeben, hatte Ehrentraud beide aus dem Haus weisen lassen. Nun war sie entstellter als zuvor und musste Tag für Tag an Fannys Beispiel mit ansehen, über welch begnadete Hände der einstige Heereschirurg verfügte.

»Sie bringen die Hexe!«, rief Helene mit einem Mal. Ihr Tonfall verriet, wie sehr sie sich darauf freute, eine andere Frau leiden zu sehen.

Während ihre drei Begleiterinnen ausgestiegen waren, um das Geschehen besser verfolgen zu können, hatte Irmela sich noch tiefer in ihre Ecke verkrochen. Helenes Ausruf brachte sie dazu, durch den offenstehenden Schlag hinauszuschauen. Ihre scharfen Augen zeigten ihr den im Talgrund errichteten Scheiterhaufen so klar, als stünde sie direkt davor. Die umliegenden Höhen bildeten ein natürliches Amphitheater, in dem sich einige hundert Zuschauer drängten. Gerichtsknechte hielten die ebene Fläche, auf der die Kutschen der höheren Herrschaften standen, von anderen Schaulustigen frei, so dass Leute wie Steglinger und Helene nicht nur den besten Blick auf das Geschehen genossen, sondern auch nicht von dem niederen Volk und seinen Ausdünstungen behelligt wurden.

Gerade kontrollierten die Helfer des Henkers den Holzstoß, in

dessen Mitte sich ein starker Pfahl erhob. Als sie zurücktraten, schleiften mehrere Büttel eine schmale, gebeugte Gestalt in das Rund. Die Frau konnte nicht mehr auf ihren Beinen stehen, weil die Folterwerkzeuge der Henkersknechte ihr die Knochen gebrochen hatten. Von ihren Fingern waren nur blaurot verfärbte Stümpfe übrig, und der Rest, der von ihrer Haut zu sehen war, bestand aus Wunden und blauen Flecken. Man hatte die Alte vor der Hinrichtung gewaschen und in ein langes, weißes Hemd gesteckt, auf dem sich frische Blutflecken abzeichneten. Auch schien sie ohnmächtig zu sein, denn weder bat sie den Pfarrer um Gnade, der ihr mit erhobenem Kreuz entgegenkam, noch flehte sie die Henkersknechte an, sie zu verschonen.
Die Leute, die ein erregendes Schauspiel erwartet hatten, fühlten sich betrogen und begannen zu murren. Dem Priester passte es ebenfalls nicht, dass die Verurteilte nicht reagierte, und er erteilte einem der Knechte einen leisen Befehl. Dieser packte einen ledernen Eimer, drängte sich durch die vordersten Zuschauerreihen und ging zu einem in der Nähe fließenden Bach. Dort füllte er das Gefäß bis zum Rand mit Wasser und schüttete es der Hexe mit heftigem Schwung ins Gesicht.
Die Frau zuckte mit Armen und Beinen und hob den Kopf. Der Priester sah es mit zufriedener Miene und erhob erneut das Kreuz. »Beuge dein Knie vor dem Zeichen Christi, Weib, und bereue, auf dass dir am Tage des Jüngsten Gerichts doch noch die ewige Seligkeit zuteil werde!«
Die Frau sah den Priester ein paar Augenblicke mit schräg gelegtem Kopf an. Dann verzerrte sich ihr Gesicht zu einer höhnischen Grimasse, und sie begann so laut zu lachen, dass es von den Hügeln widerhallte.
»Fahr zur Hölle, Pfaffe!«, schrie sie den frommen Mann an.
»Nicht vor dem Kreuz, das du in der Hand hältst, soll ich das Knie beugen, sondern vor dir vollgefressenem Popanz. Aber dei-

ne Schinder haben mich so übel zugerichtet, dass ich weder stehen noch knien kann. Soll der Teufel sie dafür holen, und dich mit ihnen.«

Trotzig blickte die Hexe in die Runde. »Ihr verdammten Hunde seid gekommen, um mich braten zu sehen? Schaut gut zu! Ehe die Jahre sich dreimal wenden, werden etliche von euch mir auf meinem Weg folgen, das schwöre ich. Inzwischen werden Hunger und Not eure Begleiter sein und die Schweden über euch kommen! Verdammt sollt ihr alle sein. Ich bin nur ein armes Weib und habe keinem Menschen Böses zugefügt. Jetzt aber wünschte ich, ich hätte all das verbrochen, was man mir vorgeworfen hat, und noch viel mehr!«

Der Priester wechselte einen Blick mit dem Richter, der auf einer Bank rechts vom Scheiterhaufen saß und das Geschehen mit zornrotem Gesicht verfolgte. »Auf den Scheiterhaufen mit dieser verstockten Sünderin!«, rief dieser den Gerichtsknechten zu. Die Männer hoben die Frau auf den Holzstoß und banden sie an den Pfahl. Da sie aber noch immer schrie und sowohl den Richter wie auch die Zuschauer verfluchte, trat einer der Gerichtsknechte hinter sie, legte ihr eine Schnur um den Hals und zog diese so weit zu, dass sie gerade noch Luft bekam, aber nicht mehr sprechen konnte. Dann stiegen er und seine Kameraden von dem Holzstoß herab. Während der Priester ein Gebet anstimmte, nahm der Henker, der nur mit einer schwarzen Lederhose und einer roten Kapuze bekleidet war, eine Fackel, die ihm einer seiner Knechte reichte, und steckte den Scheiterhaufen an einem Ende an.

Als er auch die drei anderen Ecken anzünden wollte, gebot ihm der Priester Halt. »Wegen ihrer Verworfenheit soll die Hexe langsam rösten. Danach mag ihre Seele in die Tiefen der Hölle fahren.«

Seine Stimme hallte in Irmelas Ohren wider und bereitete ihr

Schmerzen. Während ihre Begleiterinnen gebannt zusahen, wie die Flammen sich langsam ausbreiteten und nur zögerlich nach dem Hemd der Verurteilten griffen, lehnte Irmela sich auf ihrem Sitz zurück und schloss die Augen. Aber ihre Phantasie ließ das Geschehen so deutlich vor ihrem inneren Auge aufsteigen, als stünde sie selbst auf dem Scheiterhaufen.
Sie sah den zuckenden Leib der Frau, die sich in den lodernden Flammen wand und heißen Rauch einatmete, fühlte, wie ihr Mund sich zu jenen Schreien öffnete, die wegen der Schnur um ihre Kehle nur zu einem gurgelnden Röcheln wurden. Auch nahm sie wahr, wie die angebliche Hexe versuchte, sich mit den Stricken, mit denen sie an den Pfahl gefesselt worden war, zu erdrosseln. Doch die waren so geschickt angebracht, dass ihre vergeblichen Versuche etliche der Zuschauer zu höhnischen Ausrufen veranlassten.
Helene, Johanna und Ehrentraud schwatzten munter drauflos und kommentierten jede Bewegung der Alten, die durch die Entscheidung des Priesters zu einem langsamen, qualvollen Tod verurteilt worden war. Da er den Henkersknechten auch verboten hatte, Öl in die Flammen zu gießen, dauerte es einige Zeit, bis der Holzstoß richtig Feuer fing, und er brannte auch nur langsam ab, denn es fehlte der Wind, der die Flammen hätte anfachen können.
Als die Menge erwartungsfroh aufschrie, öffnete Irmela die Augen und sah, wie die Frau von den Flammen umspielt wurde. Ihr Gesicht war zu einer Maske puren Schmerzes verzerrt, und ihr Mund schrie lautlose Verwünschungen hinaus, die nur noch sie selbst verstehen konnte. Dann bäumte die Verurteilte sich ein letztes Mal auf und sank in sich zusammen. Gleichzeitig wurde ihr Hemd von den Flammen verzehrt, und für ein paar Augenblicke war ihr nackter, von Feuerzungen umtanzter Leib zu sehen. Obwohl sie alt, von Wunden entstellt und verschrumpelt

war wie ein Apfel vom letzten Jahr, keuchten einige Männer voller Gier auf.

Irmela wurde von dem Gestank des verbrennenden Fleisches so übel, dass sie sich in Krämpfen wand, um nicht erbrechen zu müssen. Mühsam wandte sie ihren Blick von dem Geschehen ab und sprach ein Gebet für das arme Weib, das auf eine so grauenhafte Weise ums Leben gebracht worden war. Selbst wenn die Frau verbrochen hatte, was man ihr vorwarf, gab nichts in der Welt den Menschen das Recht, grausamer zu sein als jedes Tier.

»Es ist vorbei«, sagte Helene enttäuscht und leicht verärgert, weil sie es wegen der Hexe versäumt hatte, ihre Bekanntschaft mit Rudolf Steglinger zu vertiefen. Der Heereslieferant ließ sich von seinem Mohren einen weiteren Becher Wein holen und dann ein Stück von dem Braten, der zusammen mit verschiedenen Würsten auf einem großen Rost am Rande des Platzes zubereitet worden war. Helene fand, dass sie und ihre Begleiterinnen ebenfalls eine Stärkung nötig hatten, wollte aber nicht den Kutscher oder dessen Gehilfen losschicken. Stattdessen blickte sie Steglinger erwartungsvoll an.

Dieser bemerkte Helenes Blick und lächelte ihr gönnerhaft zu. »Darf ich behilflich sein? Abdur, besorge Fleisch für die Damen und noch mehr Wein – vom besten natürlich.« Während der Mohr davoneilte, verwickelte Steglinger Helene in ein längeres Gespräch, in das er auch Johanna einband.

Als sein schwarzer Diener zurückkehrte und den drei vor der Kutsche stehenden Frauen mit einer tiefen Verbeugung große Scheiben gerösteten Fleisches und eine Kanne des Weins anbot, den der Händler im Wasser des Baches gekühlt hatte, vermochte Irmela ihren Magen kaum noch zu beherrschen. Der Geruch des Bratens verstärkte ihre Übelkeit, und sie drehte den Kopf weg, als Abdur auch ihr ein Stück hinhielt. Sie konnte nicht

einmal von dem Wein trinken, obwohl ihr die Zunge wie ein Stück trockenes Leder im Mund saß.
Johanna bemerkte Irmelas Unwohlsein und verzog angewidert die Lippen. »Das ist dir wohl auf den Magen geschlagen, was? Wenigstens weißt du jetzt, was eine Hexe wie dich erwartet!«
Irmela war zu übel, um darauf antworten zu können, und mit einem Mal stiegen die Ängste wieder in ihr auf, die sie im Haus über dem Strom Tag für Tag bedrängt hatten. Was war, wenn Johanna recht hatte? Mit ihren scharfen Sinnen und der Fähigkeit, mehr Dinge zu erfassen als andere Menschen und manchmal sogar Geschehnisse vorauszusehen, musste sie wohl eine Hexe sein. Obwohl sie niemand je geschadet hatte, überkam sie mit einem Mal die Ahnung, in nicht allzu ferner Zukunft ein ähnliches Schicksal erleiden zu müssen wie die arme alte Frau.

II.

*A*uf der Rückfahrt unterhielten Irmelas Begleiterinnen sich über jede Einzelheit der Hexenverbrennung. Keine von ihnen hatte nur einen Funken Mitleid mit dem armen Weib, das ein so grausiges Ende gefunden hatte.
»Sie kann keinen Verstand besessen haben«, erklärte Helene lachend. »Was muss sie auch die Leute verfluchen? Das soll sie schon vorher getan haben, und deswegen haben ihre Nachbarn sie angezeigt. Na ja, jetzt sind sie das Miststück los. Gebracht hat es ihnen aber wenig außer dem Segen des Priesters, denn der Alten soll nicht einmal die Hütte gehört haben, in der sie gehaust hat. Der Grundherr hatte ihr aus Gnade und Barmherzigkeit ein Dach über dem Kopf gegeben, nachdem ihr Ehemann, ihr Sohn, die Schwiegertochter und die Enkelkinder an der Seuche gestorben waren. Aber sie hat ihm seine Großzügigkeit gedankt, indem

sie ihm die Schweden an den Hals gewünscht hat. Im Gegensatz zu euch, Kinder, war der Mann so dumm, nicht zu fliehen, und so haben ihn die Ungeheuer aus dem Norden an das Eingangstor seines brennenden Hauses genagelt, um ihn zu zwingen, sein Geldversteck zu verraten.«

»Wurde das Weib deswegen verhaftet?«, wollte Johanna wissen. Helene nickte. »Ja! Als die Hexe ihre Nachbarn beschimpfte, bekamen diese es mit der Angst zu tun, sie würde die Schweden auch auf sie hetzen, und sind zu ihrem Pfarrer gerannt. Von da an war das Weib für den Scheiterhaufen bestimmt. Ich an ihrer Stelle hätte fein säuberlich den Mund gehalten. Es gibt genügend echte Hexen, aber die verbergen ihre Fähigkeiten sorgfältig. Einige von ihnen bewegen sich sogar in den höchsten Kreisen und lassen sich als erlauchtigste Gräfin oder durchlauchtigste Frau Herzogin anreden. Es gibt auch Männer, die über geheimnisvolle Kräfte verfügen. Ich habe jemanden kennengelernt, der hat einer Jungfrau eine hässliche Warze, die direkt auf ihrer Nase wuchs, mit einer Handbewegung und einem einzigen Zauberwort entfernt!«

Ehrentraud sprang so hastig auf, dass sie das Gleichgewicht verlor und gegen Irmela prallte. Ohne sich zu entschuldigen, griff sie nach Helenes Hand und blickte sie flehend an. »Wenn es Leute gibt, die die Macht besitzen, Warzen mit einem Wort zu beseitigen, müssten sie in der Lage sein, meine Narben hinwegzuzaubern. Könnt Ihr mir sagen, wie ich einen Mann oder eine Frau mit diesen Kräften finden kann?«

Helene lachte leise auf. »Das ist nicht gerade leicht, denn diese Leute posaunen gewiss nicht hinaus, wer sie sind. Aber wer es geschickt anfängt, dem könnte es gelingen, so jemanden zu sich zu rufen.«

»Wollt Ihr mir dabei helfen? Bitte, Frau Helene!«, bettelte Ehrentraud, der vor Erregung die Tränen hinunterliefen.

Helene zögerte mit der Antwort. Wohin es führen konnte, wenn man sich auf derlei Dinge einließ, hatte ihr das Ende der alten Frau vor Augen geführt. Andererseits vermochte es ihren Einfluss auf die Nichte des Priors und damit auch auf diesen stärken, wenn es ihr gelingen sollte, eine Hexe oder einen Magier zu finden, der Ehrentraud helfen konnte. Für eine Weile blieb Helene stumm und versuchte, die Risiken abzuwägen. Schließlich seufzte sie tief und nickte. »Ich werde sehen, ob ich etwas für dich tun kann.«
Während Ehrentraud erleichtert aufatmete, fiel Helene ein, dass die Hexe, die sie im Sinn hatte, ihr auch helfen konnte, Steglinger an sich zu binden und einen passenden Mann für Johanna zu finden. Das Mädchen war bereits neunzehn und musste bald verheiratet werden. Mit einem Ausdruck mütterlichen Stolzes musterte sie ihre Tochter. So ähnlich hatte sie ausgesehen, als es ihr gelungen war, das Interesse des bereits bejahrten Johann Antonius von Hochberg zu wecken. Damals hatte sie berechtigte Hoffnungen gehegt, durch diese Heirat reich und eine angesehene Frau von Stand zu werden. Doch dann …
Helene verdrängte den Gedanken an ihren Leichtsinn, durch den sie das Erreichte wieder verloren hatte. Ihr Ehemann war eines Tages dahintergekommen, dass sie es mit der Treue nicht allzu genau nahm, und hatte sich so aufgeregt, dass ein Schlagfluss ihn zu einem lebenden Leichnam hatte werden lassen. Dabei fragte sie sich bis heute, ob ihn die Tatsache, dass sie ihm Hörner aufgesetzt hatte, oder der niedrige Stand ihres Liebhabers, eines strammen Rossknechts, so niedergeschmettert hatte. Bei der Überlegung lachte sie über sich selbst. Das war alles nicht mehr wichtig. Sie hatte es nun in der Hand, sich ein gewisses Vermögen zu schaffen und mit dieser Mitgift die angesehene Ehefrau eines ebenfalls wohlhabenden Mannes zu werden.
Derweil kämpfte Irmela immer noch mit ihrer Übelkeit und hät-

te Helene am liebsten gebeten, den Wagen anhalten zu lassen, damit sie aussteigen und ihren Magen entleeren konnte. Doch die Angst davor, wieder gescholten und tagelang verhöhnt zu werden, brachte sie dazu, den Mund zu halten. Sie versuchte, sich in Wachträume zu flüchten, wie sie es schon öfter getan hatte, wenn sie ihre Umwelt nicht mehr ertragen konnte, doch die durchdringenden Stimmen der drei rissen sie immer wieder in die unangenehme Gegenwart zurück.

Sie musste an Fabian denken und fragte sich, ob er Ehrentraud mit ihrer neuen, viel hässlicheren Narbe immer noch attraktiv finden würde. Immer wieder war ihr die Szene vor Augen gestanden, als sie die beiden im Bett überrascht hatte, und sie fragte sich nun, ob er ebenso wie die Schweden jene Frauen, auf die er unterwegs traf, als leichte Beute ansah. Für so triebhaft hielt sie ihn zwar nicht, trotzdem nagten Zweifel an ihr. Ein Teil von ihr verteidigte den Freund und entschuldigte sein Verhältnis zu der Entstellten als Mitleid, doch der Teil, in dem ihre verletzten Gefühle hochwallten, beschuldigte ihn, zu jeglicher Sünde fähig zu sein. Ausgerechnet mit Ehrentraud hatte er Dinge getrieben, die den Lehren der heiligen Kirche zufolge nur ein Ehemann mit seinem angetrauten Weib tun durfte. Das empfand sie als Ohrfeige, denn das Mädchen verfolgte sie immer noch mit ihrem Hass, so als habe sie ihr die schrecklichen Narben zugefügt und nicht die feindlichen Soldaten.

Dann schalt sie sich, weil sie sich überhaupt mit Fabian beschäftigte. Die Schweden hatten ihr doch bewiesen, dass Männer im Grunde ihres Herzens wohl allesamt Ungeheuer waren, die Freude daran hatten, Frauen zu erniedrigen und ihnen Schmerzen zuzufügen.

Ganz in ihre Gedanken versunken bemerkte sie nicht, dass die anderen drei sie während ihres Gespräches immer wieder mit verächtlichen Blicken streiften. Für sie hatte Irmela bewiesen, dass sie immer noch ein unmündiges Kind war, das man aus Gnade und Barmherzigkeit an den Tisch zu den Erwachsenen setzte. Dennoch machte Helene sich Sorgen, denn sie war inzwischen fest davon überzeugt, dass Irmela eine Hexe war wie ihre Mutter. Johanna und Ehrentraud hatten ihr nicht nur von den Umständen ihrer Flucht berichtet, sondern ebenso von früheren Zwischenfällen. Kein normaler Mensch konnte so feine Ohren oder so scharfe Augen haben, ohne über übernatürliche Kräfte zu verfügen, und die musste Irmela von ihrer Mutter geerbt haben. Es hätte damals schon enden können, vor der Geburt der kleinen Hexe. Dann wäre sie, Helene, die Erbin ihres Mannes und eine angesehene Frau. Doch Irmhilde von Hochberg zu Karlstein hatte sich mit Hilfe ihrer Beziehung zu den Wittelsbachern in Pfalz-Neuburg und München davor bewahren können, vor den Hexenrichter geschleppt zu werden. Wäre sie verbrannt worden, hätte Ottheinrich seine verletzte Ehre nicht lange überlebt, und sein Vermögen wäre an seinen Vater gefallen und nach dessen Tod zu einem hübschen Teil an sie als dessen Gemahlin. Helen sah Irmela an und fragte sich, warum sie sich mit den Brosamen begnügen sollte, die vom Tisch des Hochberg-Vermögens fielen. Aber anders als damals sah sie keinen Weg, das Werk so zu verrichten, dass sie ihre Hände nach außen hin in Unschuld waschen konnte.

III.

Nach der Hexenverbrennung schien es mehrere Tage, als hätte Helene das Versprechen vergessen, das sie Ehrentraud gegeben hatte, denn sie erwähnte es mit keinem Wort und sprach auch sonst nicht von Zauberei und ähnlichen Dingen. Insgeheim aber war sie von den Möglichkeiten fasziniert, die ihr der Bund mit übernatürlichen Mächten verschaffen konnte. Gleichzeitig wuss-

te sie, wie intensiv die heilige Kirche über ihre Schäflein wachte und dass sie jedes Anzeichen von Hexerei ebenso hartnäckig verfolgte wie das Ketzertum der Protestanten. Sie musste an die Geschehnisse in der Stadt Schwäbisch Wörth denken, die nun Donauwörth genannt wurde und die vor etwas mehr als zwanzig Jahren schwer für die Verhöhnung des wahren Glaubens bestraft worden war. Der Herzog und jetzige Kurfürst Maximilian hatte die Stadt mit Kaiser Matthias' Zustimmung besetzt und die protestantischen Bürger mit Feuer und Schwert in den Schoß der katholischen Kirche zurückgeholt. Als junge Frau hatte sie mit ansehen müssen, wie die uneinsichtigen Ketzer samt ihren Familien ihr Ende auf dem Richtblock oder dem Scheiterhaufen gefunden hatten.
Helene erinnerte sich nur zu gut, dass man nicht einmal die jungen Mädchen verschont hatte. Wenn sie nun wieder auf verbotenen Pfaden wandelte, würde sie sehr, sehr vorsichtig sein müssen. Andererseits bot ihr der Abscheu der Pfaffen gegen Ketzer und Hexer eine Möglichkeit, endlich reich zu werden. Der Bettel, den Irmelas Treuhänder ihr zukommen ließen, reichte nicht einmal für ein halbwegs anständiges Leben, geschweige denn für jene Annehmlichkeiten, die für eine Dame ihres Standes einfach unabdingbar waren.
Aber das, was sie an gemünztem Gold besaß, würde zumindest für ein paar neue Gewänder reichen. Johanna musste ebenfalls neu eingekleidet werden, damit ihre Schönheit besser zum Tragen kam. Auch durfte sie Irmela nicht ganz vernachlässigen, denn deren bestes Kleid sah aus, als wäre es mit der Zeit eingelaufen, es reichte ihr nicht einmal mehr bis zu den Knöcheln, und die Ärmel endeten einen guten Zoll oberhalb der Handgelenke. Wie es schien, war das Mädchen in den letzten Monaten noch einmal gewachsen.
Da Irmela gerade aufstand, um Ehrentraud neuen Wein einzu-

schenken, konnte Helene erkennen, dass sie nur noch zwei Handbreit kleiner war als Johanna. Auch Irmelas Figur war voller geworden, der Stoff des Kleides spannte sich über Brust und Hüften. Plötzlich ärgerte Helene sich, dass ihr dies nicht schon früher aufgefallen war. In diesem Aufzug konnte sie Irmela weder irgendwelchen Verwandten präsentieren noch deren Vertrauensleuten in Passau. Sie schnaubte und blickte die anderen mit verbissener Miene an.
»Es wird an der Zeit, dass wir wieder einmal in die Stadt kommen. Ich werde den Verwalter anweisen, übermorgen eine Kutsche für uns bereitzustellen. Als Magd nehmen wir Fanny mit. Sie kann uns drei bedienen.«
Ihre Worte verrieten Ehrentraud, dass sie zurückbleiben sollte.
»Ich würde gerne mitkommen.«
Helene war klar, dass es der jungen Frau in erster Linie darum ging, einen Hexer oder eine Hexe aufzutreiben. Doch dabei musste man sehr behutsam sein. Mit ihrer Ungeduld würde Ehrentraud bei dieser delikaten Angelegenheit nur stören. Andererseits war es vielleicht doch besser, sie mitzunehmen und unter Kontrolle zu halten, denn ohne Aufsicht konnte sie der Dienerschaft verhängnisvolle Befehle erteilen. Daher nickte Helene ihr scheinbar freundlich zu.
»Ich würde es gutheißen, wenn du uns begleitest. Wer weiß, vielleicht erhalten wir in Passau Botschaft von deinem Onkel oder treffen ihn sogar selbst dort an.«
Diese Aussicht hätte Ehrentraud beinahe dazu gebracht, auf die Fahrt zu verzichten. Dem Prior zu begegnen war das Letzte, das sie sich wünschte. Er würde gewiss ihr Gesicht sehen wollen und die noch grässlicher gewordene Narbe entdecken. Auch würde er sie schelten, weil sie ihm bisher keinerlei Mitteilung über Irmelas Hexenkünste gemacht hatte. Aber sie war zu sehr mit ihren eigenen Problemen beschäftigt gewesen, um auf das dumme Ding

achten zu können. Anders wäre es gewesen, wenn sie auf deren Hilfe hätte rechnen können. Doch die kleine Hexe hatte ihr von Anfang an geschadet und würde es auch weiterhin tun. Irgendetwas aber würde ihr einfallen müssen, denn wenn ihr Onkel zu der Überzeugung kam, sie wäre ihm nicht mehr von Nutzen, würde er sie möglicherweise in ein abgelegenes Kloster stecken. Nachdem sie jedoch die süße, wenn auch verbotene Frucht der körperlichen Liebe mit Fabian gekostet hatte, wollte sie darauf nicht mehr verzichten. Um ihn dazu zu bringen, auch in Zukunft das Lager mit ihr zu teilen und sie nach der unvermeidlichen Entdeckung ihres Tuns zur Frau zu nehmen, musste dieser schreckliche violette Wulst verschwinden, der sich von ihrer Schläfe bis zum Kinn zog. Das konnte nach Lage der Dinge jedoch nur durch Zauberkraft geschehen. Also würde sie mit Helene und Johanna fahren und ihrem Onkel die Stirn bieten.

»Ich komme gerne mit«, sagte sie und freute sich nun darauf, sich neu einkleiden zu lassen. Da ihr Onkel bisher nur wenig Geld für sie hatte auslegen müssen, würde er sie deswegen wohl kaum schelten.

Irmela spürte die Anspannung, unter der sowohl Helene wie auch Ehrentraud standen, und fragte sich, was die beiden so stark bewegte. So aufregend war die Fahrt nach Passau nicht, also musste es etwas sein, das man vor ihr verbergen wollte. Da sie auf Fragen grundsätzlich nur spöttische Antworten erhielt, schob sie diese Überlegungen beiseite und stellte sich vor, durch die Dreiflüssestadt zu bummeln. Ein wenig freute sich auch darauf, neue Kleider zu bekommen, die ihr passten und hoffentlich ein wenig hübscher waren als ihre schmucklosen grauen und blauen Gewänder, die Helene ihr anfangs hatte nähen lassen.

Der bevorstehende Ausflug beschäftigte auch Johanna. »Wenn wir schon einmal in Passau sind, sollten wir die Bekanntschaft mit einigen Leuten vertiefen, zum Beispiel mit Herrn Steglin-

ger.« Sie zwinkerte ihrer Mutter zu, denn sie kannte deren Hoffnungen, Walburgas Nachfolgerin zu werden.
Wohl war dem früheren Gutsherrn und jetzigen Heereslieferanten an einem jungen Weib gelegen, das ihn noch mit Kindern beglücken konnte, doch Helene fühlte sich trotz ihrer fast vierzig Jahre noch nicht zu alt, weitere Kinder zu gebären. Daher nickte sie ihrer Tochter versonnen lächelnd zu. »Gewiss werden wir Herrn Steglinger in der Herberge begrüßen dürfen, in der wir uns einquartieren werden. Wahrscheinlich erhalten wir dort auch Einladungen für Feste und Empfänge.«
»Aber wir sind doch noch in Trauer um meinen Vater! Da dürfen wir noch keine Feste besuchen«, warf Irmela empört ein.
Helene maß sie mit einem mitleidigen Blick. »Mein liebes Kind, das Ableben meines Stiefsohns liegt nun über ein Jahr zurück, und für mich und Johanna ist die Trauerzeit vorüber. Aber du solltest natürlich in der Herberge bleiben.«
Mit ihrer Bemerkung hatte Irmela Helene eine Sorge genommen. Wäre ihre Stiefenkelin mit ihr gekommen, hätten die jungen Edelmänner sich trotz des maushaften Aussehens des Mädchens mehr um die reiche Erbin als um ihre Tochter bemüht.
Diese Überlegungen schossen auch Johanna durch den Kopf, die es für ungerecht hielt, dass der Reichtum der Familie allein Irmela zugute kam. Ihrer Ansicht nach hätte sie das Hochberg-Vermögen erben müssen, da ihr Halbbruder keinen Sohn bekommen hatte, der den Namen der Familie weiterführen konnte. Sie schob ihre beständig schwelende Wut über so viel Ungerechtigkeit jedoch von sich weg, als ihre Mutter die Fahrt zu planen begann.
Helene überlegte sorgfältig, wie sie auftreten musste. Gern hätte sie auf ihren Rang als Witwe des Johann Antonius von Hochberg gepocht, aber das durfte sie nicht, denn dessen Verwandte hatten seine Heirat mit ihr nie anerkannt und ihre Tochter unter

der Hand einen Bastard genannt. Die Tatsache, dass auch ihr Ehemann ihr den Titel einer Gräfin verweigert, und die Art und Weise, wie ihre Ehe geendet hatte, war natürlich Wasser auf die Mühlen jener hochnäsigen Bagage gewesen und trug auch nach all den Jahren noch dazu bei, Johannas Heiratschancen zu vermindern.

Obwohl Helene etliche Stolpersteine vor sich liegen sah, war sie guten Mutes. Die meisten Hochbergs mochten sie zwar verachten, würden sie aber nicht bekämpfen, um die Familienehre nicht zu beschmutzen. Auch stand niemand von ihnen Irmela so nahe, dass er ihre Ansprüche auf die Vormundschaft über das Mädchen hätte übertrumpfen können. In dieser Beziehung waren ihr die von Herzog Wolfgang Wilhelm eingesetzten Vermögensverwalter sogar behilflich, denn sie verteidigten ihre Pfründe gegen jegliche Konkurrenz. Zwar verwehrten die Herren ihr einen tieferen Griff in Irmelas Tasche, würden aber auch in Zukunft alles tun, die Hochberg-Sippe von ihr und dem Mädchen fernzuhalten.

Mit sich und ihren Aussichten recht zufrieden befahl Helene ihrer Leibmagd, den Verwalter zu rufen, der ihre Befehle entgegennehmen sollte. Bereits am nächsten Tag musste ein Bote in die Stadt reiten, um im besten Gasthof genügend Zimmer für sie und ihre Begleiterinnen zu reservieren.

IV.

Passau war bei ihrem letzten Aufenthalt voller Flüchtlinge gewesen, so dass sie sich mit einem Kämmerchen hatten begnügen müssen. Diesmal hingegen stand ihnen das ganze Stockwerk eines Gasthofs zur Verfügung. Helene hatte je ein Schlafzimmer für sich, für Ehrentraud und Johanna sowie für Irmela bestellt, die ihre Kammer allerdings mit Fanny teilen musste. Es gab sogar noch ein zusätzliches Zimmer, in dem sie Besucher empfangen konnte.

Bevor Helene einen Schritt vor die Tür setzte, ließ sie einen Tuchhändler rufen und suchte mit sicherem Auge Stoffe für neue Kleider aus, die in die Hände zweier ihr von der Wirtin empfohlener Näherinnen gegeben wurden. Tatsächlich lieferten die Frauen schon nach zwei Tagen je ein stattliches Gewand nach neuester Mode ab. Helene hatte für sich ein großzügiges Dekolleté mit doppelter Spitzenverzierung fertigen lassen, ihre Tochter aber bekam trotz ihres Protests ein Kleid mit einem am Hals geschlossenen Kragen, welches ihr das Aussehen einer sittsamen Jungfrau verlieh. Nach der gelungenen Anprobe sandte Helene den Wirtsburschen mit der Nachricht ihrer Ankunft an jene Herrschaften, von deren näherer Bekanntschaft sie sich Vorteile versprach.

Der erste Gast, der ihrer Einladung folgte, war Rudolf Steglinger. Auch er war aufs prächtigste in ein besticktes Wams, bis zu den Waden reichende Hosen und Stiefel gekleidet, deren Schaftenden mit Spitzen besetzt waren. Dazu trug er einen Hut mit breiter Krempe, den er so schwungvoll vom Kopf riss, dass der Federbesatz über den Boden schleifte.

»Meine Verehrung, Gnädigste!«, grüßte er und stierte dabei in Helenes Ausschnitt. Diese war sich ihrer Anziehung auf das männliche Geschlecht bewusst und glaubte, Steglinger so einwickeln zu können, dass er ihr in absehbarer Zeit die Ehe antrug.

»Ich freue mich sehr, Euch wiederzusehen, edler Herr.« Helene blickte ihn mit so leuchtenden Augen an, als stände Adonis persönlich vor ihr. Dabei war der Mann feist, hatte ein rot angelaufenes, aufgedunsenes Gesicht mit wässrigen Augen, und da er den Hut in der Hand hielt, konnte man das schüttere, brünette Haar sehen. Die Gulden, die er in seinen Truhen anhäufte, machten diese körperlichen Nachteile jedoch wett. So bat sie ihn mit ihrer lieblichsten Stimme, Platz zu nehmen, und wies Fanny an, ihm Wein zu kredenzen.

Die Magd kam dem Befehl nach, zog sich dann auf Helenes Wink zurück und ging hinüber in die Kammer, die Irmela bewohnte. Als Fanny eintrat, hob diese den Kopf. »Ist Besuch gekommen? Ich glaubte, eine Männerstimme zu hören.«

»Wenn ich den Namen richtig verstanden habe, handelt es sich um den Ehemann von Frau Walburga. Die Herrin macht ein Brimborium um den Kerl, als handle es sich um den Kaiser oder wenigstens Wallenstein persönlich.« Fanny kräuselte verächtlich die Lippen, denn sie hatte genug über Rudolf Steglinger erfahren, um ihn zu verabscheuen.

Irmela zuckte mit den Achseln. »Ich glaube, Helene will ihn heiraten. Meinen Segen hat sie.«

»Hoffentlich zieht sie samt ihrer Tochter zu ihm und lässt uns in Ruhe! Das Narbengesicht kann sie auch gleich mitnehmen.« Wenn sie sich mit Irmela allein wusste, machte Fanny aus ihrer Abneigung gegen das Trio keinen Hehl. »Es ist eine Schande, dass sie Kleider für sich und ihren Balg hat nähen lassen, während Ihr immer noch in diesem alten Lumpen herumlaufen müsst.«

Irmela machte eine wegwerfende Handbewegung. »Ich mache mir nicht viel aus Kleidern.«

»Dann wärt Ihr die einzige Frau der Welt, die das tut.« Fanny schürzte die Lippen und sagte sich, dass ihre Herrin einfach zu wenig aus sich machte. Mit einer anderen Frisur und einem hübschen Kleid sähe sie ganz manierlich aus. Natürlich durfte sie nicht die verkniffene Miene zeigen, die sie gerade wieder aufgesetzt hatte. Die kam von dem Ärger über ihre Stiefgroßmutter und die beiden anderen Weibsteufel.

Gerne hätte Fanny ihre ersparten Münzen hingegeben, wenn

sie dafür auf dem Markt etwas Selbstbewusstsein für ihr Fräulein hätte kaufen können. So, wie Irmela sich in sich selbst verkroch, hatte die Frau, die jetzt vorne im Salon saß und mit dem fetten Heereslieferanten tändelte, leichtes Spiel mit ihr. Dabei lebte Frau Helene von dem Geld, das eigentlich für Irmela bestimmt war, und behandelte die Komtesse wie eine mittellose Verwandte.

Irmela sah es im Gesicht ihrer Magd arbeiten und lächelte. Mit ihr hatte sie vom Schicksal ein doppeltes Geschenk erhalten. Fanny war fleißig und bemüht, alle Arbeiten zu ihrer Zufriedenheit zu erledigen, und ersetzte ihr in gewissem Rahmen auch eine Freundin, denn sie war die Einzige, mit der sie über alles reden konnte. Johanna hörte nicht einmal hin, wenn sie etwas sagte, sondern strich ihren Vorrang als ihre Tante heraus und kümmerte sich nur um Ehrentraud. Die Entstellte hasste sie gar und überschüttete sie mit Bosheiten, als sei sie der schlechteste Mensch auf Erden, so dass Irmela sich immer wieder fragte, was sie dieser Frau angetan hatte.

Sie schüttelte den Gedanken ab und grinste spitzbübisch. »Ich glaube, Helene wird bald aus all ihren rosigen Wolken fallen. Steglinger würde weitaus lieber Johanna heiraten.«

»Wegen mir kann er auch die nehmen, wenn er die Schwiegermutter mit zu sich nimmt.« Fanny seufzte und betete stumm zu allen Heiligen, damit es bald zu dieser Heirat kam.

V.

Der nächste Besucher war noch weniger nach Fannys Geschmack. Es handelte sich um den Prior Xaver von Lexenthal. Frau Helene empfing ihn überschwenglich und kredenzte ihm eigenhändig Wein. Ihre bewusst zur Schau gestellten Reize ver-

fingen bei dem Kirchenmann augenscheinlich nicht, denn er erhob sich nach beinahe unhöflich kurzer Zeit. »Ich würde jetzt gerne mit Ehrentraud sprechen.«
»Aber natürlich!« Helene schluckte ein wenig, sie hatte Angst, der Prior könnte ihr die Schuld an der Verschlimmerung der Narben im Gesicht seiner Nichte zusprechen. Auch wenn Ehrentraud eine innige Freundschaft mit Johanna verband, konnte man nie wissen, wen sie in ihrer Launenhaftigkeit anklagte. Mit einem mulmigen Gefühl, das ihre Höflichkeit nur unzureichend verdecken konnte, führte sie Lexenthal in das Zimmer seiner Nichte und betete stumm, dass alles gut werden würde.
Ehrentraud saß auf einem schlichten Stuhl und hatte ihr Gesicht hinter einem Schleier verborgen. Zwar begrüßte sie ihren Onkel sehr höflich, doch sie ließ sich den Zorn und die Enttäuschung über das Versagen der Ärzte anmerken, die er zu ihr geschickt hatte.
Der Prior nahm auf einem bereitstehenden Sessel Platz, aber als Helene sich dazusetzen wollte, runzelte er die Stirn. »Ich wäre Euch dankbar, wenn Ihr mich mit meiner Verwandten allein lassen könntet.«
Helene knickste und warf Ehrentraud einen kurzen und – wie sie hoffte – aufmunternden Blick zu. Dann verließ sie die Kammer, lief in ihr Zimmer und legte ihr Ohr gegen die Wand.
Der Prior wartete, bis Helene die Tür hinter sich geschlossen hatte, und blickte seine Nichte fragend an. »Du trägst noch immer einen Schleier. Konnten die Ärzte, die ich zu dir geschickt habe, dir nicht helfen?«
Da weder Portius noch Lohner zu ihm zurückgekehrt waren, um Bericht zu erstatten, wusste er noch nichts von deren missglückten Versuchen, seiner Nichte die frühere Schönheit wiederzugeben.
Ehrentraud wand sich, weil sie nicht bereit war, die Wahrheit zu

sagen. »Die Narben waren bereits auf dem besten Weg abzuheilen, als ...«

»Als was?«, unterbrach Lexenthal sie scharf. Da er nicht sofort Antwort erhielt, wies er mit der Rechten auf ihren Schleier. »Ich will dein Gesicht sehen!«

»Bitte nicht!«, flehte Ehrentraud.

»Ich befehle es dir!« Der Prior sagte es mit der ganzen Autorität eines Mannes, der vor seiner Flucht über mehrere Dutzend Mitbrüder und etliche hundert Knechte und Mägde auf den zum Kloster gehörenden Gutshöfen geherrscht hatte.

Ehrentraud löste zögernd den Schleier von ihrem Gesicht und blickte ihren Onkel ängstlich an. Der Prior prallte zurück, als er die dicke, dunkelrot und violett unterlaufene Narbe sah, die durch Portius' Schuld eine Gesichtshälfte völlig verunstaltete.

»Bei Jesus Christus, unserem Herrn! Wie ist das möglich? So schlimm hast du ja nicht einmal nach dem Überfall der Schweden ausgesehen. Da muss Hexerei im Spiel sein!«

»Das ist es wahrscheinlich auch!« Ehrentraud atmete auf, weil er nicht wie befürchtet sie beschimpfte, sondern die Schuld bei anderen suchte. Doch das half ihr nicht viel, wie seine nächsten Worte verrieten.

»Mit dieser Entstellung hast du keine Aussicht mehr, einen auch nur halbwegs passenden Ehemann zu finden. Daher wirst du den Schleier nehmen. Ich bin mit etlichen Äbtissinnen bekannt, die sich für dich einsetzen werden. Da du nicht dumm bist, kannst du in der Hierarchie des Klosters rasch aufsteigen und innerhalb weniger Jahre selbst Äbtissin werden.«

Ehrentraud schauderte bei der Aussicht, unter der Fuchtel strenger Nonnen leben zu müssen. Im Kloster würde ihr nach Liebe hungernder Körper verdorren wie ein abgebrochener Zweig. Nur mühsam gelang es ihr, sich zu sammeln und ihrem Onkel ins Gesicht zu blicken. »Da ich durch Hexerei verunstaltet worden bin, muss ein anderer, stärkerer Zauber dafür sorgen, dass wieder alles in Ordnung kommt.«

Der Prior fuhr empört auf. »Willst du dich mit den Kräften der Hölle einlassen?«

»Nein, natürlich nicht!«, wehrte Ehrentraud ab. »Ich denke da an hochgelehrte Herren, Alchimisten, denen alle Geheimnisse der Welt bekannt sind, und erfahrene Doktoren. Jene, die du mir geschickt hast, waren nur Scharlatane, die dem Wirken böser Mächte hilflos gegenüberstanden.«

Der Prior rieb sich über die Stirn. »Ich war überzeugt gewesen, Portius und Lohner seien in der Lage, dir zu helfen.« Es klang beinahe entschuldigend und verriet Ehrentraud, dass die Gefahr, umgehend hinter Klostermauer zu verschwinden, fürs Erste gebannt war.

»Hochwürdigster Herr Oheim, ich bitte Euch, mir auch weiterhin beizustehen. So wie ich jetzt aussehe, wird man an jedem Ort der Welt das Gesicht von mir abwenden.« Ehrentrauds Tränen blieben nicht ohne Wirkung auf den sonst so strengen Mann. Lexenthal sagte sich, dass sie in ihrem jetzigen Zustand eher einer grotesken Kreatur ähnlich sah als einem Frauenzimmer, das als Kind zu großen Hoffnungen Anlass gegeben hatte, und in ihm wuchs die Wut auf das Teufelsgeschöpf, das Schuld an der Entstellung seiner Nichte trug.

»Die junge Hexe hat es also trotz der Reliquie, die dich schützen sollte, fertiggebracht, dich noch tiefer ins Elend zu stürzen. Dafür wird sie im Diesseits und im Jenseits bitter bezahlen!«

»Es war Irmelas Fluch, dessen bin ich mir ganz sicher!« In dem Augenblick hätte Ehrentraud den Kaiser oder gar den Papst in Rom der Hexerei bezichtigt, nur um sich die Gunst ihres Onkels zu erhalten.

Lexenthal biss sich auf die Lippen, bis er Blut schmeckte, und überhäufte sich innerlich mit Vorwürfen. Niemals hätte er seine

Nichte den magischen Ränken der kleinen Hochberg ausliefern dürfen, sondern sie an einen sicheren Ort bringen müssen. Er dachte an die Hexe, die vor wenigen Tagen ihr Ende auf dem Scheiterhaufen gefunden hatte. Bei dieser keifenden alten Vettel war es ein Leichtes gewesen, sie der irdischen Gerechtigkeit zuzuführen. Dabei hatte das Weib gewiss nur einen Bruchteil des Schadens angerichtet, den Irmela von Hochberg sich hatte zuschulden kommen lassen. Doch solange er nicht genügend Beweise hatte, um das Mädchen als Hexe anklagen zu können, musste er alles vermeiden, was diese Teufelsbuhle warnen konnte. Daher schien es ihm jetzt noch wichtiger, sie durch seine Nichte überwachen zu lassen.

»Diese Schadhexe wird dafür bezahlen, das schwöre ich dir!«

»Das gibt mir mein Gesicht auch nicht zurück!«, begehrte Ehrentraud auf. »Ihr hättet mich nie in Irmelas Gewalt geben dürfen. Sie ist doch eine Hochberg, und diese Sippe hasst Euch, seit Ihr Irmelas Mutter dem Hexenrichter übergeben habt. Das hier war ihre Rache!«

Lexenthal nickte unwillkürlich. Ihm war klar, dass er in seinem Bestreben, die kleine Hexe zu entlarven, seine Verwandte in höchste Gefahr gebracht hatte. Aber nun durfte er erst recht nicht aufgeben. Seine Hand fiel schwer auf ihre Schulter, und er blickte auf sie herab. »Du wirst mir alles berichten, was diese Hexe gesagt oder getan hat.«

Ehrentraud öffnete den Mund, schloss ihn aber sofort wieder. In ihre Gedanken und Gefühle verstrickt, hatte sie kaum auf Irmela geachtet und wusste nun nicht, wie sie beginnen sollte. »Über ihre Hexerei kann ich dir nichts berichten. Das kleine Biest hat seine Zauberei so heimlich und geschickt eingesetzt, dass ich nichts bemerkt habe. Einmal hat sie versucht, meine Narben anzufassen, aber ich habe ihre Hände schnell weggeschlagen, sonst hat sich nichts Auffälliges zugetragen.«

Lexenthal stieß die Luft aus. Seit er Irmela vor einem guten Jahr das erste Mal gesehen hatte, war er felsenfest davon überzeugt, dass sie mit unheimlichen Kräften im Bunde stand. Wären diese ihr von Christus und der Heiligen Jungfrau verliehen worden, hätte sie alle Frauen und Mädchen des Flüchtlingszugs retten können und nicht nur einige wenige. Es war auch kein Zufall, dass ausgerechnet seine Nichte den Schweden zum Opfer gefallen war. Irmela und ihr Herr, der Teufel, hatten ihr das angetan, um ihn zu demütigen.
»Du wirst diese Hexe weiterhin unter Beobachtung halten! Wenn es dir gelingt, die kleine Hochberg als Dienerin des Teufels zu entlarven, werde ich einen passenden Ehemann für dich finden. Das ist ein Versprechen!«
»So einen wie Rudolf Steglinger? Einen, der seinen Stammbaum mit dem meinen veredeln will?« Ehrentraud klang bitter, doch gleichzeitig dachte sie an Fabian, in dessen Armen sie sich ganz als Frau gefühlt hatte. Wenn diese hässlichen neuen Narben nicht wären, könnte doch noch alles gut werden.
Sie hob den Kopf und blickte zu dem Prior auf. »Ich werde alles für Euch tun, hochehrwürdigster Herr Oheim!«
Ihre Gedanken aber befassten sich weniger mit Irmela als mit der Kunst mächtiger Hexen. Wenn Zauberei Schuld an ihren Narben trug, musste die höllische Kunst sie auch wieder beseitigen können.

VI.

Als der Prior seine Nichte verließ, verlockte es ihn, Irmela rufen zu lassen, um selbst zu sehen, ob er verdächtige Zeichen an ihr feststellen konnte. Doch damit hätte er die kleine Hexe gewarnt, und das durfte er nicht. Freundlicher als sonst verabschiedete er sich von Ehrentraud und verließ den Gasthof mit dem Gefühl,

alles in die Wege geleitet zu haben, damit Gottes Gerechtigkeit siegen konnte.
Johanna blickte ihm nach, bis er im Gewühl der Gassen verschwand. Dann schlüpfte sie in Ehrentrauds Kammer, verriegelte die Tür und warf sich rücklings aufs Bett. »Na, was wollte die alte Krähe von dir?«
»Du solltest etwas respektvoller von meinem Oheim reden! Immerhin ist er ein hochwürdigster Herr Prior und sehr von sich überzeugt.« Ehrentraud kicherte, denn mit der Angst vor ihrem Onkel war auch ihre Ehrerbietung für ihn verschwunden. Mit einer geschmeidigen Bewegung erhob sie sich, legte sich auf Johanna und presste diese mit ihrem Gewicht in die Laken.
»Na, was willst du jetzt tun?«, fragte sie anzüglich.
Ihre Freundin lachte und griff ihr zwischen die Beine. Ehrentraud keuchte auf und rollte weg, ließ es aber zu, dass Johanna sie entkleidete. Dann sah sie erwartungsvoll zu, wie diese sich auszog und jenes Spiel begann, das beide so liebten. Als sie einige Zeit später eng umschlungen unter der Decke lagen, küsste Ehrentraud Johanna und flüsterte ihr ins Ohr: »Mein Oheim hält deine Nichte noch immer für eine Hexe und will sie als solche entlarven. Es wird dich gewiss nicht so sehr betrüben, wenn das kleine Biest über kurz oder lang auf dem Scheiterhaufen endet.«
Johanna erging sich in Beschimpfungen gegen Irmela, und ihre Freundin fiel leise, aber mit großer Energie darin ein. Dabei offenbarte diese Johanna die Pläne des Priors. »Mein Onkel will, dass ich die kleine Hexe beobachte und ihm alles berichte, was ich über sie in Erfahrung bringen kann. Er braucht Beweise, um sie brennen zu lassen! Hilf mir, mich für das zu rächen, was sie mir angetan hat.« Sie wurde mit jedem Wort lauter, und Johanna vermochte sie nur mit Mühe zu beruhigen.
Als Ehrentraud sich halbwegs gefasst hatte, packte sie Johanna bei den Schultern. »Fänden wir den entscheidenden Beweis für

Irmelas Schuld, würde es sich für uns beide lohnen! Wer den Behörden eine Hexe meldet, erhält einen Teil von deren Besitz. Dann wären wir beide reich!«

Johannas Gedanken rasten. Irmelas Erbe war durchaus bedeutend, und sie beneidete sie deswegen heiß und innig. Doch nach dem, was Ehrentraud ihr erzählt hatte, schien der Prior danach greifen zu wollen, und der würde höchstens einen kleinen Teil davon seiner Nichte überlassen. Für sie selbst und ihre Mutter bliebe nichts übrig.

»Wir werden sehen, was kommt«, antwortete sie ausweichend und kroch aus dem Bett. Ehrentraud schnaufte enttäuscht, denn sie hatte Lust auf weitere Zärtlichkeiten. Johanna küsste sie noch einmal und rang sich ein Lächeln ab. »Meine Mutter will mit mir ausgehen und erwartet mich. Da darf ich mich nicht verspäten. Wir haben ja noch die ganze Nacht für uns.« Rasch streifte sie ihre Kleidung über, verließ die Kammer und lief in den Salon.

Ihre Mutter musterte sie kritisch und deutete auf offenstehende Schlaufen an Johannas Kleid. »Du solltest auf dich achtgeben, Tochter. Die Leute könnten sonst schlecht von dir denken.«

Sie trat hinter Johanna, zupfte deren Kleid zurecht und schnupperte an ihr. »Wenn du mit der Verstümmelten herumgemacht hast, solltest du dich hinterher zwischen den Beinen waschen. Frauen sondern beim Liebesspiel eine Flüssigkeit ab, die jemand mit einer guten Nase riechen kann.«

Johanna winkte lachend ab. »Du meinst Irmela. Die weiß doch gar nicht, was dieser Geruch zu bedeuten hat.«

Die Antwort bestand aus einer Ohrfeige, die allerdings nicht besonders fest war, sondern eher eine Warnung darstellen sollte.

»Du solltest das Mädchen besser ernst nehmen. Deine Nichte ist nur wenig jünger als du und beginnt sich zu entwickeln. In ihrem Alter hat man des Nachts erregende Träume, auf die der Körper entsprechend reagiert. Da du am hellen Nachmittag wohl kaum geträumt haben dürftest, könnte sie annehmen, du seiest eine Freundin deiner eigenen Finger, und fängt an, dir nachzuspionieren.«

»Das soll sie nur wagen!«, fuhr Johanna auf, wiegte dann aber den Kopf. Meist war Irmela still und fast unsichtbar, doch ihre Augen und Ohren schienen überall zu sein.

»Ich werde aufpassen«, versprach sie und kam auf das zu sprechen, was ihr auf der Zunge brannte. »Der Prior will Irmela als Hexe entlarven!«

»Ich weiß! Die Wände zwischen den Zimmern sind sehr dünn, und Lexenthal hat nicht geflüstert. Er ködert Ehrentraud mit einem Teil von Irmelas Besitz. Da sie selbst so arm ist wie eine Kirchenmaus, käme ihr der Judaslohn gerade recht, und so wird sie alles tun, um Irmela ans Messer zu liefern.«

Helene spie in eine Vase, die in einer Ecke des Raumes stand, und schüttelte die Faust. »Das dürfen wir nicht zulassen! Bei allen Höllenteufeln, ich hätte nie gedacht, dass ich einmal gezwungen sein würde, Irmela vor einem Hexenjäger zu schützen! Doch mir bleibt nichts anderes übrig.«

»Was willst du jetzt tun? Ehrentraud fortschicken?« Obwohl Johanna ungern auf die Liebesspiele verzichten wollte, schien ihr das die beste Lösung zu sein.

Ihre Mutter schüttelte grimmig den Kopf. »Närrin! Wenn ich das tue, würde ihr Onkel annehmen, wir hätten etwas vor ihm zu verbergen, und uns der Komplizenschaft mit Irmela bezichtigen. Weder er noch Ehrentraud haben vergessen, dass du den Schweden unbeschadet entkommen bist.«

Johanna lief es kalt den Rücken hinunter, denn daran hatte sie noch nicht gedacht. »Was sollen wir nur tun?«

»Noch weiß ich es nicht. Aber mir wird schon etwas einfallen. Bisher habe ich mich aus allen Schwierigkeiten herauswinden können.« Helene klopfte Johanna aufmunternd auf die Schulter und forderte sie auf, sich für den Besuch bei Steglinger bereitzumachen.

»Ich ziehe mich rasch um und wasche mich, wie du es gesagt hast.« Das Mädchen wollte die Kammer verlassen, doch ihre Mutter hielt sie auf.

»Wasch dich später, denn auf Männer wirkt dieser Geruch sehr erregend. Er wird Steglingers Interesse an uns steigern.« Dabei wiegte sie die Hüften und dachte daran, wie viele Jahre schon ihr Körper ihr bestes Kapital war.

VII.

Auf den ersten Blick erkannte Helene, dass sie den Besuch bei Steglinger als großen Erfolg verbuchen konnte. Zwar hatte der Heereslieferant eine entfernte Verwandte als Hausdame zu sich gerufen, um der gebotenen Sittlichkeit zu genügen. Doch diese hockte eingeschüchtert in einer Ecke und stickte, so dass der Hausherr mit Helene und ihrer Tochter ungehemmt sprechen konnte. Seine Blicke verschlangen Johanna, die ihm an diesem Tag noch begehrenswerter erschien als bei ihrer letzten Begegnung. Er goss ihr sogar eigenhändig Wein ein, obwohl Abdur für diese Handreichungen bereitstand. »Trinkt, meine Liebste, und Ihr auch, Teuerste.«

An diesem Morgen hatte Lexenthal den Heereslieferanten aufgesucht, um eine weitere Spende für die Verköstigung seiner geflohenen Mitbrüder zu erbitten, und ihm angedeutet, dass seine Großzügigkeit von der heiligen Kirche nach seinen Wünschen belohnt werden würde. Daher musste Steglinger annehmen, einer Auflösung seiner Ehe stände nicht mehr viel im Wege. Noch ein, zwei Monate, und er würde das begehrte Papier in den Händen halten.

Aus diesem Grund schenkte er Johanna noch mehr Aufmerksamkeit als früher und ließ sich dazu hinreißen, sie an den Händen und einmal sogar an der Schulter zu berühren. Helene sah es mit wachsendem Grimm. Für einen alternden Mann aus niederem Adel war ihre Tochter ihr zu schade. Sie selbst hätte Steglinger ohne seinen exorbitanten Reichtum keines zweiten Blickes gewürdigt und würde ihre Tochter vor so einem Freier zu bewahren wissen.

Als Steglingers Hand sich erneut in Johannas Nähe verirrte, räusperte Helene sich und stand auf. »Wir sollten die Plätze tauschen, mein Kind. Es ist nicht gut, wenn ein junges Mädchen zu viele Aufmerksamkeiten von seiten eines Herrn erfährt.«

Als Johanna aufsprang, zog Steglinger einen Schmollmund. Was dachte sich die besitzlose Witwe mit einer ebenso armen Tochter eigentlich, ihn so zu behandeln? Helene sollte froh sein, dass er dem Mädchen überhaupt Beachtung schenkte. Als guter Freund und Kreditgeber etlicher Herren aus Neuburg, die hier in Passau auf ihre Rückkehr in die Heimat warteten, kannte er die Vermögensverhältnisse der kleinen Hochberg zu Karlstein beinahe so gut wie seine eigenen. Auch waren ihm pikante Details aus Helenes Vorleben zu Ohren gekommen, die ihn in Hinsicht auf ihre Tochter jedoch nicht störten. Johannas Geburt war trotz des Protests einiger Verwandter im Adelsverzeichnis von Pfalz-Neuburg eingetragen worden, und daher trug sie den Namen Hochberg zu Recht. Anders als ihre Mutter würde sie Zugang zu allen Höfen erhalten, und ihrem Ehemann würden diese Türen ebenfalls offen stehen. Wenn er überdies noch einige tausend Gulden an mehrere einflussreiche Herren im Umkreis des Kaisers verteilte, insbesondere an den hochnoblen Karl Joseph von Harlau, einen der Kammerherren Seiner Majestät, konnte er sich gewiss bald Steglinger von Hochberg nennen.

Um dieses Ziel zu erreichen, spielte er seinen nächsten Trumpf

aus. »Meine Teuerste, die Vermögensverwalter Eurer angeheirateten Enkelin Irmela werden Euch höchstwahrscheinlich in den nächsten Tagen ihre Aufwartung machen, und zwar in einer unangenehmen Sache, wie ich leider hinzufügen muss.« Nachdem der Köder ausgelegt war, wartete Steglinger gespannt, ob Helene anbiss.
Er wurde nicht enttäuscht, denn die Frau richtete sich kerzengerade auf und sah ihn erschrocken an. »Verzeiht, aber ich verstehe nicht.«
»Soviel ich erfahren habe, geht es um die böhmischen Güter der Familie Hochberg. Seine durchlauchtigste Exzellenz, der Herzog von Friedland, hat diese, wie es hieß, konfiszieren und seinen eigenen Besitzungen zuschlagen lassen, weil deren Verwalter Protestanten gewesen seien. Nach meinem Dafürhalten hat er sich die Ländereien unter den Nagel gerissen, um seinen böhmischen Herrschaftsbereich abzurunden.«
Helene schüttelte verwirrt den Kopf. »Aber wie kann er das tun? Wir Hochbergs haben dem Kaiser stets treu gedient. Wallenstein hat kein Recht, uns die Güter wegzunehmen!«
»Das haben die Kuratoren dem Herzog von Friedland auch klarzumachen versucht. Bedauerlicherweise beharrt dieser auf seinem Standpunkt. Da die Treuhänder selbst nichts erreichen können, wäre es erwägenswert, ob nicht Ihr den Herrn von Wallenstein aufsuchen solltet. Über die Einwände einiger Pfalz-Neuburger Beamter kann er hinweggehen, nicht aber über den energischen Protest einer Dame, die zu den edelsten Familien des Reiches zählt. Ich werde Euch selbstverständlich behilflich sein und Euch für die Reise mit allem Notwendigen ausstatten.«
Helene war erfahren genug, um das Gift in dem Köder zu wittern, den Steglinger ihr hinhielt. Sein Hinweis, sie sei nur die angeheiratete Großmutter der Erbin, war in ihren Augen äußerst unhöflich. So stellte er sie und ihre Tochter als arme Verwandte

Irmelas hin, die dankbar sein mussten, wenn er sich dazu herabließ, um Johanna zu freien. Eine Reise zu Wallenstein war gleichwohl notwendig, um das Hochberg-Vermögen zu retten, das nach den Konfiszierungen durch die Schweden zum größten Teil aus den böhmischen Gütern bestand. Doch sie konnte es nicht riskieren, Wallensteins Heerlager zu betreten. Allein in der näheren Umgebung des Herzogs von Friedland befanden sich genügend Offiziere, denen sie leibliche Dienste geleistet hatte, und sie bezweifelte, dass Wallenstein eine Frau empfangen würde, der der Ruf einer Soldatenhure vorauseilte. Andererseits durfte sie nicht untätig bleiben, denn sonst würden die übrigen Verwandten Irmelas ihr vorwerfen, die Belange ihrer Stiefenkelin zu missachten, und ihr die Vormundschaft über Irmela aus den Händen winden.
Steglinger war es mit einem geschickten Zug gelungen, Helene von Hochberg in eine vorerst unlösbare Situation zu bringen, und er setzte nach. »Ich bin gerne bereit, Euch zu helfen, meine Teuerste, denn ich kann mich eines guten Verhältnisses mit dem Herrn von Wallenstein rühmen!«
»Ich danke Euch, doch bevor ich etwas entscheide, will ich selbst mit unseren Treuhändern sprechen.« Es kostete Helene Mühe, diese Worte ruhig hervorzubringen, und sie drängte zum Aufbruch, bevor Steglinger das Thema weiterverfolgen konnte.
Auf der Straße angekommen, lachte Johanna leise auf. »Es geschieht Irmela ganz recht, dass ihr dieser Wallenstein die Güter wegnimmt.«
Die Hand ihrer Mutter saß ihr schneller im Gesicht, als sie denken konnte. »Dummes Stück!«, zischte Helene, während Johanna sich die getroffene Backe hielt. »Wir können die Sache nicht auf sich beruhen lassen, sonst kommen uns jene auf den Hals, die Irmela und deren restliches Vermögen für sich reklamieren wollen.«

Eben hatte Johanna sich noch über die Ohrfeige beschweren wollen, doch angesichts dieser Gefahr stimmte sie Helene eifrig zu. Wenn ihre Mutter keinen Zugriff mehr auf Irmelas Geld hatte, sah auch ihre Zukunft düster aus. Keiner der Hochberg-Verwandten würde sie zu sich nehmen, und so wie ihre Mutter früher wollte sie nicht leben müssen.

VIII.

Der Besuch, den Irmelas Vermögensverwalter ihr abgestattet hatten, hatte Helene den Ernst der Lage vor Augen geführt. Da die Männer gewöhnt waren, vor höherstehenden Personen den Rücken zu beugen, hatte sie ihrem Bericht entnehmen können, dass ihr Protest bei Wallenstein, der als mächtigster Mann im Reich nach dem Kaiser galt, eher schwächlich ausgefallen war. Im Geist verwünschte Helene diese Beamtenseelen ebenso heftig wie den gierigen Feldherrn. Sie durfte die Liegenschaften nicht aufgeben, denn im Gegensatz zu den meisten anderen im ganzen Reich verstreuten Besitztümern, die Ottheinrich und dessen Frau der Tochter vererbt hatten, befanden sie sich im besten Zustand und warfen reichlichen Ertrag ab. Mehr denn je fühlte Helene, wie ihre Vergangenheit auf ihr lastete und ihr die Hände band. Kurz erwog sie, Steglinger zu bitten, sich bei Wallenstein für sie einzusetzen, doch damit hätte sie sich völlig in die Hände dieses Mannes begeben und alle Pläne bezüglich Johannas aufgeben müssen. Dazu aber war sie noch weniger bereit, als auf die böhmischen Güter zu verzichten.

Für eine Weile überlegte sie, Johanna mit dieser Aufgabe zu betrauen, doch als sie an die Gefahren dachte, die ihrer Tochter unterwegs und inmitten der Soldaten drohen mochten, schüttelte sie energisch den Kopf. In dem Augenblick blieb sie so

abrupt stehen, als wäre sie gegen eine Wand gelaufen. Nun hatte sie die Lösung, die sie gleich mehrerer Probleme entheben würde!
Mit frischer Tatkraft beseelt kehrte sie in ihren Salon zurück. Dort spielten Johanna und Ehrentraud Karten, während Irmela auf einem Stuhl am Fenster saß und mit selbstvergessener Miene den zerrissenen Saum eines ihrer Kleider flickte, so als hätte der Besuch der Beamten nicht ihren Angelegenheiten gegolten. Bei dem Anblick des Mädchens begriff Helene, dass für die Durchführung ihrer Pläne einige Vorbereitungen nötig waren, und rief die Magd zu sich.
»Fanny, du wirst die Näherinnen holen. Ihre Hände müssen sich so flink wie möglich rühren, denn wir brauchen dringend mehrere Kleider.«
Während die Magd wie ein Blitz verschwand, leuchteten Johannas Augen freudig auf. »Haben wir eine neue Einladung erhalten?«
»Nein, die Kleider sind für Irmela. Sie wird sich spätestens übermorgen auf eine weite Reise zum Hauptquartier des Generalissimus begeben. Herr Steglinger bereitet die Fahrt vor und wird auch die Begleitmannschaft stellen. Irmela, du wirst Fanny als Zofe mitnehmen. Sollten Ehrentraud, Johanna und ich länger in Passau bleiben, werde ich meine eigene Leibmagd holen lassen. Bis dorthin werden wir uns mit den Dienstboten hier in der Herberge begnügen müssen.«
Während Irmela verwundert aufschaute, konnte Johanna ihre Enttäuschung nicht verbergen. Die aufregenden jungen Männer, die in ihren Augen als Bewerber um ihre Hand in Frage kamen, dienten im Heer oder bei Wallensteins Stab. »Warum fahren wir nicht gemeinsam nach Böhmen zu Herrn von Wallenstein?«
Helene konnte ihr nicht sagen, dass die meisten Offiziere annehmen würden, sie käme ins Hauptquartier, um ihre Tochter ins

Geschäft einzuführen. Daher reagierte sie noch schroffer, als Johanna es von ihr gewohnt war.
»Du bleibst bei mir, verstanden! Irmela wird nicht allein fahren. Herr Steglinger kennt gewiss eine Dame, die sich freuen wird, sie begleiten zu dürfen. Damit ist der Schicklichkeit Genüge getan. Außerdem wird Wallenstein es nicht wagen, eine arme Waise, deren Vater von den Schweden umgebracht wurde, um das ihr zustehende Erbe zu bringen.« Um zu verhindern, dass Johanna weiter über das Thema sprach, warf Helene einen kurzen Blick in Ehrentrauds Karten, zog eine heraus und stach damit Johannas Trumpf.
»Damit hast du das Spiel gewonnen«, erklärte sie Ehrentraud und wandte sich Irmela zu.
Sie hatte ihre Stiefenkelin lange nicht mehr so genau betrachtet und stellte nun fest, dass das Mädchen sich innerhalb der letzten Monate zu einer jungen Frau entwickelt hatte. Ihr Gesicht wirkte immer noch klein, und ihr spitzes Kinn verlieh ihr nach wie vor etwas Mausartiges. Sorgfältig frisiert und dezent geschminkt aber würde sie durchaus apart aussehen. Auch hatte die Figur nichts Kindliches mehr. Dieser Eindruck wurde nur durch die unvorteilhafte Kleidung hervorgerufen. Zwar würde Irmela niemals eine Schönheit wie Johanna werden, aber zumindest einen akzeptablen Anblick bieten. Helene dachte an die Möglichkeiten, die diesem Mädchen offenstanden, und hätte am liebsten laut geflucht. Sie bezwang sich jedoch und blickte Irmela an wie eine Magd, der man alles dreimal erklären muss.
»Du wirst den Herzog von Friedland aufsuchen und um eine Audienz bitten. Sobald du vor ihm stehst, wirst du die Güter zurückfordern, die er sich zu Unrecht angeeignet hat. Auf deine Vermögensverwalter ist kein Verlass, denn die zittern bereits, wenn sie seinen Namen hören. Ich würde selbst reisen, aber ich kenne den Generalissimus gut genug, um zu wissen,

dass ich ihn nicht zwingen kann, deiner berechtigten Forderung zu willfahren.«
Helene erstickte innerlich beinahe vor Wut, weil sie offen zugeben musste, dass Irmela einen höheren Rang und mehr Ansehen besaß als sie selbst. Aber ohne diesen Hinweis würde sie das Mädchen wohl nicht dazu bewegen können, die gefährliche Reise anzutreten. Als Tochter des Grafen Ottheinrich von Hochberg besaß Irmela als Einzige von ihnen das Recht, auf einem Gespräch mit Wallenstein zu bestehen.

IX.

In den nächsten beiden Tagen kam Irmela kaum zum Nachdenken. Da Helene das Mädchen nicht in Lumpen zu Wallenstein schicken konnte, opferte sie einen Teil der Summe, die sie für Johannas Garderobe und ihre eigene hatte ausgeben wollen, und ließ ihre Stiefenkelin standesgemäß einkleiden. Dabei gab sie sich alle Mühe, Irmela als wohlhabend, ja sogar reich erscheinen zu lassen. Sollten Räuber auf sie aufmerksam werden und das Mädchen töten, würden sich etliche Probleme, die Helene auf der Seele lagen, wie von selbst lösen. Da Johanna Irmelas nächste Verwandte war, würde diese zumindest die restlichen Besitztümer erhalten und könnte Xaver von Lexenthal eine lange Nase drehen. Der Prior würde sich eine neue Hexe suchen müssen, die er auf den Scheiterhaufen bringen konnte, um an ihr Geld zu kommen.
Bei diesem Gedanken erinnerte Helene sich an das Versprechen, das sie Ehrentraud gegeben hatte, und vermochte ein Kichern nicht zu unterdrücken. Wenn seine Nichte sich mit Hexern und Hexen abgab, die ihr ein glattes Gesicht zurückbringen sollten, würde auch dies den Prior kompromittieren.

Nun aber galt es zunächst einmal, Irmela so rasch wie möglich auf die Reise zu schicken. Daher nahm Helene weder Rücksicht auf ihre Tochter, die enttäuscht war, auf weitere Kleider warten zu müssen, noch auf Irmela, und sie ließ die Näherinnen arbeiten, bis ihnen vor Müdigkeit die Nadeln aus den Händen fielen. Als Erstes aber hatte Helene Fanny zu Steglinger gesandt, um ihm mitzuteilen, sie würde sein Angebot annehmen.

Der Heereslieferant nahm diese Nachricht so erfreut zur Kenntnis, dass er die Antwort nicht Fanny mitgab, sondern persönlich im Gasthaus erschien und bat, von Helene empfangen zu werden. Diese ließ ihn in den Salon führen und begrüßte ihn überschwänglich. »Mein lieber Herr Steglinger, Ihr wisst gar nicht, wie dankbar ich Euch bin. In dieser Zeit zu reisen ist gefährlich, und nur ein Mann wie Ihr weiß den Risiken zu begegnen.«

»Ich bin nun einmal kein heuriger Hase, sondern jemand, der weiß, worauf es ankommt«, lobte Steglinger sich selbst und sprach dann das aus, was ihn am meisten bewegte.

»Ich würde Euch aber empfehlen, ohne Eure Tochter zu reisen. In einem Heerlager lauern Gefahren auf ein junges, tugendhaftes Frauenzimmer, über die ich nicht sprechen will.«

Helene lächelte zustimmend, denn sie wusste selbst, wie es dort zuging. Unterdessen sprach Steglinger fast ohne Pause weiter.

»Es dürfte der jungen Dame ohne Euch gewiss langweilig werden. Daher bitte ich Euch, mir während Eurer Abwesenheit zu erlauben, sie zu besuchen.« Da er Helene die Reise zu Wallenstein ermöglichte, konnte die Witwe ihm diese Gunst nicht versagen.

Helene neigte mit spöttisch funkelnden Augen den Kopf. »Wir werden Euch gerne hier in Passau empfangen, Herr Steglinger, und auch später in unserem Haus in den Waldbergen.«

Verwirrt starrte er sie an. »Wir? Aber wer reist denn dann zu Wallenstein?«

»Irmela! Als Erbin ihres Vaters vermag sie ihre Ansprüche am besten zu vertreten, da der Generalissimus mir als angeheirateter Verwandten das Recht absprechen würde, für meine Enkelin zu verhandeln.«

Helene spielte ihre Trümpfe so meisterhaft aus, dass Steglinger nicht dagegenhalten konnte. Auf den Gedanken, Irmela sei in einem Feldlager ähnlich gefährdet wie Johanna, kam er erst gar nicht, denn in seinen Augen war sie ein unansehnliches Kind. Stattdessen begriff er, wie geschickt es von Helene war, das Mädchen zu Wallenstein zu schicken. Auch der oberste Feldherr des Reiches konnte es sich nicht erlauben, eine unschuldige Waise um das ihr zustehende Erbe zu bringen, zumal Irmelas Vater stets als treuer Anhänger des Kaisers gegolten hatte.

Seine Pläne wurden durch diese Entwicklung jedoch empfindlich gestört, hatte er doch gehofft, Johanna während der Abwesenheit ihrer Mutter mit seinem Reichtum blenden und für sich gewinnen zu können. Nun blieb Helene wie ein Engel mit dem Flammenschwert zwischen ihnen stehen. Für einen Augenblick erwog er, sein Angebot zurückzuziehen und damit Druck auf die Witwe auszuüben, aber der Gedanke, sie würde sich dann wohl an die fürstbischöfliche Verwaltung wenden und diese um Hilfe bitten, ließ ihn von der Idee wieder Abstand nehmen. Er betrachtete Helene, die trotz einer gewissen Fülle immer noch attraktiv aussah und dies auch ausnützte, und sagte sich, dass er die Tochter eben über die Mutter gewinnen musste. Allerdings durfte er Helene nicht glauben lassen, seine Werbung gelte ihr.

»Ihr sagt nichts! Gefällt Euch meine Entscheidung nicht?« Helene hatte gelernt, dass es meist besser war, selbst die Initiative zu ergreifen, als auf die Reaktion anderer zu warten.

Steglinger zuckte zusammen und rang sich eine Entschuldigung ab. »Verzeiht, aber ich habe ein wenig nachgedacht und bin zu

der Überzeugung gekommen, dass Ihr mit großem Geschick vorgeht. Den Tränen eines Kindes, dessen Vater auf grausame Weise von den Schweden ermordet worden ist, vermag auch ein Wallenstein nicht zu widerstehen. Euer Verstand, Frau Helene, ist wirklich bewundernswert.«
»So, findet Ihr?« Helene lächelte geschmeichelt. Da sie in militärischen Dingen Erfahrung hatte und auch viele ranghohe Offiziere persönlich kannte, vermochte sie Steglinger noch einige Ratschläge zu geben, auf welche Weise er sein Vermögen mehren könnte. Als der Heereslieferant nach einer für einen Morgenbesuch sehr langen Zeit von ihr schied, bedauerte er es beinahe, dass Helene nicht zehn Jahre jünger war, denn dann hätte er sie mit Freuden geheiratet. Er benötigte jedoch eine Frau, die ihm noch Kinder gebären konnte, und nicht die Mutter einer bereits erwachsenen Tochter.

X.

Vor dem Krieg war Irmela zu klein gewesen, um auf Reisen mitgenommen zu werden, und später hatte ihr Vater sie wegen der umherziehenden Söldner und vermehrten Räuberbanden zu Hause gelassen. Deshalb war es eine völlig neue Erfahrung für sie, in eine Kutsche zu steigen, die sie in einen ganz anderen Teil des Reiches bringen sollte. Sie konnte sich kaum vorstellen, was unterwegs und an ihrem Ziel auf sie warten mochte, aber das ängstigte sie nicht. Wichtig war nur, dass sie für eine Weile Helenes Fuchtel entrann, und sie fühlte sich so erleichtert, dass sie zu weinen begann.
Helene missverstand die Tränen und versetzte ihr einen Stoß, der sie auf das Sitzpolster plumpsen ließ. »Heul nicht! So schlimm wird es schon nicht werden. Ab jetzt wird Frau von

Kerling sich um dich kümmern.« Dabei nickte sie einer mageren, unscheinbaren Frau knapp über dreißig zu, die nun ebenfalls in die Kutsche stieg.

Es handelte sich um die Witwe eines Majors der kaiserlichen Truppen, die seit Wochen eine Möglichkeit gesucht hatte, zu Wallenstein zu gelangen. Sie hoffte, den Generalissimus zur Aussetzung einer kleinen Rente bewegen zu können, denn sie lebte trotz ihrer adeligen Abkunft wie ein gewöhnlicher Bettler von der Mildtätigkeit der noch Wohlhabenden und der Speisung durch die Klosterschwestern. Aus diesem Grund hatte sie mit beiden Händen zugegriffen, als Steglinger ihr angetragen hatte, Irmela als Anstandsdame nach Böhmen zu begleiten. Seitdem hatte sie ein paar interessante Gespräche mit Helene geführt und dabei Auskünfte über ihren Schützling und seinen Reichtum erhalten, die sie mit Neid und einem gewissen Abscheu erfüllten. Da sie während der Reise auf Irmelas Wohlwollen angewiesen war, verbarg sie diese Gefühle hinter einer Maske der Zuvorkommenheit.

»Keine Sorge, Frau von Hochberg! Ich gebe auf die Kleine acht«, antwortete sie daher und berührte Irmelas Arm. »Gewiss wird es eine schöne Reise werden. Wir werden Pilsen sehen und vielleicht sogar Prag.« Einige Augenblicke schwelgte sie in der Erinnerung an jene Orte, die sie mit ihrem Mann zusammen aufgesucht hatte, haderte dann aber sofort wieder mit ihrem Schicksal, das sie so stiefmütterlich behandelte.

Irmela spürte den falschen Unterton in der Stimme der ihr aufgezwungenen Gesellschafterin und bedauerte es, nicht nur in Fannys Gesellschaft reisen zu können. Daher antwortete sie nicht, sondern starrte ins Leere. Fanny stieg als Letzte in die Kutsche und setzte sich vorsichtig auf die gegenüberliegende Polsterbank. Als Magd musste sie gegen die Fahrtrichtung sitzen und auf das Land schauen, das hinter ihnen zurückblieb, und war auch den Bewegungen der Kutsche stärker ausgesetzt. Das störte sie jedoch nicht im Geringsten. Sie war glücklich, ihre Herrin begleiten zu dürfen, und heilfroh, Helene und deren Anhang nicht mehr bedienen zu müssen. Irmelas Stiefgroßmutter und die beiden jungen Frauen hatten sie herumgehetzt und mit Püffen und bösen Worten belohnt. Ab jetzt musste sie sich nur noch um Irmela kümmern und um Dionysia von Kerling, die sich keine eigene Zofe leisten konnte. Bei dem Gedanken schwor sie sich, alle Aufgaben, die sie als unter ihrer Würde als Kammerzofe einer Komtesse erachtete, an Abdur weiterzugeben, den Steglinger ihnen neben dem Kutscher, dessen Helfer und zwei bewaffneten Reitern mitgegeben hatte.

Als der Gehilfe des Kutschers an den Wagenschlag trat, um ihn zu schließen, nickte Helene zufrieden. Sie hatte vor aller Welt ihre Pflicht Irmela gegenüber erfüllt und konnte das Mädchen beruhigt abreisen lassen. Was danach kam, würde man nicht mehr ihr, sondern dem Schicksal anlasten. Natürlich hoffte sie, Irmela würde bis zu Wallenstein gelangen und dort Erfolg haben. Doch auch ohne die böhmischen Güter war das Vermögen der Hochbergs noch ausreichend, um ihr und Johanna ein angenehmes Leben zu ermöglichen. Mit einem erleichterten Lächeln hob sie die Hand und gab dem Kutscher zu verstehen, er könne abfahren.

Der Mann, der trotz des warmen Tages in einen weiten Mantel gehüllt war, befahl seinem Helfer, die Bremsen zu lösen, und ließ die Peitsche über den Rücken der Pferde tanzen. Sofort setzte der Wagen sich in Bewegung und bog in die Gasse ein, die zu dem an der Ilz gelegenen Stadtteil führte. Abdur stand wie eine Statue hinten auf einem Brett am Wagenkasten, wie es sich für einen Diener gehörte, und die beiden Reiter, die Steglinger Irmela als Schutz mitgegeben hatte, folgten der Kutsche mit mürrischen Gesichtern. Zwar waren sie mit je zwei Pistolen und einem Degen bewaffnet, aber ihnen war bewusst, dass sie einer halbwegs entschlossenen Räuberbande nicht die Stirn würden bieten können.

Irmela streckte ihren Arm durch die Schlaufe an der Wagenwand, um bei den vielen Schlaglöchern nicht gegen ihre Begleiterin geworfen zu werden. Sie hatte keine Lust, in ein Gespräch mit Frau von Kerling verwickelt zu werden, und begann über die Situation nachzugrübeln, in der sie nun steckte. Sie fragte sich nicht zum ersten Mal, weshalb ihre Stiefgroßmutter ausgerechnet sie losgeschickt hatte, um mit Wallenstein zu verhandeln. Tat Helene es wirklich nur, weil sie, Irmela, die Erbin der Hochbergs war und ihr Wort deshalb mehr galt als das einer angeheirateten Verwandten?

Irmela rieb sich mit den Fingerspitzen über die Stirn und versuchte sich vorzustellen, wie Wallenstein sie empfangen würde. Als Generalissimus aller kaiserlichen Truppen hatte er gewiss eine Menge anderer Aufgaben zu erfüllen, als sich um ein junges Mädchen zu kümmern. Wahrscheinlich würde er nicht einmal die Zeit finden, ein paar Worte mit ihr zu wechseln, sondern sie gleich an einen seiner Sekretäre verweisen lassen.

Fanny gefiel es nicht, dass Irmela sich bereits zu Beginn der Reise in sich selbst zurückzog, und zupfte sie am Ärmel. »Ihr solltet nicht grübeln, sondern die Aussicht genießen!«

Irmela öffnete die Augen und sah, dass die Donaubrücke bereits hinter ihnen lag und sie durch eine hügelige Landschaft Richtung Norden fuhren. Ihre nächsten Ziele waren Hutthurm und Freyung, über die die Straße nach Böhmen führte.

Während Irmela die Bäume zählte, an denen die Kutsche vorbeifuhr, und bei dreihundert aufgab, forderte Dionysia von Kerling Fanny auf, ihr die Flasche aus getriebenem Silber zu reichen, die mit einem belebenden Wein aus der Wachau gefüllt war. Da sie sich selbst nur eine Zugefrau leisten konnte, die ihr Kämmerchen sauber hielt, wollte sie sich auf dieser Reise rundherum bedienen lassen.

XI.

Diesmal sind die Rollen vertauscht, fuhr es Fabian durch den Kopf. Er saß noch halbwegs nüchtern am Tisch, während Heimsburgs Augen bereits verdächtig glänzten. Der Offizier starrte sichtlich verärgert auf die Karten, die ihm nicht so wie sonst gehorchen wollten. Zu Anfang hatte Heimsburg geglaubt, Fabian das Fell ebenso leicht über die Ohren ziehen zu können wie damals mit den Würfeln, doch es lief ganz anders.
Fabian wechselte einen kurzen Blick mit Ludwig von Gibichen. Ihm und Kiermeiers Burschen Paul hatte er sein jetziges Geschick mit den Karten zu verdanken. Dabei spielte er nicht einmal falsch, so wie Heimsburg es eben versuchte. Dieser wollte die Glückssträhne, die er benötigte, mit aller Macht erzwingen. Nur fehlte seinen Fingern bereits die Schnelligkeit, Karten verschwinden und andere dafür erscheinen zu lassen.
Die Kameraden, die sich als Kiebitze um den Tisch versammelt hatten, beobachteten, wie Heimsburg eine Karte zu Boden fallen ließ, sich danach bückte und statt eines Pikbuben nun ein Kreuzass in der Hand hielt. Ein Murren klang auf, und alle warteten auf Fabians Reaktion. Dieser lächelte wissend, tat jedoch noch nichts, denn er hatte selbst ein ausgezeichnetes Blatt, das Heimsburg so leicht nicht würde stechen können. Anstatt ihn anzuklagen, wollte er seinen Gegner den Kelch der Niederlage bis zum bitteren Ende leeren lassen. Heimsburg hatte schon zu vielen jungen Offizieren, die frisch zum Heer gestoßen waren, den letzten Groschen aus der Tasche geholt und sie dem Spott seiner Kameraden preisgegeben. Jetzt schwang das Pendel zurück.

Der Hauptgrund für Fabian, seinen Gegner auf seinem ureigensten Gebiet zu schlagen, war jedoch ein anderer. Obwohl Heimsburg zu den ersten Pappenheimschen Reitern gezählt hatte, die auf dem Schlachtfeld von Lützen das Pferd gewendet und in wilder Flucht davongeritten waren, erzählte er hinter Fabians Rücken, dieser sei zu feige gewesen, um gegen die Schweden anzureiten.

Diese Verleumdung hätte ausgereicht, um Heimsburg vor die Klinge zu holen, aber Gibichen hatte Fabian abgeraten, es aus diesem Grund zu tun. Bei einem Zweikampf wegen des Vorwurfs der Feigheit blieb immer etwas an dem Beschuldigten hängen, und es würde noch nach Jahren heißen, Fabian habe vor den Schweden gekniffen. Daher setzte Fabian darauf, dass Heimsburg beim Spiel die Nerven verlor, ihn zum Duell forderte und dann als der schuldige Teil dastand.

»Mal sehen, ob du das stechen kannst!«, nuschelte Heimsburg und legte seine Karten auf den Tisch. Bei der Bewegung rutschten zwei Karten heraus, die er etwas nachlässig in den Ärmel seines Uniformrocks gesteckt hatte.

Heimsburg bemerkte es nicht, sondern bekam nur mit, wie die Unterhaltung im Hintergrund schlagartig verstummte. In die Stille hinein brüllte einer der Offiziere, der große Summen an Heimsburg verloren hatte, zornig auf. »Du elender Betrüger! Das ist also das Geheimnis deines Sieges!« Er packte Heimsburg und riss ihn hoch.

Bevor er jedoch gewalttätig werden konnte, griff Fabian ein. »Gemach, mein Freund! Ob Heimsburg dich betrogen hat, kannst du nicht beweisen. Aber jeder kann sehen, dass er mich über den Löffel balbieren wollte!«

Er zwinkerte Gibichen zu, der vor dem Spiel Heimsburg nach Kräften zum Trinken animiert hatte. Zwar stand auch Gibichen nicht mehr allzu sicher auf den Beinen, und sein Grinsen wirkte etwas verkrampft, aber man konnte seine Freude erkennen, Fabians Gegner mit in die Knie gezwungen zu haben.

Heimsburg starrte auf die Karten, sah dann, dass noch eine weitere halb aus seinem Ärmel hinausragte, und wusste trotz seines benebelten Kopfes, dass er in diesem Regiment erledigt war. Zwar herrschten unter den Soldaten und Offizieren rauhe Sitten, und jeder noch so nichtige Grund führte zu Raufereien oder Zweikämpfen, um die kein großes Aufhebens gemacht wurde. Falschspiel aber wurde als Diebstahl am Kameraden angesehen, und er durfte froh sein, wenn ihn der Kommandeur nicht vor dem angetretenen Regiment bestrafen ließ.

Fabian hoffte, sein Gegner würde ihn zum Zweikampf fordern oder gar hier auf der Stelle die Beherrschung verlieren und zur Waffe greifen. Für Augenblicke sah es auch so aus, doch als selbst Heimsburgs direkte Freunde vor ihm zurückwichen, begriff der Mann, dass er seinen Ruf auch mit einem Waffengang gegen Fabian nicht mehr retten konnte. Wütend stand er auf und stieß den Tisch um. »Dafür wirst du mir bezahlen, du Hund!«

Fabians Rechte klatschte gegen den Griff seines Pallaschs. »Gerne, wenn du willst, sofort und auf der Stelle!«

»O nein! Irgendwann einmal, aber nicht heute. Es wird dir noch leidtun, das schwöre ich dir!«

»Das kannst du dir nicht gefallen lassen!« Ludwig von Gibichen war so empört, dass er Heimsburg am liebsten selbst vor die Klinge gefordert hätte.

»Für diese Worte will ich Genugtuung, Heimsburg! Steht mit Eurem Leben dafür ein!« Noch während er es sagte, dachte Fabian daran, wie sich die Zeiten gewandelt hatten. Vor einem Jahr war er nur mit viel Glück und durch das rechtzeitige Auftauchen Wallensteins aus einem Zweikampf mit Heimsburg herausgekommen. Jetzt aber waren sein Blick und seine Muskeln durch

die vielen Übungskämpfe mit seinem Freund Gibichen und Major Kiermeier gestählt, und er war sicher, seinen Gegner jederzeit schlagen zu können.
Heimsburgs Verstand war zwar umnebelt, doch noch klar genug, um seine Chancen einschätzen zu können, und die standen ausgesprochen schlecht. Zähneknirschend dachte er daran, dass das meiste Geld, das er vor diesem Spiel besessen hatte, jetzt mit dem umgestürzten Tisch auf der Erde lag. In seinem Regiment konnte er nicht mehr bleiben, und er würde von Glück sagen können, wenn ihn ein anderer Obrist unter seine Offiziere aufnahm. Der Aufstieg in höhere Ränge, den er mit allen Mitteln angestrebt hatte, würde ihm zumindest in nächster Zeit verwehrt bleiben. Einen Augenblick schwankte er, ob er Fabian nicht doch den Zweikampf antragen sollte, doch wenn er dies tat, würde der Vorwurf, er sei des Falschspiels bezichtigt worden, quer durch das ganze Heer gehen und selbst nach einem Sieg wie Pech an ihm haften bleiben.
Daher drehte er sich um und verließ wortlos das Zelt. Er hörte noch, wie ihm einige der Anwesenden nachriefen, dass er ein Feigling sei, und erzitterte vor Wut. Nach diesem Abend würde er nicht nur das Regiment, sondern auch gleich das Heer wechseln müssen. Zurzeit war er General Piccolomini unterstellt. Also musste er sein Glück bei Heinrich von Holks oder Matthias Gallas' Truppen versuchen. Einen Augenblick überlegte er, zum Feind überzugehen, gab diesen Gedanken aber sofort wieder auf. In seiner Familie waren sie immer gute Katholiken gewesen, und in seiner Heimat hatte er Ketzer mit eigener Hand über die Klinge springen lassen.
»Holk oder Gallas?« Er überlegte, welche Offiziere er in deren Heeren kannte, und verließ noch vor Einbruch der Nacht das Lager, um sich in der Stadt einzuquartieren. Dort hoffte er einen der Herren anzutreffen, die ihm weiterhelfen konnten.

XII.

Nachdem Heimsburg gegangen war, herrschte erst einmal Schweigen im Zelt. Dann lachte Gibichen auf. »Es war höchst notwendig, diesem Kerl seine Grenzen aufzuzeigen. Bravo, Birkenfels! Diesen Tag wird Heimsburg nicht vergessen, solange er lebt.«

Fabian schüttelte missgestimmt den Kopf. »Mir wäre es lieber gewesen, ich hätte diese Angelegenheit heute noch oder spätestens morgen früh mit der blanken Klinge erledigen können!«

»Hast du Angst vor seinen Drohungen? Heimsburg wird es nicht wagen, etwas gegen dich zu unternehmen.« Gibichen winkte lachend ab.

Kiermeier, der sich bislang im Hintergrund gehalten hatte, wiegte den Kopf. »Du solltest die Augen offen halten, Fabian. Heimsburg ist eine hinterhältige Ratte und wird alles tun, um dir zu schaden. Es wäre wirklich besser gewesen, du hättest ihn töten können.«

»Ich gehe ihm nach und fordere ihn vor die Klinge!« Fabian wollte seinen Worten Taten folgen lassen, doch bevor er das Zelt verlassen konnte, lag Kiermeiers Hand schwer auf seiner Schulter. »Wenn du es ohne Zeugen tust, gerätst du leicht in Verdacht, ihn ermordet zu haben. Das ist der Kerl nicht wert. Warte auf eine bessere Gelegenheit.«

»Das sage ich auch!« Gibichen umarmte Fabian und grinste ihn dabei an. »Kommst du mit in den Blauen Krug? Dort können wir Heimsburgs Niederlage ordentlich feiern!«

Fabian wollte schon zusagen, als ihn Kiermeiers mahnender Blick traf. »Ein andermal gerne, aber heute Nacht bin ich als wachhabender Offizier bei Wallenstein eingeteilt. Der Feldherr ist zwar nicht hier, aber es würde ein schlechtes Bild abgeben, wenn ich nicht erschiene.«

»Zeit für einen Krug guten böhmischen Bieres dürftest du noch haben.« Gibichen wollte Fabian mit sich ziehen, doch der entschlüpfte seinem Griff.

»Ich will nicht betrunken zum Dienst erscheinen. Du weißt, der Generalissimus ist streng und sehr auf Disziplin bedacht. Sollte er unerwartet erscheinen …«

»Du willst dich nur lieb Kind machen, um weiter aufsteigen zu können«, unterbrach Gibichen ihn grinsend. Für seinen Geschmack entwickelte Fabian zu viel Ehrgeiz. Schließlich waren sie Soldaten, die bereits in der nächsten Schlacht ihr Ende finden konnten, und hatten wahrlich das Recht, zwischendurch ihr Leben zu genießen.

»Ich will dich überholen, damit ich dich herumkommandieren kann!«, antwortete Fabian lachend.

Beide wussten, dass dies wohl nie der Fall sein würde, denn dafür hatte Ludwig von Gibichen zu viele Gönner, und er stammte überdies aus einer begüterten Familie. Dennoch waren sie die besten Freunde geworden, und Gibichen hatte Fabian versprochen, ihn zu einem seiner Majore zu machen, wenn er zum Regimentskommandeur ernannt werden würde. Zwar lag dieser Tag noch in weiter Ferne, aber sie freuten sich beide schon jetzt darauf.

»Morgen trinken wir zusammen«, versprach Fabian, um Gibichens Enttäuschung zu mildern, und verabschiedete sich. Er ritt jedoch nicht sofort los, sondern kehrte in das Quartier zurück, das er mit anderen Offizieren teilte, und ließ sich von Kiermeiers Burschen die Stiefel blank wichsen und das Kamisol ausbürsten. Erst dann machte er sich auf den Weg und erreichte Wallensteins Quartier nach einem kurzen Ritt durch die Stadt. Die beiden Soldaten, die vor dem Tor Wache hielten, salutierten, während ein Knecht herbeieilte, um das Pferd zu übernehmen. Fabian nickte den Männern kurz zu und trat ein.

Es war so still in dem Gebäude, dass man das Knacken des Holzes und das Trippeln der Mäuse hinter der Wandverkleidung vernehmen konnte. Wenn Wallenstein sich hier aufhielt, wimmelte es von Menschen, doch jetzt war das Vorzimmer leer, und in den anschließenden Kammern mühte sich ein einziger Schreiber damit ab, Regimentslisten zu kopieren.
Fabian setzte sich zunächst in den Raum, in dem Wallenstein seine Offiziere zu empfangen pflegte, und hoffte, dass ihm die Nacht nicht allzu lang werden würde. Boten waren derzeit keine zu erwarten, da diese Wallenstein folgten, und auch sonst gab es keine Aussicht auf eine Unterbrechung der lähmenden Routine. Noch während Fabian mit seinem Schicksal haderte, weil er ausgerechnet in einer so langweiligen Nacht Wachtdienst hatte, hörte er das Tappen von Schritten auf der Treppe.
Sofort fuhr er hoch und strich seinen Rock glatt. Es kam jedoch kein höherrangiger Offizier herab und auch kein edel geborener Höfling, sondern eine junge Dame in einem langen, hellblauen Kleid mit hoch angesetzter Taille und einem doppelten Spitzenkragen, der ihr Dekolleté in vollendeter Weise umrahmte. Blaue Augen unter einer glatten Stirn und weich fallenden, hellblonden Locken musterten den Leutnant mit einem gewissen Interesse.
Fabians Herz schlug bis in die Ohren, als er Stephanie von Harlau erkannte. Er war der jungen Dame schon mehrmals begegnet, hatte aber nur ein paar belanglose Worte mit ihr wechseln können, und der Grund, aus dem sie sich in Wallensteins Quartier aufhielt, war ihm immer noch nicht bekannt. Vielleicht war sie, wie einige Offiziere behaupteten, tatsächlich die Geliebte des Feldherrn, doch Fabian bezweifelte das. Wallenstein liebte im Grunde nur eines, und das war die Macht, die er errungen hatte. Eine Liaison mit der Ehefrau eines hochrangigen Höflings wie Karl Joseph von Harlau wäre seinen Plänen abträglich gewesen, da dieser das Ohr des Kaisers besaß.

Im letzten Moment entsann Fabian sich der gebotenen Höflichkeit und verneigte sich vor der jungen Dame. Stephanie von Harlau blieb stehen und schien zu schwanken, ob sie ihn ansprechen oder weitergehen sollte. Sie entschied sich zu bleiben und setzte sich auf den Stuhl, den Fabian gerade geräumt hatte.
»Es ist sehr heiß, Herr Offizier, finden Sie net auch?«, sagte sie in einem weichen, wienerisch gefärbten Dialekt.
»Das ist es in der Tat, Madame.« Fabian verbeugte sich erneut, um seine Verlegenheit zu verbergen.
Stephanie von Harlau blickte ihn freundlich lächelnd an. »Würde es dem Herrn Offizier etwas ausmachen, mir eine Erfrischung bringen zu lassen?«
»Selbstverständlich nicht!« Fabian trat zur Tür, rief nach einem Diener und befahl diesem, ihm ein Glas mit leichtem Wein zu bringen. Als der Mann zurückkam, nahm er ihm den Pokal aus der Hand und reichte ihn der jungen Dame. Obwohl er bereits Erfahrungen mit Frauen gesammelt hatte, fühlte er sich in ihrer Gegenwart so hilflos wie ein neugeborenes Kind und brachte kein Wort heraus.
Stephanie begriff, dass sie die Initiative ergreifen musste, wenn sie nicht angeschwiegen werden wollte. Bevor sie jedoch etwas sagte, musterte sie den jungen Mann durchdringend. Er war etwa in ihrem Alter und fast einen Kopf größer als sie. Sein angenehm männliches Gesicht wirkte ein wenig treuherzig, verriet aber auch eine gewisse Schneidigkeit. Obwohl er nicht direkt hübsch war, fand sie ihn attraktiv, und sie erinnerte sich an jene Gerüchte, in denen es hieß, er habe etwas mit dem Tod des schwedischen Königs Gustav Adolf zu tun gehabt.
Also war er trotz seiner Jugend bereits ein Held, und sie wusste, dass Wallenstein große Stücke auf ihn hielt. Gewiss würde er rasch Karriere machen und schon in wenigen Jahren einen Rang

erreichen, den sonst nur Männer aus einer der ganz hohen Familien einnehmen konnten.
»Kann der Herr Offizier mir sagen, wie er heißt?«, fragte sie, obwohl sie seinen Namen längst kannte.
Fabian verneigte sich ein weiteres Mal. »Fabian von Birkenfels zu Euren Diensten.«
»Sind die Birkenfels eine bedeutende Familie?«, setzte Stephanie von Harlau ihr Verhör fort.
Fabian lachte leise auf. »Leider nein. Derzeit besteht die Familie nur noch aus meiner eigenen Person. Von Verwandten weiß ich nichts. Wenn es sie denn geben sollte, haben sie sich nie für meinen Vater, meine Mutter oder mich interessiert.«
»Euer Vater und Eure Mutter leben noch?«
Über Fabians Antlitz huschte ein Schatten. »Nein, sie sind den Schweden zum Opfer gefallen.«
Stephanie von Harlau erkannte, dass sie einen wunden Punkt in Fabians Seele berührt hatte, und bemühte sich, es wieder gutzumachen. »Ich hoffe, ich habe Euch mit dieser unbedachten Frage nicht gekränkt. Nehmt bitte mein tiefstes Mitgefühl entgegen.«
Sie stand auf und reichte Fabian ihre Hand. Obwohl sie einen dünnen Handschuh trug, traf ihn die Berührung wie ein Schlag. Seit er Stephanie von Harlau das erste Mal gesehen hatte, war sie ihm wie die Erfüllung eines Traumes erschienen. Sie überstrahlte Johanna und hätte auch gegenüber Ehrentraud nicht zurückstehen müssen, als diese noch als die schönste Jungfrau im weiten Umkreis gegolten hatte. Wenn es eine Frau gab, nach der er sich sehnte, so war sie es.
Seine Verwirrung blieb der jungen Dame nicht verborgen, und erstaunlicherweise löste sein Anblick einen gewissen Widerhall in ihrem Herzen aus. Fabian war attraktiv genug, um ihr zu gefallen, und sie wollte mehr über ihn erfahren. Mit geschickten Fragen brachte sie ihn dazu, dass er ihr von seinem bisherigen

Leben berichtete und auch auf jene schrecklichen Szenen des schwedischen Überfalls zu sprechen kam, dem der von seinem Vater angeführte Flüchtlingszug zum Opfer gefallen war. Als er ihr vom Tod seiner Mutter erzählte, leuchteten ihre Augen bewundernd auf.

»Welch eine tapfere Frau! Ich würde wohl ein hilfloses Opfer dieser Ungeheuer werden.«

»Das möge Gott verhüten!« Fabian hatte ihr eigentlich nicht erzählen wollen, was mit Edeltraud, Walburga und einigen anderen Frauen und Mädchen des Wagenzugs geschehen war, doch Stephanies bittenden Augen konnte er nicht widerstehen. So erfuhr sie, wie Edeltraud von Lexenthal nun aussah, aber auch, dass Rudolf Steglinger unbedingt seine Frau loswerden wollte und daher Kirche und Papst angerufen hatte, seine Ehe für ungültig zu erklären.

Während Fabian alles berichtete, was sie hören wollte, überlegte Stephanie von Harlau, wie ihr Ehemann sich bei dem Überfall verhalten hätte, und kam zu dem Schluss, dass er wohl Steglingers Beispiel gefolgt wäre. Bisher war sie mit ihrer Ehe nicht wirklich unzufrieden gewesen, dennoch fühlte sie, dass sie sich nach mehr sehnte als nach den seltenen und ohne jede Leidenschaft oder Raffinesse ausgeführten Liebesakten ihres Mannes. Harlau war auch schuld daran, dass sie als Wallensteins Geliebte galt, obwohl dem Feldherrn an einer guten Zuchtstute für seine Güter mehr gelegen war als an einer Frau für sein Bett. Die Ausrede ihres Mannes, er habe dieses Gerücht nur in die Welt gesetzt, damit keiner der Offiziere es wagen würde, sich an der angeblichen Mätresse des Feldherrn zu vergreifen, trug nicht dazu bei, ihre Zuneigung wachsen zu lassen.

Inzwischen glaubte sie den Grund zu kennen, aus dem ihr Mann sie in Wallensteins nächster Nähe untergebracht hatte. Es ging um seinen Einfluss auf den Hof in Wien und damit auch auf den

Kaiser. Solange er darauf verweisen konnte, ein Ohr im Bett des nicht von allen geliebten Feldherrn zu besitzen, konnte er jeden Konkurrenten ausstechen. Stephanie war sich sicher, dass Karl Joseph von Harlau darüber hinwegsehen würde, wenn sie sich Wallenstein hingäbe, solange es seinen Zwecken diente.

Aber der Feldherr war nicht nach ihrem Geschmack, denn er würde den Liebesakt wohl auch nur zwischen dem Diktieren eines Befehls an seine Offiziere und dem Kontrollieren der Rechnungen von Heereslieferanten erledigen. Das war ihr jedoch zu wenig, wie die Erfahrung mit ihrem Mann gezeigt hatte. Da sie sich langweilte und unausgefüllt fühlte, hatte sie bereits überlegt, ob sie nicht eine heimliche Liebschaft mit einem der Offiziere anfangen sollte. Bisher hatte ihr jedoch noch keiner gefallen, und sie hatte auch nicht zu einer leichten Beute irgendeines Großmauls werden wollen, das sich mit seiner Eroberung brüsten würde. Als sie Fabian nun betrachtete, spürte sie eine Sehnsucht in ihrem Innern, die sie erschreckte. Wenn es einen Mann auf der Welt gab, mit dem sie die Liebe teilen wollte, dann war er es.

Vom Entschluss zur Sünde bis zu deren Ausführung ist es oft ein langer Weg. Diesmal ergaben sich die Umstände so günstig, wie Stephanie es sich nur wünschen konnte, und in ihrem Kopf formte sich ein Plan.

»Findet Ihr es heute nicht auch langweilig, Herr von Birkenfels? Wenn man durch das totenstille Haus wandert, glaubt man kaum, wie turbulent es hier in der Gegenwart des Generalissimus zugeht. Wie ich erfahren habe, werden wir noch einige Tage auf den Herrn von Wallenstein verzichten müssen. Mein Gemahl ist nach Wien zurückgekehrt und hat mich wie ein überflüssiges Gepäckstück zurückgelassen. Da meine Gesellschafterin krank in ihrem Bett liegt und meine Leibmagd sich um sie kümmern muss, bin ich ganz allein, und es gibt niemanden, den ich zu einer Partie Schach auffordern könnte.«

»Ich halte mich für einen ganz passablen Schachspieler!« Fabian hatte zwar seit Monaten kein Spielbrett mehr angefasst, doch die Gelegenheit, Stephanies Gesellschaft noch eine Weile genießen zu dürfen, wollte er sich nicht entgehen lassen.

Die Augen der jungen Dame leuchteten auf. »Das ist ja wunderbar! Ihr gebt mir doch gewiss die Ehre, eine Partie mit mir zu spielen.«

»Ich stehe voll und ganz zu Eurer Verfügung, Madame!« Fabian verbeugte sich voller Freude und erkannte gleichzeitig, dass er einen Weg eingeschlagen hatte, der ihn ins Verderben führen konnte. Den Blicken der jungen Dame glaubte er entnehmen zu können, dass es nicht beim Schachspiel bleiben würde. Sein Verstand drängte ihn dazu, sie zu bitten, das Schachbrett holen zu lassen, damit sie hier in Wallensteins Vorzimmer spielten, in das jederzeit ein Diener, Soldat oder Bote eintreten konnte. Das würde sie beide vor Dummheiten bewahren. Doch diese Überlegung wurde von der Wucht der Leidenschaften hinweggeschwemmt, die in ihm aufstiegen und ihn drängten, Stephanie in die Arme zu nehmen und zu küssen.

Sie spürte, wie es um ihn stand, und winkte ihm, ihr zu folgen. Auch sie dachte einen Augenblick lang über die Folgen ihres Tuns nach. Als gute Katholikin scheute sie ein wenig davor zurück, den Ehebruch, den sie bis jetzt nur in ihrer Phantasie begangen hatte, Wirklichkeit werden zu lassen. Doch die Sehnsucht nach Liebe und Verständnis war zu groß, um sich vor den Konsequenzen zu fürchten.

Ihr Schlafgemach war zum Glück so weit von der Kammer ihrer erkrankten Gesellschafterin entfernt, dass weder diese noch die Zofe etwas bemerken würden. Um auch sonst vor unangenehmen Überraschungen gefeit zu sein, schob Stephanie den Riegel vor und blitzte Fabian auffordernd an. Auch wenn sie ihn aus eigenem Antrieb in ihr Zimmer geführt hatte, wollte sie doch erobert werden.

Fabian dachte kurz an Ehrentraud von Lexenthal, die sich ihm wie eine Hure angeboten hatte. Nun tat Stephanie von Harlau das Gleiche, doch dieses Angebot erschien ihm weitaus reizvoller als das der Entstellten. Seine Erregung stieg, und er schloss die junge Frau leidenschaftlich in die Arme. Während sein Mund den ihren suchte, glitten seine Finger über ihre Kleidung und öffneten ungeschickt die Haken, Ösen und Knöpfe, die ihn auf dem Weg ins Paradies zu hindern suchten.
Fabians Ungestüm erschreckte Stephanie, und sie war kurz davor, ihn zurückzuweisen. Dann aber sprang seine Erregung wie ein Feuerstoß auf sie über, und sie gab sich ihm hin. Beide verschwendeten keinen Gedanken an die Tatsache, dass sie mit Karl Joseph von Harlau einen der einflussreichsten Edelmänner am Hofe Kaiser Ferdinands und einen von dessen liebsten Partnern im Kartenspiel zum Hahnrei machten.
Etliche Zeit später lagen Stephanie und Fabian Haut an Haut auf dem kleinen Ruhebett und hingen ihren Gedanken nach. Die junge Frau fühlte sich glücklich, weil sie diese Augenblicke mit Fabian hatte erleben dürfen, doch gleichzeitig bohrte sich das Bild ihres Mannes wie ein giftiger Stachel in ihr Innerstes. Bisher hatte sie sich Herrn von Harlau aus Pflichtgefühl heraus bereitwillig hingegeben. Aber nach dieser Nacht würde es nicht mehr so sein können wie vorher. Sie hatte ihren Gatten nie geliebt, und nun empfand sie bei dem Gedanken an ihn Abneigung und sogar Abscheu vor seinen Berührungen. Wenn sie in ihr Herz hineinhorchte, fand sie dort Fabian, der ihre Sympathien bereits bei der ersten Begegnung gewonnen hatte, und sie begriff, dass das Spiel, welches sie eigentlich nur aus Langeweile angefangen hatte, sich zu einem Feuer auszuwachsen begann, das sie und ihn verzehren konnte.
Ein wenig ängstlich blickte sie Fabian an und fragte sich, was er wohl von ihr denken mochte. Hielt er sie für eine Metze, die es

mit der Treue nicht genau nahm und sich jedem hingab, der ihr ins Auge stach? Allein die Vorstellung tat ihr weh, und sie legte ihre Hand gegen seine Wange, um sein Gesicht ein wenig zu sich zu drehen.
»Du warst der erste Mann für mich, außer meinem Gemahl.«
Fabian hörte das leichte Zittern in ihrer Stimme und wollte ihr schon sagen, dass es ihn nicht stören würde, wenn es anders wäre. Aus dem Gefühl heraus, sie mit solchen Worten zu verletzen, schwieg er und zeichnete mit dem Zeigefinger ihre Formen nach. Er wusste selbst nicht, was er von der Situation halten sollte. Im Geist verglich er sie mit Gerda, der blonden Hure, bei der er vergebens gehofft hatte, zu ihren bevorzugten Gönnern zu gehören, und dann mit Ehrentraud von Lexenthal. Mit Gerda hatte er nur ein Mal geschlafen und sich immer wieder gerne daran erinnert. Sie war hübsch und wusste einem Mann Freude zu bereiten. Dennoch waren jene Nächte, in denen er sich bei fast vollständiger Finsternis mit Ehrentraud gepaart hatte, weitaus erregender gewesen. Damals hatte er sich vorstellen können, die junge Frau wäre noch so schön wie vor dem Überfall der Schweden.
Beide Erfahrungen waren jedoch ein Nichts gegen die Gefühle, die ihn eben überschwemmt hatten. Während er mit Stephanie nach oben gegangen war, hatte er sie für ein leichtfertiges Frauenzimmer gehalten, das nur eine Abwechslung für den faden Alltag ihrer Ehe suchte. Nun war er sich dessen nicht mehr so sicher. Trotz ihrer Ehe war sie im Bett ebenso unerfahren gewesen wie Ehrentraud, aber voller Hingabe und leidenschaftlicher Liebe. Sie war keine Frau, mit deren Eroberung er vor seinen Kameraden protzen wollte, sondern ein Geschenk des Himmels.
Als sie sich bewegte und er ihren leicht abwehrenden Blick auf sich gerichtet sah, lächelte er und hauchte ein Kompliment. »Du warst wunderbar! Keine Göttin der alten Griechen oder Römer könnte dir das Wasser reichen.«

Ihr Gesicht blühte vor Freude auf. »Ich habe nicht gedacht, dass es so schön sein könnte. Bei meinem Mann ist es das nämlich nicht.«

»Wir sollten es wiederholen!« Fabian wusste nicht, was ihm den Mut verlieh, ihr dies vorzuschlagen.

Stephanie dachte einen Augenblick nach und nickte. »Wir müssen aber sehr vorsichtig sein, damit meine Gesellschafterin nichts davon erfährt. Sie ist eine entfernte Verwandte meines Mannes und würde es ihm sofort zutragen.« Die Angst vor den Konsequenzen, die eine Entdeckung nach sich ziehen würde, wurde von dem brennenden Wunsch hinweggefegt, wenigstens noch ein Mal diese Leidenschaft mit Fabian zu teilen. Bevor sie jedoch Pläne schmieden konnten, vernahmen sie Pferdegetrappel und das Geräusch rollender Räder.

Fabian fuhr erschrocken hoch und griff nach seiner Hose. »Kann das Wallenstein sein?«

»Oder mein Mann!« Auch Stephanie versuchte in ihre Kleider zu schlüpfen, verhedderte sich jedoch in ihren Unterröcken und verlor das Gleichgewicht. Fabian griff rasch genug zu, um sie vor einem Sturz zu bewahren. Für Augenblicke lag sie erneut an seiner Brust, und er vermochte der Versuchung nicht zu widerstehen, sie zu küssen. Stephanie erwiderte seine Zärtlichkeit, und dann gelang es ihr, das Gewand so zu ordnen, dass Fabian rasch die Knöpfe und Haken schließen konnte. Als sie wieder manierlich aussah, stopfte er sein Hemd in die Hose und zog rasch Kamisol und Rock an. Als er dann auch noch den Hut aufgestülpt hatte, erinnerten nur seine blitzenden Augen an die angenehme Stunde, die er mit Stephanie verbracht hatte.

»Ich bitte, mich verabschieden zu dürfen«, sagte er, während er sich schwungvoll verbeugte.

»Ohne Stiefel?« Stephanie kicherte bei dem Gedanken, Fabian könnte dem Feldherrn oder einem der hohen Offiziere barfuß

entgegengetreten, half ihm aber dann, in die Stiefel zu steigen, und entließ ihn mit einem Handkuss.
Fabian öffnete die Tür einen Spalt und spähte hinaus. Zu seiner Erleichterung war niemand zu sehen. Rasch und beinahe lautlos eilte er die Treppe hinab und atmete auf, als er das Erdgeschoss erreicht hatte, ohne auch nur auf eine Maus getroffen zu sein.
»Das ist noch einmal gut gegangen«, flüsterte er erleichtert.

XIII.

Das erste Bier im Kreis seiner Kameraden hatte Ludwig von Gibichen noch geschmeckt. Er stieß mit den anderen an, schäkerte mit der drallen Schankmaid und fragte sich dabei, ob die Kleine später vielleicht bereit wäre, ihn in ihre Kammer einzulassen. Noch während er sich vorzustellen versuchte, wie sie ohne Kleider aussehen würde, merkte er, dass er gar keinen Drang verspürte, sich mit ihr im Bett zu balgen. Er war schon zu betrunken, um es richtig genießen zu können, und ihm war auch mehr zum Reden zumute. Grinsend dachte er daran, dass es Fabian nicht zuletzt durch seine Hilfe gelungen war, Heimsburg bloßzustellen. Der üble Ruf eines Falschspielers würde diesen Mann bis an sein Lebensende verfolgen. In anderen Zeiten hätte er das Schwert ablegen und das Heer verlassen müssen, aber im Krieg wurden auch Schurken als Offiziere gebraucht. Dennoch würde Heimsburg froh sein müssen, wenn ihn ein angesehener Regimentskommandeur in seine Dienste nahm. Wahrscheinlicher jedoch war es, dass er bei den Plänklern landen würde, die von den Generälen als Erstes in die Schlacht geworfen wurden und als Kanonenfutter dienten.
Gibichen kicherte bei dem Gedanken wie ein Mädchen. Diese Überlegung musste er Fabian unbedingt mitteilen. Dem Armen

war es in dem leeren Hauptquartier gewiss stinklangweilig, und er würde sich über seine Gesellschaft freuen. Er stand auf, bezahlte seine Zeche und verließ mit staksigen Schritten den Gasthof. Die kühle Nachtluft traf ihn wie ein Schlag, und für eine Weile rumorte sein Magen so stark, dass er glaubte, sich übergeben zu müssen.
»Das böhmische Bier ist einfach zu gut. Man säuft zu viel davon!« Gibichen schnaufte tief durch und fand, dass das Bier zu schade war, es in die Gosse fließen zu lassen. Mehrmals stieß er auf, um die Luft aus dem Magen zu bekommen, und als es ihm besser ging, lenkte er seinen Schritt zu Wallensteins Quartier.
Die Doppelposten vor der Tür sahen kurz auf, lehnten sich dann aber wieder auf ihre Musketen und Piken. Sie kannten Gibichen als Freund des wachhabenden Leutnants Birkenfels und glaubten, er käme, um diesem zu helfen, die Nacht durchzustehen. Als Gibichen im Haus verschwunden war, schüttelte einer der Posten den Kopf.
»Die Herren Offiziere haben's leicht. Die können sich hinsetzen, Karten spielen und sich dabei ein Viertel genehmigen. Wir hingegen stehen uns die Haxen in den Bauch, und wenn wir einschlafen, heißt's gleich, die Gasse rauf und runter.«
»Da kannst du nix machen. Das Leben ist halt einmal so«, antwortete sein Kamerad.
Unterdessen hatte Gibichen den Vorraum durchquert und blickte auch in die anderen Kammern, doch von Fabian war nichts zu sehen. Verwundert schüttelte er den Kopf. Sein Freund hatte den Dienst stets ernster genommen als er, und daher konnte Gibichen nicht glauben, dass Fabian seinen Posten freiwillig verlassen hatte.
»Vielleicht ist er auf dem Abtritt!« In seinen Augen war dies die nächstliegende Erklärung. Gibichen wollte sich auf einen Stuhl setzen, als von oben ein Geräusch erklang, das ihn aufmerksam

werden ließ. So stöhnte nur eine Frau in höchster Lust. Zunächst rieb er sich verwundert über die Stirn, denn schließlich war das Haus während Wallensteins Abwesenheit fast leer.

»Wahrscheinlich hat Fabian sich eines der Dienstmädchen geangelt«, schloss Gibichen daraus, ohne Neid zu empfinden. Dann aber schüttelte er den Kopf. Die Schlafkammern des Personals lagen nicht im ersten Stock. War Fabian so verwegen, sich Wallensteins Bett zu bedienen? Dann fiel ihm ein, dass dessen Gemächer im hinteren Teil des Hauses auf den Hof zu lagen, da der Feldherr nicht vom Lärm der Straße behelligt werden wollte.

Ein Verdacht schlich sich in Gibichens Gedanken, der ihm zunächst allzu verrückt erschien. Jemand hatte ihm erzählt, die schöne Stephanie von Harlau habe hier in Pilsen bleiben müssen, weil ihre Gesellschafterin zu krank gewesen sei, Wallenstein begleiten zu können. Nun erinnerte er sich, wie oft sein Freund von der jungen Dame geschwärmt hatte. Wie es aussah, hatte Fabian die Initiative ergriffen und eine sturmreife Festung vorgefunden.

»Du bist ein Teufelskerl!«, sagte er grinsend, musste aber sofort an die Verwicklungen denken, in die sein Freund sich mit diesem Verhältnis verstrickte, und es lief ihm kalt den Rücken hinab. Er kannte Karl Joseph von Harlau und hätte sich diesen Mann nicht zum Feind machen wollen.

Gibichen kam nicht dazu, länger über seinen Freund und Harlau nachzudenken, denn er hörte einen Wagen auf das Haus zurollen. Der Schreck fuhr ihm so in die Glieder, dass er beim Aufspringen beinahe über die eigenen Füße gestolpert wäre.

Handelte es sich bei dem Insassen der Kutsche um Wallenstein, würde dieser auf schnellstem Weg hier hereinkommen und Fabian damit jede Möglichkeit nehmen, ungesehen herunterzukommen. Da der wachhabende Leutnant im ersten Stock nichts zu suchen hatte, würde seine Anwesenheit dort oben unangenehme

Fragen nach sich ziehen und einen Skandal entfachen, der Fabians Karriere ein jähes Ende setzen musste.

Um den Freund zu retten, stürzte Gibichen ins Freie und atmete erst einmal auf, als er nicht Wallensteins Karosse vor sich sah, sondern eine kleine Reisekutsche, die von zwei bewaffneten Reitern eskortiert wurde. Ein derb aussehender Kutscher und dessen Gehilfe saßen auf dem Bock, während ein junger Mohr hinten aufgesessen war. Als die Kutsche anhielt, sprang der Bursche ab, brachte eine Trittstufe herbei und öffnete den Wagenschlag. Ein weibliches Wesen stieg aus. Zuerst dachte Gibichen, es sei ein Kind, denn die Person reichte ihm nicht einmal bis zum Kinn. Als der Schein der vor dem Eingang des Hauses brennenden Laternen auf sie fiel, sah er, dass es sich um eine zierliche junge Dame handelte, deren Gesicht ihn sofort faszinierte. Er konnte nicht einmal sagen, ob es schön war, denn das Kinn war etwas spitz, die Nase klein, und auf den Wangen konnte er etliche Sommersprossen erkennen. Ihr Haar glänzte im Licht wie das Gefieder eines Raben, und ihre Augen hatten die Farben einer Haselnuss.

Er verbeugte sich etwas zu schwungvoll und brauchte Abdurs Hilfe, um auf den Beinen zu bleiben. Dann starrte er die Dame an, die ihn unsicher lächelnd anblickte. »Der Herr Offizier mag verzeihen, dass wir ihn behelligen, aber uns ist unterwegs ein Rad gebrochen, und es hat gedauert, bis es gerichtet war. Dann haben wir auch noch den falschen Weg eingeschlagen und sind in die Nacht hineingekommen. Der Wächter, der uns Gott sei Dank noch das Tor geöffnet hat, sagte uns, alle Herbergen in der Stadt seien wegen der anwesenden Offiziere überfüllt, und hat uns geraten, hier um Obdach zu bitten. Der Herr von Wallenstein sei nicht da, und daher seien mehrere Zimmer verfügbar. Der Generalissimus, hat der Wachtposten noch gesagt, soll aber bald wiederkommen.«

Gibichen versuchte nachzudenken, spürte jetzt aber den Alkohol, den er so reichlich genossen hatte. Die junge Dame ins Haus zu lassen, schien für Fabian in seinen Augen beinahe ebenso gefährlich zu sein wie Wallensteins Erscheinen. Er verfluchte Fabian, zu dessen Aufgabe es eigentlich gehörte, sich um Neuankömmlinge zu kümmern. Er konnte die junge Dame aber auch nicht einfach auf der Straße stehen lassen. Jetzt erst merkte er, dass er noch nicht einmal ihren Namen kannte.
»Verzeihen Sie, Gnädigste, wenn ich mich selber vorstelle, aber außer mir ist keiner da, der das kann. Ludwig von Gibichen zu Diensten.«
Irmela merkte, dass sie in ihrer Anspannung ganz vergessen hatte, ihren Namen zu nennen, und senkte den Kopf. »Der Herr Offizier muss mich für äußerst unhöflich halten, weil ich ihn über meine Person im Ungewissen gelassen habe. Mein Name lautet Irmingard von Hochberg zu Karlstein.«
Es war der Versuch, mit ihrem Rang Hilfe einzufordern, doch keuchte Gibichen überrascht auf. »Ihr seid Komtesse Irmela!«
»Ihr kennt mich?«
»Nicht persönlich. Ein guter Freund und mein bester Kamerad hat mir von Euch erzählt.«
»Etwa Fabian ... von Birkenfels?«
Gibichen vernahm die kurze Lücke, die zwischen dem Vornamen seines Freundes und dessen Sippennamen lag, und spürte, dass die beiden enger miteinander verbunden sein mussten, als es Fabians Berichte hatten vermuten lassen.
»Genau der«, antwortete er grinsend. »Aber auch Major Kiermeier wusste Euch zu rühmen. Euer Gehör soll phänomenal sein. Das interessiert mich nämlich, denn ich selbst höre ebenfalls ausgezeichnet.«
Irmela wusste nicht, was sie von dem jungen Mann halten sollte. Er war noch eine Handbreit größer als Fabian und so schlank,

dass er schon hager wirkte. Dazu hatte er ein längliches Gesicht und verfügte über ein prachtvolles Gebiss, dessen Zähne im Licht der Fackeln strahlten. Er war nicht so hübsch wie Fabian und außerdem betrunken, wirkte aber nicht unsympathisch.
Das Gespräch dauerte Dionysia von Kerling zu lange. Daher steckte sie den Kopf zum Wagenschlag heraus und sprach Gibichen an. »Wenn Er uns nicht zu helfen vermag, so kann Er uns vielleicht das Quartier von Hauptmann Heimsburg nennen. Dieser wird sich uns schutzloser Frauen gewiss annehmen.«
Gibichen bleckte in unbewusster Abwehr die Zähne, als der Name des Offiziers fiel. Zu dem Mann würde er keine junge Dame schicken, besonders keine Freundin von Fabian. Er überlegte schon, ob er Irmela und ihrer Begleiterin nicht sein Quartier anbieten sollte. Allerdings musste er die Zimmer mit Fabian, Kiermeier und mehreren anderen Kameraden teilen, und er wusste nicht, ob diese, abgesehen von seinem Freund, damit einverstanden sein würden.
Während Gibichen seinem sich sträubenden Gehirn eine Lösung des Problems abzuringen versuchte, stürzte Fabian aus dem Haus. Er war froh, nicht den Wagen des Feldherrn zu sehen, denn solange dieser fortblieb, würde es für ihn und Stephanie Möglichkeiten geben, sich heimlich zu treffen. Die Kutsche, die er jetzt vor sich sah, wirkte alles andere als eindrucksvoll, und die Leute, die darin fuhren, konnten bei nur zwei bewaffneten Reitern von Glück sagen, dass sie nicht der nächstbesten Räuberbande zum Opfer gefallen waren.
In dem Augenblick entdeckte er Gibichen und bei diesem eine Person, die ihm seltsam vertraut erschien. »Irmela? Bist du es wirklich?«
Fabian machte einen Schritt auf sie zu und fasste sie bei den Händen. Die Augen des Mädchens leuchteten bei seinem Anblick auf, denn auf Gibichens Hilfe glaubte sie angesichts dessen

Zustands nicht bauen zu können. In dem Augenblick nahm sie den feinen Duft war, der an Fabian haftete. Es war ein dezentes Parfüm, das jedoch nicht den Geruch überdecken konnte, den sie auch nach einer Liebesnacht mit Ehrentraud an ihm wahrgenommen hatte. Bis zu diesem Tag hatte sie Fabian das Techtelmechtel mit der Verstümmelten noch nicht verziehen, und jetzt erkennen zu müssen, dass er erneut mit einem Weib das Bett geteilt hatte, tat ihr ebenso weh.
Gibichen bemerkte die jähe Veränderung in Irmelas Gesicht und roch Parfüm an seinem Freund. Das erinnerte ihn an Fabians Bericht von dessen Flucht vor den Schweden. Damals hatte sein Freund auch den Rat seines Vaters erwähnt, um Irmela anzuhalten. Wie es nun aussah, musste schon mehr verabredet gewesen sein, als Fabian hatte zugeben wollen, denn ihre Miene glich der einer eifersüchtigen Frau. In diesem Augenblick hätte er dem Freund ins Gesicht schlagen können, weil er diesem Mädchen Schmerz zufügte.
Fabian schüttelte verwundert den Kopf. »Bei unserem Herrgott im Himmel, Irmela, was suchst ausgerechnet du hier?«
»Ich muss mit dem Herzog von Friedland sprechen. Es geht um einige Güter meiner Familie, die er für sich reklamiert hat. Davon muss ich ihn abbringen.«
»Und dafür schickt man ein Kind wie dich?« Fabian fasste sich an den Kopf.
Gibichen nahm wahr, wie Irmelas Miene sich bei dem Wort Kind schmerzhaft verzog. Das fiel sogar Stephanie von Harlau auf, die neugierig ans Fenster getreten war und auf die Gruppe hinabschaute. Anders als Fabian begriffen die beiden Menschen, dass kein kleines Mädchen mit wehenden Zöpfen vor ihnen stand, sondern eine adrette junge Dame.
Stephanie von Harlau beobachtete die Blicke, mit denen Irmela Fabian musterte, und begriff instinktiv, dass sie eine Rivalin vor

sich hatte, die ihr Fabians Liebe abspenstig machen konnte. Da Irmela ihr zu jung erschien, um bereits verheiratet zu sein, stand dieser der Weg in die Ehe offen, und falls dieses kleine Geschöpf im Besitz einer namhaften Mitgift war, würde sich das Blatt bald zu seinen Gunsten wenden. Das war eine bittere Erkenntnis. In diesem Augenblick wurde Stephanie klar, dass Fabian nicht einfach ein Liebhaber war, den sie sich hielt, um ihre Lust zu stillen. Der junge Offizier war bereits mehr für sie geworden – ein Freund, der sie verstand –, und sein Bild steckte tief in ihrem Herzen.

Unterdessen hatte Irmela den beiden Offizieren ihre Begleiterin vorgestellt. Sie tat es mit wenig Begeisterung, denn Frau von Kerling hatte sich als unangenehme Reisegefährtin erwiesen und sich hauptsächlich in Klagen ergangen, wie rücksichtslos die Welt mit einer armen Witwe umsprang. Der Neid der Dame auf ihre Stellung und ihren Reichtum war nicht zu überhören gewesen, auch wenn das, was die Schweden und Wallenstein übrig gelassen hatten, von ihrem Vater als Bettel bezeichnet worden wäre. Nun graute Irmela davor, Frau von Kerlings Gesellschaft noch so lange ertragen zu müssen, bis sie nach Passau zurückgekehrt waren.

Gibichen stieß Fabian den Ellbogen in die Rippen. »Die Damen suchen eine Unterkunft. Könnten nicht wir ein wenig zusammenrücken und ihnen eine unserer Kammern überlassen?«

»Wenn wir beide und Kiermeier uns dafür aussprechen, müsste es gehen.« Fabian wischte den Gedanken an die Kameraden, die davon wenig begeistert sein würden, kurzerhand beiseite und wandte sich wieder Irmela zu.

»Wallenstein befindet sich derzeit auf einer Inspektionsreise. Du wirst also einige Tage warten müssen, bis er zurückgekehrt ist. Bis dorthin werde ich dich unter meine Fittiche nehmen. Es ist für ein kleines Mädchen wie dich nicht ganz ungefährlich, hier

herumzulaufen! Die Soldaten leiden unter der Langeweile, und es sind etliche Kerle darunter, denen selbst ich des Nachts nicht allein auf der Straße begegnen möchte.«
Seine Überheblichkeit verärgerte Irmela, die ihm am liebsten ein paar scharfe Worte an den Kopf geworfen hätte. Doch sie war auf ihn angewiesen und sah daher zu Boden, damit er den Zorn auf ihrem Gesicht nicht bemerken sollte. »Ich wäre dir sehr verbunden, wenn du dich Frau von Kerlings und meiner annehmen würdest.«
»Das ist doch selbstverständlich! Komm mit! Es sind nur ein paar Schritte.« Fabian bot Irmela den Arm und kam damit seinem Freund Gibichen zuvor, der ihr diesen Dienst ebenfalls hatte erweisen wollen. So blieb diesem nichts anderes übrig, als Abdur auf den Wagen zu scheuchen und den Kutscher anzuweisen, ihm zu folgen.
Fabian führte die Gruppe zu dem Haus, in dem er mit Gibichen, Kiermeier und einigen anderen Offizieren untergebracht war. Dort lebte auch noch die nicht gerade kleine Besitzerfamilie Štranzl, die sich zurzeit mit zwei kleinen Kammern begnügen musste. Dabei konnten die Hausbewohner noch von Glück sagen, dass ihnen anstelle der Offiziere nicht ein Trupp Soldaten ins Haus gesetzt worden war. Aus diesem Grund empfing Frau Štranzl Irmela und Fabian freundlich und fragte nach ihrem Begehr.
Fabian blieb stehen und sah sie an. »Diese junge Dame ist die Komtesse Irmela von Hochberg zu Karlstein. Ihre Familie ist mit der meinen befreundet, und so ist es selbstverständlich, dass ich ihr beistehe. Wir werden daher die Kammer, die sich im obersten Geschoss befindet, an sie abtreten. Diese verfügt über einen Riegel, so dass die Damen beruhigt schlafen können. Lasst unsere Sachen, die sich dort befinden, in eine andere Kammer bringen.«

Die Frau seufzte, nickte aber ergeben. Für sie und ihre Familie hieß es, sich noch mehr zu bescheiden und eines der letzten beiden Zimmer, die ihnen geblieben waren, zu räumen. Im Stillen betete sie, Wallenstein würde möglichst bald wieder ins Feld ziehen und seine Soldaten die Stadt verlassen. Sie selbst hatte ja noch Glück, doch sie wusste von Nachbarinnen, denen die einquartierten Soldaten die Tiere schlachteten, die Mägde und manchmal auch die Töchter ins Stroh zerrten und das Haus ruinierten.

Mit einem höflichen Knicks bat sie Irmela, ihr in die Küche zu folgen, bis die Kammer für sie vorbereitet sei, und erklärte dabei mit einer gewissen Nervosität, dass die Damen gewiss eine Kleinigkeit zu sich nehmen wollten.

»Es ist nicht gut, um diese Zeit in ein Gasthaus zu gehen, denn dort wimmelt es von rohen Burschen, deren lose Reden jedes sittsame Frauenzimmer erröten lassen«, setzte sie hinzu und bekannte fast noch im selben Atemzug, dass der ehrenwerte Herr Major Kiermeier und die beiden anwesenden Herren nicht zu jenen Kerlen zählen würden.

Zu ihrer eigenen Überraschung freute Irmela sich über diese Versicherung. Wie es aussah, schien Fabian sich im Allgemeinen manierlich zu benehmen, auch wenn er bereitwilligen Frauen nicht widerstehen konnte. Bei dem Gedanken schalt sie sich selbst, denn Fabians Lebenswandel ging sie nichts an. Er war weder ihr Bruder noch sonst jemand, dem sie mit Recht Vorhaltungen machen durfte. Trotz dieser Einsicht blieb ein Brennen in ihrer Brust zurück, und sie wünschte sich, er würde auch sie für eine begehrenswerte junge Dame halten. Bei der Vorstellung belächelte sie sich selbst. Sie war weder begehrenswert, noch wollte sie Dinge tun, die der Sittlichkeit widersprachen.

Während sie über die seltsamen Wünsche nachsann, die in ihr aufgestiegen waren, öffnete die Hausfrau die Tür zur Küche.

Dort hatte sich die ganze Familie einschließlich der Kinder um den Herd versammelt. Ihre beiden ältesten Töchter, die dreizehn und fünfzehn Jahre zählten, hockten wie bleiche Gespenster ganz an der Wand, als fürchteten sie sich selbst innerhalb der eigenen vier Wände. Frau Štranzl nahm Irmelas mitleidigen Blick wahr und erklärte ihr, dass die beiden sich nicht auf die Straße wagen durften auch und sie selbst ihr Heim nur verließ, wenn es ihr gänzlich ungefährlich erschien. Wallenstein hatte seiner Truppe zwar strengste Disziplin anbefohlen, doch seine Augen konnten nicht überall sein. Viele Offiziere sahen weg, wenn ihre Leute zu dritt oder viert über eine der Mägde herfielen, und nahmen nur selten die Beschwerden zur Kenntnis, wenn eine Bürgersfrau oder ein unverheiratetes Mädchen Opfer einer Vergewaltigung geworden war.

Als die Kinder und Mägde hörten, dass sie in Zukunft noch enger würden zusammenrücken müssen, zogen sie lange Gesichter, wagten aber keinen Widerspruch. Zumindest würde die Anwesenheit der beiden Damen die Offiziere dazu bringen, sich noch manierlicher zu benehmen.

XIV.

Etliche Tage später saß Irmela am Fenster und stickte, wie sie es immer tat, wenn sie in Ruhe nachdenken wollte. Bislang war Wallenstein noch nicht zurückgekehrt, und doch herrschte eine gewisse Aufregung bei der Truppe. Die Soldaten munkelten von baldigem Aufbruch und neuen Schlachten, während Fabian, Gibichen und Kiermeier nichts dergleichen berichten konnten. Wallenstein war für rasche und oft auch überraschende Entschlüsse bekannt, und so rechneten sie mit allem. Da es ungewiss war, ob der Feldherr sein bisheriges Hauptquartier noch einmal aufsuchen würde, planten sie, Irmela samt ihrer Begleitung in die Kutsche zu stecken und im Heerzug mitzunehmen, bis das Mädchen Gelegenheit finden würde, Wallenstein ihr Anliegen vorzutragen.

Irmelas Freude über die Unterstützung, die die Herren ihr angedeihen ließen, wurde durch die Tatsache geschmälert, dass all diese Pläne von Gibichen ausgedacht und von Kiermeier unterstützt wurden, während Fabian ihnen zwar zustimmte, sich aber ansonsten kaum um sie kümmerte. Dafür roch sie beinahe täglich das Parfüm jener fremden Frau an ihm und wurde von Gefühlen erfasst, die zwischen Wut auf ihren Jugendfreund und sein Liebchen und völliger Niedergeschlagenheit pendelten.

Fabian nutzte die Abwesenheit des Feldherrn aus, um so oft wie möglich mit Stephanie von Harlau zusammen zu sein. Nach der ersten, für beide ein wenig überraschenden Liebesnacht stand nicht mehr die Befriedigung ihrer Triebe im Vordergrund, sondern der Wunsch, miteinander zu reden. Erst nach einigen Tagen rang Fabian sich dazu durch, seine Angebetete zu bitten, sich ihm erneut hinzugeben.

Beide lebten so, als wäre die Zeit stehengeblieben, und dachten weder an Wallenstein noch an den Krieg oder gar an Karl Joseph von Harlau, der im fernen Wien mit dem Kaiser konferierte und mit diesem und einigen anderen Herren darüber nachsann, wie das Verhalten Albrecht von Wallensteins zu bewerten sei. Auf Herzog Maximilians inständiges Bitten hin hatte Ferdinand von Habsburg seinem Generalissimus die Anweisung erteilt, gegen die schwedischen Truppen vorzugehen, die noch immer große Teile Bayerns besetzt hielten. Jetzt, da Gustav Adolf tot war, glaubten die Herren um den Kaiser, dass der Tag gekommen sei, die ketzerische Brut ein für alle Mal aus dem Land zu kehren.

Nach der Schlacht bei Lützen hatte Wallenstein sein Heer nach Böhmen zurückgezogen, um, wie er sagte, einer Gefährdung dieses Landes durch die sächsischen Truppen General Armins vorzubeugen, und scherte sich nicht um die Hilferufe Maximilians von Bayern. Nach Gibichens Meinung tat er es vor allem deshalb, um sich an diesem zu rächen, denn Herr Maximilian war die treibende Kraft bei seiner Ablösung als oberster Feldherr vor mehreren Jahren gewesen. Das trug Wallenstein dem Herzog wohl immer noch nach.

Irmela hielt es für falsch, sich bei so ernsten Dingen wie dem Krieg von Gefühlen leiten zu lassen, und als sie den Generalissimus mit scharfen Worten tadelte, verteidigten Gibichen und Kiermeier ihn heftig. Die beiden Offiziere waren nur selten mit ihr einer Meinung, dennoch genoss Irmela die Gespräche mit ihnen. Die Herren gaben ihr das Gefühl, ernst genommen zu werden. Fabian tat jedoch so, als sei sie immer noch ein lästiges kleines Mädchen, das man ohne Abendessen zu Bett schicken konnte, wenn es nicht gehorchte. In seiner Leidenschaft für Stephanie von Harlau achtete er nicht auf Irmelas wechselndes Mienenspiel und ihre manchmal sehr bitteren Worte, sondern dachte nur daran, wann er seine Geliebte wiedersehen konnte.

Gibichen entging nicht, dass Fabian Wallensteins verlassenes Quartier auch dann aufsuchte, wenn seine Anwesenheit dort nicht notwendig war, und kratzte sich hilflos am Kopf. Da gab es ein junges Mädchen, das Fabian anhimmelte und ebenso standesgemäß wie reich war. Sein Freund aber bemerkte es nicht, sondern verrannte sich immer mehr in eine aussichtslose und höchst gefährliche Affäre mit Stephanie von Harlau. Mehrfach sprach er Fabian auf die Frau an und versuchte, ihn zu warnen, doch sein Freund hörte ihm nicht einmal richtig zu, sondern schien nur an den nächsten Abend zu denken, als gäbe es keine Zukunft.

»Sei mir nicht böse, aber du bist ein Trottel«, empfing Gibichen

Fabian, als dieser wieder einmal spät in der Nacht in seinem Quartier erschien, das Blut noch erhitzt von Stephanies Abschiedsküssen.
Fabian sah seinen Freund mit einem Ausdruck milden Tadels an.
»Einen anderen würde ich für diese Beleidigung vor die Klinge holen. Dich aber lasse ich am Leben.«
»Idiot!« Gibichen schnaubte, denn ein fünfjähriger Junge brachte mehr Verstand auf als der junge Leutnant. »Was, meinst du, passiert, wenn das aufkommt?«, setzte er leise hinzu, um nicht die anderen Offiziere zu wecken, die in der Kammer auf Strohsäcken schliefen.
»Wenn was aufkommt?«
»Das, was du in den Nächten treibst!« Gibichens Stimme klang schärfer, denn in seinen Augen stand es Fabian nicht an, ihn auf den Arm zu nehmen.
»Was soll ich in den Nächten treiben?«, setzte Fabian sein Spiel fort.
»Das«, antwortete Gibichen und malte im Licht des Öllämpchens eine entsprechende Geste an die Wand.
Fabian lachte unecht. »Wen juckt das schon?«
»Den Ehemann der betreffenden Dame zum Beispiel!«
»Ehemann? Ich wusste gar nicht, dass Gerda verheiratet ist.«
Gibichen war kurz davor, Fabian zu ohrfeigen. »Ich weiß ganz genau, dass du heute nicht bei Gerda gewesen bist. Mein Vetter Haunersdorf hat sie mitgenommen und will sie, wie es aussieht, einige Zeit lang für sich behalten, da ihre anderen Beschützer versetzt worden sind und sie dringend jemanden braucht, der sich ihrer annimmt. Wir hatten doch auch schon überlegt, ob wir uns nicht an ihr beteiligen.«
In Fabians Gedächtnis tauchte eine ferne Erinnerung an diesen Plan auf, doch als er sich vorstellte, die Hure zu benutzen, schien es ihm, als würde er Stephanie allein durch den Gedanken be-

schmutzen.»Wegen mir kannst du dich um Gerda bemühen. Ich tue es gewiss nicht.«
»Dem Herrn steht wohl eine bessere Hure zur Verfügung. Ich hoffe nur, dass es kein schlimmes Erwachen für ihn gibt.«
Fabian öffnete schon den Mund, um Gibichen für die beleidigende Bezeichnung Stephanies zur Rechenschaft zu ziehen, biss sich aber auf die Lippen, denn er durfte sein Verhältnis mit ihr auf keinen Fall nach außen tragen. Verlegen rettete er sich in ein Kichern.
»Du hast recht, ich war bei einer anderen Hure! Gerda ist ja nicht die Einzige, die den Offizieren schöne Augen macht. Und nun gute Nacht, ich möchte schlafen.« Damit zog er seinen Rock aus und hielt Gibichen die Füße hin. »Da ich Paul nicht wecken will, kannst du mir helfen, die Stiefel auszuziehen!«
Obwohl Gibichen der Ranghöhere war, half er seinem Freund, musste aber den Wunsch unterdrücken, ihm die Stiefel an den Kopf zu werfen.

XV.

Am nächsten Morgen verschwand Fabian sofort nach dem Frühstück mit der Erklärung, er wäre wieder zum Wachtdienst eingeteilt. Kiermeier sah ihm nach und schüttelte den Kopf.
»Irgendwie übertreibt er es. Eigentlich sollte Leutnitz die Wache übernehmen, doch Fabian hat sie ihm abgehandelt. Glaubt er sich auf diese Weise Wallensteins Dankbarkeit erwerben zu können?«
»Da stehen ganz andere Gründe an«, brummte Gibichen, ließ sich aber nicht weiter darüber aus, sondern gab dem Gespräch eine andere Richtung. Er nützte dabei die Tatsache aus, dass Irmela noch oben in ihrem Zimmer weilte und wie gewohnt mit Dionysia von Kerling frühstückte.

»Fabian sollte Irmela heiraten. Sie ist ein angenehmes Persönchen, verfügt über einen großen Besitz und einflussreiche Verwandte. Mit deren Hilfe würde Fabian rasch zum Hauptmann und weiter zum Major avancieren. Sogar der Rang eines Obristen läge im Bereich seiner Möglichkeiten. Könntet Ihr ihm vielleicht ins Gewissen reden? Das Mädchen liebt ihn, da bin ich sicher, und würde keine Schwierigkeiten machen. Ihr habt doch von ihren böhmischen Gütern gehört. Spräche Fabian mit dem Generalissimus, würde Wallenstein sie der jungen Dame mit einer entsprechenden Entschädigung zurückgeben.« Gibichen hoffte, Kiermeier, der eine Art Vaterstelle bei Fabian einnahm, könnte seinen Freund so von der verhängnisvollen Leidenschaft für Stephanie von Harlau abbringen und ihn auf den rechten Weg zurückführen.

Kiermeier ahnte nichts von den Verwicklungen, in denen sich sein junger Schützling zu verfangen drohte, hielt Gibichens Vorschlag jedoch für ausgezeichnet, auch wenn die Gefahr bestand, dass Fabian ihn mit der Protektion durch die Hochberg-Sippe bald im Rang übertreffen würde. Immerhin konnte der Ehemann des Mädchens auf das Wohlwollen des Herzogs Wolfgang Wilhelm von Pfalz-Neuburg hoffen, auch wenn dieser derzeit ein Fürst ohne Land war. Am Hof von Wien wog das Wort des Wittelsbachers jedoch viel.

Für einige Augenblicke kämpfte der Major mit seinem Neid und stellte sich vor, was er erreichen könnte, wenn er einen wohlwollenden Gönner in entsprechender Stellung besäße. Als Major konnte er zwar mit Hoffnung auf Erfolg um die Tochter eines einfachen Edelmanns werben, doch eine Reichsfreiin Meinarda von Teglenburg lag noch immer über seinen Möglichkeiten. Dabei träumte er in den Nächten von ihr und hätte Irmela am liebsten gefragt, ob sie Neuigkeiten von ihr vernommen hätte. Doch um an Meinardas Tür klopfen zu können, musste er mindestens den Rang eines Obristen, besser noch den eines Generals einnehmen. Auf einen weiteren Aufstieg konnte er jedoch nur dann hoffen, wenn er dem Feldherrn bei einer der nächsten Schlachten durch eine besondere Heldentat oder einen rettenden Schachzug auffiel.

Er seufzte tief. »Ich wollte, Wallenstein wäre zurück, und wir könnten endlich wieder gegen die Schweden ziehen!«

»Das wünsche ich auch!« Gibichen grinste bei der Vorstellung. Die Anwesenheit des Feldherrn und seiner vielköpfigen Begleitung würde es diesem Narren Fabian unmöglich machen, sich weiterhin zu Stephanie von Harlau zu schleichen. Aber wenn er ihn vor Versuchungen dieser Art auch in Zukunft bewahren wollte, musste er ihn zur Heirat überreden. Trotz ihrer Schüchternheit schien Irmela ihm genau das Mädchen zu sein, das Fabian so auf Trab halten konnte, dass er an keine andere mehr dachte.

»Ihr redet also mit Fabian. Eine Ehe mit Irmela würde ihn zu einem reichen Mann mit großen Aussichten machen!«

»Das tue ich«, versprach Kiermeier und blickte auf, weil er einen Schatten an der Tür bemerkt zu haben glaubte. Als er wieder hinblickte, war dort nichts mehr zu sehen.

Dionysia von Kerling war auf dem Weg zur Küche gewesen, als sie durch die halb offenstehende Tür einige Gesprächsfetzen gehört hatte. Der Gedanke, der schneidige Leutnant von Birkenfels könne ein so farbloses Mädchen wie Irmela heiraten, lockte zunächst ein spöttisches Lächeln auf ihre Lippen. Dann aber dachte sie an den Reichtum der Komtesse und ihre eigene Armut. Sie hatte in den letzten Tagen einige der früheren Kameraden ihres verstorbenen Ehemanns aufgesucht und diese um Unterstützung gebeten. Doch die Herren hatten sich zumeist mit dem Hinweis auf ihre eigenen unzureichenden finanziellen Verhältnisse aus der Affäre gezogen oder Versprechungen gemacht, deren Wert eher zweifelhaft erschien.

Jetzt setzte sie ihre Hoffnungen auf Heimsburg, der unter ihrem

Mann gedient hatte und früher mehrmals bei ihr zu Gast gewesen war. Sie hatte Kiermeier, Gibichen und Fabian nach diesem Offizier gefragt, war aber ausweichend beschieden worden. Die Abneigung der drei Männer gegen Heimsburg, die man beinahe schon Hass nennen konnte, war offenkundig, und sie war überzeugt, dass nicht ihr früherer Bekannter die Schuld daran trug. Am meisten hatte Kiermeier sich ihren Unmut zugezogen, denn ein gut aussehender Offizier im Rang eines Majors, der gewiss noch Aussichten auf höhere Ehren hatte, wäre der geeignete Ehemann für sie gewesen. Sie war bereits bis an die Grenzen der Schicklichkeit gegangen, um ihn für sich zu gewinnen, und hätte diese Grenze auch überschritten, wäre er an ihr interessiert gewesen. Doch der Mann hatte ihre Verführungsversuche in geradezu beleidigender Weise missachtet.

In Überlegungen verstrickt, wie sie ihrem Schicksal eine Wendung geben konnte, ging sie in die Küche hinunter und wies die älteste Haustochter an, ihr frisches Bier zum Frühstück hochzubringen. Dabei ärgerte sie sich über Fanny, die sich diesem Auftrag entzogen hatte, indem sie zusammen mit Abdur dem Kutscher und den anderen Männern ihres Gefolges das Essen brachte.

Als Dionysia von Kerling in ihre Kammer zurückkehrte und sah, dass Irmela ein Hemd von Fabian flickte, das an der Naht aufgegangen war, dachte sie an Frau Helene, der es gewiss nicht passen würde, wenn das Mädchen so bald heiratete. Sie glaubte, Menschen gut einschätzen zu können, und nahm an, Helene von Hochberg habe sich wohl kaum in das gemachte Nest gesetzt, um sich so schnell wieder hinauswerfen zu lassen. Zwar würde sie es dieser aufgeblasenen Frau, die ihren Informationen nach eine gewöhnliche Soldatenhure gewesen war, vergönnen, auf diese Weise an die Luft gesetzt zu werden, doch solange es ihr selbst nichts einbrachte, gedachte sie keinen Finger in dieser Angelegenheit zu rühren.

Die Tatsache, dass sie Gesellschafterin bei diesem spitzgesichtigen Fräulein spielen musste, hatte bisher keines ihrer Probleme gelöst. Anders, als sie gehofft hatte, besaß sie noch immer kein eigenes Geld und war nun in allen Dingen auf Irmela angewiesen. Helene von Hochberg hatte diesem kindischen Geschöpf die Reisekasse anvertraut und nicht ihr, wie es sich gehört hätte. Daher konnte sie nicht, wie sie gehofft hatte, bei der Verwaltung der Kasse den einen oder anderen Gulden in ihre eigene Tasche abzweigen.
Das Mädchen, das den Bierkrug hinter ihr nach oben trug, unterbrach Frau von Kerlings Überlegungen. Nachdem es das Gefäß abgestellt hatte, blieb es vor ihr stehen und deutete einen Knicks an. »Mein Bruder hat erfahren, wo der Offizier wohnt, nach dem Ihr gefragt habt, Gnädigste.«
Die Miene des Mädchens wie auch ihre langsam nach vorne wandernde Hand zeigten an, dass es eine Belohnung für sich und ihren Bruder erwartete.
Dionysia von Kerling achtete jedoch nicht auf diese Geste, sondern atmete tief durch. »Endlich! Wo ist der Junge? Ich will es sofort wissen.«
»Unten in der Küche. Er isst!« Die Haustochter zog einen Flunsch, denn die Frau hatte so getan, als wäre ihr diese Auskunft den einen oder anderen Groschen wert.
Dionysia von Kerling war so begierig darauf, Heimsburg aufzusuchen, das sie das Bier unbeachtet stehen ließ und nach unten eilte. Die Haustochter folgte ihr, während Irmela den beiden kopfschüttelnd nachblickte. Mit der Kerling bin ich wirklich geschlagen, dachte sie seufzend. Wieder einmal ärgerte sie sich über ihre Stiefgroßmutter, die ihr diese unangenehme Person aufgehalst hatte. Es hätte in Passau gewiss noch andere Frauen gegeben, die als Anstandsdame in Betracht gekommen wären.
Von unten hörte sie, wie Frau von Kerling die Haustochter

aufforderte, ihr den Umhang und den Hut zu holen und sie dann zu begleiten. Das Mädchen kam kurz darauf in die Kammer, raffte beide Gegenstände an sich und verschwand nach einem kurzen, aber freundlichen Gruß wieder. Anders als Dionysia von Kerling, die ihren Rang über Gebühr herausstrich und bedient werden wollte, hatte Irmela sich als angenehmer Gast erwiesen. Ihr hätte das Mädchen diesen Dienst gerne erwiesen. Jetzt aber sah sie voraus, dass sie der Kerling durch die halbe Stadt folgen und in der Zeit bei der vielen Arbeit fehlen würde, die die Gäste ihnen machten, und überdies keinen Lohn erwarten durfte.

Irmela hatte die Gedanken der Haustochter erfühlen können, als hätte diese sie vor ihr ausgebreitet, und bedauerte sie. Wenn es um ihre Interessen ging, war Dionysia von Kerling nicht weniger penetrant als ihre Stiefgroßmutter. Dieser verlieh wenigstens noch die kurze Ehe mit dem alten Johann Antonius von Hochberg eine gewisse Befugnis, sich in ihre Angelegenheiten einzumischen. Frau von Kerling aber hatte keinerlei Recht, sich hier aufzuführen, als sei sie die Herrin.

Mehr denn je bedauerte Irmela, dass sie Wallenstein nicht angetroffen hatte. Dann hätte sie ihm ihr Anliegen vortragen können und würde sich bereits auf dem Heimweg befinden. Der Gedanke an Helene, Johanna und Ehrentraud, die in dem Haus in den Waldbergen auf sie warteten, war nicht gerade verlockend, aber deren Gesellschaft war ihr doch lieber als die der Frau von Kerling. Im Augenblick jedoch konnte sie nichts weiter tun, als die bedrückende Situation zu ertragen. Dabei quälte sie nicht nur die Sorge, wie Herr von Wallenstein sie empfangen würde, sondern auch der Gedanke an Fabian. Als dieser sich mit Ehrentraud eingelassen hatte, war sie zwar verletzt gewesen, hatte diese Liebschaft aber nicht ernst genommen, da sie sich nicht vorstellen konnte, dass er die Narbige zum Weib nehmen würde. Die

Frau, mit der er nun die Nächte verbrachte, erschien ihr jedoch als größere Gefahr.

Einmal war Irmela zusammen mit Fanny Fabian nachgeschlichen und hatte Stephanie für einen Augenblick sehen und ihre Stimme hören können. Die lebensfrohe Schönheit der jungen Wienerin hatte sie tief getroffen, denn jeder Vergleich mit dieser Frau musste zu ihren Ungunsten ausgehen. Bei dem Gedanken stieg Galle in ihren Mund empor, und sie hätte ihren Spiegel am liebsten gegen die Wand geschleudert. Zwar wusste sie selbst nicht, was sie an Fabian fand, doch sie versuchte vergeblich, ihn aus ihrem Kopf zu vertreiben.

Tief in ihr Grübeln verstrickt nahm Irmela Fannys Rückkehr zunächst nicht wahr. Das Gesicht der Zofe war ein wenig erhitzt, denn sie hatte sich beeilt, weil die vielen Soldaten ihr Angst machten und sie es nicht lange auf der Straße aushielt, obwohl Abdur sie begleitet hatte. Zwar trug der junge Mohr einen martialisch aussehenden Krummsäbel bei sich, doch sie glaubte nicht, dass er sich gegen das rauhe Kriegsvolk würde behaupten können.

Trotz dieser Angst achtete sie sorgsam auf ihre Umgebung. Sie sah den Bierkrug auf dem Tisch stehen und wusste, dass ihre junge Herrin diesen gewiss nicht bestellt hatte. Da Frau von Kerling, wie sie vernommen hatte, nicht im Haus war und so rasch nicht zurückkehren würde, schob sie Irmela den Krug hin.

»Trinkt, Fräulein! Wir dürfen das gute böhmische Bier doch nicht verderben lassen.«

Irmela nahm einen kleinen Schluck und reichte ihr den Krug. »Trink du den Rest. Ich habe genug.«

Das ließ Fanny sich nicht zweimal sagen. Sie setzte den Krug an und hörte erst auf, als dieser vollkommen leer war. Dann stieß sie hörbar auf und grinste. »Das tat gut! Ihr solltet ein wenig mehr davon trinken. Vielleicht wachst Ihr dann noch.«

Sie sagte es so treuherzig, dass Irmela lachen musste. »Größer werde ich wohl kaum mehr werden. Allerdings bin ich gewiss nicht die kleinste Frau auf Erden. Sowohl in Passau wie auch in dieser Stadt habe ich Leute gesehen, die sogar noch einen Kopf kleiner waren als ich. Zu Hause wirke ich nur deswegen wie ein Zwerg, weil Helene, Johanna und Ehrentraud recht groß gewachsen sind, und die Mägde ebenso.«

»Da habt Ihr recht, Fräulein Irmela. Aber vielleicht könntet Ihr euch einmal oben herum mit Bier einreiben. Da dürftet Ihr wirklich noch ein wenig wachsen, wenn ich mir das zu sagen erlauben darf.«

Irmela kicherte, obwohl ihr eher zum Weinen zumute war. Verglichen mit Fanny, Johanna oder gar Helene war ihr Busen so winzig, dass er sich kaum unter dem Kleid abzeichnete. Zwar wünschte sie sich keine so ausladenden Brüste wie ihre Stiefgroßmutter, denn dafür hätte sie so groß sein müssen wie diese, doch ein wenig mehr hätte es sein dürfen. Ein Blick in den Spiegel verriet ihr jedoch, dass sie in ihren neuen Kleidern nicht mehr wie ein Kind aussah, und sie wünschte sich, Fabian würde sie wenigstens einmal richtig anschauen.

XVI.

Dionysia von Kerling wunderte sich, Hasso von Heimsburg im Schuppen eines Handwerkers hausen zu sehen. Jemand hatte den hinteren Teil des windschiefen Häuschens mit einer Pferdedecke abgetrennt und zwei Strohsäcke auf den Boden gelegt, wie es für Bauernknechte üblich war. Heimsburgs Bursche empfing den Gesellen des Handwerkers, der die Besucherin zu ihm führte, mit einem misstrauischen Blick, denn er glaubte, es käme wieder einer der schier zahllosen Gläubiger seines Herrn, die fast täglich auftauchten, um ihr Geld einzufordern.

Als er Frau von Kerling entdeckte, verlor sich der abweisende Ausdruck, denn er kannte die Dame und wusste, dass deren Ehemann und sein Herr eng befreundet gewesen waren. Ihm war auch klar, was die Sittsamkeit in diesem Fall gebot, und daher führte er die Dame nicht hinter den Vorhang, sondern bat sie in den kleinen Garten des Handwerkerhäuschens.
»Der Herr Hauptmann bedauert, Euch in so unwürdigen Verhältnissen empfangen zu müssen, Frau von Kerling.«
Die Besucherin presste die Lippen zusammen, dass nur noch ein schmaler Strich übrig blieb. Es sah nicht so aus, als wäre Heimsburg mit Glücksgütern gesegnet. Dabei hatte sie gehofft, in ihm einen zahlungskräftigen Gönner zu finden. Mit einem tiefen Seufzer folgte sie dem Burschen zu einem Apfelbaum und ließ sich auf einem alten Wurzelstock nieder, der als Hocker diente. Ihre Begleiterin hatte sie an der Tür zurückgelassen, so dass diese sie sehen, aber ihr Gespräch mit Heimsburg nicht belauschen konnte.
Heimsburgs Freude, die Witwe seines ehemaligen Vorgesetzten wiederzusehen, hielt sich in Grenzen. Er hatte bereits mehrere Bettelbriefe von ihr erhalten, die umgehend ins Feuer gewandert waren, und konnte sich denken, was sie von ihm wollte. Dabei verfügte er derzeit nicht einmal über die Mittel, sich selbst zu erhalten. Da Wallensteins Generäle ebenfalls nicht in der Stadt waren, hatte sich ihm noch kein neuer Posten im Heer geboten. Auch war es ihm bisher nicht gelungen, einen Gimpel zu finden, den er im Spiel ausnehmen konnte. Der letzte junge Schnösel, der von seinem adeligen Vater mit einer vollen Börse zum Heer geschickt worden war, um dort aufzusteigen, war von seinen neuen Kameraden vor ihm gewarnt worden, wobei auch das Wort Falschspiel gefallen war.
Als er auf Dionysia von Kerling zutrat, fiel ihm auf, dass sie schmaler aussah als früher und verblüht wirkte. Dabei war sie

keinen Tag älter als er, und während seines Aufenthalts in ihrem Haus, in dem nun wohl irgendein schwedischer Major saß, hatte er sich ein paarmal überlegt, sie zu verführen. Das hätte ihm gelingen können, denn glücklich schien sie mit dem alten Kerling nicht gewesen zu sein. Nun war er jedoch froh, dass es nicht dazu gekommen war, sonst hätte die Frau Ansprüche an ihn stellen können, die zu erfüllen er weder willens noch in der Lage war.

Heimsburg täuschte sich nicht, denn Dionysia von Kerling sah in ihm ebenso wie in einigen anderen Offizieren mittleren Ranges durchaus einen Ehekandidaten. Die Armut, in der er lebte, ließ sie jedoch von diesem Gedanken Abschied nehmen, und sie überlegte, ob er ihr in anderer Hinsicht von Nutzen sein konnte.

»Herr von Heimsburg! Ich freue mich, Euch wohlbehalten wiederzusehen«, begrüßte sie ihn lächelnd.

»Ganz meinerseits!« Heimsburg verbeugte sich und sagte sich dabei, dass er die Kerling auf der Stelle heiraten würde, wenn sie ein ausreichendes Vermögen in die Ehe einbrächte. Doch die Frau war durch den Verlust ihrer Heimat so arm wie eine Kirchenmaus und ihm daher ebenso willkommen wie seine Gläubiger.

Dionysia von Kerling spürte seine Ablehnung, nahm aber an, er würde sich für die Lage schämen, in der er sich befand. Um ihm zu zeigen, wie wenig sie das störte, trat sie auf ihn zu und ergriff seine Hand. »Uns beiden hat das Schicksal wahrlich übel mitgespielt!«

»Das Schicksal wird gewiss auch wieder bessere Tage für uns bereithalten.« Heimsburg bemühte sich, verbindlich zu sein, möglicherweise könnte sich die Witwe ja doch noch als wertvoll erweisen. Ein lobendes Wort in einem Gespräch mit einem hohen Offizier vermochte ihm vielleicht wieder den Weg nach oben zu

bahnen. Da er nichts besaß, was er ihr anbieten konnte, pflückte er zwei Äpfel vom Baum. Erst als er sie Frau von Kerling reichte, wurde er sich des symbolischen Gehalts dieser Geste bewusst.
»Mag der Genuss dieser Frucht uns anders als Adam und Eva den Weg ins Paradies öffnen«, sagte mit einer leichten Verbeugung.
Dionysia von Kerling biss in den Apfel. Er war knackig und saftig und ließ ein leicht säuerliches Gefühl in ihrem Mund zurück.
»Ich bedauere sehr, Euch in so schlechten Verhältnissen zu sehen, Herr von Heimsburg.«
»Daran sind üble Neider und Verleumder schuld«, brach es aus ihm heraus.
»Vielleicht einer der Herren Kiermeier, Gibichen oder Birkenfels?«, fragte die Frau lauernd.
Heimsburg Gesicht verzog sein Gesicht zu einer hasserfüllten Grimasse. »Bleibt mir mit diesem Birkenfels vom Leib. Das ist der übelste Mensch von allen! Was habt Ihr mit dem zu schaffen?«
»Ich wohne in seinem Quartier!«
»Ihr und dieses Bürschchen? Das hätte ich nicht von Euch erwartet. Euer Gemahl würde sich im Grab umdrehen!« Heimsburg sah aus, als wolle er die Dame am liebsten ohrfeigen.
Dionysia von Kerling rutschte unwillkürlich ein Stück zurück. »Mein Herr, ich muss doch bitten! Ich weile nur als Gesellschafterin der Komtesse Hochberg in diesem Haus.«
Es war, als hätte sie einen Köder ausgelegt, denn Heimsburg sprang sofort darauf an. »Eine Komtesse? Wie kommt die dazu, bei einem solchen Kerl Quartier zu suchen?«
»Nun, sie scheint sehr vertraut mit ihm zu sein. Kiermeier und Gibichen sind der Ansicht, dass die beiden heiraten sollten. Sie ist sehr reich, müsst Ihr wissen.« Ein Plan formte sich in Frau von Kerlings Gehirn, der ihr zunächst so abstrus erschien, dass sie am liebsten über sich gelacht hätte. Doch als sie die unver-

hüllte Gier und den Neid in Heimsburgs Gesicht wahrnahm, kam ihr der Gedanke gar nicht mehr so lächerlich vor.

»Es könnte uns beiden helfen!«

»Was?«, fragte Heimsburg scharf.

»Ihr müsstet die Erbin heiraten!« Dionysia von Kerling musterte Heimsburg prüfend. Zwar waren die Spuren eines ausschweifenden Lebens nicht zu übersehen, aber man konnte ihn noch immer als einen gut aussehenden Mann bezeichnen. Dazu war er von passender adeliger Herkunft und hatte Irmelas Geld in ihren Augen mehr verdient als dieser Schnösel Fabian.

»Nun, Herr von Heimsburg«, begann sie vorsichtig. »Ihr seid ein tapferer Soldat, aber ohne jeden Besitz, der Euch im Alter die Sicherheit verleiht, leben zu können, wie es einem Edelmann zukommt. Eine reiche Heirat würde Euch unabhängig von allem Schlachtenglück machen.«

»Wenn ich an eine reiche Braut gekommen wäre, hätte ich längst gefreit«, gab Heimsburg unumwunden zu. »Nur werden Erbinnen von ihren Verwandten gut behütet, und ich erscheine wohl keinem Vater als der ideale Ehekandidat.«

»Muss die Hochzeit mit der Erlaubnis der Eltern und Verwandten gefeiert werden? Irmela von Hochberg ist Waise, die meisten ihrer Verwandten sind ohne Belang, und mit ihrer Stiefgroßmutter Helene, dieser ehemaligen Soldatenhure, werdet Ihr wohl fertig werden.«

»Vorausgesetzt, das Mädchen willigt in eine Ehe mit mir ein.« Heimsburg nickte versonnen und begann sich mit der Idee anzufreunden. »Irgendwann einmal werde ich heiraten müssen. Da käme mir so ein Gänschen wie die Komtesse Hochberg gerade recht, und es würde mir doppelte Genugtuung bieten, sie diesem Birkenfels vor der Nase wegzuschnappen. Doch das dürfte nicht leicht werden. Der Kerl darf mich nicht sehen, sonst bläst er der jungen Dame üble Lügen über mich ins Ohr.«

»Wenn Ihr diesen Lebensumständen entkommen wollt, indem Ihr die junge Dame für Euch gewinnt, ist Mut angesagt. Ansonsten braucht Ihr nur einen sicheren Ort, einen Priester und eine Freundin wie mich.«

»Ich verstehe nicht ganz, wie Ihr das meint«, antwortete Heimsburg, obwohl er ihren Gedankengang durchaus nachzuvollziehen vermochte.

»Dann will ich es Euch sagen. Ihr nehmt das Mädchen, bringt es zu einem Priester, der Euch traut, und vollzieht dann die Ehe. Danach können weder ihre Verwandten noch die Stiefgroßmutter etwas dagegen unternehmen, und Ihr gelangt in den Besitz eines stattlichen Vermögens.«

Heimsburg lachte spöttisch auf. »Potz Blitz! Ihr habt eine Entführung im Sinn, und das unter Birkenfels' Augen. Das wäre ein Stück ganz nach meinem Geschmack. Nur ...« Er brach ab und zog eine runzelige Lederbörse aus der Westentasche.

»Wenn Ihr darin noch genug Geld für eine einfache Mahlzeit findet, könnt Ihr von Glück sagen. Doch um eine Erbin zu entführen, braucht man Geld. Habt Ihr welches?« Sein Blick und der Klang seiner Stimme zeigten Frau von Kerling, dass er bereit war, ihren Plan umzusetzen. Geld war etwas, mit dem sie ihm nicht aushelfen konnte – oder doch?

»Irmela bewahrt ihr Geld in unserer gemeinsamen Kammer auf. Es müsste mir gelingen, unbemerkt daranzukommen. Wenn Ihr in der Nähe des Hauses auf mich wartet, könnte ich Euch so viel geben, wie notwendig sein wird. Aber über eines müsst Ihr Euch im Klaren sein: Ein Teil des Vermögens, das Ihr erheiratet, geht an mich.«

»Gerne – vorausgesetzt, das Mädchen ist tatsächlich so reich, wie Ihr sagt.« Heimsburg deutete eine Verbeugung an und dachte für sich, dass wohl eine Handvoll Gulden reichen würden, die Frau zufriedenzustellen. Als er jedoch den raffgierigen Ausdruck

in Frau von Kerlings Gesicht wahrnahm, war er sich dessen nicht
mehr so sicher. Doch er sagte sich, dass die Hälfte eines größeren
Vermögens viel mehr war als das, was er jetzt besaß, und konnte
es kaum noch erwarten, den Knoten zu schürzen. Dazu musste
er einige Vorbereitungen treffen, und für die benötigte er mehr
als ein paar Scheidemünzen.
»He, Kerl, bring mir meinen Rock!«, rief er seinem Burschen zu,
erhob sich und bot Dionysia von Kerling den Arm.
»Auf unseren gemeinsamen Erfolg!«

XVII.

Irmela starrte Frau von Kerling entgeistert an. »Ich soll Euch auf
eine Reise begleiten? Das geht nicht! Wallenstein kann jeden Augenblick zurückkehren, und ich will ihn nicht aus eigener Schuld
verpassen.«
Ihre Begleiterin rang die Hände und kniete theatralisch vor ihr
nieder. »Meine Liebe, ich bitte Euch! Es handelt sich doch nur
um einen einzigen Tag. Morgen Mittag sind wir bereits wieder
hier. Ich muss diesen Offizier sprechen! Er hat mir schriftlich
zugesichert, er würde mich unterstützen, doch er befindet sich
nur noch bis morgen in dieser Gegend. Wenn ich ihn bis dahin
nicht aufsuchen kann, war meine Fahrt hierher umsonst.«
Dionysia von Kerling vermochte wundervoll zu jammern. Insgeheim verfluchte sie Irmela wegen ihres Starrsinns. Die Nachricht,
dass Wallenstein auf dem Rückweg sein sollte, hatte ihren Plan
beschleunigt. Wenn es Heimsburg nicht vorher gelang, Irmelas
habhaft zu werden, würde ihr Plan womöglich scheitern. Die Offizierswitwe dachte mit einem gewissen Vergnügen daran, dass
Irmelas Geld ihr diesen Streich erst ermöglichte. Ihr war zugute
gekommen, dass Irmela aus Angst, eine bedeutende Summe zu

verlieren oder bestohlen zu werden, ihr Reisegeld in ihrem Zimmer versteckt hielt und stets nur einige Münzen für den täglichen Gebrauch bei sich trug. Daher war es ihr am Vortag gelungen, einen Griff in die Reisekasse zu tun. Viel hatte sie jedoch nicht herauszunehmen gewagt, weil es sonst aufgefallen wäre. Nun hoffte sie, dass die Summe Heimsburgs Auslagen decken würde.
Da sie keine Antwort erhielt, fasste Dionysia von Kerling in einer schier verzweifelten Geste nach Irmelas Arm. »Es bedeutet so viel für mich, müsst Ihr wissen! Doch ich kann diesen Herrn nicht ohne Anstandsdame aufsuchen. Mein Ruf und meine Hoffnungen auf eine zweite Heirat wären ruiniert.«
Irmela kniff die Lippen zusammen. Am liebsten hätte sie der Kerling gesagt, sie solle sich dorthin scheren, wo der Pfeffer wächst. Aber sie erinnerte sich, dass die Frau den Auftrag, sie zu begleiten, nur angenommen hatte, weil sie ihre eigenen Belange regeln wollte. Wenn sie die Witwe jetzt im Stich ließ, würde sie sich in den nächsten Wochen deren Klagen anhören müssen und sich dabei herzlich schlecht fühlen.
»Also gut! Ruft Abdur, damit er dem Kutscher und unseren Leibwachen sagen kann, dass sie anspannen und vorfahren sollen.«
»Das ist nicht notwendig«, rief die Witwe eilig. »Der Oberst, zu dem wir kommen sollen, hat uns seinen Wagen geschickt. Er wartet bereits auf uns.«
Irmela gefiel es gar nicht, dass Frau von Kerling so über sie bestimmte, aber da sie sich entschlossen hatte, ihr diesen Gefallen zu erweisen, widersprach sie nicht, sondern nahm ihren Umhang und warf ihn sich über. »Bringen wir es hinter uns. Fanny und Abdur sollen uns begleiten.«
Irmela konnte ihren Unmut nicht ganz verbergen, doch Dionysia von Kerling schien es nicht zu bemerken, sondern schien in Dankbarkeit zu zerfließen, weil ihre junge Reisegefährtin nachgegeben hatte und ihr die Fahrt ermöglichte. Dabei ver-

suchte sie, sich ihre wahre Erleichterung nicht anmerken zu lassen. Es hatte lange gedauert, die Komtesse zum Mitkommen zu bewegen, der Wagen, den Heimsburg gemietet hatte, wartete seit Stunden hinter der nächsten Straßenecke. Jetzt mussten sie das Gefährt erreichen, bevor Birkenfels, Kiermeier oder Gibichen Verdacht schöpfen konnten. Auf dem Weg nach unten winkte sie Frau Štranzl, die aus der Küche herausschaute, lächelnd zu. Dieser hatte sie vorher schon wortreich erklärt, warum sie mit Irmela wegfahren musste, aber ein anderes Ziel und damit eine ganz andere Richtung genannt. Vor den Ohren ihrer Töchter und einiger Mägde hatte sie die gute Frau gebeten, den Herren Offizieren auszurichten, dass sie sich nicht zu sorgen brauchten.
»Morgen Mittag sind wir wieder zurück«, rief sie der Böhmin so freundlich zu, wie diese es noch nicht erlebt hatte.
Irmela hatte unterdessen Fanny entdeckt und winkte sie zu sich.
»Ich soll Frau von Kerling zu ihrem Bekannten begleiten. Du und Abdur kommt mit.«
Die Zofe blies empört die Backen auf. »Es fällt Euch aber früh ein, dass Ihr verreisen wollt. Ich habe überhaupt nichts vorbereitet, und Abdur ist nicht da. Hauptmann Gibichen hat ihn zum Schuster geschickt, um seine neuen Stiefel abzuholen.«
»Herr von Gibichen maßt sich viel an! Er kann doch nicht über meine Domestiken verfügen, als wären es seine eigenen.«
Irmela wunderte sich über sich selbst, weil sie eine solche Wut auf Fabians Freund empfand. Dabei tat Gibichen alles, um ihr das Leben in dieser Enge zu erleichtern. Er hatte sogar an seinen dienstfreien Nachmittagen mit ihr Schach gespielt, um ihr die Langeweile zu vertreiben, und auch dafür gesorgt, dass ihre Kutsche und ihre Begleiter gut untergebracht waren. Da durfte sie sich nicht beschweren, wenn er Abdur um einen Gefallen bat, zumal sein eigener Bursche ein älterer Mann war, der ihm von

seinem Vater mehr als Aufpasser denn als Bediensteter mitgegeben worden war.

»Wir werden warten, bis Abdur zurückkommt«, erklärte sie und wollte wieder nach oben steigen.

Dionysia von Kerling rang die Hände. »Das dauert zu lange! Wir würden zu spät ankommen, und ich könnte erst morgen mit dem Oberst reden. Dann müssten wir noch eine zweite Nacht in seinem Quartier verbringen. Er wird uns gewiss einen Diener zur Verfügung stellen, und für unsere eigenen Bedürfnisse haben wir Fanny!«

Da Irmela nicht länger als nötig ausbleiben wollte, stimmte sie zu und gab Fanny einen Wink mitzukommen. Die Zofe raffte ihr Schultertuch an sich und warf es sich im Hinausgehen über. Dionysia von Kerling folgte den beiden und scheuchte sie in die Richtung, in der der Wagen wartete.

Der Kutscher, ein älterer Mann mit verbitterter Miene, musste früher Soldat gewesen sein, denn über sein Gesicht lief eine lange Narbe, die Irmela unwillkürlich an Ehrentraud erinnerte. Bei dem Anblick schämte sie sich plötzlich aller schlechten Gedanken über die junge Frau, denn es musste schrecklich sein, so auszusehen. Der Gehilfe des Kutschers, in dem Dionysia von Kerling den gut verkleideten Heimsburg erkannte, trat auf Irmela zu und half ihr in den Wagen. Dabei betrachtete er sie verstohlen und sagte sich, dass er es schlechter hätte treffen können. Zwar reichte Irmela ihm nicht einmal bis zum Kinn, doch gerade ihre geringe Größe gab ihm das Gefühl, leichtes Spiel mit ihr zu haben.

Dionysia von Kerling folgte Irmela in den Wagen, dann zog Fanny sich ohne Hilfe in den Kasten, während Heimsburg sich bereits wieder auf den Kutschenbock schwang. Auch wenn der Offizier sich in den Mantel eines Fuhrknechts gehüllt und einen alten Filzhut tief in die Stirn gezogen hatte, wollte er nicht riskieren, von irgendjemand erkannt zu werden.

Während Heimsburg seinen Pallasch in die eine Hand nahm und mit der anderen nervös über die Kolben der beiden Pistolen strich, die aus den Taschen seines langschößigen Rockes ragten, schloss sein Bursche den Schlag und sprang hinten auf. Im selben Augenblick schwang der Kutscher die Peitsche und trieb das Gespann an.

»Endlich sind wir unterwegs!« Dionysia von Kerling ließ sich aufatmend in den Sitz fallen.

Irmela schnupperte und machte eine angeekelte Geste. »Wir hätten unseren eigenen Wagen nehmen sollen. In diesem Gefährt riecht es so modrig wie in einer Gruft.«

Dionysia von Kerling spitzte spöttisch die Lippen, denn sie selbst roch nichts. Allerdings hatte Irmela sich bereits auf der Herfahrt hie und da recht eigenartig benommen und über Lärm, Gerüche und manchmal auch über ihr zu aggressive Leute geklagt. Die Stiefgroßmutter des Mädchens hatte ihr unter vier Augen mitgeteilt, dass Irmela nicht recht bei Sinnen sei, und der Gedanke an Helene von Hochberg verlieh Dionysia von Kerling das Gefühl, edel an Irmela zu handeln, wenn sie für deren rasche Verheiratung sorgte. Auf diese Weise würde das Mädchen den Fängen dieses Weibsdrachens entkommen und als Heimsburgs Frau ein eigenes Haus führen können.

XVIII.

Die Kutsche schlängelte sich durch die engen Gassen der Stadt, dann erreichte sie eine der Ausfallstraßen und passierte kurz darauf das Tor. Irmela hatte ein wenig durch das Seitenfenster ins Freie schauen wollen, doch der dumpfe Geruch im Wagen bereitete ihr Übelkeit. Sie spürte, wie ihr Nacken sich verspannte, und kurz danach fuhr ein stechender Schmerz durch ihre rechte

Schädelhälfte. Sie schloss die Augen und ließ sich in die Polster zurücksinken. Nun aber schlug ihr der Modergestank erst recht entgegen, und ihr Magen begann zu rebellieren.

»Ist Euch nicht gut, meine Liebe?« Frau von Kerling beugte sich scheinbar mitleidsvoll zu Irmela hinüber. Insgeheim jubelte sie jedoch, denn sie kannte die Lähmung durch starke Kopfschmerzen und hoffte, dass Irmela am Ziel zu schwach sein würde, um sich gegen die aufgezwungene Heirat zu wehren. Daher bot sie ihr das mit Kräuteressenzen getränkte Tuch nicht an, welches sie für solche Fälle bei sich führte, sondern begnügte sich damit, mit der Hand über Irmelas Stirn zu fahren, über die in dicken, kalten Tropfen der Schweiß rann.

Von Schmerzen gequält achtete Irmela nicht darauf, wohin die Kutsche fuhr. Diese verließ schon bald die breite Überlandstraße und bog in einen Karrenweg ab, der so voller Schlaglöcher war, dass der Kutscher die Pferde nur im Schritt gehen lassen konnte. Das Schaukeln verstärkte zwar Irmelas Kopfschmerzen, aber sie vermochte nun wieder einen klaren Gedanken zu fassen. Nach Frau von Kerlings Aussagen würden sie noch den halben Tag unterwegs sein, um ihr Ziel zu erreichen, und sie wusste nicht, wie sie die Fahrt auf diesen schlechten Straßen überstehen sollte. Gerade, als sie ihre Begleiterin darauf ansprechen wollte, blieb die Kutsche mit einem Ruck stehen, und der Gehilfe des Kutschers öffnete den Schlag.

»Wir sind da!« Es klang unangemessen selbstzufrieden und gar nicht dem niederen Stand des Mannes angemessen. Irmela war es, als läuteten in ihrem Kopf Alarmglocken, und sie kämpfte gleichermaßen gegen ihre Übelkeit und das Kopfweh an. Da der Wagen stand und sie aussteigen konnte, ging es ihr nach zwei, drei Atemzügen an der frischen Luft besser. Verblüfft starrte sie auf die einsam auf einer Lichtung stehende Bauernkate, vor der sie gehalten hatten, und sah sich nach den Wachtposten um, die üblicherweise vor dem Quartier eines hohen Offiziers standen. Aber die gab es nicht, und sie entdeckte auch keine Zelte oder Soldaten in der Nähe. Nur ein paar Pferde waren neben der Hütte angebunden und rupften missmutig an dem strohigen Gras.

Verärgert drehte sie sich zu Frau von Kerling um. »Sind wir hier wirklich richtig?«

»Und ob du richtig bist, meine Liebe«, antwortete statt ihrer der Gehilfe des Kutschers.

Nun bemerkte Irmela den Uniformrock eines Offiziers, der unter seinem Umhang zum Vorschein kam, und ahnte, dass von diesem Mann Gefahr ausging. »Wer seid Ihr?«

»Komtesse, gestattet, dass ich mich vorstelle. Hasso von Heimsburg, Hauptmann der Kürassiere unter dem Befehl von Octavio Piccolomini, des Herzogs von Amalfi, und Euer zukünftiger Ehemann.«

Irmela glaubte ihren Ohren nicht zu trauen. »Was wollt Ihr sein?«

Heimsburg gab ihr keine Antwort, sondern packte sie und zerrte sie auf die Hütte zu. Fanny, die sich ebenfalls verwundert umgeschaut hatte, sprang aus der Kutsche und versuchte, ihrer Herrin zu helfen. Sofort war Heimsburgs Bursche bei ihr und versetzte ihr einige schallende Ohrfeigen.

Der Kutscher, der verwundert zugesehen hatte, beschloss, dass ihn das Ganze nichts anging, und als Dionysia von Kerling ausgestiegen war, wendete er sein Gespann im hohen Gras und ließ seine beiden Gäule antraben.

Irmela versuchte sich Heimsburgs Griff zu entziehen, doch gegen die Kraft des Mannes kam sie nicht an. Daher öffnete sie den Mund und stieß einen gellenden Schrei aus, in der Hoffnung, jemand würde sie hören und ihr zur Hilfe kommen.

Heimsburg lachte höhnisch. »Schreit, so viel Ihr wollt, meine

Liebe. In diesem Wald steckt höchstens lichtscheues Gesindel, das sich nicht vor eine ehrliche Klinge wagt. Bevor der Tag sich neigt, werdet Ihr meine Gattin sein und ich der Besitzer Eures Vermögens.« Er wechselte einen Blick mit Dionysia von Kerling, der Irmela das ganze Ausmaß des gegen sie geschmiedeten Komplotts offenbarte.

»Ihr könnt Euch nicht beklagen, Komtesse, denn mit Herrn von Heimsburg erhaltet Ihr einen Ehemann, dessen Stammbaum ebenso weit zurückreicht wie der Eure«, erklärte die Witwe zufrieden und rieb sich bei dem Gedanken an ihre Belohnung die Hände.

Heimsburg schleifte Irmela in die Hütte und stieß sie gegen die Rückwand. Dabei konnte sie um Haaresbreite einem Schemel ausweichen, der ihr im Weg stand, und einen Sturz vermeiden. Das Innere der Kate bestand aus einem einzigen Raum, dessen Mitte ein aus Lehm und Steinen errichteter Herd einnahm, auf dem wohl schon wochenlang kein Feuer mehr gebrannt hatte. In dem Licht, das durch die Tür und das winzige Fensterloch fiel, konnte man sehen, dass es einen zweiten Schemel gab, auf dem ein Mann in der Kutte eines einfachen Geistlichen mit dem Gesicht eines Bullenbeißers saß. Das musste der Priester sein, der den Trausegen sprechen sollte.

Heimsburg schien die Absicht zu haben, die Ehe auf der Stelle zu vollziehen, denn im hinteren Teil der Hütte lag ein Strohsack, der mit einem sauberen, gut gebleichten Leintuch bedeckt war. Irmela verspürte einen bitteren Geschmack im Mund, denn sie begriff, dass ihr Entführer mit Hilfe des Tuchs die Gültigkeit der Ehe bekunden würde. Also wollte Heimsburg das Gleiche mit ihr tun, was Fabian mit Ehrentraud oder dieser Wiener Gräfin gemacht hatte. Nur hatten die beiden aus freien Stücken in die Sache eingewilligt ... Sie brach diesen unerfreulichen Gedankengang ab und sah sich nach einem Gegenstand um, den sie als

Waffe benutzen konnte. Auch wenn sie keine Hoffnung hatte, sich gegen Heimsburg durchzusetzen, so wollte sie sich nicht ohne Gegenwehr in das ihr zugedachte Schicksal fügen.

»Darf ich Euch Hochwürden Balthasar Klebsattel vorstellen, meine Liebe? Er wird uns trauen und die entsprechenden Urkunden ausstellen.« Heimsburg schnurrte beinahe vor Vergnügen. Obwohl er einige Zeit auf Irmelas Erscheinen gewartet und schon geglaubt hatte, ihm schwämmen die Felle davon, war danach alles besser gegangen als erwartet, und in wenigen Stunden würde er seine Hand auf ein recht beachtliches Vermögen legen können. Noch mehr freute es ihn, dass er Fabian von Birkenfels mit dieser Eheschließung einen Tort antun konnte. Der Kerl würde sich nach einem anderen Goldvögelchen umsehen müssen. Nur waren Erbinnen, die sich danach sehnten, mittellose Offiziere mit ihrer Hand zu beglücken, sehr dünn gesät.

Mit einem aufmunternden Lachen trat er neben den Priester und klopfte ihm auf die Schulter. »Macht jetzt, ich habe nicht vor, noch länger zu warten.«

Heimsburgs Blick streifte bei den Worten erwartungsfroh das Bett. Er hatte jetzt schon eine ganze Weile auf ein Weib verzichten müssen. Auch deswegen freute er sich, dass sein Streich gelungen war.

Während der Geistliche sich mit einem Schluck aus einer großen Flasche für die feierliche Zeremonie stärkte, arbeitete Irmelas Verstand mit einem Mal völlig klar. Ihr Unwohlsein und die Kopfschmerzen waren ebenso verschwunden wie die Angst, die sie schier gelähmt hatte. Ihr Blick streifte Heimsburg und blieb auf dessen Rock haften, aus dessen Taschen die Griffe zweier Pistolen ragten. Irmela kannte Waffen dieser Art. Ihr Vater hatte sie einige Male mit ähnlichen Pistolen schießen lassen. Das Spannschloss musste mit der Hand aufgezogen werden, und das kostete Zeit, die im Ernstfall entscheidend sein konnte. Daher wurden die Pistolen meist frühzeitig schussfertig gemacht. Sie hoffte, Heimsburg habe nicht anders gehandelt, denn wenn der Wagen unterwegs überfallen worden wäre, hätten sich nicht gespannte Pistolen als wertlos erwiesen.

Es fiel Irmela schwer, die beiden Pistolen nicht zu begehrlich anzustarren, ihr ganzes Sinnen und Trachten strebte danach, sie in die Hand zu bekommen.

Unterdessen hatte der Geistliche einen weiteren Zug aus der Weinflasche genommen und stand nun schwankend auf. »Ihr wollt also dieses Frauenzimmer heiraten?«, fragte er Heimsburg mit schwerer Stimme.

»Natürlich will ich die Komtesse Irmela heiraten«, fuhr der Offizier ihn an.

»Und sie, will sie Euch auch heiraten?«

Die Frage hätte der Mann sich sparen können, dachte Irmela, denn selbst ein Betrunkener musste merken, dass sie nicht freiwillig an diesem Ort weilte.

»Sie wird es tun, entweder vorher, um als gute Ehefrau ihre Jungfernschaft zu verlieren, oder, wenn es sein muss, auch nachher, um ihre Ehre wiederherzustellen.«

Heimsburg blickte Irmela provozierend an. Sie beachtete ihn jedoch nicht, ihre Gedanken beschäftigten sich nur damit, wie sie sich und Fanny befreien konnte. Die Magd konnte ihr nicht helfen, denn Heimsburgs Bursche hatte sie gefesselt und wie ein Gepäckstück in einer Ecke abgelegt.

»Nun, ich …«, begann der Kaplan, der anscheinend nicht erwartet hatte, eine widerspenstige Braut vorzufinden. Doch die Münzen in seiner Tasche und der Wein, den Heimsburg in weiser Voraussicht hatte bereitstellen hatte lassen, ließen den Mann seine Skrupel vergessen. Er nahm sein Brevier, das er auf eine Ecke des Herds gelegt hatte, und blätterte darin, bis er die richtige Stelle gefunden hatte.

»Nun, dann wollen wir beginnen. Das Brautpaar trete vor mich!«

Heimsburg schob Irmela nach vorne, ohne seinen Griff zu lockern. So komme ich nie an die Pistolen, fuhr es dem Mädchen durch den Kopf und sie spürte ihre Kopfschmerzen zurückkommen. Der leichte Druck unter ihrer Schädeldecke brachte sie auf den richtigen Gedanken. Sie stieß ein Stöhnen aus, verdrehte die Augen und sackte in den Armen ihres Entführers zusammen.

»Was soll das?«, brüllte Heimsburg.

»Fräulein Irmela fühlt sich nicht wohl. Sie hat schon während der Fahrt unter heftigen Kopfschmerzen gelitten!« Frau von Kerling holte jetzt das mit Essenzen getränkte Tuch aus ihrem Beutel, das sie Irmela vorhin verweigert hatte, und hielt es der scheinbar Bewusstlosen vors Gesicht.

Irmelas Nase explodierte beinahe, als der Duft ihre Schleimhäute reizte, und ihr traten die Tränen aus den Augen. »Ich muss mich setzen. Einen Schluck Wein bitte.«

Heimsburg sah ihre offensichtliche Schwäche und wähnte sich am Ziel. »Bring Wein, damit ich mit meinem Bräutchen auf unsere Ehe anstoßen kann«, rief er seinem Burschen zu.

Der hob jedoch nur in einer hilflosen Geste die Arme. »Es ist keiner mehr da. Der Pfaffe hat alles ausgesoffen.«

»Dann besorge welchen!«

»Da muss ich bis in die Stadt zurück.« Der Bursche zog ein säuerliches Gesicht, wandte sich aber auf einen heftigen Wink seines Herrn hin zum Gehen.

Jetzt erinnerte Irmela sich wieder an die Pferde, die sie draußen gesehen hatte, und ihr war klar, dass sie jetzt handeln musste. Da Heimsburg sie nur noch mit einer Hand festhielt, machte sie sich mit einem heftigen Ruck frei, schnappte mit beiden Händen nach den Pistolengriffen und trat mit den Waffen in den Händen zurück, bevor der Mann begriff, was geschah. Im ersten Augen-

blick wollte er auf Irmela zugehen und sie packen, doch angesichts der beiden Läufe, deren Mündungen direkt auf ihn gerichtet waren, hielt er inne, setzte eine spöttische Miene auf und sah Irmela von oben herab an.
»Das wird dir auch nichts helfen, meine Liebe. Die Waffen sind nicht geladen.«
Irmela roch das Zündkraut auf den Pfannen und lächelte. »Sie sind geladen. Wenn Euch Euer Leben lieb ist, solltet Ihr tun, was ich Euch sage. Als Erstes soll Euer Bursche meine Zofe losbinden. Sagt ihm, er soll keinen Unsinn machen. Ich halte zwei Pistolen in meiner Hand und kann Euch auch in Schach halten, wenn ein Lauf abgeschossen sein sollte. Wenn Ihr so dringend ein Weib braucht, dann nehmt doch Frau von Kerling. Sie passt zu Euch!« In Irmelas Worten schwangen Verachtung und der Wille, ihrer Begleiterin diesen Verrat niemals zu verzeihen.
Die Sache entwickelte sich ganz anders, als die Witwe erwartet hatte. »Tut doch etwas!«, schrie sie Heimsburg mit sich überschlagender Stimme an.
Dieser kaute ein paar Herzschläge lang unschlüssig auf seinen Lippen, beschloss dann, Irmelas Drohungen nicht ernst zu nehmen, und trat auf sie zu.
Irmela begriff, dass er ihr die Pistolen aus der Hand winden würde, wenn sie nicht bereit war, das Äußerste zu wagen, und ihr Gesicht verhärtete sich. Wenn der Kerl sie vergewaltigte, musste sie ihre Ehre retten, indem sie ihn heiratete. Also gab es keinen anderen Ausweg. Noch während Heimsburg seine Hände nach ihr ausstreckte, krümmte sie den rechten Zeigefinger. Der Hahn schnappte nach vorne, es gab einen Knall, und eine Feuerzunge schlug Heimsburg entgegen. Irmela sah, wie in dessen Brust ein schwarzes Loch entstand, dessen Umkreis sich rasch rot färbte. Das Gesicht des Offiziers drückte ungläubiges Staunen aus, dann gaben seine Beine nach, und er schlug zu Boden.

Heimsburgs Bursche stieß einen wütenden Schrei aus, doch da drehte sich die Pistole in Irmelas Linker in seine Richtung. »Bleib stehen, oder du teilst das Schicksal deines Herrn!«
Der Gedanke an die Kaltblütigkeit, mit der Irmela seinen Hauptmann niedergeschossen hatte, brachte den Burschen zur Vernunft, und er wich bis an die Wand zurück. Der Priester sah aus, als müsse er all den Wein, den er getrunken hatte, wieder von sich geben, während Dionysia von Kerling wimmerte wie ein geschlagener Hund.
»Heimsburg ist tot. Du hast ihn umgebracht!« In dem Augenblick regte Heimsburg sich und versuchte mit seiner Rechten an seine Brust zu greifen.
Irmela erschrak, denn wenn er nur leicht verwundet war und sich wieder aufraffen konnte, wusste sie nicht, ob sie es fertigbringen würde, ein weiteres Mal auf ihn zu schießen. Rasch zielte sie mit der noch geladenen Pistole auf Heimsburgs Burschen und zeigte mit der anderen auf Fanny.
»Du wirst jetzt meine Zofe losbinden und dich dann mit dem Gesicht gegen die Wand stellen, verstanden?«
Heimsburg versuchte etwas zu sagen, doch es wurde nur ein Röcheln daraus. Ohne den Rückhalt seines Herrn verlor der Offiziersbursche allen Mut. Er trat neben Fanny, holte sein Klappmesser aus der Tasche und zerschnitt den Strick, mit dem er sie gebunden hatte. Irmela glaubte schon, er würde das Mädchen packen, ihm die Klinge an den Hals setzen und sie damit erpressen, doch der Mann kam nicht dazu.
Kaum war Fanny ihrer Fesseln ledig, rollte sie sich von dem Burschen weg und kam erst ein ganzes Stück weit entfernt auf die Beine. »Was machen wir jetzt?«
»Wir bedanken uns für die gebotene Gastfreundschaft und verabschieden uns. Ihr beiden dort stellt euch ebenfalls an die Wand!« Der letzte Satz galt Frau von Kerling und dem Geistli-

chen. Während Letzterer sofort gehorchte, blieb die Witwe stehen und zeigte auf den Verwundeten.

»Herr von Heimsburg braucht dringend ärztliche Hilfe!«

»Ihr könnt ihn verbinden, sobald wir gegangen sind. Dann kann sein Bursche einen Feldscher suchen, aber zu Fuß, denn die Pferde benötigen wir, nachdem Herr von Heimsburg die Unhöflichkeit besessen hat, die Kutsche fortzuschicken.« Irmela trat bis an die Tür zurück, erinnerte sich dabei gerade noch rechtzeitig an den Schemel, der dort stand, und schob diesen mit einem Fuß zur Seite. Fanny folgte ihr, bemüht, nicht in die Schusslinie zu geraten. So sehr sie ihre junge Herrin auch bewunderte, so wollte sie kein Stück Blei aufgebrannt bekommen, das diese aus Versehen abschoss.

Irmela wartete, bis Fanny die Kate verlassen hatte, dann schlüpfte auch sie ins Freie. Noch mit der scharfen Pistole in der Hand ging sie auf die Pferde zu. Bei einem davon, wohl dem Tier des Burschen, handelte es sich um einen alten Klepper, der kaum noch für einen Trab geeignet war, und auch Heimsburgs Rappe hatte bereits bessere Zeiten gesehen. Während Irmela noch überlegte, ob Fanny und sie mit dem Rappen vorlieb nehmen oder doch beide Pferde nehmen sollten, wuchtete Fanny den schweren Sattel auf den Rücken des besseren Tieres, schlang die Riemen um dessen Bauch und zog sie fest. Irmela sah ihr fasziniert zu, fragte sich aber, wie sie da hochkommen sollte. Zu Hause hatte ihr ein Reitknecht das fertig gesattelte Pferd gebracht und sie hinaufgehoben.

Als sie sich nach etwas umsah, auf das sie klettern konnte, stellte Fanny sich neben sie und verschränkte beide Hände so ineinander, dass sie damit eine Trittstufe bildeten. »Kommt, ich helfe Euch!«

Irmela ließ die abgeschossene Pistole fallen und steckte die andere so in die Satteltasche, dass sie sie jederzeit packen konnte.

Dann legte sie die eine Hand auf den Sattelbogen, krallte sich mit der anderen in der Mähne des Tieres fest und stellte den linken Fuß auf Fannys Hände.

»Jetzt gilt es«, machte sie sich selbst Mut und schwang sich hoch. Es ging besser als erwartet, und sie musste ihren eigenen Schwung bremsen, um nicht das Gleichgewicht zu verlieren und auf der anderen Seite wieder hinabzufallen.

»Jetzt zieht mich hoch!«, forderte Fanny ihre Herrin auf und streckte ihr die linke Hand entgegen. Als sie mit der anderen nach dem Schwanzansatz des Pferdes griff, trat der Hengst ein paar Schritte zur Seite. Fanny folgte dem Tier und sah vorwurfsvoll zu ihrer Herrin auf.

»Wenn Ihr mir nicht aufs Pferd helfen könnt, müsst Ihr alleine reiten.«

Irmela schüttelte es bei der Vorstellung, ihre Magd den Entführern zu überlassen, denn sie traute es Heimsburg und Frau von Kerling durchaus zu, sie mit Fannys Leben erpressen zu wollen. Mit einer Hand hielt sie die Zügel fest, die andere reichte sie ihrer Zofe und zerrte sie hoch. Fanny lag nun mit dem Oberkörper hinter dem Sattel und drohte wieder hinabzurutschen. Doch ehe Irmela zufassen konnte, hatte sie ihr rechtes Bein über das Hinterteil des Gauls geschwungen und setzte sich mit einem erleichterten Auflachen zurecht.

»Wir sollten das andere Tier fortjagen!«

Irmela nickte stumm, lenkte den Rappen zu dem anderen Pferd und löste mit einer Hand den Strick, mit dem der Klepper angebunden war. Dann gab sie dem Tier einen Klaps auf die Kruppe.

»Los, verschwinde!«

Das Pferd stierte sie mit großen Augen ab, bequemte sich dann aber zu einem müden Trab und verschwand in den bewaldeten Hügeln, welche die Hütte umgaben.

»In welche Richtung müssen wir reiten?«, fragte Irmela ihre

Zofe, während sie dem Gaul nachblickte. »Ich habe bei der Herfahrt nicht auf unsere Umgebung geachtet.«
Fanny wies auf die Sonne, die etwa den halben Weg zwischen dem Aufgehen und ihrem Zenit zurückgelegt hatte. »Ich glaube, in die Richtung, aber sicher bin ich mir auch nicht.«
»Wir werden es herausfinden, und wenn es hart auf hart kommen sollte, haben wir immer noch eine Pistole.« Irmela gab sich kämpferisch, hoffte aber, ohne weitere Belästigungen in die Stadt zurückkehren zu können.

XIX.

Als Abdur von seinem Botengang zurückkehrte, sah er eine Kutsche neben sich um die Ecke biegen und glaubte Fanny zu erkennen, die aus dem Fenster im Schlag hinaussah. Verwundert ging er weiter, bis er das Quartier seiner Herrin erreicht hatte, und trat in die Küche.
Die Mägde der Štranzls scheuten noch immer ein wenig vor seiner dunklen Haut zurück, doch die Hausfrau hatte sich an sein Aussehen gewöhnt und erkannt, dass er ebenso fleißig wie bemüht war, die ihm aufgetragenen Arbeiten zur Zufriedenheit aller Leute zu erledigen. Dabei war er geschickter als Kiermeiers Bursche Paul oder jener alte Veteran, der Gibichen aufwarten sollte, und er lauerte auch nicht die ganze Zeit auf Trinkgeld.
»Nun, haben dem Herrn Hauptmann die Stiefel gepasst, Abdur?«, fragte die Frau freundlich.
Der Mohr nickte, war aber mit seinen Gedanken ganz woanders.
»Entschuldigt, Frau Štranzl. Ist Komtesse Irmela eben ausgefahren? Ich glaubte, ihre Zofe in einer Kutsche gesehen zu haben. Aber es war nicht unsere.«
»Nein, irgendein Oberst hat sie geschickt, um Frau von Kerling

zu holen. Den Namen habe ich vergessen und weiß nur, dass er sein Quartier in Švihov aufgeschlagen haben soll.«

Auf der glatten Stirn des Mohren entstanden Falten. »Švihov! Soviel ich gehört habe, liegt das im Süden. Die Kutsche ist aber in Richtung des nördlichen Tores gefahren.«

Frau Štranzl zuckte mit den Schultern. »Dann muss ich mich wohl verhört haben!« Ohne weiter auf Abdur zu achten, widmete sie sich wieder ihrer Hausarbeit. Der Mohr verließ die Küche und ging weiter in die Kammer, die er mit Paul und den Burschen der anderen Offiziere teilte. Gibichens Faktotum lag auf seinem Strohsack und hatte seinem Aussehen nach bereits kräftig dem guten Bier zugesprochen, das hier gebraut wurde. Als Abdur eintrat, brummte er etwas, das wie »Stiefel« klang.

»Ja, ja, sie passen«, antwortete Abdur ungeduldig, obwohl er den Mann kaum verstanden hatte. »Sag mal, weißt du, weshalb die Komtesse weggefahren ist, ohne vorher Bescheid zu geben?«

Der Bursche liebte Klatsch ebenso wie den Wein und richtete sich daher auf. »Ein Oberst Schallenberg will Frau von Kerling eine Rente aussetzen. Mich wundert's, denn deren Mann stand niemals unter seinem Kommando, außerdem gilt er als knickrig bis zum Gehtnichtmehr. Die Soldaten seines Regiments müssen schier die Rinde von den Bäumen fressen, wenn sie nicht verhungern wollen.«

Das Letzte hörte Abdur nicht mehr. Er wusste nicht zu sagen, weshalb er Verdacht hegte, doch er war sich sicher, dass da etwas nicht mit rechten Dingen zuging. Als Erstes eilte er in die Kammer, die sich die Offiziere teilten, fand sie jedoch leer vor, da die Männer Dienst hatten oder Freunde besuchten. Da er nur von Gibichen wusste, wo dieser sich aufhielt, machte er sich dorthin auf den Weg.

Ludwig von Gibichen saß mit zwei Offizierskameraden am Tisch und trank ihnen gerade zu. Sein Gesicht wirkte ein wenig verkrampft, denn ihm ging es hier um ein Geschäft, das er zum Abschluss bringen wollte.

»Kein schlechter Tropfen«, lobte er das Bier, das ihm kredenzt worden war.

»Das ist er wirklich nicht. Wenn der Herr von Wallenstein gescheit ist, bleiben wir noch eine Weile in Böhmen und mästen uns an den hiesigen Fleischtrögen …«

»… und Bierfässern«, fiel ihm sein Kamerad ins Wort.

»… und Bierfässern, anstatt nach Bayern aufzubrechen, wo die Schweden alles kahl gefressen haben wie die Heuschrecken. Es soll schrecklich dort ausschauen«, setzte der andere seine Rede ungerührt fort.

Gibichen grinste schief, als fürchte er schon, durch diese verwüstete Landschaft marschieren zu müssen. »Ich habe gehört, dass ein paar Regimenter in Marsch gesetzt werden sollen, und zwar von unserem Korps. Da werden in der nächsten Zeit ein paar Stühle leer bleiben – und Betten auch. Ihr beiden seid dann die Letzten, an die sich die schöne Gerda halten kann, und das dürfte auf die Dauer arg teuer für euch werden.«

Der Ältere der beiden Offiziere blickte interessiert auf. »Hast du Lust, dich an ihr zu beteiligen? Eines aber sage ich dir: mehr als einmal in der Woche geht nicht. Wir haben das ältere Anrecht auf ihre Nutzung.«

»Wenn ich dasselbe zahle wie ihr, will ich auch dasselbe Recht haben!« Gibichen ging es nicht speziell um Gerda, sondern einfach nur um eine Frau, mit der er unter die Bettdecke schlüpfen konnte. Seit einiger Zeit träumte er nachts von nackten Frauen und gab Fabian die Schuld daran. Nur weil sein Freund sich mit Stephanie von Harlau abgab, empfand auch er den Wunsch, eine Frau zu besitzen. Er hatte sich sogar schon vorgestellt, Irmela zu verführen. Die blonde Hure sollte ihm nun als Medizin gegen diese Träume und seinen Drang nach einem weichen Frauenleib dienen. Doch das konnte er ihren beiden Beschützern nicht sagen, denn diese hielten Gerda für die begehrenswerteste Frau der Welt.

»Also, auf zweimal alle zwei Wochen könnten wir uns vielleicht einlassen«, gab der Wortführer der beiden Offiziere zurück.

Beim Teufel, das ist ja ein Geschacher wie beim Juden, fuhr es Gibichen durch den Kopf, und er bedauerte, dass er nicht eine der normalen Soldatenhuren benutzen konnte. Aber die Weiber wuschen sich nur selten und vererbten einem allzu oft Krankheiten. Ein Offizier, der etwas auf sich hielt, leistete sich eine Geliebte oder teilte diese mit Kameraden, denen er vertrauen konnte. Doch bevor er das Gespräch wieder aufnehmen konnte, erklang draußen eine laute Stimme.

»He, du Schwarzer! Du kannst doch net einfach zu die Herren Offiziere hinein.« Im selben Augenblick schwang die Tür auf, und Abdur stand schwer atmend auf der Schwelle. Er trat zu Gibichen und schnaufte ein paarmal, bis er zum Sprechen ansetzen konnte. »Der Herr Hauptmann soll verzeihen, aber mir gefällt da etwas nicht.«

»Was ist denn los?«, fragte Gibichen verärgert, weil er sich in seinen Verhandlungen gestört fühlte.

»Fräulein Irmela und Fanny sind mit Frau von Kerling zusammen weggefahren, und das in einem fremden Wagen. Angeblich soll die Reise nach Švihov gehen, aber die Kutsche hat die Stadt durch das gegenüberliegende Tor verlassen. Ist das nicht seltsam?«

Gibichen wollte bereits mit einer abschlägigen Handbewegung über Abdurs Bericht hinweggehen, als er plötzlich merkte, dass er gar keine Lust mehr hatte, weiter mit seinen Kameraden zu reden. Die beiden liefen ihm nicht weg, und Gerda auch nicht.

»Sie sind durchs Nordtor gefahren, sagst du? Da kommt stundenlang nichts als Wald und gelegentlich mal ein Bauernhof. Leute von uns sind da nicht mehr einquartiert. Ich glaube, wir sollten uns darum kümmern. Habe die Ehre, meine Herren. Wir sehen uns später.«

»Aber was ist jetzt mit der Gerda?«, platzte einer von ihnen enttäuscht heraus.

»Das klären wir morgen!« Mit diesen Worten winkte Gibichen Abdur, ihm zu folgen, und verließ den Raum.

»Du nimmst das Pferd meines Burschen und kommst mit. Reiten wirst du ja hoffentlich können. Ich brauche dich, weil du den Wagen kennst, in dem die Damen reisen.«

Abdur grinste erfreut, auch wenn er sich auf dem Pferderücken alles andere als wohlfühlte. Er machte sich nicht nur Sorgen um seine Herrin, sondern auch um Fanny, obwohl die Zofe ihn nicht gerade freundlich behandelte.

Wie angespannt Gibichen war, bemerkte Abdur, als dieser sein Pferd selbst sattelte, anstatt auf einen Knecht zu warten. Dann erst prüfte der Hauptmann, ob sein Pallasch richtig saß, und spannte die Pistolen.

»Auf geht's«, rief er Abdur zu und schwang sich in den Sattel. Er ritt so rasch an, dass sein Begleiter Schwierigkeiten hatte, ihm zu folgen, und achtete auch nicht auf die Passanten, die hinter den rücksichtslosen Reitern herschimpften. Am Tor hielt Gibichen sich nur so lange auf, bis er sich ausgewiesen hatte, dann gab er seinem Pferd die Sporen. Auf der Landstraße war jedoch kein zügiger Galopp möglich, denn immer wieder kamen ihnen Kutschen, Fuhrwerke und Reitertrupps entgegen. Hinter dem stärksten Beritt erkannte Gibichen Wallensteins Gefährt und riss den Filzhut vom Kopf, obwohl der Feldherr gar nicht herausschaute. Ihn juckte es in den Fingern zu erfahren, welche Neuigkeiten es gab, und für einen Augenblick bedauerte er es, Wallenstein nicht umgehend in die Stadt begleiten zu können.

Irmela war jedoch wichtiger als der Feldherr. Als er sein Pferd wieder antreiben wollte, kam ihm ein Gedanke.
»He, Kamerad!«, wandte er sich an einen der Offiziere. »Seid Ihr heute Morgen einer Kutsche begegnet, vor der ein Brauner und ein Schimmel eingespannt waren?«
Der Angesprochene schüttelte gelangweilt den Kopf. »Nein, so ein Gespann haben wir nicht gesehen. Wer sitzt denn drinnen?«
»Der Zahlmeister mit der Soldkasse!«, gab Gibichen verärgert zurück und wandte sich an Abdur. »Also, entweder glauben wir ihm, aber dann wäre dieser Wagen keine zwei Meilen auf dieser Straße geblieben, oder du hast dich geirrt.«
»Vielleicht sind sie abgebogen«, gab Abdur zu bedenken.
»Dann hätten wir ein Gfrett, denn wir können nicht jeden Karrenweg absuchen.« Gibichen wartete, bis Wallensteins Kolonne an ihnen vorüber war, und trieb sein Pferd erneut an. Sie passierten mehrere Abzweigungen, die aber so zugewachsen waren, dass die Kutsche sichtbare Spuren hätte hinterlassen müssen.
An einem Karrenweg schrie Abdur auf und deutete auf den Boden. »Diesen Weg hat erst vor kurzem eine Kutsche genommen. Hier ist die Spur der Räder, und dort vorne hat ein Pferd Äpfel gelassen.« Abdur wies ganz aufgeregt in die Richtung, in die der Pfad führte, und keuchte im nächsten Augenblick vor Überraschung auf. Auch Gibichen riss es herum, als er das Pferd mit den beiden Frauen darauf sah.
Er ritt ihnen entgegen und schwang johlend seinen Hut. Da streckte die Lenkerin des Pferdes den Arm aus, und er sah die Pistole in ihrer Hand in seine Richtung schwenken. »Halt, nicht schießen!«, rief er noch, da bellte die Waffe auch schon auf. Auf den Einschlag wartete er jedoch vergebens. Erst jetzt merkte er, dass die zweite Person auf dem Pferd gerade noch rechtzeitig den Lauf der Waffe hochgeschlagen hatte.
»Der Herr Hauptmann mag verzeihen, aber wir haben ein

schlimmes Erlebnis hinter uns, und da hat die Komtesse Euch für einen Strauchdieb gehalten. Ich habe aber Abdur gesehen und gemerkt, dass Ihr Freunde seid. Ohne ihn wärt Ihr jetzt mausetot.«

Fanny plapperte wie ein Wasserfall, während Irmela die Waffe fallen ließ, als wäre diese glühend geworden. »Ich wollte Euch nicht erschießen, Herr von Gibichen«, flüsterte sie schreckensbleich.

»Das habt Ihr ja auch nicht getan. Seht Ihr, es ist noch alles dran.« Gibichen zupfte an seinen Armen und seinem Kopf und brachte Fanny damit zum Lachen.

Irmela atmete tief durch und rang sich ein Lächeln ab. »Ihr könnt Euch nicht vorstellen, wie froh wir sind, Euch zu sehen. Irgendein Lump hat mich mit Frau von Kerlings Unterstützung in eine Falle gelockt, um mich zur Heirat zu zwingen. Gott im Himmel sei Dank, wie konnten noch rechtzeitig entkommen.«

Gibichen knirschte mit den Zähnen. »Wie heißt dieser Kerl? Ich werde ihn in Stücke schlagen.«

»Es handelt sich um einen gewissen Heimsberg oder Heimsburg, so genau habe ich den Namen nicht verstanden. Ihm geht's aber derzeit nicht gut, denn das Fräulein hat ihn besser getroffen als Euch«, berichtete Fanny, und ihre Stimme verriet ihren Stolz auf den Mut und die Findigkeit ihrer Herrin.

»Vielleicht ist er auch schon tot«, setzte Irmela müde hinzu.

»Hoffentlich nicht! Ich will noch etwas haben, das ich zerschneiden kann.« Gibichen machte Anstalten, den Weg weiterzureiten, den Irmela und Fanny gekommen waren, doch da hielt ihn Irmelas Ruf auf.

»Ich wäre dem Herrn Hauptmann sehr dankbar, wenn er uns nach Hause eskortieren könnte. Es wird Aufsehen genug erregen, wenn wir so in die Stadt zurückkehren.« Irmela deutete dabei auf ihre Beine, die das Kleid nur bis zu den Waden bedeckte.

Gibichen warf einen kurzen Blick auf die weiße Haut und die hübschen Fesseln und grinste wie ein Schulbub, der einen Streich ausgeheckt hat. »Nicht, wenn Abdur einen Wagen holt, mit dem Ihr in die Stadt einfahren könnt. Los, mein sonnenverbrannter Freund, mach dich auf die Socken! Wir wollen doch nicht, dass die Dame zum Gespött des Pöbels wird, obwohl sie an der ganzen Sache so unschuldig ist wie ein neugeborenes Kind.«
Abdur ließ sich das nicht zweimal sagen, sondern wendete sein Pferd und trabte davon. Unterdessen deutete Gibichen eine Verbeugung an.
»Wir sollten langsam hinterherreiten und kurz vor der Stadt warten, bis er zurückkommt. Vielleicht finde ich unterwegs sogar eine Wirtschaft. Es geht auf Mittag zu, und um die Zeit werde ich meistens sehr hungrig.«
Er brachte seine Worte so trocken hervor, dass Irmelas Anspannung wich und sie ein wenig lachen konnte. Sie wurde jedoch sofort wieder ernst. Es lag ihr schwer auf der Seele, dass sie beinahe einen Menschen getötet hätte. Auch wenn Heimsburg sich als Schurke erwiesen hatte, betete sie, dass er am Leben blieb, denn sie wollte kein Blut an ihren Händen kleben haben.

XX.

Als Irmela den Hausflur betrat, schoss die Ehefrau des Besitzers aus der Küche heraus. »Gott sei Dank seid Ihr zurück. Leutnant von Birkenfels war nämlich schon ganz außer sich, weil er Euch nicht vorgefunden hat.«
Mit etwas Mühe löste Irmela ihre Gedanken von dem Geschehen der letzten Stunden, und sie sah die Hausfrau fragend an. »Fabian? Ich meine – Herr von Birkenfels hat nach mir gefragt?«

»Das hat er. Er ist jetzt oben, muss aber, wie er sagte, gleich wieder zum Dienst erscheinen. Der Feldherr ist nämlich in der Stadt.«

»Wallenstein ist zurückgekehrt?« Irmela zuckte zusammen. In der Aufregung um Frau von Kerlings infamen Plan hatte sie den eigentlichen Grund ihrer Reise ganz vergessen. Sie nickte Frau Štranzl dankbar zu und stieg dann die schmale, etwas schiefe Treppe nach oben.

Sie traf Fabian tatsächlich in der Stube an, die ihm und den anderen Offizieren als Quartier diente. Er stand mit wütender Miene am Fenster und starrte hinaus. Irmela räusperte sich, um ihn auf sich aufmerksam zu machen, doch erst, als sie mit dem rechten Fuß etwas kräftiger auf den Holzboden klopfte, drehte er sich zu ihr um.

Seine Miene wurde noch unwirscher. »Wo hast du dich herumgetrieben? Wallenstein ist zurückgekehrt, und ich habe die erste Gelegenheit ergriffen, ihm von dir und deinem Anliegen zu berichten. Er wollte sich einen Augenblick Zeit für dich nehmen und hat mich gebeten, dich umgehend zu holen. Doch du warst nicht da.«

Irmela schluckte alles, was ihr über die Lippen kommen wollte, wieder hinunter, denn es hätte nur zu einem sinnlosen Streit geführt. Jetzt war es erst einmal wichtig, dass Wallenstein sie empfangen wollte. Mit entschlossener Miene entfernte sie ein paar Pferdehaare von ihrem Rock, deutete vor Fabian einen Knicks an und reichte ihm den Arm.

»Wie du siehst, trage ich bereits mein Ausgehkleid. Wir können den Herzog von Friedland daher ohne Verzug aufsuchen!«

Vierter Teil

Hexensabbat

I.

Der Feldherr roch nach Krankheit, und diese Erkenntnis erschütterte Irmela. Bisher war sie überzeugt gewesen, Wallenstein sei ein unerschütterlicher Fels, der Beschirmer des Reiches und des Kaisers, der die Ketzerheere niederwerfen und wieder für Frieden sorgen würde. Nun schlichen Zweifel in ihr Herz. Zwar hatte der Feldherr sich mit aller Sorgfalt ankleiden lassen, doch weder der schwarze Samt seines Rocks noch der federgeschmückte Hut auf seinem Kopf vermochten die Schwäche seines Körpers zu verbergen. Er hatte die Lippen fest zusammengepresst, als müsse er sie daran hindern, seinem Schmerz Ausdruck zu geben, und griff mit seiner Linken immer wieder an die Seite. Dabei verschleierte sich sein Blick, und für einige Augenblicke schien er seine Umgebung nicht mehr wahrzunehmen.

In Irmelas Augen gehörte der Mann ins Bett, um sich auszukurieren. Stattdessen ging er unruhig auf und ab, trat dann zu einem der vier Schreiber, die vor ihren Pulten an der Rückwand standen, und nahm einem von ihnen den halbfertigen Brief ab. Während er ihn durchlas, zuckten seine Wangen vor Ärger.

»Schreibe Er Strdlička, dass ich die dreitausend neuen Musketen innerhalb eines Monats brauche und nicht am Sankt-Nimmerleins-Tag! Bei Gott, muss ich denn alles dreimal sagen?« Damit warf er dem Schreiber das Blatt wieder hin, welches an den zugreifenden Händen des Mannes vorbei zur Erde segelte, und wandte sich Irmela zu.

»Wo waren wir stehengeblieben?«

Irmela senkte den Kopf, damit der Feldherr ihr Gesicht nicht sehen konnte. Mindestens dreimal hatte sie begonnen, ihr Begehren vorzutragen, doch jedes Mal war sie von etwas unterbrochen worden, das Wallenstein wichtiger erschienen war als ihr Anliegen. Aus Angst, es könnte eine Unterbrechung eintreten,

die all ihre Hoffnungen zunichte machen würde, entschloss sie sich, all die höflichen Floskeln, die bei einem solchen Gespräch eigentlich unerlässlich waren, beiseite zu lassen und sofort auf den Kern der Sache zu kommen.
»Es geht um mehrere Güter hier in Böhmen, die seit alters meiner Familie gehören und die von Euer Gnaden in dem Glauben, Besitz von Ketzern zu sein, beschlagnahmt worden sind.«
Eine solch offene Sprache war dreist und hätte bei den meisten hohen Herren Ärger und Abwehr hervorgerufen. Der Generalissimus nickte jedoch nur und trat zu einem anderen Schreiber, um dessen Arbeit zu kontrollieren.
Beinahe im selben Augenblick klopfte es an die Tür, und der Leutnant der Wache trat ein. Es war Fabian. »Verzeiht, Euer Gnaden, doch eben ist ein Kurier aus Wien erschienen, vom Kaiserhof.«
Irmela verdrehte die Augen und machte ihrem Freund mit einer hilflosen Geste klar, dass sie bis jetzt noch nichts erreicht hatte und nach dieser erneuten Störung wohl auch nichts mehr erreichen würde.
Wallenstein las den Brief durch, den er diktiert hatte, ohne sich um Fabian zu kümmern. Erst als er das Schreiben mit mehreren Änderungswünschen zurückgegeben hatte, kam er auf Fabian zu. »Ein Kurier des Kaisers? Der bringt doch nur wieder einen Haufen dummes Geschwätz. Führt ihn herein und sorgt dafür, dass er gut untergebracht wird. Wenn möglich, am anderen Ende der Stadt!«
Die Freude des Feldherrn über eine Nachricht seines kaiserlichen Herrn schien sich in Grenzen zu halten. Irmela wunderte sich darüber, erwartete aber doch, aufgefordert zu werden, das Zimmer zu verlassen. Wallenstein schien sie jedoch vergessen zu haben, denn er winkte eine seiner Ordonanzen zu sich und erteilte ihr einige Befehle. Der Mann verbeugte sich und verließ den

Raum. An der Tür stieß er beinahe mit jemand zusammen, der eben eintreten wollte. Es handelte sich um einen hageren Herrn, der die Hälfte seines Lebens bereits seit einigen Jahren überschritten hatte. Als er den Hut vom Kopf nahm und den Kopf gerade so weit senkte, dass es als knappe Verneigung angesehen werden konnte, kam schütteres, an den Schläfen bereits graues Haar zum Vorschein. Irmela zog die Schultern hoch, als wolle sie sich in sich selbst verkriechen, denn das starre Gesicht und die blassen Augen, die alles um ihn herum wahrzunehmen schienen, machten ihr den Edelmann sofort unsympathisch.
»Harlau! Welcher Wind hat Euch zurück nach Böhmen geweht?« Wallenstein begrüßte den Mann scheinbar leutselig, aber Irmela bemerkte eine gewisse Abwehr in der Haltung des Feldherrn. Wie es aussah, mochte er den Besucher ebenfalls nicht.
»Weniger der Wind als vielmehr der Befehl Seiner Allerchristlichsten Majestät, Kaiser Ferdinand«, gab der Ankömmling beleidigend schroff zurück.
Wallensteins vorher so blasse Wangen färbten sich dunkel, und er presste die Hand gegen den Leib, als müsse er gegen eine besonders starke Schmerzattacke ankämpfen. Dennoch rang er sich eine moderate Antwort ab. »Es hätte ja auch sein können, dass die Sehnsucht nach Eurer Frau Gemahlin Eure Schritte gelenkt hat!«
»Das ist in der Tat der Grund, warum ich Seine Majestät gebeten habe, mich zu Euch reisen zu lassen. Ich hoffe, Stephanie befindet sich wohl.«
»Ich habe seit meiner Rückkehr nur wenige Worte mit ihr wechseln können, doch sie wirkt frisch wie das blühende Leben. Birkenfels, wärt Ihr so gut, Frau von Harlau rufen zu lassen? Sie wird sich gewiss freuen, ihren Herrn Gemahl wieder in die Arme schließen zu können.«

Fabian warf dem Besucher einen so wilden Blick zu, als wolle er ihn ermorden. Irmela fragte sich besorgt, was dahinterstecken mochte. Das wurde ihr schnell klar, als er kurz darauf in Stephanies Begleitung zurückkehrte und sie das Parfüm wahrnahm, welches die Dame wie eine schmeichelnde Wolke umgab. Diesen Duft hatte sie oft genug an ihm gerochen. Auch war das verzweifelte Bemühen der beiden, einander nicht anzusehen, verräterisch. Irmela schüttelte innerlich den Kopf über so viel Leichtsinn und Unvernunft. Sich an die Ehefrau eines Mannes heranzumachen, der am Kaiserhof gut angeschrieben war, konnte nur in einer Tragödie enden. Kein Vorgesetzter würde Fabian mehr fördern, wenn durchklang, dass Leutnant von Birkenfels an hoher Stelle schlecht angesehen sei. Zudem gab es Männer im Umkreis eines hochrangigen Edelmanns, die nicht vor Meuchelmord zurückschreckten.

Als Irmela Stephanie musterte, brachte sie ein klein wenig Verständnis für Fabian auf. Die junge Frau hätte selbst Ehrentraud von Lexenthal in deren besten Tagen überstrahlt. Da Fabian nicht einmal das Narbengesicht verschmäht hatte, musste Harlaus Gemahlin ihm wie jene griechische Göttin erschienen sein, die Aphrodite geheißen hatte. Wieder einmal haderte Irmela mit ihrer geringen Größe und ihrer mageren Figur, die sie neben dieser Frau tatsächlich wie ein Kind wirken lassen mussten.

Stephanie war von der Ankunft ihres Ehemanns nicht weniger überrascht worden und wünschte ihn ebenso wie Wallenstein ans andere Ende der Welt. Während der letzten Wochen hatte sie gelernt, was Liebe heißt. Sie würde Fabian niemals vergessen können und verwünschte das Schicksal, welches sie an den kaiserlichen Höfling gebunden hatte. Ihr war jedoch klar, dass ihre Liebe auch dann keine Chance hätte, wenn sie frei wäre. Dem Antrag eines heimatlosen Offiziers würde ihre Familie niemals stattgeben. Sie war eine Gefangene der Umstände und konnte nicht einmal beten, Fabian wiederzusehen, da allein schon dieser Gedanke eine Sünde darstellte.

Mit steifen Schritten trat sie auf Harlau zu und versank in einem tiefen Knicks. Ihr Mann sah auf sie hinab und verzog seine dünnen Lippen zu etwas, das einem Lächeln ähnlich kommen sollte.

»Der Herr von Wallenstein hat nicht zu viel versprochen, meine Liebe. Ihr seht wirklich aus wie das blühende Leben.«

Von dem Herzog von Friedland und Generalissimus aller kaiserlichen Truppen zu sprechen, als handle es sich um einen einfachen Landedelmann, fand Irmela ungehörig. Harlaus Verhalten stieß sie ab, und dennoch gönnte irgendetwas in ihr Stephanie diesen Gatten. Gleichzeitig beschloss sie, gnädig mit Fabian zu verfahren, um ihm den Trennungsschmerz zu erleichtern. Sie mochte keine umschwärmte Schönheit sein, aber sie würde sich bemühen, ihm die Ehefrau zu sein, die er brauchte. Mit einem wehmütigen Lächeln dachte sie daran, dass sie sich bereits als Kind öfter vorgestellt hatte, mit Fabian verheiratet zu sein. Damals war er noch ein Knabe gewesen und hatte seiner Angel eine größere Bedeutung zugemessen als ihr. Jetzt aber war er erwachsen und sah hervorragend aus. Zwar war er nicht gräflicher Abkunft wie sie, doch er würde ein angenehmer Ehemann sein, der auch energisch genug war, Helene und Johanna von ihr fernzuhalten.

Unterdessen hatte Harlau dem Feldherrn das kaiserliche Schreiben überreicht. Die Tatsache, dass Ferdinand von Habsburg einen seiner engsten Vertrauten mit diesem Auftrag versehen hatte, sollte wohl unterstreichen, wie wichtig die Botschaft war.

Wallenstein las den Brief schweigend durch und warf ihn dann auf den Tisch neben seinem Sessel. Bevor er Antwort gab, setzte er sich wieder, um Harlau deutlich zu machen, wer hier der Höhergestellte war, und legte seine Fingerspitzen gegeneinander.

»Seine Majestät will also, dass ich mit meinem Heer unverzüglich nach Bayern aufbreche, um die Schweden aus Herzog Maximilians Land zu vertreiben.« Er sprach den Namen Maximilian aus, als handele es sich um etwas Unanständiges.
Irmela musste ein Kichern unterdrücken. Vor einigen Jahren hatte Maximilian von Bayern am stärksten darauf gedrängt, Wallenstein als obersten Feldherrn abzusetzen und den Grafen Tilly mit dessen Aufgaben zu betrauen. Jetzt war Herr von Tilly gefallen, die Schweden standen in Bayern, und dem unglücklichen Herrscher blieb nichts anderes übrig, als um die Hilfe des Mannes zu bitten, den er sich selbst zum Feind gemacht hatte. Wallenstein schien nicht bereit, ihm so rasch zu vergeben. Sein Gesicht wirkte angespannt, und sein Blick verriet Zorn und heimliche Genugtuung.
»Ihr könnt Seiner Majestät sagen, Harlau, dass sie mich diesen Krieg so führen lassen soll, wie ich es für richtig erachte. Einen Vormarsch nach Bayern muss ich zum jetzigen Zeitpunkt strikt ablehnen. Weder ist meine Armee vollständig ausgerüstet, noch sind die Soldaten ausreichend geschult. Außerdem reichen unsere Vorräte nicht für einen längeren Kriegszug. Hier in Böhmen kann ich meine Männer ernähren, doch in Bayern haben die Schweden keinen Getreidehalm auf den Feldern gelassen. Meine Leute müssten hungern, und mit einer geschwächten Armee vermag ich mich nicht mit Aussicht auf Erfolg mit Bernhard von Weimars Heer zu messen. Überdies lauern General Armins sächsische Truppen an Böhmens Grenzen und warten nur darauf, in das Land eindringen zu können. Soll ich riskieren, dass die Ländereien, aus denen ich meine Truppen rekrutiere, ausrüste und ernähre, ebenfalls von der Kriegsfurie verheert und niedergebrannt werden?«
Wallenstein hatte sich in Rage geredet und starrte Harlau an, als wolle er seinen Standpunkt in dessen Gehirn brennen. »Richtet

dem Kaiser aus, mein Heer sei der letzte Schutz, über den wir noch verfügen. Schlägt der Feind meine Truppen, steht ihm der Weg nach Wien offen. Dann wird Johann Georg von Sachsen sich die Kaiserkrone aufsetzen und vom Hause Habsburg nicht mehr übrigbleiben als eine Fußnote der Weltgeschichte. Solange mein Heer hier steht, kann Herr Ferdinand beruhigt schlafen. Doch mit dem ersten Schritt nach Bayern beginnt seine Krone zu wackeln und wird in weniger als einem Jahr fallen. Sagt ihm das!«

Den letzten Satz schrie Wallenstein Harlau ins Gesicht, es sah fast so aus, als wolle er den Höfling packen und so lange schütteln, bis dieser sich seiner Meinung angeschlossen hatte.

Harlau stand wie ein gescholtener Rekrut vor dem Feldherrn und kämpfte sichtlich mit seiner verletzten Eitelkeit. Irmela, die interessiert lauschte, fragte sich, ob er es wagen würde, trotz Wallensteins Zorn fest zu bleiben und auf dem kaiserlichen Befehl zu bestehen. Doch Harlau neigte nur kurz den Kopf und drehte sich zu seiner Gemahlin um. »Meine Liebe, ich bin von der Reise erschöpft. Lasst mir ein Bad und ein Mahl richten. Ihr erlaubt, Euer Gnaden!«

»Ich will Euch nicht länger von Eurer Gemahlin fernhalten. Komtesse Hochberg, wo waren wir stehengeblieben?«

»Bei meinen böhmischen Gütern, die ich gerne zurückerstattet hätte«, antwortete Irmela freundlich.

»Ich werde mich darum kümmern! Frantek, zeige Er mir, was Er an General Gallas geschrieben hat.« Wallensteins Worte zeigten Irmela deutlich, dass er nicht weiter von ihr gestört werden wollte, und sie fürchtete, er würde sich nach kurzer Zeit schon nicht mehr an ihre Unterredung erinnern. Daher beschloss sie, ihm ihr Anliegen noch einmal schriftlich vorzutragen, und hoffte, er würde es nicht ebenso ignorieren wie die Befehle seines kaiserlichen Herrn in Wien.

II.

*I*rmela wusste hinterher nicht mehr zu sagen, ob sie sich ärgern sollte, weil Wallenstein sie und ihr Anliegen so nebensächlich behandelt hatte, oder sich freuen, weil sie überhaupt angehört worden war. Auf jeden Fall hatte sie einen interessanten Einblick in sein Verhältnis zum Kaiser und dem Wiener Hof erhalten. Er schien von Herrn Ferdinand und dessen Beratern wenig zu halten und nur nach seinem eigenen Willen zu handeln. Wenn sie an die Folgen dachte, die dies für ihre Heimat Pfalz-Neuburg haben musste, hätte sie Wallenstein am liebsten angefleht, umgehend nach Bayern zu marschieren und dabei auch das kleine Herzogtum an der Donau von den Schweden zu befreien. Da ihm aber nicht einmal das Wort des Kaisers etwas galt, hätte sie genauso gut versuchen können, einen Stein zum Weinen zu bringen.

So war sie froh, als sie das Haus der Štranzls erreicht hatte und zu ihrem Zimmer hochsteigen konnte. Auf der Treppe kam ihr Fanny mit einem so sauren Gesichtsausdruck entgegen, wie sie ihn noch nie an ihr gesehen hatte.

»Ist etwas vorgefallen?«, fragte sie.

Ihre Zofe deutete nur mit dem Daumen nach oben. »Seht selbst, Komtesse.« Damit schlüpfte sie an Irmela vorbei und lief nach unten.

Irmela sah ihr kopfschüttelnd nach. Als sie ihre Kammer erreichte, war es darin so düster wie in Ehrentrauds Zimmern, und aus dem hintersten Winkel vernahm sie ein herzzerreißendes Schluchzen. Verärgert trat Irmela ans Fenster und riss die Vorhänge auf. Helles Licht flutete in die Kammer und traf eine zusammengekauerte Gestalt, die sie panikerfüllt anstarrte.

Es handelte sich um Frau von Kerling, die so zerrupft aussah wie ein Sperling, der einem zugreifenden Falken entkommen war. Ihr

Kleid war verdreckt, der Saum aufgerissen, und sie hatte bei einem Schuh die Sohle verloren und musste sich am Fuß verletzt haben, denn der Strumpf glänzte rot. Kletten hingen in ihrem Haar, und es sah ganz so aus, als hätte sie seit dem misslungenen Entführungsversuch hungern und dürsten müssen.
Irmela dachte an den üblen Streich, den ihr diese Frau gespielt hatte, und musste an sich halten, um sie nicht aus dem Zimmer zu treiben und die Treppe hinunterzuwerfen. Mühsam beherrscht stellte sie sich mit verschränkten Armen vor ihre verräterische Gesellschafterin und sah auf sie hinab. »Was sucht Ihr noch hier?«
Dionysia von Kerling brach in einen erneuten Weinkrampf aus, und es dauerte eine ganze Weile, bis sie sich beruhigt hatte und antworten konnte. »Ich weiß doch nicht, wo ich sonst hingehen soll. Ich besitze keinen einzigen Groschen und kenne niemand, der mir helfen würde.«
»Und was ist mit dem famosen Herrn Obristen, zu dem ich Euch begleiten sollte?« Irmelas Ärger brach sich in Spott Bahn.
Die Frau senkte den Kopf. »Der befindet sich irgendwo in Nordböhmen und hat auch nicht nach mir geschickt. Es war nur eine Ausrede, zu der Heimsburg mich gezwungen hat.«
»So, gezwungen hat er Euch? Ich hatte den Eindruck, Ihr wäret mit ihm im Bunde gewesen und hättet mich ihm freiwillig ausgeliefert.«
Irmelas Tonfall warnte Dionysia von Kerling, alle Schuld auf Heimsburg zu schieben. Sie fiel auf die Knie und hob flehend die Hände. »Vergebt mir, ich flehe Euch an! Ich wollte Euch doch nicht schaden! Herr von Heimsburg war ein guter Freund meines Gemahls, und da er nicht durch eigene Schuld verarmt ist, wollte ich ihm helfen. Ihr habt doch den Schutz eines liebenden Ehemanns dringend nötig, denn Eure Großmutter wird Euch nicht aus ihren Klauen lassen. Der geht es doch nur um Euer Geld!«

Das mochte stimmen, dachte Irmela, doch diese Tatsache dämpfte nicht ihre Wut auf die Frau, die sie verraten hatte und nun vor ihr kroch. »Ihr hättet bei Heimsburg bleiben sollen. An meinem Tisch ist kein Platz mehr für Euch.«
Dionysia von Kerling starrte Irmela verzweifelt an. »Heimsburg ist verwundet und daher nicht in der Lage, sich um mich zu kümmern. Deswegen musste ich den ganzen Weg in die Stadt zu Fuß zurücklegen, und das voller Angst, auf Soldaten zu treffen und von ihnen ins Gebüsch gezerrt zu werden.«
»Ich hätte es Euch gegönnt!« Noch während sie es sagte, wusste Irmela, dass dies nicht stimmte. Sie wünschte keiner Frau, auch der Kerling nicht, das Opfer entfesselter Söldner oder Marodeure zu werden. Die Erinnerungen an den Flüchtlingstreck, der den Schweden in die Hände geraten war, und an das Schicksal der Frauen, die dort umgebracht worden waren, stiegen in ihr auf, und sie spürte, dass sie weich wurde.
»Heimsburg ist wahrlich kein Kavalier. Als solcher hätte er Euch unter seinen Schutz nehmen müssen. Bedauerlich, dass meine Kugel ihn nicht besser getroffen hat.«
»Ihr habt vorzüglich getroffen, nur war das Pulver in der Pistole schlecht. Daher hat die Kugel seine Rippen nicht durchschlagen können, sondern ist an ihnen abgeglitten und hat die Muskeln an der Seite durchtrennt. Der Feldscher, den sein Bursche geholt hat, meinte, er würde in einigen Wochen wieder auf dem Damm sein. Heimsburg will jetzt einen früheren Kameraden aufsuchen und diesen bitten, ihm während seiner Genesungszeit Gastfreundschaft zu gewähren. Mich wollte er nicht mitnehmen, denn dies könnte er nur als mein Bräutigam tun. Da er nach einer reichen Heirat strebt, kann er so eine Kirchenmaus wie mich nicht brauchen.«
Täuschte Irmela sich oder hörte sie in den Worten Eifersucht schwingen? Aber das war für sie nicht von Belang. Frau von Ker-

ling hatte ein übles Komplott gegen sie geschmiedet, und das war alles, was für sie zählte. »Es ist das Beste, Ihr sucht Euch ebenfalls einen Freund oder eine Freundin, bei der Ihr unterkommen könnt. Ich will nichts mehr mit Euch zu tun haben!«
Dionysia von Kerling schluckte, gab sich aber noch nicht geschlagen. »Ich flehe Euch an, mich nicht zu verstoßen. Hilflos und mittellos, wie ich bin, bliebe mir nur der Weg ins Wasser, oder ich würde als Soldatenhure enden! Ihr müsst auch an Euch denken, Komtesse. Ein Fräulein Eures Ranges kann es sich nicht leisten, ohne Anstandsdame in einer Stadt zu wohnen, in der es von Soldaten wimmelt, oder gar allein zu reisen. Wenn Ihr mich wieder aufnehmt, werde ich Euch stets die ergebenste Freundin sein, die Ihr Euch wünschen könnt!«
Noch während dieser Erklärung begriff Dionysia von Kerling, dass es noch einen Punkt gab, den sie beichten musste. Wenn Irmela ihre Reisekasse überprüfte, würde sie merken, dass eine beträchtliche Summe fehlte. Der Verdacht würde sofort auf sie fallen, da weder die Offiziere noch die Bewohner des Hauses wussten, wo die Schatulle versteckt war.
»Ich muss Euch noch etwas gestehen. Da Herr von Heimsburg sich in so verzweifelten Verhältnissen befand, habe ich Geld aus Eurer Börse entnommen und ihm zukommen lassen.« Jetzt gilt es, dachte die Witwe. Wenn die Komtesse hart bleibt, muss ich mich ertränken. Ihr war allzu klar, dass sie zu alt war, um einen oder mehrere Offiziere als Beschützer zu finden. Daher würde sie ihren Unterhalt nur als billige Trosshure verdienen können.
Irmela versuchte, die widersprüchlichen Gefühle, die in ihr tobten, unter Kontrolle zu bringen und einen Weg zwischen Mitleid und Zorn zu finden. In einem hatte Frau von Kerling recht: Sie durfte auf keinen Fall ohne Anstandsdame reisen. Wenn sie das Weib verjagte, würde ihr nichts anderes übrig bleiben, als in der Stadt nach einer Dame zu suchen, die in nächster Zeit auf Rei-

sen ging und der sie sich anvertrauen konnte. Der Gedanke, mit Stephanie von Harlau bis Wien fahren und dort auf eine andere Dame warten zu müssen, die den Weg nach Passau einschlug, ernüchterte sie. Tag für Tag die Frau vor sich sehen zu müssen, deren Schönheit Fabian den Verstand geraubt hatte, würde sie nicht überstehen.

Doch konnte sie Frau von Kerling vertrauen? Irmela sah das Häuflein Elend an, das zu ihren Füßen kauerte, und begriff, dass ihr nur die Wahl zwischen zwei Übeln blieb, und sie wusste noch nicht, welches das kleinere war. Ihr Zorn überwog, und so stupste sie die Witwe mit dem Fuß an. »Wascht Euch erst einmal und nehmt einen Bissen zu Euch. Über das Weitere werde ich später entscheiden.«

Obwohl ihre Stimme ablehnend klang, schöpfte Dionysia von Kerling Hoffnung. Sie ergriff Irmelas Rechte und führte sie an ihre Lippen. »Tausend Dank, Komtesse! Ich schwöre Euch bei meinem Seelenheil, Ihr werdet es nicht bereuen.«

»Ich werde Euch bei Gelegenheit an Euren Schwur erinnern. Jetzt hole ich Fanny, damit sie sich Eurer annehmen kann.« Verärgert, weil sie so ein weiches Herz hatte und es nicht fertigbrachte, dieses verräterische Weib, das die reuige Sünderin mimte, von sich zu stoßen, wandte Irmela sich zur Tür und öffnete, um nach ihrer Magd zu rufen. Da kam Fanny bereits mit einem hölzernen Zuber herauf. Abdur folgte ihr mit zwei vollen Eimern warmen Wassers.

»Woher hast du gewusst, was ich von dir wollte?«, fragte Irmela die Zofe verblüfft.

Fanny blies die Backen auf. »Ich kenne Euch doch. Ihr könnt nicht einmal einen räudigen Hund von Eurer Schwelle jagen, geschweige denn einen Menschen, der so aussieht wie die Kerling. Der vergönne ich die Meilen, die sie laufen musste, und auch die wunden Füße. Ich würde Euch aber raten, sie nicht aus den Au-

gen zu lassen. Für eine Handvoll Gulden verkauft die Euch auch an den nächsten Freier.«
»Das werden wir beide wohl zu verhindern wissen.« Irmela zwinkerte Fanny zu und eilte nach unten, denn aus der Küche stieg der Duft frischer Apfelküchlein zu ihr empor.

III.

Fabian wusste später nicht mehr, wie er seinen restlichen Dienst hinter sich gebracht hatte. Seine Gedanken drehten sich in einem fort um Stephanie, die nun im Obergeschoss des Hauses bei ihrem Ehemann weilte und diesem in allem zu Diensten sein musste. Eifersucht, Schmerz und Wut fochten einen wilden Kampf in ihm aus, und nur mit letzter Kraft gelang es ihm, sich so weit zu beherrschen, dass er nicht mit gezogenem Pallasch nach oben stürmte und dem Grafen Harlau das Lebenslicht ausblies.
Zu seinem Glück wimmelte es nach den stillen Tagen während Wallensteins Abwesenheit nun im Hauptquartier vor geschäftigen Leuten, so dass ein einzelner Mann nicht auffiel. Ordonanzen stürmten in den Saal, in dem der Generalissimus arbeitete, nahmen Befehle entgegen und verschwanden sofort wieder.
Fabian, der das Treiben um ihn herum kaum wahrnahm, stand wie eine Statue neben der Tür, die Hand um den Griff seiner Waffe gekrampft und so bleich, als sei alles Blut aus ihm herausgeflossen. Ihm waren kaum mehr als zwei Wochen des Glücks mit Stephanie von Harlau vergönnt gewesen, doch die Stunden mit ihr würde er niemals vergessen. Beinahe wünschte er sich zu sterben, um nicht in den Trümmern seiner Träume weiterleben zu müssen. Nach den Erfahrungen mit Gerda und Ehrentraud hatte er jede willige Frau als Gegenstand zur Erfüllung seiner

sexuellen Wünsche angesehen, aber Stephanie war viel mehr gewesen. Vor seinem inneren Auge sah er sie, wie sie mit zärtlich anmutenden Gesten den Weinbecher gefüllt und ihm gereicht hatte, und glaubte den Klang ihrer Stimme zu vernehmen, die so süß war wie die eines Engels. Aus und vorbei, schoss es ihm durch den Kopf; du wirst sie niemals wiedersehen, denn Graf Harlau nimmt sie mit.
Der Offizier, der Fabian ablösen wollte, musste ihn anstupsen, damit der Leutnant auf ihn aufmerksam wurde. »Auf geht's, Birkenfels! Jetzt bin ich dran.«
Fabian schüttelte verwundert den Kopf. »Ist es schon so spät?«
Ihm war, als hätte Harlau erst vor wenigen Minuten den Raum verlassen. Er atmete tief durch, klopfte seinem Kameraden auf die Schulter und verließ nach einem letzten Blick auf Wallenstein, der sich gerade in die Auflistung der in den letzten Wochen gelieferten Ausrüstungsgegenstände vertieft hatte, das Hauptquartier.
Auf der Straße traf er Gibichen, der sich sofort bei ihm unterhakte. »Komm, trinken wir einen Schluck!«
Sein Freund zog ihn in Richtung einer kleinen Schenke, in der sie häufig beim Bier zusammensaßen. Fabian war es egal, wohin Gibichen ihn führte, denn so elend wie an diesem Tag hatte er sich nicht einmal nach dem Tod seiner Eltern gefühlt.
Zielsicher lotste Gibichen ihn in die Schenke und an einen Ecktisch, an dem sie sich ungestört unterhalten konnten. Er wartete, bis der Schankbursche zwei schäumende Krüge vor sie gestellt hatte, und hob den seinen Fabian entgegen. »Komm, stoß mit mir an!«
Fabian tat es, ohne einen Trinkspruch auszubringen, und schüttete dann den Inhalt des Kruges in einem Zug hinunter. »Bäh, schmeckt das Zeug scheußlich«, murrte er und winkte dem Schankknecht, ihm das Gefäß noch einmal zu füllen.

»So wie du eben getrunken hast, hätte man meinen können, du wärst ein Kamel, das nach einer langen Reise aus der Wüste kommt. Doch wenn es dir hilft, dann tu dir keinen Zwang an.« Gibichen legte seinen Arm um Fabians Schulter und zog ihn so herum, dass dieser ihm in die Augen schauen musste.
»Ich habe gehört, Graf Harlau sei erschienen, und mir gedacht, es wäre besser, ich hole dich ab und passe ein wenig auf dich auf.«
»Was habe ich mit Harlau am Hut?«, fragte Fabian patzig.
»Mit ihm weniger, mehr dafür aber mit seiner Frau!«
Fabian zuckte zusammen. »Was … wie …?«
»Wie ich darauf gekommen bin? Nun, das ist ganz einfach. Als du letztens Nachtdienst hattest, wollte ich dir Gesellschaft leisten und mit dir reden, konnte dich allerdings nicht im Erdgeschoss finden. Stattdessen habe ich höchst verdächtige Geräusche aus dem Schlafzimmer der betreffenden Dame gehört. Weißt du, nicht nur Irmela hat gute Ohren! Als Kind habe ich die Erwachsenen mit Fragen nach Dingen verblüfft, die ich nicht hätte mitbekommen sollen, und sie haben es lange Zeit nicht mehr gewagt, sich in meiner Nähe über verfängliche Themen zu unterhalten.« Gibichen gluckste vor Vergnügen, als er sich an jene Zeiten erinnerte, wurde aber sofort wieder ernst und versetzte Fabian einen leichten Stoß.
»Es war Narretei von dir, eine Liebschaft mit dieser Dame anzufangen. Harlau lässt dir die Haut vom Leib schälen, wenn er dahinterkommt. Seine Frau hätte vorsichtiger sein müssen – und du erst recht.«
»Das verstehst du nicht«, antwortete Fabian leise.
»Und ob ich verstehe! Weißt du, ein Herr von Wallenstein könnte es sich leisten, mit der Dame intim zu werden, denn er ist der Generalissimus aller Truppen, Herzog und was noch alles dazu. Da müsste selbst ein Graf Harlau seinen Stolz hinunter-

schlucken. Aber er würde es nicht hinnehmen, sich von einem einfachen Leutnant Birkenfels Hörner aufsetzen zu lassen. Sei froh, dass er so bald erschienen ist. Was wäre gewesen, wenn du die Dame in der Zeit, in der sie von ihrem Mann getrennt war, geschwängert hättest? Den Skandal kannst du dir selbst ausmalen. Glaub mir, es ist das Beste für dich und diese Frau, wenn ihr euch nicht wiederseht. Lass es mit der kleinen Liebelei gut sein und vergiss sie.«
Fabian schüttelte verzweifelt den Kopf. »Das kann ich nicht!«
»Du musst, sonst ist es dein Verderben und das der Gräfin Harlau dazu. Oder willst du, dass ihr Mann sie als untreues Weib in ein Kloster einsperrt und sie sich den ganzen Tag kasteien muss, weil ihr Mann und die Äbtissin es als Strafe für ihre Sünden verlangen?«
Gibichens eindringliche Worte brachten Fabian dazu, sich den Tatsachen zu stellen. »Stephanie darf nichts geschehen!«
»Dann benimm dich entsprechend. Wenn du willst, gehen wir heute noch zu Gerdas Gönnern und kaufen uns bei ihnen ein. Dann hast du ein Weib zur Verfügung und brauchst nicht den Stunden mit der Harlau nachzutrauern.«
Fabian schüttelte den Kopf. Sein Freund würde nie begreifen, dass ihn mit Stephanie von Harlau mehr verband als der kurzfristige Rausch der Sinne. Doch gerade um ihretwillen musste er sich beherrschen, auch wenn sein Herz in Trümmern lag.
»Stephanie darf nichts geschehen!«, wiederholte er.
»Also hältst du dich in Zukunft an Gerda?«
Fabian schüttelte erneut den Kopf. »Mir ist nicht nach einer Hure zumute.«
»Sturer Bock! Wenn du jetzt das jammernde Elend spielst, machst du nur die Leute auf dich aufmerksam. Es wissen gewiss noch andere, dass du während Wallensteins Abwesenheit nicht nur dessen Garderobe bewacht hast. Ein Heimsburg würde sei-

ne Seele an den Teufel verkaufen, wenn er dir auf diese Weise eins auswischen könnte. Also nimm dich zusammen! Das Beste wäre es freilich, du würdest heiraten. Damit könntest du allen Spekulationen das Wasser abgraben.«
»Ich und heiraten? Wen denn?« Trotz seiner Trauer um Stephanie gelang es Fabian zu lachen.
»Nun, Irmela zu Beispiel.«
»Dieses unreife Kind!«, platzte Fabian heraus.
»Sie ist über achtzehn und wäre in friedlicheren Zeiten schon längst Ehefrau und wohl auch Mutter. Du könntest es nicht besser treffen. Das Mädchen ist in dich vernarrt, reich und überdies ein Mündel des Pfalz-Neuburger Herzogs, der dir seine Protektion nicht versagen würde. Du könntest rasch avancieren und in einem Jahr vielleicht sogar mich herumkommandieren.«
Fabian blickte Gibichen fragend an, als wolle er feststellen, ob sein Freund es ernst meinte, und entdeckte einen ungewohnten Ausdruck in dessen Augen, der Besorgnis und seltsamerweise ein wenig Trauer verriet. Auch schien sein Freund ihm entgegen seiner sonstigen Art überraschend ernst zu sein. Es beunruhigte Fabian, dass Gibichen ganz offensichtlich große Schwierigkeiten befürchtete, und er verfluchte sich, weil er seiner Leidenschaft für Stephanie keine Zügel angelegt und sie dadurch in Gefahr gebracht hatte. Aber er hätte die süßen Stunden mit ihr nicht um alles in der Welt missen wollen. Nun musste er alles tun, um sie zu schützen. Würde er in absehbarer Zeit heiraten, dürfte dies den Leuten Sand in die Augen streuen und Stephanies Ruf schützen.
Allerdings war Irmela das einzige Mädchen, bei dem er auf Erfolg hoffen konnte. Der Gedanke, sie zum Weib zu nehmen, wäre ihm wirklich nicht in den Sinn gekommen, doch wenn er es jetzt tat, mussten alle annehmen, sie wäre nach Böhmen gereist, um ihn wiederzusehen.

»Vielleicht tue ich es. Es ist wohl immer noch besser, als Harlau den Schädel zu spalten, um Stephanie von ihm zu befreien.«
»Wenn du das tust, endest du auf dem Richtblock und hast nichts davon«, gab Gibichen trocken zurück. »Außerdem bin ich sicher, dass Irmela dich die blonde Schönheit vergessen lassen wird. Sie ist das tapferste Mädchen, das ich je kennengelernt habe. Wenn ich daran denke, wie sie mit Heimsburg fertig geworden ist, als dieser sie entführen wollte.«
Fabian fuhr hoch. »Was sagst du? Heimsburg wollte Irmela entführen?«
»Nicht nur das! Er wollte sie zur Heirat zwingen, um an ihr Vermögen zu kommen. Aber sie hat ihm ein Schnippchen geschlagen.«
»Ich werde diesen Hund vor meine Klinge holen!« Fabians Stimme klirrte vor Wut, gleichzeitig empfand er Scham. Irmela hatte auf seinen Schutz vertraut und war in Gefahr geraten, weil es für ihn nur noch Stephanie von Harlau gegeben hatte.
»Derzeit dürfte Heimsburg nicht in der Lage sein, dir Genugtuung zu schaffen. Irmela hat ihm nämlich eine Kugel aufgebrannt, deren Wirkung ihm ebenso zu schaffen machen dürfte wie sein verletzter Stolz.« Gibichen berichtete nun von Irmelas Abenteuer, von dem Fabian nicht das Geringste mitbekommen hatte, und sang dabei ein Loblied auf das Mädchen, das ihn mehrmals den Kopf schütteln ließ. Für so beherzt, wie sein Freund es beschrieb, hätte er Irmela nicht gehalten. Als Kind war sie vor den Fröschen zurückgeschreckt, die er ihr hingehalten hatte, und auch sonst hatte er sie als eher ängstliches kleines Ding in Erinnerung. Selbst bei dem Überfall durch die Schweden war sie in Panik verfallen, statt mit klarem Verstand zu handeln.
»Dennoch ist es ihr gelungen, etliche Frauen und Kinder zu retten«, erinnerte er sich selbst.

»Was sagst du?«, fragte Gibichen, der Fabians Gedankensprung nicht folgen konnte.
»Ach, nichts!«, antwortete dieser mit einem säuerlichen Lächeln. Auch wenn Gibichens Rat ihm weise erschien, war Fabian nicht sicher, ob er ihn befolgen sollte. Im Vergleich zu Stephanie von Harlau war Irmela nur ein trübes Talglicht gegen den strahlenden Glanz der Sonne.

IV.

Etwa zu derselben Zeit, in der Fabian und Gibichen in einer böhmischen Schenke zusammensaßen, näherten sich zwei Männer und eine Frau dem einsam gelegenen Gehöft in den Waldbergen, das Helene von Hochberg mit ihrer Tochter und Ehrentraud von Lexenthal bewohnte. Es handelte sich um Doktor Wendelin Portius von Hohenkammer, dem es gelungen war, sich erneut in die Gunst des Priors Xaver von Lexenthal einzuschmeicheln, indem er seinem Konkurrenten Lohner die alleinige Schuld an der missglückten Operation in die Schuhe geschoben hatte. Der zweite Mann war nicht vom Prior geschickt, sondern durch Helene gerufen worden und durch Zufall auf Portius getroffen. Er war mehrere Jahre älter als dieser, hager, dunkelhaarig und mit einem bleichen Teint, der der sommerlichen Witterung Hohn sprach. Seine Kleidung bestand aus einem kaftanähnlichen Gewand sowie einem breitkrempigen Filzhut, der sein Gesicht zur Gänze beschattete. In der Hand hielt er einen langen Stock, dessen oberes Ende in einen geschnitzten Vogel auslief, dem man zwei kleine blaue Halbedelsteine in die Augenhöhlen eingesetzt hatte. Er schien Portius nicht zu mögen, denn er hielt sich ein paar Schritte von diesem fern und sprach nur mit der Frau, die beide begleitete.

»Das dort oben müsste es sein! Die Gebäude sehen nach einem größeren Bauernhof aus. Soll das wirklich der Sitz eines gräflichen Geschlechts sein?«
Die Frau, deren Alter zwischen dreißig und vierzig liegen mochte und die mit ihren dunklen Haaren und ihrer hellen, fast fahlen Haut wie ein weibliches Gegenstück des Mannes erschien, nickte enttäuscht. »So hieß es. Ich fürchte, auf eine größere Belohnung werden wir da oben vergebens warten. Es bleibt nur zu hoffen, dass wir uns wenigstens satt essen können.«
»Der Schein trügt. Die hohe Dame hat sich vor den Schweden dorthin geflüchtet«, mischte Portius sich mit einem überheblichen Lächeln ein.
Im Gegensatz zu seinen Begleitern kannte er die Verhältnisse, in denen Helene und die Ihren lebten. Die Familie Hochberg besaß repräsentablere Wohnsitze als dieses Haus, doch die lagen zu nahe an den Gegenden, in denen sich fremde Heere tummelten. Das erklärte er den beiden auch.
Der ältere Mann leckte sich erwartungsvoll die Lippen. »Ich hätte nichts gegen einen hübschen Beutel voller Gulden einzuwenden. Nachdem mein letzter Zauber misslungen ist, mit dem ich die Kriegskasse des Grafen … ähm, die eines Grafen aufbessern sollte, musste ich dessen Schloss so rasch verlassen, dass ich mein Gepäck nicht mehr mitnehmen konnte. Ich hoffe, die Gräfin Hochberg sorgt für Ersatz.«
»Für deinen Hokuspokus brauchst du doch nicht viel«, spottete die Frau. »Ich hingegen …«
»Plustere dich nicht so auf. Deine Hexenkünste taugen nämlich gar nichts.« Der Mann unterstrich seine Worte mit einer abwertenden Geste, und für Augenblicke schien ein heftiger Streit zwischen beiden aufzuziehen. Dann aber erinnerten sie sich an ihren Begleiter und zogen die Köpfe ein, als hätten sie bereits zu viele ihrer Geheimnisse preisgegeben.

Der Arzt klopfte auf die dicke Ledertasche, die er an einem Riemen über der Schulter trug. »Ich habe alles mitgebracht, was ich brauche. Der hochehrwürdige Herr Prior hat sich nämlich als sehr spendabel erwiesen. Im Gegensatz zu euch bin ich nun einmal ein Mann der Heilkunst und der weißen Kräfte. Ihr hingegen ...«
»Gib doch nicht so an!«, schimpfte der Bleiche. »Du bist ein Scharlatan, dessen Horoskope niemals zutreffen und der schlichtes Wasser für heilende Arznei verkauft.«
Portius' Gesicht färbte sich dunkelrot, und er öffnete den Mund zu einer geharnischten Gegenrede. Doch sie hatten mittlerweile die Hofeinfahrt erreicht, und so hielt er es für geraten, sich nicht durch lautes Schimpfen anzukündigen. Er maß den Mann im Kaftan und die Frau, die einen weiten, roten Rock und ein dunkles Mieder trug, mit einem verächtlichen Blick, bevor er auf die Tür des Wohnhauses zutrat und den Klopfer betätigte. Für einen Augenblick erinnerte er sich an seine Ankunft vor einem Jahr und den beschämenden Abgang einige Monate später. Diesmal fühlte er sich besser vorbereitet, und als er in sich hineinhorchte, fand er sich auch bereit, mit seinen Begleitern zusammenzuarbeiten, mochten sie sich auch Magier und Hexe nennen. Ihm würde es schon gelingen, den Erfolg auf seine Fahnen zu heften. Notfalls würde ein kleiner Hinweis, dass ein bekannter Hexenrichter in der Nähe sei, die beiden dazu bewegen, diesen Landstrich schleunigst wieder zu verlassen. Er selbst aber wusste sich durch seine Bekanntschaft mit Ehrentrauds Onkel vor allzu forschen Nachfragen der heiligen Inquisition sicher.
»Da sind wir!«, erklärte er überflüssigerweise, während drinnen schlurfende Schritte erklangen und eine ärgerliche Stimme fragte, wer denn nun schon wieder Einlass begehre.
»Ich, Doktor Portius, den der ehrwürdige Prior Lexenthal er-

neut geschickt hat, um seine Nichte zu heilen«, rief der Arzt mit lauter Stimme.

»Wir sind fei auch noch da«, fauchte die Frau ihn an.

»Mit Begleitung!«, setzte Portius ungerührt hinzu.

Die Tür schwang auf, und eine ältere Magd steckte den Kopf heraus. »Ihr seid es! Passt aber auf, dass Euch die Jungfer nicht den Schemel an den Kopf wirft. Ach ja, Jungfer ist sie ja nicht mehr nach dem, was die Schweden mit ihr getrieben haben. Kommt herein, ich bringe Euch zur Herrin.«

Portius' Begleiterin kicherte. »So zufrieden scheint die junge Frau mit Eurer Heilkunst nicht gewesen zu sein, wenn sie Euch einen Schemel an den Kopf werfen will.«

»Pah! Das ist nur die Schuld dieses Grobians Lohner, der das Gesicht der jungen Dame mit seinem elenden Messer noch mehr zerschnitten hat als die Schweden – aus lauter Missgunst, damit meine Salben und Tränke nicht wirken konnten.«

»Deine Salben und Tränke sind nur eitler Tand. In der Magie liegt die wahre Macht«, erklärte der Mann im Kaftan mit einer abfälligen Handbewegung in Portius' Richtung. »Einer wie du, der nichts Halbes und nichts Ganzes fertigbringt, kann das natürlich nicht ermessen.«

Portius wollte ihn empört zurechtweisen, doch Helene von Hochbergs Erscheinen hinderte ihn daran. Als sie den Arzt erblickte, rümpfte sie die Nase. »Was sucht Ihr denn hier?«

Der Doktor rang seiner beleibten Gestalt eine halbwegs angemessene Verbeugung ab. »Ich komme nach dem Willen des hochedlen Xaver von Lexenthal, um seiner Nichte die Erlösung zu bringen.«

»Zum Sterben ist sie noch etwas arg jung«, höhnte Irmelas Stiefgroßmutter. Sie hatte erlebt, wie Portius gescheitert war, und richtete ihre Hoffnung nun auf die Künste seiner Begleiter. »Seid mir willkommen, Maestro Santini, und auch Ihr, Frau Marthe.«

Sie deutete eine leichte Verbeugung an, denn sie hatte beide bereits kennengelernt und wusste von den geheimnisvollen Riten, die diese befolgten und vor denen einfachere Menschen zurückschreckten.

»Helene? Welche Überraschung, dich hier zu sehen!« Santini, der in Wirklichkeit ganz anders hieß und auch nicht aus dem fernen Italien stammte, sondern in einem Tiroler Bergdorf zur Welt gekommen war, beging denselben Fehler wie Lohner. Sein erwartungsfroher Blick erstarb jedoch, als er die eisige Miene seiner Gastgeberin bemerkte.

»Er sieht die Gräfin Hochberg vor sich und hat sich entsprechend zu verhalten!«, wies Helene ihn zurecht.

Santinis Geist war biegsam genug, um sich auf die neue Situation einzustellen. »Euer Erlaucht, ich erlaube mir, Euch meine Dienste anzubieten.«

Um Marthes Lippen spielte ein spöttisches Lächeln, als sie an ihm vorbei auf Helene zutrat und diese in die Arme schloss. »Es freut mich zu sehen, dass auch mein letzter Zauber für dich wie vorhergesagt zum Guten ausgeschlagen ist«, raunte sie ihr leise ins Ohr.

Helenes Wangen zuckten, doch sie wagte es nicht, die vorwitzige Sprecherin zu rügen. Sie kannte die Hexe zu gut, um sie verärgern zu wollen, denn das hatten einige Leute mit einem frühzeitigen Ende bezahlt. Marthes Gifte wirkten rascher als ihre Zauber, obwohl sie auch für diese berühmt war. Helene erinnerte sich nur zu gut daran, dass es ihr mit Hilfe eines Mittels, welches die Mutter der Hexe gebraut hatte, gelungen war, das Interesse des alten Hochberg auf sich zu lenken. Später hatte Marthe ihr geholfen, sich des einen oder anderen hohen Offiziers für längere Zeit zu versichern. Damals hatte sie der Frau nur ein Stück Speck oder ein paar Scheidemünzen dafür geben können. Aber diesmal würden es glänzende Gulden sein, Geld, das aus Prior

Lexenthals Klosterkasse stammte und nicht aus ihrer eigenen Börse.

»Kommt herein! Fräulein Ehrentraud wird überglücklich sein, euch zu sehen – womit ich nicht Portius meine. Was mag der Prior sich nur gedacht haben, Ihn erneut hierherzuschicken?« Helene bedachte den Arzt mit einem finsteren Blick und ließ Santini eintreten. Bevor Portius diesem folgen konnte, kehrte sie dem Arzt den Rücken zu, so dass diesem nichts anderes übrig blieb, als mit unglücklicher Miene hinter ihr herzutrotten.

Helene führte ihre Gäste in ihren Wohnraum, den sie seit ihrem letzten Besuch in Passau noch weiter hatte ausschmücken lassen. Ihre Geschäftsbeziehungen mit Rudolf Steglinger begannen sich auszuzahlen, auch wenn sie ihrem Ziel, ihn als Gatten zu gewinnen, noch um keinen Schritt näher gekommen war. Die Annullierung seiner Ehe mit Walburga sollte zwar bereits vom Papst bestätigt worden sein, doch das Schreiben war bisher noch nicht nach Passau gelangt. Auch zeigte Steglinger immer deutlicher, dass es ihm um die Tochter ging und er die Mutter nur als lästiges Übel ansah.

Auch aus diesem Grund hoffte Helene auf einen Erfolg der Magie. Wenn sie mit deren Hilfe die Dankbarkeit des Priors erwerben konnte, mochten Johannas Chancen auf einen hochrangigeren Bräutigam steigen, und Steglinger würde sich mit ihr begnügen müssen.

Sie setzte sich und befahl ihrer Leibmagd, den bereits vor zwei Tagen erschienenen Gast zu holen. Es handelte sich um eine Frau unbestimmten Alters, die ganz in Schwarz gekleidet war und ihr Kopftuch so eng geschlungen hatte, dass es wie eine zweite Haut am Schädel klebte. Wasserhelle Augen blickten unter farblosen Brauen hervor, und die gekrümmten Finger glichen den Krallen eines Raubvogels.

Maestro Santini schluckte sichtlich, als er die Frau erkannte, und Marthe sank sogar in eine Art Knicks, um sie zu ehren.
Die Alte blickte sie an, als könne sie durch sie hindurch in ihr Herz schauen. »Sei mir willkommen, Tochter. Und auch du, Santini oder wie du dich jetzt nennst. Ihr werdet mir assistieren.«
»Sehr wohl!« Santinis Stimme klang gepresst, doch er wagte keinen Widerspruch.
Portius, der sich noch stärker missachtet fühlte, biss die Zähne zusammen, damit ihm keiner seiner Gedanken über die Lippen kam. Die beiden Hexen und Santini waren gewiss nicht die Leute, die ein Xaver von Lexenthal als Heiler bei seiner Nichte sehen wollte, galten sie doch als Anhänger der schwarzen, verderblichen Zauberei. Er selbst aber rühmte sich, neben seinen medizinischen Kenntnissen auch über ein großes Wissen in der segensreichen Weißen Magie zu verfügen. Nicht zuletzt aus diesem Grund war es ihm gelungen, sich Lexenthal erneut anzudienen.
Unterdessen ließen sich die beiden Hexen und der Schwarzkünstler von einer sichtlich verängstigten Magd Krüge mit frischem Bier reichen. Als Portius ebenfalls einen Krug erhielt, konnte er von den Augen der Magd ablesen, dass diese ihn als Freund ansah. Sein Rang als Arzt schien ihr der beste Schutz in dieser Gesellschaft düsterer Gestalten zu sein. Portius lächelte ihr freundlich zu und sah an ihr vorbei die beiden unzertrennlichen Freundinnen Ehrentraud und Johanna eintreten. Erstere trug einen Schleier vor dem Gesicht, der doppelt geschlagen und so befestigt war, dass kein Luftzug ihn hochwehen konnte.
»Ah, der Doktor!« Johanna grüßte den Arzt freundlich, denn er hatte ihr bei seinem letzten Aufenthalt ein Mittel gegeben, mit dessen Hilfe sie die störenden Sommersprossen hatte loswerden können.
Ehrentraud gab sich ebenfalls nicht so abweisend, wie Portius

befürchtet hatte, auch wenn sie ihre Hoffnung sichtlich auf Marthe, deren Mutter und den falschen Maestro setzte. Da sie annahm, Portius' Tinkturen könnten mithelfen, ihre einstige Schönheit zurückzugewinnen, war ihr auch sein Erscheinen willkommen.
Anders als die Mädchen ignorierte Helene von Hochberg den Arzt in einer Weise, die ihn erboste und Rachegelüste in ihm weckte. »Eure Enkelin befindet sich derzeit wohl nicht in diesen Mauern?«, fragte er, wohl wissend, dass Helenes Tochter unverheiratet und wohl noch Jungfrau war.
Das Gesicht der Frau verhärtete sich. »Ihr meint die Tochter meines Stiefsohns Ottheinrich von Hochberg? Irmela ist zu Herrn von Wallenstein gereist, um mit ihm über die Rückgabe ihres Besitzes zu verhandeln.«
Der zufriedene Ausdruck in Helene Stimme passte nicht zu ihrer abweisenden Miene. Innerlich schnurrte sie, denn sie hatte seit Wochen nichts mehr von Irmela gehört und begann zu hoffen, niemals mehr von ihr behelligt zu werden. Wenn ihr etwas zugestoßen war, erbte ihre Tochter das Hochberg-Vermögen, und dann war sie selbst so reich, wie sie es sich von der Hochzeit mit dem alten Hochberg erhofft hatte. Das erschien ihr die gerechte Strafe für die Verachtung, die Irmelas Eltern ihr und ihrer Tochter entgegengebracht hatten. Bevor sie jedoch ihre Hand auf den Besitz legen konnte, musste sie so tun, als handele sie in allem nur zu Irmelas Vorteil. Doch sie erwartete täglich die Nachricht von dem Ableben ihrer Stiefenkelin und hatte schon Pläne für die Zeit danach geschmiedet.
Diese Überlegungen hielt sie sogar vor Johanna verborgen. Ihre Tochter war nicht durch dieselbe harte Schule gegangen wie sie und würde Ehrentraud gegenüber vielleicht Dinge ausplaudern, die geheim bleiben mussten. Wenn sie jedoch Erfolg haben wollte, würde ihr nichts anderes übrig bleiben, als auf die Kraft der

Hexen zu bauen und zu hoffen, dass diese Ehrentraud wenigstens den größten Teil ihrer früheren Attraktivität zurückgeben konnten. Ein wenig bedauerte sie, dass anstelle dieses Quacksalbers Portius nicht der Chirurg Bertram Lohner zurückgekommen war, denn der hatte die Magd Fanny recht erfolgreich behandelt. Hätte er bei Ehrentraud ein ähnliches Ergebnis erzielt, so wäre es Marthe und ihrer Mutter gewiss leichtgefallen, die junge Frau wieder in eine strahlende Schönheit zu verwandeln. Persönlich war sie jedoch froh, den unangenehmen Kerl nicht wiedersehen zu müssen, denn der Mann würde stets das einstige Offiziersliebchen in ihr sehen. Da war es doch besser, auf die Kräfte von Marthe, Santini und der Schwarzen Hexe zu vertrauen. Insbesondere die Alte kannte die geheimsten Dinge und vermochte Wesenheiten zu beschwören, bei deren Anblick geringere Menschen vor Entsetzen starben.
Helene wechselte einen kurzen Blick mit Marthes Mutter, die Ehrentraud nun aufforderte, ihren Schleier zu lüften. »Ich muss die Narben sehen, die ich hinwegzaubern soll!«
Ehrentraud zögerte ein wenig, denn im Hellen hatte sie ihr Gesicht seit jener Verschlimmerung nicht mehr enthüllt. Aber sie begriff, dass es notwendig war, sich zu überwinden, und schlug mit einer heftigen Bewegung den Schleier hoch.
Santini keuchte, als er die dicke, blau und violett schimmernde Narbe sah, die sich wie ein fetter Wurm auf ihrer rechten Gesichtshälfte krümmte. Auf der linken Seite war der größte Teil der Narben inzwischen verblasst, aber sie liefen als deutlich sichtbare Kerben über die Wange. Der Magier warf den beiden Hexen einen besorgten Blick zu. Er kannte die Grenzen seiner Macht und sah sich außerstande, hier zu helfen. Die Schwarze Hexe fuhr Ehrentraud mit ihren krallenartigen Fingern ins Gesicht und zupfte und zerrte an den Wülsten und Einschnitten. Zwar stöhnte die junge Frau mehrfach vor Schmerz auf und be-

gann auch zu weinen, aber sie wagte es nicht, die Hand der Alten wegzustoßen.

Die Schwarze schnalzte mit der Zunge. »Die Narben sitzen tief. Wir werden lange brauchen, um sie wegzuzaubern, und dabei alle Kraft einsetzen müssen, die uns unser Herr verleiht.«

»Euer Herr, ist das der Teufel?«, fragte Ehrentraud ängstlich.

»Du hast kein Recht zu fragen – und auch sonst geht das niemand etwas an!«, antwortete Marthes Mutter tadelnd. »Sei zufrieden, wenn wir deinem Gesicht wieder jene Anmut verleihen, die ihm einmal zu eigen war. Dafür aber wirst du uns in allem gehorchen müssen.«

Ehrentraud nickte eingeschüchtert, obwohl sie die Hexen am liebsten weggeschickt hätte, denn sie fürchtete, deren Kur könne noch schmerzhafter sein als Lohners Operation. Dann aber dachte sie an Fabian und die Wonnen, die sie mit ihm geteilt hatte, und war mehr denn je von dem Wunsch beseelt, wieder die zu werden, die sie einmal gewesen war.

»Du hast noch andere Narben davongetragen«, fuhr die Schwarze fort.

»Ja, aber …« Ehrentrauds Blick traf die beiden Männer. Die Hexe verstand sie und machte eine befehlende Geste. »Lasst uns Frauen allein!«

»Aber wenn ich zaubern soll, muss ich sehen …«, begann Santini.

Die Schwarze zeigte auf die Tür. »Hinaus – oder du lernst mich kennen!«

Der Magier begriff, dass er die Auseinandersetzung mit der Alten nur verlieren konnte, und zog murrend ab. Portius folgte ihm mit einem gewissen Bedauern, denn er hätte den Zustand, in dem sich die Brüste der jungen Frau nach einem Jahr befanden, gerne begutachtet, um ihr die passenden Mittel aus seiner Herstellung empfehlen zu können. Er sagte sich jedoch, dass noch nicht aller Tage Abend war. Wenn die Hexen und der Magier versagten, würde seine große Stunde kommen.

V.

Die Schwarze wartete, bis sich die Tür hinter den beiden Männern geschlossen hatte, dann ruckte ihr rechter Zeigefinger auf Ehrentraud zu. »Entblöße dich!«
Da die junge Frau wie erstarrt sitzen blieb, übernahm Johanna es, die Haken und Ösen ihres Kleides zu lösen und dieses so weit herabzuziehen, dass Ehrentrauds Brüste freilagen.
Damit war die Schwarze Hexe jedoch noch nicht zufrieden. »Zieh dich ganz aus!«
»Tu es! Wir sind doch unter uns Frauen.« Helene lächelte auf Ehrentraud hinab und zog ihr mit Johannas Hilfe Kleid und Hemd über den Kopf. Im ersten Augenblick verbarg die junge Frau ihren Schoß mit beiden Händen, doch die beiden Hexen bogen ihre Arme beiseite, hoben sie auf und legten sie auf Helenes Ruhebett, auf dem diese untertags eine Stunde zu schlafen pflegte. Dort bogen sie ihr die Beine so rücksichtslos auseinander, dass Ehrentraud aufschrie.
»Hier müssen wir anfangen«, erklärte die Schwarze. »Ich spüre den Dämon, der bei der Schändung durch die Schweden in deinen Leib eingedrungen ist und sich in ihm breitgemacht hat. Den müssen wir vertreiben, bevor wir deine Narben beseitigen können.«
»Ist es wirklich ein Dämon? Ich dachte, es sei Hexerei gewesen«, fragte Ehrentraud verblüfft, denn sie sah immer noch Irmela als Urheberin aller Übel an, die sie getroffen hatten.
Helene bemerkte, wie es in der jungen Frau wühlte, und nahm sich vor, mit den beiden Hexen zu sprechen. Die durften Ehren-

traud nicht nach dem Mund reden und deren Onkel damit eine Waffe in die Hand geben, Irmela als Hexe anzuklagen.
Zu ihrer Erleichterung bestand die Schwarze darauf, dass ein Dämon in Ehrentraud gefahren sein müsse. »Natürlich kann eine geringere Hexe, als ich oder Marthe es sind, diesen Dämon herbeigerufen haben, aber er steckt tief in dir. Erst wenn er weicht, vermögen wir dich von deinen Narben zu befreien.«
Nun tastete die Hexe Ehrentrauds Brüste ab, in denen die Narben dicke Knoten hinterlassen hatten. Die junge Frau wimmerte vor Schmerzen, konnte sich aber nicht wehren, denn Marthe hatte sich auf ihre Beine gesetzt, und Helene bog ihr die Arme über den Kopf und hielt sie fest.
Als die Hexenweiber sie endlich freigaben, war Ehrentraud völlig erschöpft. Die Schwarze forderte sie auf, sich wieder anzuziehen, und wandte sich Helene zu. »Um Fräulein von Lexenthal helfen zu können, werde ich einen so starken Zauber weben müssen wie noch niemals zuvor in meinem Leben. Mag mein Herr mir die Kraft dazu verleihen.«
»Das wird er!«, setzte ihre Tochter inbrünstig hinzu.
Nachdem Ehrentraud und Johanna auf Geheiß der Schwarzen den Raum verlassen hatten, wandte Marthe sich mit einer hilflosen Geste an ihre Mutter. »Glaubst du wirklich, wir können diese entsetzlichen Narben fortzaubern? Von einer solch starken Magie habe ich noch nie gehört.«
Die Schwarze blickte ihre Tochter tadelnd an. »Natürlich kann ich das. Mein Herr wird mir die Kraft dazu geben! Du wirst mir dabei helfen. Allerdings wäre mir die Unterstützung deiner Schwester lieber gewesen. Helene, warum hast du nicht beide gerufen?«
»Meine Schwester ist bei Salzburg gefangen genommen und als Hexe verbrannt worden«, antwortete Marthe mit schwankender Stimme.

»Für so unvorsichtig hätte ich Dora nicht gehalten. Sie wusste doch, wie man es verhindert, den Hexenjägern der Obrigkeit aufzufallen.« Die Lippen der Schwarzen bogen sich vor Verachtung, als spräche sie über eine Fremde.

Helene kannte die hohe Meinung, welche die Hexe von sich hatte, und sie wusste auch, dass diese in jüngeren Jahren auf den Schutz etlicher hoher Herren hatte bauen können. Auch war es ihr bisher immer gelungen, der Aufmerksamkeit von Männern wie Xaver von Lexenthal zu entgehen. Nun rechnete sie wohl damit, für ihre letzten Jahre den Schutz des Priors genießen zu können, indem sie ihm die Nichte unversehrt zurückgab.

Für ein paar bange Augenblicke fragte Helene sich, was geschehen würde, wenn die Kräfte der Hexen versagten. Kam Lexenthal dahinter, dass hier Schwarze Magie zelebriert wurde, würde er sie alle auf den Scheiterhaufen bringen. Ihr Herz verkrampfte sich in der Brust, doch dann streifte sie die Vorstellung ab und verzog höhnisch die Lippen. Sie würde schon dafür sorgen, dass der Prior nichts erfuhr. Zudem war die Magie der Schwarzen Hexe unvorstellbar mächtig, und im Bund mit Marthe und Santini würde die Alte Ehrentraud zu einer wunderschönen Frau machen.

»Es muss euch gelingen!« Zwar vertraute Helene den Künsten der drei, aber dennoch schwang eine nicht zu überhörende Warnung in ihrer Stimme mit. Die beiden Frauen wussten selbst, auf welch schmalem Grat sie in diesem Leben wandelten, zuckten jedoch mit den Schultern. Bislang hatten sie sich auch dann, wenn ihre Zauber misslungen waren, dem Zugriff der Obrigkeit entziehen können, und das würde diesmal nicht anders sein.

»Ehrentraud von ihren entstellenden Narben zu befreien ist ein schwieriges Werk, aber es wird geschehen. Ich werde mich mit Santini beraten. Er hat die alten Zauberbücher studiert und

kann mir etliche Dinge nennen, die wir für unsere Aufgabe benötigen.«
Die Schwarze wollte den Raum verlassen, doch Helenes Ruf hielt sie auf. »Halt, ich will noch über etwas anderes mit dir sprechen und auch mit Marthe.«
Die beiden Hexen blickten sie erwartungsvoll an. Wie es aussah, gab es hier noch mehr zu tun und damit auch zu verdienen.
»Was stört dich sonst noch, meine Liebe?«, fragte die Schwarze Hexe.
»Die Umstände, die es mir unmöglich machen, den Besitz meines verstorbenen Gemahls zu übernehmen, da dieser laut den Erbregeln der Hochbergs an die Tochter meines Stiefsohns fällt.«
Die Schwarze lachte amüsiert auf. »Wenn es weiter nichts ist! Mit einem Erbschaftspülverchen kann ich dir gerne aushelfen.«
»Ginge es auf diese Art, würde ich dich nicht brauchen, denn ich kenne selbst genug Gifte. Ich kann es jedoch nicht wagen, eines davon anzuwenden. Käme es in diesem Haus zu einem plötzlichen Hinscheiden der Erbin, ganz gleich, auf welche Art, würden Irmelas Verwandte sich sofort auf mich stürzen und mich als Mörderin hinstellen. Käme ihnen zudem noch zu Ohren, dass ihr bei mir gewesen seid, würden sie uns dem Hexenrichter überstellen. Also muss Irmela auf eine Art und Weise ums Leben kommen, die nicht mit mir in Verbindung gebracht werden kann. Am besten wäre ein Zauber, der aus der Ferne wirkt.« Helene sah die beiden Hexen dabei erwartungsfroh an und wurde nicht enttäuscht.
»Solche Zauber gibt es, doch sie wirken nur dann, wenn man genau weiß, wo sich die betreffende Person aufhält«, erklärte die Schwarze.
»Ich habe sie zu Wallenstein nach Böhmen geschickt, in der Hoffnung, dass ihr unterwegs etwas passiert. Aber da ich bisher keinerlei Nachricht bekommen habe, weiß ich nicht, ob sie noch

lebt. Doch eine Komtesse Hochberg zu Karlstein verschwindet nicht spurlos. Nun wird sie in Pilsen sein oder in Prag.«
Die Hexe winkte ab. »Das ist mir zu ungenau. Um herauszufinden, wo sie sich aufhält, benötige ich einen Gegenstand, der eng mit ihr verbunden ist. Am besten ein Knäuel Haare, abgeschnittene Teile von Fingernägeln oder das, was aus ihrem Körper herausgekommen ist.«
»Für Letzteres ist sie schon zu lange fort, aber vielleicht finde ich etwas Brauchbares in ihrer Kammer.« Helene ärgerte sich über sich selbst, weil sie trotz ihrer Erfahrung mit den dunklen Künsten nicht daran gedacht hatte, sich etwas von Irmela zu sichern, hoffte aber, wenigstens noch Haare zu finden, denn das Gesinde war faul und säuberte die Räume nur dann gründlich, wenn man ihm genau auf die Finger sah. Als sie Irmelas Zimmer betrat, wirkte das Innere so karg wie die Zelle einer Nonne. Früher war ihr das nicht aufgefallen, doch seit sie für sich, Johanna und Ehrentraud neue Möbelstücke hatte anfertigen lassen, war der Unterschied deutlich zu merken. Das Bett war alt und das Holz von Würmern zerfressen, die Beine des Tisches waren nur notdürftig festgenagelt, und der einzige Stuhl sah aus, als müsste er unter einer schwereren Person als Irmela zusammenbrechen.
Ich muss die Kammer neu einrichten, fuhr es Helene durch den Kopf. Wenn Irmela tot war, würden deren Verwandte sich hier versammeln wie Krähen auf einem Saathaufen und ihr die Vernachlässigung des Mädchens vorwerfen. Von da bis zu dem Verdacht, dass es bei deren Ableben nicht mit richtigen Dingen zugegangen sein könnte, war es nur ein kleiner Schritt. Für einen Augenblick bedauerte sie, nicht auch für Irmela neue Möbel besorgt zu haben. Dann aber schalt sie sich eine Närrin. In diesem Fall wären die alten Sachen verbrannt worden, und sie hätte keine Möglichkeit mehr, an Haare oder dergleichen zu kommen.
So aber wurde ihre Suche bereits auf den zweiten Blick von Er-

folg gekrönt, denn auf dem nur nachlässig zurechtgezupften Kissen lagen mehrere lange, dunkle Haare. Sie sammelte sie ein und kehrte zu den beiden Hexen zurück. Diese hatten Helenes Lieblingsraum verdunkelt und eine unterarmlange, schwarze Kerze angezündet, welche die ausladenden Formen einer Frau aufwies, deren Geschlechtsteile auffallend hervorstachen.
Die Schwarze lächelte, als sie Helenes fragenden Blick bemerkte.
»Diese Kerze habe ich aus den Wachsresten derer gemacht, die Herzog Maximilian von Bayern in Altötting, Weltenburg und Benediktbeuren hat entzünden lassen, um von den himmlischen Mächten den Sieg für seinen Feldherrn Tilly zu erflehen. Es kostete mich viel Geschick, das Wachs an mich zu bringen, doch dafür steckt in meiner Kerze eine ungewöhnlich große Kraft!«
»Ich würde eher sagen, sie verbreitet großen Gestank!« Helene rümpfte die Nase, denn in diesem Zimmer würde sie sich erst wieder aufhalten können, wenn es ausreichend gelüftet worden war.
»Damit die Kerze jene Macht besitzt, die ich benötige, musste ich einige andere Ingredienzien unter das Wachs mischen wie Krötenblut, die Leber eines Iltis und …« Die Hexe merkte, dass sie dabei war, Zutaten zu ihren Zaubermitteln zu verraten, und brach mitten im Satz ab. Stattdessen blickte sie Helene fragend an. »Hast du gefunden, was ich dir zu suchen aufgetragen habe?«
Helene behagte es wenig, von der Schwarzen wie eine Dienstmagd behandelt zu werden, doch sie kannte deren Ruf und hütete sich, sie zu reizen. Da die Alte nach getaner Arbeit keine unverschämten Forderungen stellte und zudem als sehr verschwiegen galt, war sie die beste Helferin, die sie sich wünschen konnte. Aus diesem Grund nahm sie den Tonfall der Schwarzen Hexe lächelnd hin und reichte ihr die Haare.
Die Hexe legte sie Stück für Stück auf ihre flache Hand und

schnupperte daran wie ein Jagdhund auf der Fährte. »Schwarz wie der Flügel eines Raben und so gesund, wie ein junges Mädchen in diesem Alter nur sein kann. Es wird eines starken Zaubers bedürfen, ihr zu schaden.«
»Aber du kannst es doch?«
Ein empörter Blick traf Helene. »Natürlich kann ich es! Hiermit werde ich herausfinden, wo sich das Mädchen befindet. Für den eigentlichen Zauber aber brauche ich mehr von ihr, und wenn du den Nachttopf unter ihrem Bett auskratzen musst!«
Diese Vorstellung war nicht gerade angenehm, doch Helene war auch dazu bereit. Jetzt schaute sie zu, wie die Schwarze eines von Irmelas Haaren mit spitzen Fingern ergriff, kurz darauf blies und es in die Kerzenflamme hielt. Obwohl es in der Kammer nach allem Möglichen stank, stach ihr sofort der Geruch nach versengten Haaren in die Nase, und ihr wurde so übel, dass der Boden unter ihr zu tanzen schien.
»Der Zauber ist stark«, erklärte die Schwarze zufrieden und sog ihre Lungen voll Luft. Etliche Augenblicke hielt sie den Atem an und starrte unverwandt auf die Flamme. Ihre Augen weiteten sich, und sie öffnete den Mund wie zum Schrei.
Es kam jedoch nur ein Flüstern von ihren Lippen. »Jetzt weiß ich, wo sie ist, und kann ihr schaden.«
»Tu es gleich!«, drängte Helene, die Irmela endlich aus dem Weg geräumt sehen wollte.
Die Schwarze schüttelte den Kopf und wies auf einen hölzernen Becher, in den unverständliche Zeichen eingeschnitten waren. »Ich darf diesen Trunk nur einmal am Tag zu mir nehmen, sonst würde er mich vergiften. Dieses Werk wird morgen vollbracht.«
Helene begriff, dass die Hexe ihre Abwesenheit ausgenützt hatte, um sich ihren Hexentrank anzumischen, deren Rezept sie nur allein kannte. Obwohl sie selbst keine Veranlagung zu einem ma-

gischen Talent in sich spürte, bedauerte Helene, dieses Wissen nicht selbst zu besitzen. Mit diesem Mittel wäre es ihr sicher gelungen, ihren Einfluss auf den alten Johann Antonius von Hochberg zu behalten und dafür zu sorgen, dass dieser über ihre gelegentliche Untreue hinweggesehen hätte.
»So einen Zauber hätte ich damals brauchen können«, murmelte sie und wunderte sich, als die Hexe schallend zu lachen begann.
»Du meinst bei dem alten Mann, den zu betören ich dir geholfen habe? Ich hatte dich gewarnt! Bei einem Greis wie ihm erlahmt das Verlangen sehr schnell. Solche Männer sehnen sich mehr nach einer Hand, die ihnen den Rücken mit Salbe einreibt, als nach einem feurigen Liebesakt. Du aber warst von deinen Fähigkeiten als Hure allzu sehr überzeugt und hast später dafür büßen müssen.«
Helene zuckte erschrocken zusammen, weil die Alte ihre geheimsten Gedanken zu lesen schien, fiel dann aber in deren Lachen mit ein. »Es war ein Umweg! Nun stehe ich kurz davor, mein Ziel zu erreichen. Ist Irmela erst tot und begraben, werde ich einen einflussreichen Edelmann finden, der Johanna heiratet, und mir selbst den fetten Steglinger angeln, der mit jedem Monat, den der Krieg länger anhält, reicher wird. Bei diesen beiden Dingen wirst du mir ebenfalls helfen müssen.«
»Gerne«, antwortete die Schwarze, während Marthe eine Schnute zog.
»Zu was brauchst du mich noch, wenn die Mutter alles selbst machen soll?« Aus ihr sprach die Angst, die Schwarze Hexe würde die gesamte Belohnung erhalten und sie mit einem Bettel abspeisen.
Die Alte beruhigte sie jedoch. »Ich brauche dich ebenso dringend wie diesen Santini. Zwar ist der im Gegensatz zu dir reichlich unbegabt, doch kann er uns beiden zur Hand gehen. Wie du

gehört hast, gibt es viel für uns zu tun, wenn die Wünsche unserer lieben Freundin Helene in Erfüllung gehen sollen.«
Ihre Worte klangen ein wenig spöttisch, als verachte sie ihre jetzige Auftraggeberin, weil diese ihren Körper hatte verkaufen müssen, um zu leben, während sie selbst mit Amuletten und Zauberpulvern gehandelt hatte. Doch als sie ihre eigenen Aussichten mit denen ihrer Gastgeberin verglich, verspürte sie doch einen gewissen Neid. Schon bald würde die einstige Hure überall als Gräfin Hochberg anerkannt werden und konnte ihre Tochter selbst am Hof in Wien einführen. Vor ihr aber lag ein unsicherer Lebensabend. Das Geld, das sie erspart und in ihrer Kleidung eingenäht hatte, konnte ihr geraubt werden, und wenn ein marodierender Soldat sie erschlug, würde ihr Ende weniger Aufsehen erregen als das eines Hirsches, der im Jagdrevier eines Adelsherrn gewildert worden war.
Helene las die Überlegungen der Hexe auf deren Gesicht und lächelte zufrieden. Die Frau mochte sich noch so selbstsicher geben, doch sie würde eine Hexe bleiben, deren man sich bediente und die man hinterher zum eigenen Besten schnell wieder vergaß.

VI.

Ehrentraud kehrte als Opfer ihrer Ängste und Hoffnungen in ihren Wohnraum zurück und setzte sich an den Tisch. Hinter ihr tauchte Johanna auf und versuchte, sie zu Zärtlichkeiten zu bewegen. Als sie mit ihren Fingernägeln über Ehrentrauds Narben strich, hielt diese ihre Hand fest.
»Tu das nicht! Die alte Hexe hat mich so gekniffen, dass es jetzt noch höllisch wehtut.«
»Hier auch?«, fragte Johanna und tippte gegen Ehrentrauds Brust.

»Fast noch mehr als im Gesicht. Bei Gott, es war, als würde ein Raubvogel mich packen. Dabei haben ihre Finger gestunken wie eine Mistgrube!« Die Erinnerung daran ließ die junge Frau schaudern. Sie fasste sich aber sofort wieder und sah ihre Freundin fragend an. »Glaubst du, dass die beiden Hexen mir meine Schönheit zurückbringen können?«
»Wenn nicht sie, dann kann es niemand. Mama sagt, die Alte wäre weithin berühmt für ihre Zaubermacht. Sie soll für etliche hohe Offiziere Amulette angefertigt haben, um sie hieb- und schussfest zu machen, und es ist ihr fast jedes Mal gelungen.«
»Aber nicht immer!«
Johanna machte eine wegwerfende Handbewegung. »Das war aber nicht ihre Schuld. Ein Zauber wirkt nur so lange, wie der, den er betrifft, ihn nicht absichtlich oder aus Versehen beendet. Außerdem kann der Feind über einen noch stärkeren Abwehrzauber verfügen.«
»Aber wenn die Schwarze Hexe doch so stark sein soll, dürfte es kein Gegenmittel geben«, wandte Ehrentraud ein.
»Das siehst du falsch. Wenn sie ein Amulett für einen Gulden anfertigt, vermag sie damit zwar über Amulette zu triumphieren, die billiger waren, doch wenn der Gegner mehr Geld ausgegeben hat, so behält dessen Zauber die Oberhand. Doch das braucht dich nicht zu kümmern, denn dein Oheim vermag genug Geld aufzutreiben, um aus dir die schönste Frau aller Zeiten zu machen.«
Johanna lachte scheinbar fröhlich und betrachtete Ehrentraud, als sähe sie diese zum ersten Mal. Diesem zernarbten Gesicht noch einmal die einstige Anmut zu verleihen, traute sie auch den beiden Hexen nicht zu. Sie wusste wenig über Schwarzkünstler und deren Wirken, denn in Ottheinrichs von Hochberg Haushalt war dieses Thema verboten gewesen, nachdem irgendein Mönch versucht hatte, die Gräfin als Hexe anzuklagen. Doch

wenn es Leute gab, die mächtig genug waren, ein solches Wunder zu wirken, wie es bei Ehrentraud notwendig war, hätte sie davon erfahren müssen. Ihr Halbbruder Ottheinrich hatte damals behauptet, all das Gerede von Hexenzaubern und magischen Dingen sei nur blanker Aberglaube, hinter dem gar nichts stecke, und nach dem Eindruck, den die Hexen und der Zauberer auf sie gemacht hatten, gab sie ihm im Stillen recht.

Ehrentraud gegenüber tat sie jedoch, als nähme sie jedes Wort der Schwarzen Hexe für bare Münze, und bestärkte sie darin, sich dem Zauber der Frau anzuvertrauen. »Stell dir vor, wie Fabian von Birkenfels schauen wird, wenn er uns das nächste Mal besucht und dich als narbenlose Schönheit antrifft. Höchstwahrscheinlich wird er auf der Stelle nach Passau zu deinem Oheim reiten und um deine Hand anhalten«, schwärmte sie ihrer Freundin vor.

Es war ihr gelungen, aus Ehrentraud selbst die intimsten Details ihres Zusammenseins mit Fabian herauszulocken, meist als Auftakt zu ihren gemeinsamen Spielen der Lust. Diesmal aber war Ehrentraud nicht in Stimmung. Sie schob Johanna zurück und gähnte. »Ich bin müde. Bitte geh, damit ich ein wenig schlafen kann.«

Johanna schürzte beleidigt die Lippen. Da ließ sie sich zu diesem Narbengesicht herab, und nun wagte das Weib es, sie einfach fortzuschicken. Mit einem hochmütigen Blick wandte sie sich ab und beschloss, Ehrentraud einige Tage betteln zu lassen, bevor sie wieder freundlich zu ihr war. »Dann schlaf gut! Vielleicht träumst du von Fabian oder auch von den Schweden, nachdem ich dir nicht gut genug bin.«

Ehrentraud sandte ihr einen verzweifelten Blick nach. Sie sah in Johanna die einzige Freundin, die sie noch besaß, und war bereit, alles zu tun, was diese von ihr verlangte. Doch jetzt brauchte sie Ruhe, um mit ihren Gefühlen ins Reine zu kommen. Zum ersten

Mal seit Wochen sah sie wieder einen Schimmer der Hoffnung. Dort, wo die Ärzte versagt hatten, konnten ihr die Hexen vielleicht helfen. Ihr ging es nicht einmal mehr um ihre einstige Schönheit. Sie würde schon zufrieden sein, wenn Fabian sie ohne Abscheu ansehen und in die Arme schließen konnte.

Während sie sich ihren Erinnerungen hingab, fühlte sie in jeder Faser ihres Körpers, wie stark sie sich nach Fabians Umarmungen sehnte. Dagegen kam ihr das Zusammensein mit Johanna schal und unbefriedigend vor. Außerdem war das, was sie trieben, von der heiligen Kirche verboten worden, und wenn sie sich nun auch noch mit Hexen einließ, würde sie der ewigen Verdammnis anheimfallen.

»O Herr im Himmel, so grausam kannst du doch nicht sein«, flüsterte sie und wusste gleichzeitig, dass der Gott, dem ihr Onkel diente, Sünder für weitaus weniger als das verwarf, was sie getan hatte.

Sie sprang auf, eilte zur Tür und schob den Riegel vor. An diesem Tag wollte sie keinen Menschen mehr sehen, vor allem Johanna nicht. Sie würde ihr sagen müssen, dass sie ihr verbotenes Treiben beenden mussten, und schämte sich gleichzeitig, weil sie es so weit hatte kommen lassen. Sie musste Stärke in sich selbst finden und den Glauben an Gott, damit der Umgang mit den Hexen ihr nicht die Seele verdarb.

»Am besten ist es, ich tue endlich das, was mein Onkel mir aufgetragen hat!« Mit diesen Worten betrat sie ihre Schlafkammer und wandte sich der Truhe zu, die Xaver von Lexenthal ihr bei der letzten Begegnung in Passau zum Geschenk gemacht hatte. Es handelte sich um eine wundervolle Intarsienarbeit, die die Heilige Jungfrau mit dem Jesuskind zeigte. Den Schlüssel dazu hielt Ehrentraud unter ihrer Matratze versteckt. Jetzt holte sie ihn hervor und öffnete den Kasten. In ihm befanden sich mehrere Fächer mit allerlei Tand, der einer jungen Frau wie ihr gefallen konnte, darunter ein kleiner Silberspiegel, den sie bis jetzt noch nicht zu benutzen gewagt hatte.

Mit einem tiefen Seufzer tastete sie mit der Hand über die Innenseite des Truhendeckels, der ein Geheimfach enthielt. Dessen Verriegelung ließ sich von innen mit einem leichten Fingerdruck lösen. Als sie es öffnete, konnte sie es aufklappen und ein Büchlein herausnehmen. Die Seiten waren unbedruckt und dafür bestimmt, von ihr beschrieben zu werden. Ihr Onkel hatte sie aufgefordert, alles zu notieren, was ihr in diesem Haushalt verdächtig erschien, und vor allem Irmela im Auge zu behalten. Da diese ihre Reise nach Böhmen zu diesem Zeitpunkt bereits angetreten hatte und bisher noch nicht zurückgekehrt war, hatte Ehrentraud noch nichts aufgeschrieben. An diesem Tag wünschte sie sich jedoch nichts mehr, als ihre Gedanken dem weißen Papier anzuvertrauen, um mit sich ins Reine zu kommen.

In einem der anderen Fächer befand sich ein Kistchen mit einem kleinen, silbernen Tintenfass und einer Schreibfeder, deren Spitze ebenfalls aus Silber gefertigt war. Ehrentraud legte das Buch mit der aufgeschlagenen ersten Seite auf ihren Schoß, tauchte die Spitze der Feder in die Tinte und begann mit kleiner, gestochen scharfer Schrift zu schreiben. Zunächst notierte sie nur das Datum des Tages mit den Heiligen, denen er gewidmet war, und setzte etwas verschnörkelter ihren eigenen Namenszug hinzu. Dann überlegte sie, wie sie beginnen sollte.

Immer wieder zuckte sie vor dem ersten Buchstaben zurück. Es erschien ihr nicht richtig, mitten im Geschehen anzufangen, und so wanderten ihre Gedanken zu jenen Tagen, in denen sie als Gast im Haus der Haßlochs, einer Nachbarfamilie der Hochbergs und der Birkenfels, geweilt hatte. Die Gerüchte von dem kraftvollen Vorstoß der Schweden hatten ebenso die Runde gemacht wie die Nachricht von der Niederlage des Feldherrn Tilly bei Breitenfeld, und die Gutsherren waren zunächst kopflos herumgelaufen. Man hatte den Gedanken an Flucht erwogen, wieder verworfen und erneut ins Auge gefasst. Ottheinrich von Hochberg und Siegbert von Czontass hatten die anderen gedrängt, die ungeschützten Landsitze zu verlassen und die Frauen und Kinder nach Ingolstadt oder Neuburg in Sicherheit zu bringen, doch die Familie, bei der sie gewohnt hatte, war ebenso dagegen gewesen wie Steglinger und hatte sich erst beim Erhalt der Nachricht, die Vorhut der Schweden hielte bereits auf die Donau zu, dem Flüchtlingszug angeschlossen.

Ehrentraud erinnerte sich an das Chaos, das beim Aufbruch geherrscht hatte und gegen das sich weder Hochberg trotz seines hohen Ranges noch Birkenfels mit seiner Erfahrung als Offizier unter Tilly hatten durchsetzen können. Jeder der Gutsherren hatte so viel von seinem Besitz retten wollen, wie es nur ging, und dadurch war wertvolle Zeit vergeudet worden, was am Ende zum Untergang der Flüchtlinge geführt hatte. Die Familien Hochberg, Birkenfels und Czontass hatten ihre Wagen bereits bei den ersten schlechten Nachrichten bereitstellen lassen und hätten früher als die anderen fliehen können. Aber sie waren geblieben, weil sie ihre Nachbarn und Freunde nicht im Stich hatten lassen wollen.

Als Ehrentraud sich an jenen Tag erinnerte, rannen Tränen über ihre Wangen. So viele hatten sterben müssen, nur weil ein paar Leute unbedingt noch diesen Stuhl oder jenen Kasten hatten mitnehmen müssen. Sie schrieb auf, an was sie sich erinnerte, und klagte einige der Toten und auch ein paar Überlebende der Habsucht an. Dann berichtete sie von dem Überfall, der so schrecklich geendet hatte, und von der anschließenden Flucht, die sie die Donau abwärts bis nach Passau geführt und die erst hier in der Abgeschiedenheit der Waldberge geendet hatte.

Als sie das Geschriebene durchlas, merkte sie, dass sie Irmela nur ein Mal erwähnt hatte. Dort stand in ihrer eigenen Schrift, dass

das Mädchen den Flüchtlingszug vor den Schweden gewarnt hatte, aber bei den meisten auf Unglauben gestoßen war. Schon wollte sie zwischen den Zeilen hinzusetzen, dass dabei Hexerei mit im Spiel gewesen sein musste, doch zum einen wollte sie das klare Bild ihrer Schrift nicht durch Einfügungen zerstören, und zum anderen fragte sie sich nun, ob sie tatsächlich so stark von Irmelas Schuld überzeugt war, wie Johanna es sie glauben gemacht hatte, und horchte in sich hinein.
»Wäre ich Irmela gefolgt wie Meinarda und einige andere, hätten die schwedischen Ungeheuer mich nicht in die Hände bekommen!« Die eigene Stimme klang ihr mit einem Mal fremd in den Ohren.
Nun erinnerte sie sich ganz deutlich an ihre Gastgeber. Haßloch hatte seine Frau mit Gewalt bei den Wagen zurückgehalten und sie hinterher mit dem Rapier niedergestochen, um ihr die Schande zu ersparen. »Er hätte sie lieber in den Wald rennen lassen sollen!«
Ehrentraud lachte bitter auf und wunderte sich, weil ihr die Ereignisse von damals nun in einem ganz anderen Licht erschienen. Wie im Fieber ließ sie die Feder über das Papier gleiten und beschrieb, wie Helene ihr das Kind weggemacht und was sich zwischen ihr und Johanna abgespielt hatte. Dabei wurde ihr klar, dass sie dieses Buch niemals ihrem Onkel zeigen durfte. Er würde entsetzt sein und sie zu vielen Bußgebeten und wohl auch zu körperlichen Strafen verurteilen. Für einen Augenblick erwog sie, die entsprechenden Seiten wieder herauszureißen und zu verbrennen, doch dann kam das durch nichts zu erklärende Verlangen wieder in ihr hoch, dem Papier alles anzuvertrauen, was ihr in den Sinn kam.
Sie schrieb weiter, obwohl ihre Finger zu schmerzen begannen, und hörte erst auf, als sie die Ankunft der beiden Hexen und des Hexers schilderte. Nun wunderte sie sich darüber, wie leicht es

Helene von Hochberg gefallen war, die Schwarzmagier zu sich zu rufen. Ihr Onkel hätte die drei niemals gewähren, sondern einsperren und als Diener Satans verurteilen lassen. Diese Erkenntnis verstärkte ihre Angst vor dem Weg, den sie nun beschreiten sollte. Eine Seite weiter vorne hatte sie Lohners missglückte Operation beschrieben. Während sie mit der Hand die wulstige Narbe berührte, die davon zurückgeblieben war, dachte sie daran, wie gut es Lohner gelungen war, Fannys Brandverletzung zu beseitigen, so dass nur noch ein weißer, leicht runzeliger Fleck übrig geblieben war. Warum hatte er das nicht auch bei ihr geschafft?

»Daran war Portius mit seinen Salben schuld! Er hat mich bedrängt, das Zeug in die frischen Wunden zu schmieren!« Sie saß da, als wäre sie gegen eine Wand gelaufen. Nicht Hexerei war für ihre erneute Entstellung verantwortlich, sondern einzig und allein die Missgunst des beleibten Arztes, der seinem Konkurrenten den Triumph nicht hatte gönnen wollen – und ebendiesen Portius hatte ihr Onkel erneut zu ihr gesandt.

»Nach dem, was ich ihm über Lohner erzählt habe, konnte er diesen nur noch abweisen.« Sie erschrak vor der Bitterkeit in ihrer Stimme, und ihre Gedanken glitten wieder zu jenem schrecklichen Tag zurück, an dem sie sich selbst verloren hatte. Warum bloß hatte sie Irmela die Schuld an ihrem Unglück gegeben? Sie hätte damals nur auf sie hören müssen, dann wäre das Entsetzliche nie geschehen. Daran war Johanna schuld, die schon lange vor dem Überfall ständig mit abfälligen Worten über ihre jüngere Verwandte gesprochen hatte, und sie begriff mit einem Mal, wie sehr ihre Freundin Irmela hassen musste. Helene blies ins gleiche Horn, denn sie hatte Irmela voller Berechnung beiseite geschoben und schlecht behandelt.

»Das hätte ich früher erkennen müssen. Wäre ich klüger gewesen, hätte ich Irmela als Freundin gewinnen können, und ge-

meinsam wäre es uns gelungen, uns gegen Helene zu behaupten. So aber waren wir beide wie Gefangene den Launen dieser Frau ausgesetzt, und das bin ich immer noch. Ich habe keinen eigenen Willen mehr, sondern muss das tun, was Helene will.«
Ehrentraud schrieb auch diese Worte auf, wartete dann, bis die Tinte getrocknet war, und legte das Buch in das Geheimfach zurück. Am nächsten Tag wollte sie ihre Liebe zu Fabian beschreiben und von ihren Träumen und Wünschen erzählen, die sich um ihn rankten. Doch wenn sich ihre Hoffnung, Fabians Frau zu werden, erfüllen sollte, musste sie die Behandlung der Hexen ertragen. Ihr graute vor dem, was ihr bevorstehen mochte, doch es war jetzt der einzige Weg, der ihr noch blieb.

VII.

Major Kiermeier saß mit hochgezogenen Schultern auf seinem Stuhl und hielt einen Bierkrug mit beiden Händen fest. Aber er trank nicht, sondern starrte düster ins Leere. »Frau Meinarda hat also das Haus deiner Großmutter verlassen!«
Es klang so entsetzt, dass Irmela es sich verkniff, ihn zu berichtigen und ihm zu sagen, es sei ihr Haus. Johannas Mutter hatte sich wie ein Blutsauger dort eingenistet, und es würde sie sicherlich viel Mühe kosten, die Frau daraus zu vertreiben. Für Johanna empfand sie eine gewisse Verantwortung, da sie die Tochter ihres Großvaters war, aber weder Zuneigung noch besondere Achtung. Wenn sie es genau betrachtete, wollte sie auch mit ihrer Tante nicht länger in einem Haushalt leben. Doch dieses Problem würde sich wohl über kurz oder lang lösen, da Steglinger Johanna heftig umwarb. Wenn sie ehrlich war, musste sie sagen: Sie vergönnte die beiden einander.
Sie bemerkte, dass ihre Gedanken wieder Flügel bekommen hat-

ten, und neigte lächelnd den Kopf in Kiermeiers Richtung. »Freiin Meinarda ist fort und hat Frau Walburga mitgenommen. Soweit ich weiß, halten sie sich bei Verwandten der Teglenburgs in der Nähe von Wien auf. Ich habe vor, nicht sofort nach Passau zurückzukehren, sondern die beiden zu besuchen. Unsere gemeinsamen Erlebnisse verbinden uns stark, müsst Ihr wissen.«
Es war fast lächerlich zu sehen, wie die Augen des Majors bei ihren Worten aufleuchteten. »Ihr wollt zu Frau Meinarda fahren? Darüber wird sie sich bestimmt freuen. Könntet Ihr ein kleines Geschenk für ihren Sohn mitnehmen? Es ist nur ein schwedischer Helm, aber er wird dem Buben gewiss Freude machen.«
»Das tue ich gern.« Irmela lächelte freundlich und amüsierte sich insgeheim über den sonst so schneidigen Major, der sich jedes Mal wie ein tapsiger Bär benahm, wenn die Rede auf die Freiin kam. Wie es aussah, hatte Meinarda einen tiefen Eindruck auf den Major gemacht. Nun war sie seit über einem Jahr Witwe und zudem eine lohnende Partie. Natürlich konnte sie bei der Wahl ihres zweiten Gemahls höher greifen als zu einem Mann wie Kiermeier. Die Freiin würde, wie Irmela sie einschätzte, vor allem darauf achten, wer ihrem Sohn der beste Vater sein mochte. Das hatte der Major begriffen und tat alles, um sich ihr und dem kleinen Siegmar zu empfehlen.
»Bitte richtet Frau von Teglenburg meine Grüße aus«, setzte Kiermeier mit gepresster Stimme hinzu.
Irmela schüttelte innerlich den Kopf. Vor ihr stand ein Mann, der sich in mehr als einer Schlacht bewährt hatte, und er klang wie ein kleiner Junge, der Angst vor einem Gewitter hat. In ihren Augen waren Männer seltsame Geschöpfe, deren Tun und Lassen meist kaum zu verstehen war. Auch Fabian benahm sich seit Wallensteins Rückkehr sehr eigenartig. Immer wieder suchte er das Gespräch mit ihr, um es nach ein paar Worten abrupt abzu-

brechen und sie mit einer Ausrede zu verlassen. Dafür ging Gibichen ihr seit Tagen aus dem Weg, so als hätte sie ihn schwer gekränkt. Sie hätte Kiermeier am liebsten gefragt, warum die beiden sich so verändert hatten, doch der Major sah nicht so aus, als interessiere er sich für fremde Sorgen.
Aus diesem Grund schob sie ihre Probleme beiseite und nickte lächelnd. »Natürlich überbringe ich Frau von Teglenburg Eure Grüße, Major. Sie würde sich wahrscheinlich auch über ein paar Zeilen aus Eurer Hand freuen.«
Kiermeier hob abwehrend die Hände. »Aber ich kann doch nicht ohne Aufforderung an eine Dame schreiben!«
»Wenn jeder mit dem Schreiben warten würde, bis er aufgefordert wird, würden nur wenig Tinte und Papier verbraucht werden. Frau Meinarda langweilt sich gewiss in der Fremde, und mit Eurem Brief würde ein Gruß der Heimat zu ihr kommen. Immerhin stammt Ihr genau wie sie aus dem Neuburger Land.«
»Das nicht direkt, aber gleich aus der bayerischen Nachbarschaft. Von dem Ort, an dem ich aufgewachsen bin, bis zu Frau Meinardas Neuburger Gütern ist es ein Ritt von wenigen Stunden. Ein Verwandter will mir dort einen kleinen Besitz vererben – oder besser gesagt: er wollte. Die Schweden haben sich das Gut unter den Nagel gerissen, und so wie es aussieht, denkt Wallenstein nicht daran, sie so rasch wieder von dort zu vertreiben.«
Kiermeier seufzte, als er an den mangelnden Elan dachte, den der Generalissimus in dieser Hinsicht zeigte. Es war fast, als sei Wallenstein seit der Schlacht von Lützen wie gelähmt. Dabei rüstete er Regiment um Regiment aus und vergrößerte sein Heer, als wolle er die ganze Welt erobern. Dies war jedoch kein Thema für eine Unterhaltung mit einer jungen Dame. Deswegen kam er wieder auf Meinarda von Teglenburg zu sprechen und pries deren Vorzüge in einer Weise, die viel von dem verriet, was in seinem Herzen vorging.

Es berührte Irmela, dass sich die Liebe eines Mannes auf diese Weise äußern konnte, ohne schmutzige Anspielungen und Prahlerei. Kiermeier begehrte Meinarda nicht nur, um ihren Leib zu besitzen, sondern auch aus Gründen, die sich ihr nicht so recht erschlossen. Fabian hingegen hatte Meinarda und deren Dekolleté mit seinen Blicken beinahe verschlungen, genauso aber auch Johanna angestarrt und dann Ehrentraud dazu gebracht, sich ihm hinzugeben. Nun fragte sie sich, ob ihr Jugendfreund sich bei einer Frau für mehr interessieren konnte, als das Bett mit ihr zu teilen.

Da Kiermeier den größten Teil des Gesprächs übernahm, musste Irmela nur hie und da eine unverbindliche Antwort geben und konnte zwischendurch ihren Gedanken nachhängen. Die Idee, Meinarda und Walburga zu besuchen, war ihr erst in dem Augenblick gekommen, als Kiermeier nach der Freiin gefragt hatte, aber nun erschien sie ihr als rettender Aufschub. Zumindest hoffte sie, Meinardas Verwandte würden ihr erlauben, den Winter bei ihnen zu verbringen. In den Waldbergen war es kalt, und oft fiel so viel Schnee, dass er bis zu den Fenstern reichte. Dann war sie mit Helene, Johanna und Ehrentraud den ganzen Tag im Haus eingesperrt, so wie es im letzten Winter wochenlang der Fall gewesen war.

Dionysia von Kerling, die auf der anderen Seite des Tisches saß und stickte, schienen Irmelas Pläne nicht zu gefallen, denn sie zog eine lange Miene, wagte jedoch nichts einzuwenden. Noch saß ihr der Schrecken über Heimsburgs missglückten Entführungsversuch in den Knochen, und sie wollte die Komtesse nicht durch Einwände oder gar Widerspruch reizen.

»Wien ist eine sehr schöne Stadt«, sagte sie stattdessen und dachte an die Tage, die sie mit ihrem verstorbenen Ehemann dort hatte verbringen dürfen.

»Ich würde die Kaiserstadt sehr gerne kennenlernen!« Irmelas

Beschluss war gefasst. Da ihre Reisekasse gut genug gefüllt war, konnte sie sich diesen Umweg auf ihrer Rückreise leisten. Außerdem würde Meinarda ihr wohl mit einigen Gulden aushelfen, wenn das Geld nicht reichte.
»Mit Wallenstein habe ich gesprochen und ihm mein Anliegen schriftlich unterbreitet. Nun hält mich nichts mehr in Pilsen, das sich immer mehr mit Soldaten füllt. Für ein sittsames Frauenzimmer ziemt es sich wirklich nicht, hier auf die Straße zu treten. Meine Liebe, läute nach Fanny. Sie soll Abdur und den anderen Bescheid geben, dass ich morgen aufbrechen will.«
In Irmelas Worten steckte ein sanft verhüllter Giftpfeil, denn auf der Herreise hatte Frau von Kerling sich als Herrin aufgespielt, nach deren Willen alles zu geschehen hatte. Doch diese Zeiten waren vorbei. Hätte sie, Irmela, kein Mitleid mit der Witwe, würde diese trotz ihres Standes unweigerlich in der Gosse landen. Sie ernährte sie und hatte ihr auch den Stoff für ein neues Kleid finanziert. Für diese Wohltaten sollte die Frau sich gefälligst dankbar erweisen und sich mit dem Rang einer höher gestellten Dienerin begnügen.
Dionysia von Kerling griff gehorsam zu der kleinen Messingklingel, die neben ihr auf einem Kissen lag, und läutete, als wolle sie Tote wieder ins Leben zurückrufen.
Fanny schoss herein und sah sich erschrocken um. »Wo brennt's denn?«
»Ich will abreisen«, erklärte Irmela lächelnd.
Ihre Zofe schüttelte verwundert den Kopf. »Jetzt schon? Ich hätte nicht gedacht, dass Ihr Sehnsucht nach Eurer Stiefgroßmutter und Eurer Tante empfinden würdet, ganz zu schweigen von der Narbigen.«
Irmela sprang auf, lief mit wirbelnden Röcken auf sie zu und kniff sie in die Wange. »Dorthin fahren wir auch nicht! Wir besuchen Frau von Teglenburg und sehen uns vielleicht auch Wien an.«

»Wien? Vielleicht sogar den Kaiser?« Fannys Augen begannen zu glitzern, und sie betrachtete Irmela mit einem Ausdruck unverhüllten Stolzes. »Endlich seid Ihr so gescheit, Euch der Fuchtel dieser Helene zu entziehen! Das ist gut. Aber was ist, wenn die Schweden ebenfalls nach Wien ziehen?« In Fanny schien sich nach der ersten Begeisterung Angst vor einer Fahrt ins Unbekannte zu regen.
Irmela winkte lachend ab. »Ich vertraue fest auf unsere tapferen Soldaten! Die werden es nicht so weit kommen lassen!«
Irmelas Blick streifte dabei Kiermeier und wanderte weiter zu Fabian, der eben in den Raum getreten war und nur ihre letzten Worte vernommen hatte.
»Habe ich etwas verpasst?«, fragte er von Irmelas Fröhlichkeit überrascht.
»Ja! Ich habe beschlossen, morgen abzureisen«, erklärte sie mit sichtlicher Freude.
Fabians Miene änderte sich jäh, und er biss die Zähne zusammen. Obwohl der Verstand ihm sagte, dass es das Beste wäre, Gibichens Rat zu befolgen und um Irmela zu werben, hatte er sich bisher noch nicht dazu durchringen können. Auch wenn Stephanie im Gefolge ihres Ehemanns abgereist war, hatte seine Sehnsucht nicht abgenommen. Er verzehrte sich nach ihr und sah in Irmela nur das Zerrbild einer Frau. Während Stephanies Schopf ihm bis zur Nasenwurzel reichte, war Irmela beinahe so klein wie jene Zwergin, die er als Junge am Hof des Pfalzgrafen gesehen hatte, und an den Stellen, an denen seine Geliebte schwellende Formen aufwies, war sie glatt und mager wie ein Kind. Auch konnten ihre schwarzen, reizlos aufgesteckten Haare gegen Stephanies prachtvolle goldene Flechten nur verlieren.
Ihm war durchaus bewusst, dass er Stephanie niemals erringen und wahrscheinlich auch niemals mehr wiedersehen würde, und als letzter Birkenfels war es seine Pflicht, seinen Stammbaum

fortzusetzen. Also musste er heiraten, und eine Ehe mit einem Mädchen wie Irmela, das mit ihm aufgewachsen war und dessen Eigenheiten er kannte, war gewiss besser, als sich um eine fremde Erbin zu bemühen. Heimsburgs Schicksal musste ihm eine Lehre sein. Der Mann war immer tiefer gesunken, bis er zuletzt keinen andern Ausweg mehr gesehen hatte, als die einzig erreichbare Erbin zu entführen. Allerdings hatte Irmela ihm unerwartet scharfe Fänge gezeigt.
So viel Courage, eine Pistole zu nehmen und sich gegen den Entführer zur Wehr zu setzen, hätte er dem kleinen Mädchen niemals zugetraut. Die Tat erinnerte ihn an seine Mutter, die den Mörder seines Vaters erschossen und sich dann selbst den Tod gegeben hatte. Irmela schien so zu werden wie sie, und der Gedanke hatte etwas Tröstliches. Fabian gab sich innerlich einen Ruck und verneigte sich formvollendet. »Liebe Irmela, gewährst du mir vor deiner Abreise ein Gespräch unter vier Augen?«
»Das ist aber sehr ungehörig, junger Mann«, widersprach Dionysia von Kerling, die sich diesmal nicht übergehen lassen wollte.
Ein dunkler Schatten flog über Fabians Gesicht. »Ich werde die Tür offen lassen, so dass Ihr und alle, die es wollen, Irmela und mich sehen können. Meine Worte aber sind nur für Fräulein von Hochberg bestimmt.«
»Das muss aber etwas sehr Geheimes sein«, spottete Irmela. Sie nahm an, Fabian würde von ihr fordern, seiner blonden Schönheit in Wien eine Nachricht zu überbringen. Da aber würde ihm der Schnabel sauber bleiben, wie Fanny zu sagen pflegte.
Fabian begriff das Kuriose der Situation und haderte mit sich selbst, weil er das Gespräch mit Irmela immer wieder verschoben hatte. Allerdings hätte er auch da ihre Anstandsdame loswerden müssen. Also war dieser Zeitpunkt genauso gut oder schlecht wie jeder andere.

»Erlaubst du mir das Gespräch?«
»Auch wenn Ihr die junge Dame seit Eurer Kindheit kennt, würde es die Höflichkeit gebieten, sie mit Fräulein Irmela oder Komtesse anzusprechen.« Frau von Kerlings Tadel ging an Fabians Ohren vorbei. Er deutete eine knappe Verbeugung in ihre Richtung an und bot Irmela den Arm. »Es ist wichtig, Komtesse!«
»Für dich oder für mich?« Irmelas Lust, ihm zuzuhören, war gering, aber sie wollte dem Freund ihrer Kindertage und Lebensretter das Gespräch nicht verweigern.
Fabian spürte, wie Irmela die Stacheln aufstellte, und fluchte innerlich. Das war wirklich keine gute Stunde, um einen Heiratsantrag anzubringen. »Nun, vielleicht wirst du dich danach entscheiden, nicht so rasch abzureisen. Es ist nämlich so …« In dem Augenblick begriff Fabian, dass er sich bislang noch nicht den geringsten Gedanken gemacht hatte, wie er seine Werbung in Worte fassen sollte. Er konnte ihr doch nicht sagen, sein Freund Gibichen habe ihm zu einer Hochzeit mit ihr geraten, und Leidenschaft mochte er ihr nicht vortäuschen, wollte er nicht in Gefahr geraten, dass Irmela ihn auslachte. Am besten war es, wenn er so kühl blieb, als rede er über das Wetter. Fabian stand eine Weile stumm neben Irmela, obwohl Frau von Kerling, Kiermeier und Fanny den Raum bereits verlassen hatten und draußen auf dem Flur ein Gespräch begannen, ohne ihn und Irmela aus den Augen zu lassen.
»Zu welcher Sorte Fisch zählst du nun eigentlich?«, fragte Irmela mit einem Mal.
»Fisch, wieso?«, platzte Fabian heraus.
»Nun, weil du so stumm bist wie einer.«
Fabian griff sich an seinen Kragen und öffnete den obersten Knopf seines Hemdes, das ihn plötzlich einzuschnüren begann.
»Weißt du, ich … wir sind doch alte Freunde, oder?«
Irmela nickte, ohne etwas zu sagen.

»Auch sind unsere Familien seit langem eng miteinander verbunden.«
Verwundert sah Irmela ihn an. »Das ist richtig. Aber …«
Er unterbrach sie hastig. »Unsere Mütter haben doch gewiss schon darüber gesprochen, dass aus uns beiden ein Paar werden sollte.« Dass dem so war, glaubte Fabian zwar nicht, denn im Allgemeinen stand eine Gräfin Hochberg weit über einem Edlen von Birkenfels, doch es schien ihm ein guter Anfang zu sein. Zumindest seine Eltern hatten darüber geredet und erklärt, über diese Verbindung würden sie sich sehr freuen.
Irmela fauchte wie ein Kätzchen. »Ich verstehe nicht, was du meinst!«
Fabian atmete tief durch und rüstete sich zum entscheidenden Angriff. »Wir sollten heiraten. Das wäre für uns beide das Beste. Ich habe doch von Fanny und Frau von Kerling gehört, wie Helene dich behandelt. Die ist nur an deinem Geld interessiert und wird dich an den Erstbesten verkaufen, der sich großzügig genug zeigt, zum Beispiel an diesen Steglinger. Glaubst du nicht, dass dieser lieber dich zur Frau nehmen würde als Johanna, denn dann könnte es ihm sogar gelingen, in den Grafenstand aufzusteigen? Eine Ehe mit Johanna oder gar deren Mutter nützt ihm in keiner Beziehung.«
Irmela erschrak, denn eine solche Entwicklung hatte sie noch gar nicht bedacht. Die Niedertracht, sie gegen ihren Willen mit dem fetten Heereslieferanten zu vermählen, war Helene durchaus zuzutrauen. Zwar wollte diese Steglinger für sich einfangen, doch eine entsprechende Belohnung würde sie dazu bewegen, ihre Meinung zu ändern. Der Gedanke, an Walburgas früheren Ehemann verkuppelt zu werden, verursachte ihr Übelkeit. Dabei war das nicht einmal die größte Gefahr. Helene würde sie an jeden Mann verkaufen, der ihr genug bot, auch an einen Heimsburg. Der Gedanke, eine erzwungene Heirat über sich ergehen lassen zu müs-

sen, nachdem sie erst vor kurzem einer solchen entkommen war, brachte sie beinahe dazu, auf Fabians Vorschlag einzugehen.
Dann aber fragte sie sich, wie sich ihr Zusammenleben gestalten würde. Musste sie zusehen, wie Fabian Johanna verführte oder sich wieder mit Ehrentraud paarte? Lieber blieb sie ihr Leben lang unvermählt, als sich das anzutun. Doch wenn sie seinen Antrag ablehnte, musste sie sich früher oder später wieder in Helenes Gewalt begeben, und das wollte sie noch weniger.
Sie rang die wechselnden Gefühle nieder, die in ihr tobten, und straffte die Schultern. »Euer Antrag ehrt mich, Herr von Birkenfels, doch Ihr richtet ihn an die falsche Person. Zuerst müsst Ihr die Erlaubnis meines Vormunds einholen.«
»Das ist doch Helene, und die würde niemals zustimmen!« Fabian wurde so laut, dass Fanny und Frau von Kerling sich besorgt umschauten.
»Ihr irrt, Herr von Birkenfels. Helene hat sich zwar mit viel Geschick an diese Stelle gesetzt, und sie hätte ihre Macht über mich irgendwann ausgenutzt, um mich zu verheiraten. Doch sie ist keine Blutsverwandte und mir überdies nicht ebenbürtig, und so steht ihr die Vormundschaft über mich laut den Hausgesetzen derer von Hochberg nicht zu. Mein richtiger Vormund ist der durchlauchtigste Pfalzgraf Wolfgang Wilhelm, Herzog von Pfalz-Neuburg.«
»Den soll ich fragen?« Fabian riss die Augen auf. In diesen Zeiten hatte ein hoher Herr wie der Pfalzgraf anderes zu tun, als sich um ein kleines Mädchen zu kümmern.
Irmela teilte diese Meinung und wusste, dass sie selbst von den Pfalzgrafen nur den Rat erhalten würde, sich vertrauensvoll in die Hände ihrer erfahrenen Verwandten zu begeben. Ein Brautwerber wie Fabian aber würde ihn wahrscheinlich dazu bringen, einer Ehe zuzustimmen. Dennoch brachte sie es nicht über sich, seinen Antrag so, wie er gestellt worden war, anzunehmen. Ganz

aber wollte sie sich dieses Schlupfloch nicht verbauen und sprach daher weiter.

»Da es Euer sehnlichster Wille zu sein scheint, die Ehe mit mir einzugehen, will ich Euch den Wunsch nicht von vorneherein abschlägig bescheiden. Aus diesem Grund biete ich Euch an, dass wir in einem Jahr erneut darüber sprechen und erst dann eine endgültige Entscheidung treffen. Versucht meine Stiefgroßmutter in der Zeit, mich zu etwas zu drängen, das mir widerstrebt, werde ich mich auf eine Verlobung mit Euch berufen.«

Das ist eine Ohrfeige, und zwar eine gewaltige, fuhr es Fabian durch den Kopf. Der bittere Spott in Irmelas Worten war ihm nicht entgangen. Andererseits war er froh um die Bedenkzeit, die Irmela ihm geboten hatte. In einem Jahr würde er wahrscheinlich offener auf sie zugehen und sie in seine Arme schließen können als zu dieser Stunde, in der all seine Gedanken Stephanie galten. Aus diesem Grund verbeugte er sich vor ihr und rang sich ein Lächeln ab.

»Es ist mir eine Ehre, mich als Euer Verlobter fühlen zu dürfen, Komtesse.« Insgeheim spottete er über die Förmlichkeit, die sie beide an den Tag legten und die ihn an ihre Kinderspiele erinnerte, in denen sie sich bemüht hatten, das Verhalten der Erwachsenen nachzuahmen. Irmela hatte sich dabei besonders hervorgetan und ihn zu manchem Lachsturm gereizt. Bei dem Gedanken musste er nun doch lächeln. Langweilig würde eine Ehe mit Irmela gewiss nicht werden, und das war ein gutes Gefühl.

VIII.

*A*m nächsten Morgen kam es zu einem raschen Abschied. Irmela knickste vor Kiermeier und küsste Fabian auf die Wange. Gibichen ließ sich nicht blicken. Irmela vermisste ihn und war enttäuscht, denn zu Beginn ihres Aufenthalts in Pilsen hatte er sich als amüsanter Gesellschafter erwiesen. Sie setzte sich achselzuckend in ihren Reisewagen und gab dem Kutscher das Zeichen zur Abfahrt.

Als der Wagen anrollte, winkte sie Kiermeier und Fabian noch einmal zu, lehnte sich zurück und lächelte. Sie schied mit dem Gefühl, endlich erwachsen zu sein. Als Kind hatte sie geglaubt, das Leben würde einfacher werden, wenn sie groß war, jetzt aber wusste sie es besser. Was man auch tat, war mit mehr Schwierigkeiten verbunden, als sie sich je hatte vorstellen können.

Während Irmela sich wie so oft in ihren Gedanken verlor, blickte Fabian der sich entfernenden Karosse mit zwiespältigen Gefühlen nach. Auch wenn seine Verlobung mit Irmela nur im Geheimen bestand, so fühlte er sich daran gebunden und würde sie, wenn sie darauf bestand, in einem Jahr heiraten. Nun fragte er sich, ob er mit dieser Werbung einen Fehler begangen hatte, denn in der Nacht hatte er wieder von Stephanie geträumt und verging fast vor Sehnsucht nach ihr. Ob Irmela ihn von diesen Gefühlen befreien konnte, bezweifelte er. Wenigstens reiste das Mädchen nun sicherer als auf dem Herweg. Kiermeier war es gelungen, sie einem Freund anzuvertrauen, der mit größerem Gefolge nach Wien unterwegs war. In dieser Begleitung würde sie vor Räubern und marodierendem Gesindel besser geschützt sein als mit ihren zwei bewaffneten Reitern.

»Wer weiß, was in einem Jahr sein wird«, hörte er Kiermeier sagen. Für einen Augenblick glaubte Fabian, der Major spiele auf seine mögliche Heirat mit Irmela an, doch als er sich zu ihm umdrehte, bemerkte er dessen traurigen Blick und begriff, dass sein Vorgesetzter an die Heimat dachte, die sie beide verloren hatten. Nur wenn Wallenstein nach Bayern marschierte, um die Schweden von dort zu vertreiben, würden sie sie wiedersehen.

»Hoffentlich bringt es uns mehr Freude als das vergangene Jahr.«

Kaum hatte er das letzte Wort ausgesprochen, wurde Fabian klar, dass ihm zumindest die letzten Wochen eine größere Freude gewährt hatten, als er sie sich hätte erträumen können. Es war trotz Krieg und langweiligem Lagerleben ein gutes Jahr gewesen. Dagegen sah das nächste trübe aus. Er spürte, wie der Trennungsschmerz in ihm wühlte, und wischte sich über die Augen.
»Ich will mal schauen, was Gibichen so treibt.«
»Tu das!« Kiermeier nickte Fabian freundschaftlich zu, trat wieder ins Haus der Štranzls und suchte seine Kammer auf, um noch ein wenig zu schlafen, bis er wieder die Runde machen und seine Untergebenen kontrollieren musste.
Unterdessen schlenderte Fabian die Straße entlang, bis er auf die Schenke traf, die er und Gibichen wegen ihres Bieres bevorzugten. Er fand ihn mit einem Krug in der Hand in der finstersten Ecke hockend. Fabian rief dem Schankknecht zu, ihm ebenfalls ein Bier zu bringen, und setzte sich zu seinem Freund. »Wir haben dich vermisst!«
Gibichen zog scheinbar überrascht die Augenbrauen hoch. »Vermisst? Wieso denn?«
»Irmela ist eben abgereist. Du hättest die Höflichkeit besitzen sollen, dich von ihr zu verabschieden.«
»Also ist sie schon weg.« Gibichen klang gelangweilt und uninteressiert. Nun reckte er sich und gähnte ausgiebig. »Beim Teufel, was bin ich müde. Gerda ist eine anstrengende Geliebte.«
Fabian blickte ihn überrascht an. »Du bist also mit ihren Gönnern handelseinig geworden.«
»O ja! Willst du nicht zu uns stoßen? Einen Kameraden würden wir gerne noch in unseren Kreis aufnehmen. Du würdest dich mit einem Viertel an den Kosten beteiligen, und dafür stände sie dir in der ersten Woche einen und in der zweiten zwei Tage zur Verfügung. Na, wäre das nichts?«
Fabian wollte schon ablehnen. Dann aber sagte er sich, dass eine

junge, gesunde Frau wie Gerda ihn ein wenig von seinem Schmerz ablenken würde, und nickte. »Ich hätte nichts dagegen.«
»Sehr gut! Ich werde die Kameraden darauf ansprechen. Nun würde ich gerne wissen, wie du mit Irmela verblieben bist.«
»Wir sind uns einig. Allerdings will sie ein Jahr warten, bevor unsere Verlobung bekannt gegeben werden soll. Ehrlich gesagt ist es mir recht. Der Gedanke, sie heuer schon zu heiraten, hätte mich beinahe abgeschreckt, sie zu fragen. Hoffentlich wird sie bis dahin etwas üppigere Formen annehmen. Ich ziehe halt Prachtweiber wie Gerda vor.«
»Oder Stephanie von Harlau«, stichelte Gibichen, doch sein Freund ging nicht darauf ein. Stattdessen spielte Fabian ihm eine Munterkeit vor, die nicht sehr überzeugend war, und Gibichen fragte sich, ob Irmela an Fabians Seite wirklich glücklich werden konnte. So, wie der Kerl sich benahm, zweifelte er daran.
Ein weiterer Krug Bier spülte Gibichens Gewissensbisse rasch wieder fort. Auch wenn Fabian es wohl auch später mit der Treue nicht so genau nehmen dürfte, würde er das Mädchen gut behandeln. So weit glaubte er seinen Freund zu kennen. Dennoch blieb ein schales Gefühl in ihm zurück. Nachdem er Schicksal gespielt hatte, fühlte er sich für Irmela verantwortlich und war bereit, Fabian notfalls ins Gewissen zu reden.
Da er aber noch keine Veranlassung dazu sah, wechselte er abrupt das Thema. »Es gibt ungutes Gerede im Heer. Die Männer sind es leid, nutzlos hier herumzulungern. Viele stammen ebenso wie ich aus Bayern oder den angrenzenden Gebieten, in denen die Schweden wie Wölfe hausen, und es juckt uns allen in den Fingern, sie hinauszujagen und unsere Familien und Freunde zu befreien. Wallenstein aber bleibt tatenlos hier sitzen, als warte er auf einen Fingerzeig Gottes.«
Fabian machte eine verächtliche Handbewegung. »Lass die Leu-

te schwatzen. Sobald Wallenstein den nächsten Sieg errungen hat, werden ihn alle wieder hochleben lassen.«
»Da bin ich mir nicht so sicher. Es heißt, Wallenstein verhandle entgegen dem strikten Befehl des Kaisers mit General Armin, dem Oberbefehlshaber der Sachsen. Daher glaube ich nicht, dass das Gerede so bald aufhört. Gerüchte aus Wien fachen die Stimmung immer wieder an, und Gulden aus unbekannter Hand säen Feindschaft zwischen denen, die dem Generalissimus treu ergeben sind, und jenen, die ihn kritisch sehen. Wallenstein ist bei Hofe nicht beliebt, und mit jedem Tag, den er sich weigert, nach Bayern zu marschieren und es zu befreien, macht er sich Herzog Maximilian mehr zum Feind. Er muss endlich einsehen, dass er den Kaiser nicht länger brüskieren darf.«
Gibichen, der in den letzten Tagen den Gesprächen von Offizieren und einfachen Soldaten besonders aufmerksam gelauscht hatte, glaubte zu wissen, was im Heer vorging, während sein Freund kaum Kontakt zu anderen Kameraden gepflegt, sondern sich in sein eigenes Elend zurückgezogen hatte.
Auch jetzt nahm Fabian die düsteren Bemerkungen nicht ernst. »Wallenstein hat bis jetzt stets das Richtige getan und wird besser wissen, was er zu tun hat, als die Höflinge in Wien. Immerhin muss er zwei Armeen in Schach halten, die Schweden unter Bernhard von Sachsen-Weimar und General Armins Sachsen. Da kann er nicht kopflos vorpreschen und Gefahr laufen, zwischen Hammer und Amboss zu geraten. Zudem muss er Böhmen sichern. Jedes Korn und jede Stiefelsohle, die wir brauchen, stammen aus diesem Land, von unseren Waffen ganz abgesehen. Ohne diesen Rückhalt stehen wir auf verlorenem Posten. Das muss auch der Kaiser einsehen.«
»Reitest du nach Wien und überzeugst ihn davon? Fabian, du solltest die Augen öffnen! Vor allem aber versuche, den Generalissimus von der Gefahr zu überzeugen, die ihm aus Wien droht!

Wallenstein hat einen Narren an dir gefressen und wird dir zuhören.«
Gibichens Appell ging ins Leere, denn Fabian konnte nur an Stephanie von Harlau denken und die Situation, die er mit Irmela heraufbeschworen hatte. Der Krieg interessierte ihn nur am Rande. Daher brummte er ein paar unverständliche Worte, die Gibichen als Zustimmung auffassen mochte, und bestellte sich den nächsten Krug Bier.

IX.

Die Reise hätte schön sein können, wäre da nicht die übertriebene Ängstlichkeit ihrer Eskorte gewesen. Die Reiter hielten die Waffen stets kampfbereit und erlaubten Irmela und den anderen Frauen unterwegs nicht, die Kutschen zu verlassen. Bevor sie irgendwo Halt machten, wurde ein Vortrab losgeschickt, der das Dorf oder die Stadt erkunden musste, in der sich die ins Auge gefasste Herberge befand. Für die Reisenden hieß dies, von nervösen Männern umgeben warten zu müssen, bis die Vorhut zurückkam und meldete, die Weiterfahrt sei unbedenklich.
Niemand erklärte den Frauen, weshalb so viel Vorsicht geübt werden musste, und Irmela hatte es nur ihren feinen Ohren zu verdanken, dass sie ein wenig mehr erfuhr. In einer der Herbergen konnte sie ein Gespräch mit anhören, in dem sich zwei Standesherren über den Aufstand der Bauern beklagten, der in weiten Teilen Österreichs ausgebrochen sei.
»Als wenn wir net mit Schweden schon genug zu tun hätten!«, jammerte ein beleibter Herr in einem prachtvollen dunklen Rock mit goldenen Knöpfen.
Sein Gegenüber schüttelte betrübt den Kopf. »Das ist das Gift der Ketzerei, sag ich dir! Die Protestanten haben verlauten las-

sen, sie würden alle leibeigenen Bauern befreien und ihnen unser Land überlassen. Von was sollen wir denn leben, wenn net von unseren Bauern? Man sollte diesem Gesindel die Grenzen aufzeigen! Ich frage mich, warum nicht der Gallas kommt und mit eiserner Faust dreinschlägt! Sind erst ein paar Bauern erschossen und ein paar andere aufgehängt, kuscht der Rest.«

»Hoffen wir, dass der Wallenstein den Gallas schickt! Soviel man hört, hält der Generalissimus die ganze Armee in Böhmen zurück, um seine Güter zu schützen. Die Schweden haben ihm wohl bei Lützen den Schneid abgekauft, weil er sich so in die Hosen macht.« Der Dicke räusperte sich und verlangte nach dem nächsten Krug Wein.

Beunruhigt versuchte Irmela sich trotz des Lärms und der vielen Gespräche auf ihre eigenen Gedanken zu konzentrieren. Aus verschiedenen Erzählungen wusste sie, dass die Bauern schon früher gegen ihre Grundherren aufgestanden waren. Die Obrigkeit hatte die Unruhen zumeist jedoch rasch unterbinden können. Nun schmiedeten die Hörigen erneut die Sensen gerade, um sie als Waffen zu verwenden und die von Gott gewollte Ordnung umzustürzen. Sie überlegte, ob sie Fanny und Frau von Kerling berichten sollte, was sie vernommen hatte, verschob es aber auf den nächsten Tag, weil sie die Nachtruhe ihrer Begleiterinnen nicht durch solch üble Geschichten belasten wollte.

Mit diesen Gedanken im Kopf wirkte sie während des Abendessens abwesend und in sich gekehrt. Dionysia von Kerling schrieb dies den Anstrengungen der Reise zu, Fannys Blick aber ging tiefer. »Seid Ihr traurig, weil Ihr Herrn von Birkenfels zurücklassen musstet?«, fragte sie ihre Herrin.

Irmela erwachte aus ihrem Grübeln und musste lächeln. »Eigentlich bin ich ganz froh, dass es so gekommen ist. Ich muss an etwas ganz anderes denken ...« Sie warf einen vielsagenden Blick auf Dionysia von Kerling.

Fanny begriff, wandte sich ab und überwachte die Knechte und Mägde, die ihrer Herrin und deren Gesellschafterin aufwarteten. Später, als sie Irmela in deren Schlafkammer begleitete und ihr beim Auskleiden half, vermochte sie ihre Neugier nicht mehr zu zügeln. »Ihr habt Angst vor den rebellischen Bauern, nicht wahr?«
»Was weißt du davon?«
»Das Gesinde in den Herbergen redet offen darüber – aber natürlich nicht vor den Gästen. Auch ich wollte Euch nichts davon berichten, um Euch nicht zu beunruhigen. Immerhin hat der Herr, dessen Reisezug wir uns anschließen durften, ein kleines Heer aufgeboten, um sich die Bauern vom Leib halten zu können.«
Irmela blickte ihre Zofe traurig an. »Warum müssen die Bauern ausgerechnet jetzt rebellieren? Wissen die Leute denn nicht, dass sie damit den Feinden des Kaisers helfen? Man sollte jeden, der mit den Protestanten sympathisiert, auf dem Scheiterhaufen verbrennen!«
»So wie die Hexe im Frühling?«
Die Erinnerung an jene entsetzliche Szene trieb Irmela die Tränen aus den Augen. »Nein, nein! Das wäre zu grausam. Aber bestrafen muss man sie doch!«
Fanny dachte daran, wie ihre Eltern von ihrem Grundherrn behandelt worden waren, schluckte aber die Bemerkung herunter, die ihr auf der Zunge lag, und versuchte, ihre Herrin wie ein kleines Kind zu beruhigen. »Es wird alles gut, Komtesse! In drei Tagen sind wir in der Nähe von Wien, und unsere Reisegesellschaft will uns bis zu Frau Meinardas Verwandten bringen. Also kann uns ganz gewiss nichts zustoßen.«
Irmela wischte sich die Tränen aus den Augen. »Und wer sagt, dass die Bauern dort nicht auch rebellieren?«
»Niemand. Da hilft nur Beten!« Fanny löste den letzten Knopf

an Irmelas Kleid und zog es ihr über den Kopf. »Jetzt noch das Hemd, und dann könnt Ihr schlafen, Komtesse.«

»Hoffentlich!« Irmela erinnerte sich mit Schaudern an jene Nächte, die auf den Überfall der Schweden gefolgt waren, und an die Zeit nach dem Tod der Hexe. Beide Male hatte sie monatelang unter schrecklichen Alpträumen gelitten. »Kannst du mir ein wenig von den Tropfen bringen, die Frau von Kerling nimmt, wenn sie nachts nicht schlafen kann? Ich glaube, ich werde sie heute brauchen.«

»Ihr solltet die Finger von dem Teufelszeug lassen, Komtesse. Wenn man zu viel davon schluckt, so habe ich gehört, wacht man hinterher nimmer auf, und das wollen wir doch alle beide nicht.« Fanny lächelte Irmela aufmunternd zu, doch diese schüttelte den Kopf.

»Hol es! Ich weiß, wie viele Tropfen Frau von Kerling sich abzählt. Mehr werde ich auch nicht nehmen.«

»Wenn Ihr es so haben wollt!« Fanny machte keinen Hehl daraus, wie wenig sie von Irmelas Entscheidung hielt, aber sie gehorchte und kehrte nach kurzer Zeit mit einem nachtblauen Fläschchen und einem kleinen Löffel zurück.

Mit deutlichem Widerwillen maß sie Irmela die Tropfen ab. »Das ist Mohntinktur, sagt die Kerling. Wenn Ihr morgen Kopfschmerzen habt, bin ich nicht daran schuld!«

»Du bist schlimmer als eine Glucke! Leg dich jetzt auch hin. Gute Nacht!«

Irmela schlüpfte unter die Decke und schloss die Augen, fühlte sich aber immer noch wach. Sie fürchtete schon, das Mittel würde bei ihr versagen, und wollte sich aufsetzen. In dem Augenblick versank sie in einem dunklen Loch. Anstatt tief und fest zu schlafen, reihte sich ein Alptraum an den anderen. Sie wurde von marodierenden Schweden und aufständischen Bauern verfolgt, und immer wieder tauchte Fabian in ihrer Nähe auf. Der aber küm-

merte sich nicht um sie, sondern tändelte gleichzeitig mit Stephanie von Harlau und Ehrentraud. Sie bat ihn, sie zu beschützen, doch seine Blicke glitten über sie hinweg, als sei sie ein ekelhaftes Insekt. Schließlich drängten sich Fanny und der dunkle Abdur durch die entfesselte Menge und zogen sie mit sich, ehe die Marodeure sie packen konnten. Irmela stolperte, wurde aufgefangen und fand sich in Wallensteins Hauptquartier wieder.
»Tut doch endlich etwas!«, schrie sie den Feldherrn an, doch der sah ebenfalls über sie hinweg.
Während Fabian mit Stephanie durch die Räume tanzte, trat Ludwig von Gibichen zu ihr und versuchte sie zu beruhigen.
»Du musst Herrn von Wallenstein vertrauen. Er weiß am besten, was getan werden muss!«
Irmela prallte herum und wies auf die Schweden und Bauern, die in den Raum drangen und dort alles kurz und klein schlugen.
»Dieses Gesindel muss auf den Scheiterhaufen, damit es die heilige Ordnung respektiert!«
»Ein Scheiterhaufen, sofort!« Anstelle von Gibichen stand Heimsburg neben ihr und stieß sie auf einen brennenden Holzstoß, während Helene und Johanna zusahen und applaudierten. Irmela aber wand sich inmitten der Flammen und spürte, wie die Hitze ihr das Fleisch versengte.
»Aufwachen!« Eine schrille Stimme drang durch Feuer und Rauch, während Irmela in den Flammen zu schrumpfen begann. Ein heftiger Schlag traf sie ins Gesicht. In dem Moment spürte sie das nassgeschwitzte Bett und sah Fanny zum nächsten Schlag ausholen.
»Was ist geschehen?«, krächzte Irmela und blickte die Magd entsetzt an. Doch es tauchten keine Schweden oder Rebellen hinter ihr auf, und sie befand sie auch nicht mehr in Wallensteins Hauptquartier.
Fanny atmete erleichtert auf. »Ich habe Euch vor diesem Teufels-

zeug gewarnt, das Ihr unbedingt nehmen wolltet, Komtesse, aber Ihr habt nicht auf mich gehört.«

Irmela richtete sich auf und schlang die Arme um ihre Knie. »Was war denn los? Warum hast du mich geschlagen? Mein ganzes Gesicht tut weh!« Sie war viel zu betäubt, um wirklich zornig zu werden.

Fanny stemmte die Hände in die Hüften. »Was los war? Ihr habt im Schlaf so laut geschrien, dass die Herberge gewackelt hat! Ich wollte Euch wecken, aber es war fast unmöglich. Zuletzt habe ich gedacht, ein Dämon wäre in Euch gefahren und würde Euren Verstand auffressen. Ihr habt Wallenstein und Birkenfels beschimpft und einige Frauen als Huren und Weibsteufel bezeichnet, die auf dem Scheiterhaufen brennen müssten. Da habe ich Euch eine Ohrfeige gegeben, um Euch zu retten.«

»Ich hatte einen grauenhaften Alptraum«, flüsterte Irmela und versuchte zu lächeln. Doch es wurde nur eine Grimasse daraus.

Ihre Zofe zupfte an ihrem Nachthemd. »Klatschnass! Ihr müsst geschwitzt haben wie ein Fieberkranker. Los, zieht es aus, damit ich Euch ein anderes überstreifen kann. Sonst holt Ihr Euch noch den Tod. Den Rest der Nacht schlaft Ihr auf meinem Strohsack!«

Irmela begann, die Betäubung abzuschütteln. »Und wo schläfst du?«

»Entweder wickle ich mich in eine Decke und lege mich auf den Boden, oder ich schlüpfe zu Euch, auch wenn sich das nicht gehört. Aber nach dem, was Jungfer Johanna und Fräulein Ehrentraud miteinander treiben, steht uns ohnehin nicht der Sinn. Los, rein jetzt in das frische Nachthemd!«

Fanny zog Irmela resolut das Hemd über und holte dann ihren Strohsack aus dem winzigen, fensterlosen Gelass, das ihr als Unterkunft gedient hatte. Zu anderen Zeiten hätte sie den Raum noch mit den Zofen der anderen Damen teilen müssen.

Doch deren Mägde nächtigten im Stall, da ihre Herrinnen nicht bereit oder in der Lage gewesen waren, die Schlafstelle zu bezahlen.

Fanny war froh, keine verärgerten Fragen beantworten zu müssen, denn nun konnte sie sich um ihre immer noch leicht benommene Herrin kümmern. Sie schob Tisch und Stuhl an die Wand, breitete ihre Matratze auf dem Boden aus und sorgte dafür, dass Irmela sich so bequem wie möglich bettete. Dann schlüpfte sie selbst unter die Decke. Der Strohsack war nur für eine Person gedacht, daher lehnte sie sich mit dem Rücken an die Wand, so dass ihre Herrin genug Platz fand.

Irmela rollte sich wie ein Kätzchen zusammen und schmiegte sich an Fanny, um sich zu wärmen. Die Magd lächelte zufrieden, obwohl ihr klar war, dass sie kaum noch Schlaf finden würde. Aber sie wachte gerne über die Komtesse, die bereits so viel in ihrem Leben hatte ertragen müssen.

X.

Auch der Rest der Fahrt wurde nicht durch Gefahren oder größere Ärgernisse erschwert, und so näherte sich der Reisezug seinem ersten Ziel. Eine knappe Tagesetappe vor Wien bogen Reiter und Wagen von der Hauptstraße ab und näherten sich nach einer Stunde einem Herrensitz, dessen bröckelige Wehrmauer erst vor kurzem notdürftig ausgebessert worden war. Die Burg lag auf einem Hügel über einem kleinen Fluss und wirkte mit ihrem hohen Bergfried und dem spitzen Dach des Hauptgebäudes aus der Ferne wie eine Kirche. Zu ihren Füßen lag ein Dorf, dessen Bewohner ihrer Grundherrschaft zu gehorchen schienen, denn sie liefen zwar zusammen und bestaunten die Reihe der Kutschen und Karren, doch den Reisenden wurde kein Fluch zugerufen, und niemand ballte die Faust oder schwang drohend die Sense.

Irmela atmete erleichtert auf, als sie das Spalier der Bauern passiert hatten. Während der Reise war sie jede Nacht von weiteren Alpträumen geplagt worden, und sie glaubte, keine Aufregung mehr ertragen zu können. Immer noch ein wenig krank von der Nachwirkung der Mohntropfen, auf die ihr Körper so heftig reagiert hatte, lehnte sie sich gegen die Seitenwand und blickte durch das Fenster im Schlag nach draußen. Die sich gelb färbenden Blätter der Bäume kündeten den Herbst an und verstärkten in ihr den Wunsch, an einem ruhigen Ort weit weg von Helene und ihrem Anhang überwintern zu können.

Sie sah, wie ein Reiter vorausgeschickt wurde, um die Gruppe anzumelden, und hoffte, Frau Meinardas Verwandte würden es ihr nicht übel nehmen, dass sie so viele Leute mitbrachte, auch wenn es nur für eine Nacht war. Ihre Reisegefährten wollten am nächsten Morgen weiterfahren, um Wien vor der Dunkelheit zu erreichen. Bei ihr würden nur Fanny, Frau von Kerling, Abdur und die vier Männer bleiben, die Steglinger ihr zur Verfügung gestellt hatte, und sie nahm an, dass man so eine kleine Gruppe nicht zurückweisen würde. Dabei baute sie auf Frau Meinardas Dankbarkeit für die Rettung ihres Sohnes.

Die letzten Augenblicke vor der Ankunft vermochte sie kaum mehr ruhig zu sitzen. Sie starrte auf das Burgtor, dessen Zugbrücke mittlerweile von einer festen Zufahrt ersetzt worden war, und beobachtete mit heftig klopfendem Herzen, wie die breiten Flügel langsam aufschwangen und ein ganzer Schwarm von Menschen daraus hervorquoll, allen voran der kleine Siegmar, der sich dem Zugriff seiner Kindsmagd entzogen hatte und mit seinen kurzen Beinen auf den Wagenzug zueilte. Aus Angst, er könnte unter die Hufe der Pferde oder ein Wagenrad geraten, sprang Irmela aus ihrer Kutsche und lief ihm entgegen.

»Komm, mein Süßer«, lockte sie den Jungen zu sich.
Dieser stieß einen Jubelruf aus, warf sich in ihre Arme und ließ sich widerstandslos aufheben. »Tante Irmela!«, wiederholte er immer wieder.
Irmela spürte das Gewicht des Jungen und nahm die Veränderungen wahr, die die Zeit der Trennung mit sich gebracht hatte.
»Mein Gott, bist du schwer geworden!«
»Ich bin schon ein großer Bub, sagt Mama.« Der Junge schmiegte sich an seine große Freundin und krallte eine Hand in ihre Frisur. »Ich habe dich so vermisst!«
»Ich dich auch!« Irmela verdrängte dabei, wie oft sie sich in der Vergangenheit geärgert hatte, weil sie die Kindsmagd für den Kleinen hatte spielen müssen. Diese Gefahr bestand nun nicht mehr, denn eben kam eine etwas füllige Frau in bäuerlicher Tracht auf sie zu, schien aber nicht recht zu wissen, ob sie ihr Siegmar abnehmen oder warten sollte, bis es ihr gefiel, den Jungen zu übergeben.
Frau Meinarda tauchte hinter der Dienerin auf, packte ihren Sohn und drückte ihn der Kinderfrau in die Arme. Dann blickte sie Irmela mit leuchtenden Augen an. »Es ist dir also doch gelungen, dem elenden Weibsdrachen zu entkommen, der sich als deine Großmutter aufspielt und sich Rechte anmaßt, die ihm nicht zukommen.«
Sie ließ Irmela nicht zu Wort kommen, sondern umarmte sie und drückte sie fest an sich. »Ich freue mich so, dich zu sehen! Mein Gott, ich habe so oft an dich gedacht und es bedauert, dir nicht helfen zu können. Wenn ich dich jetzt so anschaue, muss ich sagen, du bist eine junge Dame geworden. Nur dein Kleid ist fürchterlich unmodern. Das müssen wir unbedingt ändern. Meine Schneiderin wird sich freuen, auch für dich arbeiten zu können.« Sie gab Irmela keine Gelegenheit zu antworten, sondern drehte sie herum und präsentierte sie einem älteren Herrn mit

gestutztem grauem Vollbart, der interessiert neben ihnen stehen geblieben war.

»Onkel Albert, das hier ist meine und Siegmars Lebensretterin Irmela, Komtesse Hochberg und Herrin zu Karlstein. Irmela, das ist mein Onkel Albert von Rain, der mir und meinem vaterlosen Buben in dieser schlimmen Zeit eine neue Heimat gegeben hat.«

Der Burgherr verneigte sich, während Irmela in einem tiefen Knicks versank. Um Albert von Rains Lippen spielte ein Lächeln, das ihn sympathisch erscheinen ließ, und er begrüßte Irmela so freudig, dass sie ihre Angst verlor, sie könne nicht willkommen sein.

»Ich habe schon viel von Euch gehört, Komtesse, und kann Euch nur bewundern. Euer Mut und Eure Entschlossenheit haben uns meine geliebte Nichte und unseren kleinen Siegmar erhalten. Nehmt meinen tief empfunden Dank hierfür! Wenn ich etwas für Euch tun kann, so sagt es frei heraus!«

»Ich würde Euch gerne für eine gewisse Zeit um Gastfreundschaft bitten.« Irmela sah Herrn von Rain bittend an.

»Bleibt hier, so lange es Euch gefällt. Meine Nichte wird sich sehr über Eure Gesellschaft freuen, und wie ihr Sohn zu Euch steht, hat er uns eben gezeigt. Auch hier meinen Dank für Euer beherztes Eingreifen. Ich sah den Kleinen bereits unter den Hufen der Pferde.«

»Was dank Irmela glücklicherweise abgewendet wurde.« Meinarda umarmte Irmela erneut und küsste sie auf beide Wangen. »Du kannst so lange bei uns bleiben, wie du möchtest. Zu dieser Helene lasse ich dich nicht mehr zurückkehren. Dieses ordinäre Weib sucht nur seinen eigenen Vorteil bei dir!«

»Genauso ist es!« Walburga Steglinger schob sich nach vorne. Sie war in den Monaten, in denen Irmela sie nicht gesehen hatte, schlanker geworden und wirkte jünger und agiler als früher.

Auch sie schloss Irmela jetzt in die Arme und streichelte ihr übers Gesicht.

»Für Meinarda und mich war es schrecklich, dich unter der Fuchtel dieses Weibes zurücklassen zu müssen. Doch wir fanden keine Möglichkeit, dich aus Helenes Klauen zu reißen.«

Irmela sog die Liebe in sich auf, die ihr hier entgegengebracht wurde und in so starkem Gegensatz zu der Behandlung stand, die sie in ihrem eigenen Haus erfahren hatte, und ihr kamen die Tränen. »Ihr seid alle so freundlich zu mir.«

Meinarda lächelte ihr aufmunternd zu, fasste sie unter und führte sie in die Burg. »Komm mit mir. Du willst dich gewiss frischmachen. Mein Oheim wird sich derweil um deine Begleiter kümmern.«

Fanny wollte den beiden folgen, doch Siegmar entwand sich dem Griff seiner Kinderfrau, lief auf sie zu und hielt sich an ihren Röcken fest. »Keine Narbe mehr! Jetzt bist du hübsch!«

»Du fängst früh an, Frauen Komplimente zu machen«, antwortete Fanny und schwang ihn lachend durch die Luft. Da sah Siegmar etwas, das ihm noch nie zu Gesicht gekommen war.

»Setz mich ab!«, befahl er Fanny, und starrte dabei Abdur an, der von seinem Platz hinten auf der Kutsche abgestiegen war. »Pfui, bist du schmutzig! Hast du dich so lange nicht gewaschen? Ich werde immer geschimpft, wenn ich es nicht tue.«

Abdur kniete neben dem kleinen Mann nieder und lächelte. »Wenn man ein Herr ist wie du, hat man Verpflichtungen, und eine davon ist es, sich täglich zu waschen.«

»Musst du das nicht?« Siegmar klang neidisch.

Fanny tippte Abdur kopfschüttelnd auf die Schulter. »Erzähl dem Buben keine Lügen. Du wäschst dich nämlich genauso oft wie jeder andere.«

»Aber warum ist er dann so schwarz?«, wollte Siegmar wissen.

Abdurs Lächeln wurde noch breiter. »Ich bin als Kind in einen Farbtopf gefallen. Jetzt geht es nicht mehr ab.«
Fanny verdrehte die Augen; die Kindsmagd aber schlug das Kreuz und betete rasch ein Ave Maria. Schaden konnte das ihrer Ansicht nach nicht. Zwar hatte sie schon gehört, dass es Menschen mit dunkler Hautfarbe geben sollte, aber sie hatte sich dabei nur eine starke Sonnenbräune vorgestellt. Abdur sah jedoch ganz anders aus, und das konnte ihrer Ansicht nach nicht mit rechten Dingen zugehen. Ihr blieb daher fast das Herz stehen, als Siegmar den Mohren aufforderte, ihn auf den Arm zu nehmen, und ihm dann mit seinen Fingern durchs Gesicht fuhr, um zu sehen, ob die Farbe wirklich hielt oder er sie entfernen konnte, wenn er nur lange genug daran rieb.
Unterdessen hatten Meinarda und Irmela das Innere der Burg betreten. Irmela sah, dass die Mauern von innen verstärkt worden waren, und fragte sich, ob Albert von Rain das baldige Erscheinen der Schweden fürchtete. Oder hatte er mehr an die aufständischen Bauern gedacht? Sie überlegte, ob sie Meinarda darauf ansprechen dürfe. Die aber führte sie so stolz die Steintreppe zum Eingang des Wohntrakts hoch, als wäre es ihre eigene Festung. Ein Diener öffnete die eisenbeschlagene Tür und verbeugte sich, während die beiden Frauen an ihm vorbeischritten. Irmela nickte ihm dankend zu, während Meinarda seine Anwesenheit nicht einmal wahrzunehmen schien.
Im großen Rittersaal hielt die Freiin sich nicht lange auf, sondern ging auf eine enge Wendeltreppe zu und bat Irmela, mit ihr nach oben zu steigen. Zwei Etagen höher bog sie in einen Korridor ein. »Hier liegen meine Gemächer. Du wirst natürlich neben mir wohnen«, bestimmte sie, während sie in die erste Kammer eintrat. Diese war mit einem Tisch und mehreren bequemen Stühlen ausgestattet und enthielt einen auffallend großen Nähkorb. Auf dem Tisch lag ein Tuch, das, wie

Irmela sah, wohl einmal eine Fahne werden sollte. Auf weißem Grund war eine Madonna mit dem Jesuskind mit Goldfäden eingestickt worden, und dieses hielt den rot-weiß-roten Bindenschild Österreichs in der Hand.
Meinarda bemerkte Irmelas verwunderten Blick und lächelte.
»Das ist der Beitrag, den wir Frauen für diesen Krieg leisten können. Ich baue auf dich und deine wunderbare Kunstfertigkeit mit der Nadel. Walburga und ich würden die Fahne gerne noch in diesem Monat fertigstellen. Sie soll das Banner eines neuen Regiments werden, welches Seine Majestät unter dem Kommando meines Vetters Franz von Rain aufstellen lässt.«
Das Aufleuchten ihrer Augen verriet Irmela, dass dieser Herr nicht ohne Eindruck auf ihre Freundin geblieben war, und sie sah Kiermeiers Hoffnungen schwinden. Ihr tat der Major leid, und sie beschloss, auf jeden Fall von ihm zu sprechen. Doch als Meinarda nun auf die Vorzüge des neuen Regimentskommandeurs zu sprechen kam und dabei auch von ihrer Angst berichtete, er könne im Krieg verwundet werden oder sogar sterben, wurde ihr klar, dass dies vergebens sein würde. Kiermeier war für Meinarda nur eine Episode gewesen, ein Mann, dessen Schutz sie sich anvertraut hatte und an den die Erinnerung mit der Entfernung geschwunden war.
Irmela beschloss, sich ihren Aufenthalt dadurch nicht verdrießen zu lassen. Im Grunde war Kiermeier auch für sie ein Fremder, und sie war nicht bereit, eine von vornherein aussichtslose Schlacht für ihn zu schlagen. Den schwedischen Helm aber, der für Siegmar gedacht war, wollte sie dem Jungen übergeben.
»Natürlich helfe ich dir und Walburga beim Sticken. Das tue ich doch gerne«, sagte sie mit dem Gefühl, ein wenig zu lange gezögert zu haben.
»Deine Hände werden der Fahne Glück bringen!« Meinarda

umarmte Irmela mit leuchtenden Augen und bat sie dann, mit in die Kammer zu kommen, in der sie sich waschen und umziehen konnte.

»Heute Abend gibt es eine Feier, musst du wissen. Du wirst dabei etliche Herren aus der Nachbarschaft kennenlernen. Vielleicht gefällt dir einer von ihnen«, erklärte sie fröhlich.

Irmela begann zu ahnen, dass ihr Aufenthalt auf dieser Burg nicht ganz so ruhig sein würde, wie sie erhofft hatte, ergab sich aber in ihr Schicksal. Nur eines wollte sie vorher noch klären.

»Was macht ihr, wenn die Schweden kommen? Eure Mauern werden sie wohl kaum aufhalten können.«

Meinarda schlug heftig das Kreuz, als erschrecke sie allein der Gedanke. Dann aber sah sie Irmela lächelnd an. »Du brauchst keine Angst zu haben. Jenseits der Hügel fließt die Donau, und dort liegen mehrere Zillen für uns bereit. Sobald wir hören, dass die Schweden im Anmarsch sind, nehmen wir das Notwendigste mit und sind in wenigen Stunden in Wien. Dort werden unsere Truppen diese Ketzer wohl aufhalten können. Was Soliman der Prächtige nicht geschafft hat, wird auch dem Ochsenschädel nicht gelingen.«

»Ochsenschädel?« Irmela starrte die Freundin verständnislos an.

»Den Oxenstierna meine ich halt, den schwedischen Kanzler, der sich anmaßt, deutsche Fürsten wie Knechte zu behandeln. Dem werden wir schon heimleuchten, sage ich dir!« Meinarda antwortete so kämpferisch, dass Irmela sich fragte, ob ihre Freundin wohl selbst zur Waffe greifen würde, um sich und ihren Sohn gegen die Ketzer zu verteidigen. Diesen Gedanken schob sie rasch wieder beiseite und beschloss, auf Gott zu vertrauen und den Aufenthalt ebenso zu genießen wie die Tatsache, Helene und den beiden feindseligen jungen Damen in deren Gefolge fürs Erste entkommen zu sein.

XI.

Ehrentraud von Lexenthal hatte Mühe, ihren Magen unter Kontrolle zu halten, so stank es in der kleinen, verräucherten Stube, in die Helene sie hatte rufen lassen. Vor ihr stand die Schwarze Hexe wie eine monströse Krähe und beschmierte ihr das Gesicht mit einer braunen, stinkenden Salbe. Die Augen der alten Frau waren dabei unnatürlich geweitet, und ihre Stimme klang so dumpf, als spräche sie aus dem Grab heraus.
»Asmodi, Azathot, Azrael, segnet uns und verleiht uns die Kraft, unser Werk zu vollbringen. Lasst das narbige Fleisch dieser jungen Frau verschwinden und gebt ihr ihre einstige Schönheit zurück!«
»Asmodi, Azathot, Azrael, wir bitten euch, steht uns bei«, riefen Marthe und Santini wie aus einem Mund. Auch sie streckten nun ihre Hände aus und verstrichen übelriechendes Fett auf den Wangen der jungen Frau.
Ehrentraud wurde schwindelig, und sie hatte Mühe, sich nicht zu übergeben, doch man hatte ihr eingeschärft, dass sie die Zeremonie nicht unterbrechen dürfe, weil der Zauber sonst nicht wirken würde. Ihr Blick wanderte über die Hexen hinweg und blieb auf Helene und Johanna haften, die sich bis an die Wand zurückgezogen hatten und das Geschehen beobachteten. Sie hoffte auf eine aufmunternde Geste, doch die beiden blickten sie nicht an und verzogen auch keine Miene. Ehrentraud fragte sich, ob die Schwarze ihnen geboten hatte, ganz still zu sein und sich nicht zu rühren, oder ob der Schrecken über das gotteslästerliche Ritual sie hatte erstarren hatte.
Innerlich betete sie verzweifelt, das Tun der Hexen und des Magiers möge sie nicht die ewige Seligkeit kosten. Aber die Kunst der drei war der letzte Strohhalm, nach dem sie noch greifen konnte, denn all ihre Gebete an die Heilige Jungfrau, das Jesus-

kind und die vielen Heiligen hatten ihr nicht geholfen. Nach einer Weile aber hoffte sie nur noch, dass es bald vorbei sein möge und sie den beiden schrecklichen Weibern und dem Hexer entkommen konnte.

Die Schwarze, die keinen Namen zu haben schien, murmelte eine weitere Beschwörung und fuhr Ehrentraud mit einem Wieselschwanz durchs Gesicht. »Die Narben sollen vergehen, die alte Schönheit wieder bestehen!«

Sie klatschte die Hand auf die Wange mit dem stark verfärbten Wulst und grub dann ihre Fingernägel mit aller Kraft in das Narbengewebe, als wolle sie es herausreißen.

Ehrentraud schrie vor Schmerz auf, erhielt einen neuen Schlag mit der flachen Hand, und dann fuhr ihr die Schwarze mit der anderen Hand unter das am Hals offenstehende Hemd, das man ihr für die Zeremonie angezogen hatte, und fasste ihre linke Brust mit einem harten Griff.

»Ich spüre Asmodis Nähe, Azathots Anwesenheit und die Macht Azraels. Es wird uns gelingen!« Die Stimme der Hexe überschlug sich, und sie verdrehte die Augen, dass nur noch das Weiße zu sehen war.

»Die hohen Herren sind unzufrieden. Das Weib muss ihre anderen Narben zeigen. Nur so kann die Macht der drei auf sie wirken!« Santini trat einen Schritt vor, packte Ehrentrauds Hemd und riss es mit einem heftigen Ruck auf. Die junge Frau wollte seine Hände zurückstoßen, doch da hielt Marthe ihr einen Pokal an die Lippen. Ein scharfes Gebräu ergoss sich in ihren Mund, und sie schluckte unwillkürlich. Sofort wurde ihre Zunge taub, und ihr Gaumen schien in Flammen zu stehen.

»Trink!«, herrschte die Schwarze sie an.

Ehrentraud spürte, wie ihr Wille erlahmte, und schluckte den Inhalt des Pokals hinunter, während die Welt sich in einem wirren Tanz zu drehen begann.

»Ich kann mich nicht mehr auf den Beinen halten!«, flüsterte sie, doch bevor sie fallen konnte, trat Santini hinter sie, packte sie unter den Achseln und hielt sie fest.

Marthe füllte unterdessen den Pokal erneut und reichte ihn ihrer Mutter. Diese trank hastig und stieß dabei laut auf. Ein Schwall übelriechender Luft schlug Ehrentraud entgegen, und dann veränderte die Hexe sich. Sie wuchs rasend schnell, bekam Augen, die ihr ganzes Gesicht zu bedecken schienen, und schließlich einen riesigen, weit klaffenden Schlund, der sie zu verschlingen drohte.

Während Ehrentrauds Geist in Scherben zersprang und davonwirbelte, blieb ein winziger Teil von ihr zurück und verfolgte panikerfüllt, was mit ihr geschah. Die Schwarze stieß Worte aus, die Ehrentraud nicht verstand, und ihre Krallen zerfetzten ihr Gesicht. Sie fühlte es warm über ihre Wangen laufen und wusste, dass es ihr eigenes Blut war. Allerdings verspürte sie keinen Schmerz, sondern nur ein dumpfes Pochen, das von ihrem Hinterkopf auszugehen schien. Dann begannen ihre Augen trübe zu werden. Sie konnte noch ein Messer über sich erkennen, über das die Schwarze mit dem Wieselschwanz wischte, verspürte einen Druck gegen die verletzte Wange und ein Knirschen, das ihr durch Mark und Bein fuhr. Dann erlosch auch der Rest ihres Bewusstseins wie eine Kerze im Wind.

XII.

*A*ls Ehrentraud erwachte, lag sie auf ihrem Bett. Ihr Gesicht glühte, und zwischen Brust und Oberarmen glaubte sie noch immer Santinis kalte Finger zu spüren. Ihre Brüste schmerzten, und in ihrem Mund machte sich ein Geschmack breit, als hätte sie den Teufel geküsst. Ihr Magen rebellierte, und ihr Mund füllte

sich mit Erbrochenem. Verzweifelt versuchte sie sich umzudrehen und es auszuspucken, doch ihre Glieder gehorchten ihr nicht. Sie geriet in Panik, weil sie glaubte, ersticken zu müssen.
In höchster Not gelang es ihr, sich mit einem Arm abzustemmen und sich um die eigene Achse zu drehen. Sie fiel aus dem Bett und schlug hart auf dem Boden auf. Zu ihrem Glück blieb sie auf dem Bauch liegen und brachte den hochsteigenden Mageninhalt aus dem Mund. Der Anfall schien unendlich lange zu dauern. Niemand kam, um ihr zu helfen, und sie wusste selbst nicht, ob sie noch lebte oder sich bereits in den Vorhöfen der Hölle befand.
Der pochende Schmerz, der von ihren Wangen ausging, ließ sie bedauern, nicht länger bewusstlos geblieben zu sein, und doch war sie froh, nicht in ihrer Ohnmacht von Krämpfen überfallen worden zu sein. Nach einer Weile würgte sie nur noch Luft hoch, ohne dass die Schmerzen in ihrem Leib nachließen. Sie wimmerte, und die Tränen rannen ihr über die Wangen. »Hilfe! Warum hilft mir denn keiner?«, versuchte sie zu schreien, doch sie brachte nur ein Flüstern über die Lippen.
Nach einiger Zeit vermochte sie ihre Gliedmaßen so weit zu bewegen, dass sie sich an der Bettkante hochziehen konnte. Auch verlor sich der rote Nebel vor ihren Augen, so dass sie wieder etwas erkennen konnte. Sie sah und roch, dass sie sich von oben bis unten besudelt hatte. Auch ihr Darm und ihre Blase hatten sich im Augenblick des Sturzes entleert, und sie hatte nicht die Kraft, sich zu säubern. Es graute ihr davor, mit all diesem Schmutz wieder ins Bett zurückzukriechen. Daher wankte sie zu einem Stuhl und ließ sich darauf fallen. Noch immer schien der Boden sich um sie zu drehen, und vor ihren Augen tanzten Feuerräder.
Erst allmählich wurde ihr bewusst, was geschehen war, und sie war entsetzt, wie schlecht es ihr nach dieser Hexenzeremonie

ging. Doch wenn die Zauberkraft der drei Schwarzkünstler ihr geholfen hatte, wieder jene zu werden, die sie einmal gewesen war, wollte sie diesen Preis gerne zahlen.

Der Wunsch, ihr Gesicht zu sehen, wurde übermächtig. Sie streifte ihr schmutziges Hemd ab, nahm einen Lappen, der neben der Waschschüssel lag, tauchte diesen in das kalte Wasser und begann sich von oben bis unten zu reinigen. Das Gesicht wagte sie jedoch nicht zu berühren.

Auch wenn die Bewegungen ihr die letzte Kraft abforderten, tat ihr das kalte Wasser gut, und sie spürte, wie ihr Kopf freier wurde. Nun schöpfte sie Hoffnung, dass der Zauber gelungen war, schwor sich aber, dieses Haus umgehend zu verlassen. Das Hexengesindel war ihr zutiefst zuwider, und ein Teil dieser Abneigung übertrug sich nun auf Helene und Johanna. Ehrentraud glaubte, sich an deren Mienen erinnern zu können, als die Schwarze das Messer bei ihr angesetzt hatte. Es war jene Mischung aus Hohn und Sensationsgier gewesen, die sie auch bei der Verbrennung der alten Hexe an ihnen beobachtet hatte. Nun wurde ihr klar, dass Johanna nie ihre Freundin gewesen war, sondern nur Mitleid geheuchelt hatte, um sie für ihre Spiele auszunutzen.

Ehrentraud fror bei dieser Erkenntnis nun auch innerlich. »Hätte ich mich doch nie diesen beiden lügnerischen Weibern anvertraut!«

Mit steifen Schritten ging sie zu ihrer kleinen Truhe hinüber, öffnete sie und nahm den Spiegel heraus. Sie atmete noch einmal tief durch und blickte hinein. Zuerst glaubte sie, ein Dämon starre ihr daraus entgegen, und die Angst schnürte ihr die Kehle so zu, dass sie nicht zu schreien vermochte. Vorsichtig tastete sie nach ihrer Wange und sah ihre eigenen Finger im Spiegel auftauchen. Es war ihr Gesicht, welches sie sah, und es bestand nur aus blutenden Wunden. Dort, wo der dickste Teil der wurmähn-

lichen Narbe gesessen hatte, klaffte ein schwärzliches Loch, durch das sie den Knochen sehen konnte, und als sie an sich herabblickte, stellte sie fest, dass auch ihre Brüste wie zerfleischt wirkten.
Sie verlor den Boden unter den Füßen. So viel hatte sie über sich ergehen lassen, und nun sah sie nicht einmal mehr menschlich aus. Es war, als sei sie in einen Alptraum geworfen worden, der niemals mehr enden würde. Da breitete sich ein gnädiger Schleier über ihrem Denken aus, und etwas in ihr flüsterte ihr zu, die Wunden müssten nur verheilen, dann würde alles gut. Obwohl ein Teil in ihr wusste, dass ihre Schönheit unwiederbringlich verloren war, klammerte sie sich an diese Hoffnung. Wie stark der Zauber dieser Hexen wirkte, merkte sie ja daran, dass sie kaum Schmerzen empfand.
Ihr Magen lenkte sie ab, denn er schien mit einem Mal zu kochen, und sie stieß hallend auf. Danach ging es ihr ein wenig besser. Nun spürte sie, wie durstig sie war, doch es gab nur das Wasser in der Waschschüssel, und das war so dreckig und stinkend, dass es ihr den Atem verschlug. Schwankend und über ihre eigenen Beine stolpernd ging sie zu der Tür, die in den Flur führte, und versuchte, sie zu öffnen. Doch ihre Kraft reichte dazu nicht, und sie rief krächzend um Hilfe. Doch erst, als sie aus lauter Verzweiflung gegen das Holz schlug, tat sich draußen etwas.
Eine der Mägde öffnete und prallte mit schreckgeweiteten Augen zurück. Da wurde es Ehrentraud bewusst, dass sie nicht nur entsetzlich aussah, sondern zudem auch noch nackt war.
»Bring mir etwas zu trinken!«, flehte sie die Frau an. Sie hatte das Gefühl, als würde sie schreien, doch sie verstand kaum ihre eigenen Worte. Die Magd aber hielt sich die Ohren zu und rannte davon. Gleichzeitig kam Johanna die Treppe herauf und sagte etwas, das Ehrentraud nicht verstand.
»Was hast du gesagt?«

»Brüll mich nicht so an!«, gab Johanna ärgerlich zurück. »Du hast uns Sorgen genug bereitet. Selbst die Schwarze wusste nicht, ob du noch einmal wach werden würdest. Aber du hast es geschafft.«
Ihr Blick streifte dabei Ehrentrauds Gesicht, und in ihrer Miene machte sich jener faszinierte Abscheu breit, den Ehrentraud schon oft bei ihr wahrgenommen hatte, ohne ihn jedoch richtig deuten zu können. Nun begriff sie mit entsetzlicher Klarheit, dass Johanna in ihr nur eine Art grotesker Jahrmarktskreatur gesehen hatte, die man normalerweise für ein paar Groschen zur Schau stellte, und eine Sklavin zur Befriedigung ihrer Leidenschaften.
Selbst diese Erkenntnis tat nicht mehr weh. »Ich hätte gerne etwas zu trinken«, erklärte Ehrentraud leise genug, um Johanna nicht erneut zu verärgern. Sie selbst verstand jedoch ihre eigene Stimme nicht mehr und begriff, dass die Tränke der Hexe sie fast taub gemacht hatten.
»Lass dich ansehen!« Johanna rief einer anderen Magd, die neugierig um die Ecke blickte, zu, Wein oder Bier zu holen, und drängte Ehrentraud in die Kammer zurück.
»Wasch dich! Du siehst schlimm aus«, erklärte sie.
Ehrentraud wies auf die schmutzige Waschschüssel. »Ich habe schon damit begonnen, aber jetzt brauche ich frisches Wasser.«
»Das kann die Magd holen, wenn sie etwas zu trinken bringt. Außerdem muss das Bett überzogen und der Teppich gewaschen werden. Du hast ja alles verdreckt.«
Sie sagt das in einem Ton, als hätte ich es ihr zum Tort getan, fuhr es Ehrentraud durch den Kopf. Zu ihrer Erleichterung kehrte die Magd mit einem irdenen Krug zurück, in dem Bier schwappte. Ehrentraud zog im Allgemeinen Wein vor, doch jetzt trank sie die bittere Flüssigkeit, als sei sie am Verdursten. Sie stieß sofort wieder auf, musste sich aber nicht mehr übergeben. Sie fühlte sich so benommen, als hätte sie die Nacht durchge-

zecht. Wie durch dichte Watte nahm sie wahr, wie Johanna die Magd aufforderte, den Flickenteppich wegzubringen und frisches Waschwasser und Decken zu holen. Erst als Johanna begann, sie wie ein kleines Kind zu waschen, kam sie ein wenig zu sich.

Ein Dritter hätte Johannas Tun für die Geste einer Samariterin halten müssen, doch das Mädchen schrubbte Ehrentraud so, als wolle es die Verletzte jede Wunde doppelt und dreifach spüren lassen. Ehrentraud fehlte die Kraft, sich zu wehren, und sie weinte nur still vor sich hin und betete, dass die andere bald gehen würde.

Johanna dachte jedoch nicht daran, so schnell aufzuhören, sondern rieb mit dem rauhen Tuch über Ehrentrauds Brüste, als wolle sie die Wunden wegscheuern, und der Ausdruck in ihren Augen verriet, dass sie es genoss, Ehrentraud zu quälen.

»Die Schwarze Hexe sagt, der Zauber sei misslungen, weil die drei Dämonen, die ihr im Allgemeinen beistehen, zu schwach für dieses große Werk gewesen seien. Sie muss ihren ganz großen Herrn anrufen, doch dazu sind noch etliche Vorbereitungen nötig.«

Ehrentraud schüttelte entsetzt den Kopf. »Nein! Nein! Nein! Das halte ich kein weiteres Mal mehr aus.«

Johanna berührte mit ihren Fingerspitzen das rohe Fleisch auf Ehrentrauds Wange. »Du hast es doch auch jetzt überstanden. Beim nächsten Mal wird es dir gewiss leichter fallen. Oder willst du etwa weiterhin so herumlaufen? Selbst ein so geiler Bock wie Fabian wird dich bei diesem Anblick meiden wie die Pest.«

Ein Peitschenhieb wäre gnädiger gewesen als diese verächtlichen Worte. Ehrentraud versuchte, Johanna durch den Schleier aus Tränen zu erkennen. »Diese Hexen sind entsetzlich, und die Geister, die sie rufen, machen mir Angst.«

»Wenn du meinst!« Johanna zuckte mit den Schultern und legte den Lappen weg. »Nun kannst du dich anziehen. So, wie du jetzt aussiehst, fasse ich dich nicht mehr an.«

»Dann wäre ich dir dankbar, wenn du mich allein lassen könntest«, antwortete Ehrentraud bitter.

Während Johanna mit einem verächtlichen Lächeln auf den Lippen davonging, zog Ehrentraud das Hemd an, das die Magd ihr bereitgelegt hatte, und setzte sich erschöpft auf die Bettkante. Das Kinn auf die gefalteten Hände gestützt, ließ sie ihren Tränen freien Lauf. Wie lange sie so dagesessen hatte, wusste sie nicht mehr zu sagen. Die Abenddämmerung zog bereits herauf, als eine Magd hereinkam, um die Öllampe mit einem Span anzuzünden. Das Mädchen mied es, Ehrentraud anzusehen, und eilte so rasch wieder hinaus, als wäre der Gottseibeiuns hinter ihr her.

Ehrentraud spürte, dass etwas Warmes über ihr Gesicht rann, und blickte in ihren Spiegel. Die tiefe Wunde auf ihrer Wange war bei ihrer letzten Kopfbewegung aufgeplatzt, und sie nahm schnell ein Tuch, um das Blut aufzufangen, bevor es den Hals hinabrinnen und den Kragen ihres Hemdes tränken konnte. Dann stellte sie fest, dass die von Johannas grober Behandlung aufgerissenen Wunden bereits rote Flecken hinterlassen hatten.

Sie hätte mich wenigstens verbinden können, dachte Ehrentraud und starrte eine Weile ihren eigenen flackernden Schatten wie den einer Fremden an. Sie wollte schon die Magd rufen, damit sie Verbandszeug bekam und noch einmal ein frisches Hemd, doch dann erinnerte sie sich an die entsetzten Blicke der Dienerinnen und schüttelte sich. An diesem Abend wollte sie niemand mehr sehen. Gebeugt wie eine alte Frau stand sie auf, trat an die kleine Truhe und holte das Buch heraus, dem sie ihre geheimsten Gedanken anvertraute. Mit zittriger Schrift hielt sie den Verlauf der Beschwörung fest, soweit sie sich daran erinnern konnte, und drückte dabei ihr Grauen vor den Hexen aus. Schließlich entschuldigte sie ihre Einwilligung in die teuflischen Zeremonien mit ihrer Liebe zu Fabian, für den sie so schön hatte sein wollen wie früher.

»Ich wünsche mir so sehr, dass er nicht mit Schaudern vor mir zurückschreckt, sondern mich sanft umfängt und seine Lippen die meinen berühren. Er liebt mich und wird mich zu der Frau machen, die ich so gerne sein will. Ich bete zu Gott, unserem Herrn, und zur Heiligen Jungfrau, dass Fabian mich beim nächsten Wiedersehen vor den Altar führt.«
Ehrentraud legte die Feder weg und las den Text noch einmal durch. Eine Träne stahl sich aus ihren Augenwinkeln, fiel auf die beschriebene Seite und traf den Namen Fabian. Die junge Frau sah, wie die Tinte zerlief, und das erschien ihr wie ein schlechtes Omen.

XIII.

Mehrere Türen weiter hatten die beiden Hexen und Santini sich zu Helene und Johanna gesellt. Auch Portius war erschienen, doch die Hausherrin hatte ihn auf Anweisung der Schwarzen wieder aus dem Zimmer geschickt. Die alte Hexe wirkte todkrank. Ihre Augen waren dunkel umrandet und lagen tief in den Höhlen. Dazu war im linken Augapfel eine Ader geplatzt und hatte das Weiß rot gefärbt. Ihre Haut sah gelblich aus und spannte sich wie Pergament über die Wangenknochen.
»Beinahe wäre es mir gelungen! Ich habe gespürt, wie die Macht der Geister mich durchflutet hat, doch irgendetwas oder irgendjemand hat die Beschwörung mutwillig gestört!« Die Schwarze blickte dabei Helene an, als hätte diese es gewagt, das Ritual unwirksam werden zu lassen.
»Wir werden einen zweiten Zauber versuchen müssen, diesmal jedoch einen, den keine Macht der Welt brechen kann.« Marthe, die sichtlich unter dem Misserfolg litt, sah die Schwarze dabei flehend an.

Johanna lachte ärgerlich auf. »Ehrentraud hat vorhin gesagt, dass sie kein zweites Mal mehr mitmachen will.«

Helene fuhr hoch wie von einem giftigen Insekt gestochen. »Sie muss! So, wie sie jetzt aussieht, können wir sie nicht ihrem Onkel übergeben. Er wäre zu Recht wütend auf uns und würde uns mit seinem Hass verfolgen.«

Sie maß die Hexen und den Hexer mit einem neidvollen Blick. Denen würde es in diesen kriegerischen Zeiten leichtfallen, sich Lexenthals Zugriff zu entziehen. Sie aber konnte nicht so einfach weggehen, denn dann müsste sie den Besitz aufgeben, den Johanna von Irmela erbte. Andererseits durfte sie sich den Prior nicht zum Feind machen. Bisher hatte Lexenthal sie und Johanna von dem Hass ausgenommen, den er gegen die Familie Hochberg hegte, da sie ihm einst Beweise gegen Irmelas Mutter geliefert hatte. Das würde sich jedoch rasch ändern, wenn er seine Nichte zu Gesicht bekam und erkennen musste, dass sie nun vollkommen entstellt war.

»Der Zauber muss gelingen. Dafür stehst du mir ein!« In Helenes Stimme schwang eine deutliche Warnung. Die Hausherrin verfügte über etliche Knechte und Mägde und konnte auch jene Soldaten holen lassen, die der Passauer Bischof in dem nahen Ort Hutthurm stationiert hatte. Die würden wenig Federlesens mit Männern und Frauen machen, welche der Hexerei beschuldigt wurden.

Für einen Augenblick überlegte die Alte, ob sie nicht klammheimlich ihre Sachen nehmen und mit ihrer Tochter zusammen das Haus bei Nacht verlassen sollte. Die misslungene Beschwörung nagte jedoch an ihr, und sie beschloss, alles auf eine Karte zu setzen und Helene ihre Macht zu beweisen.

»Bei Fräulein Ehrentraud handelt es sich um ein zimperliches Ding, das sich vor Schmerzen fürchtet und Angst davor hat, für ihre Schönheit Opfer zu bringen. Ihr werdet sie überreden und

notfalls zwingen müssen, sich dem neuen Ritual zu unterwerfen. Es wird nicht leicht sein, den Großen Herrn zu rufen. Das gelingt nur mit dem entsprechenden Opfer!«
»Leite alles in die Wege!«, erklärte Helene leichthin.
Die Schwarze wechselte einen vielsagenden Blick mit ihren Gefährten. »Es wird schwierig werden und sehr gefährlich, das geeignete Opfer zu beschaffen. Diese Aufgabe übernehmen Santini und Marthe. Ich denke, drei Tage dürften ihnen genügen.«
Während Santini nickte, wiegte die junge Hexe nachdenklich den Kopf. »Gib uns lieber fünf Tage Zeit, Mutter. Wenn wir uns das, was wir brauchen, zu nahe an diesem Haus beschaffen, könnte sich der Verdacht schnell gegen uns richten. Wir werden nach der Beschwörung des Großen mehrere Tage brauchen, um uns zu erholen, und wenn der Amtmann oder Vogt mit seinen Soldaten in dieser Zeit auftaucht, würden sie uns fangen können wie Vögel auf der Leimrute.«
Ihre Mutter nickte. »Auf einen oder zwei Tage kommt es wirklich nicht an.«
Helene kannte die drei nur allzu gut, und ihr sträubten sich die Haare, als sie an die Konsequenzen dachte, welche das geplante Ritual mit all seinen Auswirkungen haben mochte. Doch rasch schob sie ihre Bedenken beiseite. Das Ritual musste diesmal Erfolg bringen, sonst waren all ihre Pläne in Gefahr. In Gedanken verfluchte sie Lexenthal, der ihr seine Nichte aufgehalst hatte. Ohne dieses Problem hätte eine einfache Beschwörung der Hexen ausgereicht, Irmela aus der Welt zu schaffen, dann wäre sie vielleicht schon auf dem Weg nach Wien, um ihre Tochter am Kaiserhof einzuführen und Herzog Wolfgang Wilhelm darauf aufmerksam zu machen, dass ihre Tochter eine Hochberg war, über der er seine Gnadensonne leuchten lassen sollte.

Johanna hing ganz anderen Gedanken nach. »Was machen wir mit Ehrentraud? Ich fürchte, sie geht uns vor lauter Angst stiften!«
Die Schwarze sann kurz nach und lachte dann auf. »Ich werde euch einen Extrakt aus ganz besonderen Pflanzen geben, den ihr dem Fräulein in den Wein oder unter ihr Essen mischen müsst. Es wird ihren Willen lähmen und sie gleichzeitig auf die große Aufgabe vorbereiten, die vor uns liegt.«
»Dann solltest du mir dieses Zeug gleich geben. Ich will Ehrentraud noch einen Schlummertrunk bringen!« Johanna stand auf und sah die alte Hexe auffordernd an.
Helene hob jedoch die Hand. »Halt, vorher will ich noch eines wissen: Ist Irmela jetzt endgültig aus dem Weg geschafft oder muss ich noch länger auf ihren Tod warten?«
Die alte Hexe verzog ärgerlich das Gesicht. »Ich bin zu müde für eine Beschwörung, die mir Gewissheit über das Schicksal des Mädchens geben kann. Aber eines ist sicher: Sie wird dieses Haus hier nie mehr betreten.«
»Das heißt, sie ist tot, und ich bin die neue Komtesse Hochberg!« Johanna lachte fröhlich auf und umarmte ihre Mutter.
Santini, der unzufrieden war, weil er von der Hausherrin und den beiden Hexen nur als deren Knecht angesehen wurde, streckte die Hände abwehrend aus. »Auch wenn das Mädchen tot sein sollte, werdet Ihr dies beweisen müssen. Solange ihre Kuratoren glauben, sie könnte zurückkehren, werden sie Euch das Hochberg-Vermögen nicht überlassen, und Ihr könnt uns nicht so belohnen, wie Ihr es versprochen habt!«
Verärgert über Santinis anmaßenden Tonfall setzte Helene ihre hochmütigste Miene auf. »So viel Geld, um euch drei zu bezahlen, besitze ich jederzeit.« An den aufblitzenden Augen des Hexers und der beiden Hexen erkannte sie jedoch, dass sie mit ihren Worten Begehrlichkeiten geweckt hatte, und ärgerte sich nun über sich selbst.

XIV.

Immer wieder verbargen Wolkenfetzen den zunehmenden Mond. Nebel lag wie ein Leichentuch zwischen den Bäumen, netzte Blätter und Äste und sammelte sich in kalten Tropfen, die aufsprühten, als die beiden Gestalten sich durch das Gehölz zwängten. Santini zischte einen Fluch, als ihm ein Zweig ins Gesicht schlug.
»Sei doch still!«, wies ihn seine Begleiterin leise, aber scharf zurecht und wies auf eine Kate, die sich vor ihnen aus der Düsternis herausschälte. Die Fensterläden waren geschlossen, und vor der Tür lag ein Hund an der Kette. Jetzt stand das Tier auf und schnüffelte unruhig. Da die beiden nächtlichen Besucher sich gegen den Wind anschlichen, der den Steilhang herabstürzte, unter dem die Hütte lag, nahm das Tier keine Witterung auf.
»Das Mistvieh muss ausgeschaltet werden!«, flüsterte Santini.
Marthe zog einen Kloß aus Mehl, Blut und Fleischstücken aus der Tasche und reichte ihn dem Mann. »Du musst das Ding dem Hund so zuwerfen, dass er drankommt und es fressen kann.«
Santini maß die Entfernung zu der Hütte und wiegte unschlüssig den Kopf. »Das ist verdammt weit.«
»Dann müssen wir eben noch näher heran.« Marthe versetzte ihrem Begleiter einen auffordernden Stoß und schlich weiter.
Der Hund spürte, dass sich im Wald etwas tat, knurrte zuerst nur und begann dann wütend zu bellen.
»In Deckung!« Marthe schob Santini hinter ein Gebüsch. In dem Moment wurde die Türe der Kate aufgerissen, und ein Mann steckte den Kopf heraus. Im Feuerschein, der von hinten aus der Kate drang, sahen die beiden, dass er einen einfachen Kittel trug und eine Axt in der Hand hielt. Der Mann sah sich aufmerksam um, doch die beiden Gestalten, die sich dicht an die Erde gekauert hatten, entdeckte er nicht.

»Sei endlich still!«, fuhr der Mann den Hund an, der daraufhin noch wilder bellte.

»Was ist denn los?«, erklang eine verschlafene Frauenstimme.

»Ich weiß es nicht. Entweder wittert der Hund eine läufige Hündin, oder es treiben sich Wölfe in der Nähe herum.« Dieser Gedanke schien dem Mann nicht besonders zu behagen, denn er zog sich fluchtartig in die Hütte zurück, und ein klackendes Geräusch verriet, dass er einen Riegel vorlegte.

»Wie kommen wir jetzt hinein?«, fragte Santini bissig.

Marthe lachte kaum vernehmlich auf. »Warte nur ab!« Sie nahm ihm den Kloß ab und trat auf den Hund zu, der sofort wieder anschlug.

»Verfluchtes Biest! Bist du wohl still«, schrie der Mann in der Hütte wütend auf.

Marthe warf dem Hund den Köder zu. Dieser schnupperte misstrauisch, schien unschlüssig, ob er fressen oder Marthe verbellen sollte, aber das Fleisch roch zu verführerisch. Er schnappte danach und schluckte den Brocken in einem Stück. Nun trat er bettelnd von einem Vorderbein auf das andere, als wolle er mehr. Zwei, drei Atemzüge später tat das Gift in dem Kloß seine Wirkung, und das Tier fiel um, als habe die Axt seines Herrn es gefällt.

»Endlich gibt das Vieh Ruhe«, hörte Marthe drinnen noch jemand sagen, und kurz darauf drangen die Schnarchtöne eines Mannes heraus, der Tag für Tag hart arbeiten musste, um sich und den Seinen das Überleben zu sichern.

Jetzt erst wagte Santini sich aus der Deckung. »Wie hast du das gemacht?«

»Sei still, sonst hört dich noch jemand«, zischte Marthe ihn an, dann zog sie ihr Messer unter dem Rock hervor, beugte sich über den Hund und schlitzte ihm mit einem schnellen Schnitt die Kehle auf.

»Nur für den Fall, dass das Gift nicht stark genug war«, flüsterte sie. Dann trat sie an die Tür und legte das Ohr dagegen. Es fiel ihr nicht leicht, durch das Schnarchen des Mannes hindurch die leiseren Atemgeräusche der Frau zu hören, doch dann nickte sie zufrieden. Wie es aussah, lagen die Bewohner der Hütte wieder im tiefsten Schlaf. Sie tastete die Tür ab und schob die Messerklinge in den Spalt zwischen zwei Bretter und stocherte ein wenig herum.

»Wenn jetzt der Riegel zu Boden fällt, weckst du drinnen alle auf«, warnte Santini sie leise.

Marthe zuckte mit den Schultern und setzte ihre Bemühungen ungerührt fort. Als das Messer auf Widerstand traf, drückte sie die Klinge nach vorne und spürte, wie sich die Spitze in das Holz des eingerasteten Riegels bohrte. Dann zog sie das Messer langsam höher und wackelte ein wenig an der Tür. Keine zwei Herzschläge später schwang diese lautlos nach innen auf.

»Der Rest ist deine Sache.« Marthe schlüpfte in die Kate und tastete nach dem hochgeschobenen Riegel, um zu verhindern, dass er doch noch aus der Halterung rutschte und zu Boden fiel.

Santini blieb für einen Augenblick an der Tür stehen und sah sich um. In der Asche auf dem Herd glühte noch ein Stück Holzkohle und tauchte den Raum in einen feinen, rötlichen Schein, und unweit der Feuerstelle entdeckten die beiden Eindringlinge ihr eigentliches Ziel, eine aus Holz geschnitzte Wiege. Santini ließ sie vorerst außer Acht und ging vorsichtig zu dem Bett, in dem der Holzfäller mit seiner Frau schlief. Sein Messer blitzte auf, und nur Augenblicke später war der Mann genauso tot wie sein Hund. Marthe erwartete nun, dass ihr Begleiter auch die Frau umbringen würde. Doch Santini trat an den Herd und blies in die Glut. Das Feuer loderte auf, und sie konnten beide die Frau erkennen, die sich im Schlaf halb aus ihrer Decke herausgewunden hatte. Ihr Oberkörper war nackt, und ihre Brüste stachelten die Gier des Hexers an.

»Jetzt mach schon! Nimm den Balg«, flüsterte Marthe ihm zu. Es war schwer genug gewesen, eine Behausung zu finden, in der ein einzelner Mann mit seinem Weib und einem kleinen Kind hauste. In ein Dorf hatten sie sich nicht gewagt, aus Angst, der Raub würde zu schnell entdeckt. In dieser Einöde konnten sie sich jedoch sicher fühlen. Bis jemand zu der Hütte kam, waren sie längst über alle Berge, und die Bewohner der umliegenden Dörfer würden noch lange rätseln, wer den Holzfäller und dessen Frau getötet und ihr Kind mitgenommen hatte.
Santini leckte sich über die Lippen und wies dann auf die Wiege.
»Nimm das Kind und geh voraus. Ich will das Weib haben.«
»Von mir aus. Aber beeile dich! Bevor der Tag graut, müssen wir weit fort sein.« Mit einem schnellen Schritt war Marthe bei der Wiege und nahm das Kind heraus. Es war vielleicht ein Jahr alt und so gesund, wie eine Mutter es sich nur wünschen konnte. Für kurze Zeit überkamen sie zärtliche Gefühle, und sie wiegte das unruhig gewordene Kleine, bis es wieder tief schlief. Dann aber spottete sie über sich selbst. Das Kind war nur ein Werkzeug, ein Mittel für einen bestimmten Zweck, und sonst gar nichts.
Marthe sah noch, wie ihr Gefährte den toten Holzhacker vom Bett zog und sich auf die erwachende Frau stürzte, dann eilte sie davon, so schnell es das wechselnde Mondlicht erlaubte.

XV.

Johanna trat in Ehrentrauds Zimmer und starrte mitleidlos auf die junge Frau herab, die wie tot auf ihrem Bett lag. Nur das leichte Heben und Senken der Brust verriet, dass noch Leben in ihr war. Die Wunde auf ihrer Wange hatte sich inzwischen stark entzündet, und durch das Loch in dem fauligen Fleisch konnte man die Zähne der Schläferin sehen. Johanna wandte sich angeekelt ab und fragte sich, wie sie jemals Faszination für dieses Zerrbild von einem Menschen hatte empfinden können. Dabei war ihr klar, dass sie es hauptsächlich getan hatte, um in der Nichte des Priors eine willige Verbündete gegen Irmela zu finden. Dafür aber benötigte sie das Narbengesicht nun nicht mehr, denn Irmela würde den Worten der Schwarzen Hexe zufolge in der Ferne zugrunde gehen.

Jetzt war sie die Herrin, und sie beschloss, dies sich auch von Helene nicht streitig machen zu lassen, mochte diese auch noch so toben. Sie würde ihr jeden Knuff und jede Ohrfeige mit Zins und Zinseszinsen heimzahlen. Vorher aber galt es, die Sache mit Ehrentraud zu Ende zu bringen. Johanna trat auf die Schlafende zu und stieß sie rüde an.

»Aufstehen, es ist so weit!«

Ehrentraud versuchte die Augen zu öffnen, doch es fiel ihr schwer. Ihre Gedanken schienen sich in dichtem Nebel zu verlieren, und sie erkannte im ersten Augenblick nicht, wer vor ihr stand. Seit Tagen fühlte sie sich von einer fiebrigen Müdigkeit umfangen und hatte in der Zeit weder ihre Kammer verlassen noch viel essen können. Sie verspürte jedoch keinen Hunger, sondern nur einen nie endenden Durst, einen dumpfen Schmerz in der Magengrube und ein Klopfen und Pochen im Gesicht, das sie bis in ihre Alpträume verfolgte. Irgendetwas war mit ihr geschehen, doch sie wusste nicht zu sagen, was es war.

Langsam wurde ihr Kopf klarer, und sie starrte ihre Truhe an. Trotz ihrer Schwäche hatte sie auch in den letzten Tagen hie und da ein paar kurze Sätze in ihr Buch schreiben können, war aber dann wieder in den Zustand zwischen Dahindämmern und unruhigem Schlaf verfallen, in dem dunkle Schatten sie auf eine Knochengestalt zutrieben, die in einen weiten, grauen Mantel gehüllt und mit einer Sense in der Hand auf sie wartete. Auch jetzt hatte dieses Gespenst zusammen mit Johanna den Raum betre-

ten und stand hinter ihrer früheren Freundin. Aber wenn sie schon sterben musste, wollte sie nicht, dass jemand aus diesem Haus in ihrer Truhe wühlte und ihr geheimes Tagebuch fand. Das ging niemand etwas an, auch ihren Onkel nicht. Nur einer sollte es lesen und begreifen, wie sehr sie ihn geliebt hatte.
»Fabian!«
»Was ist mit dem?«, fragte Johanna verwundert.
»Meine Truhe! Ich will, dass Fabian sie bekommt, wenn mir etwas geschehen sollte.«
»Dir passiert schon nichts!« Johanna dauerte das Ganze zu lange, und sie fasste Ehrentraud unter. Als sie diese zur Tür hinausführte, kam ihnen Doktor Portius entgegen. Ehrentraud kniff die Augen zusammen, um ihn überhaupt erkennen zu können, und stemmte sich dann gegen Johannas Zerren. »Doktor, wollt Ihr mir einen Gefallen tun?«
Portius nickte. Sagen konnte er nichts, so sehr erschütterte ihn der Anblick der jungen Frau. Er hatte Ehrentraud zwar niemals in ihrer früheren Schönheit gesehen, doch selbst mit ihren Narben war sie ihm ansehnlicher erschienen als nach der Behandlung durch das Hexenvolk. Innerlich krümmte er sich vor Scham, denn er hatte ihr eingeredet, sein Mittel würde den Erfolg von Lohners Operation verstärken, weil er seinem Konkurrenten nicht den Ruhm hatte überlassen wollen. Am liebsten wäre er vor Ehrentraud auf die Knie gefallen und hätte sie angefleht, ihm zu verzeihen.
Im Grunde war er schuld, dass Ehrentraud sich nun in der Gewalt der Hexen befand, und es war, als sei er selbst in den Vorraum der Hölle geraten. Weder Helene von Hochberg noch das Gesindel, das diese ins Haus geholt hatte, waren an seinen Fähigkeiten interessiert. Man hatte ihn ignoriert, von allem ausgeschlossen und behandelte ihn wie einen faulen Knecht. Nur der Gedanke an die Belohnung, die er von Xaver von Lexenthal für

die Genesung Ehrentrauds bekommen sollte, hatte ihn dazu gebracht, in diesem Haus zu verweilen.
»Wir müssen weiter!«, hörte er Johanna sagen.
Kurz entschlossen vertrat er ihr den Weg und verneigte sich vor Ehrentraud. »Was kann ich für Euch tun, Fräulein?«
»Nehmt meine Intarsientruhe an Euch und lasst sie, wenn ich nicht mehr sein sollte, Herrn Fabian von Birkenfels zukommen. Schreibt ihm, dass meine Gedanken immer bei ihm waren.«
»Tut schon, was sie will, und dann bleibt gefälligst in Eurer Kammer, bis man Euch ruft.« Johanna schob den Arzt kurzerhand beiseite und schleifte Ehrentraud weiter.
Portius sah ihnen nach, dann trat er in Ehrentrauds Schlafkammer und nahm die kleine, aber durchaus kostbare Truhe an sich. Als er sie unter den Arm geklemmt hatte, fragte er sich, ob es gut war, noch länger unter diesem Dach zu verweilen. Da aber die große Beschwörung kurz bevorstand, entschied er sich zu bleiben, denn trotz allen Ekels verging er beinahe vor Neugier auf das, was dabei geschehen würde.
Eine Weile lauschte er, um festzustellen, wo sich das Gesinde aufhielt. Dabei fiel ihm auf, dass das Haus für die frühe Abendstunde merkwürdig still wirkte. Wahrscheinlich hatten sich die Knechte und Mägde vor Angst zitternd in einem der Nebengebäude verkrochen und riefen alle Heiligen an, damit ihnen nichts geschah. Die Herrin und die Hexen hatten sich diesmal in Helenes großem Wohnraum im ersten Stock versammelt, um auf Satans Pfaden zu wandeln. Portius atmete tief durch und schlich zu jener Tür. Dort stellte er ganz leise die Truhe ab, bückte sich und versuchte, durch das Schlüsselloch zu spähen. Darin aber steckte der Schlüssel.
Ein dünner Lichtstrahl, der aus dem Raum herausdrang, lenkte die Aufmerksamkeit des Arztes auf eine andere Stelle. Die Türen des Gutshofs waren nicht sorgfältig geschreinert, sondern

aus mit der Axt geglätteten Brettern zusammengefügt worden. Bei einem dieser Bretter war der Astansatz herausgefallen und hatte ein fingernagelgroßes Loch freigegeben. Als Portius hindurchsah, blickte er direkt auf eine Art Altar, der mit schwarzen Tüchern bedeckt war und ein Kreuz trug, das auf dem Kopf stand.

Neben dem Altar konnte er Helene und Johanna erkennen, die sich in lange, schwarze Gewänder gekleidet hatten und schwarze Kerzen in den Händen hielten. Santini und Marthe befanden sich nicht in dem schmalen Blickfeld, den das Astloch bot, dafür aber Ehrentraud und die alte Hexe. Diese steckte ebenfalls in einem schwarzen, hemdartigen Kleid und hielt ein Gefäß in ihrer Rechten, das aus einem Totenkopf gefertigt worden war, dem man die Schädeldecke abgeschnitten hatte. Die Hexe füllte das Ding nun mit einem dunklen Gebräu aus einer schwarzen Kanne und forderte Ehrentraud auf, es zu trinken.

Nach kurzem Zögern und mit sichtlicher Überwindung tat die junge Frau, was man ihr befohlen hatte. Drei Mal musste Ehrentraud das Gefäß leeren, dann trank die Hexe ebenfalls drei Mal und reckte ihre Arme gegen die Decke. Dabei sagte sie etwas, das Portius nicht verstand, aber für eine Beschwörungsformel unreiner Geister hielt. Nun trat Marthe in sein Blickfeld und begann Ehrentraud bis auf die Haut auszuziehen. Selbst jetzt konnte der heimliche Zuschauer die Reste ihrer einstigen Schönheit erkennen und begriff, warum die junge Frau bereit gewesen war, sich in die Hände dieser abstoßenden Leute zu begeben. Obwohl die Angst vor den höllischen Mächten auch ihn in den Klauen hielt, hoffte er für Ehrentraud, dass der Zauber gelingen möge, und hätte am liebsten darum gebetet. Er wagte jedoch nicht, angesichts der Vorgänge dort drinnen den Herrgott anzurufen, denn er wollte nicht, dass die Himmlischen das Ritual womöglich störten.

Während Portius wie erstarrt zusah, wusch Marthe Ehrentraud symbolisch mit schwarz gefärbtem Wasser und schob sie auf den Altar zu. »Lege dich darauf!«

Die junge Frau sah zwar, wie der Mund der jungen Hexe sich bewegte, verstand aber kein Wort, denn in ihren Ohren rauschte das Blut, und sie fühlte ihr Herz mit der Wucht eines Schmiedehammers schlagen. Marthes Gesten machten ihr jedoch rasch klar, was sie zu tun hatte. Mit steifen Bewegungen stieg sie auf den schwarzen Altar und ließ sich darauf zurechtziehen, als sei sie ein Stück Stoff.

Das Gemurmel der Schwarzen steigerte sich, und jetzt fiel auch Marthe darin ein. Sie entzündete mehrere schwarze Kerzen, die einen entsetzlichen Gestank verbreiteten, der sogar durch das Astloch zog, durch das Portius die Szene verfolgte.

Der Arzt hielt sich die Nase zu, um sich nicht durch heftiges Niesen zu verraten. Ihm war klar, dass es für ihn besser wäre, schleunigst seine Sachen zu holen und das Haus zu verlassen, doch er vermochte seinen Blick nicht von den Geschehnissen abzuwenden.

Nun trat Santini neben den Altar. Er war nackt bis auf einen Bockschädel, den er sich vor die Stirn gebunden hatte, und seine Haut war mit grausigen, schwarzen Symbolen bedeckt. An einer dünnen Schnur um seine Taille baumelte der in einer Quaste auslaufende Schwanz eines Bullen, und in den Händen trug er ein etwa einjähriges Kind, das er nun an Marthe weiterreichte. Diese entkleidete es und hielt es so in die Luft, dass Portius sein Geschlecht erkennen konnte. Es handelte sich um einen kleinen Jungen.

Die Schwarze flößte nun auch dem Kind den Trunk ein und nahm ein Messer mit schwarzem Griff zur Hand. Bevor Portius erkannte, was sie vorhatte, stieß sie einen lauten Ruf aus und schlitzte dem Säugling die Kehle auf. Das Blut des Kindes spritzte stoßweise heraus und ergoss sich über die junge Frau auf dem Altar.

Ehrentraud konnte nicht einmal mehr den Kopf heben, denn der Hexentrunk lähmte sie und ließ ihren Körper von innen heraus kalt werden und erstarren. Auch ihre Zunge verweigerte den Dienst, und als sie das Grauen vor dem, was um sie geschah, aus sich herausschreien wollte, kam kein Laut aus ihrer Kehle. Auch konnte sie die Augen nicht abwenden oder die Lider schließen, damit sie das geschlachtete Kind nicht ansehen musste. Eines begriff sie jedoch in brutaler Klarheit: Dieser grausame Mord war ein zu hoher Preis für ihre einstige Schönheit.

Die alte Hexe verstrich das Blut des Kindes auf Ehrentrauds Leib und berührte mit dem noch warmen Körper ihre Wangen und Brüste. Dabei rief sie ihre Dämonen an, ihr bei diesem Zauber beizustehen. Ihre Stimme steigerte sich zu einem schrillen Diskant. »Erscheine, o Großer, und nimm das Opfer an, das wir dir darbringen!«

Santini wurde von der Schwarzen ebenfalls mit dem Blut des Kindes bespritzt und stieg auf den Altar. Für einen Augenblick ragte sein Glied wie ein Turm vor Ehrentrauds trüb werdendem Blick auf, und der Mann stieß ein brünstiges Brüllen aus. Dann legte er sich auf sie, und sie spürte, wie er in sie eindrang. Doch als er sich auf ihr bewegte, empfand sie nichts mehr. Sie sah nur eine dunkle Nebelwand auf sich zurollen, und als diese sie erreichte, erlosch die Welt.

Im gleichen Augenblick beobachtete Portius, wie der rechte Arm der jungen Frau haltlos über die Kante des Altars rutschte und ihr Kopf zur Seite fiel. Dann sah er in ihre starren Augen und spürte, wie sein Magen sich zu einem eisigen Klumpen zusammenzog. Er sprang auf und wollte in Panik davonlaufen, stolperte aber über Ehrentrauds Truhe und konnte gerade noch einen Sturz vermeiden. Mit einem raschen Griff packte er den Kasten, presste ihn an sich und eilte den Korridor entlang, einzig und allein von dem Gedanken getrieben, diesen schrecklichen Ort so schnell wie möglich zu verlassen. Er nahm sich nicht einmal die Zeit, seine Sachen aus der Kammer zu holen, sondern ließ alles zurück. Noch nie hatte er die Treppe ins Erdgeschoss so schnell und so lautlos überwunden wie zu dieser verfluchten Stunde. Er öffnete mit zitternden Fingern den Riegel, den Helene eigenhändig vorgeschoben hatte, riss die Tür auf und rannte, vom Gebell der Hunde begleitet, geradewegs in den Wald.

XVI.

An dem Morgen nach den Ereignissen in ihrem Gutshof erwachte Irmela einige hundert Meilen weiter mit dem Gefühl, dass etwas Entsetzliches geschehen sein musste. Voller Angst blieb sie im Bett liegen und blickte nicht einmal auf, als Fanny hereinkam.
Diese sah sie an und schüttelte den Kopf. »Ihr habt lange genug geschlafen, Komtesse. Raus aus den Federn! Es ist ein herrlicher Tag.«
Irmela drehte ihr den Kopf zu und sah sie mit Tränen in den Augen an. »Das ist er nicht. Ich fühle es!«
»Ihr solltet Euch ein etwas robusteres Gemüt zulegen. So wie jetzt würdet Ihr jeden Ehemann, den Ihr einmal bekommt, zur Verzweiflung treiben – und mich dazu.«
Fanny schüttete das warme Wasser, das sie mitgebracht hatte, in die Waschschüssel und nahm Lappen und Seife zur Hand.
»Also, was ist? Ich kann Euch schlecht im Bett waschen.«
»Nein, das kannst du nicht.« Irmela überlegte, ob sie so tun sollte, als sei sie krank. Allerdings kannte sie ihre Zofe gut genug, um zu wissen, dass Fanny dann jedes Hausmittel anschleppen wür-

de, das sie selbst, Walburga oder Meinarda kannten, um es ihr erbarmungslos einzuflößen. Da war es doch besser, aufzustehen, sich anzuziehen und sich an einen Ort zu setzen, an dem sie ihren Gedanken freien Lauf lassen konnte. Dabei konnte sie an dem neuen Banner sticken, welches sie für Fabian fertigen wollte. Er hatte zwar noch keine eigene Kompanie, aber wenn er so weitermachte wie bisher, würde er wohl bald zum Hauptmann aufsteigen und Männer in die Schlacht führen.
Irmela hoffte, dass ihre dumpfen Ahnungen nichts mit ihm zu tun hatten. Noch war sie sich nicht sicher, ob sie ihn innig genug liebte, um über seine Fehler hinwegsehen und ihn heiraten zu können. Daher sagte sie sich, sie müsse die Ehe mit ihm wie einen Handel ansehen. Sie bot Fabian Geld und Ansehen für seinen weiteren Aufstieg und er ihr den Schutz vor Helene und anderen Verwandten oder Vormunden, den sie so dringend brauchte. Doch bei der Vorstellung krampfte sich ihr Herz schmerzhaft zusammen, und sie brach in Tränen aus.
Fanny, die sie beobachtet hatte, schüttelte den Kopf. Manchmal konnte sie wirklich nicht verstehen, was ihre junge Herrin bewegte.

Fünfter Teil

Die Rache des Grafen

I.

Der Saal vermochte die Offiziere, die sich darin drängten, kaum noch zu fassen. Um nicht ständig von Ellbogen getroffen zu werden, die unbeabsichtigt seine Rippen trafen, musste Fabian bis an die Wand zurückweichen. Am liebsten wäre er nach Hause gegangen, doch als Leutnant der Wache durfte er seinen Posten nicht ohne Wallensteins Erlaubnis verlassen. Nun beneidete er Gibichen, der es sich in ihrer Stammwirtschaft gemütlich machen konnte.

Kaum aber hatte er an ihn gedacht, wurde die Tür geöffnet, und sein Freund kam im Gefolge von Major Kiermeier und etlichen anderen Feldoffizieren herein. Sichtlich verwirrt schob er sich zu Fabian hinüber. »Kannst du mir sagen, was das soll?«

Dieser zuckte mit den Schultern. »Ich habe keine Ahnung. Auf Befehl des Feldherrn sollen sich alle Kommandeure hier versammeln. Ich nehme an, Wallenstein will den Herren seine Pläne für die nächsten Feldzüge mitteilen.«

»Dann geht es endlich los! Hier in Pilsen haben wir nur Rost angesetzt.« Gibichens Augen leuchteten auf. Obwohl er von guter Herkunft war und Aussicht auf ein ordentliches Erbe hatte, galt er als nachgeborener Sohn weniger als sein älterer Bruder, und das wollte er so bald wie möglich ändern.

»Ich lechze danach, wieder gegen die Schweden zu ziehen! Dann erfahre ich hoffentlich, was aus meinem Besitz geworden ist.« Fabian langte zum Griff seines Pallaschs.

Sofort legte sich Gibichens Hand auf seinen Arm. »Das solltest du lieber nicht tun! Es könnten sonst einige der Umstehenden meinen, du hättest es auf sie abgesehen.«

»Abgesehen habe ich es auf die Schweden! Von denen können mir gar nicht genug vor die Klinge laufen.« Trotz seiner kriegerischen Worte beruhigte Fabian sich wieder und zog seinen

Freund in eine Ecke, die eben zwei Offiziere freimachten, die näher an den in diesem Moment eintretenden Wallenstein gelangen wollten.
Der Feldherr hatte sich in den letzten Monaten ein wenig erholt, war aber immer noch blass. Wie es hieß, hatte der Kaiser ihn scharf gerügt, weil er dessen Anweisungen nicht befolgt hatte. Daher nahm Fabian an, Wallenstein habe einen groß angelegten Feldzug geplant und würde diesen nun in die Tat umsetzen, um seinen kaiserlichen Herrn zu beruhigen. Der Gedanke ließ seine Lebensgeister erwachen, denn er gab seinem Freund Gibichen im Stillen Recht. Hier in Böhmen setzte das Heer tatsächlich nur Rost an, während große Teile des Reiches unter den Plünderungen und der Willkür der Schweden ächzten.
Nun gesellte Kiermeier sich zu Fabian und Gibichen. Er steckte in seinem besten Rock und hatte seine Barttracht nach Wallensteins Vorbild geändert. Er wirkte ungewohnt ernst. »Die Sache gefällt mir nicht. Ich habe noch nie so viele bedenkliche Mienen gesehen. Schaut, wie sie miteinander tuscheln.«
»Das halte ich für ganz natürlich. Immerhin überschlagen sich die Gerüchte, und die Herren wollen herausfinden, was stimmen kann und was nicht.« Gibichen wollte noch mehr sagen, doch da hob Wallenstein aufmerksamkeitsheischend den Arm.
»Meine Herren, ich danke euch, dass ihr meiner Einladung so zahlreich gefolgt seid. Ich will mich kurz fassen. Wie einige von euch wissen, hetzen etliche Leute in Wien gegen mich und fordern den Kaiser auf, mich abzusetzen.«
Einige Offiziere begannen diese Worte aufgeregt zu kommentieren, und Wallenstein musste seine Rede unterbrechen, bis wieder Ruhe eingekehrt war. Sein Gesicht wurde noch bleicher, und ein verbissener Zug legte sich um seinen Mund.
»Es gibt etliche Höflinge und auch Offiziere, die mir vorwerfen, ich würde nicht alles in meiner Macht Stehende tun, um den

Willen Seiner Majestät in die Tat umzusetzen. Doch mit dem Willen des Kaisers allein ist es nicht getan. Man braucht genug Soldaten, um ihn auch ausführen zu können, ebenso Waffen, Munition, Ausrüstung und Verpflegung.« Wallenstein legte eine kurze Pause ein, um seine Worte wirken zu lassen. Als er weitersprach, flammten seine Augen zornig auf.
»Wohin es führt, mit hungrigen und schlecht besoldeten Truppen in den Krieg zu ziehen, hat uns Tilly in Magdeburg bewiesen. Da er nicht in der Lage war, das Massaker zu verhindern, hat er unserer Sache mehr geschadet als genützt, und seine Armee war danach ein Trümmerhaufen, den der Feind bei Breitenfeld mit Leichtigkeit zusammengeschlagen hat. Diesem Beispiel werde ich gewiss nicht folgen!«
Wallenstein erntete zustimmendes Gemurmel, und einer der Offiziere brachte einen Hochruf auf ihn aus, in den andere einstimmten.
Der Feldherr hob abwehrend den Arm. »Eure Treue in allen Ehren! Aber vor die Wahl gestellt, Befehlen zu folgen, die in meinen Augen unweigerlich ins Verderben führen, oder den Oberbefehl niederzulegen, werde ich mich für Letzteres entscheiden.«
Sofort senkte sich Schweigen über den Saal. Einige Offiziere schlugen das Kreuz, andere ballten die Fäuste, und weitere kämpften sogar mit den Tränen. Unter diesen war auch Kiermeier, der seine Karriere ganz auf den Dienst unter Wallenstein ausgerichtet hatte. Nur unter dessen Kommando würde er den Rang erreichen können, der es ihm möglich machte, als passender Brautwerber vor Meinarda von Teglenburg zu treten.
Erregt drängte er sich nach vorne und blieb vor dem Feldherrn stehen. »Ihr dürft das Kommando nicht aufgeben, Euer Gnaden! Wir wären wie Kinder ohne Vater, wenn Ihr das tut!«
»Kiermeier hat recht! Ohne Euch wäre unsere Armee nur noch ein zusammengelaufener Haufen ohne Aussicht darauf, den

Schweden in der Schlacht standzuhalten. Ihr müsst bleiben, Euer Gnaden, und das Heer nach Eurem Willen führen, mag Wien dazu sagen, was es will!«

»Das ist einer der böhmischen Offiziere, die unter Wallenstein aufgestiegen sind und ohne ihn fallen würden«, raunte Gibichen Fabian zu. Er musste es zweimal wiederholen, denn die Offiziere schrien wild durcheinander, dass sie nur von Wallenstein selbst und von keinem anderen Befehle entgegennehmen würden.

Auch Fabian war entsetzt. Die Niederlagen, die Gustav Adolf von Schweden dem Generalissimus Tilly beigebracht hatte, und der beinahe unaufhaltsame Vormarsch des Feindes saßen ihm tief in den Knochen. Zwar hatte Wallenstein bei Lützen ebenfalls verloren, doch diese Schlacht war im aufständischen Sachsen geschlagen worden und hatte die Schweden ihren König gekostet. Deshalb erschien Fabian diese Niederlage wertvoller als so mancher Sieg, zumal es Wallenstein gelungen war, die Hauptmacht seiner Truppen in vollständiger Ordnung vom Feind zu lösen und sich zurückzuziehen.

Das Geschrei der Männer wurde so laut, dass die Wachen hereinkamen. Ein General rief, dass er eher nach Wien marschieren und die schlechten Berater des Kaisers hinausfegen würde, als Wallenstein fallen zu sehen. Andere stimmten zu, und auch Fabians Blut schien schneller durch seine Adern zu rauschen. Nach Wien marschieren würde bedeuten, Stephanie von Harlau treffen zu können, und er war sicher, dass ihr Ehemann zu jenen gehörte, die Wallenstein übel wollten und daher über die Klinge springen mussten.

»Auf nach Wien! Zeigen wir dem Kaiser, wer wirklich für ihn ist!« Fabian wollte sich zu den lautesten Schreiern gesellen, doch Gibichen packte ihn am Ärmel.

»Du solltest dich ein wenig zurückhalten!«

Fabian sah seinen Freund erstaunt an. »Was soll das? Wenn Wallenstein weitere Beförderungen ausspricht, werden die, die als Erste auf seiner Seite stehen, auch diejenigen sein, die als Erste berücksichtigt werden.«

»Möchtest du wirklich Seite an Seite mit einem Heimsburg reiten?« Gibichen zeigte auf den Offizier, der nach seiner Genesung als Dragonerhauptmann in Octavio Piccolominis Dienst getreten war und Wallenstein gerade hochleben ließ.

Bislang hatte Fabian Heimsburg nicht gesehen und verzog nun angewidert das Gesicht. Die persönliche Feindschaft zu dem Betrüger war groß genug, ihn zu ernüchtern. Gleichzeitig bemerkte er die Blicke, die Wallenstein mit seinen Vertrauten Ilow und Trčka wechselte und die schlecht verhehlten Triumph verrieten.

»Du hast recht«, flüsterte er Gibichen zu. »Das Ganze ist ein abgekartetes Spiel, um die Offiziere auf Wallenstein einzuschwören.«

»Wir haben die Wahl, uns voll und ganz auf seine Seite zu schlagen oder uns unauffällig zurückzuhalten, auch wenn das Zweite uns schwerfallen mag.« Die teilweise frenetischen Treuebekundungen zu Wallenstein begannen Ludwig von Gibichen zu verunsichern. Aber als Wallenstein die Anwesenden aufforderte, Befehle nur von ihm persönlich entgegenzunehmen und dies mit einem Eid und ihrer Unterschrift zu bekunden, zog er Fabian näher zu sich. »Das sollten wir besser bleiben lassen. Der Kaiser ist der Kaiser und steht daher über einem Wallenstein, mag dieser auch ein weitaus besserer Feldherr sein als Seine Majestät.«

Fabian wusste nicht, was er darauf antworten sollte. Im Gegensatz zu ihm dachte sein Freund über jede Entscheidung ausgiebig nach, bevor er sie äußerte. Außerdem stammte Ludwig aus den bayerischen Kernlanden und fühlte sich eher Herzog Maximilian verpflichtet. Bei dieser Überlegung wurde Fabian klar, dass er

ein Untertan des Pfalzgrafen Wolfgang Wilhelm von Pfalz-Neuburg war und ihm in erster Linie daran gelegen sein musste, seine Heimat aus der Hand der Schweden zu befreien.
»Lass uns heute Abend in aller Ruhe darüber reden. Ich muss mich um die Wachen kümmern. Bei so vielen Leuten kann es leicht zu Problemen kommen.« Fabian nickte Gibichen kurz zu und drängte sich durch die dicht stehende Menge zur Tür. Gibichen folgte ihm und ignorierte dabei die Liste, die nun von Offizier zu Offizier weitergereicht wurde. Kurz danach suchte Kiermeier, der als einer der Ersten unterschrieben hatte, nach seinen beiden Untergebenen, konnte sie aber nirgends finden.

II.

*D*er Schnee stob von den Hufen der Pferde auf und wehte Irmela wie Puder ins Gesicht. Meinarda, die neben ihr saß, lachte fröhlich auf. »So eine Schlittenfahrt im Winter ist doch etwas Herrliches!«
Irmela nickte. »Es ist wirklich schön. Das letzte Mal bin ich mit dem Schlitten gefahren, als mein Vater noch lebte. Im letzten Winter hat Helene es nicht erlaubt, weil ihr die meisten Nachbarn zu gering waren, um sie zu besuchen, und Passau zu weit weg.«
»Deine Stiefgroßmutter ist eine unerträgliche Person. Du glaubst gar nicht, wie froh ich war, als ich zu meinen Verwandten ziehen konnte. Auch Walburga geht es besser, nachdem sie den ewigen Sticheleien von Helene und Johanna entkommen ist. Die beiden haben sie immer wieder an das traurige Geschehen auf unserer Flucht erinnert und an den Grund, aus dem Steglinger die Ehe mit ihr auflösen will. Wir hoffen ja, dass die Sache bald geregelt sein wird, denn mein Onkel hegt tiefere Gefühle für Walburga

und wird, wenn Walburga das kirchliche Scheidungsurteil zugestellt worden ist, um ihre Hand anhalten. Wie sehr würde ich ihr das Glück mit ihm gönnen!« Meinarda sah bei diesen Worten so zufrieden aus, als hätte sie die beiden eigenhändig verkuppelt.
Irmela glaubte Albert von Rain jedoch gut genug zu kennen, um zu vermuten, dass der Antrag von ihm ausgegangen war. Dem Mann lag weniger an einer Ehefrau als an einer tatkräftigen Wirtschafterin. Sie sah sich um und lächelte, als sie Walburga erblickte, die im nächsten Schlitten mitfuhr und die beiden jüngsten Töchter ihres Gastgebers rechts und links an sich drückte.
Die Mädchen waren in die burschikose Frau vernarrt, und ihr Vater, der mit den beiden wenig anfangen konnte, war froh, die Verantwortung für sie abschieben zu können. Sein ältester Sohn diente in General Gallas' Truppen und hatte es zum Rang eines Obersts gebracht. Wie es aussah, hatte das Auftreten des jungen Offiziers Meinarda imponiert, und nun galten all ihre Gedanken Franz von Rain. Zwar war sie so nahe mit ihm verwandt, dass sie ihn nur mit einem Dispens des Papstes heiraten konnte, aber das würde aller Voraussicht nach kein Hindernis sein. Die Sippe derer von Rain war einflussreich, und Albert von Rains zweiter Sohn Daniel hatte es im Dienst der Kirche bereits zum Abt eines Klosters gebracht. Zu diesem waren die Schlitten gerade unterwegs. Gemäß Walburgas Wahlspruch, das Angenehme mit dem Nützlichen zu verbinden, wollten die Damen in der Klosterkirche für den Sieg der kaiserlichen Waffen beten und Kerzen für die Jungfrau Maria stiften.
Meinarda dauerte Irmelas Schweigen zu lange. »Glaubst du nicht auch, dass mein Onkel und Walburga gut zueinander passen?«
»Das tun sie ganz bestimmt!« Irmela sagte es mehr aus Gefälligkeit, denn in ihren Augen profitierte Albert von Rain am meisten von dieser Ehe. Wie sie von Meinarda erfahren hatte, war seine

Wirtschaft bei der Ankunft der Damen arg verlottert gewesen. Walburga hatte das Heft in die Hand genommen und die Verhältnisse in kurzer Zeit zum Besseren gewendet. Würde sie Rain wieder verlassen, kämen die alten Zustände wohl zurück, und das war dem Gutsherrn bald klar geworden. Um das so behaglich gewordene Leben weiterführen zu können, war er bereit, ein zweites Mal vor den Traualtar zu treten. Eine Liebesehe würde aus dieser Verbindung nicht entstehen, dachte Irmela, aber sie war überzeugt, dass die aus einem ritterlichen Geschlecht stammende Walburga und der Freiherr besser harmonierten als die meisten anderen Paare, die sich unter dem gemeinsamen Ehejoch zusammenfanden.

»Du bist heute aber arg mundfaul«, beschwerte Meinarda sich. Sie liebte eine muntere Unterhaltung, wurde von Irmela in dieser Hinsicht jedoch nur selten zufriedengestellt. Da sie selbst nicht gewohnt war zu schweigen, breitete sie all die Vorteile vor ihrem Gast aus, die eine Ehe ihres Onkels mit Walburga mit sich bringen würde.

Irmela begriff rasch, dass Meinarda die Verbindung der beiden aus recht eigennützigen Gründen unterstützte. Mit Walburga kam sie gut aus, und sie würde von dieser nie in ihrem Anspruch behindert werden, als erste Dame der Familie zu gelten. Das sähe ganz anders aus, sollte Albert von Rain sich für eine Dame aus einer höherrangigen Familie entscheiden. Heiraten musste er, um seinen kleinen Töchtern wieder eine Mutter zu geben, denn Meinarda hatte wenig Lust, sich mit den beiden zu belasten. Auch Siegmar überließ sie zumeist der Kinderfrau, ohne sich als schlechte Mutter zu fühlen. Wenn sie ihren Sohn sehen wollte, ließ sie ihn holen und herzte ihn, als hätte sie wochenlang auf ihn verzichten müssen, schob ihn aber bald wieder an seine Kindsmagd ab.

Im Gegensatz zu Meinarda kümmerte Albert von Rain sich häu-

fig um den Jungen. Auch jetzt hatte er ihn bei sich im Schlitten und hielt ihn an sich gedrückt, damit er nicht fror. Die Kinderfrau hatte Siegmar jedoch so dick eingehüllt, dass er auch im Schnee hätte schlafen können, und so glaubte Irmela beim Anblick des Jungen zu fühlen, wie ihm der Schweiß in Strömen über den Rücken rann.
Da Irmela gewohnt war, sich in sich selbst zurückzuziehen und ihren eigenen Gedanken nachzuhängen, vermochte sie dem Geplauder ihrer Freundin mit halbem Ohr zuzuhören und von Zeit zu Zeit ein »Ach, wirklich?« und »So ist das also!« von sich zu geben. Die Bemerkungen reichten aus, um Meinarda halbwegs zufriedenzustellen. Dennoch freute die Freiin sich auf die Nachbarn, bei denen sie nach dem Besuch im Kloster übernachten würden. Dort gab es zwei Damen, die ebenso redefreudig waren wie sie selbst, und außerdem Gäste aus dem nahen Wien. Sie konnte es kaum erwarten, Neuigkeiten aus der Kaiserstadt zu erfahren, und wünschte sich, sie könnte den Besuch im Kloster absagen und direkt weiterfahren. Bei dem Gedanken rief sie sich zur Ordnung, denn sie wollte ja nicht nur für den Sieg des Kaisers im Allgemeinen, sondern auch für eine unversehrte Rückkehr ihres Vetters beten, dessen Gattin sie zu werden hoffte.
»Was meinst du, Irmela? Sollte ich nicht auch heiraten, damit Siegmar wieder einen Vater bekommt? Die Resi und unsere Moni kümmern sich zwar sehr um ihn, aber er benötigt ein Vorbild.« Meinarda warf einen Blick nach hinten auf den einfachen Schlitten, in dem die Bediensteten saßen, die sie unterwegs benötigten.
Neben Fanny und Meinardas Zofe hockten Moni, die nun doch in Walburgas Diensten stand, und Siegmars Kinderfrau darin. Ihrem Lachen zufolge, das hie und da herüberwehte, hatten auch sie Freude an der Fahrt, obwohl der rundliche Braune, der sie

zog, sich von seinem Lenker nicht dazu bewegen ließ, das Tempo der schnelleren Zugpferde vor den Herrschaftsschlitten mitzuhalten.

Irmela hatte sich ebenfalls umgeschaut und schüttelte nun verwundert den Kopf. »Wie kommt es, dass Herr von Rain so viele Pferde behalten konnte? Schließlich wurden die Kutschpferde überall für den Krieg requiriert.«

»Wir haben mehr als zwanzig Gäule für Franz und sein Regiment geopfert!« Meinarda wirkte ein wenig beleidigt, weil Irmela zu bezweifeln schien, dass ihre Familie alles getan hatte, um den Kaiser bei seinem Kampf gegen die Schweden und die mit ihnen verbündeten Ketzer zu unterstützen.

Wie Irmela bereits vernommen hatte, konnten auf dem Hauptgut der Rains und den Nebengütern noch über einhundert Pferde eingespannt werden, während den Bauern in den umliegenden Dörfern die Zugtiere mit der Begründung aus den Ställen geholt worden waren, sie könnten ihre Felder ja auch mit den Kühen bestellen. Die Ochsen aber benötige man für den Tross der kaiserlichen Heere und für die Verpflegung der Soldaten. Daher war es in Irmelas Augen kein Wunder, dass die Bauern gegen die ungleiche Verteilung der Lasten rebellierten. Ihre frühere Annahme, die Bauern ließen sich durch Agenten der Ketzer gegen ihre Herren aufhetzen, hatte sie inzwischen korrigiert. Doch für ihre neue Einsicht würde Meinarda kein Verständnis aufbringen. Für die Freiin zählten die zwanzig Pferde, die ihre Familie ihrem Vetter mitgegeben hatte, weitaus mehr als das einzige Zugtier, das einem Bauern weggenommen worden war.

Zuletzt fühlte sich Irmela von Meinardas Geplapper arg gestört und war froh, als der Wald sich öffnete und das Kloster inmitten einer tief verschneiten Lichtung auftauchte. Zur linken Hand befanden sich die Wirtschaftsgebäude der Abtei, die über ein

Dutzend Dörfer gebot, im Zentrum erhob sich der mächtige Bau der Basilika mit ihren beiden von großen Kuppeln gekrönten Türmen, an die sich der dreistöckige, von zwei quadratischen, weit vorspringenden Türmen flankierte Klosterbau anschloss.

Der vorderste Schlitten hatte bereits die Basilika erreicht. Er war mit fünf Männern besetzt, die unter ihren Decken geladene Flinten verbargen, um Räuber oder aufrührerische Bauern in Schach halten zu können. In der Umfriedung des Klosters wurden die Waffen nicht mehr benötigt, und so zogen sich die Männer ehrerbietig zurück, während die restlichen Schlitten vor dem Tor der Basilika anhielten.

Diener eilten herbei, um den Gästen herauszuhelfen, doch Irmela wartete nicht auf die fremden Lakaien, sondern nahm den Arm, den Abdur ihr bot, und stieg aus. Der Mohr grinste vor Freude über sein ganzes Gesicht. Für den Offizier, der ihn in Ungarn einem Türken abgehandelt hatte, wie auch für Steglinger war er ein exotisches Geschöpf gewesen, das den Tieren näher stand als den Menschen, während Irmela ihn wie einen bewährten Diener behandelte. Er hatte sich fest vorgenommen, sie zu fragen, ob er nicht bei ihr bleiben dürfe, traute sich aber noch nicht. Doch genau wie der Kutscher und der Rest ihrer Begleiter wollte er nicht zu dem Heereslieferanten zurückkehren.

Das war jedoch nicht der einzige Grund, aus dem Abdur sich um Irmelas Wohlergehen bemühte. Abgesehen von seiner freundlichen Herrin gab es da noch jemand, den er mochte, aber das verriet er mit keiner Miene. Er blickte auch nicht zu dem Schlitten mit den Leibmägden hinüber, sondern hob, als Irmela fest auf dem hart getretenen Schnee stand, Meinarda aus dem Schlitten. Diese nickte ihm herablassend zu und hakte sich dann bei ihrer Freundin unter.

Ein Mönch in einer dunklen gefütterten Kutte begrüßte die Gäste und bat Albert von Rain und die Damen, in die Halle neben der Basilika zu treten. Derweil wurden Fanny und die übrigen Bediensteten von einem Novizen aufgefordert, ihm in die Klosterküche zu folgen. Die Kindsmagd lief hinter ihrem Schützling her, als mache sie sich Sorgen um den Jungen. Albert von Rain, der Siegmar auf den Arm genommen hatte, scheuchte sie jedoch mit einer ungeduldigen Geste zurück.

Irmela amüsierte sich einen Augenblick über das enttäuschte Gesicht der Magd, die wohl gehofft hatte, bei den Herrschaften bleiben und die Repräsentationsräume betrachten zu können, und wandte sich dann dem jungen Mönch zu, der ihr mit einem höflichen Gruß gewürzten Wein kredenzte. Mit dem heißen Becher in der Hand sah sie sich nun selbst in der Halle um. Diese war mit prächtigen Statuen geschmückt, welche die Schutzheiligen des Klosters und des Hauses Habsburg darstellten. Scheinbar völlig in den Anblick der Standbilder versunken, lauschte sie den enthusiastischen Worten, mit denen der Mönch Meinarda erklärte, wer diese Kunstwerke geschaffen hatte, und stolz hinzusetzte, dass selbst der Kaiser in Wien diesen Mann schätzen würde.

Da er sich in Einzelheiten verlor und Irmela nicht nach einem Vortrag über den rechten Meißelhieb zumute war, wanderte sie an den Figuren entlang und verglich die Attribute, mit denen die Heiligen dargestellt wurden, mit dem, was sie gelernt hatte. Bald aber wurde sie von dem Eintreffen neuer Gäste abgelenkt. Albert von Rain begrüßte seine Nachbarn mit lärmender Freude und verbeugte sich vor den Damen. Auch Meinarda gesellte sich zu der Gruppe, und Irmela wurde bewusst, wie viele Bekanntschaften ihre Freundin bereits geschlossen hatte. Die Freiin schien hier sehr beliebt zu sein, und das freute sie. In diesem friedlichen Teil des Reiches würde Meinarda die Schrecken des

Krieges und der Flucht wohl überwinden können. Sie selbst wurde noch immer von Alpträumen heimgesucht und hatte befürchtet, noch lange unter den schrecklichen Ereignissen leiden zu müssen. Nun aber begann sie zu hoffen, dass sie in der Runde der fröhlichen Menschen ihren inneren Frieden finden könnte.

Während sie Meinardas Wink folgend auf die Damen zutrat, um sich vorstellen zu lassen, machte das Erscheinen eines weiteren Paares ihre Hoffnung auf eine Zeit ohne Ärger und Anspannung zunichte. Der Mann war hochgewachsen und hager, sein harter Gesichtsausdruck verriet einen Hang zur Grausamkeit. Seine Frau war ebenfalls recht groß, wirkte aber zierlich und so lieblich wie der Frühling. Ihre Haare glänzten in einem natürlichen Goldton, der den Schmuck der anwesenden Damen überstrahlte.

»Ah, Harlau! Seid uns willkommen! Das ist wohl die Frau Gemahlin? Entzückend! Ich bin Euch direkt bös, weil Ihr uns die Dame so lange vorenthalten habt.«

Es hätte Albert von Rains Worte nicht bedurft, um Irmela klarzumachen, wer diese Leute waren. Sie hatte Stephanie von Harlau auf den ersten Blick erkannt und mit Neid festgestellt, dass diese in der Zwischenzeit noch schöner geworden war, auch wenn sie um die Leibesmitte etwas fülliger zu sein schien.

»Irmela, darf ich dir eine liebe Freundin vorstellen? Ich habe sie in glücklicheren Zeiten in Wien kennengelernt!« Meinarda haschte nach Irmelas Hand und zerrte diese auf Stephanie zu. Diese neigte lächelnd den Kopf, während Irmela sich zwingen musste, ihre Gefühle hinter der anerzogenen Höflichkeit zu verbergen. Sogar ihr selbst fiel auf, wie ungelenk sie vor der Dame knickste. Den Duft, der Stephanie umgab, hatte sie oft genug an Fabian wahrgenommen, und das störte sie mehr, als sie erwartet hatte. Dann sah sie genauer hin und begriff, dass Harlaus Gattin

nicht dabei war, fett zu werden. Das Aussehen der Dame verriet ihr Geheimnis ebenso wie ihr Bäuchlein. Stephanie war schwanger und wirkte überaus glücklich, wobei ihr Mann ganz andere Gefühle zu hegen schien als Vaterstolz.
Während Irmela sich zusammenriss und Stephanie freundlich begrüßte, überschlugen sich ihre Gedanken. Ahnte Graf Harlau, dass seine Gemahlin ihn mit Fabian betrogen hatte? Seine Miene und seine Haltung deuteten darauf hin. Irmela spürte die Gefahr, die von diesem Mann ausging, und bekam Angst um ihren Jugendfreund und heimlichen Verlobten. Harlau war ein mächtiger Feind und durchaus in der Lage, sich auf schlimmste Weise an einem nachrangigen Offizier zu rächen.
Meinarda war ebenfalls auf Stephanies Schwangerschaft aufmerksam geworden und stieß einen Ruf des Entzückens aus.
»Das ist ja wunderbar, meine Liebe! Ich werde zur Gottesmutter beten, auf dass Ihr ein neues, gesundes Reis auf den Stammbaum derer von Harlau pflanzen werdet.«
»Das ist ja eine wunderbare Neuigkeit. Meinen Glückwunsch, Harlau!« Albert von Rain streckte dem Grafen die Hand hin.
Dieser ergriff sie mit einem wohl nur für Irmela merklichen Zögern. Auch sah Harlaus Lächeln so aus, als sei es eingefroren. »Wir sind nicht nur gekommen, um dem Bittgottesdienst für den Kaiser und unsere Sache beizuwohnen, sondern auch, um gemeinsam zu beten, dass der Himmel uns einen Erben schenkt.«
Harlaus Stimme klang kalt, und in dem Blick, mit dem er seine Gemahlin streifte, lagen Misstrauen und schlecht verborgener Hass.
Nun war Irmela sicher, dass der Graf Verdacht geschöpft hatte, und verfluchte Fabian, dass dieser seine Hände nicht von der Frau eines anderen hatte lassen können. Gleichzeitig fragte sie sich, ob Stephanie wirklich so naiv war, den Unmut ihres Gatten

nicht zu bemerken. Sie musste sich ins Gedächtnis rufen, dass viele verheiratete Paare aus höheren Kreisen einen sehr distanzierten Umgang miteinander pflegten. Die einzige Gemeinsamkeit gebot das eheliche Beilager, da es beider Aufgabe war, den Stammbaum der Familie fortzusetzen. Bei dieser Vorstellung schüttelte es Irmela. Das war keine Ehe, wie sie sie führen wollte. Doch welche Gemeinsamkeiten hatten sie und Fabian? Würde sie, wenn sie seine Werbung annahm und ihm im nächsten Jahr das Jawort gab, ebenfalls neben einem beinahe Fremden leben müssen?

Diese Frage verneinte sie sofort, denn Fabian und sie besaßen zumindest gemeinsame Erinnerungen und kannten einander gut. Während sie sich von den übrigen Frauen in den Hintergrund schieben ließ, schüttelte sie den Gedanken an ihre Zukunft ab und beobachtete die Menschen, wie sie es immer tat, wenn sie die Gelegenheit dazu hatte.

Albert von Rains jüngerer Sohn, der Abt des Klosters, und seine Chorherren waren im Glanz goldblitzender Messgewänder erschienen, um die Gäste willkommen zu heißen. Stolz berichteten sie, dass Seine Majestät geruht habe, dem Kloster ein fast mannshohes, silbernes Kreuz zu stiften, das an diesem Tag geweiht werden sollte. Kaiser Ferdinand wollte mit dieser Gabe den Segen der Heiligen Jungfrau erflehen, dem katholischen Glauben und der allein seligmachenden Kirche im Reich wieder zu der ihnen gebührenden Macht zu verhelfen.

»Auch Seine Erlaucht, Graf Harlau, hat sich als äußerst großzügig erwiesen und uns eine Kinderfigur aus Silber verehrt, auf dass der Himmel ihm einen Sohn und Erben gewähre.« Der Abt schenkte dem Grafen dabei einen wohlwollenden Blick, den dieser mit einer Verbeugung beantwortete.

Irmela fragte sich, ob Harlau insgeheim betete, dass seine Frau ein Mädchen zur Welt brachte. Bei einem Sohn würde er immer

Zweifel hegen, ob es nun sein Kind war oder das dieses Lümmels von Leutnant, der es gewagt hatte, seine Frau zu verführen.

»Meine Liebe, wir wollen in die Kirche gehen!« Erst Meinardas mahnende Worte machten Irmela darauf aufmerksam, dass die Halle sich leerte. Sie folgte den anderen Gästen des Klosters in die Basilika und wurde von Meinarda zu dem Kirchengestühl geführt, in dem sich die Damen der Familie von Rain seit Generationen zum Gebet versammelten.

Der Abt selbst hielt die Messe und betete dabei so inbrünstig, als ständen die Schweden schon vor den Toren. Dabei malte er in seiner Predigt all die Schrecknisse an die Wand, die über die Gläubigen kommen würden, wenn Gott der Herr, Jesus Christus und die Heilige Jungfrau dem kaiserlichen Heer den Sieg versagten. Irmela, die das Grauen des Krieges bereits erlebt hatte, begann zu zittern, denn in ihr stiegen die Bilder jenes schrecklichen Tages wieder hoch, und sie sah Ehrentraud blutüberströmt vor sich liegen. Nun schämte sie sich, jemals schlecht von der Verstümmelten gedacht zu haben.

Meinarda musste sie erneut anstupsen, denn gebannt von den Ereignissen, die sich in ihrer Phantasie wieder abgespielt hatten, hatte Irmela das Ende der Messe nicht wahrgenommen und wäre beinahe im Kirchenschiff sitzen geblieben.

»Frierst du? Komm mit! Gleich wird dir warm.« Meinarda hatte Irmelas Hand ergriffen und bemerkt, wie eisig sie sich anfühlte. Doch die Kälte, die von Irmela Besitz ergriffen hatte, kam nicht von außen, sondern steckte tief in ihrem Innern und war durch die aufwühlende Predigt des Abtes verstärkt worden.

In der Halle hatten die Knechte des Klosters Tische und Bänke aufgestellt und Teller und Becher aus Holz verteilt. Zwar besaß das Kloster Silbergeschirr, doch zu einem Anlass wie an diesem Tag wollte man den himmlischen Mächten die Not des Reiches auch auf diese Weise vor Augen führen. Die Gerichte aber, die

nun aufgetragen wurden, hielten den Ansprüchen jedes Feinschmeckers stand. Irmela konnte sich nicht erinnern, jemals üppiger gespeist zu haben als hier. Nur die Tischordnung verschlug ihr ein wenig den Appetit. Da sie neben Gräfin Stephanie die ranghöchste der anwesenden Damen war, hatte das Protokoll ihr den Platz neben Fabians Geliebter zugewiesen.
Zunächst bemühte sie sich, Stephanie mit kühler Höflichkeit zu begegnen, doch diese schien ihre Ablehnung nicht zu bemerken, denn sie bezog sie eifrig in das Gespräch mit ein und schenkte ihr schließlich ein strahlendes Lächeln.
»Wie ich gehört habe, sollt Ihr mit dem Leutnant Birkenfels bekannt sein. Ich habe ihn in Wallensteins Hauptquartier kennen- und als angenehmen jungen Mann schätzen gelernt.«
Dumm bist du also auch noch, fuhr es Irmela durch den Kopf. So etwas posaunt man doch nicht in aller Öffentlichkeit heraus! Dann aber begriff sie, wie ungerecht ihr stummer Vorwurf war. Gerade das Leugnen einer Bekanntschaft mit Fabian hätte das Misstrauen ihres Mannes nähren können. Da sie selbst Fabian schützen und der anderen deren Grenzen aufzeigen wollte, lächelte sie verschämt. »Freilich kenne ich Fabian – ich meine Herrn von Birkenfels. Wir sind zusammen aufgewachsen und, wie ich Euch unter dem Siegel der Verschwiegenheit verraten kann, miteinander verlobt. Im nächsten Herbst soll die Hochzeit sein.«
Es bereitete Irmela Vergnügen zu sehen, wie die Gräfin jäh erblasste. »Ihr seid Birkenfels' Verlobte?«
Stephanie musterte Irmela hochmütig. Diese Frau, die fast einen Kopf kleiner war als sie und ihre Robe nur ansatzweise mit weiblichen Formen ausfüllte, wollte Fabian heiraten? Ihren Fabian, der ihr seine heiße Liebe beschworen und sie hatte vergessen lassen, dass es einen Mann gab, der Treue von ihr fordern konnte? Im ersten Augenblick überwog ihre Abneigung, und sie setzte eine spöttische Miene auf. Doch bevor ihr eine verletzende Be-

merkung von den Lippen kam, fiel ihr ein, dass sie um Himmels willen keine Eifersucht verraten durfte.

»Da gratuliere ich schön!«, brachte sie mit Mühe heraus und war froh, als Meinarda das Gespräch wieder an sich riss.

Die Freiin blickte Irmela zunächst erstaunt an, ergriff aber dann die Hände ihrer jungen Freundin und drückte sie. »Du und Fabian werdet ein Paar? Du weißt gar nicht, meine Liebe, wie mich das freut.«

Meinardas Stimme drang bis zu Walburga, die ein Stück weiter unten an der Tafel saß. »Das ist wirklich eine gute Nachricht. Fabian ist ein vortrefflicher junger Mann und besitzt das Wohlwollen des Pfalzgrafen! Herzog Wolfgang Wilhelm wird dieser Ehe mit Freuden zustimmen. Damit wirst du endlich deine angeheiratete Verwandte Helene und deren Tochter los.«

Obwohl Irmela sich genau das von einer Heirat mit Fabian erhoffte, ärgerte sie sich, dass sie den Mund nicht hatte halten können. Meinarda und Walburga sahen nicht so aus, als würden sie den Mantel des Schweigens über ihre Pläne breiten. Doch wenn diese Verlobung bekannt wurde, würde es ihr oder Fabian unmöglich sein, davon Abstand zu nehmen.

Willst du Fabian heiraten oder nicht?, fragte sie sich verunsichert – und fand keine Antwort. Nun, da sie Stephanie in ihrer ganzen Schönheit als werdende Mutter vor sich sah, zweifelte sie mehr denn je an sich selbst und ihren Fähigkeiten, Fabian die Frau zu werden, die dieser sich wünschen mochte.

III.

Das gemeinsame Gebet in der Klosterkirche blieb nicht die einzige Gelegenheit, sich mit den Nachbarn zu treffen. Reihum luden die Burg- und Schlossherren ihre Standesgefährten zu sich ein und vergaßen bei Festlichkeiten, Wein und Tanz das Elend, das wie ein riesiger Alb über dem Land lag und es zu ersticken drohte.

Bei den Damen waren Gespräche über Krieg und aufständische Bauern verpönt. Wenn eine von ihnen die gefährliche Situation erwähnte, dann nur mit einer Bitte an die himmlischen Mächte, Kaiser Ferdinand und dem Herrn von Wallenstein beizustehen.

Die Herren hüteten sich zwar, diese Themen in Gegenwart der Damen anzuschneiden, doch wenn sie glaubten, unter sich zu sein, legten sie sich keinen Zwang an. An einem Nachmittag, an dem sie in einem Zimmer zusammensaßen, welches mit dem Salon, in dem die Damen miteinander schwatzten, durch eine Tür verbunden war, konnte Irmela dank ihrer feinen Ohren einem erregten Gespräch folgen.

»Der Kaiser hat entschieden. Wallenstein muss weg!«, hörte sie Harlau in einem Ton sagen, als wäre der Generalissimus sein Todfeind.

Albert von Rain schien unschlüssig zu sein. »Also, ich weiß nicht, ob das richtig ist. Mit Wallenstein haben wir beinahe jede Schlacht gewonnen, ohne ihn aber jede wichtige verloren.«

»Seit Lützen hat Wallenstein sich nicht mehr gerührt und es den Schweden damit ermöglicht, ihre Stellungen auszubauen. Sie verwüsten das gesamte Vorland um ihre Bastionen, damit sich belagernde Heere nicht mehr versorgen können. Alldem hat Wallenstein tatenlos zugesehen! Sogar die flehentlichen Bitten Seiner Majestät, wenigstens den unter dem Feind schrecklich leidenden Bayern beizustehen, hat er mit unerträglichem Hochmut beantwortet.«

Harlau hatte sich in Rage geredet und berichtete noch von allerlei anderen Verfehlungen des Feldherrn, die seiner Ansicht nach nicht länger hingenommen werden konnten.

Einer der Gäste wandte ein, schließlich habe der Kaiser selbst Wallenstein zum Generalissimus berufen und ihn mit unendlichen Vollmachten ausgestattet. »Man kann sein Wort net zurücknehmen, sage ich! Seine Majestät hat den Wallenstein wollen, also muss er mit ihm zurechtkommen.«
Einige der Herren stimmten ihm zu, während Harlau sofort protestierte. »Seine Majestät haben alles sehr wohl bedacht und sich von hochgelehrten Herren Doctores beraten lassen. Nach ihrem Urteil hat der Herr von Wallenstein sich des notorischen Ungehorsams, der Missachtung aller kaiserlichen Befehle und sogar der Rebellion schuldig gemacht. Erst letztens hat er die Kommandeure seiner Armee in Pilsen auf sich eingeschworen und ihnen untersagt, auch nur einen Befehl Seiner Majestät, des Kaisers zu befolgen.«
Das Gespräch war so interessant, dass Irmela sich von dem seichten Geplätscher gestört fühlte, das die Damen um sie herum von sich gaben. Mit einem verlegenen Lächeln stand sie auf und ging zu dem Fenster, das der Tür zum Nebenraum am nächsten war. Die Informationen, die Harlau preisgab, waren auch für sie von Bedeutung, denn Wallenstein zählte zu Fabians Gönnern, und von denen hatte er nicht viele. Eine Absetzung des Feldherrn würde die Karriere ihres Verlobten für lange Zeit bremsen oder seinen Aufstieg sogar unmöglich machen.
Irmela setzte sich auf den Stuhl, den ein aufmerksamer Diener ihr nachtrug, und bat diesen, ihr den am Tisch zurückgelassenen Stickrahmen und das Nadelkissen zu bringen. Während sie weiter an dem Löwen stickte, der eines Tages die Fahne von Fabians erster Kompanie zieren sollte, lauschte sie dem Gespräch der Herren und hoffte, es würde niemand einfallen, die nur angelehnte Tür zwischen den beiden Zimmern zu schließen.
»Die Situation hat sich so zugespitzt, dass Wallensteins Absetzung gar nicht mehr möglich ist«, fuhr Harlau fort.

Zunächst wunderte Irmela sich über diese Bemerkung, die mehr verriet, als er hätte preisgeben dürfen. Dann begriff sie, dass er die anderen Gäste als simple Landadelige ansah, vor denen er seine Stellung als engster Berater Seiner Majestät herausstreichen wollte. Da er sich so offen gegen Wallenstein aussprach, mussten die Pläne gegen den Generalissimus bereits weit gediehen sein.

»Was wollt Ihr damit sagen?«, hörte sie Albert von Rain erstaunt fragen.

»Wenn das Haus Habsburg keinen weiteren Schaden nehmen soll, muss Wallenstein sterben. Fürst Piccolomini hat Seine Majestät vor dem Umfang des Verrats gewarnt, der in Wallensteins Hauptquartier ausgebrütet wird. Der Generalissimus will sich mit den Schweden und Sachsen zusammentun und sich selbst zum König von Böhmen machen.«

Albert von Rain lachte auf. »Was für ein Unsinn! Ich kenne Herrn von Wallenstein persönlich und halte ihn für einen treuen Untertan Seiner Majestät.«

»Das mag er einmal gewesen sein«, gab Harlau zurück. »Jetzt ist er nur noch ein vom Ehrgeiz zerfressener Emporkömmling, der seine Grenzen nicht mehr erkennt. Piccolominis Bericht und die Aussagen einiger anderer Offiziere lassen keinen anderen Schluss zu.«

»Geht Ihr vielleicht so streng mit dem Herrn von Wallenstein zu Gericht, weil man munkelt, er könne Eurer Gemahlin näher getreten sein, als es Euch lieb sein dürfte?«, spöttelte ein anderer, dessen Stimme Irmela nicht zuordnen konnte.

Diese Anschuldigung kann Harlau nicht auf sich sitzen lassen, dachte Irmela, griff aber nach dieser Darstellung wie nach einem Strohhalm. War Stephanie Wallensteins Geliebte gewesen, so konnte das Kind von dem Feldherrn stammen, und damit war Fabian weniger gefährdet.

Harlaus nächste Worte zerstörten jedoch ihre Hoffnung. »Dieser Hund wird für alles bezahlen, was er je getan hat. Das schwöre ich bei meiner Ehre!«
Die Zuhörer des Grafen glaubten, seine hasserfüllten Worte würden Wallenstein gelten, doch Irmela spürte instinktiv, dass er Fabian damit meinte, und fürchtete das Schlimmste für ihren Verlobten. In Harlau kochte eine Wut, die unterschiedslos allen galt, die einen Schatten auf seine Ehre geworfen hatten, also auch seiner Gemahlin. Mit einem Mal tat Stephanie ihr leid. Die Frau mochte leichtfertig sein, doch das hätte ihr Mann erkennen und auf sie achtgeben müssen. Stattdessen hatte er sie zu Wallenstein geschickt und damit allen Versuchungen preisgegeben.
»Euer Sohn wird eine bedeutende Rolle bei Wallensteins Untergang spielen!« Harlau schien sich wieder gefangen zu haben und kehrte erneut den Höfling hervor, der sich zu ein paar besseren Bauern herabließ.
Der Adressat seiner Worte musste Alfred von Rain gewesen sein, denn dessen Stimme klang nun auf. »Ich habe Franz zu einem treuen Gefolgsmann Seiner Majestät erzogen, will aber trotzdem hoffen, dass er bei all seinen Taten stets auf seine Ehre achtet.«
»Dem Kaiser zu dienen ist ehrenvoll! Eine Schande aber ist es, Wallenstein über Seine Majestät zu erheben und die Befehle des Kaisers zu missachten«, wies Harlau ihn zurecht.
Albert von Rain knirschte hörbar mit den Zähnen. »Mein Sohn wird die Befehle Seiner Majestät gewiss nicht missachten.«
Irmela konnte sich vorstellen, wie es in dem Edelmann arbeitete. Bei aller Treue zum Kaiserhaus würde Meinardas Onkel es nicht ertragen können, einen seines Geschlechts den Mordbuben für die Habsburger spielen zu sehen.
Harlau schien selbst zu merken, dass er sich auf dünnes Eis be-

geben hatte, und rettete sich in ein gönnerhaftes Lachen. »Ich habe weder Eure Treue noch die Eures Sohnes zum Kaiserhaus bestritten. Ich denke hier eher an jene Kreaturen, die im Sog dieses böhmischen Emporkömmlings aufgestiegen sind. Sie werden alles tun, um die Würden und den Besitz zu wahren, die Wallenstein ihnen zugeschanzt hat, und dabei auch nicht vor offenem Verrat zurückschrecken. Die Beweise gegen den Feldherrn sind erdrückend, und Seine Majestät sieht sich gezwungen zu handeln, um das Reich zu retten. Euer Sohn, Herr von Rain, wird mit seinem Regiment an die Grenze Böhmens beordert, um zu verhindern, dass wallensteintreue Truppen nach Österreich eindringen.«
Irmela hätte dem Gespräch gerne noch ein wenig länger gelauscht, doch da kamen Meinarda, Stephanie von Harlau und einige jüngere Damen auf sie zu. »Meine Liebe, ich habe unseren werten Gästen erzählt, wie fabelhaft du mit Nadel und Faden umgehen kannst, und das wollen sie jetzt selbst sehen.«
Meinarda winkte dem Diener, auch ihre Stühle hierherzubringen, und wies dann auf den Spalt, durch den man ins Nebenzimmer sehen konnte. »Schließe Er die Tür! Wir könnten die Herren sonst bei ihrer Unterhaltung stören.«
Zu Irmelas Leidwesen versammelten sich die Damen um sie herum, und der Lärm, der dabei entstand, verhinderte, dass sie das Gespräch der Männer durch die geschlossene Tür mithören konnte. Es war zu ärgerlich. Harlau würde gewiss noch einige Einzelheiten von dem gegen Wallenstein geschmiedeten Komplott preisgeben, um mit seiner Nähe zum Kaiser zu prahlen. Ihr aber blieb nichts anderes übrig, als zu zeigen, welch ausgezeichnete Handarbeiten sie anfertigen konnte. Schließlich unterdrückte sie ihren Ärger und sonnte sich im Erstaunen und Neid der Damen.
»Also, mit Euch komme ich net mit, und dabei heißt es, meine

Handarbeiten gehörten zu den schönsten, die von den Damen am Kaiserhof gefertigt werden«, gab Stephanie von Harlau offen zu.
Irmela lächelte boshaft. »Die Talente sind nun einmal nicht gleich verteilt. Dafür werdet Ihr gewiss von allen Damen wegen Eurer Schönheit und Eures Erfolgs bei der Männerwelt beneidet.«
»Eine Schönheit ist Gräfin Stephanie wirklich.« Meinarda seufzte entsagend, lachte dann aber über sich selbst. Auch die anderen Mädchen und Damen schienen Stephanie zu bewundern und viel von ihr zu halten. Die wissen nicht, was ich weiß, dachte Irmela und versuchte die junge Gräfin aus ihren Gedanken zu verdrängen.
Stephanie machte es ihr nicht leicht, denn sie erwies sich als außerordentlich charmant und bewunderte Irmelas kunstvolle Stickerei aus ehrlichem Herzen. Dabei entspann sich eine fröhliche Unterhaltung, über der Irmela beinahe vergaß, was sie mitgehört hatte. Erst am Abend kamen ihr Harlaus Drohungen gegen Fabian wieder in den Sinn.
Fanny hatte ihr bereits in ihr Nachthemd geholfen und wollte eben die Kerzen auf dem Tischleuchter ausblasen, als Irmela sich ruckartig aufsetzte. »Ich habe total vergessen, dass ich noch einen Brief schreiben wollte. Du kannst schon zu Bett gehen.«
»Einen Brief schreiben? An wen denn?«
»Sei nicht so neugierig!«, wies Irmela ihre Zofe zurecht, während sie das Schreibzeug aus dem Schrank nahm und auf den Tisch stellte. »Also, wie fange ich an?«
»Da Ihr mir nicht sagen wollt, an wen Ihr schreibt, kann ich Euch auch nicht raten«, erwiderte Fanny schnippisch und verließ den Raum. Es ärgerte sie, dass ihre Herrin Geheimnisse vor ihr hatte, denn sie fühlte sich in vielen Dingen erfahrener als dieses Küken, das sie in die Welt hinausbegleitet hatte.

Irmela merkte den Unmut ihrer Zofe, wollte aber Fanny nicht mit Dingen belasten, die über deren Verständnis gehen mochten. Außerdem hatte sie anderes zu tun, als neugierige Fragen zu beantworten. Sie legte ein Blatt Papier bereit, tauchte die Feder in die Tinte und saß dann erst einmal still. Eigentlich hatte sie den Brief an Fabian schreiben wollen, doch der verehrte Wallenstein wie einen Vater, und sie hatte Angst, er würde sich voll und ganz auf dessen Seite schlagen, mochte dies auch Verrat am Kaiser bedeuten.

»So geht es nicht! Die Situation muss Fabian eindringlicher erklärt werden, als ich es mit ein paar Zeilen vermag.« Irmela wollte bereits Kiermeiers Namen auf den Brief schreiben, erinnerte sich aber noch rechtzeitig daran, dass dieser ebenso wie Fabian durch Wallensteins Gunst aufgestiegen war. Damit blieb ihr nur noch Gibichen. Der war zwar auch von Wallenstein befördert worden, doch sie hielt ihn für vernünftig genug, alle Möglichkeiten zu bedenken, bevor er handelte. Außerdem hatte Gibichen Verwandte im Herzogtum Bayern und stand Wallenstein gewiss kritischer gegenüber.

»Werter Freund!«, begann sie mit zierlicher, schnörkelloser Schrift. »Verzeiht, wenn ich Euch behellige, doch in Wien pfeifen es die Spatzen von den Dächern, dass Seine Gnaden, der Herzog von Friedland und Generalissimus der Reichsarmee nicht mehr das Vertrauen und die Gunst Seiner Majestät, des Kaisers besitzt. Aus diesem Grund erscheint es mir nötig, Euch und unseren gemeinsamen Freunden eine Warnung zukommen zu lassen, nichts Unbedachtes zu tun, sondern Eurem Gewissen und Eurem Verstand zu folgen.« Irmela setzte noch ein paar belanglose Sätze hinzu, dann faltete sie das Blatt und versiegelte es mit dem Ring, den bereits ihre Mutter für solche Zwecke benutzt hatte.

Danach betrachtete sie den Brief lange und fragte sich, ob sie ihn wirklich abschicken sollte. Fabian, Gibichen und Kiermeier mussten eigentlich weitaus besser informiert sein als sie, und sie hatte Angst, sich vor den drei Herren zu blamieren.

»Hätte Judith so gedacht, als sie zu Holofernes ging, oder Johanna von Orléans vor dem ersten Kampf mit dem englischen Feind, sähe die Welt wohl ganz anders aus als jetzt.« Mit diesen Worten kratzte sie allen Mut zusammen und läutete nach einem der Zimmermädchen.

Als dieses verwundert über die späte Zeit, zu der sie gerufen wurde, erschien, drückte Irmela ihr den Brief in die Hand. »Bringe Sie dieses Schreiben dem Kastellan mit meinem Wunsch, ihn umgehend seinem Empfänger zukommen zu lassen.«

»Gerne, Komtesse.« Das Mädchen, das nicht mehr als zwölf oder dreizehn Jahre zählen konnte, knickste verlegen und fragte sich, was es denn so Dringendes geben mochte, dass Komtesse Irmela den Brief noch zu so später Stunde abschicken wollte.

IV.

Zur gleichen Zeit saß Graf Harlau in seinem Zimmer und starrte auf einen Brief, der mit schlechter Tinte geschrieben und mit einfachem Kerzenwachs gesiegelt war. Seit Tagen schon nahm er diesen Wisch immer wieder zur Hand und hatte ihn mittlerweile so oft durchgelesen, dass er den Inhalt auswendig kannte. Das Schreiben stammte von einem ihm unbekannten Hauptmann namens Heimsburg, der in Piccolominis Armee diente, und deutete in vorsichtig gewählten Worten an, dass ein Leutnant Birkenfels sich Harlaus Gemahlin in unziemlicher Weise genähert habe, ohne abgewiesen worden zu sein.

Es hätte dieses Briefes nicht bedurft, um Harlaus Verdacht zu

wecken. Auch wenn die Anstandsdame seiner Frau in Pilsen krank gewesen war, hatte sie ihre Augen und Ohren offen gehalten und ihm berichtet, Stephanie habe eine übertriebene Vorliebe für einen jungen Offizier entwickelt. Heimsburgs Schreiben bewies ihm zudem, dass das Verhalten seiner Gemahlin auch anderen aufgefallen war. Nun würde er sich wohl zeit seines Lebens mit der Frage herumschlagen müssen, ob das Kind, das sie unter dem Herzen trug, das seine war oder nicht.
»Ausgerechnet dieses Nichts von einem Niemand musste es sein!« Wütend starrte er auf Heimsburgs Zeilen. Der Tonfall, in dem dieser ihm geschrieben hatte, verriet, dass der Absender eine Belohnung von ihm erwartete. Doch wie sollte er einen Mann belohnen, der ihm mitteilte, dass er zum Hahnrei geworden war, und der diese Tatsache jederzeit weitererzählen konnte?
Harlau ballte die Fäuste. Auf seine Ehre durfte kein Schatten fallen, und er beschloss, die Wirren, die Wallensteins Absetzung mit sich brächte, auszunutzen, um diese unangenehme Sache zu bereinigen. Entschlossen griff er nach einem Bogen Papier und der Feder und begann zu schreiben.
Nach den üblichen Anreden und schwülstigen Schmeicheleien, die einem gekrönten Haupt gegenüber angebracht waren, riet er dem Kaiser, den Schlag gegen Wallenstein rasch zu führen.
»Ich gebe jedoch zu bedenken, dass deutsche Truppen sich weigern könnten, diese Aufgabe durchzuführen. Wallenstein steht bei den Landedelleuten, die den größten Teil seiner Offiziere stellen, aufgrund seiner früheren Siege in großem Ansehen, und wir müssten damit rechnen, dass der eine oder andere von ihnen den Verräter verschonen oder ihm gar zur Flucht verhelfen würde.
Zudem rate ich an, die Herren Piccolomini, Gallas und andere dem Kaiserhaus treu ergebene Generäle und Obristen vorab mit Belohnungen und Würden zu bedenken, auf dass diese nicht nur

von Wallenstein getrennt, sondern auch für die Durchführung dieser Aktion gewonnen werden können.«
Harlau hielt kurz inne und überlegte. Dann setzte er den Brief mit den Worten fort, dass mehrere Offiziere, darunter ein Leutnant Birkenfels und ein Hauptmann Heimsburg, als fanatische Anhänger Wallensteins eine Gefahr für Kaiser und Reich darstellten und aus diesem Grund beseitigt werden müssten. Der Graf wollte den Brief bereits siegeln, als ihm der Gedanke kam, dass es besser wäre, seine eigenen Pläne nicht offen mit den Belangen des Reiches zu vermengen. Es gab genug Leute, die ihm übel wollten und aufgrund dieses Briefes versuchen würden, ihm einen Strick zu drehen. Diese Angelegenheit musste er in die eigenen Hände nehmen.
Mit diesem Entschluss warf er den bereits fertigen Brief in den brennenden Kamin und sah zu, wie das Feuer ihn verzehrte. Dann schrieb er den Teil, der sich mit Wallenstein befasst hatte, neu und siegelte das Schreiben mit dem Gefühl, richtig gehandelt zu haben.
Am nächsten Morgen überraschte Graf Harlau seine Frau wie auch seinen Gastgeber damit, dass er am selben Tag abzureisen gedächte. Es gelang ihm sogar zu lächeln, als er sich an Stephanie wandte. »Meine Liebe, aufgrund Eures Zustands und aus dem Wunsch heraus, alles zu tun, damit unser Sohn glücklich zur Welt kommen kann, habe ich beschlossen, Euch nach Burg Harlau zu schicken, wo Ihr Euch in Ruhe pflegen und auf die Geburt vorbereiten könnt. Ich selbst muss wegen unaufschiebbarer Staatsgeschäfte umgehend nach Wien zurückkehren und Seiner Majestät in dieser schweren Stunde mit Rat und Tat zur Seite stehen.«
Stephanie nickte, ohne etwas zu erwidern. Sie war das sprunghafte Verhalten ihres Mannes gewöhnt und fühlte sich erst einmal erleichtert, seiner Nähe entrinnen zu können. Obwohl sie

die leidenschaftlichen Stunden mit Fabian nicht bereute, belastete es ihr Gewissen, vielleicht von einem anderen Mann schwanger zu sein als dem ihren.

Erst nachdem Harlau seinen Hofmarschall angewiesen hatte, alles für seine Abreise bereitzustellen, wagte Stephanie ihn anzusprechen. »Verzeiht, mein Gemahl, aber erlaubt mir bitte, noch einige Tage hier zu verbringen. Ich habe neue Freundinnen gefunden, die ich ungern sofort wieder verlassen würde.«

Stephanie dachte vor allem an Irmela, mit der sie sich über Fabian unterhalten konnte. Inzwischen hatte sie sich mit dem Gedanken abgefunden, dieses unscheinbare Mädchen eines Tages als die Ehefrau ihres Geliebten zu sehen, und wünschte ihr sogar von Herzen Glück. Irmela war gütig und klug und würde Fabian die verständnisvolle Gattin sein, die er brauchte, um nicht an ihrer aussichtslosen Liebe zu verzweifeln. Sie selbst aber hoffte, die Erinnerung an jene schönen Tage in Pilsen in ihren Träumen immer wieder aufleben lassen zu können.

Harlau klopfte mit der Sohle auf den Boden, weil seine Gemahlin in Gedanken versunken vor sich hin starrte. »Es ist sogar das Beste, wenn Ihr bis zu meiner Rückkehr hierbleiben würdet, meine Liebe – aber natürlich nur, wenn unser verehrter Gastgeber Eurem Bleiben zustimmt.«

»Das ist doch selbstverständlich, Erlaucht!« Der wackere Landedelmann, der stolz war, einen so hoch angesehenen Gast zu beherbergen, überschlug sich förmlich in seiner Bereitschaft, dem Kammerherrn des Kaisers zu Diensten zu sein, mochte ihn der Aufenthalt der Dame und ihres Gefolges auch halb an den Bettelstab bringen. Für seine Söhne konnte dieser Besuch einen Karrieresprung bedeuten, und die Verbindung zum gräflichen Hause Harlau würde es ihm außerdem erleichtern, seine Töchter an den Mann zu bringen.

»Wenn Ihr erlaubt, würde ich die Zeit bis zu Eurer Rückkehr

auf Burg Rain verbringen. Freiin Meinarda ist eine gute Freundin von mir, und ich ...« Stephanie brach ab, da sie nicht wusste, wie sie ihre Bitte richtig begründen sollte. Ihr Mann war in Gedanken bereits bei Hofe. »Tut, wie Euch beliebt.«
Während ihr bisheriger Gastgeber nicht wusste, ob er erleichtert oder enttäuscht sein sollte, rief Stephanie nach ihrer Zofe und befahl ihr, alles für die Weiterreise zu packen.
Harlau deutete eine Verbeugung vor Stephanie an und wandte sich seinem Gastgeber zu, ohne sie weiter zu beachten.

V.

Diesen Weg hätte Helene von Hochberg höchstens ihrer schlimmsten Feindin gewünscht, doch ihr blieb nichts anderes übrig, als ihn selbst zu gehen. In ihren Gedanken verfluchte sie die Schwarze Hexe, Marthe und Santini, die sie in diese entsetzliche Situation gebracht und sich umgehend aus dem Staub gemacht hatten. Sich selbst verschonte sie ebenso wenig, war sie doch viel zu leichtgläubig gewesen. Nach dem Opferritual und der großen Beschwörung hatten die beiden Hexen und der Magier Stein und Bein geschworen, der Zauber wäre gelungen und Ehrentraud in einen tiefen, magischen Schlaf gefallen, aus dem sie in alter Schönheit wieder erwachen würde.
Helene hatte ihnen geglaubt und das Offensichtliche selbst dann noch nicht akzeptieren können, als es nicht mehr zu leugnen gewesen war. Im Gegensatz zu ihr hatte das Hexengesindel den Braten gerochen und war am nächsten Tag nicht mehr aufzufinden gewesen.
Nach der Flucht der drei hatte Helene die Augen nicht mehr davor verschließen können, dass Ehrentrauds toter Leib bereits in Verwesung übergegangen war, und hatte die junge Frau in ei-

ner Panikreaktion begraben lassen. Erst ein paar Tage später war ihr der Gedanke gekommen, dass Lexenthal seine Nichte wohl in der Familiengruft beisetzen lassen wollte.

Sie hatte behauptet, Ehrentraud sei der Pest zum Opfer gefallen, die sich immer weiter ausbreitete. Allerdings hatte es gerade zu diesem Zeitpunkt um Passau herum keinen Ausbruch der Seuche gegeben, und daher erschien es zweifelhaft, ob der Prior sich mit dieser Erklärung zufriedengeben würde.

Entsprechend nervös stieg Helene die Treppe der fürstbischöflichen Residenz hoch und spürte zum ersten Mal ihr Alter. Das ärgerte sie, denn bis jetzt hatte sie sich für so agil wie ein junges Mädchen gehalten. Seit die Sorgen jedoch überhandnahmen, musste sie ihren Lebensjahren Tribut zollen. Andererseits spielte es ihr jetzt vielleicht in die Hände, dass sie müde und erschöpft aussah, denn das würde der Trauer um Ehrentraud, die sie dem Prior vorzuspielen gedachte, eine glaubhafte Note verleihen.

Vor dem Eingangsportal trat ein Diener auf sie zu und musterte sie hochnäsig. Besucher, die nicht sechsspännig vorfuhren, schienen unter seiner Würde zu sein. Doch Irmelas Vermögensverwalter hatten ihre Bitte, ihr ein standesgemäßes Auftreten zu ermöglichen, stets abgelehnt, und das Geld, welches sie aus ihren Geschäften mit Steglinger zog, wollte sie nicht für Äußerlichkeiten opfern, sondern für neue Einlagen, die ihr zu größerem Reichtum verhelfen sollten.

»Ich wünsche, den höchstehrwürdigen Herrn Prior Xaver von Lexenthal zu sprechen!« Was Arroganz betraf, vermochte Helene jeden Lakaien auszustechen. Der Mann zuckte ein wenig zurück, denn Lexenthal war nicht gerade für seine Freundlichkeit bekannt, und die Besucher, die er empfing, stammten zumeist aus höchsten Kreisen. Erst als Helene im Vorzimmer ihren Mantel ablegte, nahm der Lakai wahr, dass ihr Kleid aus bestem Stoff und nach der neuesten Mode gefertigt war.

»Wen darf ich dem Herrn Prior melden?«, fragte er um einiges devoter.

»Gräfin Helene von Hochberg«, gab Helene forsch zurück. So mutig, wie sie sich gab, fühlte sie sich jedoch bei weitem nicht. Was war, wenn Portius, der während der Beschwörung geflohen sein musste, nicht im Wald umgekommen war, wie von ihr erhofft, sondern Lexenthal aufgesucht und ihm von den Teufelsanbetern und ihrem Treiben berichtet hatte? Der Prior war als scharfer Feind des Hexenunwesens bekannt und würde mit Sicherheit eine Untersuchung einleiten.

Der Gedanke verlieh Helene seltsamerweise neue Zuversicht. Würde Lexenthal wissen, was geschehen war, hätte er längst gehandelt. Sie musste einfach fest bei der Aussage bleiben, die Pest hätte Ehrentraud hinweggerafft, und darauf hoffen, dass die wahre Todesursache unentdeckt blieb.

Ohne auf ihre Umgebung zu achten, folgte sie dem Lakaien durch die langen, kalten Korridore der Residenz und blickte erst auf, als ihr Führer an eine Tür klopfte und ein junger Dominikanermönch heraustrat.

»Verzeiht, aber der ehrwürdige Herr Prior ist beschäftigt«, erklärte er in dem Glauben, in Helene eine Bittstellerin aus besseren Kreisen vor sich zu sehen, die um Unterstützung ansuchen wollte.

Helene ließ sich jedoch nicht abweisen. »Ich bin die Gräfin Hochberg und komme in einer wichtigen Angelegenheit zu Herrn von Lexenthal.«

»Ich werde sehen, ob der ehrwürdige Prior Euch empfangen kann.« Sichtlich beeindruckt von dem Rang und dem Namen, den Helene ihm genannt hatte, kehrte der junge Mönch in den Raum zurück, um kurz darauf wieder auf den Flur zu treten.

»Der ehrwürdige Herr will Euch sehen!« Seine Stimme drückte Unglauben aus, denn der Prior war bei der Erwähnung des Na-

mens wie von der Tarantel gestochen aufgesprungen und hatte ihm befohlen, die Dame auf der Stelle zu ihm zu führen.
Die Zimmerflucht, die der Prior bewohnte, wirkte auf Helene so düster, dass sie allen Mut zusammennehmen musste. Man hatte die Fenster dicht verhängt, so dass kaum Licht in die Räume dringen konnte. Das altersdunkle Parkett knarrte unter den Schritten, und die Wandverkleidung mit den geschnitzten Bildern vom Kreuzweg Christi war auch nicht dazu angetan, Helenes gereizte Nerven zu beruhigen.
In Lexenthals Wohngemach trugen die Wände hellere Farben, wurden jedoch vom Schein einer Lampe mit gefärbtem Glas in blutrotes Licht getaucht. Lexenthal hockte verkrümmt wie ein alter Mann in einem Sessel und blickte zunächst an Helene vorbei, als sei sie nicht vorhanden. Sein Zeigefinger stach wie eine Lanzenspitze auf den jungen Mönch zu. »Lass uns allein!«
Dieser zog sich verwirrt zurück. Bislang hatte sein Herr niemals Interesse für eine Frau gezeigt, geschweige denn den Wunsch, mit einem Wesen dieses Geschlechts unter vier Augen zu sprechen.
Lexenthal wartete, bis die Schritte des Mönchs verklungen waren, und setzte sich dann kerzengerade auf. »Gebt es ehrlich zu! Meine Nichte starb nicht an der Seuche, sondern durch Hexenwerk!«
Helene fühlte den Boden unter sich wanken und glaubte sich verloren. »Herr, ich ...« Sie brach ab, da ihr Kopf zu gelähmt war, um auch nur einen einzigen Satz formen zu können.
Der Prior nickte, als sähe er seinen Verdacht bestätigt, stand auf und schritt erregt im Zimmer umher. Sein weites Gewand wehte dabei wie eine dunkle Fahne hinter ihm her. »Ich wusste es von dem Augenblick an, an dem Ihr mir Ehrentrauds Tod gemeldet habt. Nur Hexerei konnte ihr junges Leben auslöschen wie eine

Kerzenflamme im Wind. Ich bereue es zutiefst, meine Nichte dem Verderben preisgegeben zu haben, doch ich hoffte, unter Eurem Schutz wäre sie in Sicherheit. Nun schwöre ich Euch, die Schuldige für ihre Tat bitter büßen zu lassen.«
Zuerst dachte Helene, der Prior meinte sie selbst, doch dann begriff sie erleichtert, wen er im Sinn hatte. Wäre sein Verdacht auf sie gefallen, hätte er sie bereits verhaften lassen. Sein Hass galt Irmela. Nun wusste sie, wie sie sich retten konnte. »Ihr nehmt an, die Tochter der Hexe Irmhilde von Hochberg habe es getan?«
Lexenthals Gesicht verfinsterte sich, als der Name fiel, dem er die schlimmste Niederlage seiner Laufbahn zu verdanken hatte. »Ja! Nur ein Weib aus diesem verfluchten Geschlecht kann so verworfen sein, aus Neid und Missgunst ein unschuldiges Mädchen zu verderben.«
Die Stimme des Priors zitterte vor Erregung, und als er weitersprach, presste er beide Fäuste gegen die Stirn. »Ich wollte, diese Teufelsbuhle hätte ihre verderblichen Kräfte gegen mich gerichtet. Meine Gebete und mein Glaube an Gott, unseren Herrn, hätten mich gerettet. Doch die arme Ehrentraud war ihr ausgeliefert wie ein Lämmlein dem Wolf.«
»Irmela von Hochberg befand sich zum Zeitpunkt des Todes von Ehrentraud nicht bei uns, sondern hatte eine Reise nach Böhmen angetreten«, wagte Helene einzuwenden.
»Um ihre Hexenkunst aus der Ferne noch wirksamer einsetzen zu können!«, fiel ihr der Prior ins Wort.
»Seit ihrem Aufbruch vor über einem halben Jahr haben wir nichts mehr von ihr gehört.« Auf einmal machte es Helene Freude, mit Lexenthal zu spielen. Da Irmela den Worten der Schwarzen Hexe zufolge nicht mehr am Leben war und sie auch sonst nichts mehr von ihr gehört hatte, konnte sie alle Schuld auf sie lenken und sich und Johanna auf diese Weise reinwaschen. Zwar

erinnerte sie sich daran, dass die Alte sie bezüglich Ehrentrauds belogen hatte, schob den Gedanken jedoch wieder weit von sich. Sollte Irmela wirklich zurückkehren, musste ihr Gift schneller sein als die Schergen des Priors. Mit scheinbar mitfühlender Miene blickte sie Lexenthal an und legte ihre Schlingen so aus, dass ihr weder das Vermögen der Hochbergs noch der anerkannte Rang einer Gräfin entgehen konnten.

VI.

*I*n Pilsen hatte sich die Lage zugespitzt. Gerüchte machten die Runde, der Kaiser habe Wallenstein seines Amtes enthoben, und brachten so manchen Offizier, der dem Feldherrn im Januar begeistert die Treue geschworen hatte, dazu, noch einmal über seine Situation nachzudenken. Der Trubel des letzten Jahres war geschwunden und hatte eine bedrückende Stille hinterlassen. Einige behaupteten sogar, ein Teil der Truppen sei ohne das Wissen oder gar die Erlaubnis von Wallenstein abgerückt. Andere wiederum berichteten, diese Regimenter wären dem Kommando General Gallas' unterstellt worden. Das wiederum ließ die Anhänger des Generalissimus Hoffnung schöpfen, denn Matthias Gallas galt als einer der fähigsten Kommandeure Wallensteins, und er würde wohl nichts tun, was dem Feldherrn und dem Reich schaden konnte. Auch Anselm Kiermeier klammerte sich an diese Hoffnung.
Er saß mit Fabian und Gibichen in ihrer Stammschenke, hatte bereits den fünften Krug Bier vor sich stehen und blitzte seine Freunde herausfordernd an. »Wer Wallenstein die Treue hält, wird es nicht bereuen!«
Während Gibichen seine Zweifel kaum verbarg, wusste Fabian nicht so recht, an was er glauben sollte. Wallenstein war für ihn

stets ein Garant für die Verteidigung des Reiches gewesen, doch seit Lützen hatte der Feldherr kaum noch etwas unternommen, um die Schweden und die mit ihnen verbündeten Ketzer zurückzudrängen.
»Aber er tut nichts mehr! Im letzten Jahr gab es nur ein paar Scharmützel, während der größte Teil des Heeres untätig bleiben musste. Dabei hatte ich so gehofft, mich auszeichnen zu können.« Er schnaufte, wagte es aber nicht, Kiermeier ins Gesicht zu sehen.
Gibichen nahm weniger Rücksicht auf Kiermeiers Gefühle. »Wir wissen alle, dass Wallenstein krank ist, und in diesem Zustand kann er das Heer nicht führen. Es wäre besser für ihn, abzutreten und auf seine Besitzungen zurückzukehren. Noch kann er es als ruhmreicher Mann, der dem Kaiser große Dienste geleistet hat.«
Kiermeier schnaubte. »Es mag sein, dass Wallensteins Leib krank ist, sein Verstand ist so scharf wie eh und je. Alle, die ihn ersetzen könnten, sind gegen ihn wie Kinder!«
Da Gibichen sich nicht umstimmen ließ, lag Streit in der Luft. Fabian schmerzte es, dass die enge Kameradschaft, die sie miteinander verbunden hatte, den Stürmen der Zeit nicht trotzen konnte. Dabei vermochte er den Standpunkt des Majors ebenso gut nachzuvollziehen wie Gibichens Meinung. Jeder hatte zu einem Teil recht, zu einem anderen unrecht, und er wusste nicht, auf welche Seite er sich schlagen sollte. Seine persönliche Treue gehörte mehr dem Feldherrn als dem Mann im fernen Wien, den er noch nie gesehen hatte. Nur war dieser der Kaiser und damit das Oberhaupt des Reiches, dem jeder brave Untertan Gehorsam schuldig war.
Der Schlag der Turmuhr ließ ihn hochschrecken. »Ist es schon so spät? Ich muss zum Dienst ins Hauptquartier!« Als er aufstand, wurde ihm klar, dass auch er es schon an der nötigen Dis-

ziplin fehlen ließ. Bisher war er stets rechtzeitig und vor allem nicht angetrunken bei Wallenstein erschienen.
Seine Kameraden sahen nur kurz auf, nickten uninteressiert und führten ihr Streitgespräch weiter. Fabian hoffte, dass sie sich nicht ernsthaft in die Haare geraten würden, und betete gleichzeitig, dass endlich eine Entscheidung fiel, mochte sie auch noch so schmerzlich sein. Dem Heer und ihrer Freundschaft würde es guttun.
Als er die Schenke verließ, zog bereits die Dämmerung herauf und ließ die Konturen der Häuser weich und verschwommen erscheinen. Es regte sich kein Lüftchen, und es waren viel weniger Leute unterwegs als sonst, so als halte die Welt den Atem an.
Die Linke fest um den Griff seines Pallaschs gelegt, eilte Fabian durch die Straßen und erreichte kurz darauf Wallensteins Quartier. Die Wachen, die den Eingang flankierten, stützten sich auf ihre Hellebarden wie Greise, denen die Last des Lebens zu schwer geworden war. Eigentlich hätten sie strammstehen müssen, wenn ein Offizier erschien, doch die Disziplin hatte auch in dieser Beziehung gelitten. In einer halben Stunde würden sie abgelöst werden, und sie sahen sich in Gedanken bereits in ihrer Unterkunft bei einem Krug Bier zusammensitzen.
Fabian wollte sie im ersten Augenblick zurechtweisen, zuckte dann kaum merklich mit den Schultern und ging weiter. Im Vorzimmer lümmelte sich der Leutnant, den er ablösen sollte, auf einem Stuhl. Als Fabian ihn antippte, öffnete der Mann so erstaunt die Augen, als habe er geschlafen und dabei lebhaft geträumt.
»Ah, da seid Ihr ja, Birkenfels! Der Feldherr ist oben in seinen Räumen, zusammen mit den Herren Gallas und Piccolomini, die sich mit ihm beraten. Wie es aussieht, wird es wohl doch zu einem neuen Feldzug kommen.«

»Zeit wäre es! So wie jetzt kann es nicht weitergehen. Das Heer liegt herum wie ein toter Kadaver, während die Schweden sich am Reich mästen.« Fabian klopfte seinem Kameraden auf die Schulter und wartete, bis dieser aufgestanden war und sich verabschiedet hatte. Dann setzte er sich auf den frei gewordenen Stuhl, drehte ihn aber so, dass er die große Standuhr im Auge behalten konnte, um die Wachablösung nicht zu verpassen.
Die Zeit dehnte sich und ließ Minuten schier zu Stunden werden. Manchmal hörte er einzelne Laute von oben, ohne sie verstehen zu können. Die Tatsache, dass mit Gallas und Piccolomini zwei der ranghöchsten Generäle des Heeres erschienen waren, ließ ihn auf ein gutes Ende der Zwistigkeiten zwischen Wallenstein und dem Hof in Wien hoffen. Auch wenn der Feldherr sich um Kaiser und Reich verdient gemacht hatte, nützte er im Augenblick niemand mehr. Tatsächlich würde es das Beste sein, wenn er abtreten und sich auf seine Besitzungen zurückziehen würde. Dort konnte er noch viel für das Reich bewirken. Schließlich war er ein reicher Mann mit viel Land, großen Manufakturen und einem Wissen, das mit Gold nicht aufzuwiegen war.
In seine Überlegungen verstrickt, wie es weitergehen könnte oder müsste, hätte Fabian beinahe die Ablösung der Wachen versäumt. Als die Standuhr die volle Stunde schlug, schoss er hoch, zerrte seinen Rock gerade und eilte hinaus. Die Wachablösung marschierte bereits die Straße herauf. Fabian begrüßte den Leutnant, der sie anführte, indem er den Hut so schwungvoll vom Kopf zog, dass die langen Federn Spuren im Schnee hinterließen. Sein Gegenüber tat es ihm gleich und meldete die Wache zur Übergabe.
Die Soldaten, die abgelöst werden sollten, grinsten, weil die Neuankömmlinge so martialisch wirkten, und einer von ihnen

warf den neu angekommenen Kameraden einige spöttische Bemerkungen zu. »Schlaft nur nicht ein, wenn ihr euch die Beine in den Leib steht. Wir lassen uns jetzt erst einmal das Bier schmecken.«

»Es soll dir im Hals stecken bleiben«, brummte einer der Angesprochenen und warf dabei einen Blick auf Fabian. Sein säuerlicher Gesichtsausdruck zeigte, was er von ihm hielt. Fabian galt als einer der eifrigsten jungen Offiziere, und man wusste, dass er es nicht hinnahm, wenn ein Teil der Wache sich in eine leere Kammer zurückzog, um ein wenig zu schlafen.

Fabian nahm die Reaktion des Mannes wahr und wünschte sich umso mehr einen neuen Kommandeur herbei, der diesem Gesindel wieder beibringen würde, was es hieß, Soldat zu sein. Doch er schluckte seine Kritik hinunter, setzte seinen Hut auf und verabschiedete die abgelöste Wache in die verdiente Nachtruhe. Danach machte er seine Runde und setzte sich anschließend wieder auf den Stuhl im Vorzimmer.

Kurz darauf verließen Gallas und Piccolomini den Feldherrn und stiegen die Treppe herab. Fabian stand auf und verbeugte sich. Verwundert bemerkte er ihre verkrampften Gesichter und die nervösen Blicke, die sie miteinander wechselten.

General Gallas sprach ihn an. »Lasst unsere Begleitung rufen!«

»Sofort!« Fabian drehte sich um und suchte einen der Diener. »Die Herren Gallas und Piccolomini erwarten ihre Eskorte«, rief er ihm zu.

Der Mann nickte und verschwand. Fabian hörte, wie kurz darauf Pferde auf den Hof geführt wurden, und kehrte zu den Kommandeuren zurück. Diese hatten leise aufeinander eingeredet, verstummten aber bei Fabians Rückkehr beinahe wie ertappte Gassenjungen.

»Ist alles bereit?«, wollte Gallas wissen.

Fabian nickte. »Die Pferde werden eben gesattelt. Wenn die Herren mir folgen wollen?«
»Es ist nicht nötig, dass Ihr das Haus verlasst. Wir kennen uns aus.«
Piccolomini gönnte Fabian ein kurzes Lächeln und begrüßte mehrere junge Offiziere, die eben zur Tür hereinkamen. Auf Fabian wirkten sie eher wie Leibwachen, denn ihre Hände befanden sich in der Nähe ihrer Schwert- und Pistolengriffe, und sie blickten sich misstrauisch um.
»Gott befohlen und unsere Empfehlung an den Herzog von Friedland.« Gallas tippte kurz an den Hut und verließ das Haus. Piccolomini und die anderen folgten ihm auf dem Fuß.
Fabian sah ihnen nach und fragte sich, welch wichtige Nachricht die Generäle dazu gebracht haben mochte, mitten im Winter die Strapazen einer längeren Reise auf sich zu nehmen. Er spürte, dass sich ein Unwetter zusammenbraute, doch in welche Richtung der Sturm blasen würde, konnte er nicht ermessen.

VII.

Die nächsten Tage schlichen ereignislos dahin. Obwohl der Feldherr in seinem Hauptquartier weilte, wirkte dieses wie verwaist. Hatten früher Dutzende hochrangige Personen tagtäglich Wallenstein um eine Audienz angesucht, so erschienen jetzt nur noch seine engsten Vertrauten wie sein Schwager Trčka und General Ilow. Gibichen, der das Gras wachsen hörte, brachte seinen Freunden die Nachricht, dass weitere Regimenter heimlich weggeführt worden wären.
Die Stimmung im Haus der Štranzls wurde von Stunde zu Stunde schlechter. Kiermeier setzte voll und ganz auf Wallenstein und schien auch bereit, die Waffe gegen jeden zu ziehen, der den

Feldherrn bedrohte, und mochte es der Kaiser selbst sein. Gibichen, der versuchte, den Major von seiner Haltung abzubringen, erntete nur Beschimpfungen.

Eines Morgens schien Kiermeier die Geduld mit seinem Untergebenen verloren zu haben, denn er maß Gibichen mit einem verächtlichen Blick. »Für einen wie Euch ist in unserem Regiment kein Platz mehr. Ihr mögt Euch einen anderen Dienst suchen.«

Fabian fuhr auf. »Aber das könnt Ihr nicht tun, Major!«

»Wenn es Euch nicht passt, Birkenfels, könnt Ihr mit Gibichen gehen.«

Das klang so kalt, dass sich eine Gänsehaut über Fabians Arme zog. Wie es schien, waren die gemeinsame Fahrt auf der Donau und all die Monate, die er unter Kiermeier gedient hatte, vergessen. Noch während er die richtigen Worte suchte, zuckte Gibichen mit den Schultern.

»Ich glaube, es ist wirklich das Beste, wenn ich das Regiment verlasse. Ich habe einen Eid auf den Kaiser geleistet, und wenn es der Wille des Kaisers ist, Wallenstein abzusetzen, so wird es geschehen. Für Euch wäre es ebenfalls besser zu gehen, Birkenfels.«

»Ich weiß nicht. Wir waren doch all die Monate gute Freunde.«

Fabian blickte unschlüssig zwischen den beiden Männern hin und her, die sich nun wie Feinde gegenüberstanden, und fragte sich, wie es zu dieser Entwicklung hatte kommen können. Eines wurde ihm dabei schmerzhaft bewusst: Es gab keinen Weg zurück. Der Verstand und seine enge Freundschaft zu Gibichen drängten ihn dazu, sich diesem anzuschließen, doch seine Dankbarkeit Kiermeier gegenüber, der ihn seit seiner Flucht vor den Schweden unter die Fittiche genommen und gefördert hatte, gab schließlich den Ausschlag.

»Es tut mir leid, Gibichen, doch was auch geschehen mag – mein Platz ist an Major Kiermeiers Seite.«

Gibichen hob die Hände, als sei er am Ende seiner Geduld. »Fabian, du bist ein Narr! Und Kiermeier ist wohl noch ein größerer. Möge die Heilige Jungfrau im Himmel euch beide beschützen.« Er verbeugte sich und verließ den Raum.
Fabian hörte, wie er draußen seinen Burschen anwies, alles für die Reise zu packen, und kämpfte mit den Tränen. In all den Monaten war Ludwig von Gibichen ihm zu jenem Freund geworden, den er sich sein Leben lang gewünscht hatte. Ihn im Unfrieden scheiden zu sehen tat beinahe genauso weh, als wäre der andere im Kampf gefallen.
Auch Kiermeier schien, seiner Miene nach zu urteilen, der verlorenen Freundschaft nachzutrauern, doch er ballte die Fäuste und lachte grimmig auf. »Mögen all die Feiglinge und Verräter den Feldherrn verlassen. Es gibt genug Männer, die treu zu ihm stehen. Die Kreaturen, die Wallenstein schon seit ewigen Zeiten beneiden, werden zwar alles tun, um seinen Sturz herbeizuführen. Doch das werden wir beide zu verhindern wissen.« Kiermeier lachte und schlug Fabian krachend auf die Schulter. Die Zweifel des Jüngeren konnte er damit jedoch nicht vertreiben.
Nach einigem Grübeln beschloss Fabian, das Geschehene ruhen zu lassen und seine Gedanken auf die Zukunft zu richten. Die Worte des Majors hatten ihn an Graf Harlau erinnert, der zu den engsten Beratern Kaiser Ferdinands zählte. Ob der Mann zu denjenigen gehörte, die Wallensteins Sturz förderten? Wenn dem so war, würde Harlau sicherlich selbst kommen und es nicht anderen überlassen, dem Feldherrn den kaiserlichen Willen zu übermitteln. Er stellte sich vor, wie seine Klinge dem Höfling ins Herz fuhr. Dabei war ihm schmerzhaft bewusst, dass er Stephanie auf diese Weise niemals würde gewinnen können.
Erst einmal galt es, die tägliche Routine aufrechtzuerhalten. Bis-

lang hatte Gibichen die neuesten Informationen aus dem Umland gebracht, und Fabian fragte sich, ob der Freund bei der Wahrheit geblieben war. Da dieser sich als Untertan Maximilians von Bayern Wallenstein nicht verpflichtet gefühlt hatte, konnte es durchaus in seinem Interesse gelegen haben, die Situation schlechter zu reden, als sie war.
Fabian beendete sein Frühstück, verabschiedete sich von Kiermeier und ließ sein Pferd satteln. Als er die Stadt durch eines der Tore verließ, war ihm, als würde ein Schleier von seinen Augen gezogen. Im letzten Jahr hatten die Quartiermeister kaum mehr gewusst, wo sie all die Soldaten unterbringen sollten, die das Heer ständig vergrößerten. Doch nun erblickte er niedergetrampelte Flächen, auf denen die Zelte vor kurzem noch dicht an dicht gestanden hatten.
Mit einem mulmigen Gefühl in der Magengrube ritt er weiter und erreichte bald ein Dorf, das drei Kompanien des eigenen Regiments als Winterquartier zugewiesen worden war. Er fand jedoch keine Soldaten mehr vor, keine Pferde und keinen Tross. Selbst die Huren, die Knechte und das heimatlose Gesindel, das sich den Truppen anschloss, um nach den Gefechten die gefallenen Soldaten ausplündern zu können, hatten sich aus dem Staub gemacht.
Stattdessen kamen einige Bauern auf ihn zu und beschwerten sich wortreich über das, was die Soldaten ihnen während des Winters und vor allem kurz vor ihrem Abmarsch angetan hatten. Die Männer waren so zornig, dass sie Miene machten, Fabian vom Pferd zu holen und ihn für die Plünderungen und all die anderen Übergriffe der Einquartierten büßen zu lassen.
Zu Fabians Glück ließen sich die Besonneneren mit dem Versprechen beruhigen, er werde ihre Beschwerden weitergeben, und so gewann er Zeit, sein Pferd herumzuziehen und anzutra-

ben. Aus den Augenwinkeln sah er noch, wie einer der Bauern die Axt hochriss, um ihn von hinten niederzuschlagen. Am liebsten hätte er dem Mann einen Hieb mit dem Pallasch übergezogen, doch dann hätte er sich mit den gesamten Dörflern anlegen müssen. Daher gab er seinem Pferd die Sporen und grinste böse, als er sah, wie der Angreifer vom Schwung der schweren Axt mitgerissen in einem Dreckhaufen landete.
Seine Erheiterung hielt jedoch nicht lange an, denn der Blick auf ein weiteres Dorf verriet ihm, dass auch in diesem kein Soldat mehr zu finden war. Da er weitere Zusammenstöße mit den Einheimischen vermeiden wollte, kehrte er nach Pilsen zurück und suchte Kiermeier auf.
»Da bist du ja endlich«, begrüßte ihn der Major. »Du musst sofort ins Hauptquartier und den nächsten Wachtdienst übernehmen. Der Leutnant, der es hätte tun sollen, ist nicht erschienen.«
»Der hat sich wohl ebenso aus dem Staub gemacht wie der größte Teil des Heeres«, antwortete Fabian bitter.
Seine Worte rissen Kiermeier herum. »Was sagst du da?«
»Vier Kompanien unseres Regiments sind weg. Außerdem habe ich keine Spuren mehr von Harlings Kürassieren und Graf Wallenrods Arkebusieren entdeckt.«
Kiermeier bedeckte die Augen mit der Hand und stöhnte auf.
»Der Verrat reicht noch tiefer, als ich befürchtet habe. Viele von denen, die Wallenstein am zwölften Januar ihre Treue bekundet und ihn geradezu gezwungen haben, oberster Feldherr zu bleiben, haben sich wie Ratten in die Büsche geschlagen. Der Teufel soll dieses Gesindel holen! Komm mit! Wallenstein muss erfahren, was hier vorgeht.« Er ließ Fabian nicht einmal mehr die Zeit, die Pferdehaare von seinen Hosen zu entfernen, sondern packte ihn am Arm und zog ihn mit sich.
Die an diesem Nachmittag aufgezogenen Wachen nahmen ihre

Pflichten ernster. Das wunderte Fabian nicht, denn es handelte sich um Soldaten aus Trčkas Armee, die aus Böhmen stammten und Wallenstein treu ergeben waren. Trčka und Ilow befanden sich bei dem Feldherrn und waren sichtlich erregt. Als Kiermeier und Fabian eintraten, brach Christian von Ilow mitten im Wort ab und beäugte sie misstrauisch.
Kiermeier verbeugte sich vor den Herren und wies auf Fabian. »Leutnant Birkenfels war vorhin außerhalb der Stadt und hat Schlechtes zu vermelden.«
»Er meint die verschwundenen Soldaten? Das ist nichts Neues!« Ilow ballte die Rechte zur Faust und drehte sich zu Wallenstein um. »Wir müssen sofort handeln, Euer Gnaden. Sonst ist es zu spät.«
Wallenstein wischte sich über die Stirn. Als er seine Hand zurückzog, glänzte sie nass. »Auf wie viele Männer können wir noch zählen?«
Ilow hob in einer verzweifelten Geste die Arme. »Auf zwei- oder dreitausend, vielleicht auch auf fünftausend. Doch ich frage mich, ob sie auch kämpfen werden, wenn sich uns eine überlegene Streitmacht in den Weg stellt.«
»Wer sollte das tun?«, fragte Wallenstein mit dem Anflug eines Lachens. »Die meisten Offiziere wissen, was sie mir zu verdanken haben. Sie mögen vielleicht nicht für mich kämpfen wollen, aber sie werden gewiss nicht gegen mich ziehen.«
Ilow ließ nicht locker. »Trotzdem schlage ich vor, Pilsen mit allen uns gebliebenen Truppen zu verlassen und uns an einen Ort zurückzuziehen, der uns mehr Möglichkeiten bietet. Wir sollten nach Eger gehen. Von dort aus können wir jederzeit nach Sachsen marschieren.«
»Sachsen!« Wallenstein bleckte die Zähne. »Ich habe bisher nichts Neues von General Armin gehört, und Kurfürst Johann Georg beantwortet meine Briefe nicht einmal.«

Fabian lief es kalt den Rücken hinab. Der Feldherr hatte eben bestätigt, dass er Verhandlungen mit dem sächsischen Feind führte. In seinen Augen war dies genauso verräterisch, als würde er sich den Schweden anbiedern. Mit einem Mal bedauerte er seine Entscheidung, bei Kiermeier geblieben zu sein, doch es gab kein Zurück mehr.
»Major Kiermeier, Ihr werdet eine Eskorte für den Generalissimus zusammenstellen. Wir brechen so rasch wie möglich auf.«
Da Wallenstein der Situation nicht mehr gewachsen zu sein schien, übernahm sein Schwager das Kommando.
Kiermeier verbeugte sich wortlos vor General Trčka und verließ den Raum. Nun wollte Fabian seinen Posten im Vorzimmer wieder einnehmen, doch Wallenstein hielt ihn auf.
»Bleibt hier, Birkenfels, und helft mir, meine Papiere einzupacken. Etliches wird verbrannt werden müssen. Das will ich nicht den Dienern überlassen. Die schwätzen mir zu viel, und manches könnte bis zum Gegenteil verfälscht Seiner Majestät zu Ohren kommen.«
Ilow wechselte einen kurzen Blick mit Trčka. »Verzeiht, Euer Gnaden, aber die Zeit drängt. Wir müssen dafür sorgen, dass Eure Befehle ausgeführt werden.«
»Tut das!« Wallenstein nickte seinen Vertrauten kurz zu und winkte Fabian. »Kommt mit!« Ächzend erhob er sich aus seinem Stuhl, und Fabian sah, dass ihn seine Beine kaum noch zu tragen vermochten. Sofort eilte er zu ihm und bot ihm seinen Arm.
Um Wallensteins Lippen zuckte ein seltsames Lächeln. »Ihr seid ein Mann von seltener Treue, Birkenfels. Meine Feinde in Wien werfen mir vor, das Reich verraten und mich mit den Schweden verbünden zu wollen. Ihr selbst hasst die Schweden bis aufs Blut und seid trotzdem bei mir geblieben.«
Fabian wusste nicht so recht, was er darauf antworten sollte. Gi-

bichen hatte ihm von solchen Gerüchten erzählt, aber er hatte sie nicht glauben mögen. Jetzt aber spürte er, dass auch er an den Motiven des Feldherrn zu zweifeln begann. Er schluckte und versuchte, seinen trockenen Mund mit der Zunge anzufeuchten. »Ich habe mir da noch keine Gedanken gemacht. Euer Gnaden werden am besten wissen, was zu tun ist«, antwortete er nicht ganz wahrheitsgetreu.

Wallenstein schnappte nach seinen Worten wie ein Hund nach einem Knochen. »Das sollten sich diese neidischen Wichte am kaiserlichen Hof ins Gebetbuch schreiben! Bei Gott und der Heiligen Jungfrau, sie blasen Seiner Majestät ins Ohr, er könne diesen Krieg gewinnen, wenn er mich fällt wie einen morschen Baum, und der Kaiser träumt weiter von einem Siegfrieden auf der ganzen Linie und davon, den Protestantismus in Deutschland auszurotten. Die Leute, die sich um ihn scharen, reden ihm nach dem Mund, denn sie erhoffen sich Reichtümer und Würden in den jetzt noch protestantischen Landen. Da will so mancher seinen Sohn als Prälaten oder Bischof sehen oder gar als Fürst oder Herzog in Sachsen, Brandenburg oder der Pfalz. Sie sehen alle nur auf sich selbst, aber keiner bedenkt, welche Folgen ihre Handlungen haben könnten.

Der Krieg muss ein Ende haben, Birkenfels, wenn unser Deutschland nicht zerbrechen soll. Sie müssten nur ein wenig nachdenken, diese Herren in Wien. Was ist denn in den letzten fünfzehn Jahren geschehen? Tilly hat Friedrich von der Pfalz am Weißen Berg besiegt, doch anstatt es damit bewenden zu lassen, führte der Kaiser Krieg gegen die übrigen protestantischen Reichsstände. Der Sieg schien bereits nahe, da griff König Christian von Dänemark ein, um seine Glaubensbrüder zu unterstützen. Als die kaiserliche Sache bereits verloren schien, gelang es mir, das Reichsheer neu zu formieren und den Dänen zu vertreiben. Ich habe ihn bis an die Spitzen Jütlands gehetzt und ihm auf Dauer die Lust genommen, sich noch einmal in Reichsangelegenheiten einzumischen.

Damals hätte Frieden sein können. Ich habe Seine Majestät, den Kaiser angefleht, wenigstens einen Schritt auf die protestantischen Fürsten zuzugehen, die bereit gewesen wären, dafür etliche Schritte auf uns zuzukommen. Aber die Kamarilla in Wien mit all den Bischöfen, Äbten und kreuzkatholischen Maximilians an der Spitze wusste mein Werk zu hintertreiben. Ich wurde abgesetzt und Tilly in Marsch gesetzt, um die Protestanten endgültig zu unterwerfen.

Was darauf kam, wisst Ihr genauso gut wie ich, Birkenfels. Gustav Adolf von Schweden ist im Norden des Reiches gelandet und hat die kaiserlichen Heere hinweggefegt. Inzwischen wäre er in Wien und hätte sich zum Kaiser krönen lassen, wenn ich nicht da gewesen wäre, um Ferdinand die Krone zu retten. Es ist mir gelungen, die Schweden in Schach zu halten, doch als ich erneut von Frieden gesprochen habe und davon, dass Verhandlungen mit Johann Georg von Sachsen und den anderen protestantischen Reichsfürsten geführt werden müssten, hat die Kamarilla erneut ein Geschrei angestimmt.«

Erschöpft von seiner langen Rede brach Wallenstein ab und schüttelte bitter den Kopf. »Diese Narren begreifen nicht, dass wir gegen eine Hydra kämpfen, der für jeden Kopf, den man ihr abschlägt, ein neuer, noch kräftigerer nachwächst.«

»Wer sollte nach den Schweden noch kommen? England etwa, das sich ebenfalls der Ketzerei verschrieben hat?«

Wallenstein winkte ab. »England hat genug mit sich selbst zu tun. König Karl ist Katholik und denkt ähnlich wie Kaiser Ferdinand daran, diese Konfession gegen den Willen seiner meisten Edlen wieder als alleinige Religion in seinem Reich durchzusetzen. Er wird kläglich scheitern. Nein, die Engländer fürchte ich nicht, sondern die Franzosen.«

»Aber die sind doch treue Anhänger der heiligen katholischen Kirche!«, platzte Fabian heraus.
»Was sie nicht daran hindern wird, sich mit Protestanten zu verbünden, sofern es ihnen nützt. Bereits jetzt wird französisches Gold kistenweise nach Schweden gebracht, damit Oxenstierna den Krieg weiterführen kann. Gelänge es uns, die Reichsfürsten auf unsere Seite zu ziehen und Frieden zu schließen, wären die Schweden isoliert und müssten sich wieder zurückziehen. Einig wäre das Reich dann in der Lage, Frankreich zu widerstehen. Kardinal Richelieu ist kein Narr. Er wird zwar jede sich ihm bietende Gelegenheit nützen, dem Hause Habsburg zu schaden, aber niemals das Risiko eingehen, Frankreich in den Untergang zu führen. Wenn wir jetzt mit Sachsen, Hessen und den anderen protestantischen Fürsten Frieden schließen, wird das Haus Habsburg mehr Macht im Reich erhalten, als es jemals zuvor besaß. Besteht Herr Ferdinand jedoch auf der völligen Unterwerfung der Protestanten, wird der Krieg weitergehen, und da er ihn nicht gewinnen kann, dürfte sein Rang zuletzt zu einem hohlen Titel werden und seine Krone so wertlos wie stumpfes Blech.«
Fabian rieb sich erregt über die Stirn. Von dieser Warte aus hatte er die Situation noch nicht betrachtet. Wenn Wallenstein recht behielt, stand das Reich vor einem Scheideweg, der in zwei Richtungen führte. Die eine hieß Aussöhnung mit den Protestanten und damit der Verzicht auf einen einzigen Glauben im Reich, die zweite hingegen bedeutete noch mehr Krieg und Zerstörung und vielleicht sogar den Untergang des Kaiserhauses. Doch einen Punkt schien Wallenstein nicht bedacht zu haben.
»Wie können die protestantischen Fürsten sich uns anschließen? Die Schweden stehen in ihren Ländern und würden ihnen genehme Herren dort einsetzen.«
»Viele schwedische Soldaten sind deutsche Söldner, etliche ihrer Anführer deutsche Fürsten, mit denen wir zu einer Übereinkunft

kommen könnten. Außerdem macht der schwedische Kanzler Oxenstierna sich bei den Fürsten wenig beliebt, denn er kommandiert sie, als wären sie seine Offiziere. Die Herren von Geblüt sehen dies nicht gern, und ich weiß von so manchem, der sich sofort mit dem Kaiser versöhnen würde, wenn dieser ihn nur ließe. Sachsen ist ganz sicher bereit für den Wechsel. Aus diesem Grund werden wir nach Eger ziehen. Von dort aus vermag ich weitaus besser mit General Armin zu verhandeln als von hier aus. Der Sachse ist misstrauisch, denn auch er weiß, was die Herren in Wien in den Wind hinausblasen, und es wird mir nicht leichtfallen, ihn von meinen guten Absichten zu überzeugen. Kommt ein Bündnis mit Sachsen zustande, werden uns die meisten anderen protestantischen Fürsten folgen. Danach bleibt dem Kaiser nichts anderes übrig, als dem Frieden zuzustimmen, den wir ihm unterbreiten werden.«
Er plant also doch Hochverrat, wenn auch aus nachvollziehbaren Gründen, schoss es Fabian durch den Kopf, und er fragte sich, weshalb Wallenstein ausgerechnet ihn, einen kleinen Leutnant, ins Vertrauen zog. Nach einem Blick auf den Feldherrn begriff er, dass dieser einfach nur jemand gebraucht hatte, mit dem er über die Situation reden konnte. Gerade deswegen fühlte er sich mehr denn je zu Wallenstein hingezogen.
Überwältigt von seiner Verehrung sank er vor dem Feldherrn in die Knie. »Wenn es einen Mann gibt, der dem Reich den Frieden bringen kann, dann seid Ihr es, Euer Gnaden.«
Wallenstein nickte, als wolle er diese Worte bestätigen.

VIII.

*I*rmela brachte es nicht fertig, Stephanie unsympathisch zu finden oder weiterhin eifersüchtig auf sie zu sein. Nachdem ihr Mann fort war, erwies die junge Wienerin sich als fröhlich und unkompliziert, und sie war, wie Irmela zugeben musste, eine weitaus angenehmere Gesprächspartnerin als Meinarda von Teglenburg, die sich ihr gegenüber wie eine ältere Schwester aufführte und sie immer noch zu erziehen versuchte. Irmela liebte Handarbeiten, doch unter Meinardas Fuchtel musste sie Tag für Tag Fahnen mit Wappen und Sinnsprüchen besticken und Tressen und Aufschläge an Uniformen nähen, ohne ihrer Phantasie freien Lauf lassen zu können. Meinarda war von dem Ehrgeiz besessen, aus Franz von Rains Regiment das schmuckste des ganzen Heeres zu machen, und für dieses Ziel spannte sie jede Frau ein, die in der Lage war, eine Nadel zu führen.

Von Irmela erwartete sie schiere Wunderdinge, doch dieser gelang es, ein geheimes Abkommen mit Stephanie zu treffen. Auch heute saßen sie wieder in einer kleinen Turmkammer, hatten ein Becken mit glühenden Holzkohlen vor sich stehen, an dem sie ihre Hände wärmen konnten, und stickten im Schein einer frisch geputzten Öllampe vor sich hin. Sobald sie jemand die Treppe heraufsteigen hörten, tauschten sie rasch ihre Näharbeiten aus. Stephanie, der die stupide Wiederholung stets gleicher Symbole weniger ausmachte, hielt dann die feinen, mit Spitzen verzierten Kinderkleidchen in der Hand, die in Wahrheit Irmela anfertigte.

Während Stephanies Mundwerk einem lustig plätschernden Bach glich, dachte Irmela über die Winkelzüge des Schicksals nach. Wenn sich nichts Entscheidendes ereignete, würde sie in etlichen Monaten Fabian heiraten, und dabei bestickte sie Hemdchen für ein Kind, das er mit einer anderen Frau gezeugt hatte. Inzwischen war sie sicher, dass nicht Graf Harlau der Vater sein konnte, denn sie nahm die Gewissensbisse wahr, von denen ihre neue Freundin von Zeit zu Zeit gequält wurde. Dann suchte Stephanie die Burgkapelle auf, um Kerzen vor der Heiligen Jungfrau zu entzünden.

An diesem Tag schien sie jedoch bester Stimmung zu sein, denn sie strich mit einer zärtlichen Geste über ihren bereits deutlich sichtbaren Bauch. »Es ist doch etwas Schönes, wenn so ein Kindlein in einem heranwächst. Die Geburt soll zwar mit Schmerzen verbunden sein, habe ich mir sagen lassen. Aber das erträgt man als Frau gerne, um der Welt neues Leben zu schenken. Eine Verletzung, die sich ein Mann im Kampf holt, tut gewiss viel schlimmer weh.«
Irmelas Mundwinkel zuckten. »Diese Frage kann ich nicht beantworten, denn ich habe bisher weder das eine noch das andere mitgemacht.«
Stephanie musste lachen. »Eine Wunde wünscht man sich als Frau gewiss nicht. Da bringe ich lieber Kinder zur Welt.«
Ihre Worte erinnerten Irmela an Ehrentraud, und sie senkte bedrückt den Kopf. »Ich kenne eine junge Frau, die große Schmerzen erleiden musste. Sie ist den Schweden in die Hand gefallen und wurde von diesen schrecklich verstümmelt.«
»Jesses Maria, das ist ja entsetzlich!« Stephanie presste ihre Rechte gegen den Leib, als wolle sie ihr Ungeborenes schützen, und sah Irmela mit großen Augen an.
»Wir sollten noch mehr für den Sieg der kaiserlichen Waffen beten, damit so etwas nicht mehr vorkommen kann.«
»Viel öfter, als Frau Meinarda es wünscht, können wir kaum noch beten.« Über Irmelas Gesicht huschte ein leichter Schatten, denn neben dem Anfertigen von Kleidung für die Soldaten und Offiziere zählte das gemeinsame Gebet in der Burgkapelle für ihre Gastgeberin zu den wichtigsten Pflichten aller Bewohner. Meinarda hatte es nicht bei der Morgenmesse und dem Abendgebet belassen, sondern dem Burgkaplan befohlen, jeden Tag drei volle Messen zu lesen.
»Ein wenig übertreibt sie es schon«, stimmte Stephanie Irmela zu, schränkte ihre Worte jedoch sofort wieder ein. »Trotzdem schadet das Gebet nicht.«

»Das mag sein, nur würden wir mit den Fahnen und den ganzen Uniformen schneller fertig, wenn wir nicht so oft in die Kapelle gehen müssten.«

Stephanie lachte erneut auf. »Du tust ja direkt so, als wäre dir das Beten zuwider. Im Gegensatz zu dir bin ich froh, wenn ich meinen Fingern ein wenig Ruhe gönnen kann. Mit der Nadelarbeit übertreibt es Frau Meinarda ebenfalls. Ich frage mich, wie viele Fahnen so ein Regiment braucht?«

»Mindestens ein Dutzend! Wenigstens hat Fabian mir das erzählt.« Irmela bereute ihre Worte sofort, denn bei Fabians Erwähnung leuchteten Stephanies Augen in einem verräterischen Glanz auf. Wahrscheinlich liebt sie ihr Ungeborenes so sehr, weil es sein Kind ist und nicht das ihres Ehemanns, schoss es ihr durch den Kopf.

Zu ihrer Erleichterung ging Stephanie nicht auf Fabian ein, sondern kreischte in komischem Entsetzen auf. »Ein Dutzend, sagst du? Dabei bin ich erst bei der vierten Fahne!«

»So schlimm ist es nicht. Andere sticken ja auch für Meinarda.«

Irmela ertappte sich dabei, wie sie Stephanie zu beruhigen versuchte. Dabei hätte sie die Frau hassen müssen, weil ihr Fabians leidenschaftliche Liebe galt. Stephanie musste doch wissen, wie die Dinge standen. Warum also tat die Frau so, als wären sie beide die besten Freundinnen auf der Welt? Glaubte sie, das Verhältnis mit Fabian auch nach dessen Vermählung fortsetzen zu können? Einige heftige Atemzüge lang kämpfte sie mit diesem Verdacht, doch dann winkte sie innerlich ab. Für das zu einem solchen Plan gehörende Ränkespiel war Stephanie nicht durchtrieben genug.

In einem spontanen Entschluss legte sie ihre Nadelarbeit beiseite und ergriff die Hand der Schwangeren. »Ich freue mich, dass wir Freundinnen geworden sind.«

Stephanie nickte gerührt. »Ich mich auch! Als mein Gemahl so überraschend nach Wien und dann weiter nach Böhmen hat reisen müssen, habe ich schon befürchtet, recht bald auf den Stammsitz seiner Familie geschickt zu werden. Zum Glück gestalten sich seine Angelegenheiten langwieriger als erwartet, und ich kann hierbleiben, bis er wiederkommt. Irmela – ich darf dich doch so nennen? Wenn ich auf Burg Harlau wohne, würde es mich freuen, wenn du mich besuchen könntest. Sie liegt nur zwei Tagesreisen donauaufwärts. Ich würde mich wohler fühlen, wenn du mir in meiner schweren Stunde beistehen könntest. Danach wüssten wir beide, ob das Kinderkriegen wirklich so wehtut, wie immer behauptet wird.«
Irmela antwortete nicht sofort, weil ihr etliche Gründe durch den Kopf schossen, die gegen die Annahme der Einladung sprachen. Wenn sie Burg Rain verließ, würde ihr wahrscheinlich nichts anderes übrig bleiben, als nach einem kurzen Aufenthalt in Harlau wieder unter Helenes Fuchtel zurückzukehren, denn danach noch einmal Zuflucht auf Rain zu suchen, erschien ihr zu aufdringlich. Sie wollte Stephanie jedoch nicht vor den Kopf stoßen und nickte daher lächelnd.
»Das ist kein schlechter Gedanke. Wenn Meinarda mich nicht mehr braucht, kann ich ja zu dir kommen. Aber jetzt sollten wir weitersticken, sonst fragt man uns noch, was wir den ganzen Tag getan haben.«
Stephanie lächelte so zufrieden, als habe Irmela ihr schon eine feste Zusage gegeben, und nahm das Fahnentuch wieder in die Hand. Für einige Augenblicke erstarb die Unterhaltung, dann hob Irmela den Kopf. »Dein Gemahl hat dir sicher aus Böhmen geschrieben. Was weiß er über die Lage dort zu berichten?«
Ein trotziger Ausdruck zog über Stephanies Gesicht. »Mein Mann und mir schreiben? Das tut er nie! Für ihn bin ich eine viel zu unwichtige Person.«

Irmela bemerkte zum ersten Mal, dass in Stephanies sanften Pfoten kleine Krallen steckten. Es schien sie zu ärgern, dass sie ihrem Ehemann nicht einmal ein paar Zeilen wert war, und sie erzählte ihr nun aufgebracht von Frauen am Wiener Hof, die ihr eine Liaison mit Wallenstein nachgesagt hätten.
»... und die haben sich meine Freundinnen genannt!«, setzte sie mit einem empörten Schnauben hinzu. »Selbst wenn ich gewollt hätte, wäre nichts passiert. Wallenstein ist mit seinem Heer verheiratet, und dem ist er treu. Eine Geliebte würde ihn dabei stören!« Das klang beleidigt, und es dauerte einen Augenblick, bis Irmela begriff, dass Stephanie nicht dem Feldherrn gram war, sondern ihrem Ehemann, der sie bei Wallenstein zurückgelassen und damit dem Verdacht ausgesetzt hatte, ihn mit dem Generalissimus betrogen zu haben. Jetzt wurde ihr auch klar, warum die junge Frau sich trotz gelegentlicher Gewissensbisse nicht viel daraus machte, ihrem Mann ein Kind zu schenken, das wahrscheinlich nicht das seine war. Auf diese Weise wollte sie sich an ihm rächen.
Was musste das für eine Ehe sein, dachte Irmela verwirrt. Würde sie später ebenso handeln wie Stephanie?
Da sie nicht ins Grübeln verfallen wollte, hakte sie noch einmal nach. »Gibt es wirklich nichts Neues aus Böhmen?«
Stephanie schüttelte den Kopf, dass ihre blonden Locken aufstoben. »Ich weiß von nichts!«

IX.

*H*arlau blickte zufrieden auf die knapp zwei Dutzend Offiziere, die sich um ihn versammelt hatten. Bis auf einen handelte es sich ausnahmslos um Engländer, Iren und Schotten, und ihre Gesichter trugen den Ausdruck von Söldnern, die nur noch ein

kleines Hindernis zwischen sich und einer reichen Beute sahen. Das war kein Wunder, denn er hatte sie mit Geld geködert und der Aussicht auf Titel und Grundbesitz. Obwohl die meisten von ihnen aus adeligen Familien stammten, waren sie käufliches Gesindel. Solange sie dem Klang seines Goldes folgten, störte ihn das jedoch nicht.
»Also sind wir uns einig!« Harlau hob den Becher mit bitterem böhmischem Bier und brachte einen Trinkspruch aus.
»Auf Seine Majestät, den Kaiser, und darauf, dass unser Vorhaben gelingen mag!«
»Das wird es!«, antwortete Oberst Butler in einem gutturalen Deutsch. »Ich habe mit Gordon gesprochen. Die Garnison von Eger wird in ihren Quartieren bleiben und unsere Aktion nicht behindern. Er selbst plant, Wallenstein und dessen engste Vertraute zum Essen einzuladen.«
Harlau verbiss sich ein spöttisches Auflachen. Ebenso wie Oberst Butler oder Oberstleutnant Leslie, der eines der Regimenter befehligte, die bei Wallenstein geblieben waren, hatte Gordon, der Stadtkommandant von Eger, dem abgesetzten Generalissimus erst kürzlich noch einmal die Treue geschworen. Nun aber sorgte der Glanz des kaiserlichen Goldes dafür, dass die Offiziere sich gegen ihren einstigen Gönner wandten.
Harlau genoss die Macht, die ihm ein paar Truhen voller Münzen über diese Männer gaben. Auch er würde nicht leer ausgehen, sondern noch höhere Ehren erhalten und den mit ihnen verbundenen Einfluss. Zudem sollte ihm diese Aktion zu seiner ganz persönlichen Rache verhelfen.
Sein Blick suchte Heimsburg, der unter den Ausländern ein wenig verloren wirkte und verlegen grinste, als er seine Aufmerksamkeit bemerkte. Offensichtlich bereitete es dem Hauptmann Unbehagen, eine aktive Rolle in diesem Spiel übernehmen zu müssen.

»Ihr wisst, was Ihr zu tun habt?«
Harlaus Frage ließ Heimsburg zusammenzucken. »Sehr wohl, Euer Erlaucht! Ich werde zusammen mit vier Soldaten Wallensteins Wohnung betreten und den Verräter Birkenfels festnehmen.«
Der Schotte Leslie hob die Hand. »Halt! Ein Einwand! Wallensteins Zustand soll sich verschlechtert haben. Was ist, wenn er Gordons Einladung nicht annehmen kann und in seinem Quartier bleibt? Dann würde eine solche Tat ihn warnen, und er könnte noch fliehen. General Armins sächsische Vorposten liegen nur wenige Meilen nördlich von Eger. Selbst ein so kranker Mann wie er würde diese Stellungen auf einem Pferd oder mit einem Wagen in kurzer Zeit erreichen. Wir können keinen Krieg beginnen, um ihn wieder einzufangen, und dürfen für den Anschlag nur vertrauenswürdige Männer einsetzen.«
Solche Schurken wie dich, dachte Harlau, nickte aber zustimmend. »Ich überlasse die Koordination der gesamten Aktion Euch und Oberst Butler. Allerdings muss ich sicher sein, dass Birkenfels nicht entkommt.«
»Das wird er nicht!«, versprach Heimsburg, der sich schon als stolzer Besitzer eines ertragreichen Gutes sah.
»Ich verlasse mich darauf! Morgen Abend muss Wallenstein tot sein und Birkenfels in meiner Hand!« Harlau hoffte, dass die Entschlossenheit, die sich auf den Gesichtern rings um ihn abzeichnete, auch anhalten würde. Sollte einer der hier versammelten Offiziere Mitleid mit dem Feldherrn bekommen, der seine Leute in früheren Jahren von Sieg zu Sieg geführt hatte, und ihm heimlich zur Flucht verhelfen, hatte er sein Gold umsonst ausgegeben. Dann bestand die Gefahr, dass sein Anteil an dem Plan bekannt würde und er sich einen Feind geschaffen hätte, der nur darauf lauerte, Rache für diese Kränkung zu nehmen.

Harlau traute es dem Kaiser zu, dass dieser, vom Verlauf kommender Feldzüge enttäuscht, Wallenstein noch einmal mit dem Oberbefehl beauftragte. Dafür aber würde Ferdinand ihn fallenlassen müssen – und mit weniger als seinem Kopf dürfte der Feldherr sich nicht zufriedengeben. Aus diesem Grund hatte er mit Butler und Leslie untergeordnete Chargen mit der Aktion beauftragt und Generäle wie Gallas, Piccolomini und Aldringer außen vor gelassen. Diese hätten Wallenstein mit einer Verbeugung erklärt, er sei festgenommen, und ihn unter leichter Bewachung auf einer seiner Besitzungen interniert.

Harlau merkte, dass seine Gedanken sich verselbständigt hatten, und sah in die Runde. »Ich verlasse mich voll und ganz auf euch, meine Herren!«

»Es wird alles so geschehen, wie Ihr es wünscht. Wenn Ihr erlaubt, reiten wir jetzt nach Eger zurück und bereiten alles vor.« Oberst Butler verbeugte sich und wartete darauf, von Harlau entlassen zu werden. Dieser hob grüßend die Hand und erwiderte die Verbeugung weitaus knapper. Als Butler und seine Leute die Kammer verließen, wollte Heimsburg ihnen folgen.

Harlau hielt ihn zurück. »Eines noch: Niemand darf erfahren, aus welchem Grund ich Birkenfels gefangen nehmen lasse. Ihr haftet mir mit Eurem Kopf dafür!«

So hatte Heimsburg sich das Ganze nicht vorgestellt. Er selbst war durch einen der Wachtposten auf Fabians Liebesbeziehung zu Harlaus Gemahlin aufmerksam gemacht worden und hatte dem Mann beinahe die ganze Summe geben müssen, die ihm von Frau von Kerlings Geld geblieben war. Mit den paar Gulden hatte der Kerl sich jedoch nicht zufriedengeben wollen. »Es gibt noch ein Problem, Erlaucht, nämlich meinen Informanten. Er wird gewiss nicht den Mund halten.«

»Wisst Ihr, wo dieser Mann sich aufhält?«
»Ich habe ihn als Unteroffizier in meine Kompanie aufgenommen!«
»Dann beteiligt den Mann an der Aktion und nehmt ihn mit, wenn Ihr Birkenfels zur Stammburg meiner Familie bringt. Ich komme mit Euch. Ist der Vogel erst einmal gefangen, werde ich selbst über ihn wachen.«
Harlau klopfte Heimsburg auf die Schulter und zählte ihm mehrere Dutzend Gulden aus seiner Börse vor. »Das wird reichen, um ein paar handfeste Burschen anzuwerben, die Euch helfen werden. Und noch etwas: Im Gegensatz zu Wallenstein wünsche ich, dass Birkenfels lebend und weitgehend unverletzt in meine Hände gerät.«
»Ihr könnt Euch auf mich verlassen!« Heimsburg verbeugte sich und verließ ebenfalls den Raum.
Harlau blickte ihm mit einem verächtlichen Lächeln nach. Er würde sich nur auf einen einzigen Menschen verlassen, nämlich auf sich selbst. Aus diesem Grund hatte er sich von Kaiser Ferdinand das Privileg erbeten, den Schlag gegen Wallenstein durchführen zu dürfen.
Zufrieden mit seinen Vorbereitungen trat Harlau ans Fenster und blickte hinaus. Draußen wurden gerade die Pferde der Offiziere gebracht. In weniger als drei Stunden würden sie Wallensteins Quartier erreichen, dann konnte der letzte Akt des Dramas beginnen.

X.

Als Gibichen den Anschlag las, schüttelte er ungläubig den Kopf. Zwar gehörte er nicht gerade zu Wallensteins eifrigsten Anhängern, aber auch für ihn lasen sich die Vorwürfe, die dem Feldherrn gemacht wurden, wie der Auswurf eines kranken

Kopfes. Da hieß es, Wallenstein habe das Kaiserhaus vernichten und sich selbst zum König von Böhmen krönen wollen, man klagte ihn des schlimmsten Verrats und etlicher Verbrechen an, die der Generalissimus nun wirklich nicht begangen hatte. Rasch begriff Gibichen, weshalb die kaiserliche Hofkammer Wallenstein all dieser Taten beschuldigte. Die Vorwürfe sollten ihm jene Regimenter abspenstig machen, die bisher noch treu zu ihm standen. Mit dieser öffentlichen Anklage war der Generalissimus praktisch vogelfrei, und seine Feinde würden leichtes Spiel haben, ihn umzubringen.
Gibichen wurde beim nochmaligen Lesen des Pamphlets außerdem klar, dass Fabian und Kiermeier in höchster Gefahr schwebten, denn die beiden würden Wallenstein noch mit ihrem Leib schützen und dabei umkommen.
»Warum musste dieser verdammte Narr in Eger Quartier machen, anstatt sofort nach Sachsen zu fliehen?« Gibichen bedachte Wallenstein und seine Zögerlichkeit mit einigen stummen Flüchen, dann beugte er sich aus dem Sattel, riss den Anschlag von der Wand und steckte ihn ein.
»He, Kamerad! Was machst du da?«, rief ein Offizier ihn an.
Gibichen wandte sich ihm mit einem gequälten Grinsen zu.
»Das muss ich sofort meinem Oberst und den Kameraden meines Regiments zeigen! Sie werden sich sehr dafür interessieren.«
»Aber ich hätte es auch gern gelesen«, beschwerte sich der Offizier.
»Diesen Anschlag wirst du wohl hier an jeder Ecke finden. Ich muss mich jedoch beeilen. Gott befohlen!« Gibichen tippte mit zwei Fingern gegen die Krempe seines Hutes, zog sein Pferd herum und gab ihm die Sporen. Während der Schnee von den Hufen stob, flehte er alle Heiligen an, ihn zu beschützen, damit er rechtzeitig nach Eger gelangte. Obwohl er sich im Streit von

Fabian und Kiermeier getrennt hatte, wollte er sie nicht ihrem Schicksal überlassen.

Ein paar Stunden später war sein Pferd so erschöpft, dass es nur noch vor sich hinstolperte, und er befand sich meilenweit von jeglicher Herberge entfernt mitten im Wald. In der Ferne hörte er Wölfe heulen, und prompt blieb sein Tier mit bebenden Flanken stehen.

»Schon gut, mein Alter! Wenn die Bestien sich wirklich an uns heranwagen sollten, werden meine Pistolen ihnen schon heimleuchten.« Um sich Mut zu machen, schlug Gibichen gegen die Kolben der beiden Pistolen, die aus der Satteltasche ragten. Nun schalt er sich, weil er überstürzt aufgebrochen war, ohne seinen Burschen mitzunehmen, auch wenn dieser ihm Moralpredigten gehalten und alles getan hätte, um ihn von seinem Vorhaben abzubringen.

Er stieg ab und führte sein Pferd, damit es sich erholen konnte. Als er sich gerade entschieden hatte, wieder aufzusteigen, kam eine Hütte in Sicht. Er zog sein Reittier darauf zu und zog vorsichtshalber eine Pistole. »Ist da jemand?«

Nur das Heulen des Windes in leeren Fensterhöhlen antwortete ihm. Wer auch immer hier gewohnt haben mochte, war weggezogen oder tot. Gibichen stieß mit der Stiefelspitze die Tür auf. Sie schwang an Lederbändern nach innen und schlug schwer gegen die Wand. Etwas flatterte erschreckt auf und kam auf ihn zu.

Gibichen riss die Waffe hoch, sah dann aber, dass es sich um eine Waldtaube handelte, die ihr Nest in der verlassenen Hütte gebaut hatte. Auf einen solchen Bewohner hätte Gibichen verzichten können, denn der Boden war mit Vogelkot bedeckt. Mangels eines anderen Werkzeugs schnitt er einen Ast von einem Baum, schüttelte den Schnee ab und verwendete ihn als Besen. Als Nachtlager mussten ihm ebenfalls vom Schnee befreite Zweige genügen. Sein Pferd band er im Windschatten der Hütte an, damit es nicht zu sehr fror.

Auf Feldzügen hatte er schon schlechter geschlafen, dachte er, als er sich bei Einbruch der Dunkelheit auf sein provisorisches Bett sinken ließ und seine Pistolen neben sich legte, so dass er sie jederzeit ergreifen und abfeuern konnte. Dann ließ ihn die Gewohnheit eines harten Lagerlebens rasch wegdämmern.

Mitten in der Nacht weckte ihn ein Geräusch, und er vernahm leise Stimmen. Er packte die Pistolen und richtete sich auf. Die Menschen, die sich der Hütte zu nähern schienen, versuchten wohl, leise zu sein, aber er konnte ihre Schritte verfolgen. Nicht zum ersten Mal hatte er es seinen guten Ohren zu verdanken, dass er gewarnt war. Mit einem Schritt stand er neben der Tür und zog sie einen Spalt auf.

Der Mond schien hell genug, um zwei Gestalten erkennen zu können, die sich für sein Pferd interessierten. Beide trugen weite Mäntel, so dass er sie zunächst für Männer hielt. Doch als die kleinere Person zu sprechen begann, klang ihre Stimme wie die einer Frau.

»Schnell! Nimm das Pferd, bevor der Reiter aufwacht, und dann nichts wie weg!«

Die andere Gestalt fasste nach dem Zügel, doch da peitschte Gibichens Stimme auf. »Das würde ich an deiner Stelle unterlassen!«

»Verdammt, da ist der Kerl!« Der Mann fuhr herum und wollte auf Gibichen losgehen. Dann sah er die im Mondlicht aufblitzenden Pistolenläufe. Offensichtlich traute er deren Besitzer nicht zu, in dem diffusen Licht etwas treffen zu können, denn er schwang sich auf den Gaul und trieb ihn noch in der Bewegung an. Kaum aber ragten seine Schultern über den Sattel, zog Gibichen den Hahn durch. Der Schuss hallte überlaut durch die

Nacht, und der Getroffene stürzte mit einem erstickten Aufschrei zu Boden.
Die Frau starrte auf ihren toten Gefährten und schien verzweifelt einen Ausweg zu suchen, ehe der nächste Schuss sie traf. In ihrer Angst raffte sie ihren Rock und präsentierte Gibichen ihre Scham. »Ihr könnt alles von mir haben, Herr, aber lasst mich am Leben!«
Gibichen musterte sie verblüfft. Selbst im schwachen Schein des Mondes konnte er erkennen, dass sie recht hübsch war. Ihm war jedoch nicht nach einem Frauenleib zumute, umbringen aber wollte er sie auch nicht.
»Dreh dich um und bück dich!«, herrschte er sie an.
Das Weib befolgte den Befehl sofort und spreizte ein wenig die Beine, weil sie dachte, er wolle sie auf diese Weise nehmen. Gibichen hob jedoch nur den Fuß und versetzte ihr einen Tritt, der sie in das Gestrüpp beförderte. »Verschwinde und lass dich nie wieder in meiner Nähe blicken.«
Die Frau stöhnte vor Schmerz, begriff aber, dass sie mit heiler Haut davonkommen sollte, und verschwand humpelnd im verschneiten Wald.
Gibichen spie hinter ihr aus und lud die abgeschossene Pistole neu. Da sein Nachtquartier ihm nach diesem Zwischenfall verleidet war, bestieg er sein Pferd und ritt weiter. Der Mond war hell genug, um bis zum Morgen noch eine oder zwei Meilen zurückzulegen, und die mochten ihm helfen, genügend Zeit zu gewinnen, um seine Freunde warnen zu können.

XI.

Der Abend war so eisig, wie Fabian noch keinen erlebt zu haben glaubte. Es kam ihm vor, als friere er von innen heraus. Mit einem lautlosen Fluch, der dem schlechten Gefühl galt, das sich in ihm breitgemacht hatte, zog er seinen Umhang enger um sich und stapfte durch weichen Schnee, der die Straße vor Wallensteins Quartier bedeckte. Das Licht aus dem Schlafgemach des Feldherrn verriet, dass Wallenstein auf den Rat seines Arztes gehört hatte. Dieser war am Nachmittag bei ihm gewesen, um ihm eine neue Arznei zu bringen, und hatte ihm nach der Untersuchung verboten, das Haus zu verlassen. Das hatte die Generäle Ilow und Trčka sowie Niemann, den letzten ihm verbliebenen Sekretär, nicht daran gehindert, die Einladung des Garnisonskommandeurs Gordon anzunehmen. Der Schotte hatte Wallenstein am Vortag noch einmal seine Ergebenheit bekundet, genau wie die übrigen schottischen und englischen Offiziere, die das letzte Häuflein Soldaten befehligten, das dem Generalissimus geblieben war. Daher hätte Fabian sich keine Sorgen machen müssen, doch er fühlte eine Anspannung in sich, die mit jedem Schritt wuchs.

Kiermeier, der in seinem Umhang noch größer und wuchtiger wirkte als sonst, stapfte ihm entgegen. »Bei den Wachen ist alles in Ordnung«, meldete er, als wäre nicht er der ranghöhere Offizier.

Fabian bleckte die Zähne. »Das beruhigt mich nicht. Ich wünschte, wir wären schon in Sachsen. Meines Erachtens war es ein Fehler, hier Station zu machen.«

Der Major lachte spöttisch auf. »Glaubst du, dein Kopf wäre klüger als der unseres Feldherrn? Hier in Eger wird Wallenstein von ihm treu ergebenen Regimentern beschützt, und er vermag mit dem Kaiser zu verhandeln, ohne als Verräter zu gelten. Wäre er gleich zu den Sachsen übergegangen, hätte er seine Sache verloren geben müssen.«

Obwohl Fabian Kiermeier im Stillen recht geben musste, wich seine Nervosität nicht. »Ich werde die Wachen noch einmal kontrollieren. Soll ich danach zu Gordon gehen und nachsehen, wo Ilow und die anderen bleiben?«

»Die werden wohl auch ohne dich ihren Wein trinken und nach Hause finden können.« Kiermeier merkte nicht einmal, dass er Fabian mit seiner Bissigkeit kränkte, sondern befahl ihm, mit ihm zu kommen. Sie betraten Wallensteins Quartier, das für Fabians Empfinden beinahe so still war wie eine Gruft, und nahmen im Vorzimmer Platz. Kiermeier griff nach einem Kartenspiel, das auf einem Tisch liegen geblieben war, und begann die Karten auszulegen.

»Eine alte Hexe hat mir einmal erzählt, man könnte sein Schicksal in ihnen lesen«, erklärte er seinem Freund.

»Was sagen die Karten denn?«

»So ganz habe ich die Bedeutung der einzelnen Blätter nicht behalten. Hier haben wir zum Beispiel den König. Der bedeutet gewiss Erfolg und Ruhm, und hier die Dame. Sie verspricht uns Glück in der Liebe.«

Fabian begriff, dass Kiermeier sich nicht nach den Lehren jener alten Hexe richtete, sondern sich seinen eigenen Wünschen und Hoffnungen hingab. Sein Ziel war nach wie vor, befördert zu werden und Meinarda von Teglenburg zu heiraten. Beides war in Fabians Augen im Augenblick ebenso unerreichbar wie der Mond. Dennoch war auch er überzeugt, dass es wieder aufwärts gehen würde. Sobald der Kaiser merkte, dass er den Krieg ohne seinen Generalissimus nicht gewinnen konnte, würde er Wallenstein freie Hand geben, das Reich auf seine Weise von den Schweden zu befreien.

Anders als bei Kiermeier würde seine Belohnung jedoch nur in Beförderungen bestehen. Glück in der Liebe gab es für ihn nicht mehr, denn Stephanie blieb für ihn unerreichbar, und Irmela war kein Ersatz für die Frau seiner Träume. Ein Trost war, dass seine heimliche Verlobte keine Flausen im Kopf hatte. Gerade als er zu der Überzeugung gekommen war, dass er und Irmela behaglich miteinander würden leben können, knirschte draußen der Schnee unter dem Tritt fester Stiefel.

»Ich schaue nach, wer gekommen ist.« Fabian stand auf und ging zur Tür. Noch bevor er den Griff fassen konnte, wurde sie aufgerissen, und Heimsburg trat herein.

»Mit den besten Empfehlungen von General Gallas. Ich bringe eine wichtige Botschaft für den Herzog von Friedland.«

Wallensteins Sache war im Augenblick wichtiger als seine persönlichen Befindlichkeiten. Daher gab Fabian den Weg frei und sah sich plötzlich Hauptmann Deveroux und mehreren Dragonern des Regiments Butlers gegenüber. Bevor er reagieren konnte, wurde er gepackt und zu Boden gerissen. Er sah noch den Kolben einer Muskete auf sich zukommen und spürte den Schlag. Dann wurde es schwarz um ihn.

Kiermeier sprang noch auf, doch ehe er seine Waffe ziehen konnte, zerschmetterte ihm einer der Eindringlinge mit seinem Musketenkolben den Schädel.

»Sechs Männer kommen mit mir. Die anderen stehen Euch zur Verfügung, Heimsburg.« Deveroux packte seine Hellebarde mit beiden Händen und stieg die Treppe hinauf.

Heimsburg sah ihm und seinen Begleitern einen Augenblick nach, dann wandte er sich an die drei Dragoner, die stehen geblieben waren. »Ich hoffe, ihr habt Birkenfels nicht erschlagen. Er sollte lebend gefangen werden.«

Einer der Schotten grinste über das ganze Gesicht. »Keine Sorge, Hauptmann! Ich habe ihn nur ein wenig mit dem Kolben gestreichelt. Der wacht schon bald wieder auf.«

»Dann fesselt ihn und bringt ihn raus!« Heimsburg hörte, wie oben die Tür eingetreten wurde, dann erklang ein ärgerlicher Ausruf Wallensteins, der gleich darauf in einem halberstickten Schrei endete. Nun dachte er nur noch daran, diesen Ort so schnell wie möglich zu verlassen.

»Beeilt euch!«, herrschte er die Schotten an und scheuchte sie zur Tür hinaus.
Vor dem Haus wartete Graf Harlau inmitten eines Dutzends Kürassiere aus Gallas' Armee, die sein Geleit bildeten. Der Mann wirkte unbewegt, doch sein nervös scharrender Hengst verriet seine innere Erregung. Unter den Soldaten befand sich auch jener Unteroffizier, dem Heimsburg die Information über die Untreue der Gräfin verdankte. Dieser hielt zwei Pferde am Zügel, die für ihn und den Gefangenen gedacht waren.
Heimsburg sah zu, wie die Schotten Fabian bäuchlings auf einen Gaul banden, dann bestieg er das andere Pferd und nickte Harlau zu. »Es ging alles besser als erwartet.«
Der Graf achtete jedoch nicht auf ihn, sondern starrte auf jene Fenster im ersten Stock, hinter denen Licht brannte. Eines wurde gerade aufgerissen, und Deveroux steckte seinen Kopf heraus.
»Der Verräter ist tot!«
Es waren nur vier Worte, doch nach ihnen wirkte Harlau so, als sei ihm eine tonnenschwere Last von der Seele gefallen. »Ihr habt gute Arbeit geleistet, Hauptmann! Seine Majestät wird Eure Treue zu lohnen wissen.« Er hob grüßend die Hand, zog sein Pferd herum und winkte seinen Begleitern, ihm zu folgen. Zwei der Kürassiere entzündeten Fackeln, um den Weg auszuleuchten, und übernahmen die Spitze.
»Wollt Ihr Eger noch heute Nacht verlassen?«, fragte Heimsburg verblüfft.
Harlau lachte leise auf. »Es drängt mich, nach Hause zurückzukehren. Mein Weib ist schwanger, und ich will, dass sie unseren Erben in meiner Gegenwart gebiert.«
Für einen Mann, der nicht sicher sein konnte, ob er der Vater des erwarteten Kindes war, klang Harlau seltsam zufrieden, doch bei dem Unterton in seiner Stimme stellten sich Heimsburgs Nackenhaare auf.

XII.

Gibichen war am Tor aufgehalten worden und erreichte Wallensteins Quartier gerade in dem Augenblick, als einige Dragoner den Leichnam des Feldherrn heraustrugen, um ihn auf die Burg zu schaffen. Obwohl er die gegen den Generalissimus gerichteten Beschuldigungen kannte, war es für ihn ein Schock, jenen Mann tot vor sich zu sehen, den jeder Katholik im Reich noch vor Jahresfrist als seinen Retter betrachtet hatte. Da er nicht als Anhänger des Ermordeten niedergemetzelt werden wollte, setzte er ein scheinbar zufriedenes Lächeln auf, stieg ab und betrat wie selbstverständlich das Haus.
Drinnen schien es nur noch ein paar völlig kopflose Diener zu geben. Im Vorzimmer fand er einen Toten, der in einer frischen Blutlache lag. Er erkannte Kiermeier erst auf den zweiten Blick, denn ein Hieb hatte seinem Freund den Schädel so zerschmettert, dass sein Gesicht kaum noch zu erkennen war. Gibichen schlug das Kreuz und kniete nieder, um ein Gebet für den Major zu sprechen.
Ein halbunterdrückter Aufschrei ließ ihn hochfahren und zu seiner Waffe greifen. Doch es war nur Paul, Kiermeiers Bursche, der lautlos hereingekommen war und seinen toten Herrn anstarrte.
»Mein Gott, wie konnte so etwas geschehen?«
»Ich weiß es nicht!« Gibichen sah sich suchend um. »Wo ist Birkenfels?«
Ein Diener, der Paul gefolgt war, wies durch das Fenster auf die Straße. »Der Leutnant ist gefesselt nach draußen geschafft, auf ein Pferd gebunden und mitgenommen worden. Ich glaube, man hat ihn vorher niedergeschlagen, denn er war bewusstlos.«
»Mitgenommen, wohin denn?«
Der Mann schüttelte verlegen den Kopf. »Das weiß ich nicht. Die Männer sind auf das südliche Tor zugeritten.«

»Weißt du, wer sie angeführt hat?«
»Ich meine, ich hätte im Schein der Fackeln den Grafen Harlau erkannt.«
»Harlau also.« Gibichen begann zu begreifen. Er zog ein paar Münzen aus seiner Börse und warf sie dem Diener zu. »Lass den Major anständig begraben. Der Rest gehört dir und denen, die dir helfen. Du, Paul, packst deine Sachen und sattelst uns frische Pferde. Für Kiermeier kannst du nichts mehr tun. Aber du könntest mir helfen, diesen jungen Narren zu retten.«
»Glaubt Ihr, Birkenfels ist noch am Leben?«
»Da bin ich mir ganz sicher. Der Mann, der ihn gefangen genommen hat, gönnt ihm gewiss keinen schnellen Tod. Und jetzt beeile dich! Vor uns liegt ein langer Weg.«

XIII.

Um sein Ziel geheim zu halten, hatte Harlau zweimal die Begleitmannschaft ausgetauscht. Auf diese Weise glaubte er sich vor selbsternannten Rächern sicher, die Vergeltung für Wallensteins Tod suchen mochten. Es gab immer Männer, die ihrem Anführer bis über den Tod hinaus treu waren, und einer von denen mochte ihn erkannt haben. Aus einem ähnlichen Grund hatte er auch Heimsburg und dessen Zuträger, seinen einzigen Mitwissern, verboten, sich um Fabian zu kümmern. Er wollte nicht riskieren, dass sie Mitleid mit einem Kameraden bekamen und versuchten, ihn zu befreien. Sein Gefangener saß mit gefesselten Händen im Sattel und trug einen schmerzhaften eisernen Knebel im Mund. Da er keine Neugier erregen sollte, hatte Harlau ihn in einen weiten Kapuzenumhang hüllen lassen, der den Knebel und die Fesseln halbwegs verbarg.
Zufrieden mit sich und dem Erreichten lenkte Harlau sein Pferd

auf einen Hügel und blickte auf das Ufer der Donau hinab. Hier begann der Winter bereits dem Frühling zu weichen, und die Trauerweiden bekamen schon die ersten Kätzchen. Der große Strom zog sich wie ein breites, blau schimmerndes Band durch eine liebliche Landschaft und verlor sich in der Ferne. Auf den Hügeln standen vereinzelte Burgen, die zumeist vor Generationen verlassen und verfallen waren. Einige wenige hatte man wegen der Schweden und der aufständischen Bauern vor kurzem wieder instand gesetzt.

Seine Stammburg erhob sich auf einem Felssporn, der den Fluss zu einer Schleife zwang, und zählte zu den ältesten und kleinsten Wehrbauten in dieser Gegend. Als Harlau sie musterte, erschien es ihm wie ein Wunder, dass seine Familie aus derart einfachen Anfängen so hoch hatte steigen können. Der erste Harlau, der in den Annalen verzeichnet war, hatte hier als Dienstmann Herzog Albrechts III. gelebt und Schiffszoll auf der Donau erhoben. Albrechts gleichnamiger Sohn hatte ihm die Burg zu Lehen gegeben und seine Heirat mit einer reichen Erbin vermittelt.

Harlau schob den Gedanken an den Stammbaum seiner Familie beiseite, den er bis ins letzte Glied hätte aufsagen können, und sah sich nach seinem Gefangenen um. Birkenfels hockte zusammengesunken auf einem alten Klepper, mit dem selbst der beste Reiter nicht hätte entkommen können. Nach einer Woche strengem Fasten, das nur einmal am Tag durch ein kleines Stück Brot und einen Becher Wasser unterbrochen worden war, schien der Widerstand des Mannes gebrochen zu sein.

Am gegenüberliegenden Ufer hatte ein Fährmann die Gruppe entdeckt, wagte sich jedoch nicht herüber. Erst als der Graf zum Ufer hinunterritt und ihn anrief, schob er seinen Kahn ins Wasser.

Harlau drehte sich zu seinen Begleitern um und warf dem An-

führer der Eskorte einen Beutel zu. »Hier, das ist für Euch. Ihr könnt zu Eurem Regiment zurückkehren. Das letzte Stück Weg werde ich auch alleine schaffen.«
Der Offizier steckte den Beutel weg und fragte sich, wer der Gefangene sein mochte, um den der Graf ein solches Geheimnis machte, verbarg sein Interesse aber hinter einer gleichgültigen Miene. Seine Nase in die Belange eines hohen Herrn zu stecken brachte nur Unannehmlichkeiten mit sich. »Ich wünsche Euer Erlaucht eine angenehme Heimkehr!«, antwortete er daher und zog den Hut.
»Reitet mit Gott und schlagt die Schweden«, antwortete der Graf und winkte dem Offizier noch einmal zu.
Der wendete sein Pferd und ritt langsam an. Seine Männer folgten ihm, und so blieben nur Heimsburg und dessen Zuträger bei Harlau zurück. Der Hauptmann sah den davonreitenden Soldaten sehnsüchtig nach. Am liebsten hätte er sich ihnen angeschlossen, denn Harlau war ihm unheimlich geworden. Unwillkürlich frage er sich, ob er zu misstrauisch oder sein Unteroffizier zu leichtgläubig war. Der Mann schien sich auf den ihm versprochenen Rest der Belohnung zu freuen, denn er führte das Pferd mit dem Gefangenen zum Ufer, ohne einen Befehl abzuwarten.
Fabian, der zitternd vor Schwäche im Sattel hing und auf den Strom starrte, konnte sich lebhaft vorstellen, was Harlau mit ihm anstellen würde. Es würde wohl das Beste sein, sagte er sich, ein Ende in den kühlen Fluten der Donau zu suchen. Diese Möglichkeit versagte Harlau ihm jedoch, denn er befahl Heimsburg, den Gefangenen vom Pferd loszubinden, ihm die Füße zu fesseln und ihn auf die Fähre zu schaffen. Da Fabian nicht mehr die Kraft hatte, sich zur Wehr zu setzen, musste er es über sich ergehen lassen, dass sein alter Feind und dessen Zuträger ihn auf den Prahm schleiften und dort zu Boden warfen.

Der Unteroffizier setzte sich auf ihn, um zu verhindern, dass er sich ins Wasser rollte. »Bleib brav liegen, sonst müsste ich dich mit meiner Klinge kitzeln!«
Sofort wies Harlau den Mann zurecht. »Das wirst du bleiben lassen! Dem Gefangenen wird hier nichts geschehen.«
Fabian begriff, dass der Graf ihn möglichst lange leiden lassen wollte, und versuchte seinem Gehirn einen halbwegs aussichtsreichen Fluchtplan zu entringen. Doch er bekam nicht den Hauch einer Chance. Die gut hundert Schritt bis zur Burg legte man ihn bäuchlings auf den Klepper, und während er über die Zugbrücke und durch den Torturm geschafft wurde, hatte er das Gefühl, Harlau so hilflos ausgeliefert zu sein wie ein frisch geschlüpftes Küken.
Der Burghof war so klein, dass höchstens ein Dutzend Pferde darin Platz fanden, und der Palas inmitten der Anlage wirkte wie ein Turm. Er bestand aus grauem Stein und ragte mehrere Stockwerke in die Höhe. Die ihn umgebenden Scheunen, Ställe und Speicher lehnten sich an die Umfassungsmauer und waren nur durch einen schmalen Durchgang vom Haupthaus getrennt. Fabian wunderte sich über Harlaus kleine, äußerst unbequem wirkende Stammburg und mehr noch über die Tatsache, dass der Graf seinen Blicken nach zu urteilen das Gemäuer zu schätzen schien.
Harlau winkte den drei Knechten, die ihnen entgegenkamen, leutselig zu und sprang aus dem Sattel. »Ist alles so vorbereitet worden, wie ich es angeordnet habe?«
»Sehr wohl, Euer Erlaucht.«
»Dann bringt den Kerl in den Kerker. Es darf niemand mit ihm reden, verstanden?«
Die Knechte nickten eifrig und packten Fabian, als hätten sie es mit einem geschlachteten Schwein zu tun. So trugen sie ihn in den Palas und eine schier endlose Treppe hinab, die in den Fels

geschlagen war. Als Fabian glaubte, sie müssten jeden Augenblick bei den Toren der Hölle ankommen, öffneten sie eine Tür und schleiften ihn in einen höhlenartigen Raum, in dem Wasser von den Wänden tropfte. Es war kalt, und das Stroh, auf das man ihn warf, schien zu leben, so kroch und wimmelte es darin.
Harlau war der Gruppe gefolgt und befahl seinen Männern, dem Gefangenen den Knebel abzunehmen. Dann sah er mit vor der Brust verschränkten Armen auf ihn herab. »Ich bedaure, Euch kein besseres Quartier zuweisen zu können, Birkenfels.«
Das sollte wohl spöttisch klingen, doch seine Stimme zitterte vor Hass. Es schien, als wolle er Fabian für jeden Kuss bezahlen lassen, den dieser von Stephanie erhalten hatte, und seine nächsten Worte verrieten, dass er auch seine Frau nicht zu schonen gedachte. »Ihr werdet nicht lange allein bleiben. Mein Weib wird Euch so lange Gesellschaft leisten, bis sie ihr Kind zur Welt gebracht hat.«
»Lasst Gräfin Stephanie in Frieden!«, brach es aus Fabian heraus.
»Welch ein Edelmut! Aber Ihr bettelt vergebens, denn mein Erbe muss über jeden Zweifel erhaben sein. Das könnt Ihr dieser Metze sagen! Dieser Kerker wird euer beider Grab!«
Fabian richtete sich in den Fesseln auf. »Das könnt Ihr nicht tun!«
»Und warum nicht? Ich denke nicht, dass ein Hahn nach euch beiden krähen wird! Nun gehabt Euch wohl. Ich werde jetzt Eure Buhlerin holen.« Harlau deutete eine spöttische Verbeugung an, sagte noch etwas zu den Knechten und ging. Einer der beiden Kerle packte Fabians Haare und setzte ihm ein Messer an die Kehle, während der andere ihn von den Fesseln befreite. Dann stießen sie ihn mit dem Kopf an die Wand, so dass ihm für einen Augenblick schwarz vor Augen wurde. Als er wieder zu sich kam, hatten die beiden Kerle die Tür zugeschlagen, und Fabian hörte,

wie schwere Riegel vorgeschoben wurden. Der Lichtschein der Fackel, die langsam über seinem Kopf verglühte, verriet ihm noch, dass von hier keine Flucht möglich war. Die Tür war aus schweren Eichenbohlen gefertigt und hätte selbst einer Axt lange widerstanden, die Wände seiner Zelle aber bestanden aus blankem Fels.

Der Gedanke an sein Schicksal erschreckte ihn weitaus weniger als die Vorstellung, dass Stephanie ebenfalls hier eingekerkert werden sollte. Offensichtlich wollte Harlau sie gemeinsam sterben sehen. »Das ist allein meine Schuld!«, klagte Fabian sich an. »Ich habe Stephanie zum Ehebruch verführt und sie damit zu einem elenden Tod verurteilt.«

XIV.

Als Harlau auf den Burghof hinaustrat, winkte er Heimsburg mit einer heftigen Bewegung zu sich. »Ihr seid mir für den Gefangenen verantwortlich!«

»Er wird schon nicht entkommen.« Heimsburg ärgerte sich immer mehr über die schroffe Art, mit der Harlau ihn behandelte, denn immerhin war er es gewesen, der ihm zu seiner Rache verholfen hatte. Auch passte ihm die Handlungsweise des Grafen nicht. Er hatte nichts dagegen, wenn Birkenfels hier krepierte. Doch eine Frau auf eine solch elende Art und Weise umzubringen, wie Harlau es seinen Worten zufolge vorhatte, war ihm in tiefster Seele zuwider. Da er es sich mit dem Höfling nicht verderben durfte, verbarg er seinen wachsenden Abscheu vor Harlau und erklärte ihm wortreich, er würde den Gefangenen wie seinen Augapfel hüten. Harlau ging nicht darauf ein, sondern rief seine Begleitmannschaft zusammen und verließ die Burg, um nach Rain zu reiten.

Als die Hufe der Pferde verklungen waren, hatte Heimsburg das Gefühl, als löse sich ein Ring um seine Brust. Außer ihm und seinem ehemaligen Unteroffizier blieben nur fünf Männer in dem alten Gemäuer zurück, bewaffnete Knechte, die mit Harlau zusammen aufgewachsen und diesem treu ergeben waren. Bei ihnen brauchte der Graf nicht zu befürchten, dass sie die Frau, die ihren Herrn betrogen hatte, aus Mitleid entkommen ließen. Daher verwarf Heimsburg den Gedanken, die Gräfin zu befreien und sich mit ihr in ein protestantisches Land durchzuschlagen, um dort noch einmal neu anzufangen. Auch die schönste Frau war es nicht wert, seinen Kopf für sie zu riskieren, erst recht nicht, wenn sie von einem Dritten geschwängert worden war.

Harlau ahnte nichts von den Überlegungen, mit denen sich der Hauptmann herumschlug, und er hätte sie auch nicht ernst genommen. Für ihn war Heimsburg eine käufliche Kreatur, die ihm zum ersten Teil seiner Rache verholfen hatte. Getrieben von dem Wunsch, das ehebrecherische Weib so schnell wie möglich im Kerker zu sehen, schlug er eine scharfe Gangart ein und gab das Zeichen zum Anhalten erst, als die Sonne hinter dem westlichen Horizont verschwunden war. Die Herberge, in der sie übernachteten, war schäbig, und die Gäste in der Wirtsstube wirkten wie Galgenvögel. Harlau störte sich jedoch nicht daran, denn er hatte genug Männer bei sich, um selbst mit einer größeren Räuberbande fertig zu werden.

Am nächsten Morgen gab es nur ein erbärmliches Frühstück. Harlau hatte noch nie so schlecht gespeist, doch er bemerkte nicht einmal, was er aß, denn seine Gedanken beschäftigten sich nur mit seiner treulosen Gemahlin. Wäre sie eine Liebesbeziehung zu Wallenstein oder einem anderen hohen Herrn eingegangen, von der er hätte profitieren können, wäre er ihr nicht sonderlich gram gewesen. Aber die Tatsache, dass sie eine Liebschaft mit einem einfachen Leutnant begonnen hatte und sich von diesem wohl noch hatte schwängern lassen, erschien ihm derart widerwärtig, dass ihm keine Strafe einfiel, die dafür ausreichte.

Einer der Begleiter des Grafen machte ihn darauf aufmerksam, dass die Pferde das hohe Tempo nicht lange würden durchhalten würden. Harlau winkte nur ab. »Bis Rain werden wir kommen. Also vorwärts!«

Das waren die einzigen Worte, die er mit seiner Eskorte bis zu ihrem Ziel wechselte. Als Burg Rain am späten Nachmittag vor ihm auftauchte, erregten die abgetriebenen Pferde Aufsehen.

Meinarda sah durch das Fenster, wie Harlau in die Burg einritt, und drehte sich zu Stephanie um. »Meine Liebe, seht doch, wie sehr es Euren Gemahl gedrängt hat, zu Euch zurückzukehren!«

Stephanies Entzücken hielt sich in Grenzen, und sie blickte Irmela seufzend an. »Du wirst doch halten, was du mir versprochen hast?«

Irmela nickte mit zusammengekniffenen Lippen. »Ich habe es nicht vergessen.«

Sichtlich erleichtert stand Stephanie auf und umarmte sie. »Am liebsten wäre es mir, du könntest gleich mit mir mitkommen, denn ich werde mich auf Harlau gewiss schrecklich langweilen. Es soll eine sehr kleine und nicht sehr komfortable Burg sein, hat man mir erzählt. Daher wundert es mich, dass mein Mann mich dorthin bringen will! Schließlich besitzt er weitaus angenehmere Landsitze.«

Irmela hob verwundert den Kopf. »Du kennst die Burg noch gar nicht?«

»Nein. Mein Gemahl hat mir jedoch erklärt, dass sein Erbe nur dort geboren werden dürfe. Das kommt mir komisch vor, denn er selbst ist, wenn ich mich recht entsinne, in Wien zur Welt ge-

kommen.« Stephanie kam nicht dazu, mehr zu erzählen, denn der Burgkastellan trat ein und meldete den Grafen an.
Harlau neigte kurz das Haupt vor Meinarda und wandte sich Stephanie zu, ohne Irmela zu beachten, die ein wenig in den Hintergrund getreten war. »Ich freue mich, Euch wohlauf zu sehen, meine Liebe.«
Seinen Worten fehlte jede Herzlichkeit, stellte Irmela fest, und sie beobachtete, dass ihre Freundin den Kopf leicht wegdrehte, um ihren Mann nicht ansehen zu müssen.
»Frau von Teglenburg und Herr von Rain haben mich während Eurer Abwesenheit gut bewirtet, Erlaucht.« Stephanies Stimme klang traurig, ihr war klar, dass die schöne Zeit bei ihren Gastgebern zu Ende ging.
Harlau starrte seine Frau an, die im sechsten Monat schwanger sein musste und ihm schöner erschien als jemals zuvor. Mühsam drängte er einen Wutanfall zurück. Schließlich hatte er Stephanie nicht wegen ihrer Schönheit geheiratet, sondern weil sie eine erkleckliche Mitgift in die Ehe gebracht hatte.
»Meine Liebe, ich bin unseren Gastgebern für die Fürsorge dankbar, die sie Euch haben zuteil werden lassen. Nun aber werden wir nach Harlau weiterreisen. Bitte sorgt dafür, dass Eure Truhen morgen früh gepackt sind.«
»Wollt Ihr schon so bald aufbrechen?«, fragte sie enttäuscht. Auf Rain hatte sie sich wohlgefühlt, und es drängte sie nicht danach, an einem Platz zu leben, an dem sie niemand anders zur Gesellschaft hatte als ihre Zofe. Ihre Anstandsdame war dem Befehl ihres Mannes folgend schon vor ein paar Wochen nach Wien zurückgekehrt, und ihr restliches Gesinde hatte die Frau begleitet, da Harlau die Dienste der Leute in seinem Stadthaus für notwendiger hielt. Nun musste sie hoffen, dass Irmela sie bald besuchen und so lange bei ihr bleiben würde, wie sie es sich wünschte.

Harlau sah, wie es in seiner Frau arbeitete, und kräuselte die Mundwinkel. »Ich werde erst zufrieden sein, wenn Ihr Euch auf Harlau in sicherer Hut befindet! Wenn die Damen mich jetzt entschuldigen möchten. Ich will Herrn von Rain nicht warten lassen. Gewiss wünscht er, die Neuigkeiten zu hören, die ich mitgebracht habe.«

Da die Nachricht von Wallensteins Tod noch nicht bis in diese Gegend gelangt war, konnte Harlau sicher sein, interessierte Zuhörer zu finden. Er deutete eine Verbeugung an und verließ den Raum ohne Gruß. Irmela wäre ihm am liebsten gefolgt, um zu lauschen, denn seiner Miene nach mussten schlimme Dinge geschehen sein, und sie verspürte Angst um Fabian, aber auch um Gibichen und Kiermeier, die sie in Pilsen fast väterlich umsorgt hatten.

Sie konnte jedoch nicht fort, denn Stephanie legte einen Arm um sie und seufzte tief. »Ich würde viel lieber hierbleiben!«

»Ihr wärt mir sehr willkommen«, sagte Meinarda, die schon ganz in ihrer Rolle als Gemahlin des Erben aufgegangen war.

Franz von Rain wird der richtige Ehemann für sie sein, sagte Irmela sich nicht zum ersten Mal. Ob sie das auch einmal von sich würde sagen können? Sie gönnte Meinarda und auch Walburga das Glück, das die beiden auf Burg Rain gefunden hatten, aber sie bedauerte, dass die enge Verbundenheit zwischen ihr und den beiden Frauen, die bei dem Überfall der Schweden begonnen hatte, allmählich schwand. Für Meinarda und Walburga wurde sie mehr und mehr zu einer jüngeren Bekannten, der man unbesorgt Aufgaben übertragen konnte und die sich für das Brot, das sie aß, mit feinen Nadelarbeiten dankbar erweisen musste. Da schien es ihr wirklich das Beste zu sein, Stephanie nach Harlau zu folgen. Danach würde sie wohl doch nach Passau zurückkehren, um, wie Fanny es ausgedrückt hatte, dem Drachen Helene ihr Erbe aus den Zähnen zu ziehen.

XV.

Als Stephanie die Stammburg ihres Gatten vor sich sah, schüttelte sie sich. In dieses Gemäuer wollte er sie die nächsten Monate stecken? Die Burg mochte von traditioneller Bedeutung für das Geschlecht derer von Harlau sein, doch es sah nicht so aus, als könne man dort halbwegs behaglich leben. Allein der Anblick der abweisenden Wehranlage machte ihr Angst, und in ihr begann sich die Ahnung zu regen, ihr Mann habe sie zur Strafe hierhergebracht.

Stephanies Zofe zeigte ebenfalls wenig Begeisterung für ihr Reiseziel, denn sie vermisste Wien und die Annehmlichkeiten, die ihr dort geboten wurden. Sie fragte sich, ob Harlau seine Gemahlin an diesen unwirtlichen Ort verbannte, weil ihm gewisse Gerüchte zu Ohren gekommen waren. Auch ihr war Stephanies Verhältnis zu dem jungen Leutnant nicht verborgen geblieben, und nun ärgerte sie sich, dass sie es nicht gewagt hatte, ihren Verdacht dem Grafen mitzuteilen. Offensichtlich hatten andere es getan und dafür sicherlich eine ordentliche Belohnung kassiert.

Während die Zofe sich fragte, ob der Graf sie an diesem einsam gelegenen Ort, an dem es niemand auffiel, für ihr Schweigen mit Ruten streichen lassen würde wie einen ungehorsamen Pferdeburschen, starrte Stephanie auf das Burgtor, das sich wie der Rachen eines Ungeheuers vor ihr öffnete und sie gleich samt ihrer Kutsche und den Pferden verschlingen musste. Kurz darauf tauchte der Wagen in die Düsternis des Burgeingangs ein und kam auf einem winzigen Hof zum Stehen, der kaum mehr als ihr Gefährt aufnehmen konnte. Ein Teil der Trabanten musste vor dem Tor warten, bis die Pferde ausgespannt und der Wagen in die Remise geschoben worden waren.

Ein Edelmann trat auf die Kutsche zu und verbeugte sich.
»Das ist Hasso von Heimsburg, mein Kastellan«, stellte Harlau ihn mit leicht verächtlich klingender Stimme vor.
Stephanie nickte dem Mann, der knapp über dreißig Jahre zählen mochte, grüßend zu und wunderte sich über dessen wie eingefroren wirkende Miene. Obwohl dieser Heimsburg auf sie nicht schüchtern wirkte, brachte er kein Begrüßungswort über die Lippen, sondern zog sich nach einer weiteren Verbeugung zurück.
Bis auf einen weiteren Mann trugen die übrigen Bewohner der Burg Harlaus Farben, starrten sie aber feindselig an. Darüber wunderte Stephanie sich ebenso wie über das Fehlen der Mägde, die sich zum Empfang ihrer Herrin hätten einfinden müssen. Ihre Angst wuchs, doch sie warf scheinbar empört den Kopf in den Nacken und blickte ihren Gemahl an, der mit verschränkten Armen neben ihr stand.
»Ihr seht mich verwirrt, Harlau. Ich hatte mir den Stammsitz Eurer Familie ein wenig stattlicher vorgestellt. Außerdem vermisse ich die notwendige Dienerschaft.«
»Für meine Zwecke eignet sich die Burg hervorragend, meine Liebe. Kommt mit und seht Euch Eure Wohnräume an.«
Sie erstarrte, als er sie hart am Arm packte und wie ein unartiges Kind zum Palas hochzerrte. Sein Gesichtsausdruck versprach nichts Gutes, und als er sie auf die Stufen zuschob, die wohl in die Kellerräume führten, versuchte sie sich loszureißen. Da hob er sie kurzerhand auf und trug sie ungeachtet ihres lautstarken Protests hinunter. Eine halbe Ewigkeit hing sie in seinem schmerzhaften Griff und konnte nicht mehr erkennen als eine von rußenden Fackeln erhellte Wendeltreppe, von der anfangs noch kurze Gangstücke abzweigten. Als sie sich fragte, ob dies wirklich geschah oder sie in einem Alptraum gefangen war, blieb Harlau in einer grob aus dem Felsen geschlagenen Höhlung ste-

hen und befahl einem Knecht, der offensichtlich auf ihn gewartet hatte, die Kerkertür zu öffnen.

Stephanie machte einen letzten Versuch, sich aus den Händen ihres Mannes zu winden. In dem Augenblick ließ Harlau sie los und versetzte ihr einen Stoß, der sie durch die offene Tür trieb. Als sie ihren Sturz mit den Händen abfing, sah sie den Wächter eine brennende Laterne in den Raum stellen und die Tür zuziehen. Dann vernahm sie das knirschende Geräusch zweier Riegel.

In ihrer Verwirrung bemerkte sie jedoch nicht, dass Harlau das Guckloch in der Tür öffnete und in die von der Laterne erleuchtete Kammer starrte, um sich keine Reaktion seiner Gefangenen entgehen zu lassen.

Noch während Stephanie zu begreifen versuchte, was mit ihr geschehen war, fühlte sie sich von Männerarmen umfangen, die sie sanft hochhoben und auf die Beine stellten. Dann blickte sie in Fabians Gesicht. Er hatte sich seit vielen Tagen nicht rasiert und wirkte bleich und ausgezehrt.

»Ist es möglich? Wie kommst du hierher?«, flüsterte sie unter Tränen.

Der junge Mann sah sie an wie ein Wunder des Herrn und hätte sie am liebsten vor Freude an sich gerissen. Dann aber wurde ihm die Situation bewusst, in der sie sich befanden, und er lachte bitter auf. »Harlau hat mich in Eger gefangen genommen und hierher gebracht, um mich irgendwann zu Tode bringen zu lassen. Dich aber wünschte ich ans andere Ende der Welt!«

Stephanie fuhr auf. »Ist das von der Liebe geblieben, die Ihr mir einmal geschworen habt, Herr von Birkenfels?«

»Ich liebe dich mehr als je zuvor. Aber du solltest mich hassen, denn ich bin schuld, dass du die Gefangene deines Ehemanns bist, dem missgünstige Leute von unserer Liebe berichtet haben.« Fabian drückte sie an sich und bemerkte jetzt erst die Wölbung ihres Leibes.

»Du bist schwanger!«
Stephanie nickte verschämt. Am liebsten hätte sie ihm gebeichtet, dass er der Vater ihres Kindes sei, doch da hörte sie draußen ein Geräusch und begriff, dass sie beobachtet wurden. Daher löste sie ihre Arme von Fabian und verschränkte sie vor ihrem Leib.
»Ja, ich bin guter Hoffnung. Mögen unser Herr Jesus und die Heilige Mutter Gottes mir und meinem ungeborenen Kind beistehen.«
»Das werden sie gewiss«, stammelte Fabian, um sie zu beruhigen. Sein Inneres aber war in Aufruhr. Ihre Gedanken galten nun wohl mehr dem kleinen Wesen, das in ihr heranwuchs, als ihm, aber er fühlte keine Eifersucht, sondern nur Angst vor dem, was auf sie zukommen würde. Sie liebte ihn noch immer, das bewiesen ihm ihre Blicke, und es war auch nicht wichtig, ob er der Vater des Kindes war oder ihr Ehemann. Es war Stephanies Kind, und nur das zählte. In dieser feuchten Felsenkammer hatte sie jedoch keine Chance, die Geburt zu überleben, und bei der Vorstellung, sie in ihrem Blut liegen zu sehen, sank er auf sein Lager und brach in Tränen aus.
Stephanie blickte verwirrt auf ihn nieder, setzte sich dann zu ihm und bettete seinen Kopf auf ihren Schoß. »Verliert nicht den Glauben an Gottes Hilfe, mein Freund. Er wird uns einen seiner Erzengel schicken und uns aus unserer Not erretten.« Das klang so überzeugend, als erwarte sie, ein strahlendes Wesen mit einem Flammenschwert eintreten zu sehen, das sie aus dieser schrecklichen Tiefe führen würde.
Fabian lächelte unter Tränen. »Du bist die Einzige, mit der ich vor den Traualtar hätte treten wollen!«
Stephanie schüttelte den Kopf und blickte ihn mit einem entsagungsvollen Lächeln an. »Du wirst vor den Traualtar treten, aber mit Fräulein von Hochberg.«

»Du weißt von Irmela?« Fabian fiel es schwer, sich daran zu erinnern, dass er auf Gibichens Anraten um die Hand der Komtesse angehalten hatte.
Stephanie lächelte. »Ich habe Irmela auf Burg Rain kennengelernt. Wenn ich es einer Frau gönne, dich zu bekommen, so ist sie es. Mit ihr wirst du glücklich werden.«
Fabian hob in einer verzweifelten Geste die Hände. »Für mich wird es keinen glücklichen Tag mehr geben, denn ich habe die Sonne gesehen und weiß, dass ich sie niemals besitzen kann. Wir sind verurteilt, hier zu sterben.«
»Warum müsst ihr Männer immer so schnell den Mut verlieren? Noch leben wir, und der morgige Tag kann schon ganz anders sein als der heutige.« Stephanie versetzte Fabian einen leichten Backenstreich und forderte ihn auf, ihr zu erzählen, wie es ihm seit ihrer Trennung ergangen sei.

XVI.

Harlau hatte die Begrüßung seiner beiden Gefangenen durch ein von innen kaum zu erkennendes Guckloch beobachtet und Streit und heftige Vorwürfe erwartet. Bei dem innigen Verständnis zwischen den beiden drehte es ihm den Magen herum. Er wäre am liebsten hineingegangen und hätte die beiden eigenhändig erwürgt. Eine Weile erwog er, sie wieder zu trennen. Doch es gab keinen zweiten Kerker, und so hätte er entweder Stephanie oder ihren Liebhaber in einem der normalen Keller einsperren müssen, und das wollte er nicht. Nur die Felsenkaverne, in der sie den Augen und Ohren der Burgbewohner entzogen waren, schien ihm sicher genug zu sein. Zwar standen seine Männer treu zu ihm, doch mochte in dem einen oder anderen Mitleid mit Stephanie aufkommen und ihn dazu bewegen, sie entkommen zu lassen. Aber er wollte nicht die ganze Mühe aufgewendet haben, um seine Rache doch noch vereitelt zu sehen.

Mit einer ärgerlichen Bewegung stieß er sich von der Tür ab und drehte sich zu dem Wächter um. »Es darf niemand mit den beiden sprechen, auch du nicht!«

»Sehr wohl, Euer Erlaucht.« Die Miene des Mannes verriet, dass er sich eher die Zunge abschneiden würde, als auch nur ein Wort mit den Gefangenen zu wechseln.

»Du allein versorgst sie! Schieb ihnen das Essen durch die Klappe unten in der Tür. Die Riegel dürfen nicht ohne meinen ausdrücklichen Befehl geöffnet werden, und sie bekommen auch kein Licht mehr. Mag das Dunkel ein Vorgeschmack der Hölle für sie sein!«

Weitere Anweisungen prasselten wie Hagelkörner auf den Wächter nieder. Der grinste und zeigte dabei ein lückenhaftes, schwarz angelaufenes Gebiss. »Erlaucht können sich auf mich verlassen.«

Harlau nickte knapp, warf noch einen drohenden Blick auf die Kerkertür und stieg nach oben. In der Eingangshalle standen immer noch Stephanies Reisekisten, die von den Knechten hereingetragen worden waren, und auf einer von ihnen saß die Zofe, die beim Anblick des Grafen erschrocken aufsprang. Mit grimmiger Befriedigung sagte Harlau sich, dass seine Gemahlin die vielen Kleider nie mehr brauchen würde, und beschloss, das Zeug auf dem Burghof verbrennen zu lassen. Vorher musste er jedoch noch entscheiden, was mit der Leibmagd geschehen sollte. Das Weib hatte nicht auf seine Herrin aufgepasst und daher ebenfalls Strafe verdient. Doch es konnte unliebsames Aufsehen erregen, wenn er die Dienerin verschwinden ließ.

»Verzeiht, Euer Erlaucht, aber keiner der Knechte konnte mir sagen, wo ich das Gepäck Ihrer Erlaucht hinbringen lassen kann. Auch wird Ihre Erlaucht meine Dienste benötigen.«

Harlau schüttelte den Kopf. »Meine Gemahlin befindet sich in guter Obhut. Eine erfahrene Wehmutter ist bei ihr und wird ihr bis zur Geburt auch als Zofe beistehen. Du wirst nach Wien reisen. Meine Base benötigt deine Dienste mehr als mein Weib.« Er sah die Frau aufatmen und beschloss, sie unverzüglich fortzuschicken. Einen Augenblick überlegte er, ob er sie unterwegs umbringen lassen und diese Tat Räubern in die Schuhe schieben sollte, verwarf den Gedanken aber wieder. Würde er ein Mitglied seines Hausstands ohne ausreichende Bedeckung auf Reisen schicken, könnte das sein Ansehen beschmutzen.

»Ich werde meinen Kastellan anweisen, dir noch heute eine Reisemöglichkeit zu verschaffen. Halte dich bereit!«

Die Eile des Grafen verwunderte die Zofe, aber sie war froh, nicht in diesem entsetzlichen Gemäuer bleiben zu müssen. Mit einer gewissen Schadenfreude dachte sie an die Gräfin, auf die nun ein langer, langweiliger und unbequemer Aufenthalt zukam.

Harlau nahm ihren bösen Gesichtsausdruck wahr und lächelte zufrieden. Er hatte die Frau nicht zuletzt deswegen als Zofe seiner Frau bestimmt, um Stephanie durch sie überwachen zu lassen. Dabei hatte die Frau jedoch versagt und schien dies mehr ihrer Herrin übel zu nehmen als sich selbst. Für seine weiteren Pläne war sie jedoch nicht mehr wichtig. Mit einer schroffen Bewegung wandte er sich ihr zu.

»Du wirst dafür sorgen, dass einige Sachen, die Ihre Erlaucht benötigt, gepackt und hierher gebracht werden, damit meine Gemahlin sich wohlfühlen kann. Du bekommst die Liste von meiner Base.«

»Das werde ich tun, Erlaucht.« In den Augen der Zofe übertrieb Harlau es mit der Fürsorge für seine untreue Gattin. Wahrscheinlich, so vermutete sie, hoffte er, das Kind könne doch das seine sein, oder wollte zumindest vor der Welt diesen Anschein erwecken.

Nachdem Harlau die Zofe weggeschickt hatte, suchte er seinen Kammerdiener auf, dem er von allen Menschen am meisten vertraute, und befahl ihm, dafür zu sorgen, dass die Frau noch am gleichen Tag in eine Zille gesetzt wurde, die sie nach Wien brachte.

»Ich werde morgen abreisen, um mit Seiner Majestät über die geänderte Lage im Reich zu sprechen. Es wird Zeit, die kaiserlichen Heere neue Glorie erringen zu lassen. Du wirst mich begleiten. Wenn wir hierher zurückkommen, wird meine Rache die Metze und ihren Buhlen ereilen.«

Der Diener verbeugte sich und schlurfte davon. Er benötigte keine genaueren Anweisungen, denn er wusste, was sein Herr unterwegs benötigte. An dessen Ehefrau und ihren Liebhaber verschwendete er keinen Gedanken. Die beiden hatten sich an dem Grafen vergangen, und es war dessen Recht, sie so zu bestrafen, wie es ihm beliebte.

XVII.

Gibichen und Paul war es gelungen, Harlaus Spur bis an die Donau zu verfolgen, doch ihre Absicht, Fabian unterwegs zu befreien, hatten sie angesichts der gut bewaffneten Eskorte aufgeben müssen. Von einer Hügelkuppe aus sahen sie hilflos zu, wie Harlau mit seinem Gefangenen, Heimsburg und einem weiteren Mann über die Donau setzte und hinter den Mauern der Burg verschwand. Auch an dieser Stelle war es ihnen unmöglich gewesen, einen Befreiungsversuch zu unternehmen, denn die Eskorte verharrte in Sichtweite des Ufers, bis das Boot am gegenüberliegenden Ufer anlegte. Fabian aus dem Wehrbau herauszuholen schien ebenso aussichtslos. Die Burg war zwar klein, lag aber an einer gut zu verteidigenden Stelle, und um sie zu stürmen, hätte es mindestens einer Hundertschaft Soldaten und einiger Belagerungsgeschütze bedurft.

Ludwig von Gibichen verfügte jedoch nur über einen einzigen Begleiter und wusste nicht einmal, wie er über die Donau kommen konnte. Wenn er den Fährmann rief, würde Harlau höchstwahrscheinlich erfahren, dass ihm jemand gefolgt war. Daher entschloss er sich, in Richtung Melk zu reiten und den Strom mit der nächsten Fähre zu überqueren. Als sie endlich übergesetzt worden waren, dunkelte es bereits, und er sah sich gezwungen, für Paul und sich ein Obdach im Dörfchen Schönbühel zu suchen. Am nächsten Tag ließ er den Burschen in der Herberge zurück, ritt in Richtung Harlau und betrachtete die Burg von allen Seiten. Das Ergebnis war ernüchternd. Es schien keinen Weg zu geben, die Mauern des Nachts zu überwinden oder sich auf andere Art einzuschleichen. So wandte er sich dem Dorf unterhalb der Burg zu, das ebenfalls zu Graf Harlaus Besitzungen zählte, und versuchte vorsichtig, die Leute auszuhorchen. Er erfuhr, dass der alte Kastellan mit den ihm unterstellten Bediensteten vor kurzer Zeit auf einen anderen Besitz ihres Herrn geschickt worden war und die Burg nun von Männern bewohnt wurde, die die Bauern nicht kannten.

Da weiteres Nachfragen Verdacht erregt hätte, verließ Gibichen den Ort und kehrte zu seinem Quartier zurück. Unschlüssig, was er unternehmen konnte, um Fabian zu helfen, mietete er sich für die nächsten Tage in Schönbühel ein und hoffte, das Schicksal würde eine günstige Wendung nehmen und ihm einen Weg aufzeigen, wie er seinen Freund befreien konnte.

Die Wirtsleute waren so gut wie nie in die Verlegenheit gekommen, bessere Herrschaften unter ihrem Dach zu begrüßen. Daher konnte man die Unterkunft und die Verpflegung nur als schlicht

bezeichnen, und Gibichen bereute von Tag zu Tag mehr, sich auf dieses Abenteuer eingelassen zu haben. Reisende, die auf einen Krug Wein einkehrten, berichteten nämlich, die Generäle Gallas und Piccolomini sammelten das kaiserliche Heer, um gegen den Feind loszuschlagen. Ein paarmal fragte Gibichen sich, ob er nicht Fabian vergessen und zu seinem Regiment zurückkehren sollte. Es juckte ihm in den Fingern, dabei zu sein, wenn der Schlag gegen die Schweden geführt werden würde, die Bayern allmählich in eine Wüste verwandelten. Doch jedes Mal sah er Irmela vor sich, die tief um Fabian trauerte, und blieb.
Nach einigen ereignislosen Tagen war er jedoch nahe daran aufzugeben. Er stand am Fenster der kleinen Kammer, die er mit Paul teilte, trommelte mit den Fingern auf seinen Oberschenkel und starrte auf die Straße hinaus, während der Diener mit stoischer Miene seine Hose flickte, die während des Rittes gelitten hatte.
Mit einem Mal hob Paul den Kopf. »Und was machen wir jetzt, Herr Hauptmann? Birkenfels ist so sicher verwahrt, dass wir beide nicht an ihn herankommen werden. Wenn er überhaupt noch lebt«, setzte er düster hinzu.
Gibichen, der eben noch hatte sagen wollen, es sei sinnlos, weiter hierzubleiben und auf ein Wunder zu warten, fühlte sich durch diese Worte herausgefordert. »Birkenfels lebt. Harlau hätte sich nicht die Mühe gemacht, ihn so weit zu transportieren, wenn er ihn auf rasche Weise hätte töten wollen. Und was die Burg betrifft, da wird uns schon etwas einfallen.«
»Das will ich hoffen! Ich habe nicht vergessen, dass Harlaus Mordbuben meinen Major erschlagen haben!«
Der Bursche hörte sich so an, als lechze er danach, Kiermeiers Tod an Harlau rächen zu können. Nun musste Gibichen ein Lächeln unterdrücken, denn die Aussichten, Harlau umzubringen, waren ebenso gering wie die, in dessen Burg einzudringen und Fabian herauszuholen. Der Graf wurde stets von einem halben

Dutzend Bewaffneter begleitet, und daher schied auch die Möglichkeit aus, ihn zu entführen, um den Freund freizupressen.
»Uns muss doch etwas einfallen!« Gibichen schlug sich mit der Faust in die offene Hand. Wenn er sich nicht für den Rest seines Lebens als Versager fühlen wollte, musste er Fabian befreien. Er war sicher, dass der Graf seinen Freund ausgeklügelten Foltern unterwerfen würde, denn er hätte keinen solchen Aufwand betrieben, wenn er seinen Gefangenen nur um einen Kopf kürzer machen lassen wollte.
»Verdammt! Warum bin ich nur so hilflos?«, begehrte er auf.
»Wenn der Herrgott es will, werden wir den Leutnant befreien. Wenn er net will, müssen wir es hinnehmen.« Während Paul Gibichen zu beruhigen versuchte, rollte eine Kutsche heran und hielt vor der Herberge an.
Gibichen warf einen Blick nach draußen und prallte im selben Augenblick zurück. »Das ist Harlau!«
Paul stand auf und packte den Pallasch seines Herrn, den er in Eger an sich genommen hatte, und wollte nach unten stürmen, um auf den Grafen loszugehen.
Gibichen hielt ihn fest. »Lass das! Der Mann ist zu gut bewacht. Selbst wenn es uns gelänge, ihn zu töten, würde das Fabian nichts helfen, denn Harlaus Leute brächten ihn sofort um.«
Einen Augenblick sah es aus, als wolle Paul sich losreißen, dann aber ließ er sich auf seinen Strohsack fallen. »Bei allen Höllenteufeln, Ihr habt recht! Dabei wünsche ich mir nichts sehnlicher, als den Kerl in Stücke zu hacken. Schwört mir, es selbst zu tun, wenn es mir nicht gelingen sollte!«
»Diesen Eid leiste ich gerne! Kiermeier war mein Freund, und Harlau hat ihn erschlagen lassen wie einen räudigen Hund.« Gibichen wollte noch mehr sagen, doch da wurde der Schlag der Kutsche geöffnet, und ein schlanker Arm nahm einen Becher Wein entgegen, den Harlau persönlich der Insassin reichte.

Gibichen beschattete die Augen und duckte sich, um mehr von der Person erkennen zu können. Doch das war eigentlich nicht nötig. In diesem Wagen konnte niemand anderes sitzen als Stephanie von Harlau. Nun begriff er, was der Graf plante, und er musste die Kiefer zusammenpressen, um nicht wild zu fluchen. Harlau reichte es nicht, Fabian zu bestrafen. Er wollte auch seine Gemahlin leiden sehen und schreckte dabei vor keiner Schlechtigkeit zurück.

Mit einer müden Bewegung drehte Gibichen sich zu Paul um, der ihn verwundert anblickte. »Er bringt nun seine Frau auf die Burg! Jetzt haben wir keine Wahl mehr. Wir müssen versuchen, Fabian und Stephanie zu befreien, auch wenn wir dabei umkommen sollten.«

»Solange ich den Grafen mit in die Hölle nehmen kann, ist es mir recht.« Paul strich zärtlich über Kiermeiers Klinge. Dann trat er neben Gibichen, schob diesen ein wenig zur Seite und blickte ins Freie.

Die Karosse der Gräfin nahm eben wieder Fahrt auf. Harlau und seine Begleiter folgten dem Gefährt und verschwanden zwischen den Hütten des Dorfes. Als die Reisegesellschaft außer Sicht war, sah Paul Gibichen auffordernd an.

»Wir müssen es anders anfangen, Herr Hauptmann. In Kürze beginnt die Feldarbeit, und das müssen wir ausnützen. Viele junge Männer haben sich dem Heer angeschlossen, und noch mehr sind im letzten Jahr an der Pest gestorben. Daher sind Hände, die zupacken können, sehr begehrt. Wenn Ihr nichts dagegen habt, werde ich mir das Gewand eines Bauernknechts besorgen und in dem Harlauer Dorf um Arbeit nachsuchen. Wer weiß, vielleicht komme ich dabei bis in die Burg und kann dort mehr erfahren.«

Von neuer Energie erfüllt, straffte Gibichen die Schultern. »Das ist ein guter Gedanke! Ich werde mit dir kommen. Vier Augen sehen mehr als zwei.«

»Das geht nicht! Mein Vater war Bauer, und ich habe bis zu meinem sechzehnten Jahr auf seinem Hof gearbeitet. Daher wird mir jeder glauben, dass ich ein Knecht bin, der Arbeit sucht. Euch aber sieht man den edlen Herrn auch in Bauerntracht noch auf hundert Schritt an.«
Diesem Einwand konnte Gibichen sich nicht verschließen. »Du hast recht, Paul. Wir dürfen keinen Verdacht erregen, Harlau würde die beiden eher eigenhändig umbringen, als ihre Befreiung zu riskieren.«
»Dazu wird es nicht kommen, Herr Hauptmann. Lasst uns ein paar Dörfer weiter reiten, bevor ich mir einen Bauerkittel und Holzschuhe besorge. Schönbühel liegt mir zu nahe an Harlau, und ich möchte nicht, dass mein Kleiderwechsel jemand auffällt, der es dorthin weitererzählen kann.« Paul stand auf und begann das wenige zu packen, das sie an Gepäck bei sich hatten. Dabei musterte er Gibichen mit einem kritischen Blick.
»Ihr solltet Euch ebenfalls neu ausrüsten, Herr Hauptmann. So seht Ihr, mit Verlaub gesagt, wie ein Räuber aus.«
Gibichen begriff in diesem Augenblick, dass Paul auf seine Art ähnlich bestimmend sein konnte wie sein früherer Bursche, der in Böhmen zurückgeblieben war, ging aber achselzuckend darüber hinweg. Mit einem weniger energischen Helfer würde er seinem Freund und der Gräfin nicht helfen können, und ihm war klar, dass ihnen nicht viel Zeit blieb.

XVIII.

So schnell, wie sie gehofft hatte, kam Irmela nicht von Rain weg. Meinarda und Walburga fielen immer wieder Dinge ein, die sie vor ihrer Abreise noch rasch erledigen könnte. Keine von ihnen sei mit ihren Fingern so geschickt wie sie, und die Fahnen und

Uniformen des Regiments von Rain sollten doch selbst vor den Augen des Kaisers bestehen können.

Fanny schalt ihre Herrin als gutmütiges Schaf, weil sie sich von den beiden Damen so ausnützen ließ, und Dionysia von Kerling schüttelte seufzend den Kopf. »Ihr solltet mehr auf Euch selbst achten und weniger auf die Wünsche anderer. Ich will ja nichts gegen Freiin Meinarda und Frau Walburga sagen! Beide mögen Euch wirklich sehr, aber sie behandeln Euch wie eine arme Verwandte, die auf ihr Wohlwollen angewiesen ist.«

»Sie meinen es doch nur gut.« Irmela lächelte wehmütig, denn der Gedanke, nach Harlau zu kommen und dort vielleicht nur ein paar Tage bleiben zu dürfen, hatte sie veranlasst, die Reise immer wieder hinauszuschieben. Ehe sie zu Helene und Johanna zurückkehrte, wollte sie lieber Dutzende von Fahnen besticken und die Aufschläge unzähliger Uniformen verzieren. Nun aber meldete sich ihr schlechtes Gewissen. Sie hatte Stephanie versprochen, bei ihr zu sein, wenn deren schwere Stunde kam, und wenn sie noch länger zögerte, würde sie die Freundin, die sich auf ihrer einsam gelegenen Burg gewiss langweilte, bitter enttäuschen.

»Fanny, du kannst Abdur holen. Er soll unsere Weiterreise vorbereiten!«

»Gerne!« Fanny eilte davon, als seien ihr Flügel gewachsen.

Auch Dionysia von Kerling atmete auf. So viel wie in diesen Monaten auf Burg Rain hatte sie in ihrem ganzen Leben nicht genäht, und sie war auch die häufigen Ausflüge zu der nahe gelegenen Abtei leid, in der die Damen nichts anderes taten, als Kerzen anzuzünden und für eine glückliche Rückkehr Franz von Rains aus dem Krieg zu beten. Dennoch war ihr diese Arbeit lieber als das Leben, das sie nach dem Tod ihres Mannes hatte führen müssen. Aus diesem Grund war sie froh und dankbar, dass Irmela sie wieder in Gnaden aufgenommen hatte und nun sogar ihren Rat suchte.

»Burg Harlau ist der Stammsitz eines bedeutenden Geschlechts. Das wird gewiss ein prachtvoller Ort sein«, sagte sie zufrieden und erklärte Irmela lang und breit, weshalb die Weiterreise dorthin das Beste war, das sie tun könnten.
»Gräfin Stephanie wird mich schelten, weil ich sie so lange habe warten lassen«, antwortete Irmela ein wenig verzagt.
»O nein! Sie wird sich freuen, Euch zu sehen.« Dionysia von Kerling wollte noch mehr sagen, doch da trat Abdur ein.
Er verbeugte sich vor Irmela. »Herrin, Ihr wünscht?«
»Morgen abzureisen, mein Guter. Wir sind lange genug hiergeblieben. Mögen andere die letzten Uniformen nähen.«
Abdur lächelte breit. »Es wird wirklich Zeit, diesen Ort zu verlassen, Herrin.«
Er wollte ihr nicht berichten, dass Franz von Rain versucht hatte, ihn mit viel Geld abzuwerben. Der junge Offizier wollte einen Mohren in malerischer Tracht haben, mit dem er Eindruck schinden konnte und der ihm gleichzeitig den Burschen ersetzen sollte. Abdur fühlte jedoch wenig Neigung, erneut in türkische Kleidung gesteckt und wie eine Trophäe herumgezeigt zu werden. Seine jetzige Herrin hatte ihm als Erstes befohlen, sich wie ein Christenmensch zu kleiden, und daher unterschied er sich nur noch durch seine Hautfarbe von den Leuten in dieser Gegend und erregte weitaus weniger Aufsehen als früher.
»Fang an, alles vorzubereiten. Fanny soll dir helfen!«
Irmelas Anweisung ließ Abdur ein paar Fingerbreit wachsen. Es erfüllte ihn mit Stolz, von seiner Herrin mit Aufgaben betraut zu werden, die einem Reisemarschall angemessen waren, anstatt nach der Pfeife eines der vier anderen Männer tanzen zu müssen, die Steglinger der Komtesse mitgegeben hatte. Von diesen bemühte sich allerdings auch keiner, der Herrin mehr als notwendig zu Diensten zu sein. Noch mehr freute es Abdur, dass Irmela

Fanny aufgetragen hatte, ihn zu unterstützen, und er beschloss, dies sofort auszunützen.
»Hast du dafür gesorgt, dass die Kleidung Ihrer Erlaucht jederzeit eingepackt werden kann?«
Fanny blies die Backen auf und blitzte ihn an. »Ich weiß selbst, was ich zu tun habe, du Kaminkehrer! Sieh lieber zu, dass du deine Suffköpfe ans Arbeiten bringst, sonst steht keine Kutsche bereit, wenn die Komtesse aufbrechen will. Also, husch ans Werk.« Dabei wedelte Fanny mit den Händen.
Diese Geste erinnerte Irmela so stark an das Verscheuchen eines aufdringlichen Huhns, dass sie sich ein Kichern verkneifen musste. »Du bist wirklich garstig gegen den armen Abdur! Was hast du gegen ihn?«, fragte sie, als der junge Mann das Zimmer verlassen hatte.
Ihre Zofe spitzte schnippisch die Lippen. »Gar nichts! Aber man muss diesem Rußfeger immer wieder einmal klarmachen, wo sein Platz ist.«
»Und wo wäre dieser deiner Ansicht nach?«
»Irgendwo ganz unten«, antwortete Fanny leichthin. Da begriff sie, was sie gesagt hatte, und blickte Irmela mit einem um Entschuldigung bittenden Lächeln an. »So ist Abdur ja ganz in Ordnung, und dumm ist er auch nicht. Es ist halt nur, weil er so schwarz ist. Na ja, so stark stört mich das auch nicht. Schließlich kann er nichts dafür.«
Dann siegte ihr Übermut über die Einsicht, und sie lachte hell auf. »Man muss den Mannsleuten doch zeigen, wer hier das Sagen hat, sonst denken sie noch wunder was, wer sie sind.«
Mit diesen Worten verschwand sie, um die Dienerschaft in der Burg aufzufordern, Irmelas Reisekoffer aus dem Speicher zu holen.

XIX.

Meinarda wirkte gekränkt, als Irmela sie informierte, dass sie bereits am nächsten Morgen aufbrechen wolle. »Muss es wirklich schon sein? Wir haben doch noch so viel zu tun, um Franz und seine Soldaten auszurüsten.«
Das klang so verärgert, dass Albert von Rain sich genötigt sah einzugreifen. »Aber meine Liebe, Irmela hat genug für Franz und sein Regiment getan, und er ist ihr dafür dankbar. Hast du Irmela übrigens schon das kleine Präsent überreicht, das Franz für sie geschickt hat?«
Bei diesen Worten wurde Meinarda rot. Das kleine Schmuckstück hatte ihr so gut gefallen, dass es in ihre eigene Schatulle gewandert war. Sie hatte Irmela ein anderes dafür geben wollen, es aber über all der Arbeit vergessen, und nun schämte sie sich.
»Ich hole es«, rief sie und verließ rasch den Raum.
Albert von Rain schüttelte lächelnd den Kopf. »Sie ist wohl etwas übereifrig, aber sie wünscht sich für meinen Franz nur das Beste. Sie wird ihm eine ebenso gute Ehefrau sein wie Walburga für mich.«
Ihm schien die Aussicht auf diese Ehe nicht weniger zu gefallen als Walburga, welcher der Aufenthalt auf Rain so guttat, dass sie um Jahre verjüngt wirkte. Hier hatte sie eine Aufgabe, und die bestand nicht nur aus der Leitung des Gutsbetriebs, sondern schloss auch die sanfte Führung ihres Zukünftigen mit ein. Albert von Rains jüngere Kinder waren ebenfalls zufrieden mit ihrer neuen Mutter, obwohl sie deren liebevolle, aber auch feste Hand bereits jetzt zu spüren bekamen. Auch der kleine Siegmar lehnte sich inzwischen mehr an Walburga an als an seine Mutter. Walburga verdonnerte ihn nämlich nicht dazu, Garn zu sortieren und andere eher weibliche Arbeiten zu verrichten. Der Junge

sah sich bereits als großer Krieger, der den bösen Schweden all das Unheil, das sie über seine Familie und das Reich gebracht hatten, einmal heimzahlen würde.
Jetzt aber beschäftigen ihn andere Gedanken. Kaum hatte er von seiner Mutter erfahren, dass Irmela die Burg verlassen wollte, schoss er auch schon in ihr Zimmer und umklammerte ihre Knie. »Du darfst nicht weg!«, rief er mit der ganzen Autorität seiner vier Jahre.
»Es geht nicht anders, mein Guter. Ich habe Gräfin Stephanie versprochen, sie zu besuchen, und ein Versprechen muss man halten, wie du weißt.«
Der Junge nickte, während ihm die Tränen über die Wangen liefen. »Das sagt Abdur auch immer. Aber danach kommst du wieder zu uns zurück?«
Irmela hatte schon bemerkt, dass Siegmar sich den jungen Mohren zum Vorbild nahm, und fragte sich bang, wie Albert von Rain dazu stehen würde.
Zu ihrer Überraschung nickte ihr Gastgeber jedoch lächelnd. »Abdur ist ein kluger Bursche. Mein Sohn wollte ihn unbedingt mit roten Pluderhosen, einer blauen Jacke und einem Turban auf dem Kopf ausstatten und als Burschen mitnehmen. Doch das wäre den Talenten Eures Mohren nicht gerecht geworden. Er soll Euer Reisemarschall bleiben, denn einen treueren Mann werdet Ihr nicht finden.«
Irmela freute sich über das Lob, welches ihr Gastgeber ihrem schwarzen Diener spendete, fragte aber neugierig geworden nach: »Das Interesse Eures Sohnes an Abdur habe ich gar nicht mitbekommen. Wieso wollte er ihn haben?«
Albert von Rain winkte ab. »Das war nur eine kindische Idee, die ich ihm rasch ausgeredet habe.«
Ihr Gastgeber konnte tatsächlich energisch werden, stellte Irmela fest. Wahrscheinlich war sein Sohn, der sich im Glanz seines

militärischen Ranges sonnte, ein wenig zu selbstherrlich aufgetreten. Walburga bewies da weitaus mehr Fingerspitzengefühl und tat so, als würden alle wichtigen Entscheidungen von dem Oberhaupt der Familie Rain gefällt.
Lächelnd knickste sie vor dem Burgherrn. »Ich bin Euch sehr zu Dank verpflichtet, denn ich würde ungern auf Abdur verzichten. Keiner meiner anderen Begleiter wäre in der Lage, seinen Platz auszufüllen.«
»Schon aus diesem Grund fand ich das Ansinnen meines Sohnes befremdlich. Doch nun zu etwas anderem: Ihr seid doch zu Wallenstein gereist, um die Rückgabe Eurer böhmischen Besitzungen zu erwirken.«
Der abrupte Themenwechsel ihres Gastgebers verwirrte Irmela so, dass sie nur nicken konnte, aber Albert von Rain sprach schon weiter. »Wallenstein mag Eure Ansprüche als gerecht angesehen haben, doch nach seinem Tod gelten seine Versprechungen nichts mehr. Ihr werdet Eure Besitzungen nicht zurückerhalten, wenn Ihr nicht erneut interveniert.«
An eine solche Entwicklung hatte Irmela nicht gedacht. »Was soll ich denn tun? Etwa an den Kaiser schreiben?«
»Das wäre der richtige Weg, doch Euer Schreiben würde wohl in den unergründlichen Archiven der Hofburg verschwinden und von dort aus nur mit Gottes Hilfe den Weg zu Seiner Majestät finden. Auch halte ich es für fraglich, ob Herr Ferdinand Eurer Bitte den Wert zumisst, der ihr zukommt. Derzeit bereichert sich nämlich jeder, der in seiner Gunst steht, an den Besitzungen Wallensteins und seiner Vertrauten. Sie werden auch Eure Güter an sich raffen, es sei denn, Ihr findet eine Hand, die stark genug ist, dies zu verhindern …«
»Und die wäre?«, unterbrach Irmela ihren Gastgeber.
»Pfalzgraf Wolfgang Wilhelm, Herzog von Pfalz-Neuburg. Ihr seid immerhin sein Mündel. Unterrichtet ihn von Eurem Pro-

blem und bittet ihn, Euch beizustehen. Er wird es schon um seiner eigenen Bedeutung willen tun.« Albert von Rain stand auf, trat auf Irmela zu und legte ihr lächelnd die Hand auf die Schulter.

»Ich würde mich freuen, wenn mein Rat Euch zugute kommt. Ihr seid ein wunderbarer Gast gewesen, und ich bedaure, dass Ihr uns verlassen wollt. Doch ein junger Vogel muss fliegen und etwas von der Welt sehen.« Er lachte, wischte sich aber gleichzeitig eine Träne aus den Augen.

Nun verspürte auch Irmela den Abschiedsschmerz. Der Aufenthalt in Rain war schön gewesen, und sie bedauerte es, scheiden zu müssen. Doch sie hatte Stephanie ihr Kommen versprochen und in der letzten Nacht intensiv von ihr geträumt. Es mochte nur ihr schlechtes Gewissen gewesen sein, doch ihr war es so vorgekommen, als rufe die Schwangere in höchster Not nach ihr.

Mühsam rang sie sich ein Lächeln ab und knickste vor ihrem Gastgeber. »Ich werde Euren Rat befolgen und gleich einen Brief an Seine Gnaden, Herzog Wolfgang Wilhelm schreiben. Würdet Ihr so gut sein und diese Botschaft an seinen Empfänger weiterleiten lassen?«

»Das tue ich gerne.« Herr von Rain neigte kurz den Kopf und sagte sich, dass Meinarda das Mädchen bald wieder einladen musste. Mit einem Seufzer nahm er Siegmar auf den Arm, um diesen wieder in die Obhut seiner Kinderfrau zu geben.

Irmela eilte unterdessen in ihre Kammer und wies Fanny an, die gerade eine Reisekiste packte, ihr Papier, Tinte und Feder zu bringen.

»Was nicht noch alles?«, stöhnte die Zofe, bequemte sich aber, die Kiste stehen zu lassen und das Schreibzeug zu holen.

»Ihr wollt wohl Eurem Verlobten von Eurer Weiterreise berichten«, mutmaßte sie, erhielt jedoch keine Antwort.

Während Irmela ihren Landesherrn in gezierten Worten bat, sich am Wiener Hof für sie zu verwenden, dachte sie an Fabian und Gibichen und hoffte, dass es beiden gut ging. Zuletzt wanderten ihre Gedanken zu Helene und Johanna, und sie fragte sich, was die beiden in der Zwischenzeit alles getrieben haben mochten.

XX.

Helene von Hochberg stieg aus ihrer Kutsche und sah sich um. Auf dem höchsten Punkt der Landzunge, die vom Zusammenfluss von Donau und Inn gebildet wurde, hatte sie eine gute Sicht auf den prachtvollen Dom und die reich verzierten Patrizierhäuser. Diese kündeten von den Vermögen, die unter der Herrschaft des Krummstabs in dieser Stadt erworben worden waren. Der große Krieg, der seit Jahren viele Teile des Reiches verheerte, hatte auch hier starke Einbußen für den Fernhandel mit sich gebracht, doch einigen Kaufherren war es gelungen, ihren Besitz mit Heereslieferungen zu mehren. Einer der erfolgreichsten war Rudolf Steglinger, der inzwischen das Bürgerrecht der Stadt Passau erhalten und eines jener prachtvollen Häuser erstanden hatte. Helene hätte weniger als hundert Schritte gehen müssen, um vor dem Portal mit den aufwendigen Schnitz- und Steinmetzarbeiten zu stehen, aber derzeit war ihr Ziel die fürstbischöfliche Residenz.

Dies hinderte sie jedoch nicht, sich in Gedanken weiter mit Steglinger zu beschäftigen, und sie stellte sich vor, wie es sein würde, als Herrin in sein Haus einzuziehen. Bislang war der Heereslieferant all ihren Versuchen, ihn zur Heirat zu bewegen, geschickt ausgewichen, denn er hoffte immer noch, ihre Tochter zu ehelichen. Diesen Gedanken, das schwor sie sich, würde sie ihm gründlich austreiben. Dabei tastete sie nach dem Fläsch-

chen, das sie in einer versteckten Tasche in ihrem Kleid mit sich trug. Es stammte noch von der Schwarzen Hexe, und sein Inhalt sollte deren Worten zufolge den Willen eines Menschen demjenigen unterwerfen, der ihm den damit versetzten Trank beibrachte. Helene hatte bisher nicht gewagt, dieses Mittel anzuwenden, doch inzwischen hatte sie sichere Nachricht erhalten, dass der Vatikan Rudolfs Ehe mit Walburga aufgelöst hatte. Jetzt wurde es Zeit, denn sie wollte nicht riskieren, dass Steglinger sich ein anderes Eheweib suchte, weil er Johanna nicht bekommen konnte.
Schritte auf dem Kiesweg ließen sie aufschauen, und sie sah Lexenthals Sekretär, einen jungen Mönch in einer langen, um seinen mageren Leib schlotternden Kutte auf sich zukommen.
»Der hochehrwürdige Herr Prior hat nun Zeit, Euch zu empfangen.«
Helene neigte hoheitsvoll den Kopf, obwohl sie innerlich vor Anspannung zitterte, denn sie fürchtete das unberechenbare Wesen des Priors. Seine Botschaft hatte nur die kurze Aufforderung enthalten, ihren nächsten Besuch in der Bischofsstadt nicht allzu lange hinauszuzögern, da er sie zu sprechen wünsche, und nun fragte sie sich, ob er Dinge erfahren hatte, die ihr schaden konnten.
Mit starkem Herzklopfen trat sie hinter dem Mönch in einen dunkel getäfelten Raum. Nicht weit vom Fenster saß Lexenthal auf einem Stuhl mit hoher Lehne und wies den Sekretär an, seinem Gast einen Schemel zu besorgen. Helene wertete das als gutes Zeichen, denn das hätte er nicht getan, wenn er einen Verdacht gegen sie hegen würde. So fiel es ihr leicht, seinen Gruß demütig zu erwidern und die ihr hingestreckte Hand zu küssen.
Der Prior atmete tief durch und sah sie dann durchdringend an.
»Habt Ihr etwas Neues über die Hexe erfahren?«

Helene schüttelte den Kopf. »Nicht das Geringste, Euer Ehrwürden. Ich habe von dem Tag an, seit Irmela Passau verlassen hat, nichts mehr von ihr gehört.«

»Das ist bedauerlich, denn ich habe gehofft, Ihr hättet Nachricht von ihr erhalten. Immerhin seid Ihr die nächste Verwandte. Ich habe nur in Erfahrung bringen können, dass sie Pilsen wohlbehalten erreicht hat und dort etliche Tage geblieben ist. Noch im letzten Herbst muss sie weitergereist sein, doch meine Mitbrüder in Böhmen wussten nicht zu berichten, wohin sie sich gewandt hat. Durch die Unruhen um Wallensteins Tod sind jene Leute, die Auskunft hätten geben können, in alle Winde verstreut worden. Doch wo die junge Hexe auch sein mag, sie wird ihrem Schicksal nicht entgehen!« Lexenthals Rechte schlug bei den letzten Worten auf ein Blatt Papier, das auf dem kleinen Tischchen lag. Helene reckte den Hals in der Hoffnung, wenigstens ein paar Worte entziffern zu können. Das bemerkte der Prior und reichte ihr das Schreiben. Es handelte sich um eine gesiegelte und unterschriebene Anklage gegen die Komtesse Irmingard von Hochberg zu Karlstein wegen Hexerei und anderer, der heiligen Religion hohnsprechender Taten.

Früher hätte dieses Dokument Helene erschreckt, denn mit ihm streckte die Kirche unverhohlen ihre Hand nach dem Vermögen aus, das Irmela von ihrem Vater geerbt hatte. Inzwischen war das Mädchen jedoch seit fast einem Jahr fort, und selbst der Prior hatte es nicht fertiggebracht, ihre Spur über Pilsen hinaus zu verfolgen. Daher war Helene überzeugt, Irmela sei unterwegs von Räubern überfallen und umgebracht worden. Also dürfte Lexenthal vergeblich auf die Rückkehr seines Opfers warten, und damit würde das reiche Erbe ihr und ihrer Tochter zugutekommen.

Während sie scheinbar demütig den Ausführungen des Priors

lauschte, legte sie sich ihre nächsten Schritte zurecht. Noch während dieses Besuchs in Passau würde sie das Zaubermittel der Schwarzen Hexe anwenden und Steglinger heiraten. Sobald das geschehen war, konnte sie Johanna passenden jungen Herren als die neue Komtesse Hochberg vorstellen. An Irmela verschwendete sie keinen Gedanken mehr.

Sechster Teil

Ein kühner Plan

I.

Ohne Stephanie, davon war Fabian überzeugt, wäre er schon bald an der Gefangenschaft zerbrochen. Sie sprach ihm in dunklen Stunden Mut zu, und es war ihr Verdienst, dass der Felsenkerker, in dem sie gefangen saßen, nicht zur Kloake verkam. Obwohl es darin so dunkel war, dass sie nicht einmal die Hand vor Augen sehen konnten, war es ihr gelungen, einen Spalt nahe der Wand zu entdecken, durch den ein leichter Luftzug in ihr Gefängnis gelangte. Die Öffnung war nur ein Riss im Fels, an der breitesten Stelle gerade groß genug, um den Arm hineinstecken zu können, und sie schien irgendwo in den Berg zu führen, denn es war kein Funken Helligkeit darin zu entdecken. Der Stein um den Spalt war genau so hart wie der übrige Fels, so dass sie sich selbst mit einer Hacke keinen Fluchtweg hätten schaffen können.
Stephanie benutzte das Loch sofort als Abort, denn ihr hatte davor gegraut, sich auf den Boden entleeren zu müssen. Zwar entkamen sie auf diese Weise nicht dem Gestank, aber sie mussten wenigstens nicht im eigenen Dreck waten.
Während Fabian durch die erzwungene Tatenlosigkeit und seine Angst um Stephanie wie gelähmt war, versuchte sie, sich und ihm die Gefangenschaft zu erleichtern. Sie erhielten ausreichend zu essen und zu trinken, sahen aber in all den Wochen keinen anderen Menschen als ihren Kerkermeister, den sie für stumm hätten halten müssen, wenn er nicht von Zeit zu Zeit dem Knecht, der das Essen herunterbrachte, eine Antwort gegeben hätte.
Zu Beginn hatte Fabian noch versucht, den Mann zum Reden zu bewegen, und ihm wahre Schätze geboten, wenn er wenigstens Stephanie entkommen ließe, doch ihr Wächter hatte auf keine Weise reagiert. Nach ein paar Tagen gab auch Stephanie es auf, den Mann zu einem Gespräch zu verführen. Nun beschäftigten sich die beiden Liebenden hauptsächlich damit, sämtliche noch

so schrecklichen Möglichkeiten zu erörtern, die auf sie warten mochten. Was Harlau wirklich plante, konnten sie nur vermuten, doch die Tatsache, dass er sie zusammen in dieses Loch hatte sperren lassen, ließ sie das Schlimmste befürchten.
Stephanie fand Halt in ihrem Glauben an Gott und war bereit, jedes ihr auferlegte Schicksal mit Würde zu tragen. »Wir sind Menschen, keine Tiere ohne Verstand. Was auch geschieht, wir werden es in Demut hinnehmen und beten, dass Gott uns unsere Sünden vergibt!«, wies sie Fabian zurecht, als dieser wieder einmal begann, sich selbst zu zerfleischen.
Er tastete nach ihrem Gesicht. »Gern will ich sterben, wenn ich dich dadurch retten kann. Dich so zu leiden sehen, drückt mir das Herz ab.«
»Ich leide nicht!«, sagte sie mit einer Stimme, in der ein Lächeln schwang. »Immerhin sind wir beide nun vereint. Diese Stunden kann uns niemand mehr nehmen, ganz gleich, was kommen mag. Ich bitte nur Gott, unseren Herrn, das Kind zu verschonen, das ich unter dem Herzen trage. Um es zu retten, bin ich bereit, zu lügen und falsche Eide zu schwören, selbst wenn ich dafür tief ins Fegefeuer oder gar in die Hölle gestoßen werde.«
Fabian wusste, was sie damit meinte. Stephanie war bereit, ihrem Ehemann gegenüber jeden Meineid zu leisten, er sei der Vater ihres Kindes, nur um das Kleine zu retten, auch auf die Gefahr hin, auf ewig verdammt zu sein. Stolz auf ihren Mut fasste er nach ihrer Hand. »Sollten das Fegefeuer oder gar die Tiefen der Hölle unser Schicksal sein, so werden wir es gemeinsam ertragen.«

II.

»Das Wetter war auch schon einmal besser!«
Irmela fand Fannys Bemerkung arg untertrieben, denn das Re-

genwasser drang durch jede Ritze und jeden Spalt in die Kutsche. Die Polster waren bereits durchweicht und sie selbst nass bis auf die Haut.

»Das ist typisch für Steglinger, diesen Geizkragen, uns ein so marodes Gefährt zu geben«, setzte Fanny ihre einseitige Unterhaltung fort.

Diese Bemerkung empfand Irmela als ungerecht, denn Rudolf Steglinger hatte wahrlich nicht vorhersehen können, dass die Kutsche in einen Wolkenbruch geraten würde, der einem Weltuntergang glich. Überdies hatte er ihnen das Gefährt nur für die Reise von Passau nach Pilsen und zurück geliehen, doch Irmela hatte ihren Ausflug eigenmächtig verlängert und war immer noch nicht bereit, in die Bischofsstadt am Zusammenfluss von Inn, Donau und Ilz zurückzukehren.

Während sie ihre klammen Arme rieb, bedauerte sie die fünf Männer, die dem Unwetter schutzlos ausgeliefert waren, und öffnete den Ledervorhang vor dem Schlag, um nach den Reitern zu sehen. Einen von ihnen konnte sie trotz des dichten Regens erkennen, denn er ritt im Windschatten der Kutsche. Dem Mann lief das Wasser vom Hut auf den Filzumhang und von dort in Bächen über das Fell des Reittiers.

»Ich hoffe, unser Ziel ist nicht mehr fern, sonst müssen wir bei der nächsten Kate anhalten und um Obdach bitten, bis dieses Unwetter nachgelassen hat«, sagte Dionysia von Kerling seufzend.

Fanny schüttelte missmutig den Kopf. »Bei dem elenden Wetter werden wir wahrscheinlich sogar Burg Harlau verfehlen, auch wenn wir direkt darauf zureiten. Man sieht ja kaum drei Schritte weit.«

Das war zwar übertrieben, doch Irmela war ebenfalls besorgt, sie könnten die Abzweigung zur Burg übersehen und noch stundenlang durch den Wolkenbruch fahren.

»Wenn ich den Bauern, der uns zuletzt den Weg gewiesen hat,

richtig verstanden habe, müssten wir die Festung jeden Augenblick erreichen.« Dionysia von Kerling blickte hinaus und versuchte, auf den nur schattenhaft zu erkennenden Hügelkuppen die Umrisse einer Burg auszumachen.

Abdur hatte einige Fetzen des Gespräches aufgefangen und hangelte sich an der Kutsche nach vorne. »Wir sind gleich da! Dort vorne ist das Dorf, das zu Burg Harlau gehört.«

»Wieso bist du dir so sicher?«, fragte Fanny bissig.

Irmela fragte sich, warum die Zofe den Mann bei jeder Gelegenheit hänseln oder verspotten musste, und bewunderte Abdurs Geduld. An seiner Stelle hätte sie ihre Zofe schon mehrfach zurechtgewiesen. Aber jetzt war nicht die Zeit, Fanny ins Gewissen zu reden. Das Dorf kam in Sicht, und die Kutsche bog kurz darauf in den Weg ein, der zur Burg hochführte. Nun hob sich die Stimmung, und alle versicherten einander, wie froh sie waren, ihr Ziel erreicht zu haben. Die Männer freuten sich auf eine trockene Kammer und einen Schluck Wein und die Frauen auf ein Kaminfeuer, an dem sie sich wärmen konnten.

Der Weg war steil und bestand abwechselnd aus blankem Fels, auf dem die Kutsche seitwärts zu rutschen begann, oder aus Morast, in dem die Räder versanken. Zum Glück griffen Abdur und die berittenen Begleiter immer wieder zu, um ein Unglück zu verhindern. Der Kutscher, der sonst um seine Tiere besorgt war, trieb sie mit derben Peitschenhieben an, damit der Wagen nicht stecken blieb, denn anderenfalls hätten die Pferde es auch mit Unterstützung der Männer nicht geschafft, die Kutsche wieder ins Rollen zu bringen.

Als die Mauern in Sicht kamen, nahm Irmela im ersten Augenblick an, sie hätten die falsche Burg angefahren, so klein wirkte der Bau. Hier, dachte sie erschrocken, kann Harlau seine Gemahlin doch nicht untergebracht haben. Obwohl es noch Tag war, fanden sie das Tor verschlossen, und es dauerte eine ganze Weile, bis sich auf Abdurs Rufen und Klopfen jemand dazu bequemte, durch eines der Gucklöcher im Torturm zu schauen.

»Was sucht ihr denn hier?«, fragte der Mann sehr unfreundlich.

»Du siehst die Reisegesellschaft der Komtesse Hochberg vor dir, die von der Gräfin Harlau eingeladen wurde, sie hier aufzusuchen«, antwortete Abdur mit lange geübter Höflichkeit, obwohl er den Kerl am liebsten zurechtgewiesen hätte. Auf ihn wirkte die Burg ebenso abschreckend wie auf Irmela, und er hoffte für seine Herrin, dass die Bewohner des Gemäuers sich als gastfreundlich erweisen würden.

Die Leute in der Burg dachten jedoch nicht daran, das Tor zu öffnen. »Die Gräfin empfängt derzeit keine Besuche«, antwortete dieselbe unfreundliche Stimme.

»Guter Mann, selbst wenn Ihre Erlaucht sich derzeit unwohl fühlt, so kannst du uns bei dem Wetter nicht vor dem Tor stehen lassen. Das gebietet schon die Achtung vor dem Stand meiner Herrin!« Abdur schauderte vor der Möglichkeit, abgewiesen zu werden und auf einer verzweifelten Suche nach einer Unterkunft durch den strömenden Regen zu irren.

»Ich habe meine Befehle! Also macht, dass ihr verschwindet!«, rief der Torwächter und schlug den hölzernen Laden der Luke zu.

»Bei Gott, was für ein grässlicher Mensch!« Dionysia von Kerling schüttelte empört den Kopf und stieg aus dem Wagen. Abdur eilte zu ihr und hielt seinen Umhang über sie, damit sie dem Regen nicht völlig schutzlos preisgegeben war.

»Danke!« Sie nickte ihm kurz zu und füllte dann ihre Lungen, um gegen das Prasseln des Wassers anschreien zu können.

»Es ist gegen Gottes Gebot, hilflosen Damen ein Obdach zu verweigern! Also öffne das Tor und lass uns ein. Oder willst du, dass die höfische Welt mit Fingern auf den Grafen Harlau zeigt?«

Ihr Appell bewirkte zunächst ebenso wenig wie Abdurs Bitte. Als sie jedoch ihre Forderung um einiges zorniger wiederholte, klang drinnen eine ärgerliche Stimme auf. »Die Dame hat recht. Wir können sie bei diesem Wetter nicht vor dem Tor abfertigen wie eine Bettlerin. Graf Harlau würde vor allen Standesherren und deren Damen sein Gesicht verlieren.«

Es dauerte einige Augenblicke, bis Irmela den Sprecher erkannte, dann aber wurde ihre Miene starr, und sie forderte Frau von Kerling auf, wieder einzusteigen.

»Wir werden die Kutsche wenden und weiterfahren. Das war Hauptmann Heimsburg, und ich fühle wenig Verlangen, ihn wiederzusehen.«

Ihre Begleiterin zuckte zusammen, lief dann aber ein paar Schritte auf das Tor zu. »Herr von Heimsburg, seid Ihr es wirklich? Ich flehe Euch an, lasst uns ein, damit wir an einen trockenen Ort gelangen können.«

Irmela hätte die Frau am liebsten erwürgt, denn sie wollte nicht noch einmal in Heimsburgs Hände geraten. Beim ersten Mal war es ihr durch Geschick und kaltes Blut gelungen, ihm zu entkommen. In dieser Burg aber wäre sie ihm ausgeliefert. Daher war sie froh, als der vorige Sprecher dem Hauptmann schroff über den Mund fuhr.

»Nichts da, das Tor bleibt zu. Es ist der Befehl des Grafen!«

Heimsburgs Stimme überschlug sich vor Wut. »Herr von Harlau hat mich als Kastellan dieser Burg eingesetzt, und ich entscheide in seinem Namen!«

»Du hast hier überhaupt nichts zu sagen!«, erwiderte der Torwächter verächtlich. »Der Befehl des Grafen war eindeutig, und an den halten wir uns.«

Im Geheimen klatschte Irmela dem Mann Beifall, und sie gönnte

Heimsburg diese Abfuhr von Herzen. Dionysia von Kerling aber brach in Tränen aus und jammerte, dass es einen Stein hätte erweichen können.

Heimsburg vernahm ihre Stimme und streckte die Hand aus, um das Tor eigenhändig zu öffnen. Doch da tauchten drei von Harlaus Knechten auf und bedrohten ihn mit ihren Hellebarden.

»Das Tor bleibt zu!«, erklärte der Torhüter. Zwar trug der Mann nicht den Titel eines Kastellans, doch der Graf hatte ihn als seinen Vertrauten eingesetzt, und die Knechte wussten, wer hier den Ton angab.

Heimsburg versuchte, ruhig zu bleiben, auch wenn es in ihm kochte. »Bei Gott, nehmt doch Verstand an! Ihr blamiert euren Herrn, wenn ihr die Damen draußen stehen lasst.«

»Halt endlich dein Maul und verschwinde! Wenn du noch ein Wort zu diesen Leuten sagst, lasse ich dich abstechen!«

»So kannst du mit mir nicht reden!«, schäumte Heimsburg auf.

Der Wächter gab den Knechten einen kurzen Wink. Daraufhin packten zwei von ihnen den Hauptmann, zerrten ihn aus der Turmkammer und warfen in auf das nasse Pflaster des Burghofs, während die anderen ihm mit vorgehaltenen Hellebarden folgten. Ihre Mienen verrieten Heimsburg, dass sie nur darauf warteten, ihn entwaffnen und zusammenschlagen zu können.

Da er gegen die Übermacht nur den Kürzeren ziehen konnte, schluckte er seine Wut hinunter und humpelte vom Gelächter der Knechte begleitet zum Palas hinüber. Sein Stolz war verletzt, und es schmerzte ihn, dass sein ehemaliger Unteroffizier sich mit den anderen zusammengetan und ihn ebenfalls wie einen betrunkenen Bettler behandelt hatte. Auch schämte er sich bei dem Gedanken an Dionysia von Kerling, die ihn für einen gefühllosen Menschen halten musste. Allerdings wunderte es ihn, dass es ihr anscheinend gelungen war, sich wieder mit Irmela zu versöhnen. Darüber war er froh, denn die Vorstellung, die Frau, für die er vor Jahren durchaus tiefere Gefühle empfunden hatte, sei nicht zuletzt durch seine Schuld im Elend geendet, hatte ihn in den letzten Tagen ebenfalls belastet. Bei dem Gedanken an die junge Hochberg begann auf einmal die Narbe auf seiner Brust zu jucken. Es war ein Schurkenstück gewesen, die Komtesse zur Heirat zwingen zu wollen, und ein noch größeres, den Handlanger bei den verbrecherischen Plänen des Grafen Harlau gespielt zu haben.

Zu dieser Stunde begriff er das gesamte Ausmaß seines Elends. Die Rache an Birkenfels hatte ihn Schritt für Schritt selbst ruiniert und ihm endgültig die Ehre genommen.

In seiner Kammer wollte er seinen Becher mit Wein füllen, fand aber nur noch einige Tropfen im Krug. Zornig rief er nach einem Knecht. Es dauerte eine Weile, bis der Mann hereinkam.

»Hol Wein!«, herrschte Heimburg ihn an.

Der Knecht zuckte mit den Schultern. »Holen würde ich ihn gerne. Aber es gibt keinen mehr. Es ist alles versoffen.«

»Und was ist mit dem Dorf unten? Die Bauern müssten doch Wein besitzen.«

»Bei dem Wetter laufe ich nicht da runter!«, erklärte der Mann.

Heimsburg wollte ihm schon eine Ohrfeige für seine Unbotmäßigkeit geben, da kam ihm eine Idee. Er würde sich selbst um Nachschub kümmern und den Ritt ins Dorf nutzen, um der Kutsche zu folgen. Das gab ihm die Möglichkeit, Dionysia von Kerling zu erklären, dass er keine Schuld an dem unfreundlichen Empfang trug, und er konnte ihr und der Komtesse von dem Schicksal der Gräfin berichten, die unten im Felsenkeller eingeschlossen war. Wenn es den beiden Frauen gelang, Stephanies Verwandte zu informieren, würden diese Harlau zwingen, seine Frau freizulassen.

Als Heimsburg jedoch den Palas verließ und zum Stall hinüberging, stellte sich ihm der Vertraute des Grafen in den Weg.
»Was suchst du denn hier?«
»Ich will ins Dorf hinab und neuen Wein ordern. Vielleicht kann ich direkt ein Fässchen mitbringen. Hier oben gibt es keinen mehr.«
»Das wirst du brav bleiben lassen, Kerlchen! Einen Tag dürsten wird dich nicht umbringen. Ich schicke in der Frühe einen vertrauenswürdigen Mann hinunter, der auch für andere Vorräte sorgen soll.«
Ich bin also nicht vertrauenswürdig, fuhr es Heimsburg durch den Kopf, und es wurde ihm nun endgültig klar, dass Harlau ihn nach Birkenfels' und Stephanies Tod ebenfalls beseitigen lassen würde. Dennoch ließen ihn die harschen Worte des Knechts neue Hoffnung schöpfen, denn er hütete ein Wissen, das er den Leuten des Grafen bisher nicht auf die Nase gebunden hatte. Nun konnte dieses kleine Geheimnis ihm und vielleicht auch den beiden im Kerker das Leben retten.

III.

Als sich die Luke im Turm schloss, stiegen Irmelas Reiter von den Pferden und halfen Abdur und dem Gehilfen des Kutschers, den Wagen auf dem engen Vorplatz zu wenden. Um es ihnen leichter zu machen, waren Irmela und ihre beiden Begleiterinnen ausgestiegen und standen nun mit am Körper klebender Kleidung im Regen. Während Dionysia von Kerling leise, aber sehr undamenhaft über Heimsburg fluchte, hätte Irmela sogar Hagel und Sturm hingenommen, nur um von diesem Ort wegzukommen. Erst nach einer ganzen Weile erinnerte sie sich wieder an Stephanie.

»Dort oben stimmt etwas nicht, das fühle ich«, raunte sie Fanny zu.

Diese zog eine Grimasse und nickte. »Nicht stimmen? Da stinkt es, aber ganz gewaltig! Habt Ihr gemerkt, Komtesse, dass keiner der Kerle auch nur ein Wort über Frau Stephanie verloren hat? Würde sie hier leben, hätte man wenigstens einen der Männer zu ihr geschickt.«

»Herr von Harlau hat seine Gemahlin ganz gewiss auf einen anderen Landsitz gebracht. In diesem elenden Gemäuer würde sie trübsinnig und in ihrem Zustand sogar krank.« Dionysia von Kerlings Worte klangen einleuchtend, doch Irmela konnte ihre Ansicht nicht teilen.

Unterdessen hatten die Männer die Kutsche gewendet und die Pferde wieder vorgespannt. Abdur kam auf die Frauen zu und wies auf den offenen Schlag. »Ich bitte die Damen, wieder Platz zu nehmen. Im Wagen ist es doch ein wenig angenehmer als im Freien.«

»Und ich soll nicht einsteigen?«, fragte Fanny naserümpfend.

Abdur blickte sie erstaunt an. »Doch, natürlich! Warum fragst du?«

»Weil du nur von den Damen gesprochen hast. Ich aber bin nur die Zofe.« Ohne Abdur Gelegenheit zu geben, darauf zu antworten, stieg Fanny in den Kutschkasten und bemerkte erst, als sie sich aufquiekend auf das nasse Polster setzte, dass sie sich vorgedrängt hatte. Nun zog sie den Kopf ein.

»Ich bitte die Damen zu entschuldigen, dass ich als Erste eingestiegen bin. Aber dieses nutzlose Stück Holzkohle hat mich zu sehr geärgert.«

Irmela blickte sie fragend an. »Warum tust du das?«

»Es war wirklich keine Absicht!«, rief Fanny beschwörend.

»Das meine ich nicht. Ich will wissen, warum du Abdur mit so hässlichen Ausdrücken belegst. Warum beleidigst du ihn ständig? Er ist trotz seiner dunklen Hautfarbe ein guter Mensch, vor dem du Achtung haben solltest.«

Innerlich gab Fanny ihrer Herrin recht. Dennoch warf sie trotzig den Kopf hoch. »Er ärgert mich halt.«

»Dich kümmert es jedoch nicht, ob du mich damit ärgerst!« Diesmal lag eine gewisse Schärfe in Irmelas Worten. Sie fasste Fannys Hand und zog sie so zu sich herum, dass sie ihr in die Augen blicken musste. »Ohne Abdur wären wir in größten Schwierigkeiten. Weder Frau von Kerling noch ich sind es gewohnt, solch weite Fahrten zu planen, und von den anderen Männern beherrscht ebenfalls niemand diese Kunst. Daher bin ich sehr froh, Abdur bei uns zu haben.«

»Ich auch!«, warf Dionysia von Kerling lobend ein. Abdur hatte ihre Achtung durch die Fürsorge erworben, die er ihr und Irmela, aber auch Fanny zukommen ließ.

Die Zofe sah sich in eine Ecke gedrängt und fauchte. »Ich mag ihn halt nicht! Aber da Ihr es wünscht, werde ich in Zukunft meinen Mund halten.« Dann kniff sie deutlich sichtbar die Lippen zusammen.

In Irmelas Augen benahm Fanny sich wie ein kleines Kind, und sie überlegte, wie sie ihre Zofe von Abdurs Qualitäten überzeugen konnte. Gerade als ihr eine Idee kam, wie sie es beginnen konnte, ohne Fannys Widerspenstigkeit zu reizen, steckte der Mohr den Kopf zum Schlag herein.

»Ich habe in Langegg eine Herberge gesehen, in der wir unterkommen könnten. Daher schlage ich vor, dorthin zurückzukehren. Einfach aufs Geratewohl weiterzufahren, halte ich für wenig sinnvoll.«

»Du hast recht. Ich werde froh sein, wenn ich aus den nassen Sachen herauskomme, sonst werde ich noch krank.« Irmela nickte dem Burschen zu und fachte Fannys Eifersucht auf Abdur erneut an.

»Ich vermag Euch einen Trunk zu bereiten, der das Fieber fernhält. Er stammt von meiner Großmutter, die jedes Kräutlein in Wald und Flur kannte.«
»Danke, das wäre sehr lieb von dir. Du solltest aber genug davon brauen, damit auch unsere Begleiter einen Becher davon bekommen.« Irmela nickte anerkennend, doch die Zofe machte nur eine wegwerfende Handbewegung.
»Männer haben eine dicke Schwarte, und dieser Kaminkehrer sowieso.«
Irmela richtete sich zornig auf. »Jetzt reicht es, Fanny!«
Ihre Zofe begriff, dass es besser war zu schweigen, und starrte auf das regennasse Land hinaus, durch das sich die Straße wie ein schlammiger Bach wand, in dem die Pferde bis zu den Fesseln einsanken.
Allen in der Kutsche schien es, als gäbe es nichts mehr um sie außer Wasser, und Irmela fragte sich, ob die Beschreibungen der Hölle vielleicht falsch sein mochten. Zumindest der Weg dahin schien aus Kälte und alles durchdringender Nässe zu bestehen. Als Langegg endlich vor ihnen auftauchte, empfand sie es beinahe wie ein Wunder.
Das Dorf war kaum größer als jenes, das zu Harlau gehörte, und die Herberge wirkte nicht so, als ob tagtäglich edle Gäste in ihr einkehrten. Aber sie versprach ein Feuer, an dem sich alle wärmen und trocknen konnten. Ehe der Kutscher seine dampfenden Pferde zum Stehen gebracht hatte, sprang Abdur von dem kleinen Podest, das hinten an der Kutsche angebracht war, und rannte durch den aufspritzenden Matsch zur Tür. Auf sein Klopfen hin steckte ein Mann seinen Kopf zur Tür heraus, schätzte die Reisegesellschaft ab und rief ein paar Befehle ins Haus.
Beinahe im gleichen Augenblick stürzte ein junger Bursche ins Freie, der sich gegen die vom Himmel stürzenden Fluten mit

einem Umhang aus Stroh gewappnet hatte. »Wünschen die Herrschaften hier abzusteigen?«
Seine Frage war überflüssig, denn den erschöpften Pferden konnte man ansehen, dass sie keine Meile mehr würden laufen können. Abdur nickte und ließ eine Münze zwischen seinen Fingern aufblitzen.
Das Gesicht des Burschen hellte sich sofort auf. »Wenn die Herrschaften noch einen Augenblick warten wollen! Ich hole Decken, damit Eure Hoheiten trocken in die Wirtsstube kommen. Dort setzt meine Mutter bereits den Würzwein an, der die klammen Glieder wärmt.« Noch während er die Worte hinausstieß, trat er ins Haus und kam mit zwei gewalkten Pferdedecken zurück.
Irmela und Frau von Kerling waren zwar nass bis auf die Haut, genossen es aber trotzdem, die paar Schritte von der Kutsche zur Herberge gut eingehüllt zurückzulegen, während Fanny wie ein Reh durch die Pfützen sprang und als Erste den warmen Flur erreichte.
»Wo kann ich die Pferde unterbringen? Sie brauchen Hafer und müssen gut abgerieben werden«, rief der Kutscher, der zuerst an seine Tiere dachte.
Der Wirtsjunge wandte sich kurz zu ihm um. »Unser Stall ist groß genug. Aber einer von euch muss mir helfen.«
»Ich komme mit«, bot Abdur an.
Der Kutscher schüttelte den Kopf. »Kümmere du dich um die Damen und sorge dafür, dass ein großer Krug Wein für mich bereitsteht. Meine Gäule versorge ich immer noch selbst.«
Da die beiden Reiter ihre Tiere ebenfalls in den Stall brachten und der Gehilfe des Kutschers begann, das Gepäck abzuladen, griff Abdur an dieser Stelle zu und brachte die mit geöltem Leder bespannten Reisekisten ins Trockene. Vom Flur aus sah er, wie Irmela zitternd die Arme um sich schlug. Eine dickliche Frau in

einem schlichten Wollrock und einer gewirkten Weste reichte ihr daraufhin einen Becher mit einer dampfenden Flüssigkeit.

»Trinkt, Fräulein! Das hier wird Euch aufwärmen.«

Irmela ergriff das Gefäß und setzte es so hastig an, dass sie sich die Lippen verbrannte.

»Vorsicht! Der Trank ist sehr heiß«, warnte die Wirtin etwas zu spät.

Irmela bedachte die Frau mit einem ärgerlichen Blick, deutete aber mit der freien Hand auf ihr nasses Kleid. »Sie soll uns Zimmer anweisen und ihren Knechten befehlen, meine Reisekisten hineinzubringen! Meine Begleiterinnen und ich müssen uns umziehen.«

»Das wird sogleich geschehen«, versprach die Wirtin und reichte auch Frau von Kerling und Fanny je einen dampfenden Becher. Abdur konnte das lederne Trinkgefäß, das die Frau ihm hinhielt, gerade noch auffangen, denn sie blickte im gleichen Augenblick in sein Gesicht und schrie auf. »Jesses Maria und Josef, das ist ja ein Schwarzer!«

Ihr Ausruf war wohl im Nebenzimmer zu hören gewesen, denn die Tür sprang auf und ein Offizier in einem abgeschabten Uniformrock steckte neugierig den Kopf heraus. »Abdur? Wie kommst du denn in diese abgelegene Gegend?«

Irmela drehte sich um, starrte den Mann verwundert an und brauchte einen Augenblick, bis sie den früher so gepflegt wirkenden Hauptmann erkannte. Verwundert trat sie auf ihn zu. »Ludwig von Gibichen! Bei Gott, das ist ja eine Überraschung.«

Als er Irmela so unvermittelt vor sich sah, überlief es Gibichen heiß und kalt, und er ergriff ihre Hand so hastig, als wäre sie ein Seil, mit dessen Hilfe er ein rettendes Ufer erreichen konnte.

»Irmela … Verzeihung, ich wollte sagen, Komtesse Hochberg. Welch eine Freude, Euch hier zu treffen! Vielleicht gibt es jetzt doch noch Hoffnung.«

Irmela wollte verblüfft fragen, was er damit meinte, doch Gibichen warf einen beredten Blick auf die Wirtin, trat dicht an sie heran und dämpfte seine Stimme. »Es gibt sehr viel zu berichten, doch das möchte ich tun, wenn wir allein sind.«
»Ein Tête-à-Tête in dieser Herberge? Für was haltet Ihr mich?«, fuhr Irmela empört auf.
Gibichen winkte mit beiden Händen ab. »Das, was ich zu sagen habe, müssen auch diejenigen unter Euren Begleitern erfahren, denen Ihr vertrauen könnt.«
»Ich vertraue allen, die bei mir sind!« Irmela nickte noch einmal bekräftigend, denn sie hatte Frau von Kerling inzwischen den Verrat verziehen, und was Fanny und Abdur betraf, so würde sie ihnen ihr Leben anvertrauen. Die anderen vier waren von schlichterem Gemüt, aber sie hatten sich während der Reise als treu und zuverlässig erwiesen. Trotzdem wollte sie die Männer bis auf Abdur nicht mithören lassen, was Gibichen ihr mitzuteilen hatte.
»Gibt es hier einen Raum, in dem wir unbehelligt miteinander reden können?«, fragte sie ihn.
Gibichen nickte. »Das Nebenzimmer hier. Es gibt dort sogar einen Kamin, und wenn wir nicht allzu laut reden, wird uns niemand belauschen können. Vorher solltet Ihr Euch jedoch umziehen, sonst holt Ihr Euch noch den Tod.«
»Also geduldet Euch noch ein wenig, mein Herr!« Irmela kehrte Gibichen hoheitsvoll den Rücken zu und bat die Wirtin, sie auf ihr Zimmer zu führen.

IV.

»Nicht gerade passend für diese elende Spelunke«, stellte Fanny fest, als sie zurücktrat und Irmela betrachtete. Diese hatte ein blau schimmerndes Gewand aus Samt mit seidenen Applikationen, hoch angesetzter Taille und einem Stehkragen aus Spitze gewählt. Für diese Bemerkung erntete die Zofe einen verweisenden Blick ihrer Herrin, in dem aber auch ein wenig Zweifel lag. Irmela wusste selbst nicht, weshalb sie Gibichen in einem ihrer besten Kleider gegenübertreten wollte. Ebenso wenig verstand sie, dass sie sich über ihre feuchten und deshalb eng anliegenden Haare Gedanken machte. Doch da sie begierig war zu erfahren, warum Gibichen sie als rettenden Strohhalm zu betrachten schien, betrat sie in gespannter Erwartung die Kammer, in der dieser mit einem ländlichen Festmahl auf seine Gäste wartete.

Der Hauptmann hatte sich inzwischen von der Überraschung erholt und erwies sich bis auf sein sichtlich geflicktes Gewand als aufmerksamer Gastgeber. Er verbeugte sich in vollendeter Manier vor den Damen und führte sie zu den besten Plätzen am Tisch. Fanny, die sich ebenfalls eingeladen fühlte, setzte sich neben ihre Herrin, während Abdur neben der Tür stehen blieb.

»Nimm Platz!«, forderte Gibichen ihn auf.

»Jemand muss Euch vorlegen, und da es ein vertrauliches Gespräch werden soll, möchte ich weder die Wirtin noch deren Sohn ins Zimmer lassen.«

Gibichen lachte fröhlich auf. »Da hast du auch wieder recht. Dann lege uns vor, setz dich dann zu uns und iss mit.«

»Vorher wüsste ich gerne, was das alles bedeuten soll!«, forderte Irmela, die ihre innere Anspannung kaum noch ertrug.

Gibichen wollte seine Karten jedoch nicht vor dem Essen aufdecken, sondern deutete auf das Hühnchen, das Abdur eben tranchierte. »Lasst uns vorher den Kochkünsten unserer Wirtin Ehre antun. Oder haltet Ihr es wie die Herrschaften am Wiener Hof und begnügt Euch mit kalt gewordenem Essen? Hier wird das Auftragen der Speisen zum Glück nicht einem langwierigen Zeremoniell unterzogen.«

»Ich war leider nicht in der Kaiserstadt selbst und weiß daher nicht, wie Seine Majestät zu speisen pflegt. Für meinen Teil mag ich das Essen warm. Also werde ich meine Ungeduld noch ein wenig zügeln.« Irmela nahm mit einem ein wenig verkrampften Lächeln das Messer zur Hand, schnipselte ein winziges Stück von dem Brathuhn ab und führte es zum Mund. Ihr Blick ruhte dabei so durchdringend auf Gibichen, dass dieser mit komischem Erstaunen die Hände hob.

»Wenn Ihr immer so wenig esst, ist es kein Wunder, dass Ihr nicht größer geworden seid.«

Irmela richtete sich kampfeslustig auf. »Mir reicht meine Größe durchaus«, behauptete sie, obwohl sie sich ein paar Zoll mehr gewünscht hätte.

»Komtesse sehen auch so entzückend aus.« Mit diesen Worten entwaffnete Gibichen seine Widersacherin.

Während Irmela an diesem Kompliment zu kauen hatte, klopfte der Hauptmann mit dem Messergriff auf den Tisch. »Da Ihr wohl nicht nachgeben werdet, will ich es kurz machen: Es geht um Fabian.«

»Was hat er diesmal angestellt?« Irmela sah so aus, als würde sie beinahe täglich Berichte von Fabians tolldreisten Streichen vernehmen.

»Er ist mehr oder weniger unschuldig, aber dennoch in Lebensgefahr. Graf Harlau hat den armen Kerl in den Wirren um Wallensteins Ermordung niederschlagen und entführen lassen. Jetzt befindet er sich als Gefangener auf Burg Harlau. Paul und mir ist es jedoch gelungen, Fabians Spur bis hierher zu verfolgen.«

Irmela starrte ihn verdattert an. »Burg Harlau? Dort wollte der Graf seine Gemahlin hinbringen.«

»Das hat er meines Wissens auch getan. Mehr habe ich nicht herausbekommen, zumindest nicht, was Gräfin Stephanie be-

trifft. Auf der Burg befindet sich gerade mal ein halbes Dutzend Knechte, die dem Grafen leider treu ergeben sind …«
»Und der unsägliche Heimsburg!«, unterbrach Irmela ihn erregt.
»Der Kerl war dabei, als Fabian hierhergeschafft wurde, und scheint jetzt der Anführer seiner Kerkermeister zu sein.«
Noch während Gibichen dies sagte, hob Dionysia von Kerling die Hand. »Das bezweifle ich! Als wir vorhin um Einlass in die Burg ansuchten, wollte Heimsburg uns Unterkunft gewähren, doch ein anderer hat ihm dies strikt verboten und uns zugerufen, wir sollten uns zum Teufel scheren.«
»Das ist richtig«, setzte Irmela nachdenklich hinzu. »Ich bin gewiss die Letzte, die ein gutes Haar an Heimsburg lassen würde, doch vorhin klang es nicht so, als hätte er auf Harlau etwas zu sagen.«
Gibichen hob interessiert den Kopf. »Das stimmt mit dem überein, was Paul letztens behauptet hat!«
»Paul? Meint Ihr Kiermeiers Burschen? Befindet sich der Major ebenfalls hier?«
Gibichen blickte bedrückt zu Boden. »Der Major befindet sich im Himmel – so hoffe ich wenigstens! Harlaus Mordgesindel hat ihn erschlagen wie einen tollwütigen Hund.«
Irmela schossen die Tränen in die Augen, und sie musste sich schnäuzen. Sie hatte den Major gemocht, und die Nachricht von seinem traurigen Ende erschütterte sie. Bald aber fasste sie sich wieder und blickte Gibichen mit einem Lächeln an.
»Vielleicht ist es besser so. Es war Kiermeiers Traum, Freiin Meinarda von Teglenburg zu freien, doch diese wird in Kürze eine Ehe mit ihrem Vetter Franz von Rain eingehen. Die Enttäuschung ist dem Major nun erspart geblieben.«
»Das mag sein.« Gibichen schlug das Kreuz und machte eine Bewegung, als wolle er ungute Erinnerungen wegwischen. »Paul ist

mit mir gekommen, um Fabian zu befreien und wenn möglich seinen Herrn an Harlau zu rächen. Er lebt seit gut zwei Monaten als Knecht in dem zu Harlau zählenden Dorf und hält Augen und Ohren offen. Vor kurzem haben ihm die Dörfler die ihnen unangenehme Aufgabe zugeschoben, die Burg mit Lebensmitteln zu versorgen. Es verlockt die Bauern nicht gerade, tagtäglich den steilen Weg zu bewältigen und als Lohn Stöße mit dem Speerschaft zu erhalten. Obwohl die Kerle recht schweigsam sind, hat er einige Bemerkungen auffangen können, die die Gefangenen in einem Felsenkeller betrafen. Fabian und Gräfin Stephanie müssen also noch am Leben sein. Bei unserem letzten Treffen hat Paul mir zudem berichtet, er sei Heimsburg über den Weg gelaufen, und dieser habe ihn wohl erkannt, aber nicht an die anderen verraten.«

Dionysia von Kerling plusterte sich auf, als der Name des Offiziers fiel. »Herr von Heimsburg mag in der Vergangenheit einige Torheiten begangen haben, aber er ist kein schlechter Mensch!«

Irmela hätte ihr gerne widersprochen, aber sie sah ein, dass sie in dieser Situation nach jedem Strohhalm greifen musste, selbst wenn es ein so fauliger war. Daher nickte sie ihrer Begleiterin zu. »Vielleicht könnten wir Herrn von Heimsburg als Verbündeten gewinnen. Der Empfang, der uns vor den Toren von Burg Harlau zuteil wurde, lässt mich das Schlimmste für Fabian und die Gräfin befürchten.«

Gibichen stach sein Messer in ein Stück Schinken, als wolle er einen Feind aufspießen. »Nicht nur Euch, Komtesse. Ich hatte schon in Erwägung gezogen, mich an Stephanie von Harlaus Verwandte zu wenden, damit diese Graf Harlau zwingen, mit seiner Frau bei Hof zu erscheinen. Doch ich bin mir nicht sicher, ob sie sich für Stephanie verwenden würden. Gewiss wird Harlau ihnen von der Untreue seiner Gemahlin berichtet

haben. Verzeiht mir, Komtesse! Ich will Fabian gerade vor Euch nicht in schlechtes Licht rücken, doch er und Stephanie sind sich in Pilsen näher gekommen, als Graf Harlau es gutheißen kann.«
Um Irmelas Lippen zuckte ein schmerzhaftes Lächeln. »Ihr braucht Euch nicht zu entschuldigen, Herr von Gibichen. Fabians Schwächen sind kein Geheimnis für mich.«
»Und doch wollt Ihr ihn heiraten?«, platzte es aus Gibichen heraus.
Irmela drehte die Handflächen zum Himmel. »Da ich Fabians Charakter kenne, vermag ich mich mit ihm zu arrangieren.«
»Ich verstehe!«, antwortete Gibichen wahrheitswidrig, schüttelte innerlich jedoch den Kopf. Nur Gott mochte wissen, was in den Frauen vorging. Er konnte nur annehmen, dass Irmela so sehr in Fabian verliebt war, dass sie bereit war, all seine Fehler in Kauf zu nehmen. Da er ihr alles Glück der Welt wünschte, musste er ihr Fabian heil zurückgeben. Also galt es, so viel wie möglich über Burg Harlau und ihre Bewohner in Erfahrung zu bringen. Irmelas Gesellschafterin konnte ihm vielleicht dabei helfen. »Ihr glaubt also, wir könnten Heimsburg vertrauen?«
Dionysia von Kerling zögerte kurz, machte die Pause aber durch heftiges Nicken wett. »Davon bin ich überzeugt.«
»Wäret Ihr bereit, ihm einen Brief zu schreiben, in dem Ihr ihn um Unterstützung bittet?«
»Die er uns ganz bestimmt gewähren wird«, spottete Fanny, die Heimsburgs niederträchtiges Verhalten nicht vergessen hatte.
Irmela befahl ihr zu schweigen. »Wir haben keine andere Wahl«, sagte sie mit einem Unterton, der ihre Abneigung gegen den Mann verriet. »Nur sollten wir nicht allein auf Heimsburgs guten Willen bauen, sondern ihm eine Belohnung versprechen, falls er uns hilft, Fabian und Stephanie zu befreien.«

»Das werde ich ihm schreiben!« Dionysia von Kerling flehte in Gedanken die Himmelsmutter an, Heimsburg den rechten Weg zu weisen. Der, auf dem er sich jetzt befand, würde ihn unweigerlich ins Verderben führen.

V.

Nachdem die Vertrauten des Grafen ihm nur allzu deutlich gezeigt hatten, dass er auf Harlau nicht das Geringste zu sagen hatte, pflegte Hauptmann Heimsburg zunächst einmal seinen verletzten Stolz. Er war gewohnt, unter Kameraden zu sein, sich die Zeit mit Karten- und Würfelspiel zu vertreiben, und zu der Ungewissheit über sein Schicksal quälte ihn auch die Langeweile. Wenn das Wetter es zuließ, hockte er im Windschatten des Torturms auf der Burgmauer und starrte auf die Donau hinab, die sich wie ein breites Band um den Hügel schlang und sich stromab in mehrere Arme aufteilte, die kleine, buschbewachsene Inseln umschlossen.

Heimsburg beneidete das Wasser, das frei fließen konnte, während er hier gefangen saß, auch wenn ihn keine Gitter oder Fesseln einschnürten. Es war auch kein Trost, dass es Leutnant Birkenfels und der Gräfin, die tief unten im Fels eingesperrt waren, noch schlechter ging. Harlau würde auch ihn wohl kaum am Leben lassen. Doch statt sich selbst zu bedauern, musste er an das Kind denken, mit dem die Gräfin schwanger ging. Das unschuldige, kleine Wesen war der Rache des gehörnten Ehemanns ebenso ausgeliefert wie die untreue Ehefrau und deren Liebhaber. Angesichts dieser Entwicklung war sein Streit mit Fabian von Birkenfels nicht mehr von Bedeutung. Wenn Harlau nicht vor einem Mord an seiner Frau und dem Kind zurückschreckte, würde er auch sämtliche Mitwisser beseitigen.

Bald drehten Heimsburgs Überlegungen sich weniger um die Frage, wie er von hier entkommen konnte, als vielmehr darum, auf welche Weise Harlau ihn für den Dienst, den er ihm erwiesen hatte, belohnen wollte. Würde es ein Stich in den Rücken sein? Ein starkes Gift? Oder ein fingierter Unfall, bei dem er in der Donau ertrank? Eines wusste er gewiss: Er würde nicht wie ein Schaf hier warten, bis man ihn zur Schlachtbank führte. Mit einem Mal lachte er auf. Es wäre die gerechte Strafe für Harlaus Arroganz und seine Menschenverachtung, wenn er von hier floh und die beiden anderen Opfer mitnahm. Zuerst tat er die Idee noch als Ausfluss seines Zorns ab, doch dann nahm sie mehr und mehr Gestalt an.

Während er sich allerlei Pläne zurechtlegte, wie er den Kerkerwächter der beiden Gefangenen übertölpeln konnte, sah er einen Bauernknecht mit zwei Eseln den Weg zur Burg heraufkommen. Schon bald erkannte er Kiermeiers ehemaligen Burschen, den er schon zwei- oder dreimal hier in der Burg gesehen hatte, ohne ihn an die anderen zu verraten. Was für einen Grund mochte Paul haben, sich hier herumzutreiben? Wusste der Kerl, was hier vorging, oder suchte er nur nach einem Weg, Harlau für den Tod seines Herrn büßen zu lassen? Leute wie ihn, die mit hündischer Treue an ihren Herren hingen, gab es im Heer immer wieder. Stieß ihren Offizieren etwas zu, versuchten sie, diese zu rächen, und gingen dabei oft in den Tod. Er konnte nur hoffen, dass der Mann so vernünftig war, sich mit einer Gefangenenbefreiung zu begnügen, und auch bereit sein würde, mit ihm zusammenzuarbeiten.

Heimsburg wartete, bis Paul seine widerspenstigen Tragtiere die letzte Wegkehre hinaufgezerrt hatte, verließ dann seinen Aussichtsposten und stieg in den Burghof hinab. Er erreichte das Tor im selben Augenblick, als die kleine Eselskarawane es passierte.

»Hat Er den Wein dabei, Kerl?«, brüllte er.

Paul deutete eine ungeschickte Verbeugung an und wies auf zwei

kleine Fässer, die an der Seite des vorderen Esels hingen. »Sehr wohl, edler Herr! Ich habe alles heraufgebracht, was ein hochwohlgeborener Herr wie Ihr benötigt.«
Ein Unterton in Pauls Stimme ließ Heimsburg aufhorchen. Er trat näher und tat so, als begutachte er die Traglast der Esel. In dem Augenblick spürte er, wie Paul ihm etwas in die Tasche steckte.
»He, rede nicht mit dem Kerl!« Einer von Harlaus Getreuen kam heran und stieß Heimsburg rüde beiseite. Der beherrschte sich mühsam, ging ein Stück weg und schob die Hand in seine Rocktasche, wo er ein zusammengefaltetes Papier erspürte. Sein Pulsschlag beschleunigte sich, und er musste sich zwingen, es nicht auf der Stelle herauszuziehen und zu lesen.
»Ich habe nur gefragt, ob der Bursche Wein dabeihat!«, maulte er und verließ scheinbar beleidigt den Burghof. In seiner Kammer schob er den Riegel vor, holte die Nachricht hervor und erbrach das Siegel. Als er Frau von Kerlings Handschrift erkannte, seufzte er enttäuscht, denn er vermutete, die Dame wollte nur ihrem Unwillen über die unwürdige Behandlung hier am Tor Ausdruck geben. Diese Annahme verflog jedoch schon bei den ersten Zeilen, und als er das Blatt sinken ließ, starrte er eine Weile blicklos gegen die Wand.
»Irmela!«, sagte er und lauschte dem Klang des Namens. Dabei griff er sich unwillkürlich an die Narbe auf seiner Brust, die von Zeit zu Zeit schmerzhaft zuckte. Die Tatsache, dass er noch lebte, hatte er weniger der Nachsicht dieses Mädchens als der Raffgier eines Heereslieferanten zu verdanken. Das Schießpulver in seiner Pistole hatte aus ein wenig mit Schwefel und Salpeter vermischter Holzkohle bestanden und der Kugel nicht die Kraft verleihen können, seine Rippen zu durchschlagen.
Die Komtesse Hochberg musste ihn glühend hassen, und dennoch machte sie ihm über Frau von Kerling das Angebot, sich gegen eine angemessene Belohnung auf ihre Seite zu schlagen.

Heimsburg fragte sich zwar, an welche Summe sie dachte, aber genau genommen war er in seiner Situation bereit, für einen Beutel voller Dukaten dem Teufel seine Seele zu verkaufen.

»Ich tue es!« Erregt lief er die fünf Schritte, die seine Kammer im Geviert maß, hin und her. Ihm war klar, dass es nicht einfach sein würde, Irmelas Leute in die Burg zu holen und mit ihrer Hilfe Harlaus Knechte auszuschalten. Als Erstes musste er unbemerkt mit Paul Kontakt aufnehmen. Zu seinem Ärger standen ihm weder Tinte noch Papier zur Verfügung. Zwar besaß er eine alte Feder, die er irgendwann in sein Marschgepäck gesteckt hatte, doch die half ihm nicht viel.

Dann erinnerte er sich daran, dass er bereit gewesen wäre, auch mit dem Teufel zu paktieren, und lachte auf. Der höllische Herr schrieb mit Blut – das konnte er auch. Rasch drehte er Frau von Kerlings Schreiben um, entfernte die Reste des Wachses mit dem Messer und schnitt sich dann in den Ringfinger der linken Hand. Er sah das Blut herausperlen, tauchte die Schreibfeder hinein und legte in wenigen Worten seinen Plan dar.

Nachdem die Schrift getrocknet war, faltete er das Papier zusammen und steckte es in seine Tasche. Dann wickelte er einen Leinenstreifen um seinen blutenden Finger und verließ die Kammer. Als er auf den Hof trat, entdeckte er Paul, um den sich Harlaus Vertraute geschart hatten. Die Männer des Grafen durften die Burg ebenso wenig verlassen wie er und lauschten daher begierig den Neuigkeiten, die der Knecht zu erzählen wusste.

»Wo ist der Wein?« Heimsburg drängte sich zwischen den Knechten durch und griff nach einem der Fässchen, die Paul auf den Boden gestellt hatte.

»Finger weg! Oder glaubst du, du könntest ein Fass für dich allein haben?«, schalt einer der Burgknechte.

»Von einem wie dir lasse ich mir nichts sagen!« Heimsburg spie aus und wandte dem Bediensteten verächtlich den Rücken zu.

Paul sah, wie der Mann die Faust hob, um den Hauptmann von hinten niederzuschlagen, und schob rasch einen seiner Esel zwischen die beiden. »He, du Vieh, willst du wohl stillhalten«, schimpfte er dabei.
Heimsburg, der zwischen die beiden Tiere geraten war, erkannte seine Chance. Die Deckung des Esels nutzend zog er den Brief aus der Tasche und schob ihn unter den leeren Tragsattel. Wenn Paul das Tier ausschirrte, musste er die Nachricht finden. Den gleichen Trick hatte er schon Hunderte Male beim Kartenspielen benutzt, und er war froh, seine Geschicklichkeit noch nicht verloren zu haben.
Paul schien trotzdem etwas bemerkt zu haben, denn er drängte zum Aufbruch. »Mein Bauer wird sich schon fragen, wo ich geblieben bin«, erklärte er mit einem missratenen Lachen und zog seine Esel mit einem »Gott befohlen« auf das Tor zu.
Heimsburg sah zu, wie einer der Knechte ihm folgte, und befürchtete schon das Schlimmste, doch der Mann tippte Paul nur an und forderte ihn auf, ihm beim nächsten Mal einen Laib von dem Käse mit Brennnesseln und Thymian mitzubringen, den eine der Bäuerinnen herstellte.
»Das tu ich gerne!« Paul atmete auf, als das Tor hinter ihm zurückblieb. Nach einer Weile gab er vor, die Riemen der Tragsättel kontrollieren zu müssen, und entdeckte Heimsburgs Brief. Er steckte ihn jedoch erst ein, als ihn niemand mehr von oben beobachten konnte.

VI.

*I*rmela hob mit einer energischen Bewegung den Kopf und reichte den Brief an Gibichen weiter. »Heimsburg ist bereit, uns zu helfen!«
»Wie es aussieht, scheint er selbst Hilfe zu benötigen. Er hat

die Zeilen wohl mit seinem Blut schreiben müssen, und Pauls Worten zufolge ist er nicht mehr als ein Gefangener auf der Burg. Trotzdem dürfte seine Unterstützung wertvoll für uns sein.«

»Ohne ihn können wir wahrscheinlich gar nichts ausrichten.« Irmela atmete tief durch, als stände sie schon vor den Mauern von Burg Harlau, und reichte Abdur den leeren Becher.

Aus einer Laune heraus streckte Fanny dem Mohren ebenfalls ihren Becher hin. »Du kannst auch mir eingießen, Aschegesicht.«

Irmela drehte sich um, packte ihre Zofe und holte aus, um sie zu ohrfeigen. »Was habe ich dir gesagt? Wenn du im Guten nicht hören willst, kann ich auch anders mit dir umspringen!«

Bevor sie zuschlagen konnte, hielt Abdur ihren Arm fest. »Verzeiht mir, Herrin, aber ich bitte Euch, es nicht zu tun. Es würde mich schmerzen, wenn Ihr Fanny meinetwegen schlagt. Sie ist Euch zutiefst ergeben, und ich will nicht, dass ein Schatten auf ihre Treue fällt.«

Fanny hatte ihre Worte bereits bereut, als sie ihre Lippen verlassen hatten, und war erschrocken, wie harsch Irmela reagierte. Jetzt sah sie Abdur beschämt an. »Ich danke dir. Du weißt ja, dass ich es nicht böse meine. Eigentlich will ich dich nicht kränken ...« Sie brach ab und senkte den Kopf, damit niemand ihre Tränen sah.

Irmela befreite ihre Hand aus Abdurs Griff und blickte den jungen Mann zornig an. In seinen Augen las sie jedoch die Bereitschaft, jede Strafe für sein ungebührliches Verhalten auf sich zu nehmen, und begnügte sich mit einem ärgerlichen Schnauben. Ohne sich weiter um ihre beiden Bediensteten zu kümmern, wandte sie sich Gibichen zu.

»Heimsburg fordert uns auf, rasch zu handeln. Sind wir in der Lage, übermorgen Nacht in die Burg einzudringen und die Ge-

fangenen zu befreien? Können wir ihm überhaupt trauen? Wir lassen uns auf ein sehr gefährliches Spiel ein!«
»Bestimmt können wir ihm trauen!«, warf Dionysia von Kerling ein.
Gibichen nickte. »Das denke ich auch! Wie Ihr selbst gesagt habt, ist es die einzige Möglichkeit, Fabian und der Gräfin zu helfen. Wir dürfen nicht vergessen, dass niemand Harlau anklagen wird, wenn er seine untreue Gemahlin und deren Liebhaber bestraft. Die meisten werden es als gerecht empfinden.«
Irmela fuhr so wütend herum, dass Wein aus ihrem Becher spritzte und Gibichen Hemd nässte. »Ist es gerecht, ein hochschwangeres Weib in einem feuchten, stinkenden Loch bei ewiger Dunkelheit einzusperren? Allein wenn ich daran denke, packt mich der Zorn, und ich könnte Harlau genauso niederschießen, wie ich es bei Heimsburg getan habe!«
Gibichen hob scheinbar erschrocken die Arme. »Werte Komtesse, Ihr pflegt eine gewisse Blutrünstigkeit, die einem Weib schlecht ansteht!«
»Und Ihr gefallt Euch darin, den Narren zu spielen, während wir wichtige Dinge zu besprechen haben!« Bevor Irmela wusste, was sie tat, fuhr ihre Rechte auf Gibichens Wange nieder. Noch während das klatschende Geräusch der Ohrfeige zu hören war, riss sie erschrocken die Augen auf und presste dann beide Hände auf den Mund.
»Bei Gott, das wollte ich nicht!«
Ihr Opfer betastete mit übertriebenen Gesten die getroffene Stelle und grinste. »Für eine ungewollte Ohrfeige war diese aber kräftig genug, mich wünschen zu lassen, nie eine mit voller Absicht von Euch zu erhalten.« Gibichen trat dabei vorsichtshalber einen Schritt zurück, denn er war nicht sicher, ob Irmela erneut zuschlagen würde.
Sie hatte sich inzwischen jedoch beruhigt und kämpfte gegen

ihre Tränen an. »Es tut mir leid. Ich kann Euch nur um Verzeihung bitten.«
Bevor Gibichen etwas entgegnen konnte, mischte Fanny sich ein. »Ich hoffe, Ihr seid auch so hart wie eben, wenn Ihr dieser Helene gegenübersteht, Komtesse. Die hat Ohrfeigen mehr verdient als der Hauptmann.«
»Aber die Dame würde nach allem, was ich von ihr gehört habe, zurückschlagen. Das ist mir als Edelmann natürlich verwehrt.« Gibichen genoss es, Irmela ein wenig zu necken, wurde aber rasch wieder ernst.
»Was mich bedrückt, ist die Tatsache, dass Heimsburg unsere Möglichkeiten zu überschätzen scheint. Wir werden Euren Kutscher, dessen Gehilfen und die beiden Reiter wohl kaum dazu bringen, des Nachts in eine fremde Burg einzudringen und notfalls deren Besatzung niederzumachen. Also bleiben Paul, Abdur und ich. Wir können nur hoffen, dass Heimsburg in der Lage ist, uns heimlich in die Burg zu schmuggeln. Mit ihm wären wir zu viert und hätten sechs waffenfähige Knechte gegen uns.«
»Ich will kein Blutvergießen!«, rief Irmela erregt aus. »Außerdem werden wir zu fünft sein. Ich komme nämlich mit!«
»Ein Küken, das gegen sechs erwachsene Hähne streiten will«, spöttelte Gibichen, hob aber gleichzeitig den Arm, um einen Schlag abfangen zu können.
Irmela blickte ihn jedoch nur hochmütig an. »Ich will Euch darauf hinweisen, Herr Hauptmann, dass dieses Küken Euch vorhin ganz kräftig geohrfeigt hat. Außerdem weiß ich mit Pistolen umzugehen.«
»Ich dachte, Ihr wollt kein Blutvergießen, Komtesse!« Gibichen verschränkte die Arme vor der Brust und versuchte, Irmela von oben herab anzusehen. Doch er konnte sie nicht beeindrucken.
»Ich komme mit! Stephanie ist hochschwanger und wird eine Frau brauchen, die ihr hilft.«

Das Argument überzeugte Gibichen, auch wenn sich alles in ihm sträubte, Irmela in Gefahr zu bringen. Am liebsten hätte er ihr befohlen, sich die nächsten anderthalb Tage nicht aus ihrer Kammer zu rühren, doch er wusste genau, dass er sie würde einsperren und festbinden müssen, um sie am Mitkommen zu hindern. Davor schreckte er nun doch zurück.
»Also gut. Ihr werdet allerdings andere Kleider anziehen.«
Irmela strahlte auf. »Selbstverständlich werde ich ein Kleid anziehen, das besser geeignet ist als dieses!« Sie dachte dabei an den festen Wollrock und die gewirkte Jacke, die sie für Spaziergänge mitgenommen hatte.
Gibichen schüttelte nun feixend den Kopf. »Nichts da! Ihr werdet Hosen anziehen wie ein Mann. Meine dürften Euch zwar zu groß sein, doch die, die der Sohn der Wirtin trägt, werden Euch passen.«
Irmela schnappte nach Luft und tippte sich dann an die Stirn. »Ihr seid verrückt, vollkommen verrückt!«
»Ein Zustand, den ich mit Euch teile. Entweder Ihr zieht Hosen an, oder Ihr bleibt hier. Wenn Ihr Gräfin Stephanie beistehen wollt, dürft Ihr nicht mit Euren Rocksäumen an Wurzeln oder Ästen hängen bleiben. Wir werden sehr schnell sein müssen, meine Gute, um aus der Burg heraus in unsere Kutsche zu kommen, und dann bleibt uns nur die Hoffnung, dass wir nicht zu rasch verfolgt werden.«
»Das ist wohl richtig.« Allein der Gedanke, sich in einer unschicklichen Gewandung zeigen zu müssen, trieb Irmela die Röte ins Gesicht. Dann aber sagte sie sich, dass nur wenige Leute sie so sehen würden. Es galt, Fabian das Leben zu retten, und da musste ihr jedes Mittel recht sein. Bei dieser Erkenntnis lächelte sie wieder. »Übermorgen Nacht werden wir Stephanie und Fabian befreien!«
»Bis dorthin solltet Ihr zur Himmelsjungfrau beten, damit sie

uns hilft. Wir werden ihren Beistand und den aller Heiligen benötigen!« Gibichen schnaufte tief durch und sagte sich, dass er wirklich der Narr war, als den Irmela ihn bezeichnet hatte. Kein vernünftiger Mann würde ein Mädchen wie sie auf ein so gefährliches Abenteuer mitnehmen.

VII.

Als Heimsburg die mit vier Pferden bespannte Kutsche sah, die sich von einem Dutzend Reiter eskortiert die Auffahrt zur Burg hochquälte, hätte er seine Enttäuschung am liebsten weit über das Land gebrüllt. Er brauchte nicht zu warten, bis er das Wappen auf dem Schlag erkennen konnte, um zu wissen, dass es sich um Harlau und dessen Männer handelte. Seit Harlau seine Gemahlin vor gut zwei Monaten hierhergebracht und eingesperrt hatte, war er nicht mehr hier gewesen. Doch ausgerechnet an diesem Abend, nur wenige Stunden bevor Gibichen und seine Männer die Gräfin, Birkenfels und damit auch ihn befreien wollten, musste der Graf hier auftauchen.

In seiner ersten Verzweiflung überlegte Heimsburg, ob er Harlau von der geplanten Befreiungsaktion berichten und so tun sollte, als hätte er Fabians Freunden eine Falle gestellt. Da Harlaus Getreue in der Burg jedoch nichts davon wussten, war es dafür zu spät. Außerdem würde es an seiner eigenen Situation nicht das Geringste ändern, denn auch in dem Fall wäre er für den Grafen nicht mehr als ein höchst überflüssiger Zeuge.

Als das Tor geöffnet wurde und die Kavalkade einritt, trat der Anführer der Burgknechte auf die Kutsche des Grafen zu und öffnete den Schlag.

Harlau stieg mit angespannter Miene aus. »Ich hoffe, meine Gemahlin und ihr Gast befinden sich wohl!«

Die Ironie in seiner Stimme war nicht zu überhören. Die Zeit, die seit der Einkerkerung der Gräfin vergangen war, mochte den heißesten Zorn des Grafen gedämpft haben, aber nicht seine Rachegelüste. Das zeigte sich deutlich, als er den Palas betrat. Er griff sofort nach einer Laterne und stieg noch in Reisekleidung die Treppe hinab, die zu den Vorratsräumen und weiter zum Kerker führte. Heimsburg war ihm wie die Knechte bis zum Treppenabsatz gefolgt und zwischen den Männern stehen geblieben, so als gehöre er dazu.
Nach ein paar Stufen drehte der Graf sich lächelnd zu ihm um. »Wollt Ihr Euren Feind nicht in seinem Elend sehen?«
Heimsburg fragte sich, ob Harlau ihn in eine Falle locken wollte, um ihn ebenfalls unten einzukerkern. Wohl oder übel musste er dessen Spiel mitmachen, und während er mit stockenden Schritten in die Tiefe stieg, nahm er sich vor, auf der Hut zu sein.
Der Graf sprühte schier vor guter Laune, witzelte über die beiden Gefangenen und schlug Heimsburg lachend auf die Schulter. »Ob die zwei es mir danken werden, dass ich ihnen die Gelegenheit gegeben habe, zusammen zu sein? Oder werden wir sie nach all den Wochen zermürbt und in bittere Feindschaft verfallen vorfinden?«
Heimsburg schüttelte es innerlich, doch da Harlau auf Antwort zu warten schien, verzog er die Lippen zu etwas, das einem Grinsen ähnlich kommen sollte. »Wahrscheinlich werden sie einander herzlich überdrüssig geworden sein!«
»Das nehme ich auch an!« Der Graf legte die letzten Stufen zurück und begrüßte den Wärter. »Nun, mein Guter, hast du brav auf meine Gäste achtgegeben?«
Der Kerkermeister nickte mit unbewegter Miene. »Die Metze und ihr Liebhaber leben beide noch!«
»Vorsicht, mein Guter! Ich wünsche in Bezug auf meine geliebte Gemahlin keine solchen Ausdrücke zu vernehmen!«

Harlaus Worte klangen so scharf, dass der Mann den Kopf einzog. »Verzeiht, Erlaucht! Es soll nicht wieder vorkommen.«
Harlau brachte ihn mit einer Handbewegung zum Schweigen. »Öffne die Tür und bring Licht!«
Der Wärter zündete eine Fackel an und zog hastig die Riegel zurück. Heimsburg hielt sich hinter Harlau, der seinem Knecht in den Kerker folgte. Drinnen roch die Luft frischer, als es zu erwarten gewesen war. Fabian und Stephanie hatten sich an die hintere Wand zurückgezogen und hielten sich mit je einem Arm umschlungen, während sie mit der freien Hand die Augen vor der plötzlichen Helligkeit zu schützen suchten.
Diese vertraute Haltung erbitterte Harlau, und er hob die Faust, als wolle er die beiden niederschlagen. Fabian schob Stephanie hinter sich und machte Miene, sie zu verteidigen.
Harlau stieß einen Fluch aus, der Stephanie zusammenzucken ließ, trat aber nicht weiter auf seine Gefangenen zu, sondern blieb mitten im Raum stehen. »Welch ein rührendes Bild! Mein Weib schiebt einen so dicken Bauch vor sich her, dass es sich kaum mehr zu rühren vermag, und ihrem Galan sieht man den Lumpen an, der er schon immer war. Ich hoffe, ihr beiden habt euch gut unterhalten.«
Stephanies Augen hatten sich inzwischen an das Licht gewöhnt. Nun trat sie vor und blickte ihrem Ehemann direkt in die Augen. »Mein Herr Gemahl, bitte hört mich an. Ich mag gefehlt haben, und Ihr seid zu Recht zornig auf mich. Aber lasst Eure Wut bitte nicht an dem unschuldigen Kind aus, das ich unter dem Herzen trage.«
»Glaubt Ihr etwa, ich würde diesen Sündenbalg aufziehen und sogar als meinen Sohn und Erben anerkennen? O nein, meine Liebe! Andere mögen sich vielleicht mit einem Kuckuck in ihrem Nest abfinden – ich tue es gewiss nicht.«

»Dann gebt das Kind zu braven Leuten, die es als ihr eigenes aufziehen«, flehte Stephanie ihn an.
Harlau begann zu lachen. »Um mich angreifbar oder gar erpressbar zu machen? Ihr phantasiert, meine Liebe! Ich habe mich in Wien von Seiner Majestät mit den Worten verabschiedet, der Geburt meines Erben beiwohnen zu wollen, und in Kürze werde ich als trauernder Witwer in die Kaiserstadt zurückkehren und berichten, dass weder Ihr noch mein Kind die Geburt überlebt hätten.«
Stephanie sah Harlau erschrocken an. »Sollen das Kind und ich auf ewig in diesen Mauern eingesperrt sein?«
Das Lachen ihres Ehemanns hallte nun misstönend von den Wänden des Kerkers wider. »Ich habe mich wohl nicht deutlich genug ausgedrückt. Genau wie der Bastard in Euch werdet Ihr die Geburt nicht überleben, es sei denn, Ihr tötet dieses Kind mit eigenen Händen, und zwar vor meinen Augen.«
»Ihr seid ein Scheusal!«, schrie Fabian auf und machte Miene, auf den Grafen loszugehen.
Harlau zog seinen Degen und grinste. »Es ist mein Recht, mit meiner Gemahlin so zu verfahren, wie es mir beliebt, und nach Euch wird kein Hahn krähen. Doch ich mache Euch einen Vorschlag, Birkenfels. Ich lasse Euch am Leben, wenn Ihr dieses Weib und den Bankert, den sie werfen wird, in meiner Gegenwart erwürgt.«
Fabian stieß einen Schrei aus und stürmte trotz des drohenden Degens auf den Grafen zu. Dieser hob bereits die Waffe zum Stoß, doch Heimsburg sprang vor und rammte Fabian beide Fäuste in den Leib.
»Verdammter Hund! Ein solcher Tod wäre zu gut für dich!«, schrie er ihn an und trat wieder hinter den Grafen zurück.
Dieser wandte sich mit säuerlicher Miene zu ihm um. »Was soll das? Ich hätte diesem Kerl liebend gerne meine Klinge zu kosten gegeben!«

Heimsburg hob beschwichtigend die Hände. »Erlaucht, damit hättet Ihr Birkenfels doch nur einen Gefallen erwiesen. Er soll zusehen, wie dieses Weib ihr Kind zur Welt bringt und dabei krepiert!«
»Damit habt Ihr recht. Vielleicht bringt Birkenfels das Weib doch noch um, damit er selbst am Leben bleiben kann. Ich schwöre, dass ich in diesem Fall keine Hand an ihn legen werde.« Mit diesen Worten drehte Harlau sich um und verließ den Kerker.
Heimsburg trat schnell in den Vorraum, bevor der Kerkermeister die Zelle verlassen konnte, und sah aufatmend zu, wie der Mann die Türe schloss und die Riegel vorlegte. Ein toter oder verletzter Birkenfels wäre seinen Plänen nicht gerade dienlich gewesen, denn er nahm an, dass Irmela von Hochberg vor allem an dem Mann gelegen war. Heimsburg konnte zwar nicht abschätzen, ob in dieser Nacht ein Fluchtversuch möglich war, aber er war bereit, das Äußerste zu wagen.

VIII.

In den nächsten Stunden saß Heimsburg wie auf glühenden Kohlen. Der Graf speiste mit ihm zu Abend und ergötzte sich daran, ihm mitzuteilen, auf welche Weise er seine Gefangenen umbringen wollte. Heimsburg wusste aus eigener Erfahrung, auf welch widerwärtige Weise Menschen gequält werden konnten, doch Harlaus Phantasie übertraf alles, was er bisher gehört oder gesehen hatte. Überdies ging der Graf davon aus, dass sein Gast nicht nur zuschauen, sondern die Drecksarbeit für ihn erledigen würde.
Lachend hob er ihm den Weinbecher entgegen. »Auf Euer Wohl, Heimsburg! Ihr seid genau der Mann, den ich brauche. Da ich alles tun muss, um einen Skandal zu vermeiden, darf ich keinen

Foltermeister holen. Ihr werdet ihn trefflich ersetzen. Birkenfels muss leiden wie noch kein Mensch vor ihm, während mein Weib neben ihm ohne Hilfe niederkommt und dabei verendet wie ein Tier.«

Heimsburg sagte sich, dass Harlaus Geist aus den Fugen geraten sein musste, korrigierte seine Meinung jedoch sofort wieder. Der Verstand des Grafen hatte wahrscheinlich weniger gelitten als sein Stolz. Von sich und seiner Rolle am kaiserlichen Hof überzeugt, vermochte er die Demütigung, die seine Gemahlin ihm durch die Liebschaft mit einem schlichten Leutnant zugefügt hatte, nur zu verwinden, indem er sich zum Richter über Leben und Tod aufschwang.

Da Heimsburg noch in dieser Nacht zu entkommen hoffte, stimmte er ihm scheinbar freudig zu. »Ihr werdet mit mir zufrieden sein, Erlaucht, denn ich werde Birkenfels auch für all das bezahlen lassen, was er mir angetan hat.«

»Ich wusste von Anfang an, dass Ihr der richtige Mann für diese Aufgabe seid.« In Harlaus Worten schwang Verachtung.

Heimsburg war durchaus bewusst, dass der Graf ihn für eine Kreatur ohne Ehre hielt, und dachte an das dumme Gesicht, das Harlau nach dem Verschwinden seiner Gefangenen machen würde. Dabei spielte ein Lächeln um seine Lippen.

Harlau glaubte, sein Gegenüber freue sich darauf, den Liebhaber seiner Frau zu Tode zu quälen, und grinste amüsiert. Nach dem Ende der beiden im Kerker würde er an Heimsburg nicht mehr Gedanken verschwenden als an eine Laus, die man zerknackt.

Ein Blick auf die Standuhr, die sich an der Wand des kärglich eingerichteten Raumes befand, zeigte dem Grafen, wie spät es bereits geworden war.

»Es wird Zeit, zu Bett zu gehen«, sagte er und erhob sich.

Heimsburg stand so hastig auf, dass der Stuhl nach hinten fiel und das Poltern sich mit dem Schlag der Uhr mischte. Irmelas Leute mussten sich bereits auf dem Weg zur Burg befinden. »Ich werde mich auch hinlegen. Wenn ich Birkenfels schinden soll, brauche ich all meine Kraft!«

»Und ob Ihr ihn schinden sollt, mein Guter!« Harlau kicherte hämisch und befahl seinem Kammerdiener, ihm den Weg in sein Schlafgemach auszuleuchten.

Heimsburg nahm einen Kerzenständer zur Hand, als wolle auch er sich in seine Kammer begeben. Auf halbem Weg hielt er die Flamme in den Luftzug, so dass sie verlöschte, und blieb lauschend stehen. Außer dem Trippeln einer Maus war kein Geräusch zu vernehmen. Wahrscheinlich waren die Begleiter des Grafen von der Reise erschöpft und hatten sich den Wein einverleibt, den Paul heraufgebracht hatte. Die Burgknechte hatten gewiss wacker mitgehalten, und daher würde höchstens ein Mann Wache halten.

Heimsburg tastete sich an der Wand entlang zur Treppe und stieg vorsichtig ins Erdgeschoss hinab. Das Eingangstor des Palas war wie gewohnt unverschlossen, da die Knechte beim Wachwechsel nicht die schweren Eisenriegel beiseite schieben wollten, die trotz allen Einfettens durchdringend kreischten. Als er ins Freie trat, hielt er nach dem Nachtwächter Ausschau, der eben seine Runde machte.

Die Dunkelheit verbarg Heimsburg, erwies sich aber auch als Hindernis, da er sich an der Mauer entlangtasten musste, um die Wachkammer zu finden. Zu seiner Erleichterung erreichte er sie, bevor der Wächter von seinem Kontrollgang zurückkehrte, und versteckte sich hinter der Tür. Jetzt bedauerte er es, seinen Pallasch nicht aus der Kammer geholt zu haben, denn ein sauberer Hieb wäre ihm lieber gewesen, als den Mann mit bloßen Händen angehen zu müssen. Aber ihm blieb keine Zeit mehr, sich zu bewaffnen, denn Paul und seine Freunde würden bald da sein. Zum Glück für seine überreizten Nerven hörte er den Wächter kommen und drückte sich gegen die Wand hinter der Tür.

Der Kerl darf nicht schreien oder gar Alarm schlagen, fuhr es ihm durch den Kopf, und als der Knecht die Tür aufstieß und hereinstapfte, trat er hinter den Mann. Bevor der begriff, was geschah, legte er ihm die Hände um den Hals und drückte zu. Der Wächter versuchte noch, seinem Angreifer die kleinen Finger zu brechen, damit dieser loslassen musste, erschlaffte aber bald.

Heimsburg wartete, bis der Mann sich nicht mehr rührte, und ließ ihn zu Boden sinken. Er empfand keine Reue über diesen Mord, sondern eine gewisse Befriedigung. Schließlich hatte dieser Knecht ihn am meisten getriezt und verspottet. Nun musste er den Leichnam so beseitigen, dass niemand Verdacht schöpfte. Mit einem raschen Griff hob er die Laterne des Wächters auf, die zu erlöschen drohte, und stellte sie auf den Tisch. Dabei entdeckte er einen halbleeren Weinkrug, der ihn auf eine Idee brachte. Er leerte den Inhalt über dem Toten aus, schleppte diesen die Turmtreppe hinunter in einen abgelegenen Winkel und legte ihn dort so hin, als wäre der Mann im Rausch von der Mauer gefallen und hätte sich bei dem Sturz das Genick gebrochen.

Danach eilte er in die Wachkammer zurück, nahm die Laterne an sich und öffnete die Fußgängerpforte im Tor. Einen Augenblick später trat Gibichen aus dem Dunkel.

»Endlich! Ich dachte schon, Ihr hättet uns verraten!«

Heimsburg kniff die Lippen zusammen, denn jedes Wort, das ihm einfiel, hätte einen heftigen Streit ausgelöst. Stattdessen musterte er die Männer, die Gibichen mitgebracht hatte. Paul kannte er, und Abdur hatte er in Pilsen gesehen, doch bei dem kleinen, schmalen Kerl, der in weiten Hosen und einer verschos-

senen Weste steckte, dauerte es eine Weile, bis er Irmela erkannte. Beinahe hätte er höhnisch aufgelacht. Mit so wenigen Leuten und noch dazu mit einem hilflosen Mädchen wollte Gibichen seinen Freund und die Gräfin befreien? Dann aber ging ihm auf, dass sich die Situation durch Harlaus Erscheinen grundsätzlich geändert hatte. Jeder Versuch, die Gräfin und Birkenfels mit Gewalt zu befreien, war nun von vornherein zum Scheitern verurteilt. Die paar Männer der Burgbesatzung hätten sie niedermachen können, doch mit Harlaus Begleitern war nicht zu spaßen. Wenn sie etwas erreichen wollten, würde ihnen nichts anderes übrig bleiben, als so leise zu sein wie Mäuse in der Speisekammer.
»Vorsicht, Freunde! Graf Harlau ist heute angekommen. Wir sollten seine Nachtruhe nicht stören.« Heimsburg kicherte leise, als hätte er einen amüsanten Witz erzählt, und winkte den vieren, ihm zu folgen. Die Tür zum Palas stand noch offen, und sie erreichten ungesehen die Treppe.
»Wir müssen Harlaus Kerkermeister zum Schweigen bringen, bevor er Alarm schlagen kann«, raunte Heimsburg Gibichen zu.
Dieser nickte und zog seine Pistole.
Heimsburg griff sich an den Kopf. »Seid Ihr verrückt? Wenn Ihr dort unten die Waffe abfeuert, dröhnt es wie ein Kanonenschuss.«
»Ich will damit nicht schießen, sondern zuschlagen«, raunte Gibichen ihm zu. Da Heimsburg nicht sofort weiterging, nahm er ihm die Laterne aus der Hand und reichte sie Irmela.
»Hier, damit Ihr wenigstens zu etwas nütze seid!«
»Laffe!«, fauchte sie leise zurück.
Heimsburg betete stumm, dass der Wärter ebenfalls schlief, und es war, als habe der Himmel ihn erhört. Der Mann öffnete zwar noch die Lider, als der Schein der Lampe auf ihn fiel, doch bevor

er einen Laut von sich geben konnte, schlug Gibichen mit aller Kraft zu. Der Mann sackte in sich zusammen und blieb regungslos liegen.

Irmela sah Gibichen erschrocken an. »Hoffentlich habt Ihr ihn nicht erschlagen.«

»Doch, das habe ich. Wollt Ihr, dass er zu sich kommt und uns den Grafen und dessen Leute auf den Hals hetzt?«, gab Gibichen verärgert zurück und wies Paul an, die Kerkertür zu öffnen.

Heimsburg blieb ein wenig zurück, denn er kämpfte mit der Vorstellung, Birkenfels habe Harlaus Versprechen geglaubt und aus Angst um sein Leben die Gräfin erwürgt.

Es war Irmela, die mit der Laterne in der Hand an Paul vorbei als Erste in die Felsenkammer schlüpfte. Sie schauderte angesichts der feuchten Wände und des für ihre empfindliche Nase überwältigend scharfen Geruchs, ging aber weiter und sah sich um. Im ersten Augenblick schien das Gelass leer zu sein, und sie nahm bereits an, Heimsburg habe sie alle in eine Falle gelockt. Dann entdeckte sie zwei eng aneinandergekauerte Schatten.

»Stephanie, Fabian?«, rief sie drängend.

Ein keuchender Ausruf antwortete ihr. »Komtesse Irmela, seid Ihr es?« Einer der beiden Schatten trat ins Licht, wich aber sofort wieder zurück, als er Irmela in Männerkleidung sah.

Diese hatte Stephanie erkannt und eilte auf sie zu. »Wie geht es Euch, meine Liebe?«

Gibichen stieß einen ärgerlichen Ruf aus. »Wir haben keine Zeit für Konversation, sondern müssen so schnell wie möglich wieder verschwinden. Paul und ich helfen Fabian, Heimsburg und Abdur sollen sich um die Gräfin kümmern! Irmela, Ihr leuchtet uns.«

»Ihr seid es wirklich!« Stephanie klammerte sich an Irmela und ließ ihren Tränen freien Lauf.

Sie riecht ebenso scharf wie der Kerker, dachte Irmela, hielt die junge Frau aber eng umschlungen und streichelte ihr strähniges Haar.

»Wollt ihr Weiber nicht endlich Vernunft annehmen!« Gibichen war mit zwei langen Schritten bei Irmela und Stephanie und zerrte sie auseinander.

»Jetzt kommt!« Er stieß Stephanie Heimsburg in die Arme, der nicht so recht zu wissen schien, was er tun sollte. Unterdessen war auch Fabian in den Lichtschein der Laterne getreten und bleckte die Zähne in Richtung seines alten Feindes.

»Jetzt werde ich Euch den heimtückischen Schlag von vorhin heimzahlen!« Bevor er einen Schritt in Heimsburgs Richtung machen konnte, hatte Gibichen ihn gepackt und schüttelte ihn heftig.

»Nimm Vernunft an, du Narr! Wir müssen hier raus, bevor uns der Graf überrascht. Dir mag es vielleicht gefallen, aber ich wünsche hier nicht auf Dauer zu wohnen.«

»Außerdem solltet Ihr mir dankbar sein, dass ich Euch das Leben gerettet habe. Harlau hätte Euch mit Vergnügen niedergestochen«, spöttelte Heimsburg, der sich wieder gefasst hatte. Ohne Fabian noch eines Blickes zu würdigen, blieb er vor Stephanie stehen und deutete eine Verbeugung an.

»Gnädigste erlauben?« Er packte sie unter einem Arm, während Abdur von der anderen Seite zufasste. Gemeinsam führten sie sie hinaus. Irmela musste sich beeilen, um vor ihnen die Treppe zu erreichen und auszuleuchten.

Gibichen und Paul wollten Fabian auf dieselbe Weise helfen, doch der knurrte sie an: »Ich kann auf meinen eigenen Beinen stehen!«

Kurz darauf sah Fabian ein, dass er die Hilfe seiner Freunde benötigte, denn der lange Aufenthalt in der Felsenkammer hatte seine Muskeln erschlaffen lassen. Gibichen verkniff sich jeden

Spott, sondern zog ihn mit sich, bis sie das obere Ende der Treppe erreicht hatten. Dort hielt er kurz inne, um zu lauschen.
»Es ist alles ruhig«, raunte Irmela ihm zu. Gibichen wollte ihr schon sagen, dass er sich lieber auf seine Ohren verließ, doch da fiel ihm ein, dass ihr Hörsinn noch besser war als der seine.
»Weiter!« Gibichen führte Fabian zum Eingang, öffnete das Portal einen Spalt und warf einen prüfenden Blick in den Burghof.
»Wir scheinen Glück zu haben.« Er atmete tief durch und eilte dann so rasch weiter, dass Fabian von ihm und Paul mitgeschleift wurde. Abdur und Heimsburg hatten die Gräfin bereits auf der Treppe aufgehoben und trugen sie so vorsichtig, wie es ihnen möglich war.
Keine zwanzig Atemzüge später hatte die Gruppe die Burg verlassen und befand sich auf dem steilen Weg ins Tal. »Wir sollten die Laterne löschen. Wenn jemand da oben über die Zinnen schaut, kann er uns sehen«, warnte Heimsburg.
Gibichen schüttelte den Kopf. »Ohne die Laterne kommen wir nicht rasch genug voran und geraten ins Stolpern. Ein schwerer Sturz oder gar ein gebrochenes Bein ist nicht gerade das, was wir jetzt brauchen können.«
Das sah Heimsburg ein, drehte sich aber alle paar Schritte um, als erwarte er, Graf Harlau und dessen Knechte wie die Wilde Jagd hinter ihnen herbrausen zu sehen. Als sie das Tal erreichten und kurz darauf die Kutsche vor sich sahen, in der Fanny und Dionysia von Kerling in der letzten Stunde wohl mehr gebetet hatten als sonst in einem Monat, konnte er es kaum fassen, dass sie tatsächlich entkommen waren.
Abdur und Heimsburg schoben zuerst Stephanie in die Kutsche und halfen dann Irmela einzusteigen. Da Fabian nicht in der Lage war, sich auf einem Pferd zu halten, musste auch er in der Kutsche mitfahren, während Heimsburg den betagten Gaul bestieg, den Gibichen während der letzten Tage erstanden hatte. Paul und

Gibichen schwangen sich ebenfalls in die Sättel, während Abdur seinen gewohnten Platz hinter dem Wagenkasten einnahm.
Keiner aus der Gruppe konnte sagen, wie viel Zeit ihnen blieb, bis Harlau die Flucht seiner Gefangenen bemerkte, doch ihnen war klar, dass sie ihm nur mit viel Glück würden entrinnen können. Gibichen hatte in den letzten Wochen die Gegend gründlich erkundet und dabei ein Versteck gefunden, welches ihnen für ein paar Tage Schutz gewähren konnte. Daher bogen sie nach einer halben deutschen Meile in einen Feldweg ein, der in ein bewaldetes Tal führte.
Das Dunkel des Waldes schien das Licht der beiden Laternen am Wagenkasten aufzusaugen, so dass der Kutscher seine Pferde zuletzt im Schneckentempo gehen lassen musste. Daher erreichten sie erst im Morgenrot des beginnenden Tages eine Lichtung, an deren Rand eine kleine, aus ungeschälten Brettern errichtete Hütte stand.
»Wenn es Harlau nicht gelingt, unserer Spur zu folgen, könnten wir es schaffen«, erklärte Gibichen, während er vom Pferd stieg. Auch Heimsburg schwang sich aus dem Sattel, aber Paul blieb auf seinem Gaul sitzen und sah auf Gibichen hinab.
»Ich bitte mir den Einwand zu verzeihen, aber wir sollten weiter vorne einen Wachtposten aufstellen, für den Fall, dass Harlau doch diesen Weg nimmt. Wenn Ihr mir eine Eurer Pistolen leihen wollt, Herr Hauptmann, wäre ich Euch dankbar.«
Gibichen sah Paul fragend an, ob der Hass auf Harlau den Burschen zu der Bitte trieb, doch in dessen Gesicht zeichnete sich nur Sorge um das Wohlergehen der Flüchtlinge ab. Daher reichte er dem Burschen eine geladene Pistole. »Lass dir aber nicht einfallen, einfach loszuballern. Unser bester Schutz ist Heimlichkeit!«
Paul nickte, und um seine Lippen spielte ein seltsam wehmütiges Lächeln, als er die Waffe in die Satteltasche steckte und sein Pferd herumzog.

Irmela sah ihm nach und schüttelte den Kopf. »Ihr hättet ihn nicht reiten lassen sollen, Herr von Gibichen. Ich bin sicher, er hat etwas vor.«
»Paul ist ein erfahrener Soldat und hat Major Kiermeier viele Jahre lang treu gedient. Er weiß, worauf es ankommt.« Gibichen wusste selbst nicht, weshalb er so harsch antwortete, doch an diesem Tag störte ihn sogar die Fliege an der Wand. Da er seiner Streitlust nicht länger nachgeben wollte, beschloss er, erst einmal den fehlenden Schlaf der vergangenen Nacht nachzuholen.
»Ich lege mich hin. Ihr anderen solltet es auch tun. Wenn irgendetwas geschieht, wird Paul uns warnen.« Mit diesen Worten trat er auf die Hütte zu und öffnete die Tür. Wie erwartet, hatte sich seit seinem letzten Besuch offensichtlich niemand hier aufgehalten. Da er das einfache, aus Reisig bestehende Bett Stephanie überlassen wollte, wickelte er sich in seinen Mantel und streckte sich auf dem blanken Boden aus. Trotz seiner Anspannung schlief er in dem Moment ein, als sein Kopf die Erde berührte.
Irmela und Fanny kümmerten sich nicht um ihn, sondern halfen Stephanie aus der Kutsche und führten sie in die Hütte. Beim Anblick des leise schnarchenden Offiziers verzog Irmela den Mund. »Der Herr scheint den Schlaf sehr nötig zu haben.« Sie selbst fühlte sich nicht im Geringsten müde und hätte sich stundenlang mit Stephanie unterhalten können. Aber als sie in deren graues, von den Entbehrungen der Gefangenschaft und der Anstrengung der Flucht gezeichnetes Gesicht blickte, gab sie diesen Vorsatz auf und half Fanny, die Schwangere auf das Reisig zu betten. Stephanie schlief jedoch nicht ein, sondern lag stöhnend da und griff sich immer wieder an den Leib.
»Habt Ihr Schmerzen?«, fragte Irmela.
Die Schwangere nickte. »Es tut so weh! Ich weiß nicht, was das sein kann. Ich …« Sie brach ab, als eine stärkere Schmerzwelle durch ihren Leib flutete, und krümmte sich.

Irmela drehte sich hilflos zu Fanny und Frau von Kerling um. Deren Gesichter sagten ihr jedoch, dass sie nicht allzu viel Hilfe von ihnen erwarten durfte. Fanny deutete auf Stephanies trockene und teilweise aufgesprungene Lippen.
»Die Dame wird Durst haben. Wir sollten Wasser holen.«
»Tu das!« Irmela nickte ihr auffordernd zu und sah dann wieder Stephanie an. »Ihr bekommt gleich etwas zu trinken.«
Die Augen der Schwangeren leuchteten auf. »Gegen einen Schluck Wein hätte ich wirklich nichts einzuwenden. In der Felsenkammer haben wir immer nur Wasser erhalten.«
»Leider wird es bei Wasser bleiben müssen. Wir haben nichts anderes zur Verfügung.«
»Doch! Ich habe eine Lederflasche mit Wein gefüllt, weil ich dachte, wir könnten das unterwegs brauchen.« Abdur eilte hinaus zur Kutsche und kehrte kurze Zeit später mit einem schon etwas schlaffen Weinschlauch zurück.
»Der Kutscher hat sich daran vergriffen. Aber für die Dame wird wohl noch genug da sein.« Er füllte einen Becher und reichte ihn Stephanie. Die Gräfin nahm ihn mit einem dankbaren Blick entgegen und begann in winzigen Schlucken zu trinken.
Kurz darauf erschien Fanny mit einem Krug frischen Wassers, den sie aus einer Quelle geschöpft hatte. Als sie sah, wie die Gräfin trank, zog sie eine Schnute.
»Das habe ich gerne. Jetzt durfte ich umsonst durch den Wald laufen und einen Born suchen.«
»Umsonst ist es nicht, denn ich habe auch Durst.« Damit wollte Irmela eigentlich nur den Unmut ihrer Zofe besänftigen, doch als sie das Gefäß ansetzte und zu trinken begann, konnte sie fast nicht aufhören. Auch Dionysia von Kerling und Stephanie starrten den Krug begehrlich an, und selbst Fabian, der sich in eine Ecke gesetzt hatte und die Wendung seines Schicksals noch nicht zu begreifen schien, leckte sich durstig die Lippen. Fanny musste

schließlich noch einmal laufen, um Wasser zu holen, doch sie tat es diesmal aus dem Gefühl heraus, gebraucht zu werden, und war versöhnt.

IX.

Es war, als sei die Sonne am Himmel eingefroren, so zäh schlich der Tag dahin. Die Flüchtlinge konnten nichts anderes tun als schlafen oder reden. Obwohl ihre Herzen schier überliefen, war jedoch keinem von ihnen danach, viel zu sagen. Fabian und Heimsburg hielten Abstand voneinander und maßen sich mit misstrauischen Blicken, wechselten aber kein Wort. Gibichen schlief die meiste Zeit, und wenn er einmal wach war, grinste er und sagte, dies sei die beste Art, die Langeweile zu ertragen. Irgendwann holte Abdur zwei Decken aus Irmelas Gepäck und spannte sie mitten im Raum auf, so dass die Frauen sich unbeobachtet waschen und umziehen konnten.

Stephanie war so unbeholfen, dass sie Irmelas und Fannys Hilfe benötigte. Da sie es nicht wagten, ein Feuer anzuzünden, wusch Irmela sie mit kaltem Wasser und der Duftseife, die sie von Meinarda geschenkt bekommen hatte. Dabei betrachtete sie staunend den weit vorgewölbten Leib ihrer Freundin. Sie hatte noch nie eine schwangere Frau nackt gesehen und sich oft gefragt, wie ein Kind im Leib Platz finden konnte. Besonders angenehm schien es nicht zu sein, mit einer solchen Last monatelang durchs Leben gehen zu müssen, und sie fragte sich, ob sie selbst dazu bereit war. Immerhin war sie einen Kopf kleiner als Stephanie und weitaus zierlicher.

Während ihre Herrin sich in ihren Überlegungen verlor, dachte Fanny an das Jetzt. Auch wenn Stephanie nicht mehr über Schmerzen klagte, waren die Anzeichen unübersehbar. Stephanies Leib hatte sich in den letzten Stunden ein ganzes Stück ge-

senkt, und an ihrer Scham waren Spuren bräunlichen Schleims zu sehen.
Sie stöhnte und warf theatralisch die Arme hoch. »Das hat uns gerade noch gefehlt!«
Irmela blickte sie erstaunt an. »Was meinst du damit?«
»Frau Stephanie bekommt in den nächsten ein, zwei Tagen ihr Kind. Aber das hier ist nicht der richtige Ort dafür! Es gibt keine Hebamme weit und breit, kein anständiges Bett, und heißes Wasser dürfen wir auch nicht machen, weil der Rauch uns verraten würde.«
Im selben Augenblick begann Stephanie zu stöhnen und griff sich an den Bauch. Fabian sprang auf und steckte den Kopf durch den Trennvorhang. »Stephanie! Was ist mit dir?«
»Nichts, was Euch etwas angeht!« Fanny trat dazwischen, schob Fabian resolut wieder hinaus und zog den Vorhang zu. »Es gehört sich nicht, Frauen zuzusehen, die sich gerade waschen wollen«, schimpfte sie hinter ihm her und drehte sich zu Irmela um.
»Habt Ihr schon einmal bei einer Geburt geholfen?«
»Nein, du etwa?«
Fanny schüttelte den Kopf und sah Frau von Kerling fragend an. Deren Gesicht und die abwehrend erhobenen Hände sagten ihr genug. Sie blies die Luft aus den Lungen und versuchte zu lachen.
»Nun denn, das wird lustig werden. Wir sollten am besten gleich mit dem Beten beginnen.«
»Weißt du denn, wie es geht?«, fragte Irmela Fanny mit dünner Stimme.
»Mitgemacht habe ich es noch nicht, aber ich war auf unserem Hof dabei, wenn Kühe gekalbt haben. Viel anders wird es bei Frauen wohl auch nicht zugehen.«
»Fanny!«, rief Irmela empört, entlockte ihrer Zofe jedoch nur ein Achselzucken.
»Ist doch wahr! Seien wir froh, dass ich wenigstens das weiß,

sonst ständen wir, mit Verlaub gesagt, arg dumm da. Die Männer brauchen wir gar nicht zu fragen. Beim Kindermachen sind sie eifrig dabei, aber wenn es ans Gebären geht, verdrücken sie sich und lassen uns Frauen die Arbeit tun. Jetzt aber frisch ans Werk! Als Erstes sollten wir dafür sorgen, dass Frau Stephanie bequemer liegt. Während Ihr sie weiter säubert, hole ich frische Blätter und Zweige für ihr Bett.«
Fannys Besonnenheit übertrug sich nun auch auf Irmela, und selbst Dionysia von Kerling vermochte sich der Schwangeren zu nähern, ohne gleich vor Aufregung zu zittern. Unterdessen war Gibichen wieder erwacht und beschloss diesmal, auf den Beinen zu bleiben.
»Ich werde Paul ablösen. Der arme Kerl dürfte inzwischen recht müde und hungrig sein.« Er klopfte Fabian auf die Schulter und verließ die Hütte. Heimsburg wollte ihm folgen, blieb aber dann unschlüssig in der Tür stehen. Fabian sah ihn an, stand auf und ging zu ihm hin.
»Wir werden wahrscheinlich niemals Freunde werden, Heimsburg! Aber ich danke Euch aus ganzem Herzen für das, was Ihr getan habt.« Ohne nachzudenken streckte er dem anderen die Hand entgegen.
Heimsburg ergriff sie mit einem verkrampften Lächeln. »Ihr solltet mir nicht danken, Birkenfels, denn Euretwegen hätte ich keinen Finger gerührt. Mir ging es allein um die Dame. Hätte ihr Mann sie damals im Zorn niedergestochen, wäre es mir nur ein Achselzucken wert gewesen. Doch sie so zu quälen und ihren Tod gnadenlos zu planen, ging über mein Verständnis.«
»Ich werde Euch dennoch in besserer Erinnerung behalten, als Ihr es verdient.« Fabian lachte leise und schüttelte den Kopf. Auch wenn Stephanie hörbar litt, war sie in dieser Hütte weitaus besser aufgehoben als in dem feuchten Felsenkerker. Ihm wurde beinahe übel, als er sich vorstellte, dass sie dort mit keiner ande-

ren Hilfe als der seinen ihr Kind hätte zur Welt bringen müssen. Hier gab es drei Frauen, die sich um sie kümmerten, und die verstanden von weiblichen Dingen auf jeden Fall mehr als er.
Irmela war weitaus weniger optimistisch als Fabian. Dionysia von Kerling war keine große Hilfe, und sie selbst fühlte sich überfordert. Wäre da nicht Fannys unerschütterliche Zuversicht gewesen, hätte sie sich wohl weinend neben Stephanie auf das primitive Lager geworfen und auf ein Wunder gehofft. So aber lächelte sie, wenn auch etwas verkniffen, und redete Stephanie gut zu, die von immer wiederkehrenden Schmerzwellen heimgesucht wurde. Zu Beginn hatte die Gebärende die Zähne zusammengebissen und nur gestöhnt, doch mittlerweile entriss ihr jede Wehe einen lauten Schrei.
Auf der anderen Seite des Raumes krümmte Fabian sich, als erlebe er Stephanies Qualen am eigenen Leibe. Nach einer Weile sprang er auf und lief erregt hin und her. »Ich halte das nicht mehr aus!«
Heimsburg hatte in und besonders nach den vielen Schlachten, an denen er teilgenommen hatte, oft genug das Schreien und Stöhnen der Verwundeten gehört, ohne dass es ihn tiefer berührt hätte. Aber eine Frau vor Schmerzen wimmern zu hören, griff auch seine Nerven an.
»Wenn Ihr es nicht mehr aushaltet, können wir ein Stück in den Wald hinausgehen«, schlug er vor.
Fabian nickte, blieb aber wie erstarrt sitzen und zuckte unter Stephanies nächstem Schrei zusammen. »Ich wollte, ich könnte ihr helfen!«
»Das sagen viele Männer, doch glaube ich nicht, dass einer von ihnen es ernst meint«, antwortete Heimsburg bissig.
»Ich meine es ernst!« Fabian sprang auf, als wolle er dem anderen an den Kragen gehen, beruhigte sich aber wieder und starrte zu Boden. »Das versteht Ihr nicht!«
Heimsburg sagte nichts mehr darauf, sondern ging zur Tür.

»Meinetwegen könnt Ihr hierbleiben, Birkenfels. Ich brauche frische Luft!«

»Ich komme mit!« Fabian folgte ihm mit hängenden Schultern, denn es kam ihm so vor, als ließe er Stephanie im Stich. Kaum waren sie vor die Tür getreten, vernahmen sie den Hufschlag eines galoppierenden Pferdes. Erschrocken griffen sie zu Holzstöcken, die sich als Knüppel verwenden ließen. Gleich darauf aber erkannten sie Gibichen, der bleich und mit verzerrtem Gesicht auf sie zukam und sein Pferd gerade noch zügeln konnte.

»Was ist los? Sind Harlau und seine Leute Euch auf den Fersen?«, fragte Heimsburg erschrocken.

Gibichen schüttelte den Kopf. »Harlau kann uns nicht mehr bedrohen!«

»Rede schon! Was ist geschehen?« Fabian packte seinen Freund am Ärmel und zerrte daran.

»Gleich!« Gibichen warf dem Gehilfen des Kutschers die Zügel seines Pferdes zu und befahl ihm, das schwitzende Tier abzureiben. Dann drehte er sich zu Fabian und Heimsburg um.

»Es war Paul. Er hat Harlau auf der Hauptstraße aufgelauert und ihn trotz dessen Leibwache niedergeschossen. Man hat es mir in Langegg erzählt. Zwei seiner Leute haben den Grafen dorthin geschafft, doch der Arzt konnte nur noch den Tod feststellen. Der Rest von Harlaus Männern folgt Paul, der in der ersten Verwirrung entkommen ist.«

»Bei Gott, was für ein Wahnsinn!«, brach es aus Fabian heraus.

Heimsburg breitete zufrieden die Hände aus. »Was Paul getan hat, war das Beste, was uns geschehen konnte. Jetzt sind wir Harlau los, denn von seinen Leuten haben wir wenig zu befürchten. Das sind nur Befehlsempfänger, die uns nicht aus eigenem Antrieb heraus verfolgen werden.«

»Aber sie verfolgen Paul und werden ihn töten«, schrie Fabian ihn an.

Gibichen hieb ärgerlich mit der Hand durch die Luft. »Noch haben sie den Burschen nicht. Paul ist geschickt wie ein Fuchs auf dem Weg zum Hühnerstall. Es würde mich nicht wundern, wenn er seinen Verfolgern eine lange Nase drehen und heil davonkommen könnte. Wir sollten aber die Gräfin von den geänderten Verhältnissen informieren.« Er ging auf die Hütte zu, als ein gellender Schrei Stephanies ihn zurückprallen ließ.
»Was geht da drinnen vor?«
»Gräfin Harlau beliebt es, ihr Kind zur Welt zu bringen«, erklärte Heimsburg.
»Dann sollte ich meine Nachricht wohl noch etwas für mich behalten.« Gibichen starrte so ängstlich auf die Tür, dass Heimsburg lachen musste.
»Das würde ich auch sagen! Ich hatte Birkenfels bereits vorgeschlagen, einen Spaziergang zu machen, und wenn ich Euch so ansehe, glaube ich, dass es auch für Euch besser wäre.«
Fabian presste seine Hände gegen den Magen. »Ja, gehen wir! Ihr könnt uns unterwegs berichten, was Ihr in Erfahrung gebracht habt.«
Gibichen und Heimsburg sahen sich vielsagend an, denn Fabians Stimme hatte so gequält geklungen, als drehten ihm die Qualen der gebärenden Frau das Innerste nach außen.

X.

Irmela wusste zuletzt nicht mehr zu sagen, wie lange sie neben Stephanie gekniet und deren Hand gehalten hatte. Wie durch einen dichten Vorhang hörte sie Dionysia von Kerlings inbrünstiges Gebet, während Fanny darauf achtete, dass die Gebärende bequem lag, und dabei dem hinter dem Vorhang wartenden Abdur immer wieder Befehle zurief, die dieser ohne Zögern befolgte. Da Fanny auf heißes Wasser drängte, entzündete er auf dem primitiven Herd ein Feuer und rieb den alten, verbeulten Kessel, der darüber hing, mit Sand aus, bis er sich darin spiegeln konnte. Auch brachte er weitere Decken, damit Stephanie, die vor Kälte zitterte, sich darin einhüllen konnte.

»Manchmal ist er sogar ganz brauchbar!« Fannys Worte rissen Irmela aus ihrer Versunkenheit.

»Wer?«

»Abdur natürlich! Während die anderen Männer sich draußen im Wald verstecken, packt er an und tut, was man ihm sagt.« So ein hohes Lob hatte Irmela noch nie aus Fannys Mund vernommen. Sie war ebenfalls dankbar dafür, wie selbstverständlich Abdur sie unterstützte. Nur mit Fanny und Frau von Kerling an der Seite hätte sie sich noch hilfloser gefühlt.

Ein gellender Schrei unterbrach ihre Überlegungen. Sie sah, wie Stephanies Scham sich weitete, und warf Fanny, die sich jetzt angespannt über die Gebärende beugte, einen fragenden Blick zu.

»Kommt jetzt das Kind?«

»Nein, das ist die Fruchtblase. Aber wenn die erst einmal geplatzt ist, kann es nicht mehr lange dauern!«

Kurz darauf ergoss sich ein Schwall Flüssigkeit auf das primitive Bett, und danach begannen alle einschließlich der Gebärenden laut zu beten.

Mit einem Mal kreischte Stephanie auf. »Ich glaube, jetzt ist es so weit.«

»Haltet sie gut fest! Ich mache das schon«, rief Fanny ihrer Herrin zu und kniete sich zwischen Stephanies gespreizte Beine. Sachte nahm sie das Kind entgegen, das ihr mit einem Mal entgegenrutschte, und wickelte es in ein Tuch.

Irmela blickte mit staunenden Augen auf die Nabelschnur, die das Kleine mit der Mutter verband, und streckte dann die Hand aus, um das Kind zu berühren. Als sie das Tuch aufschlug, verzog das

Kleine schmollend das Gesicht, da ihm die plötzliche Kälte nicht behagte. Der Ausdruck war Irmela von Fabian nur allzu vertraut, so dass sie gegen besseres Wissen betroffen zurückfuhr.
»Es ist Fabians Tochter!«
»Darüber bin ich froh!« Stephanies Worte zeigten, dass sie ihrem Ehemann die langen Monate im lichtlosen Kerker nicht vergessen würde. Auf Irmela wirkten sie jedoch wie ein Guss kalten Wassers, denn über der Sorge um die Gebärende hatte sie alles andere vergessen. Während sie sich die Stirn rieb und verzweifelt nachdachte, was sie jetzt tun mussten, nabelte Fanny das Kind ab und reichte es Stephanie.
»Es ist ein Mädchen. Ihr werdet der Kleinen selbst die Brust geben müssen, wenn es nicht verhungern soll, denn mit einer Amme kann ich nicht dienen.«
»Ist es gesund?« In Stephanies Stimme schwang die Angst mit, ihre Gefangenschaft könnte der Kleinen geschadet haben.
Fanny hob die Hände. »Nach meiner Ansicht ist alles dran, was dazugehört. Allerdings sollen Neugeborene schreien.« Sie wollte das Kind aufnehmen und ihm einen Klaps auf den Po geben, doch es war, als hätte die Kleine ihre Absicht bemerkt, denn sie begann zu greinen. Im selben Augenblick steckte Abdur den Kopf durch den Vorhang, zog ihn aber sofort wieder zurück. »Verzeiht, aber ich habe das Kind gehört. Ist alles gut gegangen?«
»Das ist es. Du kannst die Herren zurückholen. Ich hoffe, sie sind noch in der Lage, der Gräfin und ihrem Kind die Aufwartung zu machen. Nein, warte – sag ihnen, dass das Kind da ist, aber sie können sich Zeit lassen. Wir sind noch nicht ganz fertig.« Fanny wollte ihm nicht erklären, dass sie beinahe vergessen hätte, auf die Nachgeburt zu warten, sondern schickte ihn mit einem etwas unfreundlichen »Geh jetzt!« weg.
Stephanie blickte mit einem träumerisch weichen Blick auf ihr Kind herab. »Es ist wunderschön!«

So hätte Irmela das Kleine nicht beschrieben, denn in ihren Augen war das Kleine arg runzelig und rot, doch da sie die erleichterte Mutter nicht betrüben wollte, stimmte sie ihr zu. »Es ist wirklich wunderschön.«
Jetzt kam auch Dionysia von Kerling heran und betrachtete das kleine Mädchen mit leuchtenden Augen. Fanny ergriff vorsichtig eines der winzigen Händchen und machte dabei Geräusche, als wolle sie Küken an sich locken. Auch Irmela ertappte sich dabei, wie sie der Kleinen sinnlose Laute zuflüsterte. Das Neugeborene ließ sich die Bewunderung eine Weile gefallen, dann aber tat es mit lauter Stimme kund, dass es hungrig sei.
Während Stephanie die Kleine an die Brust hob und das Mündchen sofort zuschnappte, ging die Nachgeburt ab. Fanny fing sie in einer halbzerbrochenen Schüssel auf und ging hinaus, um sie im Wald zu vergraben. Irmela wusch Stephanie vorsichtig mit dem Rest des warmen Wassers ab und half ihr, als die Kleine gesättigt war, in Fannys Ersatzkleid, das als einziges groß genug für sie war. Die stinkenden Lumpen aus dem Kerker wollte sie ihr nicht mehr anziehen, denn sie fürchtete, dass Mutter und Kind allein von der Berührung mit ihnen krank werden würden.
Als Abdur mit den drei Herren im Gefolge erschien, zog Irmela den Vorhang ein wenig beiseite. Heimsburg und Gibichen blieben davor stehen und beglückwünschten Stephanie artig, Fabian aber eilte auf sie zu und kniete neben ihr nieder. Dabei starrte er sie und das Kind mit so großen Augen an, als würde er Zeuge eines Wunders.
Irmela kniff die Lippen zusammen. Es war offensichtlich, dass Fabian Stephanie noch immer liebte, und die Gräfin schien diese Liebe zu erwidern. Mehr über sich selbst und ihre Gefühle verärgert, drehte sie sich zu Gibichen um. »Ist das nicht ein schönes Bild? Es erinnert ein wenig an die Heilige Familie im Stall zu Bethlehem!«

»Solange Ihr von mir nicht fordert, den Ochsen oder den Esel zu spielen, soll es mir recht sein«, antwortete dieser belustigt.
»Ochse? Ich glaube, für die Rolle wäret Ihr der Richtige!« Irmela wusste nicht, weshalb sie so scharf reagierte, denn ohne Gibichens Hilfe wäre es ihr niemals gelungen, Fabian und Stephanie zu befreien. Sie wollte ihn schon um Entschuldigung bitten, als er mit ernstem Gesicht auf Stephanie zutrat.
»Frau Gräfin, ich muss Euch mitteilen, dass Ihr Euch von diesem Tag an Witwe nennen müsst.«
Während Stephanie ihn nur mit weit aufgerissenen Augen ansah, schnellte Irmela herum. »Harlau ist tot? Habt Ihr ihn umgebracht?«
Gibichen schüttelte den Kopf. »Es war Paul. Er hat Harlau erschossen und uns dessen Leute durch seine Flucht vom Hals geschafft.«
»Gott sei ihm und seiner Seele gnädig!« Irmela schlug das Kreuz und begriff, dass sich die Situation geändert hatte. »Heißt das, wir haben keine Verfolger mehr zu fürchten?«
»Zumindest können wir unseren weiteren Weg in Ruhe planen.«
Während Gibichen noch überlegte, wohin sie sich wenden konnten, breitete sich ein entschlossenes Lächeln auf Irmelas Gesicht aus. »Ich schlage vor, wir begeben uns zu Frau Meinarda nach Rain. Sie wird uns ihre Hilfe gewiss nicht versagen!«
»Vor allem müssen wir nicht weit fahren«, stimmte Fanny ihr zu. »Nach Passau wäre es doch ein arg langer Weg.«

XI.

Xaver von Lexenthal blickte von dem Schreiben auf und gab sich dem angenehmen Gefühl nahenden Triumphes hin. Endlich hielt er eine Spur in den Händen. Lange hatte er vergeblich nach Irmela

von Hochberg forschen lassen, und nun war diese Botschaft von einem Amtsbruder aus Wien gekommen, besagte Hexe habe in einem nahe gelegenen Kloster gebetet und sogar gebeichtet. Lexenthal schüttelte den Kopf über Irmelas Verwegenheit. Spuckte diese Teufelsbuhle mit Gebet und Beichte doch der Heiligen Kirche ins Gesicht! Gott sei Dank würde dies bald ein Ende haben.
Hastig griff er nach einem Blatt Papier und schrieb mit vor Erregung zitternden Fingern mehrere Zeilen, in denen er die Behörden in Wien aufforderte, die Gesuchte sofort festnehmen zu lassen. Doch als er seine Unterschrift und sein Siegel daruntersetzen wollte, zögerte er plötzlich, zerriss das Schreiben und warf die Fetzen in den kalten Kamin. Ohne weiter darauf zu achten, rief er nach seinem Sekretär.
Der junge Mann schien im Vorzimmer gewartet zu haben, denn er trat sofort ein. »Ihr wünscht, ehrwürdiger Vater?«
Lexenthal drehte sich zu ihm um und stach mit dem rechten Zeigefinger nach ihm, als wolle er ihn erdolchen. »Bereite alles für eine Abreise nach Wien vor. Es muss das schnellste Schiff sein oder die schnellste Kutsche, die mich in die Kaiserstadt bringt.«
»Ihr wollt nach Wien?«, fragte der Mönch erstaunt. Bisher hatte der Prior verlauten lassen, er wolle hier in Passau ausharren, bis die Schweden vertrieben seien und sie wieder in ihr eigenes Kloster zurückkehren konnten. Da es ihm jedoch nicht anstand, die Beweggründe seines Herrn zu hinterfragen, verneigte er sich und verließ das Zimmer, ohne auf eine Antwort zu warten.
Lexenthals Gedanken waren bereits weitergeeilt. Für einen kurzen Augenblick überlegte er, ob er Irmelas Stiefgroßmutter informieren sollte, schüttelte dann aber den Kopf. Frau Helene hatte den angeheirateten Namen einer von Hochberg vor ein paar Wochen aufgegeben, um sich Frau Steglinger nennen zu können. Wie es hieß, sei der Heereslieferant sehr verblüfft gewesen, als er nach einem ausgiebigen Trinkgelage als frischgebacke-

ner Ehemann aufgewacht war. Inzwischen aber hatte er sich mit seiner Situation angefreundet und streckte die Finger nach dem Hochberg-Vermögen aus.

Die Gier der Menschen nach Gold ließ Lexenthal erneut den Kopf schütteln, ebenso deren Dummheit. Helene Steglinger, verwitwete von Hochberg, müsste wissen, dass ihre Behauptung, Irmela sei während ihrer Reise umgekommen, ohne einen sichtbaren Beweis nicht das Geringste wert war. Bis zu ihrer Heirat war er bereit gewesen, ihrer Tochter Johanna als Dank für die Freundschaft zu seiner Nichte Ehrentraud und die herzliche Aufnahme in ihrem Haus einen Teil des Hochberg-Vermögens zu überlassen. Da Frau Helene sich aber nun reich verheiratet hatte, überlegte er sich, ob er nicht im Namen der Kirche die Hand auf das gesamte Erbe der Hexe legen sollte. Die Schweden und ihre protestantischen Handlanger im Reich hatten unzählige Kirchen und Klöster niedergebrannt, und nach dem Sieg würde jeder Gulden gebraucht werden, um die Stätten des allein seligmachenden Glaubens wieder im alten Glanz erstrahlen zu lassen. Das Hochberg-Vermögen mochte zwar nur ein Tropfen auf einem heißen Stein sein, doch wäre es immerhin ein Anfang.

Unterdessen war der Sekretär zurückgekehrt und wartete demütig, bis der Blick seines Priors auf ihn fiel. In dem Augenblick neigte er den Kopf. »Es ist alles so geschehen, wie Ihr es befohlen habt, ehrwürdiger Vater. Ein schnelles Schiff wird noch heute Passau verlassen, um nach Wien zu fahren. Ich habe bereits Euren Leibdiener aufgefordert, Eure Reisekisten zu packen und diese an Bord bringen zu lassen.«

»Gut!« Lexenthal nickte zufrieden und trat an den Wandschrank, der über und über mit Schnitzereien versehen war, die Szenen aus der Heiligen Schrift zeigten. Sein Blick blieb auf dem Relief mit der Hexe von Endor hängen, und er packte deren Figur mit seinen knochigen Fingern, als wolle er sie aus dem Holz reißen.

»Anders als die Mutter wird mir diese Hochberg-Hexe nicht entkommen!« Lexenthal spürte, wie ihn die damals erlittene Niederlage auch nach mehr als zwei Jahrzehnten noch schmerzte. Hätten seine Bemühungen damals Erfolg gezeigt, wäre Irmela nicht geboren worden, und seine Nichte würde noch leben. Schuld daran waren auch Herzog Wolfgang Wilhelm von Pfalz-Neuburg, der die Untersuchung gegen die Hofdame seiner Gemahlin niedergeschlagen hatte, und der damalige Bischof von Augsburg, der sich dem Einfluss des Herzogs nicht widersetzt, sondern diesem sogar geholfen hatte.
»Möge Gott Euch diese Tat verzeihen! Ich kann es nicht.« Lexenthal schlug die Hände vors Gesicht und kämpfte gegen die Tränen, die in ihm hochsteigen wollten. Er hatte Jahre gebraucht, um sich von jener Niederlage zu erholen und einen Platz einzunehmen, der seiner Abkunft angemessen war. Welch großen Aufschwung hätte seine Karriere nehmen können, wäre es ihm gelungen, Ehrentraud mit jenem Verwandten Seiner Heiligkeit in Rom zu vermählen! Doch die junge Hochberg-Hexe hatte sich als noch grausamer erwiesen als ihre Mutter.
Als Lexenthal sich seinem Sekretär zuwandte und ihn aufforderte, alle wichtigen Papiere, die den Fall Hochberg betrafen, einzupacken und mitzunehmen, wirkte sein Gesicht wie aus Granit gemeißelt. Diesmal würde er sich von niemand aufhalten lassen, schwor er sich, und sollte es der Kaiser selbst sein.

XII.

*I*rmelas Rückkehr kam für die Bewohner von Rain zwar überraschend, aber man empfing sie und ihre Begleiter wie lange vermisste Verwandte. Meinarda öffnete eigenhändig den Schlag und steckte den Kopf in das Innere der Kutsche.

»Nun, du Zugvogel? Jetzt hat der Wind dich doch wieder zu uns geweht!« Dann entdeckte sie Stephanie und das Kind, das Fanny auf dem Schoß hielt. »Bei Gott, ist es möglich?«
»Und ob es möglich ist!«, antwortete Irmela mit einem gezwungenen Lächeln. »Seine Erlaucht, Graf Harlau, ist auf einem Ausritt von Marodeuren getötet worden, und Ihr könnt sicher verstehen, dass Ihre Erlaucht, Gräfin Stephanie, nicht in der Gegend bleiben wollte, in der das Unglück geschehen ist.«
Nach langen Beratungen hatten Irmela, Gibichen und ihre Begleiter beschlossen, die Gefangenschaft der Gräfin zu verschweigen. Erklärungsbedürftig war allerdings das Kleid, welches Stephanie trug, doch Irmela zeigte sich auch dieser Situation gewachsen.
»Ihre Erlaucht wäre Euch dankbar, wenn sie auf Eure Näherin zurückgreifen könnte. Nach der Geburt hat ihr keines ihrer alten Kleider mehr gepasst, und da sie nicht auf eine neue Garderobe warten wollte, musste Fanny ihr aushelfen. Ich hoffe, Ihr verzeiht ihr diesen Aufzug, doch wir hielten es für besser, umgehend aufzubrechen.«
»Frau Gräfin, ich freue mich sehr, Euch behilflich sein zu können.« Meinarda wollte noch mehr sagen, musterte dabei aber die drei Männer, um die sich die Reisegruppe verstärkt hatte, und brauchte einen Augenblick, um in dem sichtlich gereiften, aber auch ausgezehrt wirkenden Fabian den jungen Burschen wiederzuerkennen, der sie auf ihrer Flucht vor den Schweden beschützt hatte.
»Birkenfels? Seid Ihr es wirklich? Auch Euch ein herzliches Willkommen! Wollt Ihr so gut sein, mir die beiden anderen Herren vorzustellen?«
Da Fabian sich Kleidung von Abdur hatte leihen müssen, sah er ebenfalls nicht präsentabel aus. Auch Gibichen wirkte abgerissen, dennoch verbeugte er sich voller Grazie, als Fabian seinen

Namen nannte. Heimsburg verneigte sich noch tiefer vor der Dame, die hier das Heft in der Hand zu halten schien, um sie für sich einzunehmen, denn er würde jede Patronage brauchen. Nach Harlaus Tod konnte er wieder ins normale Leben zurückkehren, doch die Lust am Krieg war ihm vergangen. Daher hoffte er, Irmela würde ihr Versprechen wahr machen und ihn für seine Hilfe belohnen. Zumindest hatte Dionysia von Kerling ihm mehrfach versichert, man könne sich auf Irmelas Wort felsenfest verlassen.
Mit dieser Hoffnung trat Heimsburg an die Kutsche, um den Damen herauszuhelfen. Stephanie zögerte ein wenig, denn dieser Mann hatte Fabian an ihren Ehemann verraten, und das würde sie ihm niemals verzeihen. Doch auf Irmelas leichten Druck hin nahm sie die angebotene Hilfe in Anspruch. Irmela ließ dann Frau von Kerling aussteigen und sah amüsiert zu, dass Dionysia sich etwas länger an Heimsburg festhielt und mit bewunderndem Blick zu ihm aufsah.
Gibichen nützte die Gelegenheit und streckte Irmela den Arm entgegen. »Ich glaube, Ihr hattet recht! Hier können wir bleiben, bis sich der Wellenschlag wieder beruhigt hat«, raunte er ihr leise ins Ohr.
»Ich sagte es doch«, gab Irmela zufrieden zurück und umarmte dann Meinarda und Walburga, die inzwischen ebenfalls erschienen war. Danach musste sie Siegmar aufheben, der sich mit beiden Händen an ihr festklammerte und lauthals krähte, wie sehr er sich freuen würde, sie wiederzusehen.
»Weißt du, Irmela, wenn ich einmal Obrist bin, will ich genauso ein Banner haben, wie du es gestickt hast. Die anderen können das nicht so gut!«
»Aber Siegmar, du kannst Komtesse Irmela doch nicht so einfach mit deinen Wünschen überfallen«, rief seine Mutter tadelnd.

Irmela begriff jedoch, dass Meinarda es anders meinte und glücklich wäre, wenn sie ein Fähnlein für den kleinen Krieger sticken würde. Da dies eine Arbeit war, die sie lieber verrichtete, als Uniformröcke mit Aufschlägen und Tressen zu versehen, schwang sie den kleinen Burschen durch die Luft.
»Natürlich bekommst du deine Fahne, mein Herz! Ich werde das Wappen deiner Familie daraufsticken, damit man sieht, dass sie dem Obristen des Regiments Czontass gehört.«
»Nehmt bitte auch das Wappen von Teglenburg hinzu und stickt diesen Namen für das Regiment ein. Seine Majestät, der Kaiser, hat meinem Sohn in seiner Güte gestattet, sich Freiherr Czontass auf Teglenburg zu nennen!« Meinarda platzte beinahe vor Stolz, denn die Erhebung des Namens Czontass in den Freiherrenstand war für sie die Erfüllung eines Vermächtnisses, das sie ihrem toten Gatten schuldig zu sein glaubte. Auch war damit die Schmach der etwas unebenbürtigen Ehe mit Siegbert von Czontass getilgt, die manche ihrer Verwandten ihr vorgehalten hatten.
Irmela lächelte in sich hinein. Zwar freute sie sich für Meinarda, aber sie dachte sich ihren Teil. Diese Ehre kostete den Kaiser nicht mehr als ein wenig Papier, Tinte und Siegelwachs, doch für ihre Freundin war sie offensichtlich wertvoller als eine Truhe voller Goldgulden. Sie gönnte dem kleinen Siegmar die neue Würde, fragte sich aber, ob es nicht ein wertloser Titel sein würde.
»Seid Ihr denn sicher, dass Ihr Teglenburg zurückerhalten werdet? Es ist von den Schweden besetzt worden und soll, wie ich gehört habe, von einem Oberst Joop in Besitz genommen worden sein.«
Meinarda richtete sich so hoch auf, dass sie Irmela überragte wie ein Huhn das Küken. »Nach dem Ende dieses böhmischen Zauderers und Verräters Wallenstein weht ein anderer Wind im

Reich. Der wird die Schweden und ihr Gesindel hinausfegen und die Herrschaft Seiner Majestät und unserer erhabenen katholischen Religion wieder festigen.«
»Das wäre eine gute Nachricht!« Gibichen war erleichtert, das zu hören, denn seine bayerische Heimat würde wohl als Erstes von den Ketzern befreit werden. Er überlegte, ob er nicht umgehend nach Wien reiten und sich einem passenden Regiment anschließen sollte. Dann aber sagte er sich, dass Irmela und die anderen ihn brauchten.
Während er noch darüber nachsann, wo er dringender gebraucht würde, war Albert von Rain hinzugetreten und hieß seine Gäste fröhlich willkommen. »Ihr seid zur richtigen Zeit erschienen, meine liebe Komtesse. Walburgas Ehe mit diesem unsäglichen Steglinger ist offiziell aufgelöst worden, und so steht unserer Heirat nichts mehr im Wege. Wir werden in wenigen Tagen in unser Hauskloster fahren und uns von meinem Sohn trauen lassen.«
Aus seiner Stimme klang die Zufriedenheit eines Mannes, der froh war, auch in Zukunft seinen Passionen nachgehen und die Verwaltung seines Besitzes Frau und Schwiegertochter überlassen zu können.
Meinarda drängte Herrn von Rain ein wenig zur Seite und ergriff Irmelas Hände. »Es soll keine aufwendige Feier werden, doch würden wir uns freuen, wenn du samt deinen Begleitern daran teilnehmen und auch bis zu meiner Hochzeit mit Franz bleiben würdest.«
Die gewiss weitaus prunkvoller aufgezogen wird als Walburgas, las Irmela ihr von der Stirn ab. Das amüsierte sie ein wenig. Obwohl Meinarda und Walburga sich mochten, tat die Freiin doch alles, um ihren Vorrang herauszustreichen. Die kleine Rivalität störte sie jedoch nicht. Für den Moment war es einfach schön, wieder auf Rain zu sein und zu wissen, dass

sie die nächsten Wochen in angenehmer Gesellschaft verbringen würde.

Das sagte sie einige Zeit später auch zu Stephanie, als sie ein wenig Ruhe vor ihren fürsorglichen Gastgebern gefunden hatten. Sie saßen in der Kammer, die Meinarda für die Gräfin hatte herrichten lassen, und knabberten an den auf dem Tisch stehenden Süßigkeiten. Stephanie war erleichtert, weil man sie hier so freundlich aufgenommen hatte, und während sie der Kleinen die Brust gab, lobte sie Frau Meinardas Großzügigkeit über alles und erklärte lang und breit, wie geborgen sie sich als Gast der Familie Rain fühle.

»Dafür kann ich Frau Meinarda nicht genug danken!«, schloss sie und setzte nach kurzem Zögern hinzu: »… und natürlich auch Frau Walburga und Herrn von Rain!«

Irmelas Lippen zuckten. Meinarda schien den Dank für jede Arbeit einzufordern, die Walburga für sie erledigte. Da die beiden Frauen aber gut damit zurechtkamen, sah sie keinen Grund, Stephanie zu korrigieren, sondern wandte sich dringlicheren Problemen zu.

»Wie wollt Ihr weiter vorgehen, meine Liebe? Immerhin seid Ihr in dieser Woche nicht nur Mutter, sondern auch Witwe geworden.«

Stephanie zog unschlüssig die Schultern hoch. »Ich weiß nicht so recht.«

»Ihr solltet Eurer eigenen Familie und auch Graf Harlaus Verwandten von der Geburt Eurer Tochter berichten und ihnen mitteilen, der schreckliche Tod Eures Gemahls habe Euch so erschüttert, dass Ihr vorerst nicht nach Wien zurückkehren könnt«, schlug Irmela vor.

Dann stellte sie die Frage, die sie schon längere Zeit bewegte. »Wer ist eigentlich Graf Harlaus Erbe? Eure Tochter?«

Stephanie schüttelte den Kopf. »Die Familiengesetze derer von Harlau sehen eine Erbfolge im Mannesstamm vor.«

»Dann solltet Ihr den Nachfolger Eures Gemahls umgehend informieren.« Irmela ärgerte sich ein wenig, weil sie Stephanie zu Dingen drängen musste, die in ihren Augen unabdingbar waren. Dann aber entschuldigte sie die Hilflosigkeit der Gräfin mit der harten Gefangenschaft und den Umständen ihrer Niederkunft.
»Wenn Ihr wünscht, werde ich mit Gibichen sprechen, damit er die Korrespondenz für Euch übernimmt. Er kann es damit erklären, dass Ihr Euch nach dem schrecklichen Tod Eures Gemahls unter seinen Schutz gestellt habt.«
Stephanies Blick zeigte Irmela, dass es dieser lieber wäre, unter dem Schutz eines anderen Mannes zu stehen. Doch Fabian würde in der nächsten Zeit im Hintergrund bleiben oder besser noch ganz unsichtbar sein müssen. Noch war der Skandal nicht abgewendet, und Irmela wollte darauf achten, dass er nicht durch irgendeine Dummheit angeheizt würde.
Nach einem kurzen Gespräch beugte Stephanie sich ihren Argumenten und bat sie, ihr Fanny zu schicken, damit diese das Kind säubern und neu wickeln konnte.
Irmela hoffte, Walburga würde bald eine passende Magd finden, denn sie wollte ihrer Zofe nicht zumuten, sich auch noch um das kleine Mädchen kümmern zu müssen. Fanny hatte genug damit zu tun, sie und Frau von Kerling zu bedienen. Mit einem leisen Seufzer dachte sie daran, was sie alles bedenken musste, schob diese Sorgen aber schnell beiseite und kitzelte Stephanies Tochter am Kinn.
Die Kleine gluckste und sah so niedlich aus, dass Irmela sie am liebsten an sich gedrückt und nicht mehr hergegeben hätte. Mit einem Mal freute sie sich auf eigene Kinder. Mochten die Umstände einer Geburt noch so unangenehm und schmerzhaft sein, so wollte sie doch nicht auf das Gefühl verzichten, so etwas Kleines in den Armen zu halten.

»Sie ist wirklich wunderschön!«, flüsterte sie und zauberte damit ein strahlendes Lächeln auf das Gesicht der Mutter. Dann verabschiedete sie sich, und während sie das Zimmer verließ, fragte sie sich zum ersten Mal seit Stephanies und Fabians Befreiung, was das Leben für sie bereithalten würde. Stand Fabian noch zu seinem Wort, sie heiraten zu wollen? Lange Monate hatte sie eine Ehe mit ihm als einzig richtigen Ausweg angesehen, doch jetzt nagten Zweifel an ihr. Fabians Herz gehörte Stephanie und seiner Tochter, und sie würde sich mit seiner Freundschaft begnügen müssen.

Mit dieser bitteren Erkenntnis betrat sie den Raum, in dem die Herren zusammensaßen. Franz von Rain, der wegen der bevorstehenden Hochzeit seines Vaters Urlaub von seinem Regiment genommen hatte, hatte sich zu Fabian, Gibichen und Heimsburg gesellt und lauschte deren Schilderungen über die Schlachten, die sie bereits geschlagen hatten. Bislang hatte er nur bei den Übungen der Landesdefension Pulverdampf gerochen und war erst im Zuge neuer Rekrutierungen zu seinem Offizierspatent gekommen.

Neben ihm saß sein Vater und lächelte so nachsichtig, als halte er vieles von dem Erzählten für Aufschneiderei. Irmela, die dem Bericht Gibichens über die Schlacht von Lützen lauschte, amüsierte sich im Geheimen ebenfalls. Seinen Worten zufolge hatten er und Fabian wohl die größten Heldentaten vollbracht. Das, was er beschrieb, passte jedoch nicht zu dem, was Fabian und Kiermeier im vorletzten Winter in jenem einsamen Gutshaus in den Waldbergen bei Passau geschildert hatten. Die Zahl der Schweden und auch die der Kaiserlichen war um ein Mehrfaches gewachsen, und die Schlacht selbst hatte immense Ausmaße angenommen. Nicht lange, da kam Irmela zu der Überzeugung, dass Soldaten nicht weniger logen als Jäger und Fischer, die ihre Beute beschrieben.

Da sie anderes im Sinn hatte, als sich Gibichens militärische Phantastereien anzuhören, trat sie auf ihn zu und räusperte sich. Gibichen brach mitten im Wort ab und blickte zu ihr auf. »Kann ich Euch helfen, Komtesse?«
»Ich habe etwas mit Euch zu besprechen, Herr von Gibichen.« Irmela deutete ihren Knicks nur an und kam sofort zur Sache. »Es geht um die Belange der Gräfin Stephanie. Wie Ihr wisst, hat sie Burg Harlau nach dem Tod ihres Gemahls überstürzt verlassen und konnte ihre Familie bisher noch nicht von der glücklichen Geburt ihrer Tochter informieren. Auch das neue Oberhaupt derer von Harlau sollte bald von der Existenz der kleinen Komtesse erfahren.«
Fabian machte Miene aufzuspringen, Irmela ins Wort zu fallen und hinauszuschreien, dass die Kleine seine Tochter sei. Doch zum Glück fing er sich und ließ sich zurücksinken. Um Stephanies Ruf zu wahren, musste das Kind als legitime Tochter des Grafen Karl Joseph von Harlau gelten. Gibichen schien ähnlich zu empfinden, denn er streifte Fabian mit einem warnenden Blick, stand auf und verbeugte sich so tief und elegant vor Irmela, als befänden sie sich bei Hofe.
»Richtet der Gräfin bitte aus, dass sie auf mich zählen kann. Wenn Hauptmann von Rain mir mit einem Uniformrock aushilft, werde ich mich morgen früh auf den Weg nach Wien machen. Mit meinen jetzigen Kleidern kann ich mich in der Kaiserstadt nicht sehen lassen, und ich möchte ungern warten, bis mir der Schneider einen neuen Rock angemessen hat.«
Irmela stieß ein »Ha!« aus. »Da sagt man, nur Frauen wären eitel!«
Gibichen entschloss sich, ihre Stichelei zu überhören, und blickte Franz von Rain fragend an. Meinardas Zukünftiger schoss aus seinem Stuhl hoch und erklärte, es sei ihm eine Ehre, dem Gast auszuhelfen.

»Habt Dank! So verliere ich nicht unnötig Zeit. Wer ist eigentlich der neue Herr des Hauses Harlau?«
Die Frage galt Irmela, da er annahm, sie hätte es von Stephanie erfahren. Es war jedoch Albert von Rain, der ihm Antwort gab.
»Der nächste Anwärter wäre mein guter Freund Hieronymus, seines Zeichens Abt von Altramszell. Da er jedoch die geistliche Laufbahn eingeschlagen hat, wird mit Leopold von Harlau ein Vetter dritten Grades zum Zuge kommen. Ich persönlich kenne den Mann nicht, da sein Besitz in Kärnten liegt. Aber er wird nach dem Erhalt der Nachricht vom Tod des Grafen gewiss nach Wien eilen.«
Irmela nickte versonnen, denn die Situation kam Stephanie entgegen. Als entfernter Verwandter, dem unerwartet ein höherer Rang und ein Vermögen zufielen, würde Leopold von Harlau die Umstände des Ablebens seines Vorgängers nicht bis ins Einzelne untersuchen lassen wollen. Zudem war die Tatsache, dass Stephanie nur eine Tochter geboren hatte, ein zweifacher Glücksfall, für den Erben und für die Witwe. Wäre es ein Knabe gewesen, der selbst Anspruch auf Besitz und Titel hätte erheben können, würde Leopold von Harlau wohl kaum die Ohren vor gewissen Gerüchten verschließen, das Kind sei illegitim. So aber würde sich kaum noch jemand für Stephanie und Fabian interessieren.
Gibichen klopfte mit dem Fuß ungeduldig auf das Parkett. »Ist es der Dame recht, wenn ich morgen aufbreche?«
Irmela zuckte zusammen und nickte. »Aber gewiss.«
»Dann seid so freundlich und bittet Gräfin Harlau um ein paar Empfehlungsbriefe für ihre Verwandten. Ach ja, ich hätte auch einen Wunsch an Euch, wenn ich diese Aufgabe zu Eurer Zufriedenheit erfülle.«
»Und der wäre?«, fragte Irmela unhöflich knapp.
»Eine Fahne für meine Kompanie von Eurer Hand. Ihr fertigt

die besten Handarbeiten an, die ich je gesehen habe. Bei deren Anblick wird meine Schwester vor Neid erblassen. Sie hält sich nämlich für eine unerreichte Meisterin der Nadel.«
Gibichens Stimme klang so bissig, als empfinde er nur wenig Liebe für seine Schwester. Auch zu seinem Bruder schien er kein herzliches Verhältnis zu pflegen, wie einige beiläufige Bemerkungen Irmela verraten hatten. Der einzige Verwandte, mit dem er auszukommen schien, war jener Onkel, der ihn als Erben hatte einsetzen wollen. Dessen Besitz lag jedoch im nordwestlichen Teil des Herzogtums Bayern und war derzeit wie so viele andere Güter von den Schweden besetzt.
Irmela bedauerte Gibichen mit einem Mal, obwohl dieser gewiss der Letzte war, der bemitleidet werden wollte.
Mit einem leisen Auflachen unterbrach Gibichen Irmelas Grübeln. »Meine Liebe, hat Euch meine Forderung die Sprache verschlagen?«
»Nein, gewiss nicht! Ihr bekommt Eure Fahne. Möge sie Euch von Sieg zu Sieg führen.«
»Da sie von Euch stammt, wird sie dies gewiss tun.« Gibichen verbeugte sich erneut und wandte sich dann an die anderen Herren. »Was haltet ihr von einer kleinen Kartenpartie? Dieses Vergnügen habe ich in den letzten Wochen wohl am meisten vermisst.«
Männer!, dachte Irmela und verließ den Raum mit einem leichten Kopfschütteln.

XIII.

*E*ntgegen Meinardas Behauptung, Herrn von Rains Hochzeit mit Walburga würde nicht besonders aufwendig gefeiert, war die Klosterkirche festlich geschmückt. Der Sohn, der hier als Abt residierte, schien die Hochzeit seines Vaters in einem anderen

Licht zu sehen als seine zukünftige Schwägerin. Irmela freute sich darüber und bewunderte die Braut. Walburgas Kleid war von dunkler Farbe und eher schlicht gehalten, verlieh seiner Trägerin aber eine besondere Note, der sich auch ihr Bräutigam nicht entziehen konnte.

Albert von Rain wirkte erleichtert, dass die Hochzeit endlich gefeiert werden konnte, denn er schätzte Walburga nicht nur als fleißige Hausfrau und Verwalterin seiner Güter, sondern freute sich auf das eheliche Zusammenleben, wie ein paar nicht sehr gewählten Bemerkungen zu entnehmen war. Meinarda bewies genug Takt, diese Anspielungen zu überhören und diesen Tag ihrer Freundin zu überlassen. Daher hatte sie sich für ihre Verhältnisse schlicht gekleidet. Ihr von Spitzen umrahmtes Dekolleté ließ Franz von Rains Augen jedoch aufleuchten, und er erklärte noch vor der Trauzeremonie jedem, der ihm zuhörte, er wolle mit seiner eigenen Heirat nicht mehr allzu lange warten.

Meinarda lächelte glückselig und schien den Schrecken durch die Schweden und den Tod ihres Mannes völlig vergessen zu haben. Das stimmte Irmela ein wenig traurig, weil sie selbst nicht wusste, wie ihr Leben weitergehen sollte. Sie würde sich schon in der nächsten Zeit der fälligen Auseinandersetzung mit ihrer Stiefgroßmutter stellen müssen, und davor fürchtete sie sich. Von Gibichen, der noch immer in Wien weilte, hatte sie einen Brief erhalten, in dem stand, dass Walburgas früherer Ehemann Rudolf Steglinger in Helenes Namen nach ihrem Vermögen griff und dabei versuchte, sich als ehemaliger Untertan Pfalz-Neuburgs die Unterstützung des Herzogs Wolfgang Wilhelm zu sichern.

Irmela war so in ihre Überlegungen verstrickt, wie sie sich verhalten sollte, dass sie die Person nicht bemerkte, die ganz in ihrer Nähe hinter einem Gitterwerk hockte und die Zeremonie ver-

folgte. Es handelte sich um Xaver von Lexenthal, der am Vorabend eingetroffen war und Irmela hasserfüllt anstarrte. Am liebsten hätte er sie auf der Stelle verhaften lassen, doch der Abt hatte ihm deutlich zu verstehen gegeben, dass er eine Störung der Hochzeitszeremonie nicht zulassen würde.
Lexenthal hätte Daniel von Rain für seine Weigerung am liebsten in Fesseln schlagen lassen, doch dieser besaß als Hausherr nun einmal die Macht in diesem Kloster, und er konnte sich keinen Affront gegen einen höher gestellten Kirchenmann leisten. Daher tröstete er sich mit der Vorstellung, dass er am nächsten Tag, wenn sein Sekretär mit den angeforderten Soldaten hier erschienen war, durchgreifen und die Hexe dingfest machen konnte.
Trotz dieser Gewissheit fiel es ihm schwer, mit ansehen zu müssen, wie die junge Hexe keine zehn Schritte von ihm entfernt scheinbar andächtig der Trauzeremonie folgte und anschließend die Braut küsste. Am liebsten hätte er sie gepackt und ihr ins Gesicht geschrien, welch verworfenes Geschöpf sie sei, wie sie hier Freude heuchelte und dabei Böses ausbrütete. Eingehüllt in ein Gespinst aus Hass und der Verzweiflung über Ehrentrauds Tod nahm der Prior das Ende des Hochzeitsgottesdienstes gar nicht wahr. In seinen Ohren hallten noch immer die längst verstummten Lieder der Sängerknaben des Klosters, und als er sich schließlich aus der Enge seines Verstecks befreite, stöhnte er auf, denn der Rücken tat ihm weh, und sein rechtes Bein war wie taub.
»Das muss die Hexe gewesen sein! Sie weiß, dass ich hier bin.«
Lexenthal packte die Angst, Irmela könnte ihm entkommen, und er hielt einen der Mönche auf, die den Hochzeitsschmuck im Kirchenschiff entfernen sollten.
»Wo ist der ehrwürdige Vater Daniel?«
»Hier bin ich!« Der Abt war in die Kirche getreten und fand

Lexenthal in einem Zustand vor, der ihn kaum mehr zurechnungsfähig erscheinen ließ.
»Beruhigt Euch, Bruder!«, sagte er, doch Lexenthal schüttelte wild den Kopf.
»Die Hexe muss sofort gefangen genommen werden, sonst entkommt sie uns noch.«
Daniel von Rain wusste nicht so recht, was er von Lexenthals Anschuldigungen halten sollte. Er hatte Irmela in den Wochen, die sie auf Rain geweilt hatte, recht gut kennengelernt und nichts entdeckt, das auf ein böses Gemüt oder gar Hexenwerk hingedeutet hätte. Dennoch musste er die Anklage des Priors ernst nehmen. Der Teufel verlieh denen, die ihm besonders teuer waren, ein angenehmes Äußeres und ein einnehmendes Wesen, damit sie in seinem Sinne die Menschen verderben konnten.
»Wenn Ihr es wünscht, werde ich Schloss Rain überwachen lassen!« Das war das einzige Angebot, welches er Lexenthal im Augenblick machen konnte, doch dieser fuhr herum, als hätte ihn die Natter gestochen. »Vermögen Eure Leute der Hexe auch in die Lüfte zu folgen, wenn sie einen Besen ergreift, um zu ihrem höllischen Herrn zurückzukehren?«
»Nun, das nicht, aber …«
Der Prior ließ ihn nicht ausreden. »Ihr habt das Wirken dieser Teufelshexe nicht erlebt! Ich aber musste zusehen, wie meine Nichte durch sie in die Grube gefahren und eine Beute Satans geworden ist. Bei Gott, ich wünschte, ich wäre für Ehrentraud gestorben!«
»Aber Bruder, so dürft Ihr nicht denken!« Der Abt ahnte nichts von den Selbstvorwürfen, die Lexenthal sich machte, weil er Ehrentraud als Spionin gegen Irmela eingesetzt hatte. Er beschloss, den Bruder Apotheker zu bitten, seinem Gast einen Trank zuzubereiten, der diesen beruhigen und in der Nacht schlafen lassen

würde. Sein Vater und Walburga sollten ungestört Hochzeit feiern können. Daniel von Rain wusste aber auch, dass er am nächsten Tag nicht umhinkommen würde, Irmela von Hochberg festsetzen zu lassen. Lexenthal war entschlossen, das teuflische Treiben dieses Mädchens aufzudecken, und er durfte sich selbst und sein Kloster nicht dem Verdacht aussetzen, einer Hexe helfen zu wollen.

Siebter Teil

◆

Die Feuerbraut

I.

*I*rmela wachte am späten Vormittag mit dem Gefühl auf, ihr Kopf müsse jeden Augenblick platzen. Mühsam erinnerte sie sich an Albert von Rain, der seine Hochzeit mit Walburga kräftig gefeiert und dabei die Gäste immer wieder dazu angehalten hatte, mit ihnen anzustoßen. Sie selbst hatte ein paar Gläser Wein mehr getrunken, als sie gewohnt war, und bekam nun die Folgen zu spüren. Ihr war übel, und sie fragte sich, was Menschen daran finden mochten, sich zu betrinken, wenn das Erwachen am nächsten Tag so unangenehm war.
»Na, endlich ausgeschlafen?« Fanny steckte den Kopf zur Tür herein, nahm Irmelas elenden Zustand wahr und seufzte. »Wenn Ihr den Wein nicht vertragt, solltet Ihr ihn lieber aus dem Leib lassen. Ich musste Euch in der Nacht zu Bett bringen wie ein kleines Kind. Ihr konntet Euch nicht einmal mehr selbst zudecken.«
»So schlimm war es gewiss nicht.« Irmela stöhnte, denn Fannys Stimme stach ihr wie Messerspitzen ins Gehirn.
»O doch! Ich war schon kurz davor, Abdur zu bitten, mir zu helfen, Euch ins Zimmer zu bringen, denn ich musste Euch halb tragen.« Fanny klang ein wenig beleidigt, denn sie hatte eigentlich Dank für ihre Mühen erwartet. »Frau Meinarda und Walburga sind schon lange wach und haben bereits gefragt, wo Ihr so lange bleibt.«
Irmela quälte sich aus dem Bett und sah sie mit weit aufgerissenen Augen an. »Sag bloß, ich soll heute sticken?«
»Davon haben sie nichts gesagt. Sie wollten nur wissen, wie es Euch geht.«
»Scheinheilige Biester! Die haben mich doch zum Trinken überredet. Ich wollte ja gar nicht. Hast du das Waschwasser dabei?«

Der abrupte Themenwechsel überraschte Fanny wenig. Sie kannte ihre Herrin und deren kleine Schwächen gut und wusste damit umzugehen. »Eine Magd bringt es gleich. Ich wollte zuerst die Kleider herauslegen, die Ihr heute tragen werdet.«
»Nimm ein düsteres, am besten ein Büßergewand«, stöhnte Irmela, der noch übler zu werden begann. »Ich weiß nicht, was Herr von Rain sich denkt, seinen Gästen so schlechtes Zeug vorzusetzen. Da muss sich einem ja der Magen herumdrehen.«
»Andere vertragen es halt«, spottete Fanny, um sofort wieder ernst zu werden. »Am besten, Ihr lasst das Trinken in Zukunft sein, da es Euch nicht bekommt. Ich bin ohnehin der Ansicht, dass Wein nur etwas für Männer ist, auch wenn die nach zu viel Trinken ihre Beherrschung verlieren und eher Tieren gleichen als dem Ebenbild Gottes.«
Die Zofe musste an den Bauern denken, den sie hätte heiraten sollen und der schon vorher von ihr Dinge verlangt hatte, die man der heiligen Kirche zufolge nur im Ehebett tun sollte. Der Mann war betrunken gewesen und hatte alle Hemmungen verloren. Fanny erinnerte sich nur noch mit Grausen an jene Nacht und war, wenn sie es recht bedachte, nun sehr froh, dass die Ehe wegen der entstellenden Verletzung, die sie sich kurz danach zugezogen hatte, nicht zustande gekommen war. Unbewusst berührte sie die Narbe mit den Fingerspitzen ihrer rechten Hand und wunderte sich, wie glatt und samtig die Stelle geworden war.
»Bertram Lohner ist ein Meister seiner Kunst. Er hätte auch Fräulein Ehrentraud helfen können. Doch der war selbst das bisschen Schmerz bei der Operation zu viel.«
Irmela begriff, dass ihre Zofe einem kaum nachzuvollziehenden Gedankensprung erlegen war, wie es ihr selbst häufig passierte, und lächelte trotz ihres schlechten Zustands. Dann musste sie an Ehrentraud denken und wurde wieder ernst. »Wie mag es ihr gehen?«

»Wem?« Fanny riss verwundert die Augen auf, denn sie hatte ihre Worte bereits wieder vergessen.
»Ehrentraud! Weißt du, es mag lächerlich klingen, aber ich mache mir Vorwürfe, sie mit Helene und Johanna allein gelassen zu haben. Ich traue den beiden zu, dass sie sie mit bösen Bemerkungen verletzen und schlecht behandeln.«
Fannys wegwerfende Handbewegung fiel heftig aus. »Um die braucht Ihr Euch keine Sorgen zu machen. Helene kümmert sich wie eine Glucke um sie, weil sie sich das Wohlwollen des Priors Lexenthal erhalten will, und Johanna – nun, Ihr wisst ja selbst, was sie und Ehrentraud miteinander treiben.«
In ihrer Stimme schwang abgrundtiefe Verachtung für das, was die beiden jungen Frauen taten. Es war eine Sünde, die ihnen gewiss etliche Jahrhunderte Fegefeuer einbringen würde. Von solchen Menschen musste man sich fernhalten, um nicht selbst beschmutzt zu werden. Aus diesem Grund war Fanny auch nicht glücklich darüber, dass ihre Herrin Fabian heiraten wollte. Der hatte es mit der Entstellten getrieben, und auch sonst war der Lebenswandel des jungen Mannes nicht der beste. Nach dem, was sie aufgeschnappt hatte, musste es in seinem Leben neben Gräfin Stephanie und Ehrentraud auch noch eine gewisse Gerda gegeben haben, ein Weib mit einem entsetzlich schlechten Ruf.
Dann aber wurde ihr bewusst, dass es wohl keinen Mann gab, der ein gottgefälliges Leben führte, und sie zuckte mit den Schultern. »Eigentlich sollte man sie alle in einen Sack stecken und in die Donau werfen!«
»Heute sprichst du in Rätseln«, antwortete Irmela.
Als Fanny erklären wollte, was sie meinte, erschien eine Bedienstete mit einem Eimer warmen Wassers und füllte die Waschschüssel. Das erinnerte die Zofe an ihre Pflichten. »Raus aus dem Hemd und dann kräftig gerubbelt! Das bringt den Körper auf Trab, hat meine Mama immer gesagt.«

Fanny nahm einen rauhen Lappen, tauchte ihn in das Wasser und gab ein wenig Seife darauf. »Glaubt Ihr, dass Herr von Gibichen für Gräfin Stephanie etwas in Wien erreichen konnte?«, fragte sie, während sie Irmela den Rücken wusch.
»Ich will es hoffen! Eigentlich wollte er ja bis zur Hochzeit wieder zurück sein. Walburga und Herr von Rain waren ein wenig enttäuscht, weil er ihre große Feier versäumt hat.« Irmela gestand sich im Stillen ein, dass sie den hochgewachsenen, wortkargen Hauptmann ebenfalls vermisste. Zwar hatte sie mit Fabian und Stephanie zwei Gesprächspartner, die sich eifrig bemühten, ihr alles zu Gefallen zu tun, doch das Verhältnis zwischen ihnen konnte man zumindest als seltsam bezeichnen. Mit ihr war Fabian verlobt, gleichzeitig aber war er der Vater von Stephanies Kind. Nun hing er zwischen diesen gegensätzlichen Verpflichtungen, ohne sich entscheiden zu dürfen. Stephanie war weder ihr noch ihm eine Hilfe, denn sie floss vor Dankbarkeit über und hätte wohl auch noch auf ihre ewige Seligkeit verzichtet, nur um ihre Retterin zufriedenzustellen.
»Das Schicksal stellt die Menschen auf seltsame Proben.« Irmela schüttelte nachdenklich den Kopf und zog sich damit eine Rüge von Fanny zu, die gerade ihre dichten Haare mit einem Kamm zu entwirren versuchte. Zu mehr als ein paar tadelnden Worten kam die Zofe jedoch nicht, da im Burghof Hufschläge und rauhe Stimmen aufklangen.
Irmela erschrak. »Hoffentlich sind das keine Schweden!«
Fanny eilte ans Fenster. »Den Uniformen nach sind es die Unseren. Aber ich kann nicht erkennen, zu welchem Regiment sie gehören.«
»Wahrscheinlich zu Franz von Rains«, antwortete Irmela gleichgültig.
Ihre Zofe schüttelte den Kopf. »Deren Abzeichen könnte ich mit verschlossenen Augen malen, so oft habe ich mir beim Nähen

der Uniformen die Finger wund gestochen. Die hier tragen andere Farben, und es sind drei Mönche dabei.«
»Wahrscheinlich Gäste für Herrn von Rain, die uns nichts angehen«, sagte Irmela und befahl Fanny unwirsch weiterzumachen.
Die Zofe kehrte zögernd zurück und bearbeitete Irmelas Haare mit der Bürste. Sie war noch nicht fertig, als es an die Tür klopfte und Meinarda eintrat. Ihr Gesicht war schneeweiß, und ihre Augen flackerten.
Gleichzeitig hörte Irmela schwere Männerschritte auf ihre Kammer zukommen.
»Was ist denn los?«, fragte sie verärgert.
Meinarda brauchte einige Augenblicke, bis sie reden konnte. »Da sind Leute gekommen, die dich verhaften wollen. Ich habe nicht alles begriffen, was ihr Anführer sagte, aber es soll sich um eine schwere Anklage handeln.«
Irmela sah ihrer Freundin an, dass diese nicht die ganze Wahrheit sagte. Meinarda wusste mehr, schien es aber selbst nicht begreifen zu können.
»Ich verstehe nicht, was das soll! Ich habe gewiss nichts angestellt.« Irmela stand auf und befahl Fanny, sie anzukleiden.
»Du solltest dich beeilen, sonst kommen die Soldaten herein und nehmen dich so mit. Außerdem darfst du dein Fenster nicht öffnen.«
Meinardas Worte entlockten Irmela ein Lachen. »Haben die etwa Angst, ich könnte ihnen davonfliegen?«
Das leichte Nicken ihrer Gastgeberin ließ Irmela plötzlich frieren. Ihre Mutter war als Teufelsbuhle beschuldigt und beinahe verhaftet worden, und ihr hatte Johanna immer wieder vorgeworfen, eine Hexe zu sein. Im Haus über dem Strom und auch auf dem Gutshof hatte sie sogar beinahe selbst daran zu glauben begonnen, doch inzwischen war sie zu der Überzeugung gekommen, dass sie ein normaler Mensch war und eine gläubige Angehörige

der heiligen katholischen Kirche. Sie mochte zwar ungewöhnliche Fähigkeiten haben, aber mit Zauberdingen hatte sie sich nie abgegeben und auch keinem Menschen je Schaden zugefügt.
Es schien, als habe sie einen Fehler gemacht, als sie nach ihrem Gespräch mit Wallenstein nicht sofort nach Passau zurückgekehrt war. Dadurch hatte sie Helene und Johanna die Gelegenheit geboten, ihr einen Strick zu drehen. Nun wünschte sie sich für einen Augenblick, sie besäße jene bösen Kräfte, die man ihr vorwarf. Dann würde sie tatsächlich davonfliegen und ihren angeheirateten Verwandten all das heimzahlen, was diese ihr angetan hatten.
Irmela war aber auch klar, dass sie keine Zeit hatte, ihren Gedanken nachzuhängen. Rasch schlüpfte sie in all die Unterkleider und ein Gewand, das ihrem Stand angemessen war, ließ sich von Fanny die Knöpfe schließen und trat mit einer Haltung verletzten Stolzes auf den Flur.
Ein Blick in die eingefrorenen Gesichter der Soldaten ließ ihren Mut sinken. Ein junger Mönch im Habit der Dominikaner trat ihr mit einem silbernen Kruzifix in der Hand entgegen und murmelte lateinische Formeln, die sie nicht verstand.
»Was soll das Ganze?«, fragte sie wütend.
»Sei still, Hexe!«, fuhr der Mönch sie an und wandte sich an die Soldaten. »Bindet ihr die Hände auf den Rücken und knebelt sie, damit sie uns nicht verfluchen kann.«
Irmela kam nicht mehr dazu zu protestieren, da ihr zwei Männer die Arme schmerzhaft nach hinten bogen, während ein Dritter ihr einen ledernen Knebel in den Mund schob und dessen Enden in ihrem Nacken verknotete. Ihre Hände wurden mit einem rauhen Strick gefesselt und die Augen verbunden. Dann schleiften die Soldaten sie wie ein Gepäckstück mit sich. Fanny hatte wie erstarrt dagestanden, aber nun wollte sie Irmela folgen. Einer der Soldaten stieß sie jedoch rüde zurück. Bevor die Zofe wütend auf ihn losgehen konnte, packte Meinarda sie und drückte sie in eine Ecke.

»Willst du, dass sie auch dich verhaften?«, raunte sie Fanny ins Ohr.
»Die Komtesse braucht mich!«
»Närrin! Du würdest ihr nicht helfen können, sondern selbst ein hilfloses Opfer dieser Kerle werden. Irmela wird wenigstens noch durch ihren hohen Rang geschützt. Mit dir aber können sie verfahren, wie es ihnen gefällt.«
Während Meinarda Fanny zurückhielt, erreichten die Soldaten mit Irmela die Treppe und ließen sie gegen die steinerne Brüstung prallen. Sie stöhnte vor Schmerz und wand sich unter dem harten Griff der Männer.
Von unten klang Herrn von Rains zornige Stimme auf. »Dies ist mein Haus und Komtesse Hochberg mein Gast! Wenn sie auf meinem Grund und Boden nicht mit der Achtung behandelt wird, die ihrem Rang gebührt, rufe ich meine Knechte und lasse euch samt euren Soldknechten davonjagen!«
Irmela war Albert von Rain dankbar, dass er sich für sie einsetzte. Gleichzeitig fragte sie sich, wer der Mann sein mochte, der es wagen konnte, sie in diesem Haus festzunehmen. Sie versuchte sich einzureden, dass sich das Ganze nur um ein Missverständnis handeln konnte, welches sich bei einem Gespräch mit demjenigen, der den Befehl zu ihrer Verhaftung gegeben hatte, rasch aufklären würde. Dann erinnerte sie sich an den Feuertod der alten, als Hexe beschuldigten Frau bei Passau, und eine Woge von Angst und Panik schwemmte alles Denken hinweg.

II.

Xaver von Lexenthal war so erleichtert, die Hexe ohne Probleme gefangen genommen zu haben, dass er sich nicht einmal über Albert von Rains Vorhaltungen ärgerte. Er gab den Solda-

ten, die ihn begleiteten, sogar den Befehl, etwas schonender mit dem Weib umzugehen. Hatte er erst einmal das Land des Freiherrn verlassen, würde er anders verfahren. Irmela würde für jede Minute bezahlen, in der seine Nichte hatte leiden müssen. Jetzt aber galt es, die Hochberg-Hexe ihren Freunden und möglichen Helfern zu entziehen.
»Wohin bringt Ihr die Komtesse?«, wollte Albert von Rain wissen.
Der Mönch, den Daniel von Rain Lexenthal als Führer mitgegeben hatte, versuchte den Vater seines Abts zu beruhigen. »In unser Kloster, wo sie im Gästetrakt untergebracht wird.«
Lexenthal lächelte in sich hinein, denn er hatte ganz andere Pläne mit dem Hexenweib. Davon aber durfte niemand etwas erfahren. Männer wie Albert und Daniel von Rain waren nun einmal der Ansicht, Hexen entstammten ausschließlich dem Sumpf niederer Stände, und nahmen die Umtriebe einer Teufelsbuhle adeliger Herkunft gar nicht wahr. Das hatte er schon einmal mit schmerzlichen Folgen erfahren müssen, also würde er diesmal vorsichtiger zu Werke gehen.
Mit einer grimmigen Miene, die nichts von seinem inneren Jubel verriet, sah er zu, wie Irmela in seine Kutsche gehoben wurde. Dann verabschiedete er sich von Albert von Rain und ließ diesen ebenso wie die übrigen Bewohner der Burg ratlos und verschreckt zurück.
Lexenthal, sein Sekretär und der Mönch aus Abt Daniels Kloster nahmen in der Kutsche Platz, wobei jeder bemüht war, die in einer Ecke sitzende Irmela nicht zu berühren. Der einheimische Mönch tat es aus einer gewissen Ehrerbietung gegenüber dem Gast, der im Haus des Vaters seines Abts beinahe ein Familienmitglied geworden war, während die beiden anderen fürchteten, Irmela könne sie allein durch den Kontakt mit ihren Kleidern verhexen.

Auf halbem Weg zum Kloster ließ Lexenthal anhalten und wandte sich seinem hiesigen Begleiter zu. »Verzeih, Bruder, doch mir ist auf dieser Fahrt klar geworden, dass die Gästeräume eures Klosters nicht der geeignete Aufenthalt für eine Hexe mit so großen Kräften sind. Von dort könnte sie leicht entkommen. Aus diesem Grund habe ich mich entschlossen, sie in ein sicheres Gefängnis bringen zu lassen. Bitte teile dies dem ehrwürdigen Abt Daniel von Rain mit.«
Der Mönch sah ihn erschrocken an. »Er wird es nicht gutheißen, dass Ihr die mit ihm besprochenen Pläne so unvermittelt ändert. Wohin wollt Ihr die junge Dame bringen?«
»Nach Wien«, antwortete Lexenthal und bat dabei die Heilige Jungfrau um Milde für diese Lüge.
»Bis dort werdet Ihr mindestens zwei Tage brauchen«, behauptete der Mönch.
Lexenthal lächelte sanft und öffnete eigenhändig den Schlag, damit der Ordensbruder aussteigen konnte. »Ich werde in Klosterneuburg übernachten und die Hexe in den dortigen Gewölben unterbringen lassen. Einen Tag später sind wir in Wien, und dann kann der Prozess gegen Irmela von Hochberg seinen vorgeschriebenen Gang gehen.«
Wien war der letzte Ort, zu dem er Irmela bringen wollte, denn dort würde Herzog Wolfgang Wilhelm von Pfalz-Neuburg, der eine unerklärliche Vorliebe für die Familie Hochberg gefasst hatte, sofort von der Verhaftung erfahren und seinen Einfluss geltend machen.
Lexenthal nickte noch einmal wie zur Bekräftigung. »Ich danke dir für die Hilfe, Bruder, die du mir geleistet hast. Überbringe diesen Dank auch dem ehrwürdigen Abt deines Klosters.«
Der Mönch wusste nicht so recht, was er tun sollte. Abt Daniel hatte ihn beauftragt, die Gefangennahme der Komtesse Hochberg zu beobachten und dafür zu sorgen, dass diese unbeschadet

ins Kloster gebracht werde. Andererseits stand Lexenthal von seinem Rang her weit über ihm, und diesem Zwiespalt fühlte er sich nicht gewachsen. Schließlich sagte er sich, dass die Herren Richter in Wien besser wissen mussten, welche Behandlung einer der Hexerei angeklagte Dame von Stand angemessen war. Dieser Gedanke beruhigte seine Gewissensqualen. Daher stieg er ohne weiteren Widerspruch aus der Kutsche und verabschiedete sich ehrerbietig. Lexenthal nickte noch einmal huldvoll und befahl dem Kutscher weiterzufahren. Als der Wagen rollte, sah er nach hinten und stellte fest, dass Abt Daniels Vertrauter stehen geblieben war und ihnen nachblickte.
Lexenthal lächelte spöttisch, denn mit einer solchen Reaktion hatte er gerechnet. Er ließ die Kutsche ein Stück in Richtung Wien rollen und hielt bei einer Schenke an. Während seine Eskorte einen Schluck Wein, etwas Brot und gesottenes Fleisch zu sich nahm, ließ er für sich und seinen Sekretär das beste Essen auftischen. Dabei unterhielt er sich so begeistert mit seinem nervös wirkenden Untergebenen über die Kaiserstadt, die man am Abend des nächsten Tages erreichen würde, dass der Wirt und seine Knechte es nicht überhören konnten.
Irmela erhielt weder zu trinken noch etwas Essbares. Eng an die Wand der Kutsche gepresst, vermochte sie ihre Umwelt nur mit ihren Ohren und ihrer Nase wahrzunehmen.
Einer der Soldaten steckte seinen Oberkörper in die Kutsche und hielt Irmela ein zwischen zwei Brotscheiben steckendes Stück Fleisch unter die Nase. »Na, hast du auch Hunger, du Hexe?«
Irmela roch das Essen, doch ihr Magen war in einem so schlechten Zustand, dass es ihr heiß und sengend bis in die Kehle hochstieg. Sie würgte und schluckte alles wieder hinab, denn sie fürchtete, wegen des Knebels an ihrem Erbrochenen zu ersticken.

Der Soldat wieherte vor Lachen, als er sah, wie die Gefangene sich in Krämpfen wand, doch bevor er noch mehr tun konnte, fiel die Hand des Priors schwer auf seine Schulter.
»Verdammter Hund! Ich hatte doch befohlen, die Hexe vorerst in Ruhe zu lassen. Ich wünschte, ihr Fluch würde dich treffen!«
Es war beinahe lächerlich zu sehen, wie sich das Gesicht des Soldaten entfärbte. »Erhabener Herr, ich wollte nicht ...«
Der Prior gab ihm einen Stoß. »Verschwinde zu deinen Kameraden und sage ihnen, dass ich gleich aufbrechen will. Jeder, der zu viel getrunken hat, wird bestraft!«
Die Drohung war berechtigt. Aufgrund ihres leicht errungenen Erfolgs, aber auch aus Angst vor den enormen Kräften, welche die junge Hexe besitzen sollte, hatten einige Soldaten dem Wein stark zugesprochen.
Eine halbe deutsche Meile weiter hieß der Prior die Vorreiter und den Kutscher von der Straße nach Wien abbiegen und auf die Donau zuhalten. Nun nahm er sich endlich auch die Zeit, seine Gefangene genauer anzusehen. Es fiel ihm auf, wie wenig Irmela ihrer Mutter glich. Irmhilde von Hochberg war eine schöne Frau gewesen, nicht besonders groß, aber bei weitem nicht so klein und zierlich wie ihre Tochter, und im Gegensatz zu dieser hatte sie Haare wie gesponnenes Gold gehabt. Die Ähnlichkeit zwischen Ottheinrich von Hochberg und dessen Tochter war größer, wenn man davon absah, dass er ein recht stattlicher Mann gewesen war. Im Gegensatz zu ihren Eltern wirkte Irmela mager und wenig attraktiv. Doch während er sie betrachtete, verwarf er diese Meinung wieder. Sie mochte klein sein, hatte aber eine gute Figur, und ihr Gesicht erschien trotz des störenden Knebels und der Augenbinde ungewöhnlich anziehend.
Wer sie so sah, würde kaum glauben können, dass es sich bei ihr um die schlimmste Hexe handelte, an die Lexenthal sich erin-

nern konnte, und er musste sich mühsam ins Gedächtnis rufen, dass der Teufel jenen, die ihm treu dienten, eine anziehende Schönheit verlieh.

Ein inbrünstiges Gebet half dem Prior schließlich, jegliche Regung von Mitleid aus seinem Herzen zu verbannen. Ein Blick auf seinen Sekretär zeigte ihm jedoch, dass der schlechte Zustand der Gefangenen auf diesen nicht ohne Wirkung blieb.

»Sollten wir ihr nicht wenigstens den Knebel abnehmen, so dass sie freier atmen kann?«, fragte der junge Mann nach einer Weile.

Lexenthal lachte höhnisch auf. »Damit sie uns mit ihrer Stimme in ihren Bann schlagen und verhexen kann? Nein, sie bleibt so gefesselt, wie sie ist.«

»Dann wird sie den langen Weg bis Passau nicht durchstehen«, wagte der Sekretär einzuwenden.

Irmela erschrak, als sie vernahm, dass sie nach Passau gebracht werden sollte. Dort hatte Lexenthal großen Einfluss, und Herzog Wolfgang Wilhelm würde zu spät erfahren, was ihr zugestoßen war.

Auch dem Prior bereitete der lange Weg Sorgen, denn die junge Hochberg durfte ihm unterwegs nicht zugrunde gehen. Solange sie keinem ordentlichen Verhör unterworfen und rechtmäßig verurteilt worden war, würde er in den Augen der Welt als Entführer dastehen, in dessen Gewalt eine Dame von Stand umgekommen war, und dies würde ein schmähliches Ende für ihn bedeuten.

Verärgert, weil sein eigenes Schicksal so eng mit dem der Hochberg-Hexe verbunden war, wandte Lexenthal seinen Blick ab und brütete still vor sich hin.

Auch Irmela hing ihren Gedanken nach, und die waren alles andere als erfreulich. Die rüde Behandlung, die sie erfahren hatte, machte ihr Angst, und sie fürchtete sich vor dem, was die Zukunft ihr bringen mochte. Für Augenblicke überlegte sie, ob nicht

Helene und Johanna, sondern Harlaus Verwandte dahinterstecken mochten, die den Tod ihres Verwandten und die Befreiung Stephanies und Fabians rächen wollten, schob diese Vermutung aber bald wieder beiseite. In dem Fall hätten die Soldaten auch die beiden mit sich geschleppt. Außerdem glaubte sie jetzt auch die Stimme des Anführers erkannt zu haben. Es musste Lexenthal sein, Ehrentrauds Onkel, der bereits ihre Mutter als Hexe hatte überführen wollen. Sie spürte förmlich die Flammen des Feuers, in das er sie stoßen würde, und verging vor Angst.

III.

Auf Burg Rain waren die Bewohner zunächst wie erstarrt. Fabian hatte am Vorabend ebenfalls zu viel getrunken und lag noch in seinem Bett. Nun stürmte Fanny in seine Kammer und rüttelte ihn heftig.
Trotz seines schweren Kopfes war Fabian sofort hellwach. »Was ist los?«
»Soldaten! Sie haben die Komtesse als Hexe beschuldigt und mitgenommen. Dabei stimmt das gar nicht, das mit der Hexerei meine ich. Fräulein Irmela hat sich nie mit solchen Dingen abgegeben.«
»Unsinn«, murmelte Fabian, doch Fannys verzweifelter Gesichtsausdruck verriet ihm, dass sie die Wahrheit sprach. Er sprang aus dem Bett und schlüpfte in seine Hosen. Fanny reichte ihm sein Hemd, das er am Vorabend achtlos auf den Fußboden geworfen hatte, und zerrte ihn dann hinter sich her in den mit alten Rüstungen und neuen Fahnen reich geschmückten Rittersaal. Dort hatten sich bereits Albert und Franz von Rain, Meinarda und Walburga versammelt. Heimsburg erschien mit Dionysia von Kerling fast zur selben Zeit wie Fabian und Fanny, und kurz

darauf fand sich Stephanie mit ihrer Kleinen auf dem Arm in der Halle ein.

»Stimmt das mit Irmela?« Fabians Frage peitschte wie ein Musketenschuss durch den Raum.

Herr von Rain nickte mit bedrückter Miene. »Leider ja! Ich bin noch ganz erschlagen und weiß nicht, wie es dazu kommen konnte. Die Soldaten waren auf einmal da und haben die Komtesse umgehend mitgenommen, ohne dass die Mönche, die sie anführten, auch nur einen Grund dafür genannt hätten.«

»Was waren das für Mönche?«, fragte Fabian ungewohnt energisch.

»Zwei von ihnen kannte ich nicht, aber der dritte stammt aus unserem eigenen Kloster.« Noch während er es sagte, straffte Albert von Rain seine Schultern. »Ich werde mich umgehend zu meinem Sohn, dem Abt, begeben und mit ihm sprechen. Er wird mir Auskunft geben.«

»Tut dies!« Fabian war erleichtert, denn er glaubte, Daniel von Rain könne sich für Irmela einsetzen und vielleicht sogar ihre umgehende Freilassung bewirken. Seine Hoffnungen wurden jedoch noch am gleichen Tag enttäuscht. Albert von Rain kehrte schon nach wenigen Stunden von seinem Ritt zum Kloster zurück und wirkte ratlos, als er die Halle betrat.

»Daniel konnte mir nicht mehr sagen, als dass der Prior, der Irmela verhaften ließ, Xaver von Lexenthal hieß und sich entschlossen hat, seine Gefangene nach Wien zu bringen.«

»Lexenthal! Dann steckt gewiss seine Nichte dahinter. Ehrentraud hat Irmela stets gehasst und ist Helenes und Johannas beste Freundin. Das Ganze ist ein Komplott, um Irmela auszuschalten und an ihr Vermögen zu kommen!« Fabians Wut war in diesem Augenblick so groß, dass er jede der drei genannten Frauen erwürgt hätte, wären sie vor ihm gestanden.

»Meine Belohnung kann ich damit vergessen. Dabei hatte ich ge-

hofft, mit Frau von Kerling ein neues Leben beginnen zu können. Aber was soll's! Ich suche mir ein neues Regiment, in dem ich als Hauptmann unterkommen kann.« Heimsburg zuckte mit den Schultern und nahm den Weinbecher zur Hand, den ein Lakai ihm gefüllt hatte.
Dionysia von Kerling rang die Hände. »Herr von Birkenfels hat gewiss recht. Hinter dieser Sache steckt jene unsägliche Soldatenhure, die Irmelas Großvater vor vielen Jahren dazu gebracht hat, sie zu heiraten.«
»Ich werde Irmela nicht im Stich lassen!« Fabian ballte die Fäuste.
Er wurde von Stephanie bestärkt, die ihr Kind Fanny in die Arme drückte und an seine Seite eilte. »Ich könnte nicht weiterleben, wenn unsere Retterin das Schicksal ereilen würde, vor dem sie uns bewahrt hat.«
»Dann sollten wir nachdenken, was wir für die Komtesse tun können.« Franz von Rain hatte zwar nicht die geringste Idee, dennoch wirkten seine Worte wie ein Signal. Die anderen schüttelten so gut es ging ihren Schrecken ab und begannen zu überlegen.
»Lexenthal will Irmela nach Wien bringen. Also muss ich möglichst noch vor ihm in der Stadt sein und Herzog Wolfgang Wilhelm benachrichtigen. Er wird sich gewiss für Irmela verwenden. Ich werde zuerst ihn aufsuchen und dann mit Gibichen sprechen.« Fabians Miene ließ keinen Zweifel daran, dass er umgehend aufbrechen wollte.
Herr von Rain nickte. »Gut so, Birkenfels! Nehmt mein schnellstes Ross. Vier meiner Leute werden Euch begleiten, damit Ihr nicht unter die Räuber fallt. Zusätzlich gebe ich Euch Empfehlungsschreiben für einige Freunde mit, die Euch gewiss beistehen werden.« Bei den letzten Worten verließ er mit wehenden Rockschößen den Saal.

Derweil trat Stephanie auf Fabian zu. »Ich komme mit Euch!«
»Euer Angebot ehrt Euch, doch ich muss schnell sein. Eine Kutsche würde meine Reise nur verlangsamen.«
»Das verstehe ich.« Stephanie kaute nachdenklich auf ihrer Unterlippe herum und wandte sich dann an Frau von Kerling. »Wir werden Herrn von Birkenfels nach Wien folgen. Ich habe Freunde dort, die uns helfen können. Außerdem wird Irmela Fanny brauchen, sobald sie frei ist.«
»Ich packe die Reisekisten der Komtesse!« Fanny war froh, etwas tun zu können, und lief aus dem Saal. Dionysia von Kerling folgte ihr, um ihre eigenen Sachen zusammenzusuchen.
Heimsburg stand ein wenig abseits im Raum, trat dann aber auf Fabian zu. »Ich hoffe, es stört Euch nicht, wenn ich mitkomme. Doch wenn ich mir die Hoffnung erhalten will, von Komtesse Irmela eine Belohnung zu erhalten, sollte ich dafür sorgen, dass sie dazu in der Lage ist.«
Fabian sah den Mann, den er lange Monate für einen Feind gehalten hatte, nachdenklich an und reichte ihm die Hand. »Ich freue mich, Euch an meiner Seite zu haben.«
Heimsburg bleckte die Zähne zu einem freudlosen Grinsen. »Wir werden die Komtesse befreien, Birkenfels.«
»Der Teufel soll uns holen, wenn uns das nicht gelingt.« Fabian klopfte gegen seine linke Hüfte, merkte jedoch, dass er seine Waffe noch nicht umgeschnallt hatte, und rannte los, um sich für den Ritt nach Wien fertig zu machen.

IV.

Ludwig von Gibichen hatte etliche Tage warten müssen, bis der neue Graf Harlau in der Kaiserstadt erschienen war. Weitere Zeit ging verloren, da der Herr sich erst in seine neue Würde

einfinden wollte, bevor er Entschlüsse fasste. Daher hatte sich die Angelegenheit unnötig in die Länge gezogen. Auch an diesem Tag musste Gibichen sich beherrschen, um nicht mit der Faust auf den Tisch zu schlagen. In seinen Augen war der neue Graf Harlau ein Schwätzer. Gibichen wusste zwar, dass er nicht gerade als redselig galt, doch er hatte stets Nachsicht mit Leuten geübt, deren Mundwerk flinker lief als das seine. Leopold von Harlau schoss jedoch den Vogel ab. Er vermochte auch nicht bei einem Thema zu bleiben, sondern hüpfte wirr zwischen vielerlei Fragestellungen und Aussagen hin und her und brachte seinen Besucher immer wieder aus dem Konzept.
»Die Ehe meines Vetters soll nicht allzu gut gewesen sein«, erklärte er eben.
Gibichen zuckte mit den Achseln. »Mit den internen Verhältnissen Eurer Familie bin ich nicht vertraut. Ich weilte zur gleichen Zeit wie Gräfin Stephanie als Gast auf Burg Rain und wurde von ihr gebeten, Euch so rasch wie möglich zu informieren, dass Ihr das Erbe Eures Vetters antreten müsst.«
»Es gibt nichts, das ich lieber täte.« Leopold von Harlau lachte kurz auf. »Es heißt, Wallenstein oder einer seiner Offiziere hätten meinem Vetter Karl Joseph zu unerwarteten Vaterfreuden verholfen.«
»Über derlei intime Dinge bin ich nicht informiert.« Gibichen verfluchte Fabian, der ihn zu dieser Lüge zwang.
Harlau winkte ab. »Selbst wenn das so wäre, sollten wir als Kavaliere ein Auge zudrücken. Außerdem, wie tät das ausschauen, wenn es heißt, dass ich, der grad ein paar Millionen eingesackelt habe, einem armen Waisenkind net einmal die paar Gulden vergönne, die es erben soll.« Leopold von Harlau war in den weichen Dialekt der Wiener Gegend verfallen, in der er aufgewachsen war, und zwinkerte Gibichen anzüglich zu.
Dieser begriff, dass der andere ihn für den Mann hielt, der Ste-

phanie geschwängert hatte, und drehte Fabian im Geiste den Kragen um. »Damit wäre so weit alles geklärt. Die Gräfin erhält ihre Mitgift zurück und verzichtet auf jegliches Erbe, das sie von ihrem Gatten zu erhalten hätte ...«

»Zugunsten ihrer Tochter!«, unterbrach der neue Graf Gibichen lächelnd. »Wissen Sie, man muss auf das Ansehen der Familie schauen. Außerdem war mein Vetter ein Trottel. Wenn er schon eine so schöne Frau hat, dann muss er auch auf sie aufpassen und darf sie keinen Versuchungen aussetzen. Stellen Sie sich vor, es wär ein Bub gewesen! Ich tät dann dastehen wie ein Depp. Ich glaub, in dem Fall tät mein Vetter noch in der Hölle über mich lachen. Wir haben uns nämlich nie gut vertragen, müsst Ihr wissen.«

Leopold von Harlau erging sich in der Erzählung mehrerer Begebenheiten, in denen Stephanies Ehemann ihn geärgert, beleidigt oder gar geschädigt hatte, und kam dann auf Gibichen zu sprechen. »Wenn Ihr einen neuen Posten als Offizier sucht, würd ich mich für Euch verwenden. Ich bin mit General Aldringer verschwägert und könnte ein gutes Wort für Euch einlegen.«

Gibichen brauchte einen Augenblick, um dem Gedankensprung zu folgen. Entweder wollte Harlau ihn aus der Nähe Wiens entfernen oder ihn protegieren, damit er in der Lage sein würde, sich um Stephanie zu bewerben. Erneut fluchte er auf Fabian und schwor sich, Leopold von Harlaus Angebot niemals anzunehmen, selbst wenn er unter seinem alten Rang wieder anfangen musste.

Das konnte er seinem Gegenüber jedoch nicht ins Gesicht sagen, und so begnügte er sich mit einem »Ich bin Eurer Exzellenz sehr dankbar«.

Er war schließlich froh, als Leopold von Harlau durch andere Pflichten genötigt wurde, das Gespräch mit ihm zu beenden, und

verabschiedete sich freundlicher von ihm, als er über ihn dachte. Harlau versprach ihm noch, die genauen Vereinbarungen des Vertrags mit Stephanie durch seinen Anwalt ausarbeiten zu lassen. Dann konnte Gibichen endlich gehen.
Unterwegs überlegte er, ob er den Geschmack des süßlichen Weins, der ihm kredenzt worden war, durch einen der herberen Tropfen in einer der vielen Schenken der Stadt vertreiben sollte, doch mit einem Mal wurde er unruhig. Ohne selbst zu wissen, warum, eilte er in die Herberge zurück, in der er Quartier genommen hatte.
Der Wirtsknecht empfing ihn bereits an der Tür. »Da ist ein Herr gekommen, der Sie sprechen will!«
Also hat mich mein Gefühl nicht getrogen, fuhr es Gibichen durch den Kopf. Er warf dem erwartungsvoll grinsenden Mann eine Münze zu und eilte in seine Kammer. Da die Wände des Nachbarhauses so nah standen, dass kaum Licht durch das Fenster drang, vermochte er seinen Besucher nicht gleich zu erkennen.
»Ihr wünscht?«, wollte er fragen, doch Fabians erregte Stimme schnitt ihm das Wort im Mund ab.
»Es geht um Irmela, Gibichen. Sie ist verhaftet worden und soll nach Wien gebracht werden. Ehrentraud von Lexenthals Oheim will sie als Hexe anklagen. Seine Nichte hasst Irmela, und er selbst ist ein Erzfeind der Familie.«
Gibichen fühlte sich, als hätte man ihn mit kochendem Wasser übergossen. »Was sagst du? Irmela ist verhaftet worden?«
»Genau das! Wir werden rasch handeln müssen. Ich habe mich sofort auf den Weg gemacht und wollte nur kurz mit dir sprechen. Mein Ziel ist die Hofburg! Dort werde ich um eine Audienz bei Herzog Wolfgang Wilhelm ansuchen. Du solltest dich inzwischen darum kümmern, wohin Irmela geschafft werden soll.«

Fabians Worte klangen schlüssig, aber seine Erfahrung als Offizier veranlasste Gibichen dazu, sich zuerst ein Bild der Lage zu machen. Da er nicht begriff, wie Irmela in eine solch fatale Situation hatte geraten können, bat er Fabian, ihm alles zu berichten, was er wusste. Dieser breitete sofort seinen Verdacht gegen Helene von Hochberg vor dem Freund aus und erklärte, warum die Frau keinen besonders guten Ruf genoss. Auch erzählte er ihm von deren Tochter Johanna und ließ kein gutes Haar an Ehrentraud von Lexenthal, die in Irmelas Haus mehr galt als die Komtesse selbst.

»Es handelt sich bestimmt um ein Komplott, um an Irmelas Vermögen zu gelangen«, setzte Fabian mit knirschenden Zähnen hinzu. Seine kurze Verliebtheit in Johanna schob er dabei ebenso beiseite wie die Erinnerung an die zärtlichen Augenblicke, die er mit Ehrentraud geteilt hatte. Für ihn waren die beiden nun seine schlimmsten Feindinnen.

Gibichen schloss sich seiner Ansicht an, gab ihm aber den Rat, sich vor dem Gang zur Hofburg erst einmal von dem Schmutz der Reise zu befreien und frische Kleidung anzuziehen. Fabian musste zugeben, dass er in seinem Aufzug nicht weit gekommen wäre, und nahm das Rasiermesser und die Ersatzhosen seines Freundes in Anspruch.

Kurz darauf verließen beide die Herberge und trennten sich zwei Straßen weiter. Fabian eilte Richtung Hofburg, um den Pfalz-Neuburger Herzog aufzusuchen, während Gibichen den Gefängnissen der Kaiserstadt zustrebte, um etwas über Irmela zu erfahren.

Beide kehrten enttäuscht und mit hängenden Schultern zurück. Fabian hatte erst nach längerer Wartezeit in diversen Vorzimmern herausgefunden, dass der Herzog abgereist war, um sich den nach Bayern vorrückenden Truppen anzuschließen, die die Schweden auch aus Neuburg vertreiben sollten. In der Zeit hatte

Gibichen sämtliche Kerker und Gefängnisse Wiens durchforstet, doch in keinem davon war Irmela eingeliefert worden oder wurde erwartet.

»Was sollen wir jetzt tun?«, fragte Fabian niedergeschlagen.

»Wir suchen morgen weiter. Da du rasch geritten bist, hast du den Trupp, der Irmela hierherbringt, mit Sicherheit überholt. Vielleicht wird Irmela erst heute Abend oder morgen früh in die Stadt gebracht. Möglicherweise können wir ihr die erste Nacht hinter Kerkermauern nicht ersparen, doch morgen werden wir alles tun, um sie zu finden und freizubekommen.«

»Was ist, wenn Lexenthal sie gar nicht nach Wien bringt, sondern anderswohin?«, wandte Fabian ein.

»Das werden wir spätestens morgen Abend erfahren haben und entsprechend handeln.«

»Wenn Irmela etwas passiert, werde ich Lexenthal eigenhändig erwürgen!« Fabian klang so giftig, dass Gibichen ihm zutraute, den Mann umzubringen. Allerdings war er ebenfalls zu jeder Tat bereit, die Irmela retten würde.

Da sie an diesem Tag nichts mehr ausrichten konnten, ließen sie sich vom Wirtsknecht einen Krug Wein in die Kammer bringen und spannen im Schein eines flackernden Talglichts die wildesten Pläne aus. Fabian verstieg sich sogar so weit, Irmela mit Gewalt aus dem Gefängnis zu holen und mit ihr und Stephanie zu den Türken zu fliehen.

»Dann wirst du wohl ein Muselman und lebst mit beiden Frauen zusammen«, spottete Gibichen.

Fabian fuhr empört auf. »An so etwas würde ich nicht einmal im Traum denken! Ich habe Irmela mein Wort gegeben, und solange sie es mir nicht zurückgibt, werde ich sie heiraten. Stephanie aber hat Anspruch auf meinen Schutz.«

»Am besten, du schickst sie und ihr Kind zu Leopold von Harlau, der sie als Witwe seines Vorgängers ehren und ihr einen seiner

Landsitze als Wohnstatt zuweisen wird!« Gibichen wusste nicht, weshalb er so harsch reagierte, doch der Gedanke an Fabian und die beiden jungen Frauen machte ihn rasend.

Er hatte sich aber rasch wieder in der Gewalt und entschuldigte sich. »Es tut mir leid, ich wollte dich nicht beleidigen.«

Fabian sah ihn an und streckte ihm die Hand hin. »Das weiß ich doch. Wir sind die besten Kameraden und Freunde, die es geben kann.«

»Das mag sein.« Gibichen wusste selbst nicht, weshalb er so abweisend reagierte, und schob es auf die Sorge um Irmela, die wie ein Alb auf ihm lastete. Er wies auf das schmale Bett, neben dem der Wirtsknecht auf seine Bitte hin eine zweite Matratze ausgelegt hatte.

»Wir sollten jetzt schlafen. Morgen wird es ein anstrengender Tag.«

»Stephanie will am Abend in Wien eintreffen. Ich hoffe, wir finden für sie ein besseres Quartier als diese Herberge.« Fabian sah sich etwas besorgt um, denn die billige Bleibe, die Gibichen sich mit seiner zusammengeschmolzenen Börse hatte leisten können, war wirklich nicht für eine Dame von Stand geeignet. Zu seinem Leidwesen besaß er selbst keinen einzigen Groschen und hätte einen der Freunde Albert von Rains bitten müssen, ihm auszuhelfen.

Für Gibichen stellten die Gräfin und ihr Kind ein Hindernis dar, dessen er sich so rasch wie möglich entledigen wollte. Er schlug noch einmal vor, sie Leopold von Harlau anzuvertrauen, doch auf diesem Ohr war sein Freund taub.

»Ich traue diesem Mann nicht. Er mag sich dir gegenüber freundlich gegeben haben, doch er ist ein Harlau«, gab er zu bedenken.

Ganz konnte Gibichen diesen Einwand nicht beiseite schieben. In seinen Augen ging die Gefahr jedoch weniger von dem Erben der Grafschaft aus als von dessen Untergebenen, die Stephanies

Gatten gekannt hatten und mehr über die wahren Hintergründe seines Todes wissen mochten.
Schließlich winkte er verärgert ab. »Irgendein Verwandter oder Bekannter, dem wir sie unbesorgt überlassen können, wird sich doch wohl finden. Jetzt will ich aber schlafen. Gute Nacht!«
»Lege dich ruhig hin. Ich möchte noch ein wenig nachdenken.« Fabian zog seine Weste aus und hängte sie über den Stuhl, auf dem er gesessen hatte.
Gibichen entkleidete sich bis aufs Unterzeug und legte sich ins Bett. »Wenn du klug bist, solltest du ebenfalls schlafen, sonst bist du Irmela morgen keine große Hilfe.« Seine Stimme klang müde, und kaum hatte er die Decke über sich gezogen, schlief er auch schon leise schnarchend ein.
Fabian bewunderte seinen Freund, der alles Belastende so leicht von sich abzuschütteln schien, und machte sich dann ebenfalls für die Nacht zurecht. Als er sich auf der Matratze niederließ und sich in die Decke hüllte, überkam aber auch ihn die Müdigkeit. Als Soldat hatte er ebenso wie Gibichen gelernt zu schlafen, wann immer sich die Gelegenheit dazu bot. Jetzt spürten beide, dass sie ihre Kräfte sammeln mussten, denn der Vorwurf der Hexerei, der gegen Irmela erhoben worden war, wog schwer, und die heilige Kirche war kein Gegner, den sie unterschätzen durften.

V.

*B*ereits der erste Teil ihrer Gefangenschaft wurde für Irmela zur Tortur. Lexenthal hatte sie gefesselt, geknebelt und mit verbundenen Augen in die Kutsche setzen lassen und sich danach nicht mehr um sie gekümmert. Ihr war immer noch schlecht, und dann drängte ihre Blase nach Entspannung. Sie kniff die

Schenkel zusammen, so gut es ging, und als sie glaubte, es nicht mehr aushalten zu können, versuchte sie ihre Peiniger durch Stammeln und verzweifeltes Hin-und-her-Werfen des Oberkörpers auf ihre Qualen aufmerksam zu machen.
Sie erhielt von Lexenthal jedoch nur einen schmerzhaften Hieb und den scharfen Befehl, endlich still zu sein, sonst würde er sie krumm schließen lassen.
Als dann auch noch Irmelas Darm wegen des reichlichen Hochzeitsessens rebellierte, gab sie auf und ließ unter Tränen der Natur ihren Lauf. Ihr Gesicht verkrampfte sich bei dem Gestank, den sie nun verströmte. Der Geruchssinn der beiden Männer, die sich außer ihr in der Kutsche aufhielten, war um einiges schlechter als der ihre, denn es dauerte eine ganze Weile, bis sie einen von ihnen schnuppern hörte.
Lexenthals Sekretär sah seinen Herrn tadelnd an. »Wie es scheint, hat die Hexe vor Angst unter sich gelassen. Wir hätten unterwegs anhalten und es ihr ermöglichen sollen, sich zu entleeren.«
»Und die Gefahr auf uns nehmen, dass sie uns entkommt? Nein, sage ich!« Obwohl Lexenthal sich unbeirrt gab, wusste auch er, dass er Irmela nicht auf diese Weise bis nach Passau bringen konnte. Der Gestank war dabei noch das geringste Übel. Wenn sie die Reise überstehen sollte, musste sie genug zu trinken und etwas zu essen erhalten. Er überlegte kurz und schnaubte dann.
»Wir werden das nächste Nonnenkloster aufsuchen und dort im Gästehaus übernachten. Die frommen Frauen werden wissen, wie ein solches Weib zu behandeln ist!«
Irmela begriff, dass ihr Peiniger sie bis ans Ende der heutigen Etappe in ihrem eigenen Schmutz sitzen lassen wollte, und hätte ihm dafür am liebsten die schlimmsten Verwünschungen an den Kopf geworfen. Ihr Verstand sagte ihr jedoch, dass sie um ihren

Knebel froh sein musste, denn sie hätte ihn sonst so erzürnt, dass er sich weitere Qualen für sie ausgedacht hätte.
Ihre Lage war schon schlimm genug, und da sie von ihren Entführern nichts anderes vernahm als ein gelegentliches Räuspern oder ein kurzes Gebet, erfuhr sie nicht, was diese mit ihr vorhatten. Daher musste sie immer wieder ihre Phantasie zügeln, die aus allem, was sie je über das Schicksal von Frauen gehört hatte, die der Hexerei angeklagt worden waren, eine Szenerie des Schreckens formte.
Nach endlos scheinenden Stunden spürte sie, wie die Kutsche auf einem gepflasterten Platz anhielt. Ein Schwall frischer Luft verriet ihr, dass der Kutschenschlag aufgerissen wurde, und dann hörte sie, wie die beiden Männer ausstiegen. Kurz darauf wurde sie von schmerzhaft zugreifenden Händen gepackt und hinausgebracht.
»Bäh, stinkt die«, sagte ein Mann mürrisch.
»Solange es nicht Schwefel ist, stört mich das nicht«, antwortete ein anderer.
Die Kommentare verstummten, als sich leichte Schritte näherten.
»Willkommen, Herr von Lexenthal. Ihr reist diesmal aber mit großer Begleitung!«, hörte Irmela eine Frau mit dünner Stimme sagen.
Als Lexenthal antwortete, tat er es so höflich, als stände er einer höher gestellten Person gegenüber. »Erhabene Äbtissin, erlaubt, dass ich mit meiner Gefangenen und meiner Eskorte für diese Nacht in Eurem Kloster eine Unterkunft erhalte.«
Der Blick der alten Nonne streifte die Kutsche und Lexenthals Soldaten. »Eure Männer werden zur Herberge weiterreiten. Hier im Kloster können sie nicht bleiben. Ihr selbst und Euer Sekretär seid jedoch unsere Gäste. Um wen handelt es sich bei Eurer Gefangenen?«
Lexenthal reckte sich ein wenig, und sein Gesicht glühte trium-

phierend auf. »Um eine Hexe von schrecklicher Kraft! Jedoch gebietet es die Schicklichkeit, dass sich Frauen um sie kümmern. Ich bitte Euch aber – nein, ich flehe Euch an, höchste Vorsicht walten zu lassen. Das Weib muss gefesselt bleiben und darf kein Wort sprechen. Es wäre unser aller Verderben!«

Bei der Warnung des Priors erbleichte die Äbtissin. Sie rief mehrere vierschrötige Mägde zu sich, von denen jede einzelne mit Irmela fertig geworden wäre, und wies sie an, die Gefangene in den Keller zu schaffen.

»Passt auf! Das Teufelsweib ist gefährlich!«, warnte Lexenthal die Frauen.

Eine der Mägde lachte spöttisch auf. »Gefährlich? Die hat sich doch vor Angst bereits selber beschmutzt.«

»Dies geschah nicht aus Angst, sondern weil wir ihr nicht gestattet haben, sich zu entleeren!« Lexenthals Stimme klang scharf, um seine eigene Furcht vor der jungen Hexe zu verbergen.

Seine Haltung übertrug sich auf die Äbtissin, und diese wies mit zitternder Stimme ihre Mägde an, der Gefangenen keinerlei Freiheiten zu gestatten. »Säubert sie und sperrt sie gut ein!«

Dann deutete ihr dürrer Zeigefinger auf Lexenthal. »Ihr werdet mir berichten, was es mit dieser Hexe auf sich hat!«

Der Prior nickte, er wusste, dass er dieser Forderung würde nachkommen müssen. Mit angespannter Miene sah er zu, wie die vier grobschlächtigen Frauen Irmela packten und fortschleppten. Dann verbeugte er sich vor der Äbtissin und wurde von ihr zum Abendessen eingeladen.

»Heute werden meine Damen ohne mich der Abendmesse beiwohnen müssen. Oder wollt Ihr sie halten?« Sie sah Lexenthal fragend an.

Er schüttelte bedauernd den Kopf. »Lasst dies nur Euren Prediger tun. Ich werde mich vor dem Zubettgehen ins Gebet versenken. Jetzt aber will ich Euch Rede und Antwort stehen.«

Während Lexenthal der Äbtissin ins Haus folgte, wurde Irmela wie ein Sack durch ein Seitentor und eine Treppe hinabgeschleppt. Sie musste an den Felsenkerker denken, in dem Stephanie und Fabian gefangen gehalten worden waren, und befürchtete, die groben Weiber würden sie ebenso tief in die Eingeweide der Erde tragen. Doch schon nach zwei Treppenabsätzen bogen sie in einen Gang ein, in dem ihre Schritte von den Wänden und der Decke widerhallten. Wenig später hörte Irmela, wie eine der Frauen mehrere Riegel zurückzog, und kurz darauf wurde sie wie ein Gepäckstück auf dem kalten Steinboden abgesetzt.

»Wir schneiden dir jetzt das Kleid vom Leib und waschen dich. Wage aber nicht, auch nur mit der Wimper zu zucken«, erklärte eine der Mägde.

Wie sollte ich das tun – mit verbundenen Augen?, fragte Irmela sich. Sie spürte, wie die anderen ihr Kleid straff zogen, und hörte, wie eine Schere den Stoff durchtrennte. Als man die Fetzen unter ihr weggezogen hatte, lag sie nackt und vor Kälte zitternd auf dem rauhen Steinboden. Die Frauen schienen sich die Arbeit so leicht wie möglich machen zu wollen, denn sie schütteten mehrere Eimer kalten Wassers über ihr aus und fuhren ihr mit einem rauhen Lappen zwischen die Beine. Dann wurde sie hochgezerrt, und ihre Handfesseln wurden gelöst. Zwei Mägde hielten sie so fest, als sei sie in Schraubstöcken eingezwängt, und eine Dritte streifte ihr ein härenes Hemd über den Kopf. Anschließend wurde sie wieder gefesselt und auf eine Strohschütte geworfen. Sie hörte, wie die Mägde den Keller verließen und ihn mehrfach verriegelten. Als die Schritte verhallt waren, gab es nur noch das Trippeln und Fiepen der Tiere, die diese Räume bevölkerten.

Noch nie hatte Irmela sich so elend gefühlt wie in dieser Stunde, und sie verfluchte Lexenthal, der ihr nicht einmal einen Schluck Wasser gönnte.

VI.

Unterdessen saß der Prior beim Mahl und berichtete seiner Gastgeberin von den Untaten, die er Irmela zuschrieb. Er tat es mit so feurigen Worten, als stände er bereits vor dem Tribunal, das sie verurteilen sollte, und erwartete Zustimmung und Lob für sein entschlossenes Handeln.

Doch als er sich seine Wut auf Irmela von der Seele geredet hatte, schüttelte die Äbtissin den Kopf. »Ihr spielt ein kühnes Spiel, mein Freund. Nicht wenige werden Euch vorwerfen, Ihr wollt an der Tochter Rache nehmen, weil Ihr der Mutter nicht habt schaden können. Es wird Eurem Aufstieg im Orden nicht dienlich sein.«

»Was kümmern mich Ordensränge! Ich will die Hochberg-Hexe brennen sehen, damit meine arme Nichte gerächt wird!«

»Es ist Gott, der urteilt«, mahnte die Äbtissin.

»Ich bin das Werkzeug seiner Rache. Er hat mir die Hexe in die Hand gegeben, damit sie ihre gerechte Strafe finden kann.« Lexenthal vergaß ganz, dass er als Gast in diesen Mauern weilte und nicht als Gebieter über das Kloster.

Die Äbtissin presste die Lippen aufeinander, wollte dann aber doch einen letzten Versuch wagen, dem fanatischen Ordensmann ins Gewissen zu reden. »Ich kann Euch nicht hindern, das zu tun, was Ihr im Sinn habt. Doch wie ich schon sagte, wird Eure Tat wenig Zustimmung finden. Man klagt keine Dame aus hohen Kreisen der Hexerei an! Derlei Dinge werden weitaus diskreter gelöst. Steckt das Mädchen in ein Kloster, in dem man es in einem Turm einmauert und nur eine kleine Klappe offen hält, durch die es zu essen bekommt. In dem Fall wird Euch niemand tadeln. Eine Komtesse Hochberg auf den Scheiterhaufen zu schicken benötigt mehr Mut, als ich aufbringen würde.«

Lexenthal spürte, dass seine Gastgeberin ihm eine goldene Brücke bauen wollte. Wenn er Irmela ihr überließ und die Hexe so bestraft wurde, wie die Äbtissin es vorgeschlagen hatte, würde auch ein so einflussreicher Herr wie Wolfgang Wilhelm von Pfalz-Neuburg wenig dagegen tun können. Doch dazu war er nicht bereit. Noch während er nach Worten suchte, mit denen er der Äbtissin seine Ablehnung höflich, aber unmissverständlich klarmachen konnte, sagte er sich, dass er eher einen Scheiterhaufen mitten im Wald errichten und Irmela darauf verbrennen würde, als zuzulassen, dass die Hexe ihrem gerechten Schicksal entging.

VII.

Fabian und Gibichen wussten zuletzt nicht mehr, wie oft sie die offiziellen Gefängnisse, die Privatkerker der Klöster in der Stadt und der Umgebung und alle vorstellbaren Unterbringungsmöglichkeiten für Gefangene durchforstet hatten, ohne eine Spur von Irmela zu finden.
Inzwischen waren Stephanie, Heimsburg und Irmelas Gefolge in der Stadt eingetroffen. Albert von Rain hatte sich ihnen angeschlossen und unternahm nach einem Blick in die billige Herberge, in der Fabian und Gibichen hausten, gleich die nötigen Schritte, die Damen besser unterzubringen. Bald aber setzten sie sich zusammen und diskutierten die Frage, die sie alle bewegte: Wo war Irmela und wie ging es ihr?
Ludwig von Gibichen und Fabian mussten zugeben, dass sie nicht das Geringste erfahren hatten.
Während Stephanie hemmungslos weinte und Albert von Rain imaginären Gegnern mit wütenden Gesten die Hälse umdrehte, sah Fanny Abdur auffordernd an. »Was würdest du an der Stelle dieses Lexenthal tun?«

Der Mohr starrte Fanny verwundert an. »Woher soll ich das wissen? Ich stecke nicht in seiner Haut.«

»Versuch doch, dich in ihn hineinzudenken. Also, wenn ich Lexenthal wäre, würde ich …« Fanny stockte und hob die Hand. »Vielleicht tut er es sogar.«

»Was?«, fragten Fabian, Gibichen und Abdur fast wie aus einem Mund.

Die Zofe hob die Nase, als fühle sie sich in diesem Augenblick allen anderen überlegen. »Denkt nach! Als wir vor den Schweden aus Neuburg geflohen sind, wollte Lexenthal weiter nach Wien reisen. Doch schon nach kurzer Zeit ist er ganz in unserer Nähe in Passau aufgetaucht und dort geblieben. Wir glaubten, es geschähe aus Sorge um seine Nichte. Doch jetzt begreife ich, was er wirklich vorhatte. Er wollte meine Herrin nicht aus den Augen lassen! Meiner Ansicht nach wird er die Komtesse dorthin bringen, denn in Passau verfügt er über mehr Macht als anderswo.«

»Du meinst, er hatte es von Anfang an auf Irmela abgesehen?« Gibichen schüttelte ungläubig den Kopf.

Fabian stimmte der Magd heftig nickend zu. »Sie könnte recht haben! Vor über zwanzig Jahren hat ein Dominikanermönch versucht, Irmelas Mutter als Hexe verurteilen zu lassen, scheiterte jedoch an der Macht des Herzogs von Pfalz-Neuburg. Soweit ich gehört habe, soll es sich dabei um Lexenthal gehandelt haben. Könnte er sich an Irmela wegen der damaligen Niederlage rächen wollen?«

»Gebe die Heilige Jungfrau, dass du unrecht hast! Wenn Lexenthal nach so vielen Jahren noch auf Rache sinnt, wird er nicht eher ruhen, als bis Irmela tot ist.« Gibichen sprang auf und zog seinen Pallasch, als wolle er den Prior auf der Stelle erschlagen.

»Ich werde sie befreien oder bei dem Versuch zugrunde gehen!«

Fabian trat an seine Seite und streckte ihm die Hand entgegen. »Wir werden Irmela gemeinsam befreien, mein Guter. Du glaubst doch nicht, dass ich die Freundin meiner Kindertage im Stich lasse!«
Gibichen blickte ihn vorwurfsvoll an. »Irmela ist, falls du dich noch erinnern kannst, auch deine Verlobte.«
Für ein paar Augenblicke herrschte unangenehmes Schweigen. Dann schüttelte Fabian sich wie ein nasser Hund. »Das ist ein weiterer Grund, dich nicht allein reiten zu lassen.«
»Ich komme mit!«, riefen Fanny und Abdur wie aus einem Mund, und Stephanie erklärte pathetisch, Irmela niemals im Stich zu lassen.
»Abdur kann mitkommen. Ihr anderen bleibt hier! Wenn wir Irmela finden und herausholen wollen, dürfen wir uns nicht mit Frauen und einem Kleinkind belasten.« Gibichen glaubte, damit sei alles gesagt, doch Fanny schüttelte energisch den Kopf.
»Mich braucht ihr! Ich bin die Einzige, die die Gegebenheiten in Passau aus eigener Anschauung kennt.«
Fabian machte eine abwertende Geste. »Die kann Abdur uns zeigen.«
»Der kennt nur Steglingers Haus! Ich aber habe Irmela und ihre Stiefgroßmutter auf jeder Fahrt in die Stadt begleitet und kenne auch die bischöfliche Residenz.« Fanny unterschlug dabei, dass sie das Schloss nie betreten hatte.
Ihre Behauptung erzielte die gewünschte Wirkung, doch es war Gibichen, der eine Entscheidung traf. »Das ist gut! Du kommst ebenfalls mit, aber wir werden keine Rücksicht auf dich nehmen. Entweder du hältst dich auf einem Gaul, oder du bleibst unterwegs zurück.«
Seine Drohung verfing nicht. Fannys Gesicht glühte unternehmungslustig auf, und sie nahm Abdur nicht einmal die Bemerkung übel, er würde sie notfalls auf ihrem Pferd festbinden.

Während Fabian und Gibichen die Reiseroute festlegten, wechselten Stephanie und Dionysia von Kerling einen beredten Blick. Die beiden sahen gar nicht ein, weshalb sie brav in Wien bleiben sollten, während Irmela in höchster Gefahr schwebte. Sie würden den beiden Männern in der Kutsche folgen und hofften, Passau noch früh genug zu erreichen, um Irmela beistehen zu können. Nun blickten sie Hasso von Heimsburg, der sie begleiten und unterwegs beschützen sollte, auffordernd an. Er hatte ja schon angekündigt, Irmela retten zu wollen, um die versprochene Belohnung von ihr zu erhalten.
Als Heimsburg Zustimmung signalisierte, wurde es Frau von Kerling warm ums Herz, und sie schenkte ihm ein dankbares Lächeln. In ihren Gedanken mischten sich die Gefühle für diesen Mann mit durchaus praktischen Erwägungen. Heimsburg war präsentabel, und die Belohnung mochte ihn in den Stand versetzen, an eine Ehe zu denken. Da sie sich Stephanies, aber auch Meinardas und Walburgas Schützenhilfe sicher sein konnte, glaubte sie erreichen zu können, dass er um ihre Hand anhielt. Sie schob ihre persönlichen Hoffnungen jedoch schnell wieder beiseite und gab Fanny noch einige Ratschläge, was diese unbedingt einpacken müsse, um Irmela nach der Befreiung mit Kleidung zu versorgen. Zwar ging nicht viel in die Satteltaschen hinein, die Fanny und Abdur mitnehmen konnten, doch Irmela sollte wenigstens halbwegs standesgemäß auftreten können.
Gibichens Überlegungen gingen weiter in die Zukunft. Wenn ihnen der Streich gelang und sie Irmela befreien konnten, würde ihrer aller Leben verwirkt sein. Er starrte eine Weile mit versteinertem Gesicht ins Leere und zog dann Fabian zur Seite.
»Ich hoffe, du hast begriffen, auf was wir uns einlassen! Wenn wir Irmela aus dem Kerker holen, müssen wir diese Lande

schnellstens verlassen und zu den Protestanten fliehen. Ich weiß, wie sehr du die Schweden hasst, aber du wirst diesen Hass überwinden und notfalls an ihrer Seite reiten und kämpfen müssen. Bist du dazu bereit?«

Die Frage traf Fabian wie ein Faustschlag in den Magen, denn weiter als bis zu jenem Augenblick, in dem sie Lexenthal einholen und Irmela befreien würden, hatte er bislang nicht gedacht. Er sah Gibichen ein paar Augenblicke entsetzt an und nickte dann mit grimmiger Miene.

»Für Irmela würde ich in die Hölle gehen und mit dem Teufel paktieren!«

»Dann sind wir schon zwei! Lass uns noch unsere Sachen packen. Wenn morgen der Tag graut, will ich den Hufschlag unserer Pferde auf der Straße hören.«

VIII.

Lexenthal betrachtete seine Gefangene wie ein Habicht, der sich seiner Beute sicher ist. Irmela saß eingekeilt zwischen zwei derben Mägden, die die Äbtissin dem Prior zur Verfügung gestellt hatte, und dämmerte vor sich hin. Seit drei Tagen hatte sie weder etwas zu trinken noch etwas zu essen erhalten und war so schwach, dass sie ohne den Halt durch die Frauen nicht aufrecht hätte sitzen können. Auf diese Weise, so hoffte Lexenthal, war sie nicht mehr in der Lage, Schaden anzurichten. Dennoch blieb er auf der Hut. Möglicherweise täuschte sie ihren Zustand nur vor, um einen Augenblick der Unachtsamkeit abzuwarten, in dem sie fliehen konnte.

Einer der Mägde, einem flachsblonden Ding mit rundem Gesicht, war aufgefallen, wie der Prior die gefesselte Hexe anstarrte, und sie griff unter Irmelas Kinn und hob ihren Kopf hoch.

»Wenn die Hexe auch heute nichts zu trinken erhält, wird sie die Nacht nicht überleben!«

Lexenthal biss sich auf die Lippen und streckte den Kopf durch die Fensteröffnung des Kutschenschlags. »Wie weit sind wir gekommen?«, fragte er einen der bewaffneten Begleiter.

»Wir haben Ybbs bereits passiert und nähern uns Bindenmarkt, hochehrwürdiger Herr!«

Eigentlich hatte Lexenthal in Amstetten übernachten wollen, doch das schien ihm nun zu riskant. »Können wir Ardagger erreichen?«

Der Reiter verzog missmutig das Gesicht, denn nach Ardagger weiterzureisen bedeutete einen beträchtlichen Umweg, und er hatte sich schon auf einen Becher Wein in der Herberge gefreut.

»Wir würden Gefahr laufen, das Stift erst nach Einbruch der Dunkelheit zu erreichen«, erklärte er in der Hoffnung, den Prior von seinen Plänen abzubringen.

Lexenthal hatte sich jedoch entschieden. »Wir fahren nach Ardagger zu den Klarissinnen, die in einem der Vorwerke untergekommen sind. Sende einen Reiter voraus, der uns ankündigt!«

»Sehr wohl, Herr!«, erwiderte der Mann so unhöflich, wie er es gerade noch wagen konnte.

Lexenthal achtete nicht auf ihn, sondern setzte sich wieder und nickte der blonden Magd zu. »Heute Abend könnt ihr die Hexe so versorgen, wie es notwendig ist. Aber gebt ihr nicht zu reichlich. Wenn sie wieder zu Kräften kommt, wird sie euch in Ratten oder Molche verwandeln. Sorgt vor allem dafür, dass kein Besen in ihrer Nähe steht. Entkommt sie euch, werde ich euch hinrichten lassen, ganz gleich, ob als Tier oder als Mensch.«

Seine Worte erschreckten die beiden Mägde. Sie waren gewohnt, Befehle ohne Widerspruch auszuführen, aber man hatte sie noch nie gezwungen, sich in Lebensgefahr zu begeben. Das kreideten sie jedoch nicht Lexenthal an, sondern der bösartigen Hexe, die sie bewachen mussten, und sie bedachten die Gefangene mit rachsüchtigen Blicken.

Irmela merkte nichts von der Selbstzufriedenheit, in der der Prior schwelgte, und von der Angst und der Wut, zwischen denen die Mägde schwankten. Immer wieder versank sie in gnädiger Schwärze, aus der nur das harte Bocken des Wagenkastens sie riss, wenn die Räder in ein besonders tiefes Schlagloch fielen. In diesen Augenblicken empfand sie den in ihrem Innern wühlenden Schmerz und ihr Elend jedoch doppelt und dreifach so stark und wünschte sich, kein weiteres Mal mehr zu erwachen.

Doch diese Hoffnung erfüllte sich nicht, denn die Straße war durch ein mit schweren Kanonen nach Bayern vordringendes Heer in Mitleidenschaft gezogen und nicht wieder instand gesetzt worden. Erst als sie Amstetten erreicht hatten und von dort nach Ardagger abbogen, verlief die Fahrt etwas ruhiger. Dennoch hatte der Weg viel Zeit gekostet, und so erfüllte sich die Voraussage des Reiters. Es war schon dunkel, als die Kutsche in den Hof der Anlage einbog, in der die aus Bayern geflüchteten Nonnen Zuflucht gesucht hatten. Da sie jedoch erwartet wurden, brannten etliche Fackeln.

Lexenthal grüßte die Klosterschwestern mit wenigen Worten und hielt sich auch nicht mit Erklärungen auf, sondern entschuldigte sich mit der Erschöpfung durch die Reise. Auf seinen Befehl wurde Irmela von den beiden Mägden in einen Keller geschleppt und dort auf einen rasch herbeigebrachten Strohsack geworfen.

Mehrere Angehörige des Stifts begleiteten die Gruppe und musterten die Gefangene neugierig. Die blonde Magd hob warnend den Zeigefinger. »Seid bitte vorsichtig! Das da ist eine ganz gefährliche Hexe. Wenn die nur mit den Wimpern zuckt, wird man gleich zu einem schleimigen Molch.«

»Hat man ihr deshalb die Augen verbunden?«, fragte eine junge Nonne erschrocken.

»O ja! Man darf ihr auch nicht die Binde abnehmen, wenn man nicht schnurstracks des Teufels sein will.«

»Aber warum wird sie noch durch das Land gekarrt, anstatt dort gerichtet zu werden, wo man sie gefangen genommen hat?«, fragte eine ältere, würdig aussehende Nonne mit Tintenflecken an den Händen.

»Sie muss am Schauplatz ihrer schlimmsten Verbrechen abgeurteilt werden. So hat es der hochehrwürdige Herr Prior gesagt. Die Hexe hat nämlich durch ihre Zauberkraft die Schweden zu seinem Kloster gelockt und es verheeren lassen. Der Prior und sein Sekretär sind die einzigen Überlebenden des Massakers. Deswegen hat der hochwürdige Herr geschworen, die Hexe dort brennen zu lassen, wo einst der Altar der Klosterkirche gestanden hat!«

Da die Nonnen an den Lippen der Magd hingen wie sonst nur an denen ihres Predigers, schmückte diese ihren phantasievollen Bericht weiter aus und vermochte den staunenden Stiftsdamen Geschichten zu erzählen, die diesen einen Schauer nach dem anderen über den Rücken jagten. Dabei vergaß sie ihr leibliches Wohl nicht, sondern ließ sich und ihrer Gefährtin Brot, Wurst und Wein auftragen, als seien sie hochgestellte Gäste. Nachdem die beiden Frauen satt waren, forderten sie zwei Stiftsmägde auf, die Hexe festzuhalten, und nahmen ihrer Gefangenen vorsichtig den Knebel aus dem Mund.

»Kann sie uns denn jetzt nicht verhexen?« Die Jüngste der Stiftsdamen wich zitternd bis zum Eingang zurück.

Die beiden Mägde wechselten einen kurzen Blick, dann nahm die Jüngere das Messer, mit dem sie das Brot geschnitten hatte,

und setzte es Irmela an die Kehle. »Wenn du nur einen Ton von dir gibst, schneide ich dir die Gurgel durch, verstanden!«
Irmela öffnete und schloss den Mund wie ein nach Luft schnappender Karpfen. Die Kraft, etwas zu sagen oder sich gar zur Wehr zu setzen, hatte sie schon lange nicht mehr.
Die Blonde nickte zufrieden, brach ein Stück Brot ab, tauchte es in den Weinbecher und schob es ihrer Gefangenen zwischen die Zähne. Der Brocken war viel zu groß, und hätte der aufgesaugte Wein nicht das Brot weich gemacht, wäre Irmela daran erstickt.
Ihr Mund war durch den Knebel aufgescheuert, und so fiel es ihr schwer, das Brot zu kauen, aber Hunger und insbesondere der Durst ließen sie beinahe die Schmerzen vergessen. Obwohl sie sich Mühe gab, möglichst schnell zu essen, schien es ihren Bewacherinnen zu lange zu dauern. Sie war noch nicht ganz fertig, da setzte ihr jemand den Becher an die Lippen und schüttete ihr den Rest des Weines in den Mund. Mit beinahe übermenschlicher Anstrengung verhinderte sie, dass ihr die Flüssigkeit in die falsche Kehle geriet. Der Wein weckte ihre Lebensgeister, und sie öffnete den Mund in der Hoffnung, noch einen angefeuchteten Bissen Brot zu bekommen.
Die Magd hatte jedoch beschlossen, die gefährliche Hexe nicht noch weiter zu stärken, und wollte ihr den Knebel in den Mund schieben. Irmela spürte das Leder an ihren Lippen, biss die Zähne zusammen und versuchte, den Kopf wegzudrehen. Aber sie kam nicht gegen die vielen Hände an, die sie gegen den Boden pressten und ihr Schläge versetzten. Andere griffen in ihr Gesicht und drohten ihr den Kiefer zu brechen, und so gab sie nach.
»So ein Miststück! Der hochehrwürdige Herr Prior hatte recht, uns vor ihrer Heimtücke zu warnen!« Die Magd sah wütend auf ihre Gefangene hinab, die nun regungslos auf dem Strohsack lag,

und betrachtete dann ihre linke Hand, die die Spuren von Irmelas Zähnen trug.

»Hat mich die Hexe doch glatt gebissen!«, beschwerte sie sich und versetzte Irmela zwei Ohrfeigen.

»Steck deine Hand sofort in Weihwasser und bete drei Ave-Maria! Sonst macht das Gift dieser Schlange dich krank!« Die jüngste Stiftsdame fasste die Magd besorgt am Arm und führte sie aus dem Gewölbe.

IX.

In Melk erhielten Fabian und Gibichen endlich die Gewissheit, dass Lexenthal vor ihnen war und in dieselbe Richtung reiste wie sie. Auf den ersten Meilen ihres Ritts hatten sie oft genug mit Zweifeln und der Angst gekämpft, in die Irre zu reiten, während Irmela an einem ihnen unbekannten Ort der Folter und dem Tod ausgesetzt war. Nun aber wussten sie, dass ihre Überlegungen richtig gewesen waren. Ihnen war auch klar geworden, dass der Prior nicht den bequemeren, wenn auch langsameren Weg auf einem stromaufwärts getreidelten Schiff gewählt hatte, sondern in einer Kutsche reiste und keine Rücksicht auf die Pferde nahm.

»Vor Passau werden wir ihn nicht einholen!«, wiederholte Gibichen zum zehnten oder zwanzigsten Mal und knirschte mit den Zähnen. Er hatte gehofft, Irmela unterwegs befreien zu können, denn er sah keinen Weg, sie aus den gut gesicherten Kerkern der bischöflichen Wehranlagen herauszuholen.

»Dann müssen wir noch schneller reiten!« Fabian blickte zur Sonne auf, die wohl noch eine knappe Stunde über dem Horizont stehen würde, und trabte an der Herberge vorbei, in der sie hatten übernachten wollen. Zum Glück behinderte Fanny sie

nicht und beklagte sich auch nicht, wenn sie sich hinter einem Busch erleichtern oder unter freiem Himmel nächtigen musste.
An diesem Abend fühlte die Zofe sich zum ersten Mal am Ende ihrer Kräfte. Gerade als das Licht des Tages zu verblassen begann, zogen Wolken über ihnen auf, und während Gibichen eine Lichtung im Auwald der Donau als Lagerplatz wählte, begann es zu regnen. Die beiden Offiziere waren abgehärtet und schliefen trotz der Nässe und ihrer leeren Mägen rasch ein, Fanny aber fror in ihrer immer klammer werdenden Decke und fand keine Möglichkeit, sich gegen die Tropfen zu schützen, die ihr Gesicht nässten und unangenehm kalt am Hals hinunterliefen.
In dieser Stunde bedauerte sie es, sich auf dieses Abenteuer eingelassen zu haben, und sie vermochte ihre Tränen nicht mehr zurückhalten. Eine Berührung an der Schulter ließ sie zusammenzucken. Sie blickte auf und sah ein Gesicht über sich, das sich kaum von der Dunkelheit der Nacht abhob.
»Rück ein wenig, damit ich dich wärmen kann!«, sagte Abdur sanft.
»Wohl, damit du mir zwischen die Beine steigen kannst!« Fanny versetzte ihm einen heftigen Stoß, brachte ihn damit aber nur zum Lachen.
»Glaubst du, mir steht der Sinn nach einem Laib ungebackenen Brotes?« Ohne auf ihre Proteste zu achten, schlüpfte er unter ihre Decke und zog seinen weiten, mit Wachs getränkten Filzmantel über sie beide.
»Der hilft besser gegen den Regen als deine Wolldecke«, erklärte er ihr im gleichen, nach einem Lachen klingenden Tonfall.
Fanny antwortete nicht, sondern blieb steif liegen und kämpfte mit seiner Bemerkung, sie wäre für ihn nicht mehr als ein Stück ungebackenen Brotes.
Abdur drängte sich nun enger an sie und legte ihr den Arm um die Taille, bemühte sich dabei aber, keiner der empfindlicheren

Regionen ihres Leibes zu nahe zu kommen. Sein Körper strahlte eine angenehme Wärme aus, und beinahe gegen ihren Willen kuschelte sie sich an ihn. Noch während sie überlegte, ob sie nicht doch einmal versuchen sollte, Abdur bei einer besseren Gelegenheit zu verführen, fiel sie in einen tiefen, von angenehmen Träumen erfüllten Schlaf und wachte erst auf, als es hell wurde. Sie starrte in den feuchten, nebelverhangenen Morgen und stellte ein wenig enttäuscht fest, dass der Platz an ihrer Seite leer war. Dann vernahm sie einen leise gezischten Fluch und blickte auf.

Nicht weit von ihr versuchte der Mohr, mit Baumschwamm und trockenem Gras feuchtes Holz zu entzünden, um die Vorräte anzuwärmen. Die beiden Offiziere schliefen noch, bewegten sich aber unruhig und würden wohl bald erwachen.

Fanny stützte sich auf die Ellbogen und sah Abdur an. »War das dein Ernst, was du gestern Abend gesagt hast? Bin ich für dich zu hässlich?«

Ein Lächeln huschte über Abdurs Gesicht, und er glückste vor sich hin. »Manchmal muss man zu Frauen Dinge sagen, die ihnen nicht gefallen, damit sie vernünftig bleiben. Hätte ich gesagt, ich fände dich schön, hättest du mir falsche Absichten unterstellt und mich nicht unter deine Decke gelassen. Dann aber hättest du die ganze Nacht über gefroren und wärst heute so erkältet, dass du nicht weiterreiten könntest.«

»Also gefalle ich dir doch!« Fanny sprang geschmeidig auf und strich die Falten aus ihrem Kleid. Am Abend war es feucht geworden, doch unter Abdurs wasserundurchlässigem Mantel hatte es trocknen können, und Fanny spürte nicht einmal den Anflug eines Schnupfens.

»Glaube nur nicht, dass ich so verzärtelt bin wie die Dienerinnen auf Burg Rain!«, sagte sie selbstgefällig und drehte sich hüftenschwingend um.

Abdur beobachtete sie lächelnd, dann wandte er sich wieder seinem Feuer zu, das einfach nicht brennen wollte.
»Warum nimmst du kein Pulver, um es zu entzünden?«, fragte Fanny.
»Keine schlechte Idee.« Abdur stand auf und öffnete Gibichens Satteltasche.
Gerade als er nach dem Pulverhorn griff, hob Fanny den Kopf.
»Ich glaube, ich habe etwas gehört!«
»Wahrscheinlich ein Hirsch oder eine Wildsau auf ihrem Wechsel.« Abdur wollte sich abwenden, als er Stimmen vernahm.
»He, seht mal die Gäule dort! Ich wette, da ist noch mehr zu holen! Zieht die Messer und seid leise. Da wartet ein Geschenk des Himmels auf uns.«
»Oder des Teufels, aber das wäre mir auch wurscht. Los, Kameraden!«
Abdur schrie zornig auf, als er die sieben zerlumpten Kerle aus dem Wald kommen sah, und reckte die Pistole in deren Richtung. Nun wurden auch Gibichen und Fabian wach und griffen mit der Erfahrung ihrer Kriegszüge sofort zu den Waffen.
Die Marodeure dachten jedoch nicht daran, sich von drei Männern und einer Frau einschüchtern zu lassen. Der Anführer, der mit einem zerfetzten schwedischen Uniformrock bekleidet war, gab seinen Kumpanen mit der Hand ein Zeichen. Während diese sich zerstreuten, um Fabian und die anderen einzukreisen, grinste er dreckig und wies auf Fanny.
»Das Weibsstück wird uns viel Freude bereiten, meint ihr nicht auch, Kameraden?«
Zustimmendes Gejohle antwortete ihm. Abdur riss die Pistole hoch und drückte ab. Der Hammer schlug auf die Platte, brachte jedoch nur ein leises Zischen zustande.
»Dir ist wohl das Pulver nass geworden, du Kaminkehrer«, spottete der Anführer der Marodeure. Seine Männer sahen es

als Signal an und stürmten auf Abdur und die beiden Offiziere los. So zerlumpt die Kerle auch aussehen mochten, mit ihren Waffen verstanden sie umzugehen. Da sie Gibichen und Fabian für die gefährlicheren Gegner hielten, drangen je drei von ihnen auf diese ein, während der Anführer mit erhobener Klinge auf Abdur zutrat, der sich schützend vor Fanny gestellt hatte.

Der Mohr las in den Augen des Angreifers Mordlust und die Gier nach der Frau und schleuderte ihm die nutzlose Pistole ins Gesicht. Der Mann wehrte sie mit seinem Degen ab und verzog seine Lippen zu einem Feixen.

»Jetzt werden wir gleich sehen, ob du inwendig ebenso schwarz bist wie außen!«

Abdur spürte, wie Fanny ihm etwas in die Hand drückte, wagte aber nicht, seinen Gegner aus den Augen zu lassen. Der Mann schien sich seines Sieges sicher zu sein, denn er spielte mit seinem Opfer, drohte ihm und fuchtelte scheinbar sinnlos mit der Waffe herum. Plötzlich zuckte seine Klinge auf Abdur zu. Der Mohr sprang zurück, prallte gegen Fanny, die dicht hinter ihm stand, und konnte sich gerade noch auf den Beinen halten. Dabei drang die Spitze des Säbels, die auf sein Herz gezielt hatte, in seinen Arm.

Sein Gegner sah das Blut, grinste höhnisch und leckte sich die Lippen. Dann stieß er erneut zu. Abdur parierte den zweiten Stoß mit dem Gegenstand, den er von Fanny erhalten hatte. Es war nur ein Stück Holz, das sie aufgerafft hatte, aber es lenkte die feindliche Waffe ab.

Während Abdur versuchte, sich gegen den Anführer der Marodeure zu behaupten, kämpften die beiden Offiziere Rücken an Rücken gegen sechs Männer und nutzten dabei den Vorteil ihrer längeren Klingen. Fabian warf alle Finessen der Fechtkunst über Bord und schwang den Pallasch wie eine Axt. Seine Klinge traf auf Stahl, glitt funkensprühend ab und drang dann tief in den Leib eines Angreifers.

Der Mann stöhnte auf und stürzte zu Boden. Zur gleichen Zeit stach auch Gibichen einen der Kerle nieder und hielt sich dann drei weitere mit wütenden Hieben vom Leib. Für einen Augenblick hatte Fabian es mit nur einem Gegner zu tun und nutzte seine Chance. Bevor der Schwede sich versah, unterlief er dessen Schlag und stach seine Klinge von unten in das Herz des Angreifers. Ohne dem Zusammenbrechenden einen weiteren Blick zu gönnen, zog er den Pallasch zurück, wirbelte herum und traf den Hals eines weiteren Marodeurs.

Für Gibichen, dem Blut von der freien Hand tropfte, war es Rettung im letzten Augenblick. Einer der Männer hatte seine Waffe blockiert, während der Dritte gerade zum tödlichen Hieb ausholte. Mit einem schrillen Aufschrei versuchte Fabian noch in der Bewegung dazwischenzugehen, traf aber nur den Oberschenkel des Angreifers. Der versuchte, seiner Klinge eine andere Richtung zu geben, doch sein Bein gab nach und er stürzte. Während Fabian ausholte, um den Mann endgültig auszuschalten, löste sich der letzte Angreifer von Gibichen, sprang aus der Reichweite der gegnerischen Klingen und rannte davon.

Als der Anführer bemerkte, dass sich das Blatt wendete, suchte er ebenfalls sein Heil in der Flucht. Doch Abdur verwandelte seine Abwehrbewegung in einen Wurf, und sein Knüppel traf den Mann zwischen den Schulterblättern. Noch während dieser seinen Sturz mit den Armen abzufangen versuchte, war Gibichen hinter ihm und schlug mit aller Kraft zu.

»Gesindel!«, lautete seine Grabrede für die toten Marodeure. Er machte sich nicht einmal die Mühe, zu den beiden Kerlen zu treten, die stöhnend am Boden lagen, und sie von ihren Leiden zu erlösen, sondern wies mit einer energischen Handbewegung auf die Pferde.

»Lasst uns aufbrechen, ehe andere Räuber von dem Lärm angelockt hier auftauchen!«
»Du bist verletzt.« Fabian wollte nach Gibichens blutüberströmter Hand greifen, doch der entzog sie ihm mit einer abwehrenden Kopfbewegung.
»Das ist nicht der Rede wert!« Ohne sich weiter um Fabian zu kümmern, hob er Satteldecke und Sattel auf und legte beides auf den Rücken seines Pferdes. Da ihn die Wunde behinderte, wickelte er einen Fetzen Stoff um die Hand und machte mit zusammengebissenen Zähnen weiter.
Fabian wollte seinem Freund die Meinung über so viel Leichtsinn sagen, entschloss sich aber dann, den Mund zu halten. Gibichen musste selbst wissen, was er tat. Daher machte er sich ebenfalls zum Aufbruch fertig. Abdur, dessen Wunde von Fanny notdürftig mit einem sauberen Stück von Irmelas Unterkleid verbunden worden war, sattelte mit angespanntem Gesicht Fannys und sein Pferd und verstaute die Vorräte, die neben dem erloschenen Feuer lagen.
»Vielleicht finden wir unterwegs trockeneres Holz«, sagte er, während er Fanny mit dem unverletzten Arm in den Sattel half. Sie aber winkte ab, denn sie wusste ebenso gut wie er, dass sie warten mussten, bis sie unterwegs auf ein Gasthaus oder eine Schenke trafen.

X.

Als Fabian Lexenthals Kutsche in der Ferne ausmachen konnte, schrie er vor Enttäuschung auf. Die Reisegesellschaft des Priors hatte den Inn erreicht und der Vorreiter offensichtlich schon den Brückenzoll bezahlt, denn die Kutsche und die bewaffneten Begleiter überquerten ohne anzuhalten den Fluss. So mussten die Verfolger von der Kuppe eines Hügels herab

hilflos zusehen, wie die Gesuchten in die Dreiflüssestadt hineinfuhren.
Fanny schlug die Hände vors Gesicht und schluchzte auf, und Ludwig von Gibichen stieß so unflätige Flüche aus, wie Fabian sie von seinem sonst so beherrschten Freund noch nie vernommen hatte. Doch rasch beruhigte der Hauptmann sich wieder, und seine Stimme klang so gleichmütig, als spräche er von einer beliebigen Verabredung. »Nur einen Tag früher, und wir hätten dem Kerl Irmela aus den Fingern geholt.«
»Mit dem, was hätte sein können, ist uns wenig gedient. Wir müssen gut überlegen, wie wir Irmela befreien können!«, wies Fabian ihn zurecht.
Fanny sah ihn mit nassen Augen an. »Ich bin schuld, dass ihr es nicht geschafft habt. Wenn ich nicht dabei gewesen wäre, hättet ihr viel schneller reiten können.«
»Unsinn! Du hast uns nicht im Geringsten behindert«, fuhr Gibichen ihr über den Mund.
Weder er noch Fabian hatten auf Fanny Rücksicht genommen, und diese Reise hätte kaum eine andere Frau so klaglos durchgestanden. Dabei hatte die Magd zugepackt, wo es nötig gewesen war, und ihnen den Ritt sogar erleichtert. Auch Abdur hatte sich als wertvoller Begleiter erwiesen. Neben seinen Pflichten als Ersatz-Offiziersbursche war er rührend um Fanny bemüht gewesen und hatte ihr Salben und Pflaster besorgt, mit denen sie ihre wund gerittene Kehrseite pflegen konnte. Die Schmerzen, die sie im Sattel gelitten hatte, mussten fürchterlich gewesen sein, und doch hatte sie sich kaum etwas anmerken lassen.
»Du bist ein braves Mädchen. Irmela kann stolz auf eine so treue Zofe sein!«
Gibichens Lob kam bei Fanny nicht gut an. »Wie kann sie stolz auf mich sein? Ich habe es nicht geschafft, sie einzuholen und zu befreien!«

»Wir hätten viel schneller reiten müssen, aber dann wären uns die Pferde unterm Hintern zusammengebrochen, und das hätte uns auch nichts genützt. Lexenthal ist gefahren, als wäre der Teufel hinter ihm her.«

Fabian maß die Stadt, die auf der Landzunge zwischen Donau und Inn lag, mit einem hasserfüllten Blick. »Wir werden eine Gelegenheit finden, unserer Freundin zu helfen. Jetzt sollten wir erst einmal nach Passau hineinreiten und uns eine Unterkunft suchen. Aber bevor wir irgendetwas unternehmen, wirst du deine Hand von einem Arzt ansehen lassen!« Fabian zeigte dabei auf Gibichens Linke, die noch immer mit dem mittlerweile stark verfärbten Lappen verbunden war.

»Das ist doch nicht der Rede wert!« Gibichen wollte mit der verletzten Hand eine abwertende Geste machen, stöhnte aber unwillkürlich auf.

»Herr von Gibichen sollte sich wirklich verarzten lassen. Ich hatte ihm ja angeboten, seine Wunde zu versorgen, aber er wollte es nicht.« Fanny klang tadelnd, denn sie gab etwas auf ihr Können, kleinere Verletzungen so zu versorgen, dass sie sich nicht entzündeten.

»Tu es jetzt!«, forderte Fabian sie auf. »Ob wir eine halbe Stunde früher oder später nach Irmela suchen, ist nun auch gleich.«

Gibichen wollte nicht so recht, doch Fanny beugte sich aus dem Sattel und griff nach seiner Hand. Der Offizier hielt sichtlich die Luft an, als Fanny den Stofffetzen entfernte und die Wunde freilegte. Die Schnitte an Ring- und Mittelfinger hatten sich geschlossen und heilten halbwegs ab, doch beim Anblick des dick angeschwollenen, eiternden kleinen Fingers stieß Fanny einen erschreckten Ruf aus.

»Seid Ihr noch bei Sinnen? Bei Gott, das hätte längst verarztet werden müssen!«

»Das wird jetzt auch geschehen!« Fabian war näher gekommen

und blickte nun kopfschüttelnd auf die entzündete Wunde. »Du bist ein Narr! Wenn du Pech hast, verlierst du die ganze Hand!«

»Um Irmela zu retten, würde ich mehr opfern als meine Linke!«, brach es aus Gibichen heraus.

»So hilfst du ihr auch nicht!« Fabian zuckte mit den Achseln und sah Fanny an. »Hast du noch ein Stück sauberen Stoff, den du um die Hand wickeln kannst, bis wir einen Wundarzt finden?«

Die Magd nickte eifrig. »Ich muss noch ein weiteres Stück von dem Unterrock abtrennen, den ich für meine Herrin eingepackt habe.«

»Dann tu das«, forderte Fabian sie auf.

Fanny rutschte aus dem Sattel, bevor Abdur ihr zu Hilfe kommen konnte, und begann in den Packtaschen zu kramen. Kurz darauf brachte sie einen Streifen sauberes, weißes Leinen und band es um Gibichens Hand. Der wusste ihr allerdings keinen Dank, sondern starrte so grimmig nach Passau hinüber, als wolle er dem Weg, den Lexenthals Kutsche genommen hatte, durch Mauern und Häuser hindurch folgen.

Als die Magd wieder im Sattel saß, winkte Fabian seinen Gefährten, ihm zu folgen, und führte sie hügelabwärts zum Inn. Sie überquerten den Fluss auf derselben Brücke wie Lexenthal eine halbe Stunde vor ihnen. Zwar musterten die Wachen die abgerissen wirkenden Offiziere mit ihrem seltsamen Gefolge recht neugierig, gaben sich aber mit dem Brückenzoll und der Erklärung zufrieden, die beiden Herren seien auf dem Weg zu ihrem Regiment.

Fabian deutete auf Gibichens verbundene Hand und blickte einen der Männer fragend an. »Kennst du einen guten Wundarzt in der Stadt? Mein Freund hat sich unterwegs verletzt.«

Der Angesprochene schob seinen Hut nach vorne und kratzte

sich im Genick. »Also, wenn ich Ihr wäre, würde ich Bertram Lohner aufsuchen. Der flucht zwar wie ein Landsknecht, aber er versteht sein Gewerbe.«

»Lohner?« Eine ferne Erinnerung tauchte in Fabians Erinnerungen auf, ohne dass er sie greifen konnte. »Wo finden wir ihn?«

Fanny runzelte nachdenklich die Stirn. Hatte so nicht der Arzt geheißen, der sie von ihrer hässlichen Narbe befreit hatte? Und der hatte ebenfalls schlimm fluchen können. Noch während sie darüber nachsann, sprach der Wachtposten weiter.

»Ihr müsst in die dritte Gasse nach rechts abbiegen. Dann ist es das fünfte Haus. Über der Tür hängt ein Schild mit einem Messer und einem gebrochenen Arm.«

»Vergelt's Gott!« Fabian warf dem Mann eine Münze zu und ritt an. Die Wegbeschreibung war so genau, dass sie nicht noch einmal fragen mussten. Das Haus war nicht besonders groß, doch das Schild mit dem abgeknickten Arm und dem Skalpell, an dem stilisierte Blutstropfen klebten, zeugte von dem großen Selbstbewusstsein, aber auch von dem derben Wesen des Besitzers.

Fabian stieg aus dem Sattel und klopfte. Kurz darauf öffnete ihm eine nicht mehr ganz junge, aber hübsche Frau. Es dauerte einen Augenblick, bis Fabian die ehemalige Offiziershure Gerda erkannte. »Das ist aber eine Überraschung!«

»Birkenfels?« Die Frau war nicht gerade erfreut, einen ihrer früheren Liebhaber zu sehen, und machte eine Bewegung, als wolle sie ihm die Tür vor der Nase zuschlagen. Da entdeckte sie den Verband um Gibichens Hand und trat ganz vor die Tür. Für einen Augenblick dachte sie daran, die Männer zu einem anderen Wundarzt zu schicken, doch damit würde sie dem Gerede erst recht Nahrung geben. Wenn sie den beiden half, konnte sie eher auf deren Verschwiegenheit hoffen.

»Ich sehe, Euer Freund benötigt Hilfe. Kommt doch herein. Mein Mann wird sich gleich um ihn kümmern.« Ihre Stimme zitterte ein wenig, und Fabian las in ihren Augen die Bitte, ihre Vergangenheit zu vergessen.

Mit einem amüsierten Lächeln auf den Lippen deutete er eine Verbeugung an. »Habt Dank! Könntet Ihr mir auch sagen, wo wir unterdessen unsere Pferde abstellen können?«

Gerda wies die Gasse hinab. »Dort drüben befindet sich der Gasthof zum Löwen. Euer Mohr könnte die Gäule hinbringen und Eure Ankunft melden. Die Betten dort sind ordentlich, und das Essen ist besser als in den meisten anderen Herbergen dieser Stadt.«

Fabian wechselte einen Blick mit Abdur, der die Zügel der anderen Pferde entgegennahm und Richtung Herberge stapfte, sah dann seinen Freund auffordernd an und deutete mit dem Kopf auf die Tür, die Gerda aufhielt. Die verletzte Hand an die Brust gepresst, folgte Gibichen der Aufforderung. Seiner Miene nach zu urteilen schien er begriffen zu haben, dass er mit dieser Verletzung weniger für Irmela tun konnte als nach einer erfolgreichen Behandlung durch den Arzt. Fanny schwankte, ob sie Abdur in den Löwen folgen oder sich den beiden Offizieren anschließen sollte, und entschied sich, ebenfalls einzutreten.

Während Gerda den Patienten und seine Begleiter durch das Haus führte, musterte sie Fanny verstohlen und fragte sich, ob dieses Mädchen die neue Bettgefährtin der beiden Offiziere wäre. Sie glaubte Birkenfels' und Gibichens Geschmack zu kennen und wunderte sich ein wenig, denn Fanny war zwar auf eine ländliche Art hübsch, aber gewiss nicht die Frau, die zwei Herren von Stand zu reizen vermochte. Dennoch überkam sie ein wenig Eifersucht, und sie musste im Stillen über sich selbst lächeln. Wohl war sie auch diesen beiden Offizieren zu Diensten gewesen, doch die Zeit war vorbei. Hier in Passau galt sie als die ehrenwerte Ehefrau des Wundarztes Bertram Lohner.

Auch wenn es nun zu ihren Pflichten gehörte, das Haus sauber zu halten und blutige Verbände zu waschen, so war sie mit ihrem Leben ganz zufrieden. Gerda kannte viele Frauen, die gleich ihr von Offizieren ausgehalten worden waren. Sie alle hatten ein paar Jahre lang ein gutes Leben gehabt, waren dann aber fallen gelassen worden und mussten sich schließlich für Pfennigbeträge oder Nahrungsmittel den Trossknechten oder gar dem Gesindel feilbieten, das die Heere wie Fliegenschwärme begleitete und vom Plündern und Leichenfleddern lebte. So hatte sie nicht enden wollen und daher Lohners Antrag angenommen. Eine Karriere anzustreben wie Helene, die nun den steinreichen Steglinger geheiratet hatte, hatte sie nicht gewagt. Wer zu hoch stieg, konnte sehr tief fallen, sagte sie sich auch jetzt wieder, als sie die Tür zum Behandlungszimmer ihres Mannes öffnete.

Lohner saß neben dem Fenster und las in einem Buch, legte dieses aber sofort beiseite. »Grüß Gott, die Herren! Womit kann ich dienen?«

»Mein Freund hat sich verletzt! Wenn Er so gut sein könnte, nach der Wunde zu sehen.« Fabian schob Gibichen auf den Behandlungsstuhl zu. Dieser nahm leise knurrend Platz und ließ es zu, dass Lohner den Leinenstreifen löste.

Als der Arzt die Wunde sah, schüttelte er den Kopf. »Ihr habt Euch verdammt lange Zeit gelassen, zu mir zu kommen.«

»Jetzt rede nicht lange, sondern schmiere etwas drauf, und dann hat es sich«, schnaubte Gibichen ihn an.

Lohner hob die Augenbrauen. »Wollt Ihr unbedingt Eure Hand verlieren? Beim Herrgott im Himmel! Mit so einer Wunde ist nicht zu spaßen. Seid froh, wenn ich Euch nicht den Unterarm abnehmen muss!«

Jetzt wurde Gibichen blass. Er knirschte mit den Zähnen, und als Lohner den verletzten Finger abtastete und daran drückte, stöhnte er schmerzhaft auf. Ein Schwall gelben Eiters quoll zwischen den schwarzen Rändern der Wunde hervor.
»Da seht Ihr's!«, trumpfte Lohner auf. »Den Finger könnt Ihr vergessen. Vielleicht bleibt es dabei, wenn nicht ...« Er brach mitten im Satz ab, doch seine Geste war deutlich genug.
»Tut alles für meinen Freund, was in Eurer Macht steht!«, bat Fabian ihn.
Der Arzt wandte sich ihm zu und zwinkerte verblüfft. »Birkenfels! Seid Ihr es wirklich?«
»Er kennt mich?« Noch während Fabian es sagte, fiel es ihm wie Schuppen von den Augen. Vor ihm stand derselbe Arzt, der einen Winter im Haus in den Waldbergen verbracht und Fannys hässliche Brandnarbe beseitigt hatte. Lohner hatte auch eine der schlimmsten Narben in Ehrentrauds Gesicht weggeschnitten, und wenn sich der zweite Arzt nicht eingemischt hätte, wäre wohl ebenso wie bei Fanny nur ein weißer Fleck zurückgeblieben.
»Lohner? Jetzt erinnere ich mich! Ich traf Ihn damals im Haus der Gräfin Hochberg.«
Der Arzt nickte zufrieden. »Beinahe hätte ich Euch nicht erkannt. Ihr seid in der Zwischenzeit ein Mann geworden.«
»Damals war ich noch ein dummer Junge und aufgeblasen von falschem Stolz«, gab Fabian mit einem Auflachen zu.
Lohner nickte, als wolle er diese Worte bestätigen, und zeigte auf Gibichens Hand. »Es drängt mich, mit Euch zu sprechen, doch ich muss mich zuerst um die Hand Eures Freundes kümmern. Mögen Gott und die Heiligen Kosmas und Damian mir beistehen! Garantieren kann ich nämlich für nichts.« Der Arzt ergriff sein Skalpell und öffnete die Verletzung mit einem geschickten Schnitt. Mit einem leisen Aufschnauben schüttelte er den Kopf.

»Das wird nicht leicht werden. Gerda, bringe einen Krug Branntwein, damit der Offizier die Schmerzen weniger spürt! Und Ihr, Herr von Birkenfels, solltet Euren Freund festhalten. Oder soll ich ihn mit Lederriemen an den Stuhl binden?«

»Versuche Er es, und ich wickle Ihm die Riemen um seinen dürren Hals!« Gibichen funkelte den Arzt feindselig an, hielt aber still.

Gerda war innerhalb weniger Augenblicke mit einem Krug voll Branntwein zurückgekehrt und goss die Flüssigkeit in einen großen Lederbecher. Gibichen nahm das Gefäß entgegen und stürzte seinen Inhalt in einem Zug hinunter.

»Mehr!« Er hielt Gerda fordernd den Becher hin. Diese füllte ihn erneut, und als Gibichen diesmal ausgetrunken hatte, spürte er, dass sein Kopf sich auf einmal wie in Watte gepackt anfühlte. Das Einzige, was er noch empfand, war der Schmerz in seiner Linken.

Während der Chirurg sich um Gibichen kümmerte, strich Fanny sich nachdenklich über ihre Wange, die durch die Kunst des Arztes nun wieder so glatt war, dass sie kaum mehr die Stelle merkte, an der die dicke Brandnarbe gesessen hatte. Sie war Lohner dankbar und hätte ihn gerne darauf angesprochen. Gerdas Gegenwart schüchterte sie jedoch ein, zudem erinnerte sie sich an den Lohn, den sie für diese Operation hatte zahlen müssen. Die Scham darüber brachte sie dazu, sich immer mehr in den Hintergrund zu schieben und unauffällig zuzusehen, wie der Chirurg mit dem Skalpell hantierte.

Lohner war wirklich ein guter Wundarzt, das wurde auch Fabian schnell klar, der schon einiges auf den Kriegszügen erlebt hatte. Geschickt amputierte der ehemalige Feldscher den kleinen Finger, zog ein Stück Haut über die Stelle und vernähte sie mit kleinen Stichen. Dann wusch er die Hand mit einem Sud aus verschiedenen Kräutern, unter denen sich seiner Auskunft nach

Kamille, Kapuzinerkresse und Ringelblume befanden, und hieß Gerda, dem Offizier einen Tee aus Kräutern zu kochen, die für die Wundheilung und die Blutreinigung gut sein sollten.
Während er einen Verband anlegte, wandte er sich Fabian zu.
»Gewiss erinnert Ihr Euch noch an meinen Kollegen Portius. Der arme Kerl sucht Euch verzweifelt. Derzeit hält er sich ein Stück weiter donauaufwärts in Vilshofen auf und mischt Salben und Tinkturen an, die er an Apotheken und Ärzte verkauft. Selbst praktiziert er nicht mehr, aber aus welchem Grund, will er nicht verraten. Er muss schreckliche Dinge erlebt haben! Irgendwie scheint Ihr auch in seine Angelegenheiten verwickelt zu sein, denn er fragt alle möglichen Leute nach Euch und bittet sie, Euch zu ihm zu schicken.«
Fabian schüttelte unwillig den Kopf. »Was soll ich mit dem Burschen?«
Unterdessen hatte Gibichen sich einen weiteren Becher Branntwein eingeschenkt, hielt aber mitten im Trinken inne und sah seinen Freund mit einem wässrigen, aber noch klaren Blick an.
»Wie weit ist dieses Vilshofen von hier weg?«
»Etwa drei deutsche Meilen«, antwortete Lohner an Fabians Stelle.
»Dann solltest du zu diesem Portius reiten. Ein andermal kommst du wohl kaum mehr dazu.«
»Aber dazu ist keine Zeit! Wir müssen …« Fabian brach ab, denn ihr eigentliches Vorhaben ging weder Lohner noch dessen Ehefrau etwas an.
Gibichen starrte ihn an, als müsse sein Blick ihn einfangen. »Heute bin ich zu nichts mehr fähig, und bis morgen Mittag bist du wieder zurück. Tu es! Sonst wirst du es später vielleicht bereuen.«
Da Gibichen bis jetzt am meisten gedrängt hatte, Irmela so rasch wie möglich zu befreien, wunderte Fabian sich über dessen Rat.

Aber er würde sich wohl um die Sache kümmern müssen, sonst stieg sein Freund selbst in den Sattel, und das dürfte der Heilung nicht gerade zuträglich sein. Gibichen würde sich glücklich schätzen müssen, wenn die Wunde sich schloss und er nicht die ganze Hand verlor.
Während Fabian seinen Gedanken nachhing und spürte, wie die Sorge um Irmela und Gibichen, aber ganz besonders auch um Stephanie und sein Kind immer stärker auf ihm lastete, hob Lohner lächelnd die Hand. »Ihr braucht nicht nach Vilshofen zu reiten, Herr von Birkenfels. Ich werde einen Boten hinschicken, der Portius herbringen soll. Erholt Ihr Euch lieber von der Reise. Ihr seht erschöpft aus.«
Es war weniger die Erschöpfung, die ihre Spuren in Fabians Gesicht hinterlassen hatte, als die lange Haft auf Burg Harlau. Bislang war er so angespannt gewesen, dass er seine körperliche Schwäche mit dem in ihm lodernden Zorn überspielt hatte. Nun aber begann die Enttäuschung über die misslungene Verfolgung ihn aller Kraft zu berauben. Ein oder zwei Tage Ruhe würden ihm wohl helfen, notdürftig wieder auf die Beine zu kommen. Aber er durfte die Zeit nicht nutzlos verstreichen lassen und nahm sich vor, sich notfalls allein auf die Suche nach Irmela zu machen. Zwar konnte er nicht hoffen, sie ohne Gibichens Unterstützung zu befreien, aber er wollte wenigstens wissen, wohin man sie gebracht hatte. Mit einem Mal wurde er ganz mutlos und sah sich schon in einer johlenden Menge eingekeilt, während Irmela sich in den Flammen des Scheiterhaufens wand.
Das darf niemals geschehen!, schrie es in ihm auf. Er hob den Kopf und sah Lohner an. »Was weiß Er über den Prior Lexenthal?«
Der Arzt wunderte sich über den abrupten Themenwechsel, wies aber in die Richtung, in der er die fürstbischöfliche Residenz wusste. »Der hohe Herr lebt seit Jahren als geehrter Gast unseres

erlauchtesten Herrn Bischof Leopold von Habsburg in Passau. Derzeit sucht Ihr ihn hier jedoch vergebens, denn er hat sich schon vor mehreren Wochen auf eine weite Reise begeben. Wie es heißt, soll er eine gefährliche Hexe suchen, die am Tod seiner Nichte schuld sein soll. Mehr weiß ich nicht.«

»Ehrentraud ist tot?« Fabian dachte an das einst lebensfrohe, von vielen jungen Männern umschwärmte Mädchen, dem das Schicksal so übel mitgespielt hatte, und glaubte noch einmal die Wärme ihres Leibes zu spüren. Vor dem Überfall der Schweden hatte auch er zu ihren Anbetern gehört, und später, in den Monaten auf Irmelas Gutshof, hatte er Zuneigung zu ihr empfunden, aus der Liebe hätte werden können, wenn auch kein so himmelstürmendes und inniges Gefühl wie bei Stephanie. Ehrentraud nun tot zu wissen, schmerzte ihn, und ihm rannen Tränen über die Wange.

Derweil verarbeitete Gibichen die Nachricht trotz des Rausches, den er sich angetrunken hatte, auf eine kühlere Weise. Wenn Lexenthal Irmela die Schuld am Tod seiner Nichte gab, hatte sie keine Gnade von dem Mann zu erwarten. Damit war ihr Schicksal genauso besiegelt, als hätte ein Tribunal sie bereits verurteilt. Also würden sie sie, wie er es von Anfang an befürchtet hatte, mit Gewalt befreien müssen.

Mit schwerer Zunge bedankte er sich bei Lohner für dessen Hilfe und setzte hinzu: »Es würde uns freuen, wenn Er diesen Portius oder wie er heißt hierher rufen könnte. Wir sind in Geschäften hier, die wir nicht vernachlässigen dürfen.«

»Wollt Ihr mit Steglinger über neue Heereslieferungen verhandeln? Dann könntet Ihr Euch direkt bei ihm einquartieren. Er hat letztens Frau von Hochberg geheiratet und ist jetzt hochgeachteter, einflussreicher Mitbürger dieser Stadt.« Ein Hauch von Verachtung lag in Lohners Stimme, der sowohl dem Heereslieferanten wie auch der ehemaligen Offiziershure galt, vor der nun Edelleute und hohe Kirchenleute das Haupt neigten.

Fabian hatte schon vermutet, Lexenthal wäre nicht allein auf den Gedanken gekommen, Irmela sei an Ehrentrauds Tod schuld. Auch früher, schon vor dem Überfall der Schweden, hatte Johanna immer wieder behauptet, Irmela sei eine Hexe, genau wie ihre Mutter, und nun hatte sie ihr wohl Ehrentrauds Tod in die Schuhe geschoben.

Mit einem Mal sah er Lohners fragenden Blick auf sich gerichtet und schüttelte den Kopf. »Nein, danke! Wir nehmen mit dem Löwen vorlieb.« Dann sah er auf Gibichen herab. »Nun, was ist? Kannst du noch auf deinen Beinen stehen, oder bist du schon so betrunken, dass Fanny und ich dich tragen müssen?«

Sein Freund versuchte aufzustehen, doch die Beine wollten ihm nicht mehr so recht gehorchen, und er ließ sich von Fabian und Fanny stützen. »Auf zum Löwen! Hoffentlich sind die Betten genauso weich wie damals in Pilsen, Gerda!«

Gibichen zwinkerte Lohners Frau anzüglich zu und kicherte, als sie rot wurde.

Fabian lotste ihn in Richtung Tür und musste dort aufpassen, dass sein Freund nicht mit dem Kopf gegen den niedrigen Balken stieß. Wäre Fanny ihm nicht zu Hilfe geeilt, hätte er sich schwergetan, Gibichen in die Herberge zu schaffen. Unten auf der Straße fiel ihm auf, dass sie dem Arzt für seine Bemühungen noch nichts bezahlt hatten, doch als er sich umdrehte, hatte Gerda die Haustür bereits geschlossen.

XI.

Das Geratter der eisenbereiften Wagen auf dem harten Kopfsteinpflaster hallte wie Trommelwirbel in Irmelas Kopf. Ihr war übel, obwohl nichts in ihrem Magen war, das er hätte auswürgen können. Ihre Zunge und ihr Gaumen waren wund gescheuert

und so angeschwollen, dass sie gegen den Knebel drückten, der ihr an diesem Tag noch kein einziges Mal aus dem Mund genommen worden war. Dazu rann ihr ein dünner Blutfaden in den Rachen und verstärkte den Brechreiz.
Einen klaren Gedanken konnte sie schon lange nicht mehr fassen. Sie bestand nur noch aus Schmerz und Verzweiflung. In den kruden Bildern, die ihr ihre Phantasie vorgaukelte, sah sie sich auf dem Scheiterhaufen brennen und Lexenthal zusammen mit Helene, Johanna und Ehrentraud darum herumtanzen, und in den wenigen Augenblicken, in denen sie aus diesen Alpträumen aufschreckte, wünschte sie sich nur noch zu sterben.
»Gleich sind wir da!« Die selbstzufriedene Stimme des Priors drang nicht bis zu Irmela durch. Sie bemerkte auch nicht, wie die Kutsche anhielt und ein Büttel herbeieilte, um den Schlag zu öffnen.
Lexenthal stieg nach einem letzten Blick auf seine bewusstlos wirkende Gefangene aus und wandte sein Augenmerk dem düsteren Gebäude zu, vor dem er hatte anhalten lassen. Die Fenster waren klein wie Schießscharten und zudem durch Gitterkreuze gesichert, durch die höchstens eine Ratte kriechen konnte. Fenster gab es keine, nur hölzerne Läden, die bei Sturm oder bitterer Kälte geschlossen werden konnten. Eine mit Eisenblech beschlagene Tür stellte den einzigen Zugang in diesen Kerker dar, dessen sichtbarer Teil bereits wie ein Vorhof der Hölle wirkte. Das, was sich unter der Erde befand, ließ selbst diejenigen, die von Amts wegen hinabsteigen mussten, innerlich erschauern. Lexenthal war bislang nur ein Mal dort unten gewesen und hatte beinahe die armen Sünder bedauert, die dort eingesperrt waren. Nun aber schien ihm dieses Gefängnis noch zu gut für die Hexe, die eben von den beiden Klostermägden aus dem Wagen gezogen wurde. Die Frauen blickten den Prior so widerwillig an, als hätten sie wenig Lust, die Gefangene weiterzuschleppen.

Lexenthal hob gebieterisch die Hand. »Legt sie auf den Boden. Von nun an wird der Kerkermeister von Passau sich um sie kümmern.«

Die Mägde atmeten auf. Es war nicht einfach gewesen, den Willen des Priors zu befolgen und dabei die Hexe nicht verenden zu lassen. Nun waren sie dieser Verantwortung ledig. Eine von ihnen knickste vor Lexenthal und sah ihm ins Gesicht. »Wie kommen wir jetzt wieder nach Hause, hochwürdigster Herr?«

»Ich werde dafür sorgen, dass man euch in eure Heimat zurückbringt. Bis dorthin könnt ihr euch in einem der Frauenklöster dieser Stadt nützlich machen!« Noch während er es sagte, hatte er die Mägde wieder vergessen.

Die beiden Frauen rümpften die Nase, denn sie hatten gehofft, für ihre Mühen in Passau als Gäste behandelt und nicht als Dienstboten zu anderen Klosterschwestern geschickt zu werden. Wohin das führte, konnten sie sich lebhaft vorstellen. Man würde sie einfach hierbehalten, so dass sie sich ihren Platz und ihren Rang im Gesinde des Klosters, dem sie zugeteilt wurden, erst wieder erarbeiten mussten. Doch Klagen half nichts, das wussten sie, und daher folgten sie dem Sekretär des Priors, der ihnen befahl, mit ihm zu kommen.

Lexenthal wies unterdessen einen der ihn begleitenden Soldaten an, an die Kerkertür zu klopfen. Der Mann hatte die Tür jedoch noch nicht erreicht, als diese geöffnet wurde und der Kerkermeister und zwei Knechte heraustraten. Die hochgewachsene, wuchtige Gestalt des Mannes, der auch als Foltermeister sein Brot verdiente, war geeignet, jedem Delinquenten Furcht einzuflößen. Er sah aus, als benötigte er all die Daumenschrauben und Zwickzangen nicht, mit denen hartnäckige Leugner dazu gebracht wurden, die Wahrheit zu bekennen. Ein einziger fester Griff seiner Hand reichte aus, einem normal gewachsenen Menschen die Knochen zu brechen. Diesem

Mann traute Lexenthal als Einzigem zu, seine Gefangene nicht entkommen zu lassen.
»Ist alles bereit?«, fragte der Prior.
Der Kerkermeister nickte und beäugte die am Boden liegende Irmela mit seinen seltsam klein wirkenden Augen. »Es ist alles so, wie Ihr es befohlen habt, Euer Exzellenz.«
»Dann bring die Hexe hinein!«
Der Kerkermeister befahl seinen Knechten, die Irmela aufheben wollten, zurückzubleiben. »Kümmert euch um die übrigen Gefangenen. Dieses spezielle Vögelchen ist allein meine Sorge. Kein anderer darf die Hexe ansehen und erst recht nicht berühren!«
Die beiden Männer verschwanden schnell, als wären sie erleichtert, die Gefangene nicht anfassen zu müssen. Der Kerkermeister trat nun neben Irmela, bückte sich und zog sie mit einer solchen Leichtigkeit hoch, als wöge sie nicht mehr als ein Bündel Lumpen. Wie ein Jäger seine Beute trug er sie durch das Tor und nahm ihr dort mit einem Grinsen die Augenbinde ab. Lexenthal wollte noch eine abwehrende Handbewegung machen, schlug dann aber das Kreuz und murmelte einen Spruch gegen Hexenflüche.
Zunächst ging es eine steil nach unten führende Treppe hinab. Während der Kerkermeister sich auf den schlüpfrigen Stufen so leichtfüßig bewegte, als befände er sich auf ebenem Boden, klammerte sich der ihm nachfolgende Lexenthal an den Unebenheiten der Wände fest, um nicht auszurutschen und in die Tiefe zu stürzen.
Die feuchte Kühle des engen Treppengangs weckte Irmelas Sinne, und sie öffnete mühsam die verklebten Augen. Zunächst sah sie nur das lederne Wams des riesenhaften Mannes vor sich, der sie über der Schulter trug, und als sie den Kopf wandte, erkannte sie grob behauene Steine, die von flackerndem

Licht erhellt wurden. Aus den Augenwinkeln nahm sie dann ihren Feind, den Prior, wahr, dessen Blick selbstzufrieden auf ihr ruhte.

»Gleich sind wir da, Euer Ehren«, erklärte der hünenhafte Mann eben in einem beinahe unverständlichen Dialekt.

»Ist die Zelle, in die du die Hexe bringst, auch sicher?«

Der Kerkermeister nickte. »Das ist sie sehr wohl, Euer Eminenz. Ich hab da ein ganz spezielles Kämmerchen für solch verworfene Geschöpfe. Wenn sie erst einmal ein, zwei Tage da drinnen sind, reden sie wie ein Wasserfall.«

Es klang so, als bereite es dem Mann Freude, seine Opfer schon im Vorfeld der eigentlichen Verhandlung und der vom Gericht angeordneten Folterungen zu quälen. Dabei war, wie Irmela verzweifelt dachte, das alles unnötig. Sie war bereit, zu gestehen, damit die Quälerei ein Ende nahm. Selbst der Tod im Feuer erschien ihr nun gnädiger, als noch länger die Gefangene des rachsüchtigen Priors zu sein. Wenn sie all die Verbrechen, die man ihr vorwarf, zugab und gleichzeitig Reue zeigte, würde man sie vielleicht gar nicht oder nur leicht foltern und sie vor dem Anstecken des Scheiterhaufens gnädigerweise erdrosseln. Doch dann sagte ihr ein Blick auf Lexenthals Gesicht, dass dieser sie den Kelch der Qualen bis zur Neige leeren lassen würde.

Nun blieb der Kerkermeister vor einer Tür aus schweren Eichenbohlen stehen, stellte seine Laterne auf den Boden und zog die drei eisernen Riegel zurück, mit der die Tür gesichert war. Als er öffnete, sah Irmela eine dunkle, nicht gerade kleine Zelle vor sich, zwar ohne Fenster, aber mit einem Luftloch hoch unter der Gewölbedecke. An der Wand waren mehrere Ringe befestigt, daneben lagen Ketten bereit, um Gefangene in Eisen zu schließen. Obwohl es Irmela graute, wie ein Stück Vieh an die Kette gelegt zu werden, erschien ihr dies doch um vieles erstrebenswerter als die straff gezogenen Fesseln, mit denen sie derzeit gebunden war.

Der Prior schien ähnlich zu denken wie sie, denn er ließ ein unwirsches Schnauben hören. »Ich will die Hexe sicher verwahrt sehen. Ketten können sie nicht halten. Sie verwandelt sich in einen Vogel und fliegt durch den Luftschacht dort oben davon.«

»Das würde ihr nichts helfen, denn das Luftloch ist mit einem feinen Gitter gesichert. Aber ich habe da noch eine ganz besondere Stelle, an der sie zu Eurer Zufriedenheit untergebracht sein wird.« Der Kerkermeister grinste und trug Irmela zum hinteren Teil der Zelle. Dort befand sich eine Tür in der Wand, die in der Dunkelheit kaum zu erkennen war. Der Kerkermeister öffnete sie und bat Lexenthal, der die Laterne hochgehoben hatte, hineinzuleuchten.

Dieser tat es, und Irmela sah eine winzige Kammer vor sich, in der ein Mensch nur stehend verweilen konnte. Sich zu setzen oder gar zu legen war unmöglich. Sie würde sich nicht einmal gegen die Wände oder die Tür lehnen können, denn diese waren mit spitzen Stacheln versehen, und Luft gab es nur durch ein paar in die Tür gebohrte Löcher.

Der Kerkermeister stopfte Irmela wie einen Sack in das Gelass und grinste, als sie dabei von einigen Dornen gestochen wurde. »Das ist nur ein Vorgeschmack. Wenn ich mich erst einmal richtig mit dir befasse, wirst du wissen, was Schmerz bedeutet.« Dann schlug er die Tür zu, ohne ihr die Fesseln zu lösen oder ihr auch nur den Knebel aus dem Mund zu nehmen.

Dunkelheit umfing Irmela, und gleichzeitig gaben ihre Beine nach. Die Dornen, die in ihre Knie stachen, brachten sie jedoch dazu, sich mit all ihrer Kraft aufrecht zu halten, was durch die zusammengebundenen Füße kaum möglich war. Immer wieder kippte sie gegen eine der Stachelwände, so dass sich die Spitzen in ihr Fleisch bohrten. Da sie nicht schreien konnte, formten ihre

Gedanken Verwünschungen und Flüche für Lexenthal und seinen Handlanger. Gleichzeitig dachte sie an ihre auf Burg Rain zurückgelassenen Freunde, die sie nie mehr wiedersehen würde, und spürte, wie ihr die Tränen über die Wangen liefen.

XII.

Wendelin Portius musste sofort aufgebrochen sein, nachdem ihn die Nachricht erreicht hatte, denn er erschien bereits am nächsten Tag. Als der Wirtsknecht ihn in die Kammer führte, die Fabian mit Gibichen und Abdur teilte, wirkte Lohners Kollege wie ein Mann, der eine Keule über sich schweben sieht, die jeden Augenblick auf ihn herunterfahren kann. Er blieb auf der Schwelle stehen und starrte Fabian so durchdringend an, als müsse er sich versichern, den richtigen Mann gefunden zu haben. Dabei schob er einen fast armlangen Gegenstand, den er in ein schmutziges Tuch gehüllt hatte, wie einen Schild vor sich her.
»Der Jungfrau im Himmel sei Dank! Ihr seid es wirklich, Birkenfels. Beinahe hatte ich schon angenommen, mein Freund Lohner hätte sich geirrt, weil ich Euch nur als Jüngling im Gedächtnis habe.« Portius trat ein, setzte seine Last ab und schlug vor Erleichterung das Kreuz. Dann verbeugte er sich linkisch.
»Endlich vermag ich das Vermächtnis zu erfüllen, das mir das unglücklichste Wesen auf dieser Welt übertragen hat.« In dem Augenblick stand Ehrentrauds schreckliches Ende wieder vor seinem inneren Auge, und ihm rannen Tränen über das Gesicht. Mit einem Aufschluchzen bat er Fabian, ihm seine Erschütterung zu verzeihen.
Dieser runzelte die Stirn. »Rede Er so, dass ich Ihn verstehe. Wem hat Er etwas versprochen, und was hat das mit mir zu tun?«

»Ich komme von Jungfer Ehrentraud von Lexenthal. Sie muss geahnt haben, dass sie sterben würde, und bat mich, im Fall ihres Ablebens Euch diese Truhe zu überbringen.« Portius begann erneut zu weinen und reizte Fabians angespannte Nerven bis zum Äußersten. Bevor er etwas sagen konnte, legte Gibichen ihm den Arm um die Schulter.
»Lass den Mann reden, wie er will. Immerhin geht es um jene Frau, die ihr Onkel rächen will.«
»Wenn der Prior Fräulein Ehrentraud wirklich rächen wollte, hätte er das Otternnest ausräuchern müssen, in dem sie umgekommen ist. Doch er lebt in Freundschaft mit jenen, die an ihrem Tod schuld sind, und unterstützt sie in jeder Weise!« Die Erregung hatte Portius dazu gebracht, mehr zu sagen, als er eigentlich gewollt hatte, und nun wand er sich wie ein getretener Wurm.
»Wer hat Ehrentraud etwas angetan?« Fabian sah aus, als wolle er über den kleinen, stark abgemagerten Mann herfallen und die Wahrheit aus ihm herausprügeln.
Wieder hielt Gibichen ihn zurück. »Sieh dir doch erst einmal die Truhe an. Vielleicht lüftet sie das Geheimnis.«
Portius atmete auf und versuchte sich unauffällig auf die Tür zuzuschieben, doch Abdur vertrat ihm auf Gibichens Wink hin den Weg.
»Er mag verzeihen, doch wir würden Ihn gerne noch ein wenig als Gast behalten. Ruf Fanny, Abdur. Sie soll dem Herrn Doktor Portius einen Krug Wein bringen und dazu Brot und Braten. Nach seinem langen Marsch dürfte er hungrig sein.«
Portius wurde klar, das Gibichen zwar weniger impulsiv reagierte als Fabian, aber auf seine Art durchsetzungsfähiger und wohl auch härter war. Daher setzte er sich zitternd auf den Stuhl, zu dem Abdur ihn schob.
»Doktor und Arzt, das war ich einmal. Jetzt vermag ich nicht

einmal mehr einen Becher ruhig zu halten.« Er hob die Hände, und man konnte sehen, dass seine Finger wie Espenlaub zitterten.
Gibichen zuckte mit den Achseln und sah Fabian auffordernd an. »Mach die Truhe auf!«
Fabian riss den Schlüssel von der Schnur, an der er befestigt war, schloss auf und hob den Deckel. Verwirrt nahm er einen in Silber gefassten Spiegel, einen Perlmuttkamm und ein paar andere, der weiblichen Schönheitspflege dienende Gegenstände heraus. In einem abgetrennten Fach entdeckte er schließlich Schreibfedern, Sand zum Trocknen und ein silbernes Tintenfass.
Fabian schüttelte den Kopf. »Kannst du mir sagen, was das zu bedeuten hat?«
Sein Freund zuckte mit den Achseln. »Vielleicht handelt es sich um ein Liebespfand, dass die Jungfer dir hat zukommen lassen wollen.«
Fanny stülpte die Lippen vor, und Portius nickte nachdenklich. Der Arzt musste an jenen Winter in den Waldbergen denken, in dem Fabian jeder Frau in dem Gutshof mehr oder weniger den Hof gemacht und so ausgesehen hatte, als wolle er mit allen unter die Decken schlüpfen, mit Ausnahme der Stiefenkelin der Hausherrin. Der Fabian, der jetzt vor ihm stand, hatte mit dem leichtfertigen, von sich eingenommenen Jüngling nicht mehr viel gemein, sondern wirkte über seine Jahre hinaus reif und ernst.
»Ich weiß leider nicht, was es mit diesem Geschenk auf sich hat. Das Fräulein hat es mir an dem Tag übergeben, an dem …« Portius brach ab, um nicht zu viel zu verraten, doch es war zu spät.
»An was für einem Tag?« Fabian trat drohend auf den Arzt zu.
Doch ehe er handgreiflich werden konnte, begann Fanny in der

Truhe zu kramen. »Zu was wären Feder und Tinte nützlich, wenn nicht, um zu schreiben? Also könnte sich ein Brief hier drinnen verbergen.«

Fabian nahm ihr den Kasten ab und schüttete den restlichen Inhalt auf sein Bett. Doch er fand keinen Fetzen Papier darin und schlug sie verärgert zu.

Der Knall ließ Gibichen auffahren. »Sieh dir den Deckel näher an. Er scheint mir schwerer zu sein, als es nötig wäre.«

»Zumindest ist er ungewöhnlich dick!« Fabian öffnete und schloss die Truhe ein paarmal, konnte aber nichts Bemerkenswertes feststellen. Daher ließ er sich von Abdur seinen Dolch reichen und versuchte, den Deckel von innen aufzubrechen. Das dünne Holz gab schnell nach, und es fiel ein in Leder gebundenes Büchlein heraus. Mit bebenden Fingern schlug Fabian es auf und begann zu lesen.

Gibichen stand auf, stellte sich hinter seinen Freund und hielt dessen Hand fest, als er zu schnell umblättern wollte. Beide sagten kein Wort, doch ihre Gesichter wurden immer starrer. Als die letzte beschriebene Seite erreicht war, fluchte Gibichen leise, aber ausgiebig vor sich hin.

Unvermittelt trat er auf Portius zu und packte ihn am Kragen. »Er wird uns einiges zu erklären haben!«

Der Arzt hob wimmernd die Arme. »Ich bin unschuldig und habe nichts damit zu tun. Bitte lasst mich gehen!«

Gibichen stieß ihn Abdur in die Arme. »Pass gut auf ihn auf. Er vermag der Schlüssel zu sein, den wir so dringend brauchen.«

»Was meinst du damit?« Fabian starrte ihn verdattert an.

»Bei Gott, bist du wirklich so dumm? Lexenthal will Irmela vernichten, weil er sie für die Schuldige am Tod seiner Nichte hält. Ehrentrauds eigene Aufzeichnungen aber beweisen, dass sie durch Helene von Hochbergs Machenschaften und die ihrer Tochter umgekommen ist!« Er hielt Fabian das Buch mit einer

wütenden Geste unter die Nase. »Hier steht sogar, wie sehr sie es bedauert, nicht Irmelas Freundschaft gesucht zu haben. Wenn Lexenthal das liest, muss er Irmela freilassen.«
Erschrocken fuhr Fabian auf. »Du willst das Geschreibsel hier Lexenthal ausliefern? Mit all dem Schmutz, der hier verzeichnet steht? Das würde Ehrentrauds Andenken schänden.«
Gibichen schenkte ihm einen vernichtenden Blick. »Du hast wohl Angst vor ihm, wenn er erfährt, dass du seiner Nichte zwischen die Beine gestiegen bist? Bei Gott, es geht um Irmelas Leben!«
»Angst? Nein! Aber das, was da steht, ist entsetzlich.« Fabian stieß das Buch, dem Ehrentraud sich anvertraut hatte, mit einer Geste höchsten Abscheus zurück.
»Das dürfte noch nicht ganz so schlimm sein wie das, was in Helene von Hochbergs Haus geschehen ist«, sagte Portius in der Hoffnung, sein Wissen mit jemand teilen zu können, der ihn verstand und ihn nicht auch vor den Hexenrichter schleppte. Bis zu diesem Tag hatte er es nicht einmal gewagt, seine Erlebnisse einem Priester in der Beichte anzuvertrauen. Nun aber brachen die Barrieren in seinem Innern, und die Worte quollen wie ein unaufhaltsamer Strom über seine Lippen.
Fabian, Gibichen und Abdur hörten ihm mit ungläubigen Mienen zu, Fanny aber würgte es. »Bei der Jungfrau im Himmel! Meine Herrin verfolgt er als Hexe, und dieses Gesindel lässt er in Frieden. Lexenthal muss verrückt sein!«
Gibichen schüttelte nachdenklich den Kopf. »Das glaube ich nicht. Ich nehme eher an, dass er nichts von dem ahnt, was wirklich geschehen ist. Deshalb ist es in meinen Augen so wichtig, ihm dieses Buch zu überreichen.«
»Und was ist, wenn er unseren Worten und den Aufzeichnungen seiner Nichte keinen Glauben schenkt und uns ebenso wie Irmela gefangen setzt?«, fragte Fabian gereizt.
Sein Freund ließ sich jedoch nicht beirren, sondern spielte nach-

denklich mit der Schreibfeder und befahl Abdur, ihm Papier zu besorgen.
»Wir werden die wichtigsten Stellen von Ehrentrauds Tagebuch abschreiben und ihre Echtheit mit unserer Unterschrift bekunden. Wenn Lexenthal sich nicht überzeugen lässt, sollen Abdur und Fanny diese Abschriften aus der Stadt bringen und dafür sorgen, dass sie in die Hände des Herzogs von Pfalz-Neuburg gelangen. Wolfgang Wilhelm wird dafür Sorge tragen, dass Irmela und uns nichts geschieht.«
»Und wenn er es nicht tut oder zu spät eingreift, was dann?«, bohrte Fabian nach.
»Dann sterben wir in der Gewissheit, dass jene, die an unserem Elend schuld sind, uns bald folgen werden.« Gibichen zeigte deutlich, dass er diesen Weg als den allein erfolgversprechenden ansah.
Fabian war davon überzeugt, dass Kirchenmänner wie Lexenthal nicht bereit wären, einen Irrtum einzugestehen, und plädierte für eine gewaltsame Befreiung. Da Gibichen jedoch stur blieb, gab er schließlich nach. »Also gut! Ich bin dabei. Doch wenn es schiefgeht, ist es deine Schuld!«
»Und mein Verdienst, wenn wir siegen!« Für ein paar Augenblicke maßen Gibichen und Fabian sich wie Feinde, dann huschte der Anflug eines Lächelns über ihre Gesichter.
Fabian hieb mit der geballten Faust in die offene Hand. »Hol es der Teufel! Wenigstens werden wir dabei sein, wenn Lexenthal liest, zu welchen Verirrungen seine Nichte sich hat hinreißen lassen.«
»Verirrungen, an denen du nicht ganz unschuldig gewesen bist!«, antwortete Gibichen bissig.
Fabian breitete ergeben die Hände aus und zeigte dann auf Portius. »Er wird mit uns kommen und dem Prior berichten, wie Jungfer Ehrentraud starb.«

Der ehemalige Arzt sah so aus, als wolle er schreiend davonlaufen, duckte sich aber unter Fabians erhobener Faust und senkte den Kopf. »Ich komme mit Euch.«
Bei diesen Worten schien eine schwere Last von seiner Seele zu fallen.

XIII.

Lexenthal las im *Malleus Maleficarum* und studierte die Kommentare, die gelehrte Männer dazu geschrieben hatten. Ihm war klar geworden, dass er sich bei der Verhaftung und dem Transport der Hexe von seinen Gefühlen hatte leiten lassen. Den Prozess gegen Irmela von Hochberg aber musste er strikt nach dem Gesetz und den Regeln der heiligen Kirche führen. Obwohl er Latein besser lesen konnte als die deutsche Schriftsprache, fiel ihm die Lektüre nicht leicht. Immer wieder hielt er inne und machte sich Notizen. Das eine oder andere Mal blätterte er zurück und verglich die eine Textstelle mit einer anderen, und wenn sie einander widersprachen, überlegte er, an welche er sich halten sollte, um vor Gott und der Welt ein reines Gewissen zu wahren.
Der Eintritt seines Sekretärs störte ihn in elementaren Überlegungen, und so maß er den Mönch mit einem verärgerten Blick.
»Ich hatte dir doch verboten, mich zu stören!«
Der Sekretär verbeugte sich steif und wies auf die Tür. »Draußen stehen zwei Herren, die Euch dringend zu sprechen wünschen, Euer Ehrwürden.«
»Schick sie weg!«
Der Sekretär schien zu schrumpfen, zog sich aber nicht zurück. »Verzeiht, Euer Hochwürden, aber sie behaupten, sie brächten wichtige Beweise in Sachen der Hexe, welche den Tod Eurer Nichte verursacht hat!«

Lexenthals Kopf ruckte hoch. »Beweise gegen die junge Hochberg?«

»Ich nehme es an.« Der Sekretär hob etwas unsicher die Hände, denn die unerwartet aufgetauchten Zeugen hatten nichts Genaueres verlauten lassen, sondern nur bekundet, sie würden die Residenz nicht eher verlassen, bis der Prior sie angehört hätte.

Mit einem entsagenden Blick auf seine Bücher kam Lexenthal zu dem Schluss, dass es vielleicht ganz gut wäre, wenn er seine Studien für kurze Zeit unterbrach und sich mit Leuten unterhielt, die seine Anklage stützen konnten. Doch er wollte das Gespräch so kurz wie möglich halten.

»Führe die Männer herein. Es sollen aber keine Stühle gebracht werden und auch kein Wein.«

Der Sekretär verbeugte sich und verließ erleichtert den Raum. Im Vorzimmer traf er Gibichen und Fabian an, die von Portius begleitet wurden. »Seine Ehrwürden ist bereit, Euch zu empfangen. Ich warne Euch jedoch, ihn mit Nichtigkeiten zu belästigen, denn seine Zeit ist begrenzt.«

»Er wird uns anhören!« Gibichens Stimme klang gelassen, doch innerlich fühlte er sich längst nicht mehr so mutig wie vorhin im Gasthaus. Doch der Rubikon war überschritten, und er musste dem Weg folgen, den er eingeschlagen hatte. Er war zunächst einmal froh, den Prior in nachdenklicher Pose und ohne Anzeichen fanatischen Hasses vorzufinden. Als er den Ausdruck in den Augen des Priors wahrnahm, verschwand jener Eindruck rasch, und er begriff, dass er sich diesen Mann nicht zum Feind wünschen sollte.

Lexenthal war nicht weniger neugierig auf seine Gäste als diese auf ihn. Gibichen selbst war ihm unbekannt, doch als sein Sekretär ihm den Offizier vorstellte, konnte er ihn einer nicht übermäßig hochrangigen, aber einflussreichen Familie in Bayern

zuordnen. An Fabian erinnerte er sich erst, als dessen Name fiel, und in Portius, der einen großen, in ein Tuch gehüllten Gegenstand bei sich trug, erkannte er den Arzt nicht wieder, den er zweimal zu seiner Nichte geschickt hatte. Portius war stark gealtert, und der Ausdruck übertriebenen Selbstbewusstseins war längst aus seinem Gesicht gewichen.
Mit einer heftigen Bewegung wandte der Prior sich seinen Besuchern zu. »Ihr bringt Beweise gegen die Hexe Irmela von Hochberg?«
Allein der Klang seiner Stimme beweist, dass er Irmela längst verurteilt hat, fuhr es Gibichen durch den Kopf, und er beschloss, alles auf eine Karte zu setzen. Mit einer heftigen Handbewegung winkte er Portius zu sich und wies auf die noch verhüllte Truhe.
»Halten zu Gnaden, ehrwürdiger Herr, doch wir bringen Euch etwas, das Eurer Nichte gehört hat und das das Geheimnis ihres frühen Todes aufklärt.«
Auf sein Handzeichen wickelte Portius die Truhe aus und stellte sie vor den Stuhl, auf dem Lexenthal saß. Der Prior schüttelte zunächst den Kopf, erkannte dann aber das Geschenk, das er seiner Nichte gemacht hatte, und blickte seine Besucher strafend an.
»Wie kommt diese Truhe in Euren Besitz?«
»Es war der Wille Fräulein Ehrentrauds, dass diese Truhe nach ihrem Tod in die Hände des Herrn von Birkenfels gelangen soll.«
Portius' Worte weckten eine Erinnerung, und Lexenthal musterte den früheren Arzt scharf. »Ihn kenne ich doch von irgendwoher.«
Portius warf sich vor ihm zu Boden und umklammerte seine Füße. »Ihr seht den elendsten aller Menschen vor Euch, Euer Herrlichkeit! Ich habe so viele Monate an meiner Last getragen, und nun vermag ich sie nicht mehr zu bewältigen.«

Der Prior machte eine Bewegung, als wolle er den Mann wegstoßen. »Wenn Er sein Gewissen erleichtern will, dann suche Er einen Priester auf und stehle mir nicht die Zeit.«
Gibichen merkte, dass Lexenthal kurz davor war, sie aus dem Raum weisen zu lassen. Rasch öffnete er die Truhe, so dass der Prior das erbrochene Geheimfach sehen konnte und das Buch, das darin steckte. »Wenn Euer Herrlichkeit die Güte hätten, die Aufzeichnungen Eurer Nichte Ehrentraud von Lexenthal zu lesen.«
»Bei Gelegenheit werde ich es tun«, antwortete der Prior abweisend.
»Um Jesu willen, tut es jetzt!« Gibichen riss das Buch aus der Truhe und streckte es Lexenthal hin. Sein Verhalten war ungehörig und hätte ihm zu jeder anderen Zeit einen heftigen Tadel eingetragen. Der Prior begriff jedoch, dass es mit dem Buch etwas Besonderes auf sich haben musste, und schlug es auf.
Zu Beginn bestand der Text nur aus verzweifelten, aber sehr wirren Anklagen gegen das Schicksal, welches Ehrentraud erlitten hatte, und daher wollte Lexenthal das Buch schon beiseite legen. Da fiel sein Blick auf die Stelle, in der beschrieben stand, was Ehrentraud des Nachts mit Johanna getrieben hatte.
Die Miene des Priors verhärtete sich beim Lesen, und als ihm klar wurde, dass die Initiative dazu von Helenes Tochter ausgegangen war, spie er in Gedanken aus. Auch Irmelas junge Tante musste ein Geschöpf des Teufels sein. Ohne dass er es gewahr wurde, versenkte er sich in Ehrentrauds Aufzeichnungen und schüttelte mehrmals tadelnd den Kopf. Er vermochte kaum zu glauben, was er da lesen musste. Als er an die Stelle kam, in der beschrieben stand, wie Helene seiner Nichte die Leibesfrucht abgetrieben hatte, schlug er vor Schreck das Kreuz. Dies war eine Sünde, die nur eine Strafe kannte, nämlich die tiefsten Klüfte der Hölle.

Lexenthal rettete sich in den Gedanken, dass all dies nur die Schuld der Hexe Helene sein konnte und seine Nichte deren hilfloses Opfer gewesen war. Dennoch spürte er einen Stein an seinem Herzen, der ihn schier in den Boden drückte. Auch sonst war der Text im höchsten Maße unzüchtig und zeigte, wie sehr sich die Gedanken und Gefühle seiner Nichte verirrt hatten. Wäre ihm dies zu ihren Lebzeiten in die Hände geraten, so hätte er sie ungeachtet ihrer Verwandtschaft zu Klosterhaft und schwerster Buße verurteilt. Nun aber bangte er um ihre unsterbliche Seele und bat Gott, dem armen Mädchen gnädig zu sein.
Als die Rede auf Birkenfels kam, blickte er diesen giftig an. Doch dessen Miene zeigte Scham und aufrichtige Reue. Zu seinem Glück hatte Ehrentraud keinen Hehl daraus gemacht, auf welche Weise sie den jungen Mann verführt hatte, und daher wog Fabians Schuld in seinen Augen geringer als die seiner Nichte.
Diese Gedanken waren wie weggewischt, als er die Stelle erreichte, an der Ehrentraud bedauerte, nicht Irmelas Freundschaft gesucht, sondern diese auf Helenes und vor allem Johannas Betreiben schlecht behandelt zu haben. Lexenthal kniff die Augen zusammen und las die Stelle noch einmal durch. War seine Nichte noch bei Verstand gewesen? Oder hatte die Hexe ihr Netz damals bereits so eng ausgeworfen, dass Ehrentraud sich darin verfangen hatte? Noch während er darüber nachsann, wanderten seine Augen über die letzten Eintragungen, und ihm wurde übel. Zuerst wollte er nicht glauben, was dort stand. Ausgerechnet Helene von Hochberg hatte seine Nichte purer Hexerei ausgesetzt!
Von der Schwarzen Hexe und Santini hatte er bereits gehört. Diesen Teufelsdienern war es bislang mit Hilfe ihres höllischen Herrn gelungen, sich dem Zugriff des Gesetzes und der heiligen Kirche zu entziehen. Wie verderbt diese Leute wirklich waren, konnte er nicht nur den geschriebenen Worten seiner Nichte

entnehmen, sondern auch dem Gestammel des Arztes, der auf seinen fragenden Blick hin wieder in die Knie brach und zu reden begann.
»Haben diese Teufel wirklich ein Kind geschlachtet?«, fragte er nach.
Portius nickte heftig. »Das habe ich mit eigenen Augen gesehen! Euer Herrlichkeit, ich bekenne mich schuldig, sie nicht daran gehindert zu haben, und ich bereue von ganzem Herzen, dass es mir nicht gelungen ist, das Leben Eurer Nichte zu erhalten.«
Lexenthal kniff die Lippen zusammen. »Es ist besser für Ehrentraud, tot zu sein, als mit dieser Schuld zu leben. So mag unser Herr Jesus Christus sich ihrer annehmen und sie in sein Himmelreich geleiten.« Sein Blick fiel mit einem Ausdruck, der sowohl Verachtung wie auch widerwillige Anerkennung beinhalten mochte, auf Fabian.
»Meine Nichte schreibt, dass Ihr fleischlich mit ihr verkehrt habt. Entspricht dies der Wahrheit?«
Fabian senkte den Kopf. »Es stimmt, ehrwürdiger Vater. Ich habe gesündigt.«
»Und Ehrentraud mit Euch. Sie schreibt jedoch in sehr schwärmerischen Worten von Euch und scheint eine Ehe mit Euch als ihr größtes Glück angesehen zu haben. Wie steht Ihr dazu? Hättet Ihr sie wirklich geheiratet, so wie sie aussah?«
Die Frage traf Fabian unvorbereitet, und er wusste im ersten Augenblick nicht, was er darauf antworten sollte. Er las jedoch die Sehnsucht in Lexenthals Augen, etwas Gutes zu hören, und bejahte seine Frage nachdrücklich. »Wenn es anders gekommen wäre, hätte ich sie zum Weib genommen.«
Er hatte den Prior damit eigentlich nur besänftigen wollen. Doch noch während er diese Worte formulierte, begriff er, dass sie keine Lüge beinhalteten. Hätte er Stephanie nicht kennengelernt und sich in Folge nicht mit Irmela verlobt, wären Ehrentrauds

leidenschaftliche Hingabe und ihr Bestreben, ihm zu gefallen, ein Grund für ihn gewesen, den Bund der Ehe mit ihr einzugehen. Er hätte sie gewiss so weit bringen können, sich noch einmal Doktor Lohner anzuvertrauen, und was dieser Arzt zu leisten vermochte, konnte er an Fannys Wange sehen und an Gibichens Hand, die bereits zu verheilen begann.

»Ja, ich hätte sie geheiratet«, wiederholte er und sah, wie Lexenthal aufatmete.

»Da Ihr dies bekennt, wird Gott sie wohl nicht zu sehr als Sünderin bestrafen. Doch ich fühle, dass Ihr noch mehr wisst.«

Fabian schob Portius nach vorne. Der kleine Arzt schluckte und berichtete dann dem Prior zwar mit schwankender Stimme, aber in allen ihm bekannten Einzelheiten, wie dessen Nichte hatte leiden müssen und gestorben war.

Lexenthal hörte ihm zu, ohne ihn ein einziges Mal zu unterbrechen. Sein Gesicht wirkte starr, und über seine Wangen rannen Tränen, die im Licht der durch das Fenster scheinenden Sonne wie kleine Perlen glänzten.

Als Portius geendet hatte und sich noch einmal verzweifelt dafür entschuldigte, weil er Ehrentraud nicht hatte retten können, legte Lexenthal ihm sanft die Hand auf die Schulter.

»Gegen Hexenkraft kämpfen Menschen zumeist vergebens. Es war nicht deine Schuld, dass es so gekommen ist.« Sondern die meine, setzte der Prior in Gedanken hinzu.

Er hatte seine Nichte Helene von Hochberg ausgeliefert und damit ihr Schicksal besiegelt. Seine Hände zitterten, als er an die Art und Weise dachte, wie Ehrentraud geendet war. Noch im Sterben war sie bei einer pervertierten Verhöhnung der heiligen Messe geschändet worden, und Helene von Hochberg hatte dies nicht nur zugelassen, sondern sogar noch gefördert.

»Sie werden dafür bezahlen, sie alle!« Die Stimme des Priors hatte nichts Menschliches an sich.

Gibichen fand es an der Zeit einzugreifen. »Verzeiht, ehrwürdiger Vater, wenn ich Euch in Eurer Trauer störe. Doch wie Ihr selbst lesen konntet, habt Ihr all die Monate eine Unschuldige mit Eurem Zorn verfolgt, gefangen und in den Kerker gesteckt. Nicht Irmela von Hochberg hat den Tod Eurer Nichte verursacht, sondern deren angeheiratete Verwandte, und die Komtesse ist auch keine Hexe. Wer die wahren Satansdiener sind, habt Ihr soeben selbst erfahren.«
Fabian nickte erleichtert, weil sein Freund die Sprache auf ihr eigentliches Ziel gebracht hatte. Er hatte immer noch an all dem Schmutz zu kauen, den Ehrentrauds Aufzeichnungen beinhalteten, und sah sich außerstande, mit dem Prior zu verhandeln.
Lexenthal sah Gibichen für einige Augenblicke verständnislos an, als könne er seine festgefrorenen Gedanken nicht in andere Bahnen lenken. Dann wischte er sich mit einer fahrigen Bewegung über die Stirn und stöhnte auf. Ohne etwas zu sagen, trat er zu einem kleinen Schränkchen, das mit dem Bildnis der Heiligen Jungfrau geschmückt war, und öffnete ein Fach. Mit zitternden Händen holte er ein vergilbtes Blatt Papier heraus und zeigte es seinen Besuchern.
»Diesen Brief habe ich die ganzen Jahre aufbewahrt, um die Niederlage, die ich damals erlitten habe, niemals zu vergessen. Doch ich habe mich schon lange nicht mehr daran erinnert, von wem er stammt, und beinahe hätte ich es ganz vergessen. Seht her! Kennt Ihr diese Schrift?«
Gibichen schüttelte den Kopf, doch Fabian nickte ganz langsam, als müsse er in seinen Erinnerungen graben. »Sie gleicht Helene von Hochbergs Handschrift. Als ich im vorletzten Winter bei ihr zu Gast war, habe ich zugesehen, wie sie eine Anweisung verfasst hat, die ihr Verwalter nach Passau bringen sollte.«

»Ja, das ist die Schrift der Helene von Hochberg!« Der Prior lachte wie irregeworden auf und schüttelte mehrmals den Kopf. »Dieser Brief stammt von ihr. Ich erhielt ihn vor beinahe fünfundzwanzig Jahren, und wisst Ihr, was er enthält?«
Die Antwort bestand aus erwartungsvollen Blicken. Lexenthal hielt sich an dem Schrank fest und krümmte sich, als habe er einen Schlag in den Magen erhalten. Dann warf er das Blatt Papier auf den Tisch. »Mit diesem Schreiben hat Helene von Hochberg ihre Stiefschwiegertochter Irmhilde von Hochberg der Hexerei bezichtigt und mir scheinbar untrügliche Beweise geliefert. Damals war ich jung und ehrgeizig und wollte mir in meinem Orden einen Namen machen. Daher habe ich sofort Anklage gegen die Gemahlin Ottheinrichs von Hochberg erhoben und bin dabei wie gegen Mauern geprallt. Heute bin ich dankbar dafür, dass die Anklage niedergeschlagen wurde, doch damals hat sich mein Herz mit Hass gefüllt, dem beinahe Gräfin Irmhildes Tochter zum Opfer gefallen wäre. Ich hatte längst vergessen, dass die Gräfin Hochberg damals von ihrer Stiefschwiegermutter denunziert worden war, und ich habe bis heute daran geglaubt, sie sei eine widerwärtige Hexe, welche sich mir mit der Kunst ihres teuflischen Herrn entzogen hat. Diesem Irrglauben folgend, hätte ich beinahe das Leben einer Unschuldigen zerstört und damit eine weitere schwere Schuld auf mich geladen.«
»Ihr gebt Irmela also frei!« Gibichens Blick bohrte sich in die Augen des Priors.
Lexenthal neigte den Kopf, starrte einen Augenblick auf Ehrentrauds Tagebuch und griff dann nach einem Bogen Papier. Seine Hand zitterte leicht, als er die Feder in die Tinte tauchte, aber seine Buchstaben wirkten gestochen scharf.
»Ich befehle, die Komtesse Irmingard von Hochberg unverzüglich freizulassen. Gezeichnet Xaver von Lexenthal, Prior des Klosters zu Sankt Michael«, las er vor, schüttete ein wenig Sand

auf die noch feuchte Tinte und blies ihn herunter. Umständlich siegelte er das Schreiben, bevor er es Gibichen reichte.
»Mein Sekretär wird dafür sorgen, dass Ihr unverzüglich zur Komtesse geführt werdet. Übermittelt ihr meine tiefste Betroffenheit. Diese Tat werde ich niemals sühnen können.«
Gibichen und Fabian waren zu erleichtert, um etwas zu entgegnen. Sie verbeugten sich vor dem Prior, und Gibichen küsste sogar seine Hand, bevor sie sich mit einem kurzen Abschiedsgruß zum Gehen wandten.
Lexenthal blickte seinen Besuchern nach, bis die Tür hinter ihnen geschlossen wurde, und lauschte den sich entfernenden Schritten. Als diese verhallt waren, rief er nach seinem Sekretär und forderte ihn auf, das Schreibzeug zur Hand zu nehmen. Während er einige scharf formulierte Befehle diktierte, sah er immer wieder auf das kleine Büchlein, in dem das Martyrium seiner Nichte verzeichnet war.

XIV.

Irmela wusste nicht zu sagen, wie lange sie in der engen Kammer ihre stummen Schreie zum Himmel gesandt hatte. Ihr ganzer Körper schmerzte von den Stichen der eisernen Dornen, und sie sehnte sich danach, endlich sterben zu können. Doch jedes Mal, wenn sie in eine gnädige Ohnmacht wegdämmern wollte, weckten die Stacheln sie jäh wieder auf. Daher erschien es ihr wie eine Erlösung, als die Tür geöffnet wurde und der Kerkermeister hereingriff, um sie ins Freie zu zerren. Nachdem er dann auch noch die Stricke gelöst hatte, mit denen sie gebunden war, und ihr den Knebel aus dem Mund nahm, war sie ihm dafür so dankbar, dass sie ihm beinahe die Hände geküsst hätte.

»Ein Mann aus der Eskorte des Priors sagte, man hätte dich unterwegs hungern und dürsten lassen?«

Irmela nickte und versuchte zu sprechen, brachte aber nur ein Krächzen heraus.

»Die Zunge muss geschmiert werden, wenn sie laufen soll.« Der Mann holte lachend einen Becher mit Wein und drückte ihn Irmela in die Hand.

»Hier, das wird dir guttun!«

Irmela trank gierig den säuerlichen Wein, und als sie den Becher zurückreichte, bettelten ihre Augen um mehr.

»Mehr kriegst du später, wenn wir beide handelseinig geworden sind. Jetzt würde er dir nur zu Kopf steigen. Hier hast du ein Stück Brot. Du wirst hungrig sein.«

Irmela nickte erneut und dachte sich, dass der Knecht des Priors gnädiger mit ihr verfuhr, als es diesem recht sein würde.

Endlich brachte sie ein paar Worte heraus. »Ich danke dir und werde dich in meine Gebete einschließen!«

Der Kerkermeister lachte. »Beten brauchst du für mich wirklich nicht. Ein anderer Lohn ist mir da schon lieber.«

»Ich habe aber kein Geld bei mir.«

»Ich will kein Geld und auch dich selbst nicht, wenn du das denken solltest. Dafür bist du mir ein zu mageres Huhn. Aber du könntest etwas anderes für mich tun. Weißt du, es gibt da eine fesche Wirtswitwe, die einen neuen Ehemann braucht, und der will ich sein. Mach mir einen Liebeszauber, damit sie mich nimmt, und ich verspreche dir, es wird dir hier bei mir gut gehen. Du bekommst Wein und Brot, und wenn ich dich foltern soll, wirst du recht schreien, damit der Prior nicht merkt, dass ich nicht mit voller Kraft zugreife.«

Zunächst starrte Irmela den Mann verständnislos an, dann begriff sie erst, was er wollte. »Aber ich bin doch keine Hexe! Ich kann nicht zaubern!«

»Das Gefasel kannst du dir für den Prior aufheben. Mich beeindruckst du damit nicht. Entweder du hilfst mir freiwillig, die Wirtin zu gewinnen, oder ich werde dich dazu überreden müssen.«

»Aber es ist unmöglich!« Irmela hob flehend die Hände und versuchte dem Mann noch einmal zu erklären, dass sie nicht das Geringste von Hexenzaubern verstünde, doch er wollte ihr einfach nicht glauben.

»Ich kann auch anders, wenn du das willst«, schnauzte er sie an und packte sie so, dass sich seine Finger tief in ihr Fleisch gruben.

Selbst wenn Irmela noch die Kraft gehabt hätte, sich zu wehren, es wäre vergebens gewesen. Er stopfte sie unter seine rechte Achsel und trug sie wie einen halbleeren Sack aus der größeren Zelle hinaus auf den Gang. Kurz darauf ließ er sie in einem Raum zu Boden fallen, in dem ein Holzkohlenfeuer vielerlei Folterwerkzeuge in rötliches Licht tauchte.

Bevor Irmela auch nur einen Gedanken fassen konnte, riss er sie hoch, fesselte ihre Hände und schleifte sie an der Streckbank vorbei zu einer Winde, wie man sie sonst benutzte, um Lasten zu heben. Darunter standen eiserne Gewichte, an denen Ringe und jene Seile befestigt waren, die man den Delinquenten um die Fußgelenke schlang.

Der Mann hängte den Strick um Irmelas Arme in den Haken der Winde und zog sie anschließend so hoch, dass ihre Zehen gerade noch den Fußboden berührten. Dann näherte sich sein breites, von einem erwartungsfrohen Grinsen gezeichnetes Gesicht dem ihren.

»Na, du Hexe? Immer noch verstockt? Oder willst du mir jetzt den kleinen Gefallen erweisen, um den ich dich gebeten habe?« Seine Hand fasste sie dabei am Kiefer und presste diesen schmerzhaft auseinander.

Irmela nahm den Gestank nach Knoblauch, Zwiebeln und anderen, weitaus unangenehmeren Dingen wahr, den er ausströmte, und würgte.

Der Mann lachte hämisch. »Du bist nicht die erste Hexe, die hier in meinem Schloss zu Gast ist, und bis jetzt sind sie noch alle zu Kreuze gekrochen. Entweder verhilfst du mir zu meiner Witwe, oder ich werde dich schinden, wie ich noch keine Hexe geschunden habe!«

»Ich sagte doch schon, dass ich keine Hexe bin und das nicht kann!«

Statt einer Antwort zog der Kerkermeister Irmela mit ein paar Umdrehungen der Winde höher, so dass ihre Sohlen zwei Ellen über dem Fußboden schwebten und ihr Gewicht an den Armen hing.

»Ich bin wirklich keine Hexe!«, rief Irmela verzweifelt.

Der Kerkermeister griff nach einem der Gewichte, als wollte er es ihr an einen Fuß hängen. Mit einem Auflachen stellte er es wieder weg, riss ihr den Kittel herunter, so dass sie nackt vor ihm baumelte, und nahm eine Fackel aus ihrer Wandhalterung.

»Noch keinem hat es gutgetan, mich zu verärgern. Jetzt wirst du einen Vorgeschmack bekommen auf das, was dich erwartet!«

Mit einer gleitenden Bewegung fuhr er mit der Flamme unter Irmelas Fußsohlen entlang.

Für einen Augenblick bestand sie nur noch aus sengendem Schmerz und versuchte, die Beine wegzuziehen, um den Flammen zu entkommen. Im nächsten Augenblick war es, als habe sie sich dabei die Arme ausgerenkt, und sie versuchte verzweifelt, einen weniger qualvollen Halt zu finden. Der Folterknecht nutzte ihr Zappeln und fuhr mit der Fackel zwischen ihre Beine. Dabei verdrehte er ihr den Knöchel, so dass sie die Schenkel nicht schließen konnte, und ließ die Flamme an ihr hochwandern, bis die Hitze ihre empfindlichste Stelle beleckte. Der scharfe Geruch

angesengter Haare erfüllte den Raum, und Irmela glaubte, vor Schmerz sterben zu müssen.
In dem Augenblick wurde die Tür aufgerissen, und jemand brüllte auf, als dränge der Zorn der ganzen Welt aus seiner Kehle. Irmela konnte trotz ihrer tränenverschleierten Augen sehen, wie der Kerkermeister gegen die Wand gestoßen wurde. Mit einem Knirschen ließ der Mann die Fackel fallen, packte eine der Zangen, mit denen er sonst seine Gefangenen quälte, und wollte damit auf seinen Angreifer losgehen. Ehe er jedoch mit dem Folterwerkzeug zuschlagen konnte, fuhr ihm die Klinge seines Gegners in die Schulter.
Nun erkannte Irmela den Mann, der ihr zu Hilfe gekommen war. »Gibichen!«
Hinter ihm tauchte Fabian auf, der von einem Untergebenen des Fürstbischofs begleitet wurde. Während der Mönch mit einem Ausdruck höchster Abscheu stehen blieb und die Hände zum Gebet faltete, hinderte Fabian Gibichen daran, dem Folterer den Todesstoß zu versetzen.
»Lass ihn! Der Kerl ist es nicht wert, durch eine ehrliche Klinge zu sterben.«
Es fiel Gibichen schwer, von dem Mann abzulassen. Im Schwung des Zuschlagens drehte er sich um und durchtrennte mit einem Schlag des Pallaschs das Seil dicht über der Winde. Noch im gleichen Augenblick fing er Irmela mit dem freien Arm auf.
Sie sah ihn mit einem Ausdruck der Verwunderung an, dann erlosch sie wie eine Flamme, die der Wind ausgeblasen hat.
Bleich vor Angst starrte der Offizier auf ihren Kopf, der an seiner Schulter ruhte, und ließ seinen Tränen freien Lauf.
»Gott wird nicht so grausam sein, sie unter unseren Händen sterben zu lassen?«
»Irmela ist zäh! Komm, lass sie mich tragen. Wir bringen sie in

den Löwen. Dort kann Fanny sie verarzten. Wir können ja auch noch Lohner dazuholen, wenn es ihr nicht rasch besser geht.«
Fabian wollte Gibichen die Regungslose abnehmen. Der aber kehrte ihm den Rücken zu, stieß seine noch blutige Waffe in die Scheide und griff nach einem großen Sack, der an der Wand hing. Darin hüllte er Irmela ein, so dass man nicht einmal mehr ihre verfilzten, am Kopf klebenden Haare sah.
»Sie wiegt kaum noch etwas«, sagte er dabei.
Fabian hörte schon nicht mehr hin, denn er musste die gestammelte Entschuldigung ihres Begleiters entgegennehmen, der sich gar nicht beruhigen konnte, weil Irmela bereits gequält worden war, bevor ein Richter den Befehl zur hochnotpeinlichen Befragung erteilt hatte.

XV.

Kaum hatte Gibichen die Bewusstlose auf das Bett gelegt, scheuchte Fanny die beiden Männer und Abdur energisch hinaus und schloss die Tür hinter ihnen. Dann schälte sie ihre Herrin aus dem schmutzigen Sack und warf diesen voller Abscheu in eine Ecke. Als sie sah, wie elend Irmela aussah, liefen ihr die Tränen über die Wangen, und sie fürchtete, ihre Herrin würde ihr unter den Händen sterben.
»Der Teufel soll all jene holen, die dafür verantwortlich sind«, fauchte die Zofe und meinte damit in erster Linie Lexenthal.
Zunächst flößte sie der Ohnmächtigen mit Wasser vermischten Wein ein und sorgte dafür, dass die Flüssigkeit nicht in die falsche Kehle kam. Dann begann sie, Irmela von oben bis unten zu waschen, um den durchdringenden Gestank zu beseitigen, den diese verströmte. Dabei sparte sie auch an den Stellen, die von den Dornen aufgerissen oder den Flammen versengt worden waren, nicht mit Seife.

Noch halb bewusstlos versuchte Irmela sie abzuwehren, doch sie war zu kraftlos, ernsthaften Widerstand zu leisten, und als sie ihre Umgebung wieder richtig wahrnehmen konnte, hatte die Zofe ihre Wunden mit sauberen Leinenstreifen abgedeckt und zog ihr gerade ein Nachthemd über.
Irmela war es, als bestände sie nur aus Schmerz, der sich in Wellen bis in jeden Winkel ihres Körpers austobte. Doch statt auf ein Lager aus Stroh oder kaltem Stein fühlte sie sich warm gebettet. Mühsam öffnete sie die Augen und glaubte in einen angenehmen Teil ihrer Träume geraten zu sein. Dann sah sie das besorgte Gesicht ihrer Leibmagd über sich. »Fanny, bist du es wirklich?«
»Aber ja, Komtesse! Ihr könnt von Glück sagen, dass ich hier bin. Ohne Herrn von Gibichen und Birkenfels hätte ich Euch allerdings nicht retten können. Gibichen hat sogar einen Finger seiner linken Hand geopfert, um schnell genug in Passau sein zu können.«
»Mein Gott, wie schrecklich!« Irmela, die bereits Farbe gewonnen hatte, wurde wieder so weiß wie das Leintuch, auf dem sie lag, und Fanny befürchtete schon, sie würde erneut in Ohnmacht fallen. Zu ihrer Erleichterung atmete ihre Herrin nur ein paarmal tief durch und bat sie, ihr ein dickes Kissen in den Rücken zu stopfen.
»Jetzt erzähle, was geschehen ist. Wie kam es, dass Gibichen seine Hand verlor?«
»Nicht die ganze Hand, sondern nur den kleinen Finger. Aber reden werde ich erst, wenn Ihr noch etwas vermischten Wein getrunken und ein Löffelchen Suppe gegessen habt. Ihr seid ja fast verhungert. Kein Wunder, dass Herr von Gibichen Euch trotz seiner Verletzung tragen konnte. Er hat sich wirklich mit aller Kraft für Euch eingesetzt. Damit will ich nichts gegen Herrn von Birkenfels sagen. Der hat sich auch bemüht, aber der richtige Einfall, wie wir Euch freibekommen könnten, der kam von Ludwig von Gibichen. Er hat sogar riskiert, selbst in Le-

xenthals Kerker zu geraten. Aber zum Glück ist alles gut ausgegangen.«

»Wolltest du mir nicht etwas zu trinken geben, bevor du erzählst?« Irmela leckte sich über die aufgesprungenen Lippen und schmeckte den Talg, mit dem Fanny sie eingerieben hatte. Ehe sie noch etwas sagen konnte, hatte die Zofe ihr den Becher an den Mund gesetzt und träufelte ihr gerade so viel auf einmal ein, wie sie mit ihrer wunden Kehle schlucken konnte.

Fanny behandelte ihre Herrin wie hauchfeines Glas, bestand aber darauf, dass Irmela den Becher drei Mal leerte. Dann verließ sie eilig den Raum und kehrte mit einem Tiegel Salbe zurück.

»Die Suppe kommt gleich. Vorher will ich mich noch um Eure Schultern und die Handgelenke kümmern. Das hier kühlt und lindert die Schmerzen. Eure Beine und Eure Rückseite habe ich schon verbunden, aber da darf noch keine Salbe drauf. Ihr seht schlimm aus! Löcher, Abschürfungen und Brandblasen, und der Rest der Haut ist blau und grün!« Fanny zog das Nachthemd hinab und strich die Salbe, mit der Abdur sie auf ihrem Ritt hierher verarztet hatte, über Irmelas mager gewordenen Oberkörper und die Arme. Dann zog sie sie wieder an, deckte sie zu und legte ihr noch ein wärmendes Tuch um die Schultern, da ihre Herrin offensichtlich fror.

»Ihr braucht etwas zu essen. Ich hole die Suppe und sage den Herren, dass sie jetzt hereinkommen dürfen. Sie werden sich wohl kaum länger von Eurem Lager fernhalten lassen – nach all den Sorgen, die sie um Euch ausgestanden haben.«

»Lass sie ruhig kommen.« Es gelang Irmela, ein wenig zu lächeln, denn der Wein hatte ihr Kraft gegeben. Auch wenn ihr Kopf ein wenig um sie selbst zu kreisen schien, so freute sie sich doch, Fabian zu sehen. Oder war es eher Ludwig von Gibichen?

»Wer auf der Welt hat so treue Freunde wie ich?«, fragte sie Fanny.

Es klang so erleichtert, dass die Zofe aufschluchzte. »Die beiden Herren und Abdur waren bereit, Euch notfalls mit Gewalt zu befreien. Ich wäre nicht von ihrer Seite gewichen, selbst wenn ich eigenhändig jemand hätte umbringen müssen!«
Fanny umarmte Irmela voller Erleichterung, sie wiederzuhaben, zog dann die Decke noch ein Stück höher und nickte zufrieden. »So mag es jetzt gehen. Ganz schicklich ist es natürlich nicht, wenn die Herren mit Euch allein im Zimmer sind, aber ich glaube, wir können ihnen vertrauen. Außerdem passt Abdur auf sie auf.«
Mit diesen Worten trat Fanny an die Tür und öffnete sie. Gibichen und Fabian warteten bereits und versuchten an ihr vorbei einen Blick auf Irmela zu erhaschen.
Fanny musterte sie mahnend. »Ihr könnt jetzt hereinkommen. Überanstrengt meine Herrin aber nicht, verstanden? Sonst kehre ich Euch mit dem Besen hinaus!«
»Solange du nicht mit dem Besen zu fliegen beginnst, soll es mir recht sein!« Abdur grinste dabei über sein dunkles Gesicht und schien nicht zu sehen, dass Fanny zum Schlag ausholte.
Gibichen hielt kurzerhand ihren Arm fest. »Ich bitte um Gnade für den Burschen. Er hat nämlich eins geschafft: uns zum Lachen zu bringen! Das ist viel wert in dieser Zeit.«
»Aber auf meine Kosten«, schimpfte Fanny und musterte ihn mit schräg gelegtem Kopf. »Wie viel ist Euch das wert?« Sie machte dabei die Bewegung des Geldzählens.
»Du bekommst einen Gulden, sobald ich ihn habe! Und jetzt hole die Suppe für Irmela … ich meine, die Komtesse.« Gibichen schob Fanny mit einem Klaps auf den Hintern Richtung Treppe und trat dann schwungvoll auf das Bett zu.
»Ich freue mich, Euch bei guter Gesundheit zu sehen, Komtesse!«
Irmela war sich bewusst, dass sie so elend aussah, wie sie sich fühlte, und kniff die Lippen zusammen. »Ihr hört Euch wohl gerne reden, mein Herr.«

»Sagen wir, ich freue mich, Euch überhaupt lebend wiederzusehen.« Gibichens Verbeugung war höflich, doch das fröhliche Grinsen auf seinen Lippen ließ ihn einem Lausbuben gleichen.
Sie blickte ihn an, als stünde ein ganz anderer Gibichen vor ihr.
»Ihr seid ein Tollkopf! Ich fürchte, Fabian hat auf Euch abgefärbt. Nichtsdestotrotz danke ich Euch für all die Mühe, die Ihr auf Euch genommen habt, um mich zu retten. Ich war fest überzeugt, auf dem Scheiterhaufen zu enden.«
Bei den Worten begann sie zu zittern und starrte zur Decke, auf der Flammen zu tanzen schienen. Zwei, drei Herzschläge nahm sie sich selbst darin wahr, aber dann war es nur noch die arme, alte Frau, die sie hatte sterben sehen. Kurz darauf war es wieder vorbei. Die gleiche Erscheinung hatte sie stundenlang gequält, während sie von Lexenthal mitgeschleppt worden war, und sie hatte sich zu Asche und Staub zerfallen sehen.
Mit ihrer Rechten tastete sie nun nach Gibichens linker Hand.
»Wie ist das geschehen?«
»Fabian und ich haben ein paar Marodeuren heimgeleuchtet«, antwortete Gibichen leichthin. »Die Wälder sind voll von Flüchtlingen und Deserteuren, die zu räuberischem Gesindel herabgekommen sind.«
»Es war aber auch eine Menge Dummheit im Spiel. Ludwig wollte sich einfach nicht verarzten lassen! Jetzt kann er von Glück sagen, dass es Bertram Lohner gelungen ist, ihm die restliche Hand zu retten«, setzte Fabian bissig hinzu.
»Es ging um Irmela. Wir haben alles darangesetzt, Lexenthals Kutsche einzuholen. Das ist uns zwar nicht gelungen, aber wenn wir nicht so dicht hinter ihm her gewesen wären, hätte es zu spät sein können. Was wäre geschehen, hätten wir nur eine Stunde später den Kerker betreten?«
»Dann hätte ich dich wahrscheinlich nicht davon abhalten können, dem Kerkermeister das Lebenslicht auszublasen. Aber du

hast recht! Unsere Eile hat Irmela davor bewahrt, zum Krüppel zu werden oder gar unter den Händen dieses Rohlings zu sterben. Außerdem trägst du den Schaden davon, denn meine Hand ist noch ganz.«
»Das war gemein!«, tadelte Irmela Fabian. »Du solltest Herrn von Gibichen nicht verspotten, sondern loben! Immerhin hat er weder sich noch seine Gesundheit geschont, um mir beizustehen.«
Unterdessen war Fanny mit einem Napf Suppe zurückgekehrt und hatte die letzten Worte gehört. »Und mich lobt Ihr nicht? Mein Hintern war völlig wund, weil wir so schnell reiten mussten.«
»Du hattest aber auch einen Helfer, der dich gut verarztet hat«, spöttelte Gibichen mit einem Seitenblick auf Abdur.
Fanny errötete und wandte sich mit einem heftigen Schnauben an Irmela. »Abdur hat mir nur eine Salbe besorgt, die ich auf meine Wundstellen schmieren konnte. Mehr war da nicht!«
»Ich dachte, er hätte sie selbst aufgetragen«, neckte Gibichen die Magd.
»Mein Herr, Ihr werdet frivol!« Irmela versuchte, ihrer Stimme einen festen Klang zu geben, doch sie begann mitten im Satz zu lachen.
»Das wäre dann der zweite Gulden für mich«, erklärte Fanny gelassen, und nun lachten alle.

XVI.

Etwa zur gleichen Zeit saß Helene, verwitwete von Hochberg und jetzige Frau Steglinger, mit ihrem Ehemann am Abendbrottisch und las einen Brief vor, den ein Kurier kurz zuvor gebracht hatte. Das saftige Bratenstück auf ihrem Teller und der rote Wein in dem goldgeränderten Glaskelch blieben unbeachtet, obwohl

ihre fülliger gewordene Taille verriet, dass sie dem Essen ebenso herzhaft zusprach wie ihr Mann.
Steglinger, der noch feister geworden war, hörte Helene mit selbstzufriedener Miene zu. Als sie endete, nickte er und grinste breit. »Aldringer will drei neue Regimenter ausrüsten lassen? Dazu benötigt er, vom Uniformtuch angefangen bis hin zu Musketen und Kanonen, alles, was ich ihm liefern kann.«
»Es würde sich lohnen«, antwortete Helene. »Du wirst dem General das Geld dafür stunden müssen, möglicherweise für immer. Er deutet jedoch an, dass Seine Majestät, der Kaiser gewillt wäre, Euch, mein lieber Gatte, in den Rang eines Freiherrn zu erheben.«
»Gemünztes Gold wäre mir lieber als ein gesiegelter Fetzen Papier.« Steglinger bemühte sich, abwehrend zu klingen, doch insgeheim war er versessen auf eine Standeserhöhung. Ließ seine Frau ihn doch von Zeit zu Zeit fühlen, dass sie mit der Heirat auf den Titel einer Gräfin hatte verzichten müssen.
»Aldringer bietet uns darüber hinaus Güter und Land aus der ersten protestantischen Beute, die im Zuge der Rückeroberung des Reiches gemacht wird, und stellt Euch dafür auch den Grafentitel in Aussicht. Damit wärt Ihr mir ebenbürtig, mein Herr«, fuhr Helene fort.
Für eine Frau ohne Abstammung, die ihren ersten Karriereschritt als Offiziershure begonnen hatte, war diese Bemerkung außerordentlich kühn, aber sie hatte Steglinger überzeugen können, dass die Gerüchte, die er vernommen hatte, von Verwandten der Hochbergs verleumderisch in Umlauf gebracht worden seien. Da sie über Verbindungen verfügte, mit deren Hilfe er noch reicher werden konnte, interessierte er sich auch nicht sonderlich für ihre Herkunft, sondern war mit seiner zweiten Ehe recht zufrieden. Sein jetziges Vermögen übertraf seine verlorenen Neuburger Besitzungen bei weitem, und inzwischen sah er den Ver-

lust der alten Heimat, der zur Auflösung seiner Ehe mit Walburga geführt hatte, als Glücksfall an. Als Gutsherr hatte er sich nur Tombakschnallen auf den Schuhen leisten können, und nun trug er welche aus Gold.
»Ein Grafentitel würde auch Johannas Aussichten zugute kommen, und Ihr könntet sie in noch höhere Kreise verheiraten, als Ihr es jetzt plant, meine Liebe. Ihr solltet das Mädchen doch in unser Haus holen. Es ist nicht gut, wenn eine Jungfer ihres Alters nur von einer Gesellschafterin behütet in der Wildnis der Waldberge aufwächst.«
Helene senkte den Kopf, damit Steglinger ihre abwehrende Miene nicht sah. Wenn sie Johanna hierherbrachte, würde er jede Gelegenheit ausnützen, dem Mädchen unter den Rock zu greifen. Trotz der Triebhaftigkeit ihrer Tochter war es ihr bislang gelungen, deren Jungfräulichkeit zu bewahren, und es war nicht in ihrem Sinne, dieses Gut zu verschleudern. Da Johanna das Hochberg-Vermögen erben würde, konnte sie das Mädchen in jede hochadlige Familie verheiraten, doch mit gebrauchter Ware durfte sie jenen, die sie im Auge hatte, nicht entgegentreten.
»Ich werde Johanna bei passender Gelegenheit zu Besuch laden«, sagte sie ausweichend und kehrte zu dem ursprünglichen Thema zurück. »Zunächst aber werde ich Aldringer in Eurem Sinne antworten!«
»Tut das! Aber ich will den Freiherrntitel in der Hand haben, bevor ich den ersten Karren losschicke. Von wortreichen Versprechungen bekomme ich kein Gold in die Truhen.« Steglinger widmete sich nun seinem Braten. Das Fleisch war inzwischen kalt geworden, und er brüllte den Diener an, der ihm vorlegte, als sei es dessen Schuld.
Helene schüttelte innerlich den Kopf und sagte sich, dass Steglinger trotz seines Reichtums ein Bauer geblieben war, der den

untersten Adelsrang nur einem glücklichen Umstand zu verdanken hatte. Da sie ihn und seinen kleinlichen, raffgierigen Charakter inzwischen gut genug kannte, würde sie dafür sorgen, dass die erhofften Titel auch ihr persönlich verliehen wurden. Mit dem kaiserlichen Namenszug unter einem Adelspatent hatte sie noch ganz andere Möglichkeiten als eine angeheiratete Hochberg von zweifelhafter Herkunft.

Mit diesem erfreulichen Gedanken ließ sie sich das Essen schmecken, während sie im Geist bereits den Brief an General Aldringer formulierte, den sie in ihren jungen Tagen sehr intim kennengelernt hatte. Unwillkürlich musste sie an die Zeit als Geliebte des aufstrebenden Offiziers denken, doch ungewohnter Lärm auf dem Flur ließ die angenehmen Gedanken zerplatzen wie eine Seifenblase.

Steglinger, der eben einen Bissen zum Mund führen wollte, sah nun verärgert auf. »Was ist denn da los?«

Helene gab dem Diener einen Wink, sich darum zu kümmern. »Die Herrschaften befehlen Ruhe!«, rief der Mann nach draußen und wurde im gleichen Augenblick beiseitegestoßen.

Ein Dutzend Soldaten in den Monturen der bischöflichen Wache drangen mit vorgehaltenen Musketen in den Raum und umringten Helene und Steglinger. Ihnen folgte ein Offizier mit einem Degen in der Hand. Bevor er etwas sagen konnte, fuhr der Heereslieferant ihn mit hochrotem Kopf an.

»Was soll das? Wieso erdreistet Er sich, mit seinem Gesindel hier einzudringen? Er entferne sich auf der Stelle!«

Der Offizier musterte ihn mit einem Blick, der auch einer fetten Nacktschnecke hätte gelten können. »Seinesgleichen hat mich immer noch mit Herr und Ihr anzusprechen. Steht auf und kommt mit! Oder sollen meine Männer Gewalt anwenden?«

Helenes Blick wanderte von ihrem Mann zu dem Offizier und zurück, ihre Gedanken rasten. Hatte Steglinger in seiner Gier hinter ihrem Rücken Geschäfte getätigt, über die einige sehr hohe Herrschaften empört waren? Möglicherweise war er jemand aus den Kreisen um den Kaiser auf die Zehen getreten. Herren dieses Ranges konnten sich der Hilfe des Fürstbischofs versichern, so dass ihr Name nicht bekannt wurde. Da sie den empfindlichen Stolz adeliger Offiziere kannte, erwartete sie nicht, ihren Mann so rasch wiederzusehen, und überlegte, wie sie den größten Teil seines Reichtums an sich bringen konnte, ehe der Fürstbischof darauf zugriff.

Versunken in ihre Pläne, nahm sie erst spät wahr, dass der Offizier sich nun vor ihr aufgebaut hatte. »Das gilt auch für dich, Weib! Steh auf! Sonst helfen meine Männer nach.«

Die Soldaten grinsten so erwartungsvoll, als hofften sie, die Frau würde sich zur Wehr setzen. Selten genug hatten sie Gelegenheit, eine so gut aussehende Gefangene abzuführen, und sie wussten, wie viel Spaß sie mit ihr treiben konnten, bevor der Offizier eingriff.

Helene vermochte die Blicke der Männer zu deuten und fühlte, wie mit eisigen Fingern die Angst nach ihr griff. Hatte Lexenthal etwa Verdacht geschöpft? Wenn sie dem Feuer entgehen wollte, würde sie selbst unter der Folter leugnen müssen, etwas mit Ehrentrauds Ende zu tun zu haben.

Um nicht von den Soldaten betatscht zu werden, stand sie auf und rief nach ihrer Zofe. Diese kam in den Raum, sah die Soldaten und schlug erschrocken die Hand vors Gesicht. Nun fiel Helene siedend heiß ein, dass die Frau ihr schon während der Zeit auf dem Gut in den Waldbergen gedient und einiges von den Geschehnissen dort mitbekommen hatte. Jetzt konnte sie nur hoffen, dass die Dienerin vernünftig genug war zu schweigen.

»Packe meine kleine Reisetruhe mit allem, was ich für die nächsten Tage brauche«, befahl Helene. Ihre Zofe wollte den Raum wieder verlassen, doch da hielt die Stimme des Offiziers sie zurück.

»Das ist unnötig! An dem Ort, an den wir deine Herrin jetzt bringen, braucht sie nicht mehr als das, was sie auf der Haut trägt.«

Nun begriff Helene, dass sie nicht in leichte Haft genommen würde, wie es einer Dame von Stand angemessen gewesen wäre. Von Angst geschüttelt trat sie auf den Offizier zu und fasste ihn am Arm.

»Ich muss mit Euch sprechen, Herr.«

Mit einer angeekelten Geste machte der Mann sich frei. »Was willst du?«

»Ich gebe Euch tausend Gulden, wenn Ihr mich gehen lasst!«

Der Offizier lachte verächtlich auf.

»Zwei-, nein, dreitausend!«, steigerte sie ihr Angebot.

»Selbst wenn du mir zehn- oder hunderttausend bieten würdest, wäre es zu wenig!« Auf einen Wink traten je zwei Soldaten auf Helene und Steglinger zu, packten sie und fesselten ihnen die Hände auf den Rücken. Dann fassten sie die vor Schrecken und Angst Erstarrten unter den Armen und schleiften sie zur Tür hinaus.

Helene nahm als Letztes den Tisch wahr, dessen Teller mit einem Mal leer waren, und sah, dass mehrere Soldaten mit vollen Backen kauten. Ihr Grinsen machte sie wütend. »Möge dieses Essen euch im Halse stecken bleiben!«

Die einzige Antwort, die sie bekam, war ein grober Stoß mit dem Kolben einer Muskete.

Als Helene wie ein Stück Vieh durch die Gassen der Stadt getrieben wurde, starb sie beinahe vor Scham. Offensichtlich lief das Gerücht von ihrer Verhaftung vor ihnen her, denn von

überall strömten die Bürger herbei und bildeten eine Gasse. Höhnische Bemerkungen und schadenfrohes Gelächter begleiteten jeden ihrer Schritte. Sie versuchte zu Boden zu blicken, doch die Soldaten hielten sie so fest, dass sie ihren Kopf nicht neigen konnte. Nun schälte sich ein ihr gut bekanntes Gesicht aus der Menge heraus. Es gehörte Gerda, der Offiziershure, die einst ihre Schülerin gewesen war und sich nun mit einem lächerlichen Wundarzt als Ehemann zufriedengegeben hatte. Während der letzten Monate hatte Helene die Frau geflissentlich übersehen, und diese rächte sich jetzt mit anzüglichen Bemerkungen.
Helene wollte ihr entgegenschreien, was sie von ihr hielt, doch da hatten die Soldaten sie schon weitergeschleppt. Der Kerker kam in Sicht, und kurz darauf verschlang das Tor sie und Steglinger wie das Maul eines Riesen. Es ging etliche Treppen hinab bis zu einer Reihe gleich aussehender Türen. Die Soldaten öffneten eine von ihnen, und sie sah ein schmutziges Loch vor sich, das gerade für einen Strohsack und einen Kübel Platz bot. Steglinger wurde mit gefesselten Händen hineingestoßen und die Tür hinter ihm geschlossen. Sie selbst wurde auf eine weitere Treppe zugeschoben und spürte, wie ihre Beine nachgaben. Als sie stolperte, hoben die Soldaten sie auf und schleiften sie hinunter.
Hinter der Tür, die nun geöffnet wurde, lag ein größeres Gewölbe, und anders als bei Steglinger traten die Soldaten mit in den Raum und führten sie zur Rückwand. Die Männer leuchteten mit den Fackeln, die sie aus der Eingangshalle mitgenommen hatten, über verschiedene Folterwerkzeuge und drehten Helene jedes Mal so, dass sie hinschauen musste. Der Anblick ließ ihren Magen zu einem harten Knoten schrumpfen, der wie ein Stein in ihrem Bauch lag. Noch während sie auf die Streckbank und die Zangen starrte, rissen die Männer ihre Arme hoch und befestig-

ten sie an einem Haken, der an einem Seil hing, das aus dem Nichts zu kommen schien.

Als einer der Soldaten die Fackel hob, erkannte Helene über sich eine Rolle, über die das Seil lief. In dem Augenblick drehten zwei Soldaten an der Winde, und sie wurde mit einem harten Ruck in die Höhe gerissen, bis sie nur noch an ihren Armen hing. Ihr fülliger Leib zerrte schwer an den Gelenken, und sie stöhnte vor Schmerzen.

Während die Soldaten sich zurückzogen, schälte sich eine Gestalt aus dem Dunkel und kam auf sie zu. Helene erkannte die schwarze, weiß abgesetzte Tracht der Dominikaner und begriff mit entsetzlicher Intensität, wer vor ihr stand.

»Lexenthal!«

»Ja, ich bin es!«

Dann vernahm sie die Worte, die sie all die Monate gefürchtet hatte. »Jetzt wirst du mir alles über den Tod meiner Nichte erzählen!«

XVII.

Irmela erholte sich überraschend schnell von den Strapazen ihrer Gefangenschaft. Während sie nach wenigen Tagen wieder auf den Beinen war, sah es bei Gibichen lange Zeit schlecht aus. Die Amputationswunde war aufgebrochen und schien nicht mehr verheilen zu wollen. Lohner dachte schon daran, ihm die ganze Hand abzunehmen. Aber der Gedanke, nur mehr ein einarmiger Krüppel zu sein, verlieh dem Offizier die Kraft, sich mit Händen und Füßen gegen diesen Vorschlag zu wehren.

Lohner, der während seiner Zeit als Arzt oft genug erlebt hatte, dass frische Luft und Bewegung die besten Helfer eines Chirurgen waren, versorgte die Wunde mit scharfen Tinkturen und

forderte Gibichen und Irmela auf, Spaziergänge in der Passauer Umgebung zu unternehmen. Es gab nichts, was Gibichen lieber getan hätte, und so schlug er bereits am zweiten Tag eine Kurzwallfahrt nach Mariahilf vor, das am anderen Ufer des Inns auf einem Hügel lag.
Irmela sah ihn mit schräg gelegtem Kopf an. »Glaubt Ihr Euch wirklich für einen solchen Weg gerüstet? Wie ich hörte, sollen vom Inn aus mehr als dreihundert Stufen nach oben führen.«
Gibichen winkte verächtlich ab. »Haltet Ihr mich für einen Schwächling?«
»Nein, aber für einen kranken Mann, der immer noch nicht weiß, ob ihm die linke Hand erhalten bleiben wird. Doch wenn Ihr es wünscht, suchen wir Mariahilf auf. Ich werde dort eine Kerze für die Heilige Jungfrau entzünden. Immerhin hat sie mich aus höchster Not errettet, und Ihr solltet die Himmelskönigin bitten, Euch die Hand zu erhalten.«
»Nun denn, der Tag ist noch früh. Zu Mittag essen können wir oben, denn ich habe mir sagen lassen, dass die Mönche ein gutes Bier ausschenken, nachdem der Wein in den letzten Jahren nicht so besonders geworden ist.« Gibichen bot Irmela mit einem auffordernden Lächeln den Arm.
Sie ergriff ihn und rief nach Fanny und Abdur, damit diese sie begleiteten.
»Sollte nicht jemand hierbleiben, bis Herr von Birkenfels aus der Residenz zurück ist?«, wandte der Mohr ein. »Wer weiß, wie lange sein Gespräch mit dem Prior wegen Helene Steglinger dauern wird. Er wird dann froh sein, wenn sich jemand um ihn kümmert.«
Fanny lachte spöttisch auf. »Du fürchtest dich wohl vor den Stufen, die dort hinaufführen?«
»Nein, das nicht, ich ...« Abdur begriff erst jetzt, dass er derjeni-

ge war, der zurückbleiben sollte, da Fanny Irmela der Schicklichkeit halber begleiten würde.

»Bring mir ein Stück Papier und eine Feder. Ich werde eine Notiz für Fabian hinterlassen«, erklärte Gibichen, der trotz seines leichten Fiebers den Ausflug mit Irmela nicht missen wollte.

Abdur überschlug sich fast, so schnell hatte er das Gewünschte herbeigeschafft, und wenig später verließen die vier den Löwen. Nachdem Gibichen den Brückenzoll entrichtet hatte, konnten sie den Inn überqueren und begannen den Anstieg nach Mariahilf. Doch bald bemerkte Gibichen, wie stark ihn die Verletzung und das noch nicht überstandene Wundfieber geschwächt hatten. Bereits nach einem Viertel der Stufen keuchte er wie ein alter Blasebalg und kam kaum mehr weiter.

Irmela blickte in sein bleiches, schweißüberströmtes Gesicht, verkniff sich den Spott, der ihr auf der Zunge lag, und blieb nun selbst stehen. »Verzeiht, aber ich muss ein wenig verschnaufen. Der Anstieg ist doch arg schwer.«

Gibichen atmete sichtlich auf. »Fürwahr, das ist er! Sogar ich spüre es ein wenig in den Beinen.«

Sein Geständnis rührte Irmela, und sie dachte, dass Fabian an Gibichens Stelle keinerlei Schwäche zugegeben hätte. Männer sind wohl ebenso verschieden wie Frauen, stellte sie mit einer gewissen Erleichterung fest. Zudem war sie recht froh, hie und da eine Pause einlegen zu können. In ihr steckte immer noch die Erschöpfung der qualvollen Reise als Lexenthals Gefangene, und sie ertappte sich dabei, die Stufen mitzuzählen, um zu wissen, wie weit sie schon gekommen waren.

Fanny und Abdur folgten Irmela und Gibichen in einigen Schritten Abstand. Die beiden hätten den Weg in weniger als der Hälfte der Zeit zurücklegen können, doch sie hielten sich brav hinter ihrer Herrin und unterhielten sich leise.

»Schade, dass die Komtesse mit Birkenfels verlobt ist. Ich finde,

Gibichen würde besser zu ihr passen«, raunte Fanny ihrem Begleiter zu.
»An deiner Stelle würde ich mich nicht einmischen. Wen sie nimmt, ist ihre Entscheidung, und ich bin sicher, sie wird die richtige treffen«, wies Abdur sie zurecht.
»So übel ist Birkenfels auch nicht«, gab Fanny zu. »Früher war er ein rechter Bruder Leichtfuß, aber im letzten Jahr ist er gereift.«
Abdur zog die Schultern hoch. »Ich kenne Birkenfels erst seit Pilsen und halte ihn für einen aufrechten und angenehmen Menschen. Ich glaube, er hätte mir ebenso wie die Komtesse geholfen, Steglinger zu entkommen.«
»Ach ja, du standest früher bei Steglinger in Diensten«, erinnerte Fanny sich.
»In Diensten ist nicht das richtige Wort! Ich war ein Sklave, den der Kaufmann zum Pfand für nicht bezahlte Waren bekommen hatte, und wäre niemals von ihm losgekommen.«
»So gesehen ist Steglingers Verhaftung ein großes Glück. Jetzt bist du wirklich frei. Aber ich bin sicher, die Komtesse hätte dich Steglinger nicht zurückgegeben. Sie mag den Mann aus vielen Gründen nicht. Zum einen hat er diese schreckliche Helene unterstützt, und zum anderen macht er Geschäfte mit dem Elend unserer Soldaten, indem er schlechte Waffen und noch schlechteres Tuch an die Heerführer verkauft. Es freut mich, dass er nun im Kerker sitzt! Hat er doch Frau Walburga verstoßen, um eine andere heiraten zu können. Ein Pech aber auch, dass er dabei ausgerechnet an Helene geraten ist.« Fanny lachte rachsüchtig auf. Da sie und Abdur während ihres Gesprächs etwas zurückgeblieben waren, beschleunigten sie ihre Schritte.
»Wirst du in den Diensten unserer Komtesse bleiben oder dir etwas anderes suchen?«, fragte Fanny, als sie wieder die gebotenen zehn Stufen hinter ihrer Herrin gingen.

Abdur wiegte den Kopf. »So genau weiß ich das noch nicht. Es kommt darauf an …«

»Auf was?«, fragte Fanny schnell.

»Ich würde gerne bei Komtesse Irmela bleiben. Sie hat mich immer wie einen Menschen behandelt, im Gegensatz zu anderen.«

Ein tadelnder Blick streifte Fanny, die sofort rot wurde.

»Du weißt doch genau, dass ich es nicht so gemeint habe.«

»Und wie war es dann gemeint?« Abdur grinste Fanny herausfordernd an.

»Auf jeden Fall nicht böse! Aber sag, worauf kommt es an, ob du bei uns bleiben willst oder nicht?«

Abdur rieb sich über sein dunkles Kinn und wirkte auf einmal verlegen. »Darüber will ich eigentlich nicht sprechen.«

»Du hast damit angefangen! Also heraus mit der Sprache!« Fanny bohrte so lange, bis Abdur tief durchatmete und sich ihr zuwandte.

»Ich würde gerne eine Frau haben, aber ich weiß nicht, ob ich bei meinem Aussehen eine bekomme.«

»Wie siehst du denn aus? Du hast zwei Arme, zwei Beine und einen Kopf wie jeder andere Mensch auch.«

»Es gibt ein Mädchen, das gesagt hat, ich sähe aus, als würde ich im Kamin schlafen – oder wie ein verbrannter Laib Brot.«

»Meinst du vielleicht mich?« Fanny tat überrascht, doch ihre Augen glitzerten. In den letzten Wochen war sie immer besser mit Abdur ausgekommen, und Irmela würde ihnen gewiss erlauben zu heiraten und in ihren Diensten zu bleiben. Vorher gab es jedoch noch eine Sache zu klären, die ihr auf der Seele brannte.

»Also, wenn aus uns beiden etwas werden soll, musst du ein richtiger Christenmensch werden. Ich weiß ja nicht einmal, zu welchem Gott du betest.«

»Zu dem einzigen Gott, dem auch du angehörst. Der Offizier, der mich als Kind kaufte, hat mich von einem Priester erziehen und taufen lassen. Deshalb bin ich ein ebenso guter Katholik wie alle anderen in diesem Land.«

Abdurs Bekenntnis überraschte Fanny, denn sie hatte ihn wegen seiner dunklen Hautfarbe für einen Heiden gehalten. Sie war so erleichtert, dass sie nach seiner Hand fasste. »Du willst mich ungebackenes Brot also nehmen?«

»Das war doch nicht ernst gemeint!« Abdur grinste über das ganze Gesicht und sah aus, als wolle er Fanny in die Arme schließen und küssen. Sie wehrte schnell ab. Als Bedienstete durften sie beide sich nicht gehen lassen, denn das wäre auf Irmela zurückgefallen. Auch so trafen sie schon tadelnde Blicke aus einer Gruppe von Wallfahrern, die einem Mann mit einer Fahne folgten und laut zur Gottesmutter beteten.

Aufgeschoben ist nicht aufgehoben, sagte Abdur sich und begnügte sich damit, sanft über Fannys Wange zu streichen. Es war die mit dem weißen Mal, das aus dem jetzt sonnenverbrannten Gesicht hervorstach. Auch diesen hellen Fleck liebte er und war glücklich, dass die junge Frau seine Gefühle zu erwidern schien. Während er und Fanny zu Irmela und Gibichen aufschlossen, pries er Gott und die Heiligen, die ihm gewiss geholfen hatten, in die Dienste der Komtesse zu treten. Steglinger hätte ihm niemals eine Heirat erlaubt oder zumindest nur mit einer dunkelhäutigen Sklavin, um weitere Mohren zu erhalten, die er hätte verkaufen können.

Irmela ahnte nichts von den Gedanken und Gefühlen ihrer Bediensteten und achtete auch nicht auf sie, sondern trat an Gibichens Seite in das Innere der Wallfahrtskirche und beugte ihr Knie. Ihr Begleiter griff in die Schale mit dem Weihwasser und benetzte damit ihre Stirn. Es war eine derart intime Handlung, dass sie ihn beinahe zurechtgewiesen hätte. Gleichzeitig freute sie sich, weil er ihr diese Aufmerksamkeit erwies, und schüttelte dann innerlich den Kopf darüber, dass ihre Gefühle wie Zweige

im Wind zu schwanken schienen. Sie eilte so hastig zum Marienaltar, als wolle sie vor sich selbst davonlaufen, und zündete dort eine Kerze an. Während sie in die Flamme blickte, bat sie die Himmelsjungfrau, in dieser schlimmen Zeit all jenen beizustehen, die sie liebte.
Gibichen sprach seine Begleiterin nicht an, sondern überließ sie ihrer stummen Andacht und versenkte sich selbst ins Gebet. Es gab so viel, für das er den himmlischen Mächten danken musste. Er hatte seine linke Hand noch, wenn auch nur mit vier Fingern, und wie durch ein himmlisches Wunder war es ihm und Fabian gelungen, Irmela zu retten. Dazu erfüllte ihn die Nachricht mit Freude, dass die kaiserlichen Heere endlich wieder gegen die verdammten Ketzer vorrückten und hoffentlich bald seine Heimat befreien würden.

XVIII.

*A*ls Irmela mit ihrer Begleitung in den Löwen zurückkehrte, warteten neben Fabian noch andere Freunde auf sie. Stephanie und Dionysia von Kerling waren von Albert von Rain und Heimsburg nach Passau geleitet worden und vor wenigen Stunden eingetroffen. Anstatt schlimme Nachrichten vernehmen zu müssen, hatten sie erfahren, dass Irmela frei und in Sicherheit war. Jetzt eilten die beiden Frauen auf sie zu und umschlangen sie.
»Ich bin so glücklich, dich wohlbehalten wiederzusehen«, schluchzte Stephanie unter Freudentränen.
Auch Frau von Kerlings Gesicht war nass, und man konnte sogar Heimsburg eine gewisse Rührung ansehen. Albert von Rain räusperte sich, als hätte er einen Frosch im Hals, und um die Anspannung zu lindern, fragte er, wo denn der Wein bliebe.
»Der ist heuer arg sauer geraten, zumindest in dieser Gegend.

Besseren gäbe es nur in der Residenz, doch Irmela wollte nicht dorthin umziehen. Daher müsst ihr mit Bier vorliebnehmen.« Fabian reichte ihm einen vollen Krug und nahm selbst einen zweiten entgegen, den der Knecht des Wirts ihm hinhielt. Dieser hatte mit dem Durst der Gäste gerechnet und war mit drei Krügen in jeder Hand unaufgefordert in das Privatzimmer getreten.
»Auf euer Wohlsein!« Fabian trank Albert von Rain, Gibichen und Heimsburg zu.
»Auf unser aller Wohlsein und darauf, dass wir alle gesund hier stehen!« Gibichen unterdrückte einen Seufzer, denn ihm wurde bei seinen Worten klar, dass ihr Erfolg auf Messers Schneide gestanden hatte. Um die Angst zu verscheuchen, die nachträglich in ihm aufsteigen wollte, blickte er Fabian fragend an. »Was hört man Neues aus der Residenz?«
Fabian wartete, bis alle ihm ihre Aufmerksamkeit schenkten. »Es gibt einige Neuigkeiten, aber keine, die uns missfallen könnten. Helene hat bisher der Folter getrotzt und ihre Verbrechen eisern geleugnet. Aber es ist den Männern, die Lexenthal ausgeschickt hat, gelungen, der Schwarzen Hexe und ihres Kumpans Santini habhaft zu werden. Die Hexe Marthe kann nicht mehr befragt werde, denn sie hat ein gerechtes Schicksal ereilt. Bei einem Gefecht der Unseren gegen die Schweden ist sie mit einigen anderen Trossweibern auf der Flucht niedergemacht worden.«
»Lexenthal wird es freuen, die zwei Personen gefangen genommen zu haben, die unmittelbar am Tod seiner Nichte beteiligt waren.« In Irmelas Stimme lag kein Triumph, sondern nur Trauer um Ehrentraud, die von Helene auf einen falschen Weg gelockt worden war und dies mit ihrem Leben hatte bezahlen müssen.
»Wir hätten auch für sie eine Kerze anzünden sollen«, setzte Gibichen hinzu.

»Das werden wir morgen tun!« Fabians Stimme klang belegt, und er schluckte mehrmals. Ehrentraud hatte ihn geliebt, und der Gedanke, auf welch schreckliche Weise sie ums Leben gekommen war, tat ihm weh. In einem jähen Wutanfall bleckte er die Zähne und drohte mit der Faust in die Richtung, in der er den Kerker wusste, in dem Helene ihrem nächsten Verhör entgegensah.
»Sie werden dafür bezahlen müssen, sie alle!«
Dann entschuldigte er sich bei den Damen, die erschrocken zusammengefahren waren. »Verzeiht mir den Ausbruch, doch die Gefühle haben mich übermannt. Die Schwarze Hexe und ihr Kumpan sollen nach Passau geschafft werden, damit Lexenthal und der hiesige Richter sie verhören und aburteilen können. So wie Helene und Johanna werden sie der irdischen Gerechtigkeit nicht mehr entgehen können.«
»Also befindet Johanna sich ebenfalls in Lexenthals Gewahrsam. Hoffentlich wird sie nicht demselben Kerkermeister übergeben wie ich.« Obwohl Irmela von ihrer fast gleichaltrigen Tante nicht viel Gutes erfahren hatte, tat diese ihr leid.
Fabian vermochte ihre Gefühle nicht zu teilen. »Ich wünsche es ihr sogar! Bei ihr musste nicht einmal die Folter angewendet werden, um sie zu einem Geständnis zu bringen. Man hat ihr einfach die Folterwerkzeuge gezeigt und sie ihr an einem verurteilten Wilddieb vorgeführt. Daraufhin ist sie zusammengebrochen und hat alles gestanden, was Lexenthal wissen wollte.«
Stephanie schauderte es, und als Moni, die Albert von Rain als Kinderfrau mit auf die Reise genommen hatte, mit ihrer Tochter hereinkam, bat sie die Anwesenden, von angenehmeren Dingen zu sprechen.
Irmela unterstützte ihren Vorschlag. Da sie das Grauen des Kerkers am eigenen Leibe erlebt hatte, konnte sie sich besser als die

anderen vorstellen, was Helene und Johanna nun durchmachen mussten. Sie umarmte Moni, die sie seit der gemeinsamen Flucht vor den Schweden als Schicksalsgefährtin ansah, und nahm ihr das Kind ab, um es zu liebkosen.

Albert von Rain zog Fabian und Gibichen in eine Ecke und setzte die Unterhaltung leise fort. »Ich bin froh, dass ich Walburga zu Hause gelassen habe. Sie würde sich trotz allem, was Steglinger ihr angetan hat, zu sehr aufregen.«

»Der Mann ist ein noch erbärmlicherer Wicht, als ich angenommen habe«, berichtete Fabian. »Er beschuldigt Helene, ihn mit Hexenkünsten zur Heirat gezwungen zu haben. Der Richter will ihm nachweisen, dass sie ihm mit Hilfe des Teufels zu seinem Reichtum verholfen hat. Es könne schließlich nicht mit rechten Dingen zugegangen sein, dass ein Mann, der als mittelloser Flüchtling nach Passau gekommen ist, in zwei Jahren ein Vermögen zusammengerafft hat, welches den seit Generationen angehäuften Besitz der anderen Bürger und Standesherren weit übertrifft.«

Irmelas Ohren waren so fein, dass sie dem Gespräch der Männer trotz des Schnatterns ihrer Freundin mühelos folgen konnte, und ihr wurde schnell klar, was Erzherzog Leopold von Habsburg, seines Zeichens Fürstbischof von Passau und etlicher anderer Bistümer und Träger vieler weiterer Titel, im Sinn hatte. Ihm ging es weniger um den Vorwurf der Hexerei als vielmehr darum, Steglingers Reichtum an sich zu raffen. Immerhin stellte Fürstbischof Leopold von Habsburg im Namen seines Bruders, des Kaisers, eine neue Armee auf und benötigte viel Geld. Auf welch bedenkenlose Art die hohen Herren sich die Besitztümer anderer aneigneten, wusste sie selbst. Sie hatte noch immer nicht erfahren, was mit ihren Gütern in Böhmen geschehen war, und musste daher annehmen, dass die Herren Gallas, Piccolomini, Aldringer und wie die

Generäle alle hießen, ihr Eigentum wider alles Recht zusammen mit Wallensteins Vermögen und den Besitztümern seiner Anhänger an sich gerissen hatten.

XIX.

Zwei Wochen später wurden die Schwarze Hexe und Santini in einem auf einem Fuhrwerk stehenden Holzkäfig in die Stadt gebracht. Während der Schwarzkünstler zitternd und mit grauem Gesicht in einer Ecke hockte und die Schmutzbrocken, mit denen die Passanten ihn und seine Mitgefangene bewarfen, nicht einmal wahrzunehmen schien, schrie die alte Frau ihre Wut und ihren Hass hinaus.
»Die Hölle soll euch verschlingen, ihr Gesindel! Und die hohen Herren dazu, die so tun, als wären sie alle Heilige. Sie sind doch nur Strauchdiebe und Mörder! Ich habe vielen von denen geholfen, ihre Konkurrenten zu beseitigen, und ihnen den Weg bereitet, auf dem sie hochgestiegen sind. Jetzt wollen sie mich brennen sehen. Aber da haben sie sich geirrt. Meine Dämonen werden mich retten und all jene vernichten, die versuchen, Hand an mich zu legen!«
Sie klang so überzeugend, dass etliche Frauen ihre Kinder an sich zogen und mit ihnen in den Häusern verschwanden. Andere antworteten mit höhnischem Gelächter und einem verstärkten Hagel verschiedenster Geschosse. Jetzt flogen die ersten Steine, und als einer von ihnen die Schwarze Hexe an der Stirn traf und diese blutig riss, schrie sie so empört auf, als könne sie nicht fassen, dass sie verletzt worden war.
»Asmodi! Azathot! Azrael! Dämonen der Tiefe, helft mir!«, brüllte sie und fuchtelte so mit ihren gefesselten Armen, dass die Ketten gegen das Holz des Käfigs schlugen. Als ihr Ruf ungehört

verhallte, setzte sie alle Namen ihrer teuflischen Gebieter hinzu, die ihr einfielen.

Irmela stand mit ihren Freunden in der Nähe des Domes, als die Gefangenen an ihnen vorbeigekarrt wurden. Fabian und Gibichen hatten zwar versucht, ihr zu verheimlichen, auf welche Weise Ehrentraud ums Leben gekommen war, doch sie hatte vieles von dem aufgeschnappt, was die beiden Albert von Rain berichtet hatten. Auch war Fanny dabei gewesen, als Wendelin Portius den Freunden berichtet hatte, was in den Waldbergen geschehen war, und sie hatte Irmela einiges erzählt.

Hatte Irmela bis zu diesem Tag angenommen, Helenes Handlanger seien widerwärtige, hassenswerte Bestien, begriff sie bei deren Anblick, dass es sich um Menschen handelte, die durch den verheerenden, seit mehr als anderthalb Jahrzehnten andauernden Krieg und seine Folgen geformt worden waren. Da sie Lexenthal kannte, war ihr bewusst, dass die Hexe und ihr Kumpan auf dem Scheiterhaufen enden würden, und sie glaubte den Geruch brennenden Fleisches in der Nase zu spüren.

Sie schüttelte sich und sah zu Gibichen auf. »Wir sollten in den Löwen zurückkehren!«

Dieser hob bedauernd die Hände. »Herr von Lexenthal wünscht, dass wir bei dem ersten Verhör der Hexe anwesend sind. Johanna hat angegeben, dass dieses Weib dich tothexen sollte, damit dein Erbe ihr zufiele. Du solltest also nicht zu viel Mitleid mit deiner Tante haben.«

»Ich will nicht sehen, wie Menschen gequält werden!« Noch während sie die Worte ausstieß, wurde Irmela klar, dass sie sich dem Befehl des Priors nicht entziehen durfte. Da Helene versucht hatte, auch sie durch Hexerei sterben zu lassen, galt sie als Geschädigte und war damit tiefer in das Geschehen verstrickt, als es ihr lieb sein konnte. Mit Schritten, die so mühsam waren, als hingen Bleigewichte an ihren Beinen, folgte sie Gibichen und Fabian zum Kerker, während Albert von Rain Stephanie und Frau von Kerling zu ihrem Quartier zurückbrachte. Heimsburg zögerte ein wenig, schloss sich dann aber Herrn von Rain an. Ihm war mehr daran gelegen, mit Dionysia von Kerling zu sprechen, als der Folterung einer alten Hexe zuzusehen.

Beim Hinabsteigen in die Tiefe des Kerkers, in dem sie selbst gefangen gewesen war, schüttelte es Irmela wie im Fieber. Zu ihrer Erleichterung war der Mann, der ihr damals die Beine mit der Fackel versengt hatte, nirgends zu sehen, sonst wäre sie schreiend davongelaufen. Doch es war auch so schlimm genug. Sie musste sich an Fabian und Gibichen festhalten, da ihre Knie unter ihr nachzugeben drohten, und starrte die Frau an, die nun von zwei Knechten an der Seilwinde befestigt wurde.

»Die Hölle wird euch alle verschlingen, wenn ihr mir auch nur ein Haar krümmt!«, drohte die Schwarze Hexe und spie auf die Knechte.

Lexenthal hob die Hand. »Fangt an!«, befahl er, obwohl es die Aufgabe des Richters gewesen wäre.

Die Folterknechte befestigten eines der Gewichte am rechten Fuß der Hexe und zogen sie ein Stück nach oben. Das Verfahren war ebenso gemein wie ausgeklügelt. Während der Frau die Arme beinahe aus den Schultergelenken gedreht wurden, zog der Stein das Bein nach unten und verdrehte den Körper auf äußerst schmerzhafte Weise. Die Schwarze Hexe schrie jedoch nicht und bat auch nicht um Gnade, sondern verfluchte Lexenthal, den Richter und alle Anwesenden und wünschte sie in die Feuer der Hölle.

»Im Feuer willst du uns sehen, du Miststück? Du wirst selbst brennen! Hier kommt ein kleiner Vorgeschmack!« Der Foltermeister nahm ein Eisen aus dem Feuer, deutete auf die rot glühende Spitze und warf Lexenthal einen fragenden Blick zu. Als

dieser nickte, drückte er diese gegen die Sohle des mit dem Gewicht beschwerten Fußes.
Die alte Frau heulte auf. Gleichzeitig zog der Geruch von verbranntem Fleisch durch den Kerker und reizte Irmelas Sinne so stark, dass sie glaubte, erbrechen zu müssen. Gibichen merkte es und reichte ihr rasch ein mit Parfüm getränktes Tuch, das er in weiser Voraussicht mitgenommen hatte.
»Danke!«, flüsterte sie und sog den sanften Duft nach Blumen in sich ein.
Unterdessen trat Lexenthal vor die Hexe und stemmte die Arme in die Seiten. »Nun, Hexe, wo bleibt dein Satan? Warum kommt er nicht, um dich zu retten? Ich kann es dir sagen: Er ist ein Nichts gegen die Macht des heiligen Glaubens und wird dir weder in diesem noch in dem anderen Leben helfen können.«
»Gott verdamme dich!«, würgte die alte Frau hervor.
Lexenthal gab dem Foltermeister einen weiteren Wink. Erneut hielt der Mann das glühende Eisen an die Fußsohle der Gefangenen, und diesmal dauerte es um einiges länger, bis er es wieder wegnahm.
Das Schreien der Gefolterten hatte nichts Menschliches mehr. »Hilf mir, Dämon!«, wimmerte sie. »Kommt, o Asmodi, Azathot, Azrael, rettet eure Dienerin, die euch so lange treu ergeben war!«
Als nichts geschah und der Schmerz schier unerträglich wurde, färbte das Gesicht der Alten sich grau, und sie begann die Geister, denen sie sich anvertraut hatte, mit übelsten Worten zu verfluchen.
Nun drückte der Foltermeister ein noch heller glühendes Eisen an ihre Sohle. Sie versuchte mit ihrem unbeschwerten Fuß nach ihm zu treten, doch er lachte nur auf und stach die glühende Spitze tief in ihre Wade.
Für einen Augenblick verstummte die Frau und begann dann zu wimmern. »Gnade, hochwürdiger Herr! Ich halte es nicht mehr aus!«

Der Prior hob die Hand, und der Foltermeister ließ von seinem Opfer ab. Für Augenblicke herrschte ein nur durch das schmerzerfüllte Stöhnen der Gefolterten durchbrochenes Schweigen im Raum. Dann hob Lexenthal gebieterisch die Hand.
»Wirst du nun gestehen, dass du meine Nichte Ehrentraud mit deinen Hexenkünsten umgebracht hast?«
»Ich wollte ihr doch nur helfen, wieder so schön zu werden, wie sie vorher war. Doch meine Dämonen haben mich im Stich gelassen.«
»So, wie sie dich jetzt im Stich lassen!«, peitschte Lexenthals Stimme durch den Kerker.
Die Frau, deren wirklicher Name längst in Vergessenheit geraten war und die alle Welt nur als die Schwarze Hexe kannte, begriff, welch gnadenlosem Richter sie gegenüberstand. Ihr Körper und ihr Geist waren zu schwach, um den Schmerzen trotzen zu können. »Habt Gnade mit mir, hoher Herr. Ich werde alles bekennen, was Ihr wünscht.«
Während Lexenthal zufrieden nickte, presste Irmela verächtlich die Lippen zusammen. Auf diese Weise kam ihrer Meinung nach nicht die Wahrheit ans Licht. Die Gefolterten gestanden das, was der Ankläger hören wollte, selbst wenn ihre Verbrechen nur in dessen Phantasie existierten. Sie dachte an jene Hexe, deren Verbrennung sie vor mehr als einem Jahr hatte miterleben müssen, und ihr krampfte sich der Magen zusammen bei dem Gedanken, dass sich dieses schreckliche Ereignis in Bälde wiederholen würde.

XX.

Nachdem der Wille der Schwarzen Hexe erst einmal gebrochen war, vermochte Lexenthal die ganze Wahrheit aus ihr herauszuholen. Sie schwor zwar immer wieder, nur das Beste gewollt zu haben und von ihren Dämonen verraten worden zu sein, doch das änderte nichts an ihrem Schicksal. Ihr Kumpan Santini erwies sich als etwas hartnäckiger, doch am Ende vermochte auch er der Folter nicht mehr zu widerstehen, und so gestand er neben Ehrentrauds Tod auch den Raub des Kindes und den darauffolgenden Ritualmord in allen Einzelheiten.

Ebenso wie die Schwarze Hexe versuchte Santini alle Schuld auf Helene abzuwälzen. Johanna, die nicht im Geringsten daran dachte, ihre Mutter zu schonen, und Steglinger bestätigten die Aussagen der beiden, denn sie hofften, mit halbwegs heiler Haut aus der Sache herauszukommen. Der Passauer Richter, der mit Lexenthal zusammen die Verhöre leitete, nützte diesen Glauben geschickt aus und wob ein enges Gespinst aus Anklagen und Beweisen um die Gruppe, in dem sich sogar eine winzige Fruchtfliege verfangen hätte.

Zu ihrer Erleichterung musste Irmela nicht mehr an den Verhören teilnehmen. Auch Gibichen hielt sich zurück, während es Fabian immer wieder in den Kerker zog. Eines Abends, als Helene nach allen Regeln der Kunst geschunden worden war und ihr Schreien in den Gängen widerhallte, wandte Lexenthal sich an ihn. »Würdet Ihr mir einen Gefallen erweisen, Birkenfels?«

Fabian deutete eine Verbeugung an. »Wenn es in meiner Macht steht, gerne.«

»Es steht in Eurer Macht. Nur weiß ich nicht, ob Ihr dazu bereit sein werdet.« Der Prior packte ihn am Ärmel, als wolle er ihn nicht entkommen lassen, und führte ihn aus dem Kerker. Auf dem Vorplatz wartete eine mit einem Wappen geschmückte Kutsche auf sie. Gespannt, wohin der Prior ihn bringen würde, stieg Fabian ein und sah sich Herrn von Stainach gegenüber, jenem ihm noch gut bekannten Höfling aus dem Gefolge des Herzogs von Pfalz-Neuburg. Dieser begrüßte ihn, den Prior und dessen Sekretär mit einer knappen Geste.

Während der Fahrt fiel kein einziges Wort. Sie überquerten die Donau und folgten zunächst der Straße nach Grubweg, bogen dann aber zu einem Kirchlein ab, das hoch über der rasch fließenden Ilz stand. Fabian wunderte sich über ihr Ziel und sah sich in dem Gotteshaus überrascht um, denn es war festlich geschmückt. Ein Priester im vollen Ornat und einige Mönche des Dominikanerordens empfingen sie mit düsteren, bedrückten Mienen, die nicht zu der von Wachskerzen erhellten Kapelle passen wollten, und verbeugten sich respektvoll vor Lexenthal.

Der Prior atmete tief durch und blickte Fabian durchdringend an. »Ich bitte Euch, mir zu verzeihen, doch die Angst um das Seelenheil meiner Nichte zerreißt mir schier das Herz. Wenn sie so befleckt mit teuflischen Dingen, wie sie jetzt ist, vor den himmlischen Richter treten muss, wird ihr niemals die Gnade der Auferstehung und des ewigen Lebens zuteil werden. Seid Ihr bereit, Eure Hand auszustrecken und meine Nichte vor dem Verderben, das sie zu verschlingen droht, zu erretten?«

Fabian sah ihn verwundert an, nickte aber. »Ich werde tun, was in meiner Macht steht, um Ehrentrauds Seele zu retten.«

Auf dem Gesicht des Priors erschien ein dankbares Lächeln. »Ich danke Euch von ganzem Herzen, Birkenfels. Ihr seid ein Mann von Ehre. Aus Ehrentrauds Tagebuch wissen wir, wie sehr sie Euch geliebt hat, und sie schenkte Euch ihren Leib, so wie es vor Gott dem Herrn nur einem Eheweib mit ihrem angetrauten Mann erlaubt ist. Aus diesem Grund …« Lexenthal brach ab und wischte sich ein paar Tränen aus den Augen, bevor er weitersprach.

»Aus diesem Grund wünsche ich, dass Ihr Euch mit meiner Nichte postum vermählt, auf dass sie in allen Ehren als Ehefrau vor unseren Herrn Jesus Christus treten und auf Gnade hoffen kann.«

»Ich soll eine Tote heiraten?«, brach es aus Fabian heraus.
Der Prior nickte. »Tut es um Ehrentrauds Erlösung willen! Ihr werdet von dem Augenblick, an dem die Trauung vorbei ist, als Witwer gelten, mit der Verpflichtung, ein Jahr Trauer um Eure tote Gemahlin zu tragen. Ich weiß, Ihr seid mit Komtesse Hochberg verlobt und wollt sie gewiss bald heimführen. Doch sie wird als Allererste Verständnis dafür aufbringen, dieses Jahr auf Euch warten zu müssen. Trotz allem, was man ihr angetan hat, war sie Ehrentraud freundlich gesinnt und hätte deren beste Freundin werden können, wären da nicht die Hexe Helene und ihre teuflische Tochter gewesen.«
Ganz so einfach, wie der Prior tat, lagen die Verhältnisse nicht. Ehrentraud hatte auch von sich aus alles getan, um Irmela zu kränken und zu demütigen, doch Fabian wollte an diesem Ort nicht an längst vergessene Dinge rühren. Mit einem tiefen Atemzug machte er sich Mut und trat an den Altar neben Herrn von Stainach, der als Trauzeuge fungieren sollte.
Lexenthal gab dem Priester einen Wink. Dieser ging sichtlich nervös ans Werk und zelebrierte die Eheschließung. Noch nie hatte er eine tote Frau einem lebenden Mann angetraut, und er zweifelte ein wenig, ob diese Zeremonie den Segen der heiligen Kirche finden würde. Er tröstete sich jedoch damit, dass der Prior wissen musste, was er tat. Trotz seiner Unsicherheit sprach er die Gebete mit großer Inbrunst und rührte damit die Herzen der Anwesenden. Lexenthal weinte ungehemmt, und Fabian begriff, dass er von diesem Tag an besser von Ehrentraud denken würde.
An der Stelle, an der die Braut ihre Einwilligung zu dieser Heirat bekunden sollte, sah der Priester den Prior unsicher an. Lexenthal bedeutete ihm jedoch weiterzumachen. »Meine Nichte hat schriftlich bekundet, die Gemahlin Herrn von Birkenfels' werden zu wollen. Dies mag hier und vor Gott gelten.«

Als der Ringtausch erfolgen sollte, überreichte Lexenthal ihm zwei Ringe von ansehnlichem Wert. »Streift den größeren über zum Zeichen, dass Ihr von diesem Augenblick an Euch als Gemahl meiner Nichte seht. Den anderen Ring legt auf ihr Grab. Ich habe alles vorbereitet, damit er an ihre Seite gelegt werden kann.«

Die Worte des Priors stellten die einzige Abweichung zu einer normalen Trauzeremonie dar. Als der Priester Fabian schließlich gesegnet hatte und er die Kirche wieder verlassen konnte, schüttelte er sich innerlich, denn es war, als fühle er die Kälte des Todes von dem Ring ausgehen, der für Ehrentraud bestimmt war. In die goldene Fassung war ein dunkelblauer Stein eingelassen, der Trauer auszustrahlen schien, und er stellte ihn sich an Ehrentrauds Hand vor.

»Er hätte ihr gefallen«, sagte er leise.

Lexenthal begriff, was sein Schwiegerneffe damit meinte, und schlug das Kreuz. »Gott gebe ihr die ewige Ruhe!«

»Und die Erlösung und die Auferstehung am Jüngsten Tag«, setzte Fabian leise hinzu.

XXI.

Als Helene mit den Aussagen ihrer Tochter und ihrer einstigen Helfer konfrontiert wurde, brach auch sie zusammen und gab jeden Widerstand auf. Ihre Hoffnung, mit einem Geständnis weiteren Torturen entgehen zu können, erfüllte sich jedoch nicht. Mit derselben Hartnäckigkeit und dem gleichen Hass, mit denen Lexenthal mehr als zwei Jahrzehnte lang Irmhilde und Irmela von Hochberg zu Karlstein verfolgt hatte, setzte er durch, dass Helene, die Schwarze Hexe und Santini, die als die Hauptschuldigen dieses Prozesses galten, allen Foltern unterworfen wurden,

welche das Gesetz für die ihnen vorgeworfenen Verbrechen vorschrieb. Johanna und Steglinger wurden zwar selbst nicht geschunden, doch sie mussten die Qualen der anderen mit ansehen und wurden in dem Glauben gelassen, danach ebenfalls diesen Torturen unterworfen zu werden.
Als das Todesurteil verkündet wurde, atmeten selbst die Gefangenen auf. Es sollte auf derselben Wiese vollstreckt werden, auf der vor über einem Jahr jene alte Frau verbrannt worden war. Irmela graute davor, noch einmal dorthin aufbrechen zu müssen, noch dazu, weil sie sich diesmal nicht in der Kutsche verstecken konnte, sondern neben Lexenthal auf der Tribüne sitzen musste, die in der Nähe der aufgeschichteten Scheiterhaufen für die hohen Herrschaften aus Klerus und Adel errichtet worden war.
Als der Tag anbrach, ließ sie sich von Fanny ein Kleid in jenen düsteren Farben herauslegen, die einst Helene sie zu tragen gezwungen hatte. Da Stephanie und Dionysia von Kerling sich in helle Gewänder gekleidet hatten, wirkte sie nun wie in tiefer Trauer. Ihr Gesicht hatte sie hinter einem doppelt geschlagenen Schleier verborgen, damit niemand sehen sollte, was sie bei der Hinrichtung empfand.
Unter den Menschen, die auf der Wiese zusammengeströmt waren, befanden sich etliche Männer aus den Waldbergen in ledernen Hosen und derben Wämsern und ihre Frauen, die man an ihren weiten Röcken, den eng geschnürten Miedern und roten Schultertüchern erkennen konnte. Sie stammten aus dem Tal, in dem Santini und die bereits vor etlichen Monaten ums Leben gekommene Marthe das Kind geraubt und dessen Eltern getötet hatten.
Während Irmela in die hasserfüllten Gesichter der Waldler blickte, tippte Lexenthal sie an und wies auf den Schinderkarren, auf dem gerade die Verurteilten gebracht wurden. Rudolf Steg-

linger und Johanna waren die Einzigen, die noch selbst hinuntersteigen konnten. Die anderen drei lagen stöhnend auf dem blanken Holz und mussten von den Knechten des Henkers herabgehoben werden.

Helene wurde vor allen Leuten bis auf die Haut entkleidet und in einen weißen Kittel gehüllt. Dann schleiften die Knechte sie zu dem größten Scheiterhaufen und banden sie an dem Pfahl fest, der aus dessen Mitte ragte. Ihr folgten Santini und die Schwarze Hexe. Beide wimmerten vor Schmerzen und starrten voller Entsetzen auf die aufgestapelten Holzscheite, als spürten sie schon die Flammen. Zur Befriedigung der Menge wurde auch Johanna entkleidet, und diesmal ließen die Schinderknechte sich Zeit, ihr das Hemd überzuziehen. Sie riss sich los, wurde aber sofort wieder eingefangen. Nun ließ sie sich auf die Knie sinken und sah flehend zu Lexenthal auf. »Gnade, hoher Herr! Ich habe am Tod dieses Kindes und an dem Eurer Nichte keinen Anteil. Ich habe Ehrentraud doch geliebt wie eine Schwester.«

Lexenthal öffnete schon den Mund zu einer scharfen Antwort, besann sich aber, denn er wollte die Sünden seiner Nichte nicht vor aller Welt offenbaren.

Irmela schüttelte sich, als die schrille Stimme ihrer Tante schmerzhaft in ihrem Kopf widerhallte. Schnell fasste sie den Prior am Arm. »Ehrwürdiger Herr, ich bitte Euch, lasst Gnade walten. Immerhin ist Johanna meine Blutsverwandte.«

»Das ist sie nicht! Die Hexe Helene hat unter der Folter gestanden, dass nicht Euer Großvater ihre Tochter gezeugt hat, sondern einer ihrer Liebhaber, denen sie sich in jener Zeit hingegeben hat.«

Lexenthals Urteil stand ebenso fest wie das des Richters, und nur Herr Leopold von Habsburg hätte es in seiner Eigenschaft als Herr des Hochstifts Passau aufheben können. Ganz vermochte er Irmelas bittendem Blick jedoch nicht zu widerstehen. Er hob die Hand und gab dem Scharfrichter ein Zeichen. Dieser nickte und nahm einen Strick zur Hand. Kaum hatten seine Knechte Johanna auf den Scheiterhaufen gebunden, trat er hinter sie, schlang ihr den Strick um den Hals und schnürte ihn zu. Johanna riss noch den Mund auf, um nach Luft zu schnappen, dann weiteten sich ihre Augen, und sie sackte zusammen.

»Da Ihr es so wünscht, soll sie nicht länger leiden«, erklärte Lexenthal recht zufrieden, denn nun konnte Johanna nicht mehr hinausschreien, welch gotteslästerlichen Dinge sie mit seiner Nichte getrieben hatte. Die Aussagen, die diese Dinge betrafen, hatte er bereits aus den Verhörprotokollen entfernt, und er würde auch Ehrentrauds Tagebuch verbrennen. Die Personen, die jetzt noch um ihre Verfehlungen wussten, würden ihr Andenken nicht schmähen.

Die Menge wurde unruhig, und die Verwandten des geopferten Kindes und seiner Eltern brüllten wuterfüllt, sie würden nicht dulden, dass auch den anderen Verurteilten das Sterben leichter gemacht werden würde. Dies hatte Lexenthal auch nicht vor. Selbst Steglinger wurde diese Gnade nicht zuteil, obwohl er zu Beginn der Verhöre verzweifelt geschworen hatte, mit den Verbrechen seiner Frau nichts zu tun zu haben. Angesichts seines unnatürlich schnell gewachsenen Reichtums hatte der Richter ihm jedoch nicht geglaubt.

Als die Delinquenten auf ihren Scheiterhaufen festgebunden worden waren, trat der Gerichtsschreiber vor und verkündete das Urteil. Der Schwere ihrer Verbrechen gemäß sollten sie alle bei langsamer Flamme den Tod finden.

Als Helene das hörte, schrie sie voller Entsetzen auf. »Seid barmherzig, ehrwürdiger Herr, und lasst mich vorher erdrosseln, so wie es meiner Tochter geschehen ist!«

»Ja, Herr, ich flehe Euch an! Lasst uns nicht noch mehr leiden!«

Die Schwarze Hexe heulte vor Angst, während Santini und Steglinger mit gebrochenen Stimmen um Gnade flehten.
Die Menge begann zu murren und hob die Fäuste zum Zeichen, dass sie keinen weiteren schnellen Tod zulassen würde. Lexenthal gebot der Menge zu schweigen und gab dem Henker das Zeichen. Der ergriff eine Fackel, hob sie hoch über den Kopf, damit alle es sehen konnten, und trat auf den ersten Scheiterhaufen zu. Während Mönche aus den Passauer Klöstern ein Gebet anstimmten, setzte er das Reisig zwischen den Scheiten nur an einer Stelle in Brand und ging zum nächsten Holzstoß weiter.

XXII.

Irmela wusste zuletzt nicht mehr, wie sie die Hinrichtung überstanden hatte, ohne ohnmächtig zu werden. Auf der Rückfahrt in die Stadt saß sie so still auf ihrem Platz, dass Stephanie und Dionysia von Kerling erschrockene Blicke wechselten und dann Fanny anstarrten.
Diese machte eine abwiegelnde Geste, und auch ihr Blick sagte: Lasst meine Herrin in Frieden. Sie kannte Irmela und wusste, dass diese einige Tage brauchen würde, um das Erlebte zu verwinden. Selbst ihr war die Hinrichtung nahegegangen, und sie musste an sich halten, um nicht ständig auszuspucken, denn der Gestank des Rauchs schien wie Pech auf ihrer Zunge zu kleben. Daher war sie beinahe ebenso froh wie Irmela, als die Kutsche vor der bischöflichen Residenz hielt, in die sie nun doch hatten umziehen müssen, da es im Löwen nicht mehr genug Platz für die durch Stephanie und ihre Begleitung angewachsene Schar gegeben hatte.
Nachdem Irmela sich von Fanny in ihr Schlafgemach hatte führen lassen, blieb die Zofe bei ihr und sorgte dafür, dass sie ein

Schlafmittel trank, das aus mit Melisse und Baldrian versetztem, warmem Bier bestand.

Zufrieden sah Fanny zu, wie ihre Herrin ausgiebig gähnte, und sie musste sich beeilen, sie zu entkleiden, denn Irmela fielen bereits im Stehen die Augen zu. Als Irmela im Bett lag und im Schlaf vor sich hin wimmerte, stellte Fanny fest, dass sie ebenfalls einen kräftigen Schlaftrunk brauchen konnte, und rief nach Abdur.

»Sage der Küchenmagd, sie soll dasselbe wie vorhin noch einmal brauen!« Mit diesen Worten drückte sie ihm den leeren Krug in die Hände.

Abdur roch daran und verzog angewidert das Gesicht. »Kann man so etwas überhaupt trinken?«

»Der Herrin hat es gutgetan, und ich möchte auch gerne schlafen, ohne ständig hochschrecken und die brennenden Holzstöße sehen zu müssen.« Fanny gab Abdur einen Stoß und forderte ihn auf, sich zu beeilen.

Er wiegte nachdenklich den Kopf. »Was ist, wenn die Komtesse dich in der Nacht braucht? Ein Stein wacht eher auf als du, und sie wäre vollkommen hilflos.«

»Da hast du auch wieder recht.« Fanny sah bereits eine schlaflose Nacht vor sich und seufzte.

Abdur ahnte, was sie bewegte, und wies auf die Stühle im Vorraum. »Wenn du willst, bleibe ich hier, damit du jemand hast, mit dem du reden kannst. Das hilft dir gewiss über die nächsten Stunden.«

»Denke aber nicht, dass ich etwas anderes mit dir tue, als nur zu reden. Ohne den Segen eines Priesters geht gar nichts bei mir!« Fannys warnender Blick verlor jedoch seine Wirkung, als Abdur auflachte.

»Du glaubst doch nicht, ich würde dir zu nahe treten? Da hätte ich zu viel Angst, die Komtesse könnte aufwachen und uns überraschen. So eine Situation würde ihr gewiss nicht gefallen.«

Fanny fiel in sein Lachen ein. »Da hast du recht! Vor allem nach dem heutigen Tag würde sie uns für herzlose Leute halten, die mehr Tieren gleichen als Menschen.«
Sie spürte, wie ein Teil ihrer Anspannung zu weichen begann, und musterte den Mohren mit einem forschenden Blick. Er war einen halben Kopf größer als sie, schlank wie eine Tanne und sah, von der dunklen Hautfarbe abgesehen, sehr gut aus. An diese aber hatte sie sich inzwischen gewöhnt, und sie fragte sich, wie es sein mochte, wenn sie ihm größere Freiheiten erlaubte. Sie war nicht aus Stein, und da sie wusste, wie sanft seine Hände sein konnten, war sie überzeugt, dass er sich auch in jenen anderen Dingen nicht so rauh und rücksichtslos benehmen würde wie ihr einstiger Bräutigam. Diesem hatte sie sich ohne den Segen eines Priesters hingeben müssen, und so überlegte sie, ob es wirklich eine so große Sünde war, eine zärtliche Stunde mit Abdur zu verbringen.
Es hier und auf der Stelle zu tun, hielt sie ebenfalls für falsch, und sie sagte sich, dass es ohne die Angst, dabei überrascht zu werden, viel schöner sein würde. Daher setzte sie sich, und als Abdur Platz genommen hatte, begann sie von sich zu erzählen. Der junge Mann hörte ihr aufmerksam zu, und als sie ihm sagte, dass sie ja rein gar nichts über ihn wisse, hob er in komischer Verzweiflung die Hände.
»Ich habe keine Ahnung, welches Land ich Heimat nennen kann. Meine Mutter stammte nicht aus der Gegend, in der ich geboren wurde, und mein Vater war auch nicht ihr Ehemann, sondern ihr Herr, der sich ihrer bediente, wenn ihm danach war. Ich war sechs Jahre alt, als der Sultan ihm die seidene Schnur schickte und die Janitscharen seinen Leichnam auf den Hof warfen. Ich galt als Sklave, weil meine Mutter eine Sklavin war, und wurde einem Offizier geschenkt, der mich nach Ungarn mitnahm. Meine Mutter habe ich nie wiedergesehen. Kurze Zeit darauf ver-

kaufte mich der Türke an einen österreichischen Offizier, der nach außen hin so tat, als wäre ich seine Kriegsbeute. Bei diesem Besitzer bin ich zehn Jahre geblieben, bis der Mann mich als Pfand an Steglinger weitergereicht hat, und von dem Handelsherrn kam ich in die Dienste der Komtesse.«
»Die du nie mehr verlassen wirst!« Fanny war so entsetzt über das Schicksal des jungen Mannes, dass sie ihn an sich zog und küsste. »Du Armer!«, flüsterte sie, als sie ihn wieder freigab.
»Du brauchst mich nicht arm zu nennen, denn ohne den seltsamen Weg, den mein Leben genommen hat, hätte ich dich nicht gefunden, und dafür bin ich Gott, dem Herrn, unendlich dankbar.«
Abdur trug diese Worte mit einem solchen Ernst vor, dass Fanny ihn mit leuchtenden Augen anblickte. »Das hast du wunderschön gesagt!« Sie küsste ihn erneut, hörte dann aber, wie Irmela in ihrem Schlafgemach unruhig wurde, und ließ ihn los.
»Ich muss nach der Herrin schauen!«
Die beiden jungen Menschen wechselten einen Blick innigen Verständnisses, dann verließ Abdur leise den Vorraum, während Fanny an Irmelas Bett trat und ihre sich in schlimmen Träumen windende Herrin mit sanfter Stimme beruhigte.

XXIII.

Obwohl Helene und Johanna ihr nach dem Leben getrachtet hatten, vermochte Irmela die beiden nicht völlig zu verdammen. Aus diesem Grund zündete sie im Dom und in anderen Passauer Kirchen Kerzen für sie an, damit ihre Seelen vielleicht doch den Klauen des Satans entrissen wurden und sie der Auferstehung des Fleisches am Jüngsten Tag teilhaftig werden konnten. Ihre schwermütige Stimmung hielt jedoch nicht lange an, und eines

Abends vermochte sie sogar wieder über einen harmlosen Scherz zu lächeln, den Gibichen von sich gab.

Die anderen nahmen ihre Rückkehr ins normale Leben mit Erleichterung wahr, standen doch etliche Entscheidungen an, die von Irmela abhingen. Bevor Fabian jedoch die Fragen loswerden konnte, die ihm auf der Zunge brannten, trat Abdur herein und meldete den Pfalz-Neuburger Höfling Stainach an.

Dieser trat mit triumphierender Miene ein und riss sich den Hut so schwungvoll vom Kopf, dass die prachtvollen Federn aufstoben. »Gott zum Gruß! Einen schönen Abend wünsche ich Euch allen. Ich bringe zwei Nachrichten, die Euch erfreuen werden.«

Stainach legte eine kleine Pause ein, um seine Worte wirken zu lassen, verbeugte sich dann formvollendet vor Irmela und überreichte ihr einen dreifach gesiegelten Brief. Noch während sie ihn öffnete, sprach er weiter.

»In diesem Schreiben werden Euch alle Besitzungen in Böhmen, auf die Ihr Anspruch erhebt, als Euer Eigentum garantiert. Die zweite Nachricht wird noch mehr nach Eurem Herzen sein. Unser Herr Jesus Christus und die Heilige Jungfrau haben die Waffen unserer Krieger gesegnet, und daher ist es unseren Truppen gelungen, die Schweden bei Nördlingen zu schlagen und aus ganz Bayern zu vertreiben. Auch unsere Heimat Neuburg wurde befreit!«

Fabian stieß einen Jubelruf aus. Endlich würde es ihm möglich sein, die Gräber seiner Eltern aufzusuchen und dort zu beten.

Auch Irmela dachte an die Toten, die sie dort zurückgelassen hatte, und ließ ihren Tränen freien Lauf. »Gott sei Lob und Dank! Ich hatte schon befürchtet, der Herr habe uns alle verlassen.«

Stainachs Miene wurde etwas düsterer. »So groß die Freude auch ist, die uns mit dieser Nachricht überbracht wurde, mischt sich

doch Trauer darunter. Die verfluchten Schweden haben in Neuburg gehaust, wie es Heiden nicht schlimmer hätten tun können. Viele der Unseren starben durch den Feind, andere raffte die Pest dahin, die im Gefolge der Schweden über das Land kam, und im Verlauf der Kämpfe kamen weitere zu Schaden. Auch hat die Stadt schwer gelitten. Nur wenige Häuser stehen noch unversehrt, der Rest wurde ein Raub der Flammen.« Ihm war anzusehen, wie sehr ihn dies schmerzte, denn anders als Fabian und Irmela, die zwar auch aus dem Herzogtum stammten, aber nicht aus der Stadt selbst, war Neuburg an der Donau seine Heimat gewesen.
Fabian begriff, was Stainach bewegte, trat auf ihn zu und legte ihm die Hand auf die Schulter. »Wir werden Neuburg und alles, was dazugehört, wieder aufbauen, Herr von Stainach, und schöner, als es jemals gewesen ist.«
Dann wechselte er einen Blick mit Stephanie, die eine auffordernde Handbewegung machte, und sah Irmela an. »Es ist zwar noch kein ganzes Jahr vergangen, seit wir in Pilsen eine Abmachung getroffen haben, und du weißt, dass meine Verpflichtungen Lexenthal gegenüber es mir unmöglich machen, vor dem Herbst dieses Jahres eine neue Ehe einzugehen. Wenn es aber dein Wille sein sollte, werden wir unser Verlöbnis offiziell verkünden und heiraten, sobald die Zeit gekommen ist.«
Irmela hörte Gibichen erregt schnauben, doch ihr Blick suchte Stephanie, der die Tränen über die Wangen liefen. Kurz entschlossen ging sie zu Fabian hinüber, packte ihn und schob ihn Stephanie in die Arme. »Sie braucht dich weitaus mehr als ich.«
Es tat nicht einmal weh. Dabei hatte sie als Kind und auch noch als junges Mädchen Fabian wie einen Helden verehrt.
»Du willst wirklich auf ihn verzichten?« Stephanie schien es nicht glauben zu können.

Irmela lachte leise auf. »Ich finde, ihr passt besser zusammen als er und ich. Außerdem brauchst du jemand, der dich vor deinen Verwandten in Wien schützt. Die würden dich nach Ablauf deiner Trauerzeit dem nächsten Mann anvermählen, der ihnen einfällt.«

»Es ist also nicht nur wegen ...« des Kindes, hatte Stephanie sagen wollen, doch Irmela erriet ihre Absicht und fiel ihr ins Wort. Dies war ein Geheimnis, das sie nicht einmal vor Albrecht von Rain offenbaren wollte, geschweige denn vor einem Fremden wie Stainach.

»Meine Liebe, mein Bündnis mit Fabian war aus der Not heraus geboren, um mich gegen Helene behaupten zu können. Nun, da sie tot ist, benötige ich seinen Schutz nicht länger. Ich weiß, dass er Euch verehrt und Eurer Tochter ein liebevoller Stiefvater sein wird.« In Irmelas Stimme schwang eine zweifache Warnung mit. Das Geheimnis um Stephanies Tochter musste gewahrt bleiben, um den Ruf der beiden nicht zu zerstören.

»Küsst euch endlich!«, fuhr sie die beiden an, wandte sich mit einer heftigen Bewegung ab, die ihre Erregung verriet, und lief aus dem Zimmer.

Fabian und Stephanie sahen einander hilflos an, dann suchten ihre Blicke Gibichen, der sich eben mit einer geschmeidigen Bewegung erhob. »Ihr habt gehört, was Irmela gesagt hat! Was zögert ihr also noch?«, rief er ihnen zu und verließ ebenfalls den Raum.

Er holte Irmela im Garten ein und vertrat ihr dort den Weg. »Gestattet mir ein Wort!«

»Das waren schon vier«, kam es gepresst zurück.

Gibichen lachte beinahe übermütig auf. »Dann erlaubt mir so viele, wie ich sprechen will.«

»Da Ihr keiner der schwatzhaften Sorte seid, wird es wohl nicht lange dauern.« Irmela lehnte sich gegen eine Statue, die ihr in ihrer Nacktheit wenig christlich erschien, und sah Gibichen fragend an.

Der aber wusste nicht mehr so recht, wie er sich ausdrücken sollte. »Es war sehr edel von Euch, Fabian freizugeben.«

»Edel!«, rief Irmela aus. »Nein, es war nur klug. Er liebt Stephanie und trägt ihr Bild im Herzen. Ihn an sein Wort zu binden hätte mich gezwungen, immer im Schatten der anderen zu leben. Das wollte ich nicht.«

»Ihr solltet Euch nicht geringer machen, als Ihr seid. Fabian wäre an Eurer Seite glücklich geworden.« Noch während Gibichen es sagte, war es, als trete er aus einem kalten Schatten heraus ins Sonnenlicht. Nun konnte noch alles gut werden.

Irmela verstand seine Worte jedoch falsch und fuhr heftig auf. »Ihr meint, er wäre von biegsamem Gemüt. Doch er ist jetzt ein anderer als in Pilsen. Die Haft in Harlaus Kerker hat ihn reifen lassen.«

»Das gebe ich gerne zu, und es freut mich für ihn. Ich mache mir jedoch Sorgen um Euch.«

Irmela hob erstaunt die Augenbrauen. »Sorgen um mich, wieso?«

»Wer wird Euch in Zukunft beschützen, wenn Ihr Fabian das Recht dazu verwehrt?«

»Bin ich so schutzbedürftig?«, antwortete Irmela mit einer Gegenfrage und holte mit den Armen weit aus. »Meine Stiefgroßmutter kann mich nicht mehr bedrohen und Johanna auch nicht. Lexenthal hat mich völlig rehabilitiert, so dass es niemand mehr wagen wird, mich als Hexe zu bezeichnen. Dazu verfüge ich wieder über all meine Güter. Mein Herr, wo seht Ihr da Gefahren für mich?«

»Vielleicht durch Männer, die Euch Eures Besitzes wegen heiraten wollen. Oder habt Ihr den Streich vergessen, den Heimsburg Euch spielen wollte?«

Irmela machte eine wegwerfende Handbewegung. »Der ist von

solchen Dingen geheilt und wird Frau von Kerling heiraten, die ihn liebt. Sie wird dafür sorgen, dass er in Zukunft ein ehrlicher Mann bleiben wird.«

»Mein Gott, mit Euch kann man nicht reden. Ihr seid ja schlüpfriger als ein Aal!«, brach es aus Gibichen heraus.

Er packte sie und drehte sie so, dass sie ihm ins Gesicht sehen musste. »Versteht Ihr denn nicht, dass ich Euch heiraten will?« Das war nicht unbedingt der Antrag, den er hatte vorbringen wollen, doch in seiner Erregung waren ihm diese Worte entschlüpft.

Irmela schüttelte verwirrt den Kopf. »Mein Herr, Ihr habt mich niemals glauben lassen, dass Ihr mehr in mir gesehen habt als die Verlobte Eures besten Freundes.«

»Ich glaubte bisher, Ihr liebt ihn, und ich bin keiner, der einem anderen die Braut abspenstig machen will.« Gibichen seufzte, denn auch diese Worte hörten sich nicht so an, als würde er vor Leidenschaft brennen.

»Welch edle Haltung!« Ein kleines Spottteufelchen tanzte in Irmelas Augen.

Sie wurde jedoch sofort wieder ernst und versuchte, ihre Gedanken zu ordnen. Gibichen war wie ein großer Bruder zu ihr gewesen, zuverlässig und zur Stelle, wenn sie ihn gebraucht hatte. Reichte das aus, um eine Ehe mit ihm in Betracht zu ziehen? Er war ganz anders als Fabian, der sich von Leidenschaften und Eingebungen des Augenblicks leiten ließ. Gegen ihren Jugendfreund war Gibichen ein Fels, zuverlässig und treu. Außerdem hatte er sein Leben riskiert, um Fabian und Stephanie zu retten, und auch sie, wie sie mit einem leicht schlechten Gewissen feststellen musste.

Sie sah zu ihm auf und fand, dass sie ihm gerade bis zur Brust reichte. Sein Gesicht war nicht schön, aber männlich und wirkte angespannt.

»Nun, ich könnte es mir überlegen«, begann sie zögernd und bemerkte zu ihrem Erstaunen, dass sie sogar ein wenig kokett sein konnte.

Gibichens Augen leuchteten auf. »Wirklich?«, rief er und riss sie an sich.

Als er sie küsste, entdeckte Irmela, dass er doch nicht der Holzklotz war, für den sie ihn lange gehalten hatte. Er konnte sogar sehr stürmisch werden. Während sie überlegte, ob sie seine Küsse mit etwas mehr Leidenschaft erwidern sollte, begriff sie, dass diese Verbindung um einiges besser war als eine Heirat mit Fabian. Ihr Jugendfreund entbrannte zu rasch für weibliche Schönheit, und da brauchte es schon eine Frau wie Stephanie, die ungewöhnlich gut aussah und neben ihrem nachgiebigen Charakter eine gewisse Hartnäckigkeit besaß, um ihn am Zügel zu halten. Gibichen hingegen ... Sie schluckte, weil sie sich dabei ertappte, ihn weniger interessant und anziehend als Fabian zu finden. Aber das war er gewiss nicht, und er würde ihr keinen Kummer bereiten, sondern ihr – und nur ihr allein – all die Liebe schenken, zu der er fähig war. Der Gedanke gefiel ihr, und während sie sich gegen ihn lehnte und dem lauten, schnellen Schlag seines Herzens lauschte, wusste sie, dass auch sie ihr Glück finden würde.

Gibichen sah, wie ihr Gesicht einen zuerst nachdenklichen und dann glücklichen Ausdruck annahm, und fühlte sich so froh wie noch nie in seinem Leben. Er küsste ihre Stirn und dann ihren Nacken und wurde noch kühner, als sie sich stärker an ihn schmiegte. Seine Hände wanderten über ihren Rücken, und als sie dies mit einem wohligen Schnurren geschehen ließ, strich er sanft über ihren Busen.

Obwohl etliche Lagen Stoff seine Finger von ihrer Haut trennten, durchlief Irmela ein Gefühl, das sie kaum beschreiben konnte. Tief in sich begriff sie nun, was Ehrentraud und auch Stephanie dazu gebracht hatte, sich Fabian hinzugeben. Sie hatte sich nie vorstellen können, einmal Ähnliches zu empfinden, sondern das, was mit der Ehe verbunden wurde, als Pflicht angesehen, die sie als Frau erfüllen musste. Doch jetzt wünschte sie sich fast, sie könnte sich mit Gibichen in ihr Schlafgemach zurückziehen und mit ihm allein sein.

In dem Augenblick begriff Gibichen, dass er kurz davor war, Dinge zu tun, die vielleicht doch etwas voreilig waren, und gab sie mit einem verlegenen Lächeln frei. »Wir sollten rasch heiraten, denn ich weiß nicht, wie ich die Zeit bis dahin überstehen soll.«

»Lexenthal wird uns gewiss die Gefälligkeit erweisen und uns eine Trauung innerhalb der nächsten Tage ermöglichen. Mich würde es freuen!« Irmela zog seinen Kopf zu sich herab und küsste ihn.

Doch über dem warmen Gefühl, das sie durchströmte, ließ sie das Jetzt nicht aus den Augen, und als Gibichen sie freigab, wies sie nach Nordwesten. »Wir werden Hochberg wieder so aufbauen, wie es früher gewesen ist, und wenn dieser elende Krieg endlich vorbei sein wird, werden wir dort in Frieden leben und alt werden können.«

»Ein Hoch auf Hochberg! Und auf Fabian! Hätte er nicht bei Stephanie Feuer gefangen, könnte ich dich jetzt nicht in meinen Armen halten.« Gibichen wollte weitersprechen, doch Irmela legte ihren Finger auf seine Lippen.

»Ich würde eher sagen: auf uns! Wie du weißt, ist einem das Hemd immer näher als der Rock. Was würdest du davon halten, wenn ich dich in Zukunft Ludwig nenne?«

»Ich würde mich sehr darüber freuen«, antwortete Gibichen und fragte sich, welche Überraschungen er wohl noch mit Irmela erleben würde.

XXIV.

Irmela ließ die Kutsche anhalten und öffnete den Schlag, um die Stadt anzusehen. Stainachs Bericht hatte sie Schlimmes erwarten lassen, doch das, was sie nun erblickte, war noch schrecklicher, als sie es sich vorgestellt hatte. Als Kind war ihr Neuburg wie eine große Spielzeugstadt erschienen, und später hatte sie es als bedrohten und von Flüchtlingen überlaufenen Ort gesehen. Nun aber lag es wie ein toter Kadaver vor ihr und reckte seine verkohlten Balken und geborstenen Mauern anklagend in die Höhe. Nie hätte Irmela sich vorstellen können, dass Gott so etwas zulassen könnte, und sie zweifelte an der Vernunft der Menschen. Hier zumindest hatten sie wie Tiere gehaust.
Ihr Ehemann spürte ihre Gefühle, so wie er es schon vom Augenblick ihres Kennenlernens an getan hatte, lenkte sein Pferd neben die Kutsche und streckte ihr die Linke hin. »Häuser können neu errichtet werden, meine Liebe. Es kommt auf den Geist an, der die Menschen einer Stadt oder eines Landes bewegt.«
»An gutem Willen soll es uns nicht fehlen.« Irmela atmete tief durch und schenkte Ludwig von Gibichen ein Lächeln.
»Daran fehlt es wirklich nicht.« Es fiel Gibichen nicht leicht, ein ausgeglichenes Gemüt zu zeigen, denn auch ihn hatte Neuburgs Zustand erschüttert. Doch um Irmelas willen durfte er sich seine Niedergeschlagenheit nicht anmerken lassen. Er gab ihre Hand frei und winkte dem Kutscher zu weiterzufahren. Als sie sich dem zerborstenen Mauerring näherten, konnten sie sehen, dass es noch Leben in der Stadt gab. Die Menschen wirkten bleich und mager, als hätten sie zu viel Leid und Hunger ertragen müssen, doch als sie die Kutschen und Wagengespanne sahen, die von Marienheim her auf die Stadt zurollten, liefen sie neugierig zusammen.
»Willkommen!«, rief eine junge Frau Gibichen zu, der als Erster

in die Stadt einritt. Trotz der schlimmen Erfahrungen, die sie gemacht haben musste, freute sie sich offensichtlich, Fremde zu sehen. Ebenso wie die anderen beäugte sie die Kutschen und die mit Gepäck beladenen Karren hinter ihnen.

Die junge Frau fasste nach Gibichens Zügel. »Kommt Ihr im Namen unseres Allerdurchlauchtigsten Herzogs?«

»Das tun wir!«

Ein erleichtertes Aufatmen ging durch die Menge. Gibichen lächelte den Menschen aufmunternd zu und hob grüßend die Hand. »Ich bringe die Gräfin Hochberg zurück, die vor mehr als zwei Jahren vor den Schweden fliehen musste.«

Ein älterer Mann warf die Arme hoch, als wolle er den Himmel anklagen. »Dann ist die Dame genauso ohne Dach über dem Kopf wie wir. Ihr Schloss ist abgebrannt, und das, was von dem neuen Stadthaus ihrer Familie schon stand, haben die elenden Schweden bis auf die Grundmauern abgetragen, um die Steine für die Verstärkung der Verteidigungswerke zu verwenden. Das Haus über dem Strom aber ist dem Fluch einer Hexe zum Opfer gefallen!«

Gibichen sah verblüfft auf ihn nieder. »Was ist passiert?«

»Das Haus ist verschwunden! Weggezaubert worden!«, rief eine ausgemergelte Frau und bekreuzigte sich.

»Unsinn! Ich habe doch gesehen, wie es passiert ist!«, rief ein älterer Mann in der Kleidung eines Fischers. »Es ist von einem Dämon in den Strom gezerrt worden – und das ausgerechnet am Namenstag des heiligen Rupert. An dem Tag sollen bei Passau einige besonders üble Hexen und Hexer verbrannt worden sein, und es hieß, eine davon sei die Frau gewesen, die den alten Hochberg mit Hexenwerk umgarnt und dann vergiftet hat. Das Weib wollte sich wohl an der Gräfin rächen und hat ihr die letzte Heimstatt genommen. Zum Glück ist nur der alte Kastellan drinnen gewesen, der noch Wertsachen hatte herausholen wol-

len. Das Gesinde und die Gäste haben die üblen Flüche gespürt und sind rechtzeitig hinausgelaufen.«
Irmela erkannte in dem Sprecher einen der Männer, die sie während der Tage in dem Haus über dem Strom mit Lebensmitteln und Nachrichten versorgt hatte. Sie kommentierte seine Worte nicht, sondern schmiegte sich an die Polster. An Hexerei glaubte sie nicht mehr, denn sonst würde sie wieder an sich selbst zweifeln müssen. Das Gebäude hatte damals schon geschwankt und geächzt, als würde der Strom an seinen Grundfesten nagen, und sie trauerte ihm nicht nach. Besser als dort schlief sie in jeder Scheune oder unter freiem Himmel.
Während sie sich gegen die bösen Erinnerungen wehrte, hörte sie ihren Mann auflachen. »Wir werden das Stadthaus so errichten, wie Graf Ottheinrich es geplant hatte, und die Residenz, die Donaubrücke und alle anderen Gebäude dieser Stadt wieder aufbauen. Herzog Wolfgang Wilhelm hat uns nicht mit leeren Händen hierhergeschickt. Auf der Donau werden Schiffe hochgetreidelt, die mit Korn aus Österreich gefüllt sind, damit seine Landeskinder nicht länger hungern müssen, und wir führen genug Geld mit uns, um euch Arbeit und Brot zu geben.«
Der letzte Teilsatz ging im Jubel der Neuburger unter. Die Menschen, die so viel hatten leiden müssen, vergaßen die Bedrängnis der beiden vergangenen Jahre und ließen ihren Landesherrn hochleben.
Nun nahm Irmela mit allen Sinnen wahr, wie neuer Mut in die Herzen der Menschen einzog, und hätte am liebsten vor Freude geweint. Sie forderte ihre Begleiterinnen auf, mit ihr auszusteigen und die letzten Schritte zu Fuß zurückzulegen. Stephanie kletterte als Erste hinaus. Zusammen mit Fabian hatte sie beschlossen, den alten Besitz der Birkenfels neu aufzubauen. In Wien wollten sie nicht leben, denn dort wären sie

dem Gerede und der Feindschaft übelwollender Verwandter ausgeliefert.

Dionysia von Heimsburg, die frühere Frau von Kerling, folgte ihr zögernd. Seit kurzem fühlte sie sich schwanger und wollte ihr Kind hier in Neuburg unter Irmelas Obhut zur Welt bringen. Ihr Ehemann Hasso weilte in Böhmen, um die Hochbergschen Güter zu inspizieren, würde aber noch vor dem Winter hierherkommen und bleiben, bis das Kind geboren war.

Um Irmelas Lippen spielte ein Lächeln, als sie die zufriedene Miene ihrer früheren Gesellschafterin wahrnahm. Dionysia hatte den Sinn ihres Lebens gefunden und würde nie mehr darauf hoffen müssen, dass ein guter Freund ihres ersten Ehemanns sich ihrer erbarmte und ihr mit einigen Gulden aushalf. Irmela gönnte ihr dieses Glück, zumal sich Heimsburg als ein um das Wohl seiner Frau besorgter Ehemann erwiesen hatte. Das konnte man auch von Fabian sagen, der Stephanie auf Händen trug, obwohl sie mit ihrer Heirat noch einige Monate würden warten müssen. Doch keiner der Männer konnte sich in ihren Augen mit ihrem Gatten messen. Ludwig von Gibichen war der Mittelpunkt ihres Lebens geworden.

»So gefallt Ihr mir schon besser als noch eben. Ich dachte schon, Ihr würdet in Ohnmacht fallen!« Fannys Stimme riss Irmela aus ihrem träumerischen Zustand. Sie lächelte ihrer Zofe zu und stieg nun selbst aus. Abdur oder, wie er jetzt offiziell hieß, Xaver Leopolder – den Vornamen hatte er von Lexenthal, den Zunamen vom Bischof von Passau erhalten – streckte ihr die Hand entgegen und half ihr hinaus.

Die junge Frau, die Gibichen zuerst willkommen geheißen hatte, knickste etwas unbeholfen vor ihr und starrte den Mohren mit weit aufgerissenen Augen an. Dieser half Fanny aus dem Wagen und klopfte der Zofe dabei anzüglich auf den Hintern.

»Brav bleiben, mein Guter!«, warnte Fanny ihn und trat auf Irmela zu. Dabei strich sie sich über ihre etwas mollige Leibesmitte und kicherte leise. »Wann wollen wir es ihnen sagen?«

»Was und wem?«, fragte Irmela verwundert.

»Na, dass nicht nur die frühere Kerling und jetzige Heimsburg ein Kind bekommt, sondern Ihr und ich ebenfalls! Ein bisserl bang bin ich ja, was das meine angeht. Ich hoffe nicht, dass es schwarz-weiß gefleckt sein wird wie die Geiß, die wir bei uns daheim gehabt haben.«

Irmela musste lachen. »So etwas habe ich noch nie gehört. Ich nehme an, dass dein Kind in der Farbe etwa zwischen dir und Abdur liegen wird.«

»Er heißt Xaver und ist ein guter Christenmensch!«, wies Fanny sie zurecht.

»Als wenn der Name eines Menschen etwas ausmachen würde. Für mich ist und bleibt er der treueste Diener, den man sich wünschen kann.«

»Und was bin ich?«, fragte Fanny.

»Im Augenblick recht lästig«, mischte sich Gibichen ein und schob sie kurzerhand beiseite. Dann fasste er Irmela um die Taille und zog sie an sich. »Was habe ich da eben gehört von einem Kind?«

»Gott im Himmel! Fanny hat wohl ganz vergessen, dass du beinahe genauso gute Ohren hast wie ich. Wenn unser Kleines diese Eigenschaft erbt, werden wir uns vorsehen müssen! Sonst schnappt es allerlei auf, das nicht für Kinderohren bestimmt ist.«

Irmela klang ein wenig erschrocken, doch Gibichen schwang sie lachend im Kreis.

»Unser Haus wird groß genug sein, so dass es uns nicht belauschen kann. Hier in Neuburg fangen wir an, und danach bauen

wir Schloss Hochberg wieder auf. Wenn unser Kind zur Welt kommt, soll es eine Heimat haben!«
»Jetzt warst du nicht leise genug!« Irmela zeigte dabei lachend auf Stephanie und Dionysia von Heimsburg, die mit strahlenden Mienen auf sie zukamen, um ihr zu gratulieren.

Geschichtlicher Überblick

Der Dreißigjährige Krieg markiert eine der großen Zäsuren in der Geschichte Mitteleuropas und bedeutet gleichzeitig das Ende der kaiserlichen Macht im weitaus größten Teil des Heiligen Römischen Reiches. Der Niedergang des Kaisertums hatte jedoch weitaus früher begonnen und war durch die Zugeständnisse bedingt, welche die gewählten Kaiser den Kurfürsten gewähren mussten. Auch endete das Kaisertum nicht mit diesem Krieg, sondern wurde noch fast hundertsechzig Jahre am Leben erhalten. Allerdings war es danach nur noch eine Würde ohne Macht, die bis auf eine Ausnahme, den Wittelsbacher Karl VII., den Oberhäuptern des Hauses Habsburg vorbehalten war.
Die Gründe, die zum Dreißigjährigen Krieg führten, sind zu komplex, um sie in wenigen Worten darstellen zu können. Eine Überhöhung religiöser Gefühle mit dadurch steigendem Konfliktpotenzial zwischen den Konfessionen war ebenso daran beteiligt wie reines politisches Kalkül und der Wunsch, die persönliche Macht auszubauen. Dieses Zusammenspiel von Religion und Politik brachte auch Ferdinand, König von Böhmen und späterer Kaiser des Heiligen Römischen Reiches, dazu, die Gegenreformation in Böhmen durchzuführen. Der Widerstand des noch von den Hussiten geprägten böhmischen Adels äußerte sich im Prager Fenstersturz und dem Versuch, den ungeliebten Habsburger Landesherrn abzusetzen und an seiner Stelle den

Protestanten Friedrich von der Pfalz zum neuen böhmischen König zu wählen. Die verlorene Schlacht am Weißen Berg ließ Friedrich als den sogenannten Winterkönig in die Geschichte eingehen.

In den folgenden Jahren wechselte das Kriegsgeschick immer wieder von der einen auf die andere Seite, und es begann der kometenhafte Aufstieg eines Mannes aus böhmischem Landadel, der mit Geschick und Intelligenz ein schlagkräftiges und gut versorgtes Heer auszurüsten wusste, welches Kaiser Ferdinand die Krone rettete. Albrecht von Wallenstein stieg immer höher und sammelte Titel und Würden bis hin zum Herzog von Friedland, dem Herzog von Mecklenburg und dem General des Ozeanischen und Baltischen Meeres.

Der Reichtum und die Machtfülle, die Wallenstein anhäufte, sowie seine immer eigenwilligere Interpretation der Kriegsziele schufen ihm Feinde, die um ihren eigenen Einfluss fürchteten. Auch liebten es die Herren aus uraltem Adel nicht besonders, im Schatten eines Emporkömmlings zu stehen, und sie erzwangen im Jahr 1630 die Absetzung Wallensteins als Oberbefehlshaber der kaiserlichen Truppen. Der neue Generalissimus Tilly war zwar zu Beginn des Krieges am Weißen Berg siegreich geblieben. Nun war er jedoch bereits über siebzig Jahre alt und seiner Aufgabe nicht mehr gewachsen. Das Massaker von Magdeburg durch die kaiserlichen Truppen, das er nicht verhindern konnte, empörte die protestantischen Reichsstände und brachte sie dazu, sich dem schwedischen König Gustav Adolf anzuschließen.

Nach mehreren verlorenen Schlachten und einem beispiellosen Siegeszug der Schweden sah Kaiser Ferdinand II. sich nach Tillys Tod im Frühjahr 1632 gezwungen, Albrecht von Wallenstein erneut das Kommando über das Reichsheer und die verbündeten Truppen zu übertragen.

Es gelang Wallenstein, den Vormarsch der Schweden zu stoppen und dadurch Österreich und Böhmen zu retten. Zudem kostete die in Sachsen ausgetragene Schlacht bei Lützen den Schweden ihren König. Über das, was danach kam, streiten sich die Historiker noch heute. Zwar gelang es Wallenstein, die nach Böhmen eingedrungenen Sachsen unter General Armin wieder aus dem Land zu treiben, aber er widersetzte sich jedem Befehl des Kaisers, gegen die in Bayern stehenden Schweden vorzugehen. Es mag sein, dass er aus persönlicher Abneigung gegen den bayerischen Kurfürsten Maximilian zögerte, doch kann dies auch durch geistige Ermattung und Entschlusslosigkeit infolge von Krankheit geschehen sein.

In jedem Fall verlor Wallenstein immer mehr den Rückhalt im Reich und war zuletzt den Intrigen seiner Feinde im katholischen Lager nicht mehr gewachsen. Schließlich wurde er in der Stadt Eger durch englische und schottische Söldner getötet.

Der Krieg dauerte danach noch weitere vierzehn Jahre und verheerte große Teile Mitteleuropas, so dass vielerorts nur ein Bruchteil der Bewohner überlebte. Die Greueltaten beider Seiten im Krieg übertrafen alles bisher Dagewesene, und bis im Jahre 1648 endlich Frieden geschlossen wurde, schien es, als hätten sich die Pforten der Hölle geöffnet.

Trotzdem gab es auch in diesem Krieg Gebiete, die kaum oder gar nicht von der Kriegsfurie heimgesucht wurden. Doch auch diese verarmten, und die Steuerlast, die den Bauern wegen der Kriegskosten auferlegt wurden, führte in einigen Gegenden zur Rebellion. In Österreich kam noch eine protestantische Grundhaltung bei einem Teil der Bevölkerung hinzu, die sich gegen die strikte Rekatholisierung zur Wehr setzte und zuletzt nur durch den Einsatz von Truppen niedergeschlagen werden konnte.

So schlimm der Dreißigjährige Krieg auch gewesen sein mag, er stellt nur den erweiterten Hintergrund dieses Romans dar. Das eigentliche Thema ist der Hexenwahn, der in diesen Kriegsjahrzehnten einem traurigen Höhepunkt zustrebte. Beinahe überall brannten in jenen Jahren die Scheiterhaufen mit unglücklichen Frauen und Männern, die sich durch unvorsichtige Äußerungen und abweichende Verhaltensweisen verdächtig gemacht hatten oder von anderen denunziert worden waren. Das Grauen des Krieges förderte den Aberglauben der Menschen und die Suche nach einem Grund für all das Unglück, das über ihre Welt hereinbrach. In der festen Überzeugung, dass dies nur durch das Wirken der höllischen Mächte geschehen sein könne, wurde gegen deren angebliche Anhänger rigoros vorgegangen. Wer einmal ins Blickfeld der Hexenjäger geraten war, war meist verloren, denn die Folter brachte selbst den Unschuldigsten dazu, alle Verbrechen zu gestehen, die ihm vorgeworfen wurden. Zwar gab es für den Einsatz der Folter strenge Maßregeln, aber die allgemeine Angst vor Teufelswerk sowie die zunehmende Verrohung der Menschen durch die Schrecken des Krieges sorgten dafür, dass kaum einer die Tortur ohne schwere körperliche Schäden überstand.

Doch gerade der Glaube an die teuflischen Mächte wie auch der Verlust des Glaubens an die himmlische Gerechtigkeit brachten es mit sich, dass sich viele der Kraft von Hexen und Zauberern bedienen wollten, sei es, um anderen zu schaden, sei es, um selbst aufzusteigen. In einer Zeit, in der alle Werte aus dem Gleichgewicht gerieten und zur allgemeinen Not noch die religiöse Desorientierung hinzukam, vermochten Scharlatane und angebliche Hexen genügend Menschen zu finden, die an ihre magischen Kräfte glaubten und sie dafür bezahlten, in ihrem Sinne tätig zu sein. Im Allgemeinen gerieten auch diese vermeintlichen Hexer und Hexen über kurz oder lang ins Blickfeld der Hexenjäger und endeten auf dem Scheiterhaufen.

Eine große Rolle in diesem Roman spielt auch das Herzogtum der Neuen Pfalz von Neuburg, das nach dem Landshuter Erbfolgekrieg im Jahr 1505 gegründet wurde und bis 1806 existierte, wenn es auch in den letzten Jahren seines Bestehens in Personalunion mit dem Kurfürstentum Bayern regiert wurde. Das Herzogtum Neuburg bestand aus mehreren Enklaven, die über das heutige Oberbayern, Schwaben, Mittelfranken und die Oberpfalz verteilt lagen. Neuburg selbst blieb nur für ein gutes Jahrhundert die Residenzstadt dieses kleinen Staates und wurde dann durch Düsseldorf, den Hauptort des Herzogtums Berg, ersetzt, das durch Erbfolge an die Neuburger Wittelsbacher fiel. Der Rang als Hauptstadt des Herzogtums Pfalz-Neuburg verblieb der Stadt jedoch bis zur Gründung des Königreichs Bayern in napoleonischer Zeit. Der Stolz auf dieses reiche geschichtliche Erbe ist in Neuburg an der Donau bis heute zu spüren.

Ein persönliches Nachwort

Bei meinen Recherchen für diesen Roman habe ich während einer längeren Fahrt mit der S-Bahn in einem meiner Sachbücher gelesen, die sich um Hexenkult und Hexenwahn drehen. Plötzlich wurde ich von einer Mitreisenden übel beschimpft: Wie ich denn dazu käme, mich mit solchem Teufelswerk zu beschäftigen. Ich solle stattdessen ein christliches Buch zur Hand nehmen, um meine Seele zu retten.

Iny Lorentz

Die Personen

Der Flüchtlingszug

von Birkenfels, Anton:
Offizier und Anführer des Flüchtlingszugs

von Birkenfels, Carola:
Ehefrau von Anton von Birkenfels

von Birkenfels, Fabian:
Sohn von Anton und Carola von Birkenfels

von Czontass, Siegbert:
Kammerherr in Neuburg

von Czontass, Siegmar:
Sohn von Siegbert von Czontass
und Meinarda von Teglenburg

von Haßloch, Walter:
Gutsbesitzer, Gastgeber Ehrentraud
von Lexenthals

von Hochberg, Irmingard, genannt Irmela

von Hochberg, Johanna:
Halbschwester Ottheinrichs von Hochberg

von Hochberg, Ottheinrich:
    Irmelas Vater

von Lexenthal, Ehrentraud:
    Nichte des Priors Xaver von Lexenthal

Moni:
    Magd in Diensten der Familie Haßloch

Reitmayr:
    Gutbesitzerfamilie

von Teglenburg-Czontass, Meinarda:
    Ehefrau von Siegbert von Czontass
    und Mutter Siegmars

Steglinger, Rudolf:
    Gutsbesitzer

Steglinger, Walburga:
    Ehefrau Rudolf Steglingers

In Neuburg

Forstenheuser, Michael:
    Wundarzt

Kiermeier, Anselm:
    Offizier

Paul:
    Kiermeiers Bursche

von Stainach:
    Höfling in Neuburg

von Hochberg, Helene:
  Johannas Mutter, Irmelas Stiefgroßmutter

von Lexenthal, Xaver:
  Ehrentrauds Onkel, Prior zu Sankt Michael

von Sinzendorf, Margarete:
  Äbtissin

Wolfgang Wilhelm:
  Pfalzgraf und Herzog von Pfalz-Neuburg

In Passau

Abdur:
  Mohr in Diensten Rudolf Steglingers

Die Schwarze:
  Kräuterfrau und Hexe

Fanny:
  junge Magd

Lohner, Bertram:
  Chirurg

Marthe:
  Tochter der Schwarzen

Portius von Hohenkammer, Wendelin:
  Arzt und Alchimist

Santini:
  Schwarzkünstler

In Pilsen

Gerda:
  Offiziershure

Štranzl:
  Bürgerfamilie in Pilsen

von Gibichen, Ludwig:
  Offizier

von Heimsburg, Hasso:
  Offizier

von Harlau, Karl Joseph:
  kaiserlicher Höfling

von Harlau, Stephanie:
  Ehefrau Karl Josephs von Harlau

Klebsattel, Balthasar:
  Militärpfarrer

von Kerling, Dionysia:
  Offizierswitwe

von Wallenstein, Albrecht:
  Generalissimus des kaiserlichen Heeres

Bei Wien

von Harlau, Leopold:
  Verwandter Karl Josephs von Harlau

von Rain, Albert:
  Onkel von Meinarda von Teglenburg

von Rain, Daniel:
: jüngerer Sohn Alberts von Rain, Abt

von Rain, Franz:
: älterer Sohn Alberts von Rain, Offizier

Glossar

Deutsche Meile: ca. 7,5 Kilometer

Muskete: Infanteriegewehr mit Luntenschloss, wurde wegen seines Gewichts und der Länge des Laufs beim Schießen meist mit einem Gabelstock abgestützt

Pallasch: Hieb- und Stichwaffe der schweren Reiterei mit gerader oder nur leicht gekrümmter Klinge

Rapier: degenartige Fechtwaffe, weniger zum Hieb als zum Stoß geeignet

Iny Lorentz
Die Pilgerin

Roman

Die Reichsstadt Tremmlingen im 14. Jahrhundert: Hier führt die junge und schöne Tilla als Tochter eines wohlhabenden Kaufherrn ein behütetes Leben. Da stirbt ihr Vater – und verfügt in seinem Testament, dass sein Herz in Santiago de Compostela begraben werden soll. Tillas Bruder schert sich jedoch nicht um den Letzten Willen seines Vaters und um dessen Wunsch, seine Tochter mit dem Sohn des Bürgermeisters zu verheiraten. Stattdessen zwingt er sie zur Ehe mit seinem besten Freund. Tilla hat nur eine Chance: Sie muss fliehen! Als Mann verkleidet verlässt sie ihre Heimatstadt – im Gepäck das Herz ihres Vaters. Ihr Ziel heißt Santiago de Compostela ...

»Iny Lorentz gehört zu den besten Historien-Ladys Deutschlands!«
Bild am Sonntag

Knaur Taschenbuch Verlag

Iny Lorentz

Die Wanderhure

Konstanz im Jahre 1410: Als Graf Ruppert um die Hand der schönen Bürgerstochter Marie anhält, kann ihr Vater sein Glück kaum fassen. Er ahnt nicht, dass es dem adligen Bewerber nur um das Vermögen seiner künftigen Frau geht und dass er dafür vor keinem Verbrechen zurückschreckt. Marie und ihr Vater werden Opfer einer gemeinen Intrige, die das Mädchen zur Stadt hinaustreibt. Um zu überleben, muss sie ihren Körper verkaufen. Aber Marie gibt nicht auf ...

Die Kastellanin

Marie lebt zufrieden mit ihrem Ehemann Michel Adler. Ihr Glück scheint vollkommen, als sie ein Kind von ihm erwartet. Doch dann muss Michel im Auftrag seines Pfalzgrafen in den Kampf gegen aufständische Hussiten ziehen. Nach einem grausamen Gemetzel verschwindet er spurlos. Marie, die nun ganz allein auf sich gestellt ist, sieht sich täglich neuen Demütigungen und Beleidigungen ausgesetzt. Schließlich bleibt ihr nur ein Ausweg: Sie muss von ihrer Burg fliehen. Marie hat die Hoffnung nicht aufgegeben, dass Michel noch leben könnte, und schließt sich als Marketenderin einem neuen Heerzug an. Wird sie den geliebten Mann jemals wiederfinden?

Das Vermächtnis der Wanderhure

Als Hulda erfährt, dass ihre Todfeindin Marie wieder schwanger ist, schmiedet sie einen perfiden Plan: Marie soll entführt und für tot erklärt werden. Die Rechnung scheint aufzugehen: Michel, Maries Mann, trauert tief um seine geliebte Frau. Hulda bedrängt ihn, sich wieder zu verheiraten. Marie ist inzwischen als Sklavin verkauft und verschleppt worden. Als es ihr unter Einsatz ihres Lebens endlich gelingt, den Weg in die Heimat zu finden, muss sie feststellen, dass ihr geliebter Michel eine neue Frau gefunden hat ...

Eine Frau kämpft in der grausamen Welt des Mittelalters um ihr Glück. Die erfolgreiche Trilogie von Bestsellerautorin Iny Lorentz!

Knaur Taschenbuch Verlag

Und jetzt...?

Viele weitere Informationen rund um
Iny Lorentz, ihre Geschichten und ihre Schwäche für
Propellerflugzeuge finden Sie im Internet unter

www.iny-lorentz.de

Kostenlose Leseproben · Hintergrundbericht
Steckbrief · Autorentelefon · Interviews
Weblog · Veranstaltungen · Bücher...